Maj Sjöwall
Per Wahlöö

VERLAG VOLK UND WELT BERLIN

DER MANN AUF DEM BALKON

DER LACHENDE POLIZIST

KRIMINALROMANE

Aus dem Schwedischen von
Dagmar-Renate Jehnich und Eckehard Schultz

ISBN 3-353-00583-8

1. Auflage Broschur
Lizenzausgabe des Verlages Volk und Welt, Berlin 1988
für die Deutsche Demokratische Republik
L. N. 302, 410/88/88

Printed in the German Democratic Republic

Einbandentwurf: Schulz/Labowski
Satz, Druck und Einband: ND
LSV 7344
Bestell-Nr. 649 086 9

000880

DER MANN AUF DEM BALKON

1

2 Uhr 45. Die Sonne ging auf.

Anderthalb Stunden zuvor hatte der Verkehr nachgelassen und war dann gänzlich erstorben. Auch das Gemurmel der letzten Restaurantbesucher war verstummt. Die Kehrmaschinen waren vorbeigefahren und hatten da und dort dunkle, feuchte Streifen auf dem Asphalt hinterlassen. Ein Krankenwagen war die lange, gerade Straße entlanggerast. Ein schwarzes Auto mit weißen Kotflügeln, einer Antenne auf dem Dach und dem Wort POLIZEI in weißen Blockbuchstaben auf den Türen war langsam und geräuschlos vorbeigerollt. Fünf Minuten später hatte es geklirrt. Jemand hatte mit behandschuhter Faust die Scheibe eines Aushängekastens eingeschlagen, und gleich darauf erklangen schnelle Schritte. Dann heulte in einer Seitengasse ein Motor auf.

Der Mann auf dem Balkon hatte dies alles beobachtet. Er stand auf einem der üblichen Balkone mit Eisengitter und Seitenverkleidung aus Wellblech. Er hatte die Unterarme auf das Eisengeländer gestützt und rauchte. Bei jedem Zug leuchtete das Ende seiner Zigarette wie ein kleiner dunkelroter Punkt in der Dunkelheit auf. In gleichmäßigen Zeitabständen hatte er eine Zigarette ausgedrückt, vorsichtig den knapp einen Zentimeter langen Stummel aus dem Holzmundstück herausgepolkt und neben sich zu den anderen gelegt. Zehn solcher Zigarettenstummel lagen nun ordentlich ausgerichtet in der Untertasse auf dem kleinen Gartentisch.

Es war so still, so still, wie es in einer sehr großen Stadt in einer lauen Sommernacht eben werden kann. Es würde noch einige Stunden dauern, bis die Zeitungsboten mit ihren ausrangierten Kinderwagen erschienen und die ersten Reinemachfrauen zur Arbeit gingen.

Das graue Halbdunkel der Morgendämmerung löste sich langsam auf. Die ersten zögernden Sonnenstrahlen erschienen über den fünf- und sechsstöckigen Häusern und wurden von den Fernsehantennen und den runden Schornsteinaufsätzen auf den Dächern der gegenüberliegenden Häuser zurückgeworfen. Später fiel der Lichtschein direkt auf die Dächer, schob sich schnell weiter, schlich über die Dachrinnen und dann an verputzten Ziegelwänden mit blinden Fensterreihen entlang. Bei den meisten Fenstern waren innen die Rollos oder außen die Holzjalousien heruntergelassen.

Der Mann auf dem Balkon beugte den Oberkörper vor und schaute die Straße entlang. Sie verlief schnurgerade von Norden nach Süden, so daß er mehr als zwei Kilometer überblicken konnte. Früher war sie eine stolze und elegante Prachtstraße gewesen, damals, als die Häuser erbaut wurden. Vierzig Jahre waren seither vergangen. Die Straße war ganz genauso alt wie der Mann.

Mit einiger Anstrengung konnte er, weit entfernt, eine verschwommene Gestalt erkennen. Vielleicht ein Polizist. Zum erstenmal seit vielen Stunden ging er in die Wohnung zurück, durchquerte das Zimmer und betrat die Küche. Es war so hell, daß er kein Licht anzumachen brauchte. Er war stets sehr sparsam mit Strom, auch im Winter. Er ging zum Kühlschrank, nahm eine emaillierte Kanne heraus, maß ein und eine halbe Tasse Wasser und zwei Löffel grob gemahlenen Kaffee ab. Er stellte die Kaffeekanne auf den Herd und zündete die Gasflamme an. Mit den Fingerspitzen tastete er nach dem abgebrannten Streichholzkopf, um sich zu vergewissern, daß er nicht mehr glühte. Dann öffnete er die Tür des Abwaschschrankes und warf das abgebrannte Streichholz in die Mülltüte. Er stellte sich neben den Herd, bis der Kaffee aufkochte, drehte dann das Gas ab und ging, während sich der Kaffeegrund setzte, auf die Toilette. Er spülte nicht nach, um die Nachbarn nicht zu stören. Danach ging er in die Küche zurück, goß den Kaffee vorsichtig in eine Tasse, nahm ein Stück Zucker aus einem halbleeren Paket auf dem Abwaschtisch und einen Löffel aus der Schublade. Anschließend trug er die Tasse auf den Balkon, stellte sie auf den gefirnißten Gartentisch und setzte sich auf einen Klappstuhl. Die Sonne stand schon höher und beleuchtete die Hausfassaden auf der anderen Seite der Straße bis hinab zu den unteren Wohnungen. Der Mann zog eine vernickelte Tabakdose aus der Hosentasche, riß die Zigarettenstummel einen nach dem anderen auf, ließ die Tabakkrümel zwischen den Fingern in die runde Blechdose fallen, knüllte die Papierstückchen zu erbsengroßen Kügelchen zusammen und legte sie auf den angestoßenen Porzellanteller. Dann rührte er den Kaffee um, hob die Tasse langsam zum Mund und trank einen Schluck. Wieder ertönte in der Ferne eine Sirene. Er stand auf und folgte dem Krankenwagen mit den Augen, während das Geheul lauter wurde und dann allmählich erstarb. Nach einigen Minuten war der Wagen nur noch ein kleiner, heller Fleck, der am nördlichen Ende der Straße nach links abbog und aus dem Blickfeld verschwand. Der Mann setzte sich wieder auf seinen Klappstuhl und rührte gedankenverloren in seinem Kaffee, der bereits kalt geworden war. Er saß still und lauschte dem gleichsam widerwilligen und zögernden Erwachen der Stadt.

Der Mann auf dem Balkon war mittelgroß und von normaler Statur. Sein Gesicht war alltäglich. Er trug ein weißes Hemd, keinen Schlips, ungebügelte braune Gabardinehosen, graue Strümpfe und schwarze Halbschuhe. Er hatte schütteres, glatt nach hinten gekämmtes Haar, eine kräftige Nase und graublaue Augen.

Es war mittlerweile halb sechs geworden; man schrieb den 2. Juni 1967, und die Stadt hieß Stockholm.

Der Mann auf dem Balkon kam gar nicht auf den Gedanken, daß er beobachtet werden könnte. Genaugenommen dachte er an überhaupt nichts Besonderes. Er wollte sich etwas später Haferflockenbrei kochen.

Auf der Straße wurde es allmählich lebendig. Der Strom der Fahrzeuge wurde dichter, und jedesmal, wenn die Ampel an der Kreuzung Rot zeigte, wuchs die Schlange der wartenden Autos. Ein Fahrer eines Brot-Lieferwagens hupte, verärgert über einen Radfahrer, der sich, ohne sich umzusehen, auf die Fahrbahn zwängte. Zwei Autos hinter ihm bremsten scharf.

Der Mann erhob sich, legte die Unterarme auf das Balkongitter und schaute hinunter auf die Straße. Der Radfahrer wich ängstlich an den Bordstein zurück und schien die Schimpfworte des Brotwagenfahrers nicht zu hören.

Auf dem Bürgersteig eilten einzelne Fußgänger vorbei. Ein paar Frauen in hellen Sommerkleidern unterhielten sich bei der Tankstelle unterhalb des Balkons. Etwas weiter entfernt führte ein Mann seinen Hund spazieren. Der Mann zerrte ungeduldig an der Leine, während das Tier unbeeindruckt weiter einen Baumstamm umschnüffelte.

Der Mann auf dem Balkon richtete sich auf, fuhr sich über das schüttere Haar und steckte die Hände in die Taschen. Es war zwanzig Minuten vor acht, und die Sonne stand schon hoch. Er blickte zum Himmel hinauf, wo ein Düsenflugzeug einen wolligen weißen Kondensstreifen über das Hausdach zog. Dann sah er wieder auf die Straße hinunter und beobachtete eine ältere weißhaarige Dame in hellblauem Mantel, die vor der Bäckerei im Haus gegenüber stand. Sie suchte lange in ihrer Tasche, holte schließlich einen Schlüssel heraus und schloß die Tür auf. Er sah, wie sie den Schlüssel abzog und ihn von der Innenseite der Tür her wieder ins Schloß steckte. Dann ging sie hinein und schloß die Tür hinter sich ab. Hinter der Glasscheibe der Tür verkündete ein heruntergerolltes Rollo GESCHLOSSEN!

Im selben Augenblick, in dem die Tür geschlossen wurde, öffnete sich eine Seitentür, und ein kleines Mädchen trat auf die sonnenbeschienene Straße. Der Mann auf dem Balkon wich einen Schritt zurück, nahm die Hände aus den Hosentaschen und blieb reglos stehen. Sein Blick war auf das Mädchen unten auf der Straße gerichtet.

Das Kind war etwa acht oder neun Jahre alt und trug eine rotkarierte Schultasche. Es hatte einen kurzen blauen Rock an, einen gestreiften Pulli und eine kurzärmelige Jacke. An den Füßen trug es schwarze Holzschuhe, die seine langen, dünnen Beine noch länger und dünner wirken ließen. Das Mädchen wandte sich nach links und ging langsam und mit gesenktem Kopf die Straße entlang.

Der Mann auf dem Balkon folgte ihm mit den Blicken. Als es ungefähr zwanzig Meter gegangen war, blieb es stehen, hob die Hand an die Brust und stand so einige Zeit still. Dann öffnete es die Tasche und suchte darin herum, während es sich umdrehte und zurückzuwandern begann. Schließlich fing es an zu laufen und verschwand in der Tür, ohne die Tasche zu schließen.

Der Mann auf dem Balkon stand reglos da und sah die Tür hinter ihm zufallen. Es dauerte einige Minuten, bis das Mädchen wieder herauskam. Nun hatte es die Tasche geschlossen und ging etwas schneller. Das blonde Haar war zu einem Pferdeschwanz hochgebunden und pendelte über dem Rücken hin und her. Als es die Ecke des Häuserblocks erreicht hatte, bog es in die Seitenstraße ein.

Es war drei Minuten vor acht. Der Mann drehte sich um, ging in die Wohnung hinein und in die Küche. Dort trank er ein Glas Wasser, spülte das Glas aus, stellte es auf den Abwaschtisch und kehrte dann wieder auf den Balkon zurück.

Er setzte sich auf den Klappstuhl und legte den linken Arm auf das Balkongeländer. Er zündete sich eine Zigarette an und sah rauchend auf die Straße hinunter.

2

Die elektrische Wanduhr zeigte fünf Minuten vor elf, und nach dem Kalender auf Gunvald Larssons Schreibtisch war es Freitag, der 2. Juni 1967.

Gerade hatte Martin Beck das Zimmer betreten. Er hatte seine Tasche neben der Tür auf den Fußboden gestellt, gegrüßt und seinen Hut neben den Krug auf dem Aktenschrank gelegt. Er hatte ein Glas vom Tablett genommen und sich Wasser eingegossen. Jetzt stützte er sich mit dem Ellbogen auf den Schrank und hob das Glas. Der Mann hinter dem Schreibtisch sah ihn mißbilligend an und sagte: »Haben sie dich auch hergeschickt? Was haben wir nun schon wieder falsch gemacht?«

Martin Beck trank einen Schluck, dann antwortete er: »Nichts, nehme ich an. Nur keine Aufregung, ich bin auf der Suche nach Melander, ich habe ihn um etwas gebeten. Wo steckt er denn?«

»Auf dem Klo, wie gewöhnlich.«

Melanders Fähigkeit, sich ständig auf der Toilette aufzuhalten, war ein alter, abgenutzter Witz. Da er aber mehr als ein Körnchen Wahrheit enthielt, ärgerte sich Martin Beck jedesmal wieder darüber.

Doch das behielt er für sich – wie so oft. Er sah den Mann am Schreibtisch lange und forschend an, bevor er frage: »Wo drückt der Schuh?«

»Wo glaubst du wohl? Die Raubüberfälle natürlich. Da war gestern wieder einer im Vanadislunden.«

»Ich habe davon gehört.«

»Ein Pensionär, der seinen Hund ausführte. Von hinten niedergeschlagen. Hundertvierzig Kronen in der Brieftasche. Gehirnerschütterung. Liegt im Sabbatberg-Krankenhaus. Natürlich nichts gesehen und nichts gehört.«

Martin Beck schwieg.

»Das war der achte Fall in vierzehn Tagen. Der Kerl wird noch jemanden umbringen.«

Martin Beck trank das Wasser aus und stellte das Glas zurück.

»Falls ihn nicht bald jemand erwischt«, fuhr Gunvald Larsson fort.

»Und wer soll dieser Jemand sein?«

»Die Polizei, zum Teufel. Wir. Wer denn sonst? Eine Zivilstreife vom 9. Revier war da – eine Viertelstunde nachdem es passiert war.«

»Und als es passierte, wo war sie da?«

»Auf der Wache. Es ist immer dasselbe. Hockt hinter jedem Busch im Vanadislunden ein Polizist, passiert etwas im Vasapark. Haben wir unsere Leute versteckt, sowohl in Vanadislunden als auch im Vasapark, taucht er bei der Uggleviksquelle auf.«

»Und wenn auch dort hinter jedem Busch ein Polizist sitzt?«

»Dann verwüsten Demonstranten das US Trade Center und legen Feuer in der Amerikanischen Botschaft. Das ist alles andere als komisch«, antwortete Gunvald Larsson steif.

Martin Beck sah ihn unverwandt an. »Ich finde es auch nicht komisch. Ich wundere mich nur.«

»Der Kerl versteht seine Sache. Der reinste Hellseher. Niemals ist ein Polizist in der Nähe, wenn er zuschlägt.«

Martin Beck massierte seine Nasenwurzel mit Daumen und Zeigefinger. »Vielleicht sollte man ...«

»Was sollte man?« fiel ihm Larsson ins Wort. »Polizeihunde? Damit sie noch die Zivilstreife beißen? Der Mann gestern hatte übrigens einen Hund. Und was hat es ihm geholfen?«

»Was für einen Hund?«

»Woher soll ich das wissen? Soll ich vielleicht den Hund verhören? Soll ich den Hund aufs Örtchen schicken, damit Melander ihn verhören kann?« entgegnete Gunvald Larsson tiefernst. Dann schlug er mit der flachen Hand auf den Tisch und sagte gereizt: »Ein Wahnsinniger überfällt in den Parkanlagen die Leute, und du kommst her und erkundigst dich nach den Hunden.«

»Ich wollte wirklich nicht ...«

Gunvald Larsson ließ ihn nicht zu Wort kommen. »Ich sage dir doch, dieser Kerl versteht seine Sache. Er geht nur auf wehrlose, alte Männer, Frauen und kleine Knirpse los. Immer von hinten, und immer wie der Blitz aus dem Gebüsch.«

»Da gibt es nur eins«, meinte Martin Beck sanft.

»Was?«

»Du gehst selbst hinaus. Verkleidet als wehrloser, alter Mann.«

Der Mann am Schreibtisch starrte ihn an.

Gunvald Larsson war einszweiundneunzig groß und wog achtundneunzig Kilo. Er hatte Schultern wie ein Schwergewichtsprofi und gewaltige Hände, die dicht mit blonden Haaren bewachsen waren, blondes, zurückgekämmtes Haar und klare blaue Augen, die meist einen mißvergnügten Ausdruck zeigten.

Kollberg pflegte die Beschreibung mit der Bemerkung zu vervollständigen, er habe einen Gesichtsausdruck wie ein Mopedfahrer.

Dieser klare blaue Blick war nun auf Martin Beck gerichtet und noch mißbilligender als üblich.

Martin Beck zuckte die Schultern und sagte: »Ganz im Ernst ...«

Gunvald Larsson unterbrach ihn abermals. »Ganz im Ernst: Ich kann nichts Lustiges bei der Sache sehen. Ich schlage mich mit den übelsten Raubüberfällen herum, mit denen ich jemals zu tun hatte, und du kommst mir mit Witzen über Hunde und was weiß ich noch alles.«

Martin Beck mußte sich Mühe geben, nicht die Beherrschung zu verlieren. Ihm war klar, daß Larsson ihn nicht reizen wollte, doch seine Geduld ging zu Ende. Und obwohl er die Situation klar erkannte, nahm er den Arm vom Aktenschrank und sagte kurz: »Jetzt reicht's mir!«

Zum Glück kam in diesem Augenblick Melander durch die Seitentür herein. Er war in Hemdsärmeln, hatte die Pfeife im Mund und ein aufgeschlagenes Telefonbuch in den Händen.

»Tag«, grüßte er.

»Tag«, erwiderte Martin Beck.

»Mir fiel der Name in dem Moment ein, als du den Hörer aufgelegt hast«, sagte Melander. »Arvid Larsson. Fand ihn auch im Telefonbuch. Aber man kann ihn nicht mehr anrufen. Er ist im April gestorben. Gehirnblutung. War bis zuletzt in der gleichen Branche. Hatte einen Altwarenladen in Söder. Der ist nun geschlossen.«

Martin Beck nahm das Telefonbuch, sah hinein und nickte. Melander holte eine Streichholzschachtel aus der Hosentasche und setzte umständlich seine Pfeife in Brand. Martin Beck trat zwei Schritte vor und legte das Telefonbuch auf den Tisch neben den Korb für die Ausgänge. Dann ging er wieder zurück zum Aktenschrank.

»Woran arbeitet ihr zur Zeit?« erkundigte sich Gunvald Larsson mißtrauisch.

»An nichts Besonderem«, antwortete Melander. »Martin hatte den Namen eines Hehlers vergessen, hinter dem wir vor zwölf Jahren her waren.«

»Habt ihr ihn geschnappt?«

»Nein«, sagte Melander.

»Und nun ist dir der Name wieder eingefallen?«

»Ja.«

Gunvald Larsson zog das Telefonbuch zu sich heran, blätterte darin herum und sagte: »Wie kann man sich nur nach zwölf Jahren an den Namen eines Mannes erinnern, der Larsson heißt.«

»Das ist nicht schwer«, sagte Melander ernsthaft.

Das Telefon klingelte.

»1. Revier. Wachhabender. – Entschuldigen Sie, was ist los, meine Dame? – Wie bitte? – Ob ich Detektiv bin? Hier ist der Wachhabende des 1. Reviers, Erster Kriminalassistent Larsson. – Verzeihung, wie war der Name?«

Gunvald Larsson zog einen Kugelschreiber aus der Brusttasche und notierte den Namen. Saß dann still da mit erhobenem Kugelschreiber.

»Worum handelt es sich? – Verzeihung, ich verstehe nicht ganz … – Was bitte? – Ein Kran? – Ein Kran auf dem Balkon? – Ach so, ein Mann steht auf Ihrem Balkon.«

Gunvald Larsson schob das Telefonbuch weg, zog seinen Notizblock heran und schrieb einige Worte.

»Ja, ich verstehe. Wie sieht er aus, sagen Sie? – Ja, ich höre. Schütteres, nach hinten gekämmtes Haar, kräftige Nase, ja, ja. – Weißes Hemd, mittelgroß, ja, braune Hosen. – Aufgeknöpft? Was? – Ach so, das Hemd. Blaugraue Augen. – Einen Moment, meine Dame. Wir müssen das erst klarstellen. Er steht also auf seinem eigenen Balkon?«

Gunvald Larsson sah von Melander zu Martin Beck und zuckte die Schultern. Dann lauschte er weiter in den Hörer und kratzte sich mit dem Stift im Ohr.

»Entschuldigen Sie, meine Dame. Dieser Mann da steht also auf seinem eigenen Balkon. Hat er Sie belästigt? – Also nicht. Was? – Wie können Sie erkennen, daß er blaugraue Augen hat? Das muß eine ungewöhnlich schmale Straße sein. – Was? Sie taten was? – Also einen Augenblick, meine Dame. Dieser Mann da hat nichts anderes getan, als auf seinem eigenen Balkon zu stehen. Was hat er sonst noch gemacht? – Auf die Straße hinuntergesehen? Was gibt's denn da zu sehen? – Nichts? Was sagen Sie? Autos? Kinder, die spielen? – Auch nachts? Die Kinder spielen auch nachts? – Also nicht. Aber er steht auch nachts da? Was sollen wir tun? Polizeihunde schicken? – Es gibt wirklich kein Gesetz, das den Leuten verbietet, nachts auf ihrem eigenen Balkon zu stehen, meine Dame. – Eine Beobachtung melden, sagen Sie? Mein Gott, meine Dame, wenn alle Menschen ihre Beobachtungen melden, würden wir drei Polizisten für jeden Einwohner brauchen. – Danken? Wir sollen uns bedanken? – Wieso bin ich unverschämt? – Na, hören Sie mal, meine Dame …« Gunvald Larsson verstummte und blieb sitzen, den Hörer zehn Zentimeter vom Ohr entfernt. »Sie hat aufgelegt«, sagte er erstaunt.

Drei Sekunden später zischte er in die Muschel: »Laß dich begraben, alte Schraube.«

Er riß das Blatt mit den Notizen ab und wischte sorgfältig das Ohrenschmalz vom Stift.

»Die Leute sind verrückt«, sagte er schließlich. »Und dann wundern sie sich noch, wenn wir nichts unternehmen. Warum stellt man uns nur solche Anrufe durch? Es sollte eine direkte Leitung zum Irrenhaus geben.«

»An so etwas gewöhnst du dich«, sagte Melander. Er nahm ungerührt sein Telefonbuch, klappte es zu und verschwand im Nebenzimmer.

Gunvald Larsson war mit dem Säubern des Kugelschreibers fertig, knüllte das Papier zusammen und warf es in den Papierkorb. Mit einem mißmutigen Blick auf die Tasche an der Tür fragte er: »Willst du verreisen?«

»Bloß für ein paar Tage nach Motala«, antwortete Martin Beck. »Ich soll mir nur eine Sache dort ansehen.«

»Ach so.«

»Bleibe höchstens eine Woche weg. Aber Kollberg kommt heute zurück. Er wird von morgen ab hier Dienst machen. Du brauchst dich also nicht zu beunruhigen.«

»Ich beunruhige mich auch nicht.«

»Übrigens, dieser Handtaschenräuber ...«

»Ja?«

»Ach, nichts.«

»Probiert er das noch ein paarmal, so erwischen wir ihn«, sagte Melander vom Nebenzimmer her.

»Bestimmt«, sagte Martin Beck. »Also, auf Wiedersehen.«

»Wiedersehen«, grunzte Gunvald Larsson.

3

Martin Beck traf neunzehn Minuten vor Abgang des Zuges am Hauptbahnhof ein. Die Wartezeit benutzte er zur Erledigung von Telefongesprächen.

Zuerst rief er zu Hause an.

»Hättest du nicht noch vorher nach Hause kommen können?« fragte seine Frau.

Er überhörte den indirekten Vorwurf und begnügte sich mit der Mitteilung: »Ich werde im ›Palace Hotel‹ wohnen. Nur damit du Bescheid weißt.«

»Wie lange bleibst du fort?«

»Eine Woche.«

»Woher weißt du das so genau?«

Das war eine gute Frage. Dumm war sie zumindest nicht, dachte

Martin Beck, als er sagte: »Grüß die Kinder.« Nach kurzem Überlegen fügte er hinzu: »Laß es dir gut gehen.«

»Danke«, entgegnete sie kühl.

Er legte auf und holte ein neues Fünfundzwanzig-Öre-Stück aus der Hosentasche. Vor der Telefonzelle hatte sich eine Schlange gebildet, und die am nächsten Stehenden blickten ihn mißbilligend an, als er die Münze einwarf und die Nummer des Polizeireviers Süd drehte. Es dauerte einige Minuten, bis er Kollberg am Apparat hatte.

»Tag. Ich wollte nur sicher sein, daß du auch eingetrudelt bist.«

»Sehr fürsorglich«, sagte Kollberg. »Kannst du nicht noch vorbeikommen?«

»Keine Zeit mehr. Wie geht es Gun?«

»Gut. Sieht natürlich jetzt aus wie eine Telefonzelle.«

Gun war Kollbergs Frau und erwartete Ende August, Anfang September ein Baby.

»In einer Woche bin ich zurück.«

»Ich hab's vernommen. Danach mache ich hier übrigens keinen Dienst mehr!«

Es blieb einige Zeit still. Dann fragte Kollberg: »Was willst du in Motala?«

»Dieser Kerl da ...«

»Welcher Kerl?«

»Ein Schrotthändler, der in der vorletzten Nacht verbrannt ist. Hast du nicht...?«

»Ich hab es in den Zeitungen gelesen. Na, und?«

»Ich soll runterfahren und mir die Sache ansehen.«

»Können die nicht mal allein einen gewöhnlichen Brand aufklären?«

»Sie haben gebeten ...«

»Hör mal«, unterbrach ihn Kollberg, »das kannst du deiner Frau erzählen, aber mir machst du nichts vor. Ich weiß genau, was sie wollen und wen sie wollen. Wer ist jetzt der Chef der Ermittlungsabteilung in Motala?«

»Ahlberg, aber ...«

»Eben. Und außerdem weiß ich, daß du für die nächste Woche fünf Tage Urlaub genommen hast. Du fährst also nach Motala, um mit Ahlberg vor dem Stadthotel zu sitzen und zu saufen. Oder vielleicht nicht?«

»Tja, aber ...«

»Viel Vergnügen«, sagte Kollberg freundlich, »und grüß Ahlberg schön.«

»Danke.«

Martin Beck hängte den Hörer ein, und der nächste schob sich mit runden Armen rudernd an ihm vorbei. Martin Beck zuckte die Schultern und ging hinaus auf den Bahnsteig.

Kollberg hatte nicht so ganz unrecht, was an und für sich keine Rolle spielte. Nur war es verdrießlich, wenn man so leicht durchschaut wurde. Beide, er und Kollberg, hatten Ahlberg drei Jahre zuvor bei der gemeinsamen Bearbeitung eines Mordfalls kennengelernt. Die Ermittlungen hatten sich über Monate ausgedehnt, und im Laufe der Zeit waren sie gute Freunde geworden. Normalerweise wäre es Ahlberg nie eingefallen, von der Reichspolizei Hilfe zu erbitten, und er selbst würde ungern auch nur einen halben Diensttag für diesen Fall geopfert haben.

Mit einem Blick auf die Bahnhofsuhr stellte er fest, daß er vier Minuten telefoniert hatte. Bis zum Abgang des Zuges blieb also noch eine Viertelstunde. Der Bahnhof wimmelte wie üblich von Menschen aller Art.

Wie Martin Beck, ein schlanker Mann mit magerem Gesicht, breiter Stirm und kräftigem Kinn, da etwas verloren mit seiner Reisetasche herumstand, konnte man ihn für einen ratlosen Besucher vom Lande halten, der sich noch nicht in dem Gewimmel der Großstadt zurechtfand.

»He, du da«, flüsterte jemand mit heiserer Stimme.

Martin Beck drehte sich um und betrachtete die Sprecherin. Ein etwa vierzehnjähriges Mädchen mit hellem, strähnigem Haar und Minikleid. Es war barfuß und ziemlich schmutzig, um einiges jünger als seine eigene Tochter, aber im ungefähr gleichen Entwicklungsstadium. In ihrer hohlen Hand hielt die Kleine einen Streifen mit vier Fotografien, auf die sie ihn einen Blick werfen ließ.

Die Herkunft dieser Bilder war leicht zu erraten. Das Mädchen war zu einem der Paßbildautomaten im Bahnhof gegangen, hatte sich auf den Hocker gekniet, das Kleid bis zu den Achselhöhlen hochgezogen und die Münze in den Münzschlitz gesteckt.

Man hatte die Vorhänge vor diesen Fotozellen in Kniehöhe abgeschnitten, aber das schien nicht nennenswert zu helfen. Er betrachtete die Bilder und dachte, daß die Jugendlichen heutzutage früher erwachsen waren. Außerdem schienen sie nichts von Unterwäsche zu halten. Trotz allem war das fotografische Resultat nicht sonderlich geglückt.

»Fünfundzwanzig Piepen«, sagte das Kind hoffnungsvoll.

Martin Beck schaute sich verwirrt um, und sein Blick fiel auf zwei uniformierte Polizisten an der anderen Seite der Halle. Er ging auf sie zu. Der eine erkannte ihn und grüßte.

»Könnt ihr nicht für Ordnung unter den Jugendlichen sorgen?« fragte Martin Beck aufgebracht.

»Wir tun, was wir können, Kommissar«, antwortete der Polizist, der gegrüßt hatte, ein ganz junger Mann mit blauen Augen und gut gepflegtem, blondem Bart.

Ohne noch etwas zu sagen, drehte sich Martin Beck um und ging zur Glastür, die auf den Bahnsteig führte. Das Mädchen im Minikleid war etwas weiter in die Halle zurückgetreten und betrachtete verstohlen die Bilder. Sie wollte wohl prüfen, was an ihrem Aussehen nicht stimmte.

Aller Wahrscheinlichkeit nach würde bald irgendein Idiot die Fotos kaufen.

Dann würde sie zum Humlegården oder zum Mariatorget gehen und für das Geld Preludintabletten oder Marihuana kaufen. Vielleicht auch LSD.

Der Polizist, der ihn erkannt hatte, trug einen Bart. Vor vierundzwanzig Jahren, als er selbst zur Polizei kam, trugen Polizisten keine Bärte.

Warum hatte übrigens der andere Polizist, der ohne Bart, nicht gegrüßt? Weil er ihn nicht kannte?

Vor vierundzwanzig Jahren hatten Polizisten die Leute, die auf sie zukamen, gegrüßt, auch wenn sie nicht Kommissare waren. Oder vielleicht nicht?

Damals pflegten vierzehnjährige Mädchen auch noch keine Nacktaufnahmen von sich feilzubieten, um sich für den Erlös Narkotika zu kaufen.

Im übrigen war Martin Beck alles andere als über seinen neuen Rang erfreut, den man ihm zum Jahreswechsel verliehen hatte. Auch sein neues Dienstzimmer im Polizeirevier Süd, draußen in dem lärmenden Industriegebiet bei der Västerberg allé gefiel ihm nicht. Er war auch unzufrieden mit seiner mißtrauischen Frau und damit, daß ein Mensch wie Gunvald Larsson Erster Kriminalassistent werden konnte.

Martin Beck saß am Fenster seines Erster-Klasse-Abteils und grübelte über dies und alles nach.

Der Zug rollte am Stadshuset vorbei. Martin Beck erkannte den Dampfer »Mariefred«, einen der letzten seiner Art, und etwas später kurz bevor der Zug in südlicher Richtung in den Tunnel einfuhr, Norstedts Verlagshaus. Als der Zug wieder ans Tageslicht kam, erblickte Martin Beck die schönen Grünanlagen des Tantolunden, die ihm bald Alpträume bescheren sollten. Dann hörte er das Echo der Räder, als der Zug über die Eisenbahnbrücke rollte.

Bis zur Ankunft in Södertälje hatte sich seine Laune gebessert. Er kaufte eine Flasche Mineralwasser und ein altes Käsebrötchen von einem der rollenden Blechkästen, die heutzutage in den meisten D-Zügen die Speisewagen ersetzen.

4

»Tja«, sagte Ahlberg, »so war das also. Es war etwas kühl in jener Nacht, und er hatte einen dieser altmodischen elektrischen Heizöfen neben das Bett gestellt. Später strampelte er sich die Decke ab, die fiel auf den Heizofen und fing Feuer.«

Martin Beck nickte.

»Das wirkt völlig plausibel«, fuhr Ahlberg fort. »Heute bekam ich das Gutachten des technischen Sachverständigen. Ich habe versucht, dich anzurufen, aber du warst schon weg.«

Sie standen an der Brandstätte in Borenshult, und zwischen den Holzlatten des Zaunes schimmerten der Binnensee und die Schleusentreppe, aus der sie drei Jahre zuvor eine tote Frau gezogen hatten. Von dem abgebrannten Haus waren nur noch die Fundamente und der Schornstein übrig. Einen kleinen Schuppen hatte die Feuerwehr in letzter Minute retten können.

»Wir haben etwas Diebesgut gefunden«, sagte Ahlberg. »Er war Hehler, dieser Larsson. Er war schon früher mal verurteilt worden, also war es keine große Überraschung. Wir werden ein Verzeichnis über die Sachen veröffentlichen.«

Martin Beck nickte abermals. Nach einer Weile sagte er: » Er hatte einen Bruder in Stockholm, der im Frühjahr nach einem Schlaganfall gestorben ist. Der war auch Hehler.«

»Lag vielleicht in der Familie«, meinte Ahlberg.

»Der Bruder wurde nie überführt, aber Melander hat sich an ihn erinnert.«

»Melander, ja«, sagte Ahlberg, »mit seinem Gedächtnis wie ein Elefant. Ihr arbeitet nicht mehr zusammen, oder?«

»Nur hin und wieder. Er sitzt jetzt in der Kungsholmsgatan. Kollberg auch, von heute ab. Verdammt viele Versetzungen in letzter Zeit.«

Sie drehten sich um und gingen schweigend zum Auto zurück.

Eine Viertelstunde später bremste Ahlberg vor dem Polizeigebäude, einem langen gelben Ziegelbau an der Ecke Prästgatan/ Kungsgatan, ganz dicht am Stora torget und am Denkmal von Baltzar von Platen. Er schielte zu Martin Beck hinüber und sagte: »Da du nun sowieso hier bist und außerdem Urlaub hast, kannst du wohl noch einige Tage bleiben?«

Martin Beck nickte.

»Wir können mit dem Motorboot hinausfahren«, schlug Ahlberg vor.

Am Abend aßen sie im Stadthotel eine ausgesucht gute Rotforelle aus dem Vätternsee. Dazu tranken sie eine Flasche Wein.

Am Sonnabend fuhren sie mit dem Motorboot hinaus. Auch am Sonntag. Am Montag lieh sich Martin Beck das Motorboot. Am Dienstag ebenfalls. Am Mittwoch fuhr er nach Vadstena und sah sich das Schloß an.

Das Hotel, in dem er in Motala wohnte, war modern und bequem. Er genoß Ahlbergs Gesellschaft. Er las einen Roman von Kurt Salomonson mit dem Titel *Der Mann draußen* und ließ es sich gut gehen.

Er hatte es auch verdient. Es war ein arbeitsreicher Winter gewesen und ein hektisches Frühjahr. Aber es bestand immer noch die Hoffnung auf einen geruhsamen Sommer.

5

Der Verbrecher hatte nichts gegen das Wetter einzuwenden.

Am frühen Nachmittag hatte es zu regnen angefangen, zuerst stark, dann weniger, und gegen sieben hatte es ganz aufgehört. Aber die Büsche waren noch naß, und der Himmel war gleichmäßig grau. Man konnte sehen, daß es bald wieder regnen würde. Nun war es neun Uhr, und die Dämmerung breitete sich allmählich unter dem Laubdach der Bäume aus. Es würde noch eine Weile dauern, bis die Laternen eingeschaltet wurden.

Der Handtaschenräuber hatte den dünnen Plasteregenmantel ausgezogen und neben sich auf die Parkbank gelegt. Er trug Tennisschuhe, Khakihosen und einen sauberen grauen Dralonpullover mit einem Monogramm auf der Brusttasche. Ein großes rotes Taschentuch hatte er sich lose um den Hals geknotet. Seit mehr als zwei Stunden hielt er sich schon in der Anlage und in deren näherer Umgebung auf. In dieser Zeit hatte er etwa zehn Menschen im Park gesehen und sie sorgfältig abgeschätzt. Zwei Fälle waren ihm besonders interessant erschienen. In beiden Fällen hatte es sich nicht um einen einzelnen Spaziergänger gehandelt, sondern um zwei Menschen.

Das erste Paar waren ein Mann und eine Frau, beide jünger als er selbst. Das Mädchen hatte Sandalen angehabt und ein kurzes, schwarzweiß gemustertes Sommerkleid, der Junge einen eleganten blauen Blazer und hellgraue Hosen. Sie hatten sich in die schattigste und entlegenste Gegend des Parks verzogen. Da hatten sie gestanden und einander umarmt, das Mädchen mit dem Rücken gegen einen Baumstamm gelehnt. Und schon nach wenigen Sekunden hatte der Jüngling unter ihr Kleid gegriffen, die Hand hinter das Gummiband ihres Schlüpfers gezwängt und seine Finger zwischen ihren Beinen vergraben. Die Fußstellung sofort verändernd, hatte sie geflüstert: »Wenn jetzt jemand kommt!« Rein gewohnheitsmäßig, denn wenig später hatte sie die Augen geschlossen und begonnen, den Unterleib rhythmisch und schlangenartig zu bewegen und den gutgeschnittenen Haaransatz des Jungen mit den Fingern der linken Hand zu streicheln. Was sie mit der rechten machte, hatte er nicht sehen können, obwohl er ihnen so nahe stand, daß er die weißen Netzschlüpfer schimmern sah.

Er war ihnen mit lautlosen Schritten gefolgt. Hinter dem Gebüsch hatte er gestanden, weniger als zehn Meter von ihnen entfernt. Es hätte ihm Spaß gemacht, sie aufzuscheuchen, er hatte es sich sogar einen Augenblick überlegt. Andererseits hatte das Mädchen keine Handtasche bei sich, und außerdem riskierte er, daß sie loskreischen würde, und das wiederum hätte seine Arbeit erschwert. Zudem schien der Junge etwas größer und breitschultriger zu sein, als er anfangs geglaubt hatte. Und schließlich war es auch nicht sicher, daß er Geld bei sich trug. Das letzte Argument wog am schwersten, und so war er genauso lautlos verschwunden, wie er gekommen war. Er war kein Voyeur. Er hatte Wichtigeres zu tun. Außerdem würde es vermutlich nichts weiter zu sehen geben. Einige Zeit später sah er die beiden jungen Menschen den Park verlassen, nun in gebührendem Abstand voneinander. Sie hatten die Straße überquert und waren in ein Mietshaus gegangen, dessen Äußeres auf solide Bürgerlichkeit und gute Sitten hindeutete. In der Eingangstür hatte das Mädchen noch rasch den Schlüpfer und den Büstenhalter zurechtgerückt und war sich mit dem angefeuchteten Zeigefinger über die Augenbrauen gefahren. Der Junge hatte sich gekämmt.

Um halb neun hatte ein zweites Paar seine Aufmerksamkeit erregt. Ein roter Volvo, in dem zwei Männer saßen, hielt vor der Eisenwarenhandlung an der Straßenecke. Der eine war ausgestiegen und in den Park geschlendert. Er trug einen hellen Regenmantel, aber keine Kopfbedeckung. Nach einigen Minuten war auch der zweite herausgeklettert und hatte einen anderen Weg in den Park eingeschlagen. Er trug einen Tweedblazer und eine Sportmütze, aber keinen Mantel. Ungefähr nach einer Viertelstunde waren sie aus verschiedenen Richtungen und mit einigen Minuten Abstand zum Auto zurückgekommen. Der Räuber hatte sich das Schaufenster der Eisenwarenhandlung angesehen und ihnen den Rücken zugewandt. Dabei hatte er deutlich verstanden, was sie sagten.

»Nun?«

»Nichts.«

»Was machen wir nun?«

»Lill-Jannsskogen?«

»Bei diesem Wetter?«

»Sicher.«

»Gut, aber nachher gehen wir fischen.«

»Okay.«

Sie hatten die Autotüren zugeschlagen und waren davongefahren.

Und nun war es gleich neun, und er saß auf der Bank und wartete.

Er sah sie sofort, als sie den Park betrat. Er wußte auch im voraus, welchen Weg sie gehen würde. Eine ordenliche Frau in mittleren Jahren, mit Mantel, Regenschirm und großer Handtasche. Sah erfolgversprechend aus. Vielleicht eine Verkäuferin aus einem Kiosk. Er stand auf und zog den Regenmantel an. Schlich über den Rasen, duckte sich hinter Büschen. Er hatte sich ihr bis auf etwa fünfzehn Meter Entfernung genähert. Mit der linken Hand zog er das Taschentuch bis unter die Augen hinauf und schob gleichzeitig die Finger der rechten Hand in den Schlagring. Jetzt war er nur noch wenige Schritte hinter ihr. Er bewegte sich schnell und fast lautlos auf dem nassen Gras.

Trotzdem mußte sie etwas gehört haben. Schon hatte er die Hand ausgestreckt, da drehte die Frau sich um, sah ihn und öffnete den

Mund zum Schrei. Ohne zu überlegen, schlug er mit aller Kraft zu. Auf den Mund der Frau. Es knirschte unter dem Schlagring, sie ließ den Regenschirm fallen und sank auf die Knie. Dabei preßte sie die Tasche mit beiden Händen an sich, als hätte sie einen Säugling zu schützen.

Er schlug noch einmal zu, auf die Nase, und wieder gab es dieses knirschende Geräusch. Sie fiel hintenüber, die Beine unter sich angewinkelt. Kein Laut war zu hören. Sie blutete stark und schien kaum mehr bei Bewußtsein zu sein, trotzdem nahm er eine Handvoll Sand und streute ihn ihr in die Augen. In dem Moment, als er ihr die Handtasche aus den Händen riß, glitt ihr Kopf zur Seite, der Unterkiefer fiel herunter, und sie begann zu erbrechen.

Brieftasche, Portemonnaie, eine Armbanduhr. Nicht schlecht.

Der Verbrecher war schon auf dem Weg aus dem Park. Als hätte sie einen Säugling zu verteidigen gehabt, dachte er. Es hätte so schnell und nett erledigt werden können, ordentlich und sauber.

Blödes altes Weib.

Eine Viertelstunde später war er zu Hause. Es war Freitag, der 9. Juni 1967, 21 Uhr 30. Zwanzig Minuten später fing es an zu regnen.

6

Es regnete die ganze Nacht hindurch. Aber am Sonnabendmorgen schien wieder die Sonne, nur hin und wieder von weißen Wolken verdeckt, die über den klaren blauen Himmel zogen. Es war der 10. Juni, und die Sommerferien hatten begonnen. Am Freitag hatten sich endlose Reihen von Autos aus der Stadt hinausgeschoben, alle auf dem Weg zu den Sommerhäusern, Bootshäfen und Campingplätzen. Trotzdem war die Stadt noch voller Menschen, die sich dieses Wochenende über, das zudem schön zu werden versprach, an den Ersatz für das Landleben halten mußten, den die Parks und Freiluftbadeanstalten zu bieten suchten.

Schon morgens um Viertel nach neun stand eine lange Schlange vor der Kasse des Vanadisbadet. Vom Sveavägen her strömten sonnenhungrige und badelustige Stockholmer den Hügel hinauf.

Zwei ziemlich zerlumpt aussehende Gestalten überquerten bei Rot die Frejgatan. Der eine in Jeans und Pullover, der andere in schwarzen Hosen und brauner Jacke, die sich über der linken Brust bedenklich spannte. Sie gingen langsam und blinzelten mit geröteten Augen in den Sonnenschein. Der Mann mit dem Gegenstand in der linken Innentasche seiner Jacke trat fehl und wäre beinahe mit einem Radfahrer zusammengestoßen. Der Radfahrer, ein guterhaltener Herr in den Sechzigern in hellgrauem Sommeranzug und mit nasser Badehose auf dem Gepäckträger, schwankte und mußte einen Fuß auf die Erde setzen.

»Trottel«, rief er, ehe er gravitätisch weiterradelte.

»Idiot«, sagte der Mann mit der Jacke, »verdammter Direktortyp! Beinahe hätte er mich überfahren. Ich hätte hinfallen und die Buddel zerschlagen können.«

Er stand aufgeregt am Rand des Bürgersteigs und schauderte beim bloßen Gedanken an das Schicksal, dem er gerade entkommen war. Dabei fuhr seine Hand zur Innentasche seines Jacketts.

»Und meinst du, daß er uns die Buddel ersetzt hätte?« fuhr er fort. »Nicht die Bohne. Der hockt in seiner Luxuswohnung am Norr Mälarstrand und hat den ganzen Schrank voll Champagner. Aber einem armen Hund wie mir eine lumpige Buddel zu ersetzen, die er zerschlagen hat, daran denkt der Affe nicht. Blödes Kapitalistenschwein.«

»Er hat sie ja nun wirklich nicht zerschlagen«, wandte sein Begleiter beruhigend ein.

Er war bedeutend jünger und nahm nun seinen aufgebrachten Kollegen am Arm und lotste ihn durch den Park. Sie gingen den Hügel hinauf, aber nicht in Richtung Badeanstalt, sondern am Zaun entlang. Später bogen sie in den schmalen Weg ein, der von der Stefanskyrkan auf die Kuppe des Hügels führte. Sie gingen mühsam und keuchten in dem kräftigen Gegenwind. Auf halber Höhe sagte der Jüngere: »Manchmal findet man etwas Kleingeld hinter dem Turm, wenn am Abend zuvor dort Karten gespielt wurde. Vielleicht kriegen wir genug zusammen für einen Flachmann, ehe der Schnapsladen zumacht.«

Es war Sonnabend, und die Spirituosengeschäfte schlossen um ein Uhr.

»Blödsinn, es hat ja gestern abend geregnet.«

»Stimmt«, gab der Jüngere seufzend zu.

Der Weg führte am Zaun der Badeanstalt entlang. Dort drinnen wimmelte es von Badenden. Einige waren braun wie Neger, andere wirkliche Neger, die meisten aber waren blaß nach einem langen, sonnenlosen Winter ohne eine Ferienwoche auf den Kanarischen Inseln.

»Du, wart mal, sehen wir uns mal die Mädchen an«, sagte der Jüngere.

Der Ältere ging weiter, ohne sich um ihn zu kümmern. »Was soll der Quatsch. Komm schon. Ich bin durstig wie ein Kamel.«

Sie gingen weiter zum Wasserturm auf der Hügelkuppe. Als sie auf die Rückseite des düsteren Gebäudes kamen, stellten sie zu ihrer Erleichterung fest, daß sie das Feld für sich allein hatten. Der Alte ließ sich im Gras nieder, zog die Flasche heraus und schraubte den Verschluß ab. Der Jüngere war weiter gegangen zu einem vermorschten Holzzaun und rief: »Du, Joke, komm, wir setzen uns hierher. Falls jemand kommt.«

Joke erhob sich stöhnend, die Flasche in der Hand, und folgte dem Jüngeren, der den Felsen hinabzuklettern begann.

»Hier ist es schön«, sagte der Jüngere, »bei den Büschen hier ...«

Er blieb plötzlich stehen und beugte sich nach unten.

»Um Gottes willen«, flüsterte er. »Oh, um Gottes willen!«

Joke trat neben ihn, sah das Mädchen auf der Erde, krümmte sich seitwärts und übergab sich.

Es lag ausgestreckt auf der feuchten Erde, der Oberkörper war halb von einem Busch verborgen, die Beine waren gespreizt. Das zur Seite geneigte Gesicht war bläulich angelaufen, der Mund geöffnet. Der rechte Arm war wie zum Schutz über den Kopf gebeugt, die linke Hand lag an der Hüfte mit der Handfläche nach oben.

Das halblange blonde Haar war ihm über die Wange gefallen.

Das Mädchen war barfuß und trug einen Rock und einen quergestreiften Pulli, der so weit hinaufgerutscht war, daß der nackte Bauch zu sehen war.

Es war ungefähr neun Jahre alt.

Das Kind war tot, das stand fest.

Es war 8 Uhr 55, als Joke und sein Kamerad das 9. Polizeirevier in Surbrunnsgatan betraten. Unzusammenhängend und nervös berichteten sie einem Polizisten, der Granlund hieß und Wachhabender und Erster Polizeiassistent war, von ihrer Entdeckung im Vanadislunden. Zehn Minuten später waren Granlund und vier Polizisten am Tatort.

Vor nur zwölf Stunden waren zwei der vier Polizisten zu einer anderen, nicht weit entfernten Stelle des Parks gerufen worden, wo abermals einer dieser Raubüberfälle stattgefunden hatte. Da fast eine Stunde zwischen dem Raubüberfall und dem Zeitpunkt der Meldung vergangen war, hatte man angenommen, der Verbrecher habe sich längst weit vom Tatort entfernt. Sie hatten deshalb die Umgebung nicht näher abgesucht und konnten folglich nicht sagen, ob der Körper des Mädchens zu jenem Zeitpunkt bereits dort gelegen hatte oder nicht.

Die fünf Polizisten stellten fest, daß das Mädchen tot war; und soweit sie als Laien das beurteilen konnten, hatte man es erwürgt. Also ein Mord. Mehr ließ sich im Augenblick nicht sagen.

Während sie auf die Kriminalpolizei und die Männer von der technischen Abteilung warteten, waren sie vor allem damit beschäftigt, Neugierige fernzuhalten.

Granlund ließ den Blick über den Tatort wandern. Die Männer von der Kriminalpolizei würden keine leichte Arbeit haben. Seitdem der Körper hier lag, hatte es offenbar lange und kräftig geregnet. Granlund hatte sogar eine ziemlich konkrete Vorstellung, wer die Kleine war. Dieses Wissen bedrückte ihn noch zusätzlich.

Am Abend zuvor war um elf Uhr eine angsterfüllte Mutter zum Polizeirevier gekommen und hatte darum gebeten, nach ihrer kleinen Tochter zu suchen. Das Mädchen war achteinhalb Jahre alt. Es sei gegen sieben Uhr zum Spielen gegangen. Seitdem habe sie nichts mehr von ihm gesehen oder gehört. Vom 9. Polizeirevier aus hatte man die Fahndungsabteilung der Kriminalpolizei alarmiert, und alle Streifen hatten die Personalbeschreibung des Mädchens bekommen. Die Unfallstationen der Krankenhäuser waren kontrolliert worden.

Die Beschreibung schien leider zu stimmen.

Soweit Granlund informiert war, hatte man das vermißte Kind noch nicht gefunden. Außerdem wohnte es im Sveavägen, dicht beim Vanadislunden. Es schien also kein Zweifel möglich.

Er dachte an die Eltern des Mädchens, die nun angstvoll zu Hause warteten. Im stillen betete er, daß nicht er ihnen die Nachricht überbringen müßte.

Als der Mann von der Kriminalpolizei endlich erschien, hatte Granlund das Gefühl, bereits Ewigkeiten im Sonnenschein unweit des kleinen, toten Kinderkörpers gestanden zu haben.

Sobald die Experten ihre Arbeit aufgenommen hatten, ging Granlund zum 9. Revier zurück. Das Bild des toten Mädchens immer noch vor Augen.

7

Als Kollberg und Rönn den Tatort im Vanadislunden erreichten, war das Gelände hinter dem Wasserturm bereits abgesperrt worden. Der Fotograf hatte seine Arbeit beendet, und der Arzt war mit einer ersten Routineuntersuchung der Leiche beschäftigt.

Die Erde war noch immer feucht. Die wenigen frischen Fußspuren in der Nähe des Körpers stammten aller Wahrscheinlichkeit nach von den Männern, die die Leiche gefunden hatten. Die Holzschuhe des Mädchens lagen ein Stück entfernt bei dem roten Bretterzaun.

Als der Arzt sich endlich aufrichtete, sah Kollberg ihn fragend an.

»Nun?«

»Erwürgt«, sagte der Arzt. »Möglicherweise auch vergewaltigt.« Er zuckte die Schultern.

»Und wann?«

»Irgendwann gestern abend. Näheres kann man erst nach der Autopsie sagen, wenn man weiß, wann sie gegessen hat.«

»Ja, ich weiß. Glaubst du, daß es hier passiert ist?«

»Es deutet nichts auf das Gegenteil hin«, antwortete der Arzt.

Kollberg schüttelte den Kopf. »Ein Elend, daß es so geregnet hat.«

»Ja«, sagte der Arzt und ging zu seinem Auto.

Kollberg blieb noch eine halbe Stunde, dann fuhr er mit einem Wagen des 9. Reviers zur Wache in der Surbrunnsgatan.

Der Kommissar saß an seinem Schreibtisch und las einen Bericht, als Kollberg das Büro betrat. Er grüßte, legte das Blatt beiseite und deutete auf den Stuhl. Kollberg nahm Platz.

»Abscheuliche Geschichte.«

»Ja«, sagte der Kommissar. »Habt ihr schon was gefunden?«

»Nichts, soweit ich weiß. Der Regen hat wohl sämtliche Spuren verwischt.«

»Wann ist es passiert? Gestern abend hat es ganz in der Nähe einen Raubüberfall gegeben, ich hab gerade den Bericht gelesen.«

»Tja«, antwortete Kollberg, »das kann man noch nicht sagen. Das wird sich erst nach der Obduktion herausstellen.«

»Glaubst du, daß es derselbe Kerl war? Daß sie eventuell den Überfall mit angesehen hat oder so?«

»Wenn sie vergewaltigt wurde, wohl kaum. Ein Räuber, der zugleich noch ein Sexualverbrecher ist – das wäre wohl ein bißchen viel auf einmal«, meinte Kollberg.

»Vergewaltigt. Sagt der Arzt das?«

»Zumindest schloß er die Möglichkeit nicht aus.« Kollberg seufzte und kratzte sich am Kinn. »Der Polizist, der mich hierher gefahren hat, sagte mir, daß sie wissen, wer die Kleine ist«, setzte er bekümmert hinzu.

»Ja«, nickte der Kommissar. »Es sieht leider so aus. Granlund war gerade hier und hat sie nach einem Foto, das die Mutter gestern hiergelassen hat, identifiziert.«

Der Kommissar öffnete eine Mappe, nahm ein Amateurfoto heraus und schob es Kollberg hin. Auf dem Bild stand das Mädchen, das nun tot im Vanadislunden lag, an einen Baum gelehnt und blinzelte in die Sonne. Kollberg nickte und gab das Bild zurück.

»Wissen die Eltern schon, daß ...«

»Nein«, knurrte der Kommissar, riß ein Blatt vom Notizblock und reichte es Kollberg hinüber.

»Frau Karin Carlsson, Sveavägen 83«, las Kollberg laut.

»Die Kleine hieß Eva«, sagte der Kommissar. »Es ist wohl am besten, daß jemand ... daß du gehst. Jetzt. Bevor sie es auf schlimmere Art erfährt.«

»So wie es ist, ist es schlimm genug«, entgegnete Kollberg und seufzte.

Der Kommissar sah ihn ernst an, sagte aber nichts.

»Im übrigen dachte ich eigentlich, daß dies hier dein Revier ist«, meinte Kollberg, stand aber pflichtschuldig auf und sagte ergeben: »Okay, okay, ich gehe. Einer muß es ja tun.«

An der Tür drehte er sich noch einmal um und sagte: »Kein Wunder, daß wir nicht genug Leute kriegen. Man muß halb verrückt sein, um Polizist zu werden.«

Er ließ das Auto bei der Stefanskyrkan stehen und beschloß, bis zum Sveavägen zu laufen. Er brauchte noch eine seelische Atempause, bevor er den Eltern des Mädchens gegenübertrat.

Die Sonne schien. Die Pfützen waren getrocknet. Kollberg fühlte sich bedrückt von der vor ihm liegenden Aufgabe. Er hatte Ähnliches schon öfter erledigen müssen, doch diesmal, wo es sich um ein Kind handelte, war es doppelt schwer. Wenn nur Martin hier wäre, dachte er, der kann das viel besser als ich. Doch dann fiel ihm ein, wie deprimiert Martin Beck in solchen Situationen stets war, und er verfolgte den Gedankengang nicht weiter. Nein, es war für alle gleich schwer.

Das Haus, in dem das tote Mädchen gewohnt hatte, lag schräg gegenüber dem Vanadislunden, in einem Viertel zwischen der Surbrunnsgatan und der Frejgatan. Der Aufzug war außer Betrieb, und er mußte die fünf Treppen zu Fuß hinaufgehen. Vor der Wohnungstür holte er erst noch ein Weilchen tief Luft, bevor er klingelte.

Fast gleichzeitig öffnete die Frau die Tür. Sie trug einen braunen Baumwollrock und Sandalen. Das blonde Haar sah struppig und ungekämmt aus, so, als sei sie wieder und wieder mit den Fingern hindurchgefahren. Bei Kollbergs Anblick sprachen im Wechsel Enttäuschung, Hoffnung und Angst aus ihrem Gesicht.

Kollberg zeigte seine Legitimation vor. »Darf ich hereinkommen?« fragte er.

Die Frau hielt die Tür auf, trat zur Seite, blickte ihn verzweifelt an und fragte: »Haben Sie sie noch nicht gefunden?«

Ohne zu antworten, ging Kollberg an ihr vorbei in die Wohnung. Es schienen zwei Zimmer zu sein. Im ersten standen ein Bett, einige Bücherregale, ein Schreibtisch, ein Fernsehgerät, eine Kommode und je ein Sessel an den Längsseiten eines Teakholztisches. Das Bett war gemacht. Vermutlich war es in der letzten Nacht überhaupt nicht benutzt worden. Auf der blauen Tagesdecke stand ein aufgeklappter Koffer, daneben lagen ein paar Stapel ordentlich zusammengelegter Kleidungsstücke. Über dem Deckel hingen einige frischgebügelte Baumwollkleider. Die Tür zum anderen Zimmer war offen. Kollberg konnte ein blaugestrichenes Regal mit Büchern und Spielsachen erkennen. Ganz oben thronte ein weißer Teddybär.

»Wollen wir uns nicht setzen?« fragte Kollberg und nahm in einem der Sessel Platz.

Die Frau blieb stehen, Angst sprach aus ihren Augen.

»Was ist geschehen? Haben Sie sie gefunden?«

Kollberg sah die Angst und die Panik in ihrem Blick und bemühte sich, ruhig zu bleiben.

»Ja«, sagte er, »aber bitte, setzen Sie sich doch, Frau Carlsson. Wo ist denn Ihr Mann?«

Sie nahm auf dem zweiten Sessel Platz.

»Ich habe keinen Mann. Wir sind geschieden. Wo ist Eva? Was ist passiert?«

»Frau Carlsson«, sagte Kollberg, »es tut mir unendlich leid, aber ich habe eine schlechte Nachricht für Sie. Ihre Tochter ist tot.«

Die Frau starrte ihn an.

»Nein«, flüsterte sie. »Nein.«

Kollberg stand auf und ging zu ihr hinüber.

»Haben Sie niemanden, der sich um Sie kümmern könnte? Ihre Eltern vielleicht?«

Die Frau schüttelte den Kopf.
»Das ist nicht wahr«, sagte sie.
Kollberg legte ihr die Hand auf die Schulter und sagte hilflos: »Es tut mir so furchtbar leid.«
»Wie … wie ist es denn passiert?« fragte sie. »Wir wollten aufs Land fahren …«
»Wir wissen es noch nicht genau«, antwortete Kollberg. »Wir glauben … sie ist irgendwem in die Hände gefallen.«
»Getötet? Ermordet?«
Kollberg nickte.
Die Frau schloß die Augen und saß reglos da. Dann öffnete sie die Augen wieder und schüttelte den Kopf.
»Nicht Eva«, sagte sie, »es ist nicht Eva. Sie haben … Sie haben sich geirrt.«
»Leider nein«, entgegnete Kollberg. »Es tut mir so leid, Frau Carlsson. Kann ich nicht jemand anrufen? Damit Sie nicht so allein sind? Ihre Eltern oder sonst irgend jemand?«
»Nein, nein, bloß nicht! Ich kann jetzt niemanden um mich haben.«
»Ihr früherer Mann?«
»Er wohnt, glaube ich, in Malmö.«
Sie war leichenblaß, ihr Blick wirkte leer. Kollberg war sich darüber im klaren, daß sie noch nicht voll begriffen hatte, was geschehen war. Sie wehrte sich dagegen, die Wahrheit zu erfassen. Er hatte diese Reaktion schon früher erlebt. Wenn die Schranke des Selbstschutzes fiel, würde sie zusammenbrechen.
»Wer ist Ihr Arzt, Frau Carlsson?« fragte Kollberg.
»Doktor Ström. Wir waren Mittwoch dort. Eva hatte mehrere Tage lang Bauchschmerzen gehabt, und weil wir aufs Land fahren wollten, dachte ich, es wäre das beste…« Sie unterbrach sich und sah durch die offene Tür ins Nebenzimmer. »Eva ist niemals richtig krank«, murmelte sie, »und es ging dann vorbei, das mit dem Magen. Der Doktor meinte, es sei eine vorübergehende Magenverstimmung.«
Sie schwieg eine Weile. Dann flüsterte sie so leise, daß Kollberg die Worte nur ahnen konnte: »Nun geht es ihr wieder gut.«
Kollberg sah sie an. Er war ratlos und kam sich völlig hilflos vor. Er wußte nicht, was er sagen oder tun sollte. Sie sah immer noch durch die offene Tür ins Kinderzimmer hinüber. Er suchte verzweifelt nach Worten, als sie plötzlich aufstand und mit lauter, schriller

Stimme den Namen ihrer Tochter rief. Dann lief sie ins Nebenzimmer. Kollberg folgte ihr.

Das Zimmer war hell und freundlich möbliert. In der Ecke stand ein blaugestrichenes Regal voller Spielsachen und am Fußende des schmalen Bettes eine altmodische Puppenstube. Ein Stapel Schulbücher lag auf dem Schreibtisch.

Die Frau saß auf der Bettkante, die Ellbogen auf die Knie gestützt und das Gesicht in den Händen vergraben. Sie schaukelte mit dem Oberkörper hin und her. Kollberg konnte nicht hören, ob sie weinte.

Er beobachtete sie noch einen Augenblick, dann ging er hinaus. Im Flur hatte er das Telefon gesehen. In dem danebenliegenden Adreßbuch fand er Dr. Ströms Nummer.

Als Kollberg die Situation erklärt hatte, versprach der Arzt, sofort zu kommen.

Kollberg ging zu der Frau zurück. Sie saß noch in derselben Stellung da wie zuvor. Und sie schwieg noch immer.

Kollberg setzte sich neben sie und wartete. Anfangs wagte er es nicht, sie zu berühren, aber nach einer Weile legte er vorsichtig den Arm um ihren Rücken. Sie schien seine Gegenwart nicht zu bemerken.

So saßen sie schweigend nebeneinander, bis die Stille durch das Klingeln des Arztes unterbrochen wurde.

8

Kollberg spürte, als er auf dem Rückweg durch den Vanadislunden war, daß ihm der Schweiß ausbrach. Das kam nicht vom Gegenwind oder der feuchten Sonnenwärme oder seiner relativen Korpulenz. Auf jeden Fall nicht ausschließlich.

Wie die meisten, die mit diesem Fall zu tun bekommen sollten, war er bereits vor Beginn der Ermittlungen erschöpft. Er dachte an die Unmenschlichkeit dieses Verbrechens, an die Menschen, die völlig sinnlos getötet worden waren. So war es ihm schon früher ergangen, wie oft, konnte er so aus dem Handgelenk nicht sagen. Er wußte im voraus, was ihnen an Arbeit und Scheußlichkeiten alles noch bevorstand.

Er dachte daran, daß die Kriminalität in der Gesellschaft rapide zunahm, was trotz allem ein Produkt ebendieser Gesellschaft und all der Menschen sein mußte, die in ihr lebten und an ihrer Entwicklung teilhatten. Er dachte an die gute technische und personelle Ausrüstung, mit der die Polizei allein in den letzten Jahren ausgestattet worden war. Trotzdem schienen die Verbrecher ständig einen Schritt voraus zu sein. Er dachte an die neue Ermittlungstechnik und die Computer, die das Ergreifen ebendieses Verbrechers vielleicht schon innerhalb weniger Stunden ermöglichen würden. Und er dachte auch daran, wie wenig Trost dieser außerordentlich hohe Stand der Technik zum Beispiel der Frau bieten konnte, die er gerade verlassen hatte. Oder ihm selbst. Oder den Männern, die nun mit ernsten Gesichtern um den kleinen Körper im Gebüsch zwischen der Hügelkuppe und dem roten Holzzaun versammelt waren.

Er hatte die Leiche nur flüchtig und auch nur aus einiger Entfernung gesehen. Aber am liebsten würde er sich einen zweiten Anblick ersparen. Aber das war unmöglich, wie er genau wußte. Das Bild des Kindes in rotem Rock und gestreiftem Pulli war mit all den anderen, von denen er ebenfalls nicht loskam, in sein Bewußtsein eingeätzt. Er dachte an die Bäume auf der Anhöhe und an sein eigenes Kind, das noch nicht geboren war, und wie dieses Kind wohl in neun Jahren aussehen würde. Dachte daran, welche Angst und Abscheu dieses Verbrechen in der Bevölkerung auslösen würde. Daran, wie die Titelseiten der Abendzeitungen aussehen würden.

Das ganze Gebiet um den düsteren, festungsähnlichen Wasserturm und den steilen Abhang bis hinunter an die Stufen zur Ingemarsgatan war nun abgesperrt. Er ging an den Autos vorbei, blieb an der Absperrung stehen und ließ den Blick über den leeren Spielplatz mit seinen Sandkisten, Schaukeln und Klettergerüsten wandern.

Die Gewißheit, daß so etwas schon früher geschehen war und mit Sicherheit immer wieder geschehen würde, drückte ihn fast zu Boden. Sie hatten Computer und mehr Leute und mehr Autos bekommen. Seit dem letzten Vorfall dieser Art war die Beleuchtung im Park verbessert und die meisten Büsche gerodet worden. Beim nächsten Mal würden sie noch mehr Autos und Computer und noch weniger Büsche haben. Kollberg dachte an all dies und trocknete sich die Stirn. Das Taschentuch war bereits naß.

Die Journalisten und Fotografen waren schon da, zum Glück aber hatten sich noch nicht allzu viele Neugierige eingefunden. Die Journalisten und Fotografen waren merkwürdigerweise im Laufe der Jahre besser geworden, was wenigstens zum Teil das Verdienst der Polizei war. Die Neugierigen würden sich niemals bessern.

Obwohl sich verhältnismäßig viele Menschen in der Umgebung des Wasserturms befanden, war es merkwürdig still. Aus der Ferne, vielleicht von der Städtischen Badeanstalt oder vom Spielplatz am Sveavägen her, war fröhliches Rufen und Kinderlachen zu hören.

Kollberg stand dicht an der Absperrung. Er sagte nichts, und niemand sprach ihn an.

Er wußte, daß die Mordkommission und das Dezernat für Gewaltverbrechen alarmiert worden waren, die Fahndungsabteilung sozusagen auf dem Sprung stand und die Spurensicherung am Tatort lief, daß die »Sitte« eingeschaltet worden war, die Lochkartenstelle auf Material wartete, daß die »Klinkenputzer« und der Gerichtsmediziner bereitstanden, daß jeder einzelne Streifenwagen auf Einsatz wartete und daß an keinem Hilfsmittel gespart werden würde, auch nicht an seiner eigenen Kraft.

Und ein Gedanke ging ihm nicht aus dem Kopf: Es war Sommer. Die Menschen badeten, Touristen irrten mit Stadtplänen in den Händen herum. Und im Gebüsch zwischen der Anhöhe und dem roten Bretterzaun lag ein totes Kind. Es war entsetzlich, und das schlimmste war: Es konnte noch entsetzlicher werden.

Noch ein Auto, vielleicht das neunte oder zehnte, brummte von der Stefanskyrkan den Hügel hinauf und hielt an. Ohne direkt hinzuschauen, sah er Gunvald Larsson herausklettern und auf sich zukommen.

»Na, wie geht's hier?«

»Weiß nicht.«

»Der Regen. Es hat die ganze Nacht über geschüttet. Vermutlich …« Gunvald Larsson unterbrach sich ausnahmsweise einmal selbst, schwieg einen Augenblick und sagte dann: »Wenn sie Fußabdrücke sichern, stammen die vermutlich von mir. Ich war gestern abend hier, kurz nach zehn.«

»Soso.«

»Der Räuber. Er hat eine ältere Frau niedergeschlagen. Kaum fünfzig Meter von hier entfernt.«

»Hab davon gehört.«

»Sie hatte gerade ihren Obstladen zugemacht und war auf dem Heimweg. Hatte die ganze Kasse bei sich.«

»Hm.«

»Die ganze Kasse! Die Leute sind nicht gescheit.«

Gunvald Larsson machte abermals eine kurze Pause. Nickte zur Hügelkuppe hin, zu den Büschen und dem roten Holzzaun und sagte: »Sie muß dort gespielt haben.«

»Vermutlich.«

»Als wir kamen, hatte es bereits angefangen zu regnen. Und die Zivilstreife vom Neunten ist eine Dreiviertelstunde vor der Tatzeit hiergewesen. Sie haben nichts gesehen. Dabei muß die Kleine schon hier gelegen haben.«

»Sie haben nach dem Räuber gesucht«, sagte Kollberg.

»Eben. Und als der hier zuschlug, waren sie bei der Ugglevikskquelle. Es war der neunte Überfall.«

»Wie geht es der Frau?«

»Sie ist sofort ins Krankenhaus gebracht worden. Schock, Kieferbruch, vier ausgeschlagene Zähne, zertrümmertes Nasenbein. Sie hat nur gesehen, daß es ein Mann war und daß er ein rotes Taschentuch vor dem Gesicht hatte. Eine wirklich ausgezeichnete Beschreibung.«

Nach einer kurzen Pause setzte Gunvald Larsson hinzu: »Wenn ich einen Spürhund gehabt hätte ...«

»Was?«

»Dein vortrefflicher Freund Beck sagte letzte Woche, daß ich Spürhunde ausschicken soll. Ein Hund hätte vielleicht ...« Er nickte wieder zur Hügelgruppe hin, um zu vermeiden, die schrecklichen Worte noch aussprechen zu müssen.

Kollberg mochte Larsson nicht sonderlich, aber diesmal verstand er ihn.

»Ja, das wäre denkbar«, sagte er.

»Liegt Notzucht vor?« Gunvald Larsson wagte es kaum, diese Frage zu stellen.

»Vermutlich.«

»Dann besteht wohl kein Zusammenhang.«

»Nein, wahrscheinlich nicht.«

Rönn kam bis an die Absperrung auf sie zu, und Gunvald Larsson fragte noch einmal: »Handelt es sich um Notzucht?«

»Ja«, antwortete Rönn, »es sieht jedenfalls so aus.«

»Dann besteht kein Zusammenhang.«

»Womit denn?«

»Mit dem Raubüberfall.«

»Wie kommt ihr vorwärts?« wollte Kollberg wissen.

»Schlecht«, entgegnete Rönn. »Alles ist vom Regen verwischt. Sie ist naß wie eine ertränkte Katze.«

»Verdammt«, sagte Gunvald Larsson. »Verdammt! Zwei Verrückte laufen frei hier in der Gegend herum, der eine schlimmer als der andere.«

Er drehte sich jäh um und ging zum Auto zurück. Das letzte, was sie ihn sagen hörten, war: »So ein Scheißberuf.«

Rönn blickte ihm nach. Dann fragte er gedämpft: »Kannst du wohl einen Augenblick mitkommen?«

Kollberg seufzte tief auf und kletterte über das Absperrseil.

Martin Beck fuhr erst am Sonnabend nachmittag nach Stockholm zurück, am Sonntag mußte er wieder zum Dienst. Ahlberg brachte ihn zum Bahnhof.

Beck stieg in Hallsberg um und kaufte am Bahnhofskiosk eine Abendzeitung. Er stopfte sie in die Tasche seines Regenmantels und schlug sie erst auf, als er sich im D-Zug von Göteborg bequem zurechtgesetzt hatte.

Er warf einen Blick auf die Titelseite und zuckte zusammen. Der Alptraum begann wieder.

Für ihn einige Stunden später als für die anderen. Aber das war auch der einzige Unterschied.

9

Es gibt Augenblicke und Situationen, denen man um jeden Preis ausweichen möchte, denen aber niemand entgehen kann. Vermutlich kommen Polizisten häufiger als andere Menschen in solche Situationen. Absolut sicher ist es, daß einige Polizisten öfter mit ihnen konfroniert werden als andere.

Eine solche Situation ist zweifellos das Vernehmen einer Frau, die Karin Carlsson heißt und die weniger als vierundzwanzig Stunden zuvor erfahren hat, daß ihre achtjährige Tochter von einem Sexualverbrecher erwürgt worden ist. Eine alleinstehende Frau, die trotz Spritzen und Tabletten den Schock noch nicht überwunden hat. Ihre Apathie zeigt sich darin, daß sie noch immer den gleichen braunen Baumwollrock und dieselben Sandalen anhat, die sie trug, als ein dicker Kriminalbeamter, den sie nie vorher gesehen hatte und dem sie nie wieder begegnen wird, vor noch nicht vierundzwanzig Stunden an ihrer Wohnungstür klingelte. Solche Überlegungen können einem unmittelbar vor Beginn der Unterhaltung durch den Kopf schießen.

Man ist Kriminalkommissar bei der Reichsmordkommission, und man weiß, daß dieses Gespräch nicht aufzuschieben und noch weniger zu vermeiden ist, weil man außer der Aussage dieser einzigen Zeugin keine verwendbare Spur und keinen anderen Anhalt hat.

Weil man im voraus weiß, was der Obduktionsbefund ergeben wird, wenn er auch jetzt noch nicht vorliegt.

Noch vierundzwanzig Stunden zuvor hatte Martin Beck in einem Ruderboot gesessen und das Netz eingeholt, das er und Ahlberg früh am Morgen ausgelegt hatten. Nun stand er in einem Zimmer im Hauptquartier der Fahndungsabteilung in der Kungsholmsgatan, den rechten Ellbogen auf einen Aktenschrank gestützt. Er war zu bedrückt, um sich hinsetzen zu können.

Man hatte es für angebracht gehalten, die Vernehmung von einer Frau durchführen zu lassen, einer Ersten Kriminalassistentin beim Sittlichkeitsdezernat. Sie war Mitte Vierzig und hieß Sylvia Granberg. In gewisser Weise eine glückliche Wahl: Wie sie der Frau im braunen Rock am Tisch gegenübersaß, wirkte sie ebenso unbeeindruckt wie das Tonbandgerät, das gerade eingeschaltet werden sollte.

Als sie den Apparat vierzig Minuten später wieder ausschaltete, wirkte sie nicht eine Spur verändert, hatte ihre Stimme nicht ein einziges Mal geschwankt. Martin Beck stellte dies erneut fest, als er wenig später gemeinsam mit Kollberg und einigen anderen Kollegen das Band abspielte.

Granberg: Ich weiß, daß es schwer für Sie ist, Frau Carlsson, aber leider müssen wir Ihnen einige Fragen stellen.

Zeugin: Ja.

Granberg: Wann sind Sie geboren?

Zeugin: Am siebten ... neunzehnhu ...

Granberg: Wollen Sie bitte versuchen, etwas mehr ins Mikrophon hineinzusprechen.

Zeugin: Am 7. April 1937.

Granberg: Familienstand?

Zeugin: Was ... ich ...

Granberg: Ich meine, ob Sie ledig, verheiratet oder geschieden sind.

Zeugin: Geschieden.

Granberg: Seit wann?

Zeugin: Seit sechs Jahren, fast sieben.

Granberg: Und wie heißt Ihr geschiedener Mann?

Zeugin: Sigvard Erik Bertil Carlsson.

Granberg: Wo wohnt er?

Zeugin: In Malmö ... ich meine, er hat von dort aus geschrieben ... glaube ich wenigstens.

Granberg: Das glauben Sie? Wissen Sie es nicht?

Martin Beck: Er ist Seemann. Wir haben ihn noch nicht ermitteln können.

Granberg: Ist der Vater nicht unterhaltspflichtig?

Martin Beck: Natürlich. Aber er scheint seit einigen Jahren nichts gezahlt zu haben.

Zeugin: Er ... er hat sich nie viel um Eva gekümmert.

Granberg: Und Ihre Tochter hieß Eva Carlsson? Sonst keine Vornamen?

Zeugin: Nein.

Granberg: Und sie wurde am 5. Februar 1959 geboren?

Zeugin: Ja.

Granberg: Wollen Sie nun so freundlich sein und so genau wie möglich berichten, was am Freitagabend passierte?

Zeugin: Passierte ... es ist nichts passiert. Eva ... ging nach draußen.

Granberg: Wann?

Zeugin: Kurz nach sieben. Wir essen immer um sechs, wenn ich nach Hause komme. Ich arbeite in einer Fabrik, in der Lampenschirme hergestellt werden ... und dann hole ich Eva auf dem Heimweg vom Tagesheim ab. Sie geht immer allein hin, wenn die Schule aus ist ... und dann kaufen wir auf dem Nachhauseweg zusammen ein ...

Granberg: Was hatte sie am Abend gegessen?

Zeugin: Fleischklöße ... kann ich bitte etwas Wasser bekommen?

Granberg: Natürlich. Bitte sehr.

Zeugin: Danke. Fleischklöße mit Kartoffelpüree. Und Eis zum Nachtisch.

Granberg: Und was hat sie getrunken?

Zeugin: Milch.

Granberg: Was haben Sie nach dem Essen gemacht?

Zeugin: Wir haben eine Weile ferngesehen ... es war ein Kinderprogramm.

Granberg: Und um sieben Uhr oder bald danach ging sie also nach draußen?

Zeugin: Ja, es hatte aufgehört zu regnen. Und im Fernsehen begannen die Nachrichten. Die interessieren sie nicht besonders.

Granberg: Ging sie allein nach draußen?

Zeugin: Ja. Sehen Sie, es war ja noch hell, und sie hatte Schulferien. Ich hatte ihr erlaubt, bis acht Uhr draußen zu spielen. War das leichtsinnig von mir?

Granberg: Bestimmt nicht. Auf keinen Fall. Und danach haben Sie sie nicht mehr gesehen?

Zeugin: Nein ... nicht bis zur ... nein, ich kann nicht ...

Granberg: Identifizierung. Darüber brauchen wir nicht zu sprechen. Wann fingen Sie an, sich Sorgen zu machen?

Zeugin: Ich weiß nicht. Ich war die ganze Zeit über unruhig. Ich bin immer unruhig, wenn sie nicht zu Hause ist. Sie ist ja noch ...

Granberg: Aber wann fingen Sie an, nach ihr zu suchen?

Zeugin: Nicht vor halb neun. Manchmal bummelt sie ein bißchen. Sie bleibt länger bei einer Freundin und vergißt, auf die Uhr zu sehen. Sie wissen ja, wenn Kinder spielen ...

Granberg: Ja, ich verstehe. Wann fingen Sie also an zu suchen?

Zeugin: Um Viertel vor neun ungefähr. Ich rief bei den Eltern einer kleinen Spielkameradin an, wo sie oft war. Es meldete sich aber niemand.

Martin Beck: Die Familie ist über das Wochenende in ihr Sommerhaus gefahren.

Zeugin: Das wußte ich nicht, und Eva wohl auch nicht, nehme ich an.

Granberg: Und was taten Sie dann?

Zeugin: Eva hatte noch eine andere Freundin, deren Eltern kein Telefon haben. Ich ging zu ihnen hin.

Granberg: Wann?

Zeugin: Es muß schon nach neun gewesen sein, denn die Tür war verschlossen, und es dauerte eine Weile, bis einer runterkam und mir aufmachte. Eva war gleich nach sieben dort gewesen, aber das andere Mädchen hatte nicht mehr nach draußen gedurft. Sein Vater ist der Meinung, daß kleine Mädchen so spät nichts mehr auf der Straße zu suchen haben.

(Pause.)

Zeugin: Gott, wenn ich doch auch nur ... Aber es war doch noch hell, und überall waren Menschen. Wenn ich nur nicht ...

Granberg: Ist Ihre Tochter bald von dort weggegangen?

Zeugin: Ja, sie wollte zum Spielplatz, hat sie gesagt.

Granberg: Welchen Spielplatz hat sie gemeint?

Zeugin: Den im Vanadislunden, unten beim Sveavägen. Sie ging immer dorthin.

Granberg: Den anderen Spielplatz, den oben beim Wasserturm, kann sie nicht gemeint haben?

Zeugin: Das glaube ich nicht. Dort ging sie nie hin. Und bestimmt nicht allein.

Granberg: Glauben Sie, daß sie andere Spielkameraden getroffen haben kann?

Zeugin: Eigentlich nicht. Sie hat immer mit diesen beiden gespielt.

Granberg: Und als sie auch bei der zweiten Familie nicht war, was haben Sie da gemacht?

Zeugin: Ich ... ich ging zum Spielplatz beim Sveavägen und sah nach. Er war aber leer.

Granberg: Und dann?

Zeugin: Ja, ich wußte nicht, was ich noch tun konnte. Ich ging nach Hause und wartete. Ich stellte mich ans Fenster und hielt nach ihr Ausschau.

Granberg: Und wann etwa haben Sie die Polizei angerufen?

Zeugin: Erst viel später. Fünf oder zehn nach zehn sah ich ein Polizeiauto, das beim Park hielt, und dann kam ein Krankenwagen. Es hatte wieder angefangen zu regnen. Ich warf mir einen Mantel über und lief hin. Ich sprach dort mit einem Polizisten, der mir sagte, es handele sich um eine ältere Dame, der schlecht geworden sei.

Granberg: Sie gingen dann wieder nach Hause?

Zeugin: Ja ... und da sah ich Licht in der Wohnung. Ich war ganz glücklich, ich dachte, sie sei nach Hause gekommen. Aber ich hatte nur vergessen, das Licht auszudrehen.

Granberg: Um welche Zeit riefen Sie die Polizei an?

Zeugin: Als es halb elf vorbei war, hielt ich es nicht länger aus. Ich rief eine Freundin an, eine Arbeitskollegin. Sie wohnt in Hökarängen. Sie sagte, ich solle sofort die Polizei benachrichtigen.

Granberg: Nach unseren Unterlagen haben Sie zehn Minuten vor elf angerufen.

Zeugin: Ja. Und danach ging ich zum Polizeirevier, zu dem in der Surbrunnsgatan. Sie waren sehr nett und freundlich. Ich mußte erzählen, wie Eva aussieht ... aussah und was sie anhatte. Ich hatte ein Foto mitgenommen, damit sie sehen konnten, wie sie aussah. Sie waren wirklich nett und freundlich. Der Polizist, der alles aufschrieb, sagte, daß oft Kinder wegkommen oder sich verirren oder bei einem Spielkameraden bleiben, aber daß sie sich alle nach einigen Stunden wieder anfinden. Und ...

Granberg: Ja?

Zeugin: Und er sagte, wenn etwas passiert wäre, ein Unglück oder so was, dann hätte man ihn bereits benachrichtigt.

Granberg: Wann waren Sie wieder zu Hause?

Zeugin: Da war es nach zwölf. Ich blieb auf und wartete ... die ganze Nacht. Ich wartete darauf, daß jemand anrufen würde. Sie hatten ja meine Telefonnummer, aber niemand rief an. Ich rief auf alle Fälle noch einmal an. Aber der, der antwortete, sagte, daß er sich meine Nummer notiert habe und daß er sofort anrufen würde, wenn ...

(Pause.)

Zeugin: Aber niemand rief an. Auch am Morgen nicht. Und dann kam ein Polizist in Zivil und sagte ... sagte, daß ...

Granberg: Darüber brauchen wir jetzt nicht mehr zu reden.

Zeugin: Ja. Gut.

Martin Beck: War Ihre Tochter früher schon einmal mit solch einem »guten Onkel« in Berührung gekommen?

Zeugin: Ja, im letzten Herbst. Zweimal. Sie glaubte zu wissen, wer es war. Einer, der im gleichen Haus wie Eivor wohnt. Das ist die Freundin, die kein Telefon hat.

Martin Beck: Die in der Hagagatan wohnt?

Zeugin: Ja. Ich hab es sofort der Polizei gemeldet. Wir waren hier oben in diesem Haus, und Eva mußte einer Frau alles erzählen. Sie mußte sich auch einige Bilder ansehen in einem großen Album.

Granberg: Die, die registriert sind. Das Material liegt bereits vor.

Martin Beck: Ich weiß. Was mich interessiert, ist, ob Eva von diesem Mann später noch belästigt wurde? Nachdem Sie es der Polizei gemeldet hatten?

Zeugin: Nein ... soweit ich weiß, nicht! Sie hat jedenfalls nichts davon erzählt ... und sie hat mir immer alles erzählt ...

Granberg: So, Frau Carlsson, das wäre alles.

Zeugin: Soso ... alles ...

Martin Beck: Entschuldigen Sie die Frage: Was wollen Sie jetzt machen?

Zeugin: Ich weiß nicht. Nicht nach Hause ...

Granberg: Ich werde Sie nach unten begleiten. Unterwegs können wir darüber sprechen. Wir werden schon etwas finden.

Zeugin: Danke. Sie sind sehr freundlich.

Kollberg stellte das Tonbandgerät ab, starrte Martin Beck düster an und sagte: »Dieser ... gute Onkel, den sie im Herbst getroffen hat ...«

»Ja?«

»Den hat Rönn bereits einkassiert. Gestern nachmittag noch.«

»Und?«

»Bis auf weiteres lediglich ein Triumph der Datenverarbeitung. Er grient nur und sagt, daß er es nicht gewesen ist.«

»Beweise?«

»Keine natürlich. Er hat aber auch kein Alibi. Sagt, daß er zu Hause in seiner Einzimmerwohnung in der Hagagatan war und geschlafen hat. Kann sich nicht richtig erinnern, sagt er.«

»Kann sich nicht richtig erinnern?«

»Er war total betrunken«, sagte Kollberg. »Fest steht, daß er sich an dem Tag im Röda Berget hat vollaufen lassen, bis man ihn so gegen sechs rausgeworfen hat. Es sieht nicht sehr gut für ihn aus.«

»Was hat er beim letztenmal mit dem Kind gemacht?«

»Gewöhnlicher Exhibitionist, soviel ich weiß. Ich hab das Band mit dem Verhör des Mädchens hier. Noch ein Triumph der Technik.«

Die Tür ging auf, und Rönn kam herein.

»Nun?« fragte Kollberg.

»Nichts Neues. Er muß sich erst wieder fassen. Ist restlos fertig.«

»Du auch«, meinte Kollberg.

Das stimmte. Rönns Stirn war unnatürlich bleich, Wangen und Augen waren verschwollen und rot gerändert.

»Was glaubst du?« fragte Martin Beck.

»Nichts«, sagte Rönn.« Ich weiß nicht. Ich glaube, ich werde krank.«

»Später«, sagte Kollberg, »nicht jetzt. Wollen wir uns jetzt dieses Band anhören?«

Martin Beck nickte. Die Spulen fingen abermals an, sich zu drehen. Eine angenehme Frauenstimme sagte:

»Vernehmung der Schülerin Eva Carlsson, geboren am 5. Februar 1959. Leiter der Vernehmung: Kriminalassistent Sonja Hansson.«

Martin Beck und Kollberg runzelten die Stirn und verpaßten die folgenden Worte. Nur zu gut hatten sie Namen und Stimme wiedererkannt. Sonja Hansson war ein Mädchen, das zweieinhalb Jahre zuvor beinahe umgebracht worden war, als man sie in einem Mordfall als Lockvogel eingesetzt hatte.

»Ein Wunder, daß sie immer noch bei der Polizei ist«, sagte Kollberg.

»Ja«, stimmte Martin Beck zu.

»Pst! Man kann ja nichts verstehen«, mahnte Rönn.

Er war damals nicht dabeigewesen.

Hansson: ... und dann kam also dieser Onkel auf dich zu?

Eva: Ja. Ich stand mit Eivor an der Bushaltestelle.

Hansson: Und was machte der Onkel?

Eva: Er roch schlecht, und dann ging er so komisch, und dann sagte er ... was ganz Komisches.

Hansson: Erinnerst du dich noch daran, was er gesagt hat?

Eva: Ja. Er sagte: »He, ihr zwei Hübschen, wollt ihr mich mal röntgen, wenn ihr fünf Kronen dafür bekommt?«

Hansson: Du, Eva, weißt du, was er damit gemeint hat?

Eva: Nein, das fanden wir ja so komisch. Röntgen, so was tut man doch im Krankenhaus, nicht? Dazu braucht man einen großen Apparat, und den hatten wir doch gar nicht.

Hansson: Und was habt ihr daraufhin gemacht? Nachdem er das gesagt hatte?

Eva: Er hat es sogar ein paarmal gesagt. Und als er dann endlich ging, sind wir ihm nach.

Hansson: Ihr seid ihm nach?

Eva: Ja, wir sind ihm nachgeschlichen. Wie im Kino oder im Fernsehen.

Hansson: Das habt ihr euch getraut?

Eva: Ach, das war doch nicht gefährlich.

Hansson: Da bin ich aber ganz anderer Meinung. Vor solchen Onkeln muß man sich in acht nehmen.

Eva: Ach was, der war doch nicht gefährlich!

Hansson: Habt ihr gesehen, wo er hingegangen ist?

Eva: Ja, er ging in das Haus, in dem Eivor wohnt, und zwei Treppen über Eivors Wohnung nahm er einen Schlüssel aus der Tasche und ging hinein.

Hansson: Und ihr seid dann nach Hause gegangen?

Eva: Nein. Wir sind raufgeschlichen und sahen uns die Tür an. Da ist nämlich ein Schild mit seinem Namen drauf.

Hansson: Ja, ich verstehe. Was stand da?

Eva: Eriksson, glaube ich. Wir haben dann noch am Briefschlitz gelauscht. Er hat die ganze Zeit über irgendwas gemurmelt.

Hansson: Hast du das deiner Mutter erzählt?

Eva: Ach, da war ja nichts zu erzählen. Das war eben nur ein bißchen komisch.

Hansson: Aber das, was gestern passiert ist, hast du deiner Mutter erzählt?

Eva: Das mit den Kühen? Ja!

Hansson: War es derselbe Onkel?

Eva: Jaa!

Hansson: Bist du ganz sicher?

Eva: Ich glaube.

Hansson: Schau dir mal diesen Onkel da an! Was meinst du, wie alt er ist?

Eva: Na, mindestens einundzwanzig Jahre oder so.

Hansson: Wie alt, glaubst du, bin ich?

Eva: Oh, vielleicht vierzig. Oder fünfzig.

Hansson: Was meinst du, ist dieser Onkel älter oder jünger als ich?

Eva: Oh, viel älter. Viel, viel älter. Wie alt bist du?

Hansson: Achtundzwanzig. Willst du uns nun erzählen, was gestern passiert ist?

Eva: Ja. Eivor und ich haben Hopse vor dem Hauseingang gespielt, da kommt er heraus und stellt sich hin und sagt, daß wir mit ihm nach oben gehen sollen. Dann würde er uns zeigen, wie er seine Kühe melkt.

Hansson: So. Und was machte er dann?

Eva: Ach, er kann doch keine Kühe in seinem Zimmer haben. Doch keine richtigen.

Hansson: Und was habt ihr geantwortet, du und Eivor?

Eva: Gar nichts. Und dann ist Eivors Haarband aufgegangen, und da hat sie gesagt, so mit offenem Haar kann sie nicht mit jemand mitgehen.

Hansson: Und dann ist der Onkel weggegangen?

Eva: Nein. Er hat gesagt, dann müsse er seine Kühe eben hier unten melken. Und dann knöpfte er sich die Hose auf …

Hansson: Und?

Eva: Sag mal, glaubst du, daß er uns totgemacht hätte, wenn Eivors Haarband nicht aufgegangen wäre? Wie aufregend …

Hansson: Nein, das glaube ich nicht. Der Onkel knöpfte sich also die Hose auf, sagst du?

Eva: Ja, und dann holte er das hervor … das Ding, mit dem die Onkels Pipi machen …

Die helle Kinderstimme wurde mitten im Satz unterbrochen, als Kollberg die Hand ausstreckte und das Bandgerät ausschaltete. Martin Beck sah ihn an. Er stützte den Kopf in die linke Hand und massierte sich mit den Fingern die Nasenwurzel.

»Das Spaßige ist...«, begann Rönn.

»Was sagst du da?« fuhr Kollberg ihn an.

»Das Spaßige ist«, wiederholte Rönn unbeeindruckt, »daß er es jetzt zugibt. Damals leugnete er alles ab, und die Mädchen wurden immer unsicherer bei der Identifizierung. Deshalb wurde nichts daraus. Aber nun hat er es zugegeben. Sagt, daß er beide Male besoffen war, sonst hätte er so was nicht getan.«

»Soso, jetzt gibt er es zu«, stellte Kollberg fest.

»Ja.«

Martin Beck warf Kollberg einen fragenden Blick zu. Dann wandte er sich an Rönn und sagte: »Du hast heute nacht wohl nicht viel geschlafen, was?«

»Nein.«

»Dann solltest du nach Hause gehen und dich hinhauen, finde ich.«

»Sollen wir den Kerl laufenlassen?«

»Nein«, sagte Kollberg, »wir werden ihn nicht laufenlassen.«

10

Der Mann hieß ganz richtig Eriksson und war Lagerarbeiter. Und man brauchte nicht Arzt zu sein, um zu sehen, daß er Säufer war. Er war sechzig Jahre alt, fast ganz kahl, groß und ausgemergelt. Er zitterte am ganzen Körper.

Kollberg und Martin Beck verhörten ihn zwei Stunden lang, was für alle gleich anstrengend war.

Der Mann bekannte ein ums andere Mal die gleichen widerlichen Einzelheiten. Zwischendurch weinte er und beteuerte, daß er am Freitagnachmittag vom Gasthaus aus direkt nach Hause gegangen sei. Jedenfalls könne er sich an nichts anderes erinnern.

Nach zwei Stunden gestand er, daß er im Juli 1964 zweihundert Kronen und als Achtzehnjähriger ein Fahrrad gestohlen habe. Dann weinte er nur noch. Er war ein Menschenwrack, ausgestoßen aus der diskutablen Gemeinschaft und ungewöhnlich einsam.

Kollberg und Martin Beck betrachteten ihn düster und schickten ihn zurück in die Zelle.

Zur gleichen Zeit versuchten andere Leute der Abteilung und Beamte vom 5. Revier in dem Haus in der Hagagatan jemanden aufzutreiben, der Erikssons Alibi bekräftigen oder widerlegen konnte. Es gelang ihnen nicht.

Der Obduktionsbefund, der gegen vier Uhr nachmittags vorlag, war noch nicht endgültig. Da war von Erwürgen die Rede, von Fingerspuren am Hals und von versuchter Vergewaltigung. Vollendete Notzucht konnte nicht festgestellt werden.

Im übrigen enthielt der Befund eine Reihe negativer Angaben. Nichts deutete darauf hin, daß das Mädchen Widerstand geleistet hatte. Man hatte keine Hautfetzen unter den Nägeln und keine blauen Flecke an Armen und Händen gefunden. Dagegen zeigte der Unterleib Spuren, die von Faustschlägen herrühren konnten.

Im Labor hatte man die Kleider des Mädchens untersucht, konnte aber außer dem üblichen nichts zur Klarstellung beitragen. Außerdem fehlten die Schlüpfer des Kindes. Man hatte sie nirgendwo finden können. Sie waren weiß, aus Trikot, Größe 36, ein verbreitetes Fabrikat.

Bis zum Abend hatten die Klinkenputzer fünfhundert vervielfältigte Formulare ausgeteilt und eine einzige positive Antwort bekommen. Ein achtzehnjähriges Mädchen, mit Namen Majken Jansson, wohnhaft Sveavägen 103, Tochter eines Geschäftsführers, sagte aus, daß sie und ihr gleichaltriger Freund sich etwa zwanzig Minuten lang im Vanadislunden aufgehalten hatten, und zwar zwischen acht und neun Uhr. Die Zeit konnte sie nicht näher abgrenzen. Sie hatte weder etwas gehört noch gesehen.

Auf die Frage, was sie im Vanadislunden zu suchen gehabt hätten, anwortete sie, sie hätten ein bißchen Luft schnappen wollen während einer Familienfeier.

»Luft schnappen«, wiederholte Melander nachdenklich.

»Vermutlich zwischen den Beinen«, sagte Gunvald Larsson.

Gunvald Larsson war früher bei der Marine gewesen und immer noch Reserveoffizier. Es kam gelegentlich vor, daß er in seinen Marinejargon zurückfiel.

Stunde um Stunde schleppte sich dahin. Die Ermittlungsmaschinerie lief weiter. Im Leerlauf. Es war bereits nach ein Uhr in der Nacht zum Montag, als Martin Beck in seiner Wohnung in Bagarmossen ankam. Alles schlief. Er nahm eine Flasche Bier aus dem

Kühlschrank und machte sich ein Leberwurstbrot zurecht. Dann trank er das Bier und warf die Schnitte in den Abfalleimer.

Als er im Bett lag, dachte er eine Zeitlang an den zitternden Lagerarbeiter, der Eriksson hieß und der drei Jahre zuvor zweihundert Kronen aus der Jacke eines Arbeitskameraden gestohlen hatte.

Auch Kollberg schlief nicht. Er lag im Dunkeln und starrte an die Decke. Er dachte ebenfalls an den Mann, der Eriksson hieß und in der Kartei der Sittlichkeitsverbrecher aufgeführt war. Gleichzeitig dachte er daran, daß die Polizei, wenn der Verbrecher, der den Mord im Vanadislunden verübt hatte, nicht registriert war, ungefähr genausoviel Nutzen von der Datenverarbeitung hatte wie die Amerikaner bei der Jagd auf den Würger von Boston. Nämlich nicht den geringsten. Der Würger von Boston hatte in zwei Jahren dreizehn Personen umgebracht, alles einsame Frauen, ohne die geringste Spur zu hinterlassen.

Hin und wieder sah er zu seiner Frau hinüber. Sie schlief, zuckte aber jedesmal leicht, wenn sich das Kind in ihrem Körper bewegte.

11

Es war Montag nachmittag, sechzig Stunden, nachdem man das tote Mädchen im Vanadislunden gefunden hatte.

Die Polizei hatte die Öffentlichkeit über Presse, Rundfunk und Fernsehen um Mithilfe gebeten, und es waren bereits mehr als dreihundert Hinweise eingegangen. Jede Angabe wurde registriert und von einer speziellen Arbeitsgruppe untersucht. Dann nahm man das Resultat noch einmal unter die Lupe.

Das Sittlichkeitsdezernat ging seine Register durch, das Staatliche Kriminallaboratorium bearbeitete das magere Material vom Tatort, die Datenverarbeitungszentrale lief auf Hochtouren. Die Beamten der Abteilung für Gewaltverbrechen klopften gemeinsam mit Vertretern der Schutzpolizei des 9. Reviers an alle Türen des in Frage kommenden Bereichs, Verdächtige und jeder, der als Zeuge in Frage kam, wurden vernommen. Aber bis jetzt hatte alle Aktivität zu nichts geführt, was als Fortschritt bezeichnet werden konnte. Der Mörder war unbekannt und lief immer noch frei herum.

Auf Martin Becks Tisch häuften sich die Papiere. Schon seit dem frühen Morgen arbeitete er sich durch den nicht versiegen wollenden Strom von Rapporten, Berichten und Vernehmungsprotokollen hindurch. Das Telefon hatte fast ununterbrochen geklingelt. Um etwas Ruhe zu bekommen, hatte er nun Kollberg gebeten, während der nächsten Stunden alle Anrufe entgegenzunehmen. Martin Beck saß hinter verschlossener Tür und sichtete das Material.

Er hatte nur wenige Stunden geschlafen. Er hatte das Mittagessen ausgelassen, um eine Pressekonferenz halten zu können, die für die Journalisten allerdings nicht sehr aufschlußreich gewesen war.

Er gähnte, sah auf die Uhr und wunderte sich, daß es bereits Viertel nach drei war. Dann sammelte er die Papiere zusammen, die in Melanders Abteilung gehörten und trat, nachdem er angeklopft hatte, bei Melander und Gunvald Larsson ein.

Melander sah nicht auf, als Martin Beck ins Zimmer kam. Sie hatten so lange zusammengearbeitet, daß er Martin Beck schon an der Art seines Klopfens erkannte. Gunvald Larsson warf einen mißmutigen Blick auf die Papiere in Martin Becks Hand und sagte: »Herrgott, kommst du mit noch mehr. Wir ertrinken bereits in Arbeit.«

Martin Beck zuckte die Schultern und legte die Papiere neben Melanders Ellenbogen.

»Ich will mir gerade Kaffee bestellen«, sagte er, »wollt ihr auch welchen?«

Melander schüttelte ohne aufzusehen den Kopf.

»Das wäre nicht schlecht«, meinte Gunvald Larsson.

Martin Beck ging hinaus, schloß die Tür hinter sich und stieß mit Kollberg zusammen, der gerade angehastet kam. Martin Beck sah die Aufregung in Kollbergs rundem Gesicht und fragte: »Was ist denn mit dir los?«

Kollberg packte ihn am Arm und sagte so schnell, daß die Worte sich fast überstürzten: »Martin, es ist schon wieder passiert. Er hat wieder zugeschlagen. Im Tantolunden.«

Sie fuhren mit heulenden Sirenen über die Västerbron. Gleichzeitig hörten sie im Polizeifunk, daß alle erreichbaren Streifenwagen zur Absperrung nach Tantolunden dirigiert wurden. Bisher wußten Martin Beck und Kollberg nur, daß man in der Nähe des Freilichttheaters ein totes Mädchen gefunden hatte, daß die Tat an den Mord im Vanadislunden erinnerte und die Leiche so kurz nach der Tat aufgefunden worden war, daß der Mörder sich noch nicht weit vom Tatort entfernt haben konnte.

Als sie am Sportplatz Zinkensdamm vorbeifuhren, sahen sie einige schwarze Wagen hinunter zur Wollmar Yxkullsgatan fahren. Außerdem standen einige Autos auf dem Ringvägen und im Park.

Sie bremsten vor der Reihe niedriger alter Holzhäuser in der Sköldgatan. Der Weg in den Park hinein war durch ein Auto mit Antenne versperrt. Auf dem schmaleren Fußgängerweg stand ein uniformierter Polizist, der gerade ein paar Kinder zurückrief, die auf dem Weg zum Hügel waren.

Martin Beck ging mit langen, schnellen Schritten auf den Polizisten zu, ohne sich darum zu kümmern, ob Kollberg ihm folgen konnte, grüßte den Mann, der auf eine Stelle im Park zeigte, und ging ohne Aufenthalt weiter. Das Gelände war sehr hügelig, und erst, als er den Hügelkamm fast erreicht hatte, sah er etwa zwanzig Meter neben dem Weg in einer Senke eine Gruppe Männer stehen. Etwas weiter, dort, wo der Weg sich gabelte, hinderte ein uniformierter Polizist Neugierige am Näherkommen.

Jetzt hatte Kollberg ihn endlich eingeholt. Sie hörten, daß die Polizisten sich unterhielten. Beim Anblick der beiden verstummten sie, grüßten und traten dann zur Seite. Martin Beck hörte Kollberg hinter sich keuchen.

Das Mädchen lag auf dem Rücken im Gras, die angewinkelten Arme über dem Kopf. Das linke Bein war gebeugt und das Knie so zur Seite gedreht, daß der Schenkel im rechten Winkel zum Körper lag. Das rechte Bein war seitwärts ausgestreckt. Das Gesicht des Mädchens war nach oben gewandt, die Augen waren halb geschlossen, der Mund stand offen. Aus einem Nasenloch rann ein Blutfaden. Ein gelbes Plastespringseil war mehrere Male um den Hals des Mädchens geschlungen. Es trug ein gelbes, ärmelloses Kittelkleid. Die drei unteren Knöpfe waren abgerissen. Der Schlüpfer fehlte. An den Füßen hatte es weiße Socken und rote Sandalen. Es schien ungefähr zehn Jahre alt zu sein. Es war tot.

Martin Beck hatte das alles in wenigen Sekunden in sich aufgenommen. Länger ertrug er den Anblick nicht. Er drehte sich um und sah den Weg entlang. Den Hügel herab kamen zwei Männer vom Labor angehastet. Sie trugen graublaue Overalls; der eine schleppte einen großen grauen Aluminiumkasten, der zweite hatte ein Seil in der einen Hand und eine schwarze Tasche in der anderen. Als sie heran waren, sagte der Mann mit dem Seil: »Der Idiot, der sein Auto mitten auf den Weg gestellt hat, soll es wegfahren, damit wir näher heranfahren können.« Dann warf er einen Blick auf die Tote, ging hinunter zur Wegegabelung und begann, das Gebiet mit dem Seil abzusperren.

Ein Streifenwagenfahrer mit Lederjacke stand am Rand des Weges und sprach in ein *walkie-talkie*, ein Mann in Zivil stand breitbeinig neben ihm und hörte zu. Martin Beck erkannte den in Zivil wieder. Er hieß Manning und gehörte zur Schutzpolizei des 2. Reviers.

Auch Manning hatte Martin Beck und Kollberg erkannt; er sagte einige Worte zu dem Streifenwagenfahrer und kam auf sie zu.

»Wir haben uns bemüht, das ganze Gebiet, so gut es eben geht, abzusperren«, meldete er.

»Wie lange ist es her, daß man sie gefunden hat?« fragte Martin Beck.

Manning sah auf seine Armbanduhr.

»Vor fünfundzwanzig Minuten ist der erste Wagen hier eingetroffen«, antwortete er.

»Hat jemand den Täter gesehen?« wollte Kollberg wissen.

»Leider nicht.«

»Wer hat sie gefunden?« fragte Martin Beck.

»Ein paar Kinder. Sie alarmierten einen Streifenwagen, der den Ringvägen entlangfuhr. Sie war noch warm, als die Streife ankam. Seit der Tat kann nicht viel Zeit vergangen sein.«

Martin Beck sah sich um. Das Auto vom Labor fuhr vor, dicht dahinter das des Arztes.

Von der Senke aus, in der das tote Kind lag, konnte man die Gartenkolonie nicht sehen, die ungefähr fünfzig Meter westlich hinter einem Hügel begann. Außer den Baumkronen sah man die obersten Wohnungen eines Wohnblocks in der Tantogatan, aber die Eisenbahnlinie, die die Straße vom Park trennte, war hinter Grün verborgen.

»Er hätte sich in der ganzen Stadt tatsächlich keinen besseren Platz aussuchen können«, stellte Martin Beck fest.

»Keinen schlimmeren meinst du wohl«, verbesserte Kollberg.

Er hatte recht. Selbst wenn der Mann, der die Kleine umgebracht hatte, sich noch immer in der Nähe aufhielt, waren die Voraussetzungen, aus dem Park zu entkommen, recht gut. Der Tantolunden ist der größte Park der Innenstadt. An den Park grenzt eine Kleingartenkolonie, dann schließen sich entlang des ganzen Strandes bis hin nach Årstaviken eine Reihe von kleineren Bootswerften, Lagerhäusern, Werkstätten, Schrottplätzen und verschiedene Kneipen an. Zwischen der Wollmar Yxkullsgatan, die vom Ringvägen her das Gebiet bis zum Strand hin durchschneidet, und der Hornsgatan liegt das Pflegeheim Högalid, eine Anstalt für Alkoholiker, eine Anzahl von großen, unregelmäßig verteilten Gebäuden. Um die Anstalt herum stehen eine Reihe von Lagerhäusern und Holzschuppen. Zwischen der Anstalt und Zinkensdamms Sportplatz liegt noch eine zweite Kleingartenkolonie. Ein Viadukt über die Eisenbahngleise verbindet den südlichen Teil des Parks mit der Tantogatan, wo fünf riesige Mietshäuser auf dem felsigen Untergrund der Küste errichtet sind.

Weiter entfernt, an der Ecke der Ringvägen, liegt das Männerwohnheim Tanto, ein paar lange Reihen niedriger Holzbaracken.

Martin Beck überdachte die Situation und beurteilte sie als ziemlich hoffnungslos. Er bezweifelte, den Schuldigen hier und jetzt fassen zu können. Erstens hatten sie nicht einmal seine Personalbeschreibung, und zweitens hatte er aller Wahrscheinlichkeit nach rechtzeitig aus dem Park verschwinden können. Drittens hatten das Männerwohnheim und das Pflegeheim für Alkoholiker so viele männliche Insassen, daß allein diese Vernehmungen Tage dauern würden.

Die nächsten Stunden gaben ihm recht. Aus der ersten Untersuchung des Arztes ging lediglich hervor, daß das Mädchen erwürgt worden war, vermutlich auch vergewaltigt, und daß der Tod erst vor etwa einer Stunde eingetreten war. Polizeihunde waren sofort nach Martin Beck und Kollberg eingetroffen, aber die Spur, die die Hunde aufnahmen, führte direkt aus dem Park heraus zur Wollmar Yxkullsgatan. Die Zivilfahnder der Schutzpolizei waren dabei, mögliche Zeugen zu verhören, bis jetzt ohne positives Ergebnis. Sie hatten mit einer Anzahl von Menschen im Park und in der Kleingartenkolonie gesprochen, aber keiner hatte etwas gesehen oder gehört, was mit dem Mord in Zusammenhang zu bringen war.

Es war zehn Minuten vor fünf. Auf dem Bürgersteig des Ringvägen stand eine Anzahl Menschen und betrachtete neugierig die Polizei bei ihrer, wie es schien, planlosen Arbeit. Reporter und Fotografen waren gekommen. Einige waren bereits wieder in ihre Redaktionen zurückgekehrt, um ihre Leser mit detaillierten Beschreibungen des zweiten Mädchenmordes zu erschrecken, der innerhalb von drei Tagen in Stockholm von einem Wahnsinnigen begangen worden war, der noch immer frei herumlief.

Martin Beck sah Kollbergs gewichtiges Hinterteil in der Türöffnung eines Streifenwagens, der auf dem Kiesweg dicht am Ringvägen parkte. Er machte sich aus einer Gruppe von Journalisten frei und ging zu Kollberg hinüber, der gebückt in ein Mikrophon sprach. Er wartete, bis Kollberg fertig war, und gab ihm einen leichten Klaps auf die Kehrseite. Kollberg kam aus dem Auto heraus und richtete sich auf.

»Weißt du, ob schon einer mit den Eltern des Mädchens gesprochen hat?« fragte Martin Beck.

»Ist bereits geschehen«, antwortete Kollberg. »Das bleibt uns diesmal erspart.«

»Ich möchte mit den Kindern sprechen, die sie gefunden haben. Sie sollen in der Tantogatan wohnen.«

»Okay, ich bleibe«, sagte Kollberg.

»Gut. Bis dann«, sagte Martin Beck und verabschiedete sich.

Die beiden Jungen wohnten in einem der großen, U-förmig gebauten Mietshäuser in der Tantogatan. Martin Beck traf beide in der Wohnung des einen an. Sie hatten den Schock nach der unheimlichen Entdeckung noch nicht überwunden, konnten aber gleichzeitig nicht verbergen, daß sie das Ganze sehr spannend fanden.

Sie berichteten Martin Beck, wie sie das Mädchen beim Spielen im Park gefunden hatten. Sie hatten sie gleich wiedererkannt, da sie im selben Haus wohnte. Vorher hatten sie sie auf dem Spielplatz hinter dem Haus, in dem sie wohnten, gesehen, wo sie mit zwei gleichaltrigen Mädchen Seil gesprungen war. Da das eine von ihnen in die gleiche Klasse ging wie die Jungen, konnten sie sogar sagen, daß es Lena Oskarsson hieß, zehn Jahre alt war und in dem Haus nebenan wohnte.

Das Haus nebenan sah genauso aus wie das, in dem die Jungen wohnten. Martin Beck fuhr mit dem schnellen automatischen Fahrstuhl in das siebente Stockwerk hinauf und klingelte. Nach einer Weile wurde die Tür geöffnet und unmittelbar darauf wieder geschlossen. Durch den Türspalt hatte er niemanden gesehen. Er klingelte noch einmal. Die Tür wurde wieder aufgemacht, und nun wußte er, warum er beim erstenmal niemanden gesehen hatte.

Der Junge, der aufmachte, konnte kaum mehr als drei Jahre alt sein, und seine flachsblonde Mähne befand sich einen Meter unter Martin Becks Augenhöhe.

Der Junge ließ den Türgriff los und sagte mit hoher, heller Stimme: »Guten Tag.«

Dann lief er in die Wohnung zurück, und Martin Beck hörte ihn rufen: »Mama, Mama, komm, ein Onkel!«

Es dauerte einige Zeit, bis die Mutter an die Tür kam. Sie sah Martin Beck fragend an, und er beeilte sich, ihr seinen Dienstausweis zu zeigen. »Ich hätte mich gern einmal mit Ihrer Tochter unterhalten. Ist sie zu Hause?« fragte er. »Weiß sie, was geschehen ist?«

»Das mit Annika? Ja, wir haben es vor einer Stunde von einem Nachbarn gehört. Entsetzlich. Wie kann so etwas am hellichten Tage geschehen? Aber bitte, kommen Sie herein. Ich werde Lena holen«.

Martin Beck folgte Frau Oskarsson ins Wohnzimmer. Wenn man von den Möbeln absah, glich es dem Raum, den er eben erst verlassen hatte. Der kleine Junge stand mitten im Zimmer und sah ihn neugierig und erwartungsvoll an. Er hatte eine Spielzeuggitarre in der Hand.

»Geh in dein Zimmer und spiel ein bißchen, Bosse«, sagte seine Mutter.

Bosse gehorchte nicht, was sie wohl auch nicht erwartet hatte. Sie machte sich daran, einige Spielsachen vom Sofa zu räumen.

»Es ist hier etwas unordentlich«, sagte sie. »Bitte nehmen Sie Platz. Ich werde jetzt Lena holen.«

Sie ging aus dem Zimmer und ließ Martin Beck mit dem kleinen Jungen allein. Seine eigenen Kinder waren zwölf und fünfzehn Jahre alt, und er hatte vergessen, wie man sich mit Dreijährigen unterhält.

»Kannst du darauf spielen?« fragte er.

»Kann nich pielen«, sagte der kleine Kerl. »Kann du pielen?«

»Nein, ich kann auch nicht spielen«, antwortete Martin Beck.

»Du kann pielen«, widersprach das Bürschlein eigensinnig.

Jetzt kam Frau Oskarsson zurück, hob den Jungen samt seiner Gitarre hoch und trug ihn entschlossen aus dem Zimmer.

Er schrie und strampelte, und die Mutter sah Martin Beck über die Schulter an. »Ich komme gleich. Sie können inzwischen mit Lena sprechen.«

Von den Jungen wußte er, daß Lena zehn Jahre alt war. Sie war groß für ihr Alter und recht hübsch trotz der mürrischen Miene. Sie trug Jeans und eine Baumwolljacke und nickte schüchtern.

»Setz dich«, sagte Martin Beck, »dann kann man besser reden.«

Sie setzte sich auf die Kante eines Sessels, die Knie dicht aneinander.

»Du heißt also Lena«, begann er.

»Ja.«

»Und ich heiße Martin. Du weißt, was passiert ist?«

»Ja«, sagte das Mädchen und sah auf den Fußboden, »ich ... Mama hat mir davon erzählt.«

»Ich weiß, daß du einen Schreck bekommen hast, aber ich muß dich leider nach ein paar Dingen fragen.«

»Ja.«

»Du warst noch vorher mit Annika zusammen, wie ich gehört habe?«

»Ja, wir haben gespielt. Ulla, Annika und ich.«

»Wo ungefähr habt ihr gespielt?«

Sie nickte zum Fenster hin.

»Zuerst unten auf dem Hof. Dann mußte Ulla zum Essen. Da sind Annika und ich dann nach Hause zu mir. Als Ulla mit Essen fertig war, holte sie uns ab, und wir sind wieder nach draußen.«

»Wo seid ihr hingegangen?«

»In den Tantolunden. Ich mußte Bosse mitnehmen, und dort sind Schaukeln. Er schaukelt so gerne.«

»Weißt du, wie spät es da war?«

»Halb zwei oder zwei – so ungefähr. Vielleicht weiß Mama es.«

»Ihr gingt dann also in den Tantolunden. Hast du gesehen, ob Annika dort jemanden getroffen hat? Ob sie mit einem Onkel oder sonst jemandem gesprochen hat?«

»Nein.«

»Was habt ihr im Tantolunden gemacht?«

Das Mädchen sah eine Weile zum Fenster hinaus. Es schien nachzudenken. »Wir haben gespielt«, sagte es schließlich. »Zuerst haben wir geschaukelt, weil Bosse das gerne wollte. Dann sind wir Seil gesprungen, und dann sind wir zum Kiosk runter und haben uns Eis gekauft.«

»Waren noch kleine Kinder im Park?«

»Wo wir waren, nicht. Aber am Sandkasten waren kleine Kinder. Bosse hat mit ihnen zusammen Krach gemacht. Aber die sind nach einer Weile mit ihrer Mutter weg.«

»Was habt ihr gemacht, nachdem ihr Eis gekauft habt?« wollte Martin Beck wissen.

Aus dem Nebenzimmer hörte man Frau Oskarssons Stimme und das durchdringende Geschrei des Jungen.

»Wir sind ein bißchen umhergelaufen. Und dann wurde Annika böse.«

»Böse? Warum?«

»Ach, sie hat sich geärgert. Ulla und ich wollten Hopse spielen. Da hatte sie keine Lust zu. Sie wollte lieber Versteck spielen, aber das geht nicht, wenn Bosse mit ist. Er rennt nur herum und verrät immer, wo sich die andern versteckt haben. Deshalb wurde sie böse und ging weg.«

»Wo ging sie hin? Hat sie gesagt, wohin sie gehen wollte?«

»Nein, sie hat nichts gesagt. Sie ging einfach weg, und Ulla und ich fingen an, Hopse zu spielen. Wir haben nicht gesehen, wo sie hin ist.«

»Habt ihr wenigstens gesehen, in welche Richtung sie ging?«

»Nein, auch nicht. Wir spielten Hopse, und nach einer Weile merkte ich, daß Bosse fort war, und da sahen wir, daß Annika auch fort war.«

»Hast du dann noch Bosse gesucht?«

Das Mädchen sah auf seine Hände herab und zögerte eine Weile mit der Antwort.

»Nein. Ich dachte, daß er mit Annika weg ist. Er rennt immer hinter Annika her. Sie hat ... Sie hatte keine Geschwister und war immer schrecklich nett zu ihm.«

»Was passierte dann? Kam Bosse zurück?«

»Ja, nach einer Weile kam er zurück. Er war wohl irgendwo in der Nähe, wo wir ihn nicht gesehen hatten.«

Martin Beck nickte. Er wollte sich eine Zigarette anzünden, sah aber keinen Aschenbecher im Zimmer und ließ es deshalb bleiben.

»Was hat Annika wohl gemacht? Hat Bosse irgendwas gesagt, wohin sie gegangen ist?«

Das Mädchen schüttelte den Kopf, so daß ihr die langen hellen Locken ins Gesicht fielen.

»Nein, wir dachten, sie ist nach Hause gegangen. Wir haben Bosse nicht gefragt, und er hat nichts gesagt. Dann wurde er so unartig, daß wir lieber zu mir nach Hause gingen.«

»Weißt du, wie spät es war, als Annika den Spielplatz verließ?«

»Nein, ich hatte keine Uhr mit. Aber es war drei, als wir zu mir nach Hause kamen. Wir haben nicht sehr lange Hopse gespielt. Eine halbe Stunde oder so vielleicht.«

»Habt ihr noch andere Leute im Park gesehen?«

Lena strich sich die Locken zurück und runzelte die Stirn.

»Auf die haben wir nicht geachtet. Ich jedenfalls nicht. Da war wohl eine ältere Frau mit einem Hund, einem Dackel. Bosse wollte ihn streicheln. Ich hab ihn wegholen müssen.« Sie sah Martin Beck ernsthaft an.

»Er darf Hunde nicht streicheln, das kann gefährlich werden.«

»Und sonst hast du niemanden im Park gesehen? Denk mal nach, vielleicht fällt dir noch etwas ein.«

Sie schüttelte den Kopf.

»Nein, wir haben gespielt, und dann mußte ich ja auf Bosse aufpassen. Ich habe nicht darauf geachtet, wer im Park war. Es sind wohl einige Leute vorbeigegangen, aber ich weiß nicht, wer.«

Dann war es still im Zimmer geworden, bis Frau Oskarsson zurückkam. Martin Beck stand auf.

»Ich möchte nur noch Ullas Name und Adresse haben«, sagte er zu dem Mädchen. »Ich gehe jetzt, aber vielleicht muß ich noch einmal mit dir sprechen. Wenn dir noch etwas einfällt, was du im Park gesehen hast, dann bitte deine Mama, daß sie mich anruft.«

Er wandte sich an die Mutter.

»Auch unbedeutend wirkende Kleinigkeiten können wichtig sein«, sagte er. »Bitte, rufen Sie uns unbedingt an, wenn Lena noch etwas einfällt.«

Er gab Frau Oskarsson eine Visitenkarte und bekam einen Zettel mit Name, Adresse und Telefonnummer des dritten Mädchens.

Dann ging er zurück zum Tantolunden.

Ein Mann vom Labor war noch immer in der Senke beschäftigt. Die Sonne stand tief und warf lange Schatten auf den Rasen. Martin Beck blieb neben dem Mann stehen, bis man das tote Mädchen fortgebracht hatte. Dann fuhr er nach Kungsholmen zurück.

»Und den Schlüpfer hat er auch dieses Mal mitgenommen«, stellte Gunvald Larsson fest.

»Ja«, sagte Martin Beck. »Weiß, Größe 36.«

»Was für ein Teufel«, fuhr Gunvald Larsson fort. Er kratzte sich mit dem Kugelschreiber im Ohr und fragte dann: »Und was sagen deine vierbeinigen Freunde zu diesem Fall?«

Martin Beck sah ihn nur mißbilligend an.

»Was sollen wir mit diesem Eriksson machen?« wollte Rönn wissen.

»Laß ihn laufen«, antwortete Martin Beck.

Nach einigen Sekunden fügte er hinzu: »Aber verlier ihn nicht aus den Augen.«

12

Die Besprechung am Dienstag, dem 13. Juni, war kurz und wenig ermunternd. Das gleiche konnte man von der Notiz sagen, die an die Presse gegeben wurde. Man hatte den Tatort von einem Hubschrauber aus fotografieren lassen. Man hatte etwa tausend Hinweise aus allen möglichen Ecken bekommen. Diese Hinweise wurden bearbeitet. Alle der Polizei bekannten Exhibitionisten, Voyeure und andere Personen mit abartigen sexuellen Neigungen mußten kontrolliert werden. Einer war festgenommen und darüber befragt worden, was er zum Zeitpunkt des ersten Verbrechens gemacht hatte. Er wurde wieder auf freien Fuß gesetzt.

Alle waren unausgeschlafen und erschöpft. Auch die Journalisten und Fotografen.

Nach der Besprechung sagte Kollberg zu Martin Beck: »Es gibt zwei Zeugen.«

Martin Beck nickte. Dann gingen sie zu Gunvald Larsson und Melander.

»Es gibt zwei Zeugen«, sagte Martin Beck.

Melander sah nicht einmal von seinen Papieren auf, aber Gunvald Larsson fragte: »Ach nein! Und wer sollte das sein?«

»Erstens der kleine Junge im Tantolunden.«

»Der Dreijährige?«

»Genau.«

»Das Mädchen von der Sitte hat versucht, mit ihm zu reden, was dir bekannt sein dürfte. Er kann noch nicht mal richtig sprechen. Das ist ungefähr genauso aussichtsreich, als wenn ich den Hund verhören sollte.«

Martin Beck ignorierte sowohl diese Replik wie auch den erstaunten Blick, den Kollberg ihm zuwarf.

»Und zweitens?« fragte Melander ohne aufzusehen.

»Der Räuber.«

»Der Räuber fällt in meinen Bereich«, warf Gunvald Larsson ein.

»Eben. Drum faß ihn.«

Gunvald Larsson hatte sich so weit mit dem Stuhl zurückgelehnt, daß es knackte. Er starrte erst Martin Beck, dann Kollberg an und sagte: »Einen Augenblick mal. Was glaubt ihr, was ich in den letzten drei Wochen gemacht habe? Ich und die Schutzpolizei vom 5. und 9. Revier. Daumen gedreht? Willst du behaupten, daß wir nicht alles versucht haben?«

»Ihr habt *versucht*, ihn zu fassen. Nun ist die Lage anders. Jetzt *müßt* ihr ihn fassen.«

»Wie in drei Teufels Namen sollen wir das anstellen? Gerade jetzt?«

»Der Räuber ist ein Fachmann«, sagte Martin Beck, »das sind deine eigenen Worte. Hat er jemals einen überfallen, der kein Geld hatte?«

»Nein.«

»Ist er jemals auf einen losgegangen, der sich wehren konnte?« fragte Kollberg.

»Nein.«

»Sind die Kollegen von der Schutzpolizei jemals in der Nähe gewesen?« fuhr Martin Beck fort.

»Nein.«

»Und was kann man daraus schließen?« fragte Kollberg.

Gunvald Larsson antwortete nicht gleich. Er kratzte sich lange mit dem Kugelschreiber im Ohr, bevor er sagte: »Er ist Fachmann!«

»Du sagst es«, entgegnete Martin Beck.

Gunvald Larsson grübelte noch eine Weile vor sich hin. Dann sagte er zögernd: »Als du vor zehn Tagen hier oben warst, wolltest du etwas wissen, hast es dir dann aber anders überlegt. Warum?«

»Weil du mich unterbrochen hast.«

»Was wolltest du sagen?«

»Daß wir die Zeitfolge der Verbrechen studieren sollen«, warf Melander ein, ohne aufzusehen. »Wir müssen systematisch an die Sache herangehen. Aber das haben wir bereits getan.«

»Noch etwas«, sagte Martin Beck. »Der Räuber ist Fachmann, das ist deine eigene Schlußfolgerung. Er ist ein so ausgezeichneter Fachmann, daß er die Leute von der Schutzpolizei kennt. Vielleicht sogar auch welche aus dem Dezernat für Gewaltverbrechen. Vielleicht auch die motorisierten.«

»Was noch?« fragte Gunvald Larsson. »Meinst du vielleicht, daß wir das ganze verdammte Polizeikorps auswechseln sollen wegen dieses Lumpen?«

»Du hättest Leute von woanders nehmen können«, entgegnete Kollberg. »Alle möglichen, weibliche, zum Beispiel. Andere Autos.«

»Nun ist es auf jeden Fall zu spät«, meinte Gunvald Larsson.

»Eben«, sagte Martin Beck, »nun ist es zu spät. Aber jetzt ist es andererseits doppelt wichtig, daß wir ihn kriegen.«

»Der Kerl betritt keinen einzigen Park mehr, solange der Mörder frei herumläuft«, knurrte Gunvald Larsson.

»Genau das. Um welche Zeit hat er das letzte Verbrechen begangen?«

»Zwischen neun und Viertel nach neun.«

»Und wann ist der Mord passiert?«

»Zwischen sieben und acht. Hör mal, warum stehst du hier herum und fragst Sachen, die wir alle längst wissen?«

»Entschuldige. Vielleicht will ich mich selbst überzeugen.«

»Wovon denn?« wollte Gunvald Larsson wissen.

»Daß der Räuber das Mädchen gesehen hat«, erklärte Martin Beck, »und den, der es ermordet hat. Der Räuber ist ein Mann, der niemals impulsiv handelt. Vermutlich hat er sich jeweils einige Stunden lang im Park aufgehalten, bis er seine Chance bekam. Wenn nicht, müßte er unerhörtes Glück gehabt haben.«

»Solches Glück gibt es nicht«, sagte Melander, »nicht neunmal hintereinander. Fünfmal vielleicht oder sechs.«

»Faß ihn«, verlangte Martin Beck.

»Vielleicht an sein Ehrgefühl appellieren, damit er sich stellt?«

»Auch das wäre möglich.«

»Ja«, sagte Melander, der gerade den Hörer abnahm. Er hörte einen Augenblick zu und sagte: »Ich schicke dir einen Streifenwagen.«

»Was Besonderes?« wollte Kollberg wissen.

»Nein.«

»Ehrgefühl – Gewissen.« Gunvald Larsson schüttelte den Kopf. »Euer Vertrauen zu den Gangstern ist wirklich ... Mir fehlen einfach die Worte.«

»Gerade jetzt ist es mir verdammt gleichgültig, was dir fehlt«, sagte Martin Beck mit einer gewissen Schärfe. »Nur – faß den Kerl.«

»Stütze dich auf die Tatsachen«, riet Kollberg.

»Was glaubst du denn, was ich ...« fing Gunvald Larsson an, wurde aber ausnahmsweise selbst einmal unterbrochen.

»Wo er auch sein mag«, sagte Martin Beck, »ob er sich auf den Kanarischen Inseln herumtreibt oder sich in einer Verbrecherspelunke in Söder herumdrückt, du mußt ihn finden. Benutze jeden Kontakt, den wir zur Unterwelt haben, nimm die Zeitungen zu Hilfe, das Radio, das Fernsehen. Drohe, schmiere, versprich. Mach, was du willst, aber faß den Kerl.«

»Du weißt, wie hoch ich deine Intelligenz einschätze«, sagte Kollberg ernst.

»Ja, das weiß ich«, gab Gunvald Larsson versöhnt zurück. »Also: Dann mal ran an den Feind.«

Er griff zum Telefon. Martin Beck und Kollberg gingen aus dem Zimmer.

»Es wäre eine Möglichkeit«, meinte Martin Beck.

»Vielleicht«, gab Kollberg zweifelnd zur Antwort.

»Gunvald ist nicht so dumm, wie er manchmal aussieht.«

»Wirklich nicht?«

»Hör mal, Lennart!«

»Ja?«

»Was ist eigentlich mit dir los?«

»Genau das gleiche wie mit dir.«

»Und das ist?«

»Ich habe Angst.«

Darauf antwortete Martin Beck nicht. Zum einen, weil Kollberg recht hatte, zum anderen, weil sie beide einander so gut und so lange kannten, daß sie sich auch ohne Worte verstanden.

Sie gingen die Stufen hinunter auf die Straße und stiegen in den Wagen. Das Auto war ein roter Saab mit neutralem Kennzeichen. Trotzdem gehörte es der Reichspolizei.

»Der kleine Junge, wie hieß er doch?« fragte Martin Beck nachdenklich.

»Bo Oskarsson«, antwortete Kollberg. »Wird Bosse genannt.«

»Richtig. Ich hab ihn nur flüchtig gesehen. Wer hat mit ihm gesprochen?«

»Sylvia, glaube ich. Oder Sonja.«

Die Straßen waren menschenleer. Es war drückend heiß. Sie fuhren über die Västerbron, dann hinunter zum Pålsundskanal und schließlich den Bergsundsstranden entlang. Die ganze Zeit über verfolgten sie mit einem Ohr das Gerede der Streifenwagenbesatzungen auf dem Vierzig-Meter-Band.

»Jeder blöde Radioamateur im Umkreis von acht Meilen kann das mit anhören«, sagte Kollberg irritiert. »Weißt du, was es kosten würde, einen privaten Sender abzuschirmen?«

Martin Beck nickte. Er hatte gehört, daß die Kosten irgendwo bei 150 000 Kronen lagen, eine Summe, die dafür nicht zur Verfügung stand.

In Wirklichkeit dachten sie allerdings an etwas ganz anderes. Als man das letztemal mit allen verfügbaren Kräften einen Mörder gejagt hatte, hatte es vierzigmal vierundzwanzig Stunden gedauert, bis der

Täter gefaßt war. Der letzte Fall, der diesem entsprach, war nach etwa zehnmal vierundzwanzig Stunden gelöst worden. Nun hatte der Täter innerhalb von knapp viermal vierundzwanzig Stunden zweimal zugeschlagen. Melander hatte gesagt, daß der Parkräuber fünf- oder sechsmal Glück gehabt haben könnte, was durchaus möglich war. Angewandt auf den vorliegenden Fall, war diese Mathematik allerdings nicht ohne Schrecken.

Sie fuhren unter der Liljeholmsbron hindurch, am Hornstulls Strand entlang, dann unter der Eisenbahnbrücke hindurch und zu dem Hochhaus hinauf, dorthin, wo einmal die alte Zuckerfabrik gestanden hatte. Einige Kinder spielten in den Anlagen, die das Haus umgaben, aber im Vergleich zu früher sehr viel weniger.

Sie parkten den Wagen und fuhren mit dem Fahrstuhl zum siebten Stock hinauf. Sie klingelten, aber niemand öffnete. Nachdem sie eine Weile gewartet hatten, klingelte Martin Beck an der Tür nebenan. Eine Frau machte die Tür einen Spalt breit auf. Hinter ihr war ein fünf bis sechs Jahre altes Mädchen zu sehen.

»Polizei«, sagte Kollberg beruhigend und zeigte seinen Ausweis.

»Oh«, sagte die Frau.

»Wissen Sie, ob die Familie Oskarsson zu Hause ist?« fragte Martin Beck.

»Nein, sie sind heute morgen abgefahren. Irgendwohin zu Verwandten. Das heißt, die Frau und die Kinder.«

»Ach, dann entschuldigen Sie bitte ...«

»Leider kann das nicht jeder«, sagte die Frau. »Ich meine, verreisen.«

»Wissen Sie, wohin sie gefahren sind?« fragte Kollberg.

»Nein, aber sie kommen am Freitagmorgen zurück. Dann fahren sie gleich alle zusammen fort.« Und erklärend fügte sie hinzu: »Der Urlaub fängt dann nämlich an.«

»Der Mann ist also zu Hause?«

»Ja. Vielleicht können Sie ihn heute abend anrufen.«

»Ja«, sagte Martin Beck. »Danke.«

Das kleine Mädchen wurde ungeduldig und zerrte am Rock der Frau.

»Das Kind wird quengelig«, sagte sie. »Man kann es aber nicht rauslassen. Oder was meinen Sie?«

»Besser nicht.«

»Aber einige müssen ja raus. Und es gibt Kinder, die nicht gehorchen.«

»Ja, leider.«

Sie glitten mit dem Fahrstuhl wieder nach unten, schweigend. Schweigend fuhren sie in nördlicher Richtung durch die Stadt, sich ihrer Ohnmacht und ihrer zwiespältigen Einstellung zu dem Gemeinwesen, das zu schützen ihre Aufgabe war, wohl bewußt.

Sie bogen ab zum Vanadislunden und wurden von einem uniformierten Polizisten gegrüßt, der entweder sie oder das Auto wiedererkannte. Im Park war niemand zu sehen. Nur einige Kinder, die trotz allem hier spielten. Und die unermüdlichen Neugierigen.

Als sie zurück zur Kreuzung Odengatan–Sveavägen kamen, sagte Kollberg: »Ich habe Durst.«

Martin Beck nickte. Sie parkten, gingen in das Restaurant Metropol und tranken jeder ein Glas Fruchtsaft.

Außer ihnen saßen noch zwei Männer an der Theke. Beide hatten ihre Jacken auf Hocker neben sich gelegt. Dieser Bruch mit der guten Sitte zeigte, wie warm es war. Sie unterhielten sich bei einem Whisky-Soda.

»Das kommt nur daher, weil es keine richtige Strafe mehr gibt«, meinte der jüngere. »Öffentlich lynchen, das wäre richtig.«

»Ja«, stimmte der ältere zu.

»Es ist ein Jammer, daß man so was sagen muß, aber richtig wäre es.«

Kollberg öffnete den Mund zu einer Antwort, besann sich aber und trank statt dessen seinen Fruchtsaft in einem Zug aus.

Martin Beck bekam an diesem Tage noch einmal eine ähnliche Meinung zu hören. In einem Tabakgeschäft, in dem er ein Päckchen Florida-Zigaretten kaufen wollte, sagte der Kunde vor ihm: »... und wissen Sie, was sie tun müßten, wenn sie diesen verdammten Kerl kriegen? Sie sollten ihn öffentlich hinrichten. Man sollte es im Fernsehen zeigen, und sie sollten es schön langsam machen, nach und nach, mehrere Tage lang.«

Als der Mann gegangen war, fragte Martin Beck: »Wer war das?«

»Skog heißt er«, sagte der Tabakhändler, »er hat eine Radioreparaturwerkstatt. Netter Mensch.«

Auf dem Rückweg zum Büro überlegte Martin Beck, wie lange es schon her war, daß man Dieben die Hände abschlug. Gar nicht so lange. Und dennoch gab es auch damals Leute, die stahlen. Viele.

Am Abend rief er Bo Oskarssons Vater an.

»Ich habe Ingrid und die Kinder zu meinen Schwiegereltern nach Öland geschickt. Nein, dort können Sie nicht anrufen.«

»Und wann kommen sie nach Hause?«

»Freitagvormittag. Am Abend setzen wir uns ins Auto und fahren ins Ausland. Da wird sich der Teufel wohl nicht hintrauen.«

»Nein«, sagte Martin Beck müde.

Dies alles geschah am Dienstag, dem 13. Juni.

Am Mittwoch passierte nichts weiter. Es wurde nur wärmer.

13

Gleich nach elf Uhr am Donnerstag aber geschah etwas. Martin Beck stand in seiner üblichen Stellung, den rechten Ellbogen auf den Aktenschrank gestützt, und hörte wohl zum fünfzigstenmal an diesem Vormittag das Telefon klingeln. Gunvald Larsson nahm den Hörer ab.

»Ja, Larsson. – Was? – Ich komme sofort nach unten!«

Er stand auf und sagte hastig zu Martin Beck: »Das war die Anmeldung. Da ist jemand unten, der sagt, daß er was weiß.«

»Worüber?«

Gunvald Larsson war schon an der Tür.

»Über den Parkräuber«, rief er.

Einige Minuten später saß ihm am Schreibtisch ein Mädchen gegenüber. Sie war zwanzig Jahre, sah aber älter aus. Sie trug durchbrochene violette Strümpfe, hochhackige, vorn offene Schuhe und etwas, was man in diesem Jahr einen Minirock nannte. Ihr Dekolleté war, ebenso wie das hochtoupierte, blondierte Haar und die Aufmachung mit künstlichen Wimpern und gewaltigen Lidschatten, bemerkenswert. Ihr Mund war klein und blutigrot, und die Brüste hatte sie mit dem Büstenhalter hoch nach oben geholt.

»Also, was wissen Sie?« fragte Gunvald Larsson ohne Umschweife.

»Sie wollen etwas über den Mann im Vasapark und im Vanadislunden wissen«, entgegnete sie geschraubt, »zumindest hörte ich jemanden so etwas andeuten.«

»Weshalb sonst sind Sie hergekommen?«

»Hetzen Sie mich nicht«, entgegnete sie.

»Was wissen Sie?« fragte Gunvald Larsson ungeduldig.

»Warum denn gleich so unfreundlich? Merkwürdig, daß alle Greifer so mufflig sind.«

»Wenn Sie auf eine Belohnung aus sind, muß ich Ihnen sagen, daß es keine gibt«, stellte Gunvald Larsson fest.

»Ich scheiße auf das Geld«, sagte die Dame.

»Weshalb sind Sie hergekommen?« fragte nun Martin Beck, so sanft er konnte.

»Ich habe Geld genug«, sagte sie.

Es war offensichtlich, daß sie – zu einem Teil wenigstens – auch gekommen war, um sich aufzuspielen. Und von diesem Vorsatz wollte sie sich nicht abbringen lassen. Martin Beck konnte die Adern auf Gunvald Larssons Stirn anschwellen sehen.

»Ich verdiene wahrscheinlich eine ganze Menge mehr als ihr«, sagte das Mädchen schnippisch.

»Ja, im Be...«, sagte Gunvald Larsson, unterbrach sich aber und fuhr fort: »Ich glaube, es tut nichts zur Sache, wie Sie Ihr Geld verdienen.«

»Noch solch ein Wort, und ich gehe wieder«, drohte das Mädchen.

»Sie gehen nirgendwohin«, entgegnete Gunvald Larsson.

»Ist das hier vielleicht kein freies Land? Eine Demokratie oder wie das nun heißt?«

»Weshalb sind Sie gekommen?« fragte Martin Beck erneut und fast genauso sanft wie beim erstenmal.

»Ja, das möchten Sie wohl gerne wissen, was? Da sind Sie wohl neugierig. Ich hätte große Lust, Sie zu enttäuschen.«

Es war Melander, der den toten Punkt überwand. Er hob den Kopf, nahm die Pfeife aus dem Mund, sah das Mädchen zum erstenmal voll an und sagte ruhig: »Nun erzähl mal, mein Mädchen.«

»Über den im Vanadislunden und im Vasapark und so weiter?«

»Ja, wenn Sie wirklich etwas wissen«, sagte Melander.

»Und dann kann ich gehen?«

»Natürlich.«

»Ehrenwort?«

»Ehrenwort«, antwortete Melander.

»Und er wird nichts davon erfahren?« Doch dann zuckte sie die Schultern und murmelte mehr zu sich selbst: »Das kann er sich ohnehin an den fünf Fingern abzählen.«

»Wie heißt er?« fragte Melander.

»Roffe.«

»Und mit Nachnamen?«

»Lundgren. Rolf Lundgren.«

»Wo wohnt er?« wollte Gunvald Larsson wissen.

»Luntmakargatan 57.«

»Und wo ist er jetzt?«

»Dort«, antwortete das Mädchen.

»Woher wissen Sie so sicher, daß er dort ist?« fragte Martin Beck.

In den Augenwinkeln des Mädchens glitzerte es, und mit leichter Verwunderung stellte er fest, daß es Tränen waren.

»Wer sollte es wissen, wenn nicht ich«, murmelte sie.

»Die Dame ist also mit diesem Kerl befreundet«, sagte Gunvald Larsson.

Sie starrte ihn an, ohne zu antworten.

»Was für ein Name steht denn an der Tür?« fragte Melander.

»Simonsson.«

»Wem gehört die Wohnung?« wollte Martin Beck wissen.

»Ihm, Roffe, glaube ich.«

»Wie kommt dann der andere Name an die Tür?« warf Gunvald Larsson ein.

»Er hat sie wohl zur Untermiete. Glaubt ihr, er ist solch ein Idiot, daß er seinen eigenen Namen an die Tür schreibt?«

»Wird nach ihm gefahndet?«

»Weiß ich nicht.«

»Ist er auf der Flucht?«

»Weiß ich nicht.«

»Natürlich wissen Sie das!« erwiderte Martin Beck. »Ist er vielleicht aus irgendeinem Gefängnis ausgebrochen?«

»Nein, das nicht. Roffe hat noch nie gesessen.«

»Bis jetzt«, sagte Gunvald Larsson.

Sie starrte ihn haßerfüllt und mit blanken Augen an. Gunvald Larsson feuerte eine Salve von Fragen ab.

»Luntmakargatan 57?«

»Ja. Hab ich doch gesagt.«

»Vorder- oder Hinterhaus?«

»Hinterhaus.«

»Welcher Stock?«

»Erster.«

»Wie groß ist die Wohnung?«

»Ein Zimmer.«

»Küche?«

»Nein, keine Küche, nur ein Zimmer.«

»Wie viele Fenster?«

»Zwei.«

»Zum Hof?«

»Nein, mit Seeblick.«

Gunvald Larsson biß sich auf die Unterlippe. Die Adern auf seiner Stirn schwollen abermals an.

»Nur ruhig«, sagte Melander. »Er hat also ein Zimmer im ersten Stock mit zwei Fenstern auf den Hof hinaus. Sind Sie sicher, daß er jetzt dort ist?«

»Ja«, sagte sie, »daß weiß ich genau.«

»Haben Sie einen Schlüssel?« fragte Melander freundlich.

»Nein, nein, es gibt nur einen.«

»Und er hat abgeschlossen?« warf Martin Beck ein.

»Da können Sie Gift drauf nehmen.«

»Geht die Tür nach innen oder nach außen auf?« wollte Gunvald Larsson wissen.

Sie überlegte. Schließlich sagte sie: »Nach innen.«

»Sind Sie sicher?«

»Ja.«

»Wie viele Wohnungen gibt es im Hinterhaus?« fragte Beck.

»Tja, wohl vier oder so.«

»Und was ist im Erdgeschoß?«

»Eine Werkstatt.«

»Kann man die Tür zum Vorderhaus von den Fenstern aus sehen?« fragte Gunvald Larsson.

»Nein, den Riddarfjord. Und ein Stück vom Rathaus. Und das Königliche Schloß!«

»Jetzt reicht's!« sagte Gunvald Larsson. »Schafft sie raus.«

Das Mädchen machte eine heftige Bewegung.

»Einen Augenblick«, sagte Melander.

Im Raum wurde es still. Gunvald Larsson sah Melander abwartend an.

»Darf ich nicht gehen?« fragte das Mädchen. »Ihr habt es mir versprochen.«

»Ja«, antwortete Melander. »Sie dürfen bestimmt gehen. Wir müssen nur vorher kontrollieren, ob Sie die Wahrheit gesagt haben, Ihretwegen. Aber ich habe noch eine Frage.«

»Ja, was denn?«

»Er ist nicht allein, nicht wahr?«

»Nein«, sagte das Mädchen sehr leise.

»Wie heißen Sie übrigens?« fragte Gunvald Larsson.

»Das kann euch scheißegal sein.«

»Raus mit ihr«, sagte Gunvald Larsson.

Melander stand auf, öffnete die Tür zum Nebenzimmer und sagte:

»Rönn, wir haben hier eine Dame. Darf sie eine Weile bei dir im Zimmer warten?«

Rönn erschien in der Türöffnung. Seine Augen waren gerötet. Ebenso seine Nase. Er betrachtete die Szene.

»Natürlich«, sagte er.

»Verzieh dich«, knurrte Gunvald Larsson.

»Ist sie ein Ehrengast?«

»Den Eindruck habe ich«, antwortete Melander, hielt die Tür auf und sagte höflich: »Bitte schön.«

Das Mädchen stand auf und ging. In der Türöffnung blieb sie stehen und ließ einen eiskalten Blick von Gunvald Larsson zu Martin Beck wandern. Diese beiden hatten ihre Sympathie augenscheinlich nicht erringen können. Ein Fehler in der psychologischen Grundausbildung, dachte Martin Beck.

Dann sah das Mädchen Melander an und sagte zögernd: »Wer wird ihn festnehmen?«

»Wir«, antwortete Melander freundlich. »Dafür ist die Polizei ja da.«

Das Mädchen rührte sich nicht, sah noch immer Melander an. Schließlich sagte es: »Er ist gefährlich.«

»Was meinen Sie damit?«

»Sehr gefährlich. Er schießt. Bestimmt wird er mich umlegen.«

»Nicht so bald«, warf Gunvald Larsson ein.

Das Mädchen beachtete ihn nicht. »Er hat zwei Maschinenpistolen im Zimmer. Geladen. Und einen gewöhnlichen Revolver. Er hat gesagt ...«

Martin Beck schwieg. Er wollte Melander die Antwort überlassen und hoffte gleichzeitig, daß Gunvald Larsson den Mund halten würde.

»Was hat er gesagt?« fragte Melander.

»Daß er sich niemals lebend fangen lassen wird. Und das meint er auch so.« Nach einigen Sekunden fügte sie hinzu: »Das wollte ich nur noch sagen.«

»Danke«, antwortete Melander und machte die Tür hinter ihr zu.

»So was«, staunte Gunvald Larsson.

»Beschaffe einen Durchsuchungsbefehl vom Staatsanwalt«, sagte Martin Beck, sobald die Tür zu war. »Her mit dem Stadtplan!«

Die Blaupause des Stadtplans lag auf dem Tisch, noch ehe Melander sein kurzes Telefongespräch, das ihr Vorhaben legitimierte, beendet hatte.

»Es kann unangenehm werden«, meinte Martin Beck.

»O ja«, sagte Gunvald Larsson, zog die Schreibtischschublade auf, nahm seine Dienstpistole heraus und wog sie einen Augenblick lang in der Hand. Martin Beck trug wie die meisten schwedischen Polizeibeamten in Zivil die Pistole im Schulterhalfter, wenn er eine Waffe benötigte. Gunvald Larsson dagegen hatte sich einen speziellen Clip besorgt, mit dem er das Halfter am Hosenbund festmachen konnte. Nun befestigte er die Pistole über der rechten Hüfte und sagte: »Okay, ich nehme ihn selbst fest. Kommst du mit?«

Martin Beck sah Gunvald Larsson nachdenklich an, der gut und gerne einen halben Kopf größer war als er und riesenhaft wirkte, wenn er stand.

»Das ist die einzige Möglichkeit«, sagte Gunvald Larsson. »Wie denn sonst? Stell dir vor, wie eine Meute von Polizisten mit Maschinenpistolen und Tränengasbomben und schußsicheren Westen durch den Eingang quillt und über den Hof rennt, während er selbst wie ein Irrer durchs Fenster und ins Treppenhaus schießt. Oder willst du dich selbst, oder soll sich vielleicht der Polizeichef, der Reichspolizeichef oder der König hinstellen und ins Megaphon schreien: ›Sie sind umzingelt. Jeder Widerstand ist sinnlos.‹«

»Tränengas ins Schlüsselloch«, riet Melander.

»Das ist auch eine Idee«, antwortete Gunvald Larsson. »Aber sie gefällt mir nicht recht. Vermutlich steckt der Schlüssel von innen. Nein, Polizisten in Zivil auf der Straße, und zwei Männer gehen ins Haus. Kommst du mit?«

»Natürlich«, antwortete Martin Beck.

Martin Beck hätte lieber Kollberg bei sich gehabt, aber der Parkräuber war unzweifelhaft Gunvald Larssons Mann.

Die Luntmakargatan im Stockholmer Stadtteil Norrmalm ist eine lange, schmale Straße, überwiegend mit älteren Gebäuden. Sie führt von der Brunnsgatan im Süden zur Odengatan im Norden. In den Parterreräumen der Vorderhäuser gibt es viele gute Geschäfte, in den Hinterhäusern zahlreiche billige Wohnungen.

In weniger als zehn Minuten waren sie dort.

14

»Schade, daß du den Computer nicht dabeihast. Damit könntest du die Tür einschlagen«, sagte Gunvald Larsson.

»Stimmt«, meinte Martin Beck.

Sie parkten in der Rådmansgatan, gingen um die Ecke und sahen mehrere Kollegen auf dem Bürgersteig nahe dem Eingang des Hauses Nummer 57 stehen.

Die Ankunft der Polizei schien nicht aufgefallen zu sein.

»Wir gehen hinein ...« begann Gunvald Larsson, verstummte dann aber plötzlich. Vielleicht erinnerte er sich an Martin Becks höheren Dienstgrad, als er auf die Armbanduhr sah und sich verbesserte: »Ich schlage vor, daß wir mit einer halben Minute Abstand hineingehen.«

Martin Beck nickte, überquerte die Straße, stellte sich vor das Schaufenster des Uhrmachers Gustav Blomdin und sah zu, wie eine ungewöhnlich schöne, alte Großvateruhr dreißig Sekunden vertickte. Dann drehte er sich auf dem Absatz um, schlenderte lässig über die Fahrbahn und hinein in den Durchgang zum Haus Nummer 57.

Er überquerte den Hof, ohne zum Fenster hinaufzusehen, gelangte in das Treppenhaus und ging schnell und leise die Stufen hinauf. Aus der Werkstatt im Erdgeschoß war gedämpftes Maschinengeräusch zu hören.

An der schmalen, hohen Tür stand tatsächlich SIMONSSON. Aus der Wohnung war kein Geräusch zu hören. Gunvald Larsson stand rechts neben der Tür und fuhr leicht mit den Fingern über das rissige Holzpaneel. Er warf Martin Beck einen fragenden Blick zu.

Martin Beck betrachtete die Tür einige Sekunden lang, dann nickte er und stellte sich auf die andere Seite mit dem Rücken zur Wand.

Für seine Größe und sein Gewicht bewegte sich Gunvald Larsson sehr leise und schnell auf seinen Gummisohlen. Er blieb ein paar Sekunden lang stehen, die rechte Schulter an die gegenüberliegende Wand gestützt. Er hatte sich zuvor vergewissert, daß der Schlüssel von innen steckte. Die private Welt Rolf Lundgrens würde in wenigen Sekunden aufgehört haben, privat zu sein. Martin Beck hatte den Gedanken gerade zu Ende gedacht, als Gunvald Larsson leicht gebeugt und mit der linken Schulter voran seine achtundneunzig Kilo gegen die Tür warf.

Die Tür flog krachend auf. Sie war aus dem Schloß und der oberen Angel gerissen, und Gunvald Larsson fiel mit ihr zusammen ins Zimmer, begleitet von einem Regen von Holzsplittern. Martin Beck war mit schnellen, gleitenden Schritten einen halben Meter hinter ihm. Die Dienstwaffe hatte er erhoben.

Der Räuber lag im Bett; er lag auf dem Rücken und hatte den rechten Arm unter den Nacken des Mädchens geschoben. Aufgeschreckt hatte er ihn sofort weggezogen, und fast gleichzeitig warf er sich auf den Boden und griff mit der Hand unter das Bett.

Als Gunvald Larsson auf den Räuber einschlug, kniete dieser bereits wieder. Er hatte die Maschinenpistole schon in der Hand, aber noch nicht angelegt.

Gunvald Larsson schlug nur einmal zu, mit offener Hand und nicht besonders hart. Es genügte. Der Räuber ließ die Waffe fallen und kippte rücklings zu Boden. Den linken Arm schützend vor das Gesicht gelegt, blieb er sitzen.

»Nicht schlagen«, rief er.

Der Räuber war nackt. Die Frau, die einige Sekunden später aus dem Bett gesprungen war, war nur mit einer Armbanduhr bekleidet. Sie stand reglos mit dem Rücken zur Wand auf der anderen Seite des Bettes und starrte zuerst auf die Maschinenpistole und dann auf den riesenhaften blonden Mann im Tweedanzug. Sie machte nicht den geringsten Versuch, sich zu bedecken. Sie war ein recht hübsches Mädchen mit kurzgeschnittenem Haar und langen, schlanken Beinen. Die jungen Brüste hatten große hellbraune Spitzen, und vom Nabel zu der feuchten dunkelbraunen Schoßbehaarung zog sich ein ausgeprägter, dunkler Strich. Sie hatte auch kräftige, dunkle Haare in den Achselhöhlen. Auf Schenkeln, Oberarmen und Brüsten hatte sich bereits eine Gänsehaut gebildet.

Ein Bursche aus der Werkstatt unten im Erdgeschoß glotzte verdutzt durch die zerstörte Tür.

Martin Beck wurde sich des Absurden der Situation bewußt, und zum erstenmal seit langer Zeit flog ein Zucken über seine Mundwinkel. Er selbst stand mitten in einem Zimmer, in einem hellen Raum, und zeigte mit seiner 7,65er Walther auf zwei nackte Menschen, während ihn ein Bursche mit blauer Tischlerschürze und mit einem Zollstock in der rechten Hand anstarrte.

Martin Beck steckte die Pistole ein. Ein Polizist tauchte vor der Tür auf und jagte den unerwünschten Zuschauer fort.

»Was ist denn?« stammelte das Mädchen.

Gunvald Larsson streifte sie mit einem mißbilligenden Blick und sagte: »Ziehen Sie sich an.« Einen Augenblick später fügte er hinzu: »Wenn Sie etwas dahaben.«

Den linken Fuß auf der Maschinenpistole, befahl er dann dem Räuber: »Sie auch. Zieht euch an.«

Der Räuber war ein gutgewachsener, muskulöser junger Mann mit langen, hellen Haaren auf Armen und Beinen, sonnengebräunt, abgesehen von einem schmalen weißen Streifen über dem Unterleib. Er erhob sich langsam, hielt die rechte Hand vor sein Geschlechtsteil und sagte: »Diese gottverdammte Nutte.«

Ein zweiter Polizist kam ins Zimmer und glotzte. Das Mädchen stand noch immer reglos da und preßte die Handflächen – die Finger gespreizt – an die Wand; doch der Ausdruck in ihren braunen Augen verriet, daß sie sich bald bewegen würde.

Martin Beck sah sich im Zimmer um und entdeckte ein blaues Baumwollkleid über der Lehne eines Korbstuhls. Auf dem Stuhl lagen ein Slip, ein Büstenhalter und ein Einkaufsnetz. Auf dem Fußboden standen ein Paar Sandalen. Er gab ihr das Kleid und fragte: »Wer sind Sie?«

Das Mädchen griff mit der rechten Hand nach dem Kleid, zog es aber nicht an. Sie sah ihn mit klaren braunen Augen an und antwortete: »Ich heiße Lisbeth Hedvig Maria Karlström. Und wer sind Sie?«

»Polizei.«

»Ich studiere moderne Sprachen an der Stockholmer Universität, und ich habe bereits zwei Scheine in Englisch gemacht.«

»Und das hier haben Sie also auf der Universität gelernt!« warf Gunvald Larsson ein, ohne sich umzudrehen.

»Ich bin seit einem Jahr mündig und trage ein Pessar.«

»Seit wann kennen Sie diesen Mann?« fragte Martin Beck.

Das Mädchen machte noch immer keine Anstalten, sich anzuziehen. Statt dessen sah sie auf ihre Armbanduhr und sagte: »Seit genau zwei Stunden und fünfundzwanzig Minuten. Ich hab ihn im Vanadisbadet kennengelernt.«

Im anderen Teil des Zimmers zog sich der Räuber ungeschickt seine Unterwäsche und Khakihosen an.

»So kann man einer Dame nicht imponieren«, stellte Gunvald Larsson trocken fest.

»Sie sind ein Tölpel«, sagte das Mädchen.

»Meinen Sie?«

Gunvald Larsson sagte dies, ohne den Räuber aus den Augen zu lassen. Er hatte das Mädchen nur ein einziges Mal angesehen. Mahnend und väterlich zugleich sprach er nun auf den Räuber ein.

»Nun zieh schön das Hemd an, ja so. Und nun die Strümpfe. Gut so. Jetzt die Schuhe. Fort mit ihm, Jungens!«

Zwei uniformierte Streifenwagenfahrer waren ins Zimmer gekommen. Nachdem sie die Szene einen Augenblick lang bewundert hatten, führten sie den Räuber ab.

»Ziehen Sie sich nun auch an«, sagte Martin Beck zu dem Mädchen.

Hastig streifte sie das Kleid über den Kopf, ging zum Stuhl, zog den Slip an und schlüpfte mit den Füßen in die Sandalen. Den Büstenhalter rollte sie zusammen und stopfte ihn in das Netz.

»Weshalb verhaften Sie ihn?« fragte sie.

»Sexualverbrechen«, antwortete Gunvald Larsson.

Martin Beck sah, daß sie blaß wurde und zu schwanken anfing. Sie sah in fragend an. Er schüttelte den Kopf. Sie zitterte und sagte unsicher: »Soll ich ...«

»Das ist nicht nötig. Geben Sie Namen und Adresse beim Polizisten unten an. Auf Wiedersehen.«

Das Mädchen ging.

»Du läßt sie gehen?« fragte Gunvald Larsson erstaunt.

»Ja«, sagte Martin Beck. Wenig später zuckte er die Schulter und fragte: »Wollen wir nun den ganzen Kram hier untersuchen?«

15

Um halb sechs Uhr, fünf Stunden später also, hatte Rolf Evert Lundgren noch immer nicht mehr ausgesagt, als daß er Rolf Evert Lundgren hieß.

Sie hatten um ihn herumgestanden, sie hatten ihm gegenübergesessen, er hatte ihre Zigaretten geraucht, das Tonband hatte gesummt und gesummt, und er hieß immer noch Rolf Evert Lundgren, was ja übrigens auch auf dem Führerschein stand.

Sie hatten gefragt und gefragt. Martin Beck und Melander und Gunvald Larsson und Kollberg und Rönn. Selbst Hammar, nunmehr Dienststellenleiter, war hereingekommen und hatte Lundgren mit einigen wohlgewählten Worten angesprochen. Er hieß noch immer Rolf Evert Lundgren, was ja übrigens auch auf dem Führerschein stand. Nur die Tatsache, daß Rönn nieste, ohne das Taschentuch vor den Mund zu halten, schien ihn zu stören.

Hätte es nur ihn selbst betroffen, so hätte er gern bei allen polizeilichen Verhören, vor jedem Gericht und sogar die ganze Strafzeit hindurch leugnen dürfen. In dem Zimmer im ersten Stock des Hinterhauses hatte man nicht nur zwei Maschinenpistolen und eine Smith and Wesson 38 Spezial gefunden, sondern auch vieles andere, zum Beispiel einen Schlagring, das bekannte rote Taschentuch, zweitausend Preludintabletten und mehrere gestohlene Fotoapparate, was endgültig bewies, daß er der Räuber war. Aber sie wollten mehr von ihm wissen.

Um sechs Uhr trank Rolf Evert Lundgren gemeinsam mit Kommissar Martin Beck von der Reichsmordkommission und dem Ersten Kriminalassistenten Fredrik Melander von der Stockholmer Polizei, Abteilung für Gewaltverbrechen, Kaffee. Alle drei nahmen zwei Stück Zucker, und alle drei schlürften gleich düster und ermattet aus ihren Pappbechern.

»Wenn es sich nur um Sie drehen würde, könnten wir für heute Schluß machen und nach Hause gehen«, sagte Martin Beck.

»Ich verstehe nicht, was Sie meinen.«

»Entschuldigen Sie, aber das Verrückte ist, daß ...«

»Zählt nicht auf mich.«

Martin Beck antwortete nicht, saß nur still da und sah den Festgenommenen an. Melander schwieg ebenfalls.

Viertel nach sechs trank Martin Beck seinen kaltgewordenen Kaffee aus, knüllte den Becher zusammen und warf ihn in den Papierkorb.

Sie hatten es mit Überredung versucht, mit Freundlichkeit, mit Strenge, mit Logik, mit Überrumpelung. Sie hatten ihm vorgeschlagen, ihm einen Anwalt zu besorgen und zehnmal gefragt, ob er etwas essen wolle. Sie hatten es strenggenommen auf alle Arten versucht – ausgenommen mit Schlägen. Mehrere Male war Gunvald Larsson dicht daran gewesen, zuzuschlagen. Da er aber wußte, wie unzweckmäßig solch Vorgehen zu Beginn eines Verhörs ist, hatte er von der Anwendung dieser verbotenen Methode abgesehen, vor allem, da Kommissare und der Dienststellenleiter im Raum ein und aus gingen. Zum Schluß war Gunvald Larsson so gereizt, daß er das Zimmer verlassen hatte.

Um halb sieben ging Melander nach Hause. Rönn setzte sich an seinen Platz, und Rolf Evert Lundgren sagte: »Tun Sie das schmutzige Taschentuch weg. Sie stecken mich ja an.«

Rönn, der ein mittelmäßiger Polizist mit durchschnittlicher Phantasie und normalem Humor war, erwog einen Augenblick lang die Möglichkeit, auf diese Art als der erste Verhörleiter in die Geschichte der Kriminalpolizei einzugehen, der ein Geständnis hervorgeniest hatte. Doch dann ließ er den Gedanken wieder fallen.

Normalerweise würde man den Festgenommenen die Sache überschlafen lassen, dachte Martin Beck. Aber konnte man es sich wirklich erlauben, eine ganze Nacht zu vergeuden? Der Mann in grünem Hemd und Khakihosen wirkte nicht besonders schläfrig und hatte von sich aus noch kein Ruhebedürfnis geäußert. Nun, früher oder später würden sie ihn auf jeden Fall schlafen lassen müssen.

»Diese Dame da, die heute vormittag hierherkam ...« sagte Rönn einleitend – und nieste.

»Diese verdammte Nutte«, murmelte der Festgenommene und versank wiederum in mißmutiges Schweigen. Nach einer Weile fuhr er fort: »Sie liebt mich, sagt sie. Sie sagt, daß ich sie brauche.«

Martin Beck nickte. Nach einigen Minuten kam die Fortsetzung.

»Ich liebe sie aber nicht. Ich brauche sie ungefähr so nötig wie Läuse.«

Setz ihm nicht zu, dachte Martin Beck, sag nichts.

»Ich mag saubere, nette Mädchen«, sagte der Festgenommene. »Am liebsten eine feste Freundin. Und nun bin ich auf diese eifersüchtige Nutte reingefallen.«

Schweigen.

»Nutte«, sagte Lundgren leise vor sich hin.

Schweigen.

»Sie ist nur zu einem gut.«

Natürlich, dachte Martin Beck, doch diesmal hatte er sich geirrt, denn dreißig Sekunden später sagte der Mann im grünen Hemd: »Okay.«

»Wollen wir nun miteinander reden?« fragte Martin Beck.

»Okay. Aber eins will ich erst mal klargestellt haben. Diese Trottoirschwalbe kann mir für Montag ein Alibi geben. Für Tantolunden. Wir waren nämlich zusammen dort.«

»Das wissen wir schon«, sagte Rönn.

»Sieh mal an, das hat sie wenigstens zugegeben.«

»Gewiß«, bestätigte Rönn.

Martin Beck starrte ihn an. Diese Tatsache hatte Rönn bisher niemandem mitgeteilt. Martin Beck konnte nicht umhin zu sagen: »Das ist erfreulich zu hören. Das befreit Lundgren von jedem Verdacht.«

»Ja, das tut es wohl«, meinte Rönn ruhig.

»Wollen wir nun miteinander reden?« wiederholte Martin Beck.

Lundgren verzog das Gesicht. »Nicht wir«, sagte er.

»Wie meinen Sie das?« Martin Beck sah Lundgren fragend an.

»Nicht mit Ihnen, ich will nicht mit Ihnen reden«, erklärte der Festgenommene.

»Mit wem wollen Sie denn sprechen?« fragte Martin Beck freundlich.

»Mit dem, der mich festgenommen hat, dem Großen.«

»Wo ist Gunvald?« wollte Martin Beck wissen.

»Er ist nach Hause gefahren«, sagte Rönn seufzend.

»Ruf ihn an.«

Rönn seufzte abermals. Martin Beck wußte, weshalb. Gunvald Larsson wohnte weit draußen in Bollmora.

»Er braucht etwas Ruhe«, sagte Rönn. »Er hat einen anstrengenden Tag hinter sich. Er mußte einen Supergangster festnehmen.«

»Halt's Maul«, sagte Lundgren.

Rönn nieste und verzog sich zum Telefon.

Vom Nebenzimmer aus rief Martin Beck Hammar an. Sofort fragte dieser: »Hältst du diesen Lundgren für den Mörder?«

»Rönn hat heute vormittag seine Freundin vernommen. Sie scheint ihm für den Mord im Tantolunden ein Alibi gegeben zu haben. Für den Fall im Vanadislunden am Freitag hat er aber bestimmt keins.

»Das habe ich begriffen«, sagte Hammar. »Ich möchte aber gerne wissen, was du selbst denkst!«

Martin Beck zögerte einige Sekunden. Dann sagte er: »Ich glaube nicht, daß er es war.«

»Du glaubst also nicht, daß er der Mörder ist?«

»Nein. Eigentlich nicht. Nichts stimmt. Abgesehen von dem Alibi für Montag, ist er der falsche Typ. Sexuell völlig normal.«

»Soso.«

Hammar schien verärgert. Martin Beck kehrte zu den beiden anderen zurück. Rönn und Lundgren saßen schweigend und reglos jeder auf seinem Stuhl.

»Wollen Sie wirklich nichts zu essen haben?« fragte Martin Beck.

»Nein«, sagte der Räuber. »Wann kommt dieser Kerl da?«

Rönn seufzte und schneuzte sich.

16

Gunvald Larsson betrat genau dreißig Minuten nach dem Anruf das Zimmer. Die Taxiquittung hielt er noch in der Hand. Er sah jetzt etwas frischer aus und hatte auch das Hemd gewechselt. Er setzte sich an den Tisch, dem Räuber gegenüber, faltete die Quittung zusammen und legte sie in die rechte obere Schreibtischschublade. Dann bereitete er sich für einige der rund 2 400 000 Überstunden vor, die die schwedische Polizei jährlich machen muß. Im Hinblick auf seine Dienststellung war es ungewiß, ob er für seine Arbeit während der nächsten Stunden überhaupt eine Vergütung sehen würde.

Es dauerte eine Weile, ehe Gunvald Larsson mit dem Verhör begann. Er hantierte am Tonbandgerät, schob Notizblock und Stifte zurecht. Wahrscheinlich will er ihn noch ein bißchen mürbe machen, dachte Martin Beck, während er seine Kollegen betrachtete. Er konnte Gunvald Larsson nicht besonders gut leiden, und auch von Rönn hatte er keine sehr hohe Meinung. Von sich selbst nebenbei auch nicht. Kollberg behauptete von sich, er habe Angst, und Hammar war verärgert und nervös. Alle waren sie müde, und Rönn hatte außerdem einen Schnupfen. Viele der Männer in Uniform, die zu Fuß und in Streifenwagen Dienst taten, machten ebenfalls Überstunden und waren auch müde. Einige von ihnen hatten Angst, und Rönn war sicher nicht der einzige, der erkältet war.

In Stockholm und seinen Vororten gab es zur Zeit mehr als eine Million Menschen, die sich fürchteten.

Und die erfolglose Jagd dauerte nun schon sechs Tage.

Und sie waren das Bollwerk gegen das Verbrechertum.

Ein feines Bollwerk.

Rönn schneuzte sich.

»Dann wollen wir mal!« Gunvald Larsson legte seine riesige, behaarte Hand auf das Bandgerät.

»Sie haben mich festgenommen«, sagte Rolf Evert Lundgren mit einem Unterton von widerwilliger Bewunderung in der Stimme.

»Ja«, antwortete Gunvald Larsson, »das stimmt. Aber darauf bin ich nicht besonders stolz. Das ist meine Arbeit, mein Beruf. Kreaturen wie Sie nehme ich jeden Tag fest. In der nächsten Woche habe ich Sie vermutlich schon wieder vergessen.«

Das entsprach nicht ganz der Wahrheit, aber die bombastische Einleitung verfehlte nicht ihre Wirkung. Bei dem Mann, der Rolf Evert Lundgren hieß, schien etwas in sich zusammenzusinken.

Gunvald Larsson schaltete das Tonbandgerät ein.

»Wie heißen Sie?«

»Rolf Evert Lundgren.«

»Geboren?«

»Ja.«

»Nicht unverschämt werden.«

»Am 5. Januar 1944.«

»Wo?«

»In Göteborg.«

»Wo da?«

»Lundby.«

»Name der Eltern?«

Mach schneller, Gunvald, dachte Martin Beck. Für das da hast du noch mehrere Wochen Zeit. Es gibt nur eine einzige Sache, die uns wirklich interessiert.

»Sind Sie vorbestraft?« fragte Gunvald Larsson weiter.

»Nein.«

»Waren Sie in Fürsorgeerziehung?«

»Nein.«

»Es gibt einige Einzelheiten, die uns in erster Linie interessieren«, warf Martin Beck ein.

»Ich habe doch, verflucht noch mal, gesagt, daß ich nur mit dem da spreche«, fuhr Rolf Evert Lundgren auf.

Gunvald Larsson sah Martin Beck ausdruckslos an und fuhr fort: »Ihr Beruf?«

»Beruf?«

»Na, Sie werden doch wohl irgendeinen Beruf haben?«

»Na ja ...«

»Also, wie nennen Sie sich?«

»Geschäftsmann.«

»Und welche Art von Geschäften betreiben Sie?«

Martin Beck und Rönn wechselten einen resignierten Blick. Das würde Zeit kosten.

Es kostete wirklich Zeit.

Eine Stunde und fünfundvierzig Minuten später sagte Gunvald Larsson: »Es gibt da ein paar Einzelheiten, die uns in erster Linie interessieren.«

»Das habe ich begriffen.«

»Sie haben bereits zugegeben, daß Sie sich am Abend des 10. Juni, also am Freitag der vorigen Woche, im Vanadislunden aufgehalten haben.«

»Ja.«

»Und daß Sie dort um 21 Uhr 15 einen Überfall begingen.«

»Ja.«

»Auf die Geschäftsfrau Hildur Magnusson.«

»Ja.«

»Wann haben Sie den Park betreten?« warf Rönn ein.

»Halt's Maul«, sagte Lundgren.

»Keine Unverschämtheiten«, sagte Gunvald Larsson. »Wann haben Sie den Park betreten?«

»Gegen sieben. Kurz nach sieben vielleicht. Ich ging von zu Hause weg, als der Regen schwächer wurde.«

»Und Sie befanden sich von sieben Uhr an bis zu dem Zeitpunkt, als Sie Frau Hildur Magnusson überfielen und beraubten, im Vanadislunden?«

»Ja. Ich habe auf eine Gelegenheit gewartet.«

»Haben Sie in dieser Zeit andere Personen im Park bemerkt?«

»Ja, einige.«

»Wieviel?«

»Zehn vielleicht. Oder zwölf. Eher zehn.«

»Ich nehme an, daß Sie diese Personen genau beobachtet haben?«

»Ja, ziemlich genau.«

»Um zu sehen, ob Sie sich an sie heranwagen könnten?«

»Wohl eher, um zu sehen, ob sich die Mühe lohnte.«

»Können Sie sich an einige Personen, die Sie gesehen haben, erinnern?«

»Ja, an einige bestimmt.«

»Welche?«

»Ich sah zwei Greifer.«

»Polizisten.«

»Ja.«

»In Uniform?«

»Nein.«

»Woher wußten Sie, daß es Polizisten waren?«

»Weil ich sie bereits zwanzig- oder dreißigmal gesehen hatte. Sie arbeiten beim Polizeispalier in der Surbrunnsgatan und fahren abwechselnd eine rote Amazone und einen grünen Saab.«

Sag bloß jetzt nicht: Polizeirevier meinen Sie, dachte Martin Beck.

»Das Polizeirevier im 9. Wachdistrikt meinen Sie«, sagte Gunvald Larsson.

»Ja, wenn es das in der Surbrunnsgatan ist.«

»Wie spät war es, als Sie diese Polizisten sahen?«

»Ungefähr halb neun, würde ich sagen. Das heißt, als sie kamen.«

»Wie lange blieben sie?«

»Zehn Minuten, vielleicht eine Viertelstunde, dann fuhren sie zum Lill-Jans Skogen.«

»Woher wissen Sie das?«

»Weil sie es gesagt haben.«

»Gesagt? Soll das heißen, daß Sie mit ihnen gesprochen haben?«

»Ich bin doch nicht blöd. Ich stand neben ihnen und hörte, was sie redeten.«

Gunvald Larsson machte eine gedankenschwere Pause. Was er dachte, war unschwer zu erraten. Schließlich sagte er: »Und wen haben Sie außerdem gesehen?«

»Einen Jungen und ein Mädchen. Noch recht jung. So um die zwanzig herum.«

»Was taten die?«

»Grabbelten sich ab.«

»Was?«

»Grabbelten sich ab. Er griff ihr an die ...«

»Keine Unverschämtheiten.«

»Ich bin nicht unverschämt. Ich antworte nur und sage, wie es war.«

Gunvald Larsson schwieg abermals eine Weile. Dann sagte er steif: »Ist Ihnen klar, daß während Sie im Park waren, ein Mord begangen wurde?«

Lundgren griff sich an die Stirn. Zum erstenmal seit vielen Stunden wirkte er nervös und hilflos. »Ich habe davon gelesen«, antwortete er schließlich.

»Und?«

»Das war ich nicht. Ich schwöre es. So einer bin ich nicht.«

»Sie haben von dem kleinen Mädchen gelesen. Sie war neun Jahre alt und hieß Eva Carlsson. Sie hatte einen roten Rock an, einen quergestreiften Pulli...« Gunvald Larsson zog seine Notizen zu Rate, »... und schwarze Holzschuhe. Haben Sie dieses Mädchen gesehen?«

Lundgren antwortete nicht.

Nach etwa einer halben Minute wiederholte Gunvald Larsson die Frage. »Haben Sie dieses Mädchen gesehen?«

Nach langem Zögern sagte der Festgenommene: »Ja, ich glaube schon.«

»Wo haben Sie sie gesehen?«

»Auf dem Spielplatz unten am Sveavägen. Auf jeden Fall war da ein Kind, ein Mädchen.«

»Was hat es gemacht?«

»Geschaukelt.«
»Mit wem war es zusammen?«
»Mit niemandem. Es war allein.«
»Wann war das?«
»Wohl so gegen ... gleich nachdem ich gekommen war.«
»Genauer.«
»Vielleicht so gegen zehn nach sieben. Oder etwas später.«
»Und Sie sind sicher, daß es allein war?«
»Ja.«
»Und es trug einen roten Rock und einen quergestreiften Pulli? Sind Sie sicher?«
»Nein. Ich meine, ich weiß es nicht. Aber ...«
»Aber was?«
»Ich glaube, die Kleine hatte so was an.«
»Und Sie haben niemand anders dort gesehen? Keinen, der mit ihr sprach?«
»Warten Sie«, sagte Lundgren, »warten Sie. Ich hab davon in den Zeitungen gelesen. Hab wie ein Blöder darüber nachgedacht.«
»Worüber haben Sie nachgedacht?«
»Ja, daß ich ...«
»Haben Sie selbst mit ihr gesprochen?«
»Nein, nein zum Teufel ...«
»Sie war allein da und schaukelte. Sind Sie zu ihr hingegangen?«
»Nein, nein ...«
»Laß ihn selbst erzählen, Gunvald«, warf Martin Beck ein. »Er muß viel darüber nachgedacht haben.«
Der Festgenommene warf Martin Beck einen resignierten Blick zu. Müde und ein wenig ängstlich, nicht mehr aggressiv.
Nichts sagen, Gunvald, flehte Martin Beck innerlich.
Gunvald Larsson sagte nichts.
Der Räuber saß ein paar Minuten lang schweigend da, den Kopf in die Hände gestützt. Dann murmelte er: »Ich habe darüber nachgedacht. Jeden Tag.«
Schweigen.
»Ich habe versucht, mich zu erinnern. Ich weiß, daß ich das Kind auf dem Spielplatz gesehen habe – das war bald, nachdem ich angekommen war. Es muß zehn oder fünfzehn Minuten nach sieben gewesen sein. Sie verstehen, ich habe nicht so genau hingesehen. Es war ja nur ein Kind, und ich hatte ja nicht die Absicht, da unten am Spielplatz zu arbeiten. Zu dicht an der Straße, am Sveavägen. Des-

halb habe ich es nicht so genau beobachtet. Anders, wenn es auf dem Spielplatz oben am Wasserturm gewesen wäre.«

»Haben Sie das Mädchen da auch gesehen?« fragte Gunvald Larsson.

»Nein, nein ...«

»Sind Sie ihm nachgegangen?«

»Nein, nein. So begreifen Sie doch! Ich war überhaupt nicht an ihm interessiert, nur ...«

»Was nur?«

»Nur waren an diesem Abend nicht viele Menschen im Park. War ja ein scheußliches Wetter und konnte jederzeit zu pladdern anfangen, Ich dachte schon daran, nach Hause zu gehen, als diese alte Vettel ... als die Frau kam. Nur ... Ja, was ich sagen will, ist, daß ich ungefähr um Viertel nach sieben dieses Mädchen gesehen habe.«

»Das haben Sie bereits gesagt. Mit wem war es zusammen, als Sie es gesehen haben?«

»Mit niemand. Es war allein. Aber was ich meine, ist, daß ich in der ganzen Zeit ungefähr zehn Personen gesehen habe. Ich ... ich arbeite immer sehr gewissenhaft. Schließlich will ich mich ja nicht schnappen lassen. Darum beobachtete ich alles sehr genau. Und was ich meine, ist, daß vielleicht einer von denen, die ich gesehen habe ...«

»Also – wen haben Sie gesehen?«

»Diese beiden Greifer.«

»Polizisten.«

»Ja, zum Teufel. Der eine war rothaarig und trug einen Trenchcoat, und der andere hatte eine Sportmütze auf und einen zweiteiligen Anzug an, schmales Gesicht.«

Axelsson und Lind, dachte Rönn.

»Sie sind ein guter Beobachter«, warf Martin Beck ein.

»Ja, das sind Sie«, stimmte Gunvald Larsson zu. »Nun auch noch heraus mit dem Rest.«

»Die beiden Greifer ... nein, unterbrechen Sie mich nicht, zum Donnerwetter ... sie gingen in verschiedenen Richtungen in den Park und waren ungefähr eine Viertelstunde verschwunden. Aber das Kind hatte ich früher gesehen, bestimmt anderthalb Stunden früher.«

»Ja?«

»Und dann die beiden anderen, den Jungen und das Mädchen, die, die sich betatschten. Das war auch später. Ich bin ihnen eine Zeitlang nach. Ich überlegte schon, ob ich eingreifen sollte ...«

»Eingreifen?«

»Ja, also … nein, zum Teufel, nichts Sexuelles. Das Mädchen trug ein kurzes Kleid, schwarzweiß, und der Junge eine Klubjacke. Sahen beide nach Geld aus, aber das Mädchen hatte keine Handtasche dabei.«

Er schwieg. Gunvald Larsson, Martin Beck und Rönn warteten.

»Es hatte weiße Netzschlüpfer an.«

»Wie konnten Sie das sehen, ohne selbst bemerkt zu werden?«

»Es hat ja auch den scheußlichen Nieselregen nicht bemerkt. Es würde noch nicht einmal ein Nilpferd bemerkt haben. Die haben sich ja kaum selber bemerkt. Sie mußten ziemlich weit gekommen sein, ja …« Er schwieg plötzlich, dann fragte er: »Wann sind deine Greifer da aufgetaucht?«

»Um halb neun«, antwortete Martin Beck schnell.

Beinahe triumphierend sagte der Räuber: »Richtig. Und da waren die beiden seit mindestens einer Viertelstunde weg. Und die hatten mindestens eine halbe Stunde im Park miteinander gekramt. Also, von etwa Viertel vor acht bis Viertel nach acht. Ich ging ihnen zuerst nach, aber dann ging ich wieder weg. Dastehen und mir ihr widerliches Getatsche ansehen, pfui Teufel. Aber als sie kamen, war das kleine Mädchen nicht da. Es war nicht auf dem Spielplatz, weder als sie kamen noch als sie gingen. Ich hätte es bemerkt, wenn es dagewesen wäre.«

Er versuchte nun, wirklich zu helfen.

»Es war also um Viertel nach sieben noch auf dem Spielplatz, aber um Viertel vor acht nicht mehr da«, faßte Gunvald Larsson zusammen.

»Stimmt.«

»Und was haben Sie in der Zwischenzeit gemacht?«

»Ausschau gehalten, sozusagen. Ich blieb an der Ecke Sveavägen-Frejgatan. So konnte ich die Leute sehen, die aus dieser Richtung in den Park kamen.«

»Einen Augenblick, bitte. Sie sagen, daß Sie im ganzen ungefähr zehn Personen bemerkt haben.«

»Im Park? Ja, so ungefähr.«

»Zwei Polizisten, das Liebespaar, die Dame, die Sie beraubt haben, das kleine Mädchen. Das sind erst sechs.«

»Dann bin ich noch einem Burschen nach, der einen Hund bei sich hatte. Ich bin ihm die ganze Zeit gefolgt, aber er strich nur um die Stefanskyrkan und in der angrenzenden Straße herum. Er wartete wohl darauf, daß sein Hund sein Geschäft machen sollte oder so.«

»Aus welcher Richtung kam der Mann?« fragte Martin Beck.

»Er kam vom Sveavägen herein, beim Kiosk.«

»Wann?« wollte Rönn wissen.

»Gleich nachdem ich gekommen war. Diese Gegend hatte ich beobachtet, bevor der Junge und das Mädchen kamen. Er ... wart mal, er kam am Kiosk vorbei und hatte einen von diesen kleinen, spillrigen Hunden. Zu der Zeit war das Mädchen noch auf dem Spielplatz.«

»Sind Sie sicher?« fragte Gunvald Larsson.

»Ja. Wart noch mal. Ich folgte ihm die ganze Zeit. Er war zehn Minuten oder eine Viertelstunde da. Und als er ging, war kein Kind mehr auf dem Spielplatz.«

»Und wen haben Sie noch gesehen?

»Nur ein paar arme Schlucker.«

»Arme Schlucker?«

»Ja, Leute, die mich nicht interessierten. Ungefähr drei Personen, die durch den Park gingen.«

»Versuchen Sie gefälligst, sich zu erinnern«, fuhr Gunvald Larsson ihn an.

»Ich versuche es ja. Ich sah zwei, die zusammen gingen. Sie kamen von Sveavägen und gingen zum Wasserturm hinauf. Strolche, recht alt schon.«

»Sind Sie sicher, daß sie auch zusammengehörten?«

»Ich glaube schon. Ich hatte sie schon vorher gesehen. Ich erinnere mich jetzt, daß ich noch dachte, die haben bestimmt eine Buddel bei, die sie nun aussaufen wollen. Aber dann kamen die beiden anderen, die mit dem Netzschlüpfer und ihr Junge. Die, die sich betatschten, und ...«

»Ja?«

»Ich habe noch einen gesehen, der von der anderen Seite kam.«

»Auch ein armer Schlucker, wie Sie es nennen?«

»Tja, jedenfalls keiner, den man besonders beachten würde. Ich wenigstens nicht. Er kam oben vom Wasserturm. Ja, nun weiß ich es wieder. Ich dachte, der muß die Treppe von der Ingemarsgatan heraufgekommen sein. Scheußlich mühsam, da hinaufzusteigen, bloß um nachher wieder runterzutrotten.«

»Wieder runter?«

»Ja, er ging am Sveavägen raus.«

»Wann haben Sie ihn bemerkt?«

»Gleich nachdem der Bursche mit dem Hund weggegangen war.«

Es blieb still im Raum, alle waren sich der Bedeutung dessen, was dieser Lundgren eben gesagt hatte, bewußt.

Rolf Evert Lundgren erfaßte es als letzter. Er hob den Blick und sah Gunvald Larsson in die Augen.

»Verdammt noch mal.«

Martin Beck fühlte irgendwo einen Nerv vibrieren.

Dann fuhr Gunvald Larsson fort: »Zusammenfassend kann man sagen: Ein älterer, gutgekleideter Mann mit einem Hund betrat irgendwann zwischen Viertel nach sieben und halb acht vom Sveavägen aus den Vanadislunden. Als er am Kiosk und am Spielplatz vorbeiging, befand sich das Mädchen noch dort. Der Mann mit dem Hund blieb ungefähr zehn Minuten bis eine Viertelstunde in dem Parkteil zwischen Stefanskyrkan und Frejgatan. Sie sind ihm die ganze Zeit gefolgt. Als er den Park verließ, wiederum vorbei am Kiosk und am Spielplatz, war das Mädchen nicht mehr dort. Einige Minuten später kam ein Mann vom Wasserturm her und ging in Richtung Sveavägen. Sie nahmen an, daß er von der Ingemarsgatan her die Treppe hinter dem Wasserturm heraufgekommen war und dann durch den Park in Richtung Sveavägen hinunterging. Aber dieser Mann kann genausogut eine Viertelstunde vorher vom Sveavägen gekommen sein, während Sie den Mann mit dem Hund beobachtet haben.«

»Ja«, sagte der Festgenommene und ließ den Mund vor Erstaunen offenstehen.

»Er kann an dem Spielplatz vorbeigekommen sein und das Mädchen mit sich hinauf zum Wasserturm gelockt haben. Er kann sie sofort getötet haben. Dann wäre er, als Sie ihn gesehen haben, auf dem Rückweg gewesen.«

»Ja«, sagte Rolf Evert Lundgren und sperrte den Mund noch weiter auf.

»Haben Sie bemerkt, in welche Richtung er ging?«

»Nein. Ich habe mir gedacht, daß er den Park verlassen würde, und ihn nicht weiter beobachtet.«

»Haben Sie ihn aus der Nähe gesehen?«

»Ja. Er ging ja direkt an mir vorbei. Ich stand hinter dem Kiosk.«

»Gut! Nun geben Sie uns eine Beschreibung von ihm«, sagte Gunvald Larsson. »Wie sah er aus?«

»Groß war er nicht, nein, eher klein. Ziemlich schäbig. Er hatte eine große Nase.«

»Wie war er gekleidet?«

»Schäbig. Helles Hemd, soweit ich weiß. Keinen Schlips. Dunkle Hosen, grau oder braun, nehme ich an.«

»Haar?«

»Ziemlich dünn, glaube ich. Nach hinten gekämmt.«

»Hatte er keine Jacke an?« warf Rönn ein.

»Nein. Weder Jacke noch Mantel.«

»Augenfarbe?« fragte Gunvald Larsson.

»Was?«

»Haben Sie gesehen, welche Farbe seine Augen hatten?«

»Nein. Blau nehme ich an. Oder grau. Er war der Typ danach. Hell.«

»Und wie alt mag er gewesen sein?«

»Tja, so zwischen vierzig und fünfzig. Näher an die Vierzig, möchte ich sagen.«

»Und die Schuhe?« fragte Rönn.

»Weiß nicht. Wohl die üblichen flachen Schuhe, wie Landstreicher sie tragen. Aber das nehme ich nur an.«

Gunvald Larsson wiederholte zusammenfassend: »Ein Mann in den Vierzigern, mit normalem Körperbau und mittellangem, aber schütterem, nach hinten gekämmtem Haar und kräftiger Nase. Blaue oder graue Augen. Weißes oder helles Hemd, offen. Braune oder dunkelgraue Hose, vermutlich schwarze Schuhe.«

Martin Beck schoß ein Gedanke durch den Kopf, ohne jedoch feste Form anzunehmen.

Gunvald Larsson fuhr fort: »Ja, vermutlich flache schwarze Schuhe, ovales Gesicht ... Gut. Nun fehlt nur noch eins. Sie sollen sich einige Bilder ansehen. Her mit dem Album der Sittlichkeitsverbrecher!«

Rolf Evert Lundgren sah die Fotografien der bekannten Sittlichkeitsverbrecher von Anfang bis zu Ende durch. Aufmerksam betrachtete er jedes Bild, und jedesmal schüttelte er den Kopf.

Ein Bild, das dem Mann, den er beim Vanadislunden gesehen hatte, ähnelte, war nicht dabei.

Zum Schluß war er völlig sicher, daß dieser Mann nicht registriert war.

Es war bereits Mitternacht, als Gunvald Larsson ihn mit folgenden Worten entließ: »Nun wollen wir sehen, daß Sie etwas zu essen bekommen, und dann müssen Sie schlafen. Wir sehen uns morgen wieder. Danke für Ihre Hilfe.«

Gunvald Larsson wirkte fast heiter.

Ehe der Räuber abgeführt wurde, sagte er: »Wenn man bedenkt, daß ich das Schwein gesehen habe ...« Auch er wirkte fast heiter.

Dabei hätte er vor noch nicht einmal zwölf Stunden ohne zu zögern sowohl Martin Beck als auch Gunvald Larsson niedergeschossen, wenn er nur die Möglichkeit dazu gehabt hätte.

Daran dachte Martin Beck und auch daran, daß die Personalbeschreibung schlecht war und auf viele tausend Menschen zutraf. Aber es war doch immerhin etwas.

Und die Jagd dauerte schon mehr als sechs Tage.

Noch ein anderer Gedanke bohrte in Martin Becks Erinnerungen – und verschwamm, sobald er ihn festzuhalten versuchte.

Bevor sie aufbrachen, tranken Martin Beck, Gunvald Larsson und Rönn noch eine Tasse Kaffee. Dabei sprachen sie das Ergebnis des Verhörs noch einmal durch. Gunvald Larsson sagte zum Schluß: »Meint ihr, daß es sehr lange gedauert hat?«

»Ja«, sagte Martin Beck.

»Doch, der Meinung bin ich auch«, stimmte Rönn zu.

»Wißt ihr«, sagte Gunvald Larsson leicht belehrend, »es galt, den Hergang von Beginn an aufzurollen und damit eine Art Vertrauensverhältnis herzustellen.«

»Aha«, sagte Rönn.

»Ehrlich gesagt, ich bin der Meinung, daß es verdammt viel Zeit in Anspruch genommen hat«, schloß Martin Beck.

Dann fuhr er nach Hause, trank noch eine Tasse Kaffee und ging zu Bett.

Er lag wach im Dunkeln und grübelte.

Und konnte den Gedanken doch nicht fassen.

17

Beim Erwachen am nächsten Morgen fühlte sich Martin Beck alles andere als frisch. Er konnte sich aber damit trösten, daß er nach dem vielen und obendrein recht spät getrunkenen Kaffee überhaupt geschlafen hatte. Immer wieder von Alpträumen hochgeschreckt, war er schließlich mit einem bohrenden Schmerz in der Magengegend erwacht.

Beim Frühstück kam es zu einem heftigen Streit mit seiner Frau wegen irgendeiner Kleinigkeit, die er fünf Minuten nach Verlassen der Wohnung schon wieder vergessen hatte.

Seine Rolle bei dem Streit war übrigens ziemlich passiv gewesen. Seine Frau hatte den Hauptanteil des Dialogs bestritten.

Müde, mit sich selbst unzufrieden und mit tränenden Augen nahm er die Untergrundbahn nach Slussen, stieg um und fuhr weiter nach Midsommarkransen, um kurz sein eigenes Dienstzimmer in der Västberg allé aufzusuchen. Er weigerte sich konsequent, selbst zu chauffieren, obwohl die Straße von Bagarmossen zu seiner Dienststelle im südlichen Stockholm recht gut war und er eine Menge Zeit gespart hätte. Das war einer der ewigen Streitpunkte zwischen ihm und Inga, seiner Frau. Als sie außerdem noch erfuhr, daß der Staat den Polizeibeamten, die ein eigenes Auto benutzen, 46 Öre Kilometergeld zahlt, war sie immer öfter darauf zurückgekommen.

Martin Beck nahm den Fahrstuhl zum dritten Stock, drückte den entsprechenden Ziffercode auf der Nummernscheibe draußen vor der Glastür, nickte dem Wachhabenden zu und ging in sein Dienstzimmer. Aus dem Aktenstapel auf dem Tisch sortierte er die Papiere heraus, die er mit in die Kungsholmsgatan nehmen wollte.

Auf dem Schreibtisch lag auch eine bunte Ansichtskarte, die einen Esel, eine Scheune, ein rundliches, schwarzäugiges kleines Mädchen mit einem Korb Apfelsinen und eine Palme zeigte. Sie kam von Mallorca, wo der Jüngste der Abteilung, Åke Stentström, seinen Urlaub verlebte. Adressiert war sie an »Martin Beck und die Jungens«. Martin Beck brauchte eine Weile, um das mit einem klecksenden Kugelschreiber Gekritzelte zu entziffern.

Wundert Ihr Euch, wo alle schönen Mädchen geblieben sind? Sie müssen meinen Aufenthaltsort herausgekriegt haben. Wie kommt Ihr ohne mich zurecht? Schlecht, nehme ich an. Aber haltet aus, vielleicht komme ich zurück. Åke.

Martin Beck lächelte und stopfte die Karte in die Jackentasche. Dann setzte er sich hin, suchte die Rufnummer der Familie Oskarsson heraus und zog das Telefon zu sich heran.

Es meldete sich Herr Oskarsson. Er sagte, die anderen Familienmitglieder seien gerade nach Hause gekommen. Wenn Martin Beck sie sprechen wolle, solle er so schnell wie möglich kommen, da sie vor der Abreise noch allerhand zu erledigen hätten.

Martin Beck bestellte ein Taxi, und zehn Minuten später klingelte er an der Tür zu Oskarssons Wohnung. Herr Oskarsson öffnete und führte ihn zum Sofa in dem hellen Wohnzimmer. Von den Kindern war nichts zu sehen, doch Martin Beck hörte ihre Stimmen aus einem der anderen Räume. Frau Oskarsson stand am Fenster. Sie bügelte. Als er ins Zimmer kam, sagte sie: »Entschuldigen Sie mich, ich bin gleich fertig.«

»Es tut mir leid, daß ich stören muß«, sagte Martin Beck. »Aber ich hätte gerne noch einmal mit Ihnen gesprochen, bevor Sie abreisen.«

Herr Oskarsson nickte und setzte sich in einen Ledersessel auf der anderen Seite des langen Couchtisches.

»Wir wollen Ihnen natürlich gerne helfen«, sagte er. »Meine Frau und ich wissen nur wirklich nichts. Wir haben auch noch mal mit Lena gesprochen. Sie scheint auch nicht mehr zu wissen, als sie bereits erzählt hat. Leider.«

Seine Frau stellte das Bügeleisen hin und sah ihn an. »Gott sei Dank, würde ich lieber sagen«, meinte sie.

Sie zog den Stecker heraus und setzte sich auf die Armlehne neben ihren Mann. Er legte ihr den Arm um die Hüfte.

»Ich wollte eigentlich fragen, ob Ihr Sohn vielleicht etwas gesagt hat, was mit der Sache in Zusammenhang zu bringen wäre.«

»Bosse?«

»Ja. Wie Lena sagte, war er ja eine Weile fort. Vielleicht hat er Annika begleitet. Vielleicht hat er den Mann gesehen, der sie umbrachte.«

Wie idiotisch das klingt, dachte Martin Beck. Ich rede wie eine Maschine. Es hört sich an wie ein Polizeibericht. Wie kann ich mir nur einbilden, auf diese Weise etwas Wichtiges aus einem Dreijährigen herauszubekommen?

Das Paar im Sessel schien nichts an seiner Ausdrucksweise zu bemängeln zu haben. Sie waren wohl der Meinung, daß ein Polizist so reden mußte.

»Es war doch schon eine Polizeibeamtin hier und hat mit ihm gesprochen«, entgegnete Frau Oskarsson. »Er ist doch noch so klein.«

»Ja, ich weiß«, sagte Martin Beck. »Aber ich wollte bitten, es noch einmal versuchen zu dürfen. Es ist denkbar, daß er etwas gesehen hat. Ob man ihn dazu bringen kann, sich an diesen Tag zu erinnern ...«

»Aber er ist erst drei Jahre alt«, unterbrach ihn Frau Oskarsson. »Er kann noch nicht einmal richtig sprechen. Wohl nur wir verstehen alles, was er sagt. Und das übrigens auch nicht immer richtig«, fügte sie hinzu.

»Wir können es ja versuchen«, entschied der Mann. »Ich meine, wir sollten versuchen zu helfen. Vielleicht kann Lena ihn dazu bringen, sich daran zu erinnern.«

»Danke«, sagte Martin Beck, »das wäre gut.«

Frau Oskarsson stand auf und ging ins Kinderzimmer. Nach einer Weile kam sie mit den Kindern zurück.

Bosse lief sofort zu seinem Vater, stellte sich neben ihn und zeigte auf Martin Beck.

»We is das?« fragte er, neigte den Kopf zur Seite und sah Martin Beck an.

Um den Mund herum war er schmutzig. Er hatte eine Schramme auf der Wange, und auf der Stirn unter den blonden Locken schimmerte ein großer blauer Fleck. Er hatte grüne Augen.

»Papa, we is das?« wiederholte er ungeduldig.

»Das ist ein Onkel«, erklärte der Vater und lachte entschuldigend.

»Guten Tag«, sagte Martin Beck.

Bosse ignorierte den Gruß.

»Wie heiß er?« fragte er seinen Vater.

»Ich heiße Martin«, antwortete Martin Beck. »Und wie heißt du?«

»Bosse. Wie heiß?«

»Martin.«

»Mattin. Heiß Mattin«, sagte Bosse in einem Tonfall, der andeutete, wie sehr es ihn erstaunte, daß jemand so heißen konnte.

»Ja«, sagte Martin Beck, »und du heißt Bosse.«

»Papa heiß Kurt, Mama heiß ... wie heiß?«

Er zeigte auf seine Mutter, und diese sagte: »Ingrid, das weißt du doch.«

»Ingi.«

Bosse ging zum Sofa und legte seine rundliche, schmuddelige Hand auf Martins Knie.

»Warst du heute im Park?« fragte Martin Beck.

Bosse schüttelte den Kopf und sagte mit schriller Stimme: »Nich pielen in Park. Autofahren.«

»Ja«, sagte seine Mutter beruhigend. »Später. Später fahren wir mit dem Auto.«

»Fahr du mit Auto?« wollte Bosse wissen und sah Martin Beck fragend an.

»Ja, vielleicht.«

»Bosse autofahren«, sagte der Junge zufrieden und krabbelte aufs Sofa.

»Was spielst du denn immer im Park?« fragte Martin Beck in einem Ton, der ihm selbst gekünstelt vorkam.

»Bosse nich pielen. Bosse autofahren«, wiederholte der Junge ärgerlich.

»Bestimmt«, bestätigte Martin Beck, »du fährst ganz bestimmt Auto.«

»Heute soll Bosse nicht im Park spielen«, sagte seine Schwester. »Der Onkel fragt nur, was du neulich im Park gespielt hast.«

»Onkel dumm«, sagte Bosse mit Nachdruck.

Er krabbelte wieder vom Sofa herunter. Martin Beck dachte, daß er Bonbons oder irgend etwas anderes für das Kerlchen hätte kaufen sollen. Er pflegte sonst seine Zeugen nicht zu bestechen, um deren Sympathie zu gewinnen. Andererseits hatte er ja noch nie einen dreijährigen Zeugen vernehmen müssen. Schokoladenkekse hätten sicherlich ihre Wirkung nicht verfehlt.

»Das sagt er von allen«, warf Bosses Schwester ein, »er ist so dumm.«

Bosse schlug nach ihr und sagte empört: »Bosse nich dumm, Bosse schlau.«

Martin Beck überlegte, ob er etwas in der Tasche hätte, was den Jungen interessieren könnte, fand aber nur die Karte von Stenström.

»Komm, ich zeig dir was«, sagte er.

Bosse lief wieder zu ihm hin und betrachtete neugierig die Karte.

»Was is das?« fragte er.

»Eine Ansichtskarte«, erklärte Martin Beck, »kannst du erkennen, was auf dem Bild ist?«

»Ferd. Blume. Andin.«

»Was ist Andin?« fragte Martin Beck verwundert.

»Mandarinen«, erklärte die Mutter.

»Andin«, wiederholte Bosse und zeigte mit dem Finger auf die Karte, »und Blumen und Ferd und Mädchen. Wie heiß Mädchen?«

»Das weiß ich nicht«, mußte Martin Beck gestehen. »Was glaubst du wohl, wie sie heißt?«

»Ulla«, sagte Bosse, »Mädchen heiß Ulla.«

Frau Oskarsson stieß ihre Tochter an.

»Weißt du noch, wie Ulla und Annika und Bosse und Lena im Park waren und geschaukelt haben?« fragte Lena schnell.

»Ja«, sagte Bosse begeistert, »Ulla, Annika, Bosse, Lena schaukeln. Un Lena kauf Eis. Ja?«

»Ja«, sagte Lena. »Und weißt du noch, wie wir einen Hund im Park getroffen haben?«

»Ja, Bosse tleinen Hund troffen. Nich treicheln Hund. Ja?«

Die Eltern wechselten einen Blick, und die Mutter nickte. Martin Beck begriff, daß der Kleine sich wirklich gerade an den Tag im Park erinnerte, an den er sich erinnern sollte. Er bewegte sich nicht, saß ganz still da und hoffte nur, daß der Junge nicht den Faden verlor.

»Weißt du noch«, fuhr Lena fort, »Ulla, Lena, Bosse haben Hopse gespielt.«

»Ja«, sagte Bosse, »Ulla, Lena pielen Hopse. Bosse auch Hopse pielen. Nich wahr, Bosse kann Hopse pielen.«

Der kleine Junge antwortete schnell und begeistert auf die Fragen der Schwester. Frage und Antwort folgten einem Muster. Martin Beck hatte den Eindruck, daß es eine Art Fragespiel war, das die Geschwister öfter spielten. Eine Art Weißt-du-noch-Spiel.

»Ja«, bestätigte Lena. »Bosse kann Hopse spielen, Bosse, Ulla, Lena haben Hopse gespielt. Annika hat nicht Hopse gespielt.«

»Annika will nich. Nur Lena un Ulla«, sagte Bosse ernsthaft.

»Weißt du noch, daß Annika böse wurde und wegging?«

»Lena un Ulla dumm, sag Annika.«

»Hat Annika gesagt, daß Lena und Ulla dumm sind? Weißt du das noch?«

»Annika sag, Lena und Ulla dumm.« Und dann mit großem Nachdruck: »Bosse nich dumm.«

»Was haben Bosse und Annika gemacht, als Lena und Ulla dumm waren?«

»Bosse und Annika pielen Versteck.«

Martin Beck wagte kaum zu atmen. Er hoffte, daß dem Mädchen klar war, was es als nächstes fragen mußte.

»Weißt du noch, daß Annika und Bosse Verstecken gespielt haben?«

»Ja. Ulla un Lena nich pielen Versteck. Ulla, Lena dumm. Annika schlau. Bosse schlau.«

Der Kontakt war jetzt gut.

»Onkel schlau.«

»Welcher Onkel?«

»Onkel in Park schlau. Hat Bosse Bon geschenkt.«

»Hat der Onkel im Park Bosse einen Bonbon geschenkt? Weißt du das noch?«

»Onkel Bosse Bon. Nich Bonbon.«

»Keinen Bonbon?«
»Bon.«
»Was hat der Onkel gesagt? Hat der Onkel mit Annika und Bosse gesprochen?«
»Onkel mit Annika prochen. Onkel Bosse Bon.«
»Bekamen Annika und Bosse Bonbons vom Onkel?«
»Bosse Bon. Annika nich. Nur Bosse.«
Bosse drehte sich plötzlich um und fragte Martin Beck: »Bosse Bontasche haben. Has du Bontasche?«
Martin Beck schüttelte den Kopf.
»Bosse hat Bontasche. Muß er ja. Du Bontasche?«
»Nein«, sagte Martin Beck, »nicht hier.« Und fuhr dann fort: »Hast du eine Bontasche vom Onkel im Park bekommen?«
Bosse schlug ungeduldig mit der Hand aufs Sofa. »Nein. Bosse Bon.«
»Hast du nur einen Bonbon bekommen? War er gut?«
Bosse schlug Martin Beck aufs Knie. »Nich gut«, sagte er. »Kann nich essen Bon.«
Martin Beck sah zu Bosses Mutter hinüber. »Was heißt Bon?« wollte er wissen.
»Das weiß ich nicht«, sagte sie. »Er sagt so zu Bonbons, Kassenzetteln, Fahrscheinen und so weiter. Zu allen möglichen Bons also. Ich weiß nicht, was er jetzt meint.«
Martin Beck beugte sich zu dem kleinen Jungen hinunter. »Was haben Bosse und Annika und der Onkel gemacht? Habt ihr mit dem Onkel gespielt?«
Bosse schien das Interesse an dem Fragespiel verloren zu haben und sagte großspurig: »Bosse kann Annika nicht sehen. Annika dumm. Pielt mit Onkel.«
Martin Beck öffnete den Mund, um etwas zu sagen, schloß ihn aber wieder, als er den Zeugen mit Raketengeschwindigkeit aus dem Zimmer schießen sah.
»Du krieg mich nich, du kann mich nich kriegen«, rief der Junge.
Die Schwester sah ihm verblüfft nach und sagte: »Er ist so dumm.«
»Was meinte er mit Bon?« fragte der Vater sie.
»Das weiß ich nicht. Auf jeden Fall keinen Bonbon«, sagte sie.
»Er scheint zusammen mit Annika jemanden getroffen zu haben«, sagte Herr Oskarsson.
Aber wann, dachte Martin Beck. Freitag oder vor vierzehn Tagen?

»Wie entsetzlich«, sagte Frau Oskarsson, »das muß ja der gewesen sein, der ...«

Sie zitterte, und ihr Mann strich ihr leise über den Rücken. Er sah Martin Beck bekümmert an und sagte: »Er ist noch so klein. Er hat einen so geringen Wortschatz. Ich kann mir nicht vorstellen, daß er den Mann beschreiben kann.«

Frau Oskarsson schüttelte den Kopf. »Nein«, sagte sie, »wenn nicht irgendwas besonders Auffälliges an ihm ist.«

Herr Oskarsson fuhr fort: »Hätte er irgendeine Uniform angehabt, so hätte Bosse ihn sicher Onkel Form genannt. Aber sonst? Kinder wundern sich ja nicht so leicht über irgend etwas. Und selbst wenn Bosse einen Burschen mit grünen Haaren und roten Augen und drei Beinen getroffen hätte, wäre er nicht auf die Idee gekommen, daß das etwas Besonderes ist.«

Martin Beck nickte. »Vielleicht hatte er eine Uniform an«, sagte er, »oder etwas anderes, woran Bosse sich erinnern kann. Vielleicht geht es besser, wenn Sie mit ihm allein sprechen.«

Frau Oskarsson stand auf und zuckte die Schultern. »Gerne«, sagte sie, »ich will es versuchen.«

Sie ließ die Tür einen Spalt breit offen, damit Martin Beck ihre Unterhaltung mit dem Kind hören konnte. Nach zwanzig Minuten kam sie zurück. Es war ihr nicht geglückt, aus dem Jungen noch mehr herauszuholen.

»Können wir nun nicht reisen?« fragte sie ängstlich. »Ich meine, muß Bosse ...?« Sie unterbrach sich und fuhr fort: »Und Lena?«

»Natürlich können Sie machen, was Sie wollen«, sagte Martin Beck und stand auf. Er dankte und gab ihr und ihrem Mann die Hand. Als er gehen wollte, kam Bosse angestürzt und schlang die Arme um seine Knie.

»Nich gehen. Du da sitz. Du reden mit Papa un Bosse.«

Martin Beck versuchte, sich loszumachen, aber der Junge hielt ihn fest, und er wollte dem Kerlchen nicht weh tun. Er griff in die Hosentasche, holte ein Fünfzig-Öre-Stück heraus und sah die Mutter fragend an. Sie nickte.

»Hier, Bosse«, sagte er und zeigte ihm die Münze.

Bosse ließ sofort los, nahm das Fünfzig-Öre-Stück und sagte: »Bosse Eis kaufen. Bosse viel Geld. Eis kaufen.«

Er sprang vor Martin Beck hinaus in den Flur und griff nach seiner kleinen Jacke, die an einem niedrigen Haken neben der Wohnungstür hing. Er wühlte in der Jackentasche herum.

»Bosse viel Geld«, sagte er und hielt ein ärmliches Fünf-Öre-Stück in die Höhe.

Martin Beck öffnete die Wohnungstür, drehte sich um und streckte Bosse die Hand hin.

Der kleine Kerl stand da mit der Jacke im Arm. Als er die Hand aus der Tasche herausholte, segelte ein kleines Stück weißes Papier auf den Fußboden. Als Martin Beck sich bückte, um es aufzuheben, rief der Junge: »Bosse Bon, Bosse Bon von Onkel.«

Martin Beck betrachtete den Gegenstand in seiner Hand.

Es war ein ganz gewöhnlicher Straßenbahnfahrschein.

18

Verschiedenes war an diesem Freitagmorgen, dem 16. Juni 1967, bereits geschehen.

Die Polizei veröffentlichte eine Personenbeschreibung, die den Nachteil hatte, auf tausend unbescholtene Bürger zu passen. Vielleicht auf noch mehr.

Rolf Evert Lundgren hatte die Sache überschlafen und wollte nun einen Kuhhandel abschließen. Wenn die Polizei ein Auge zudrückte, würde er sich an den Ermittlungsarbeiten beteiligen und »weitere Aufklärungen« geben – welcher Art die nun auch immer sein mochten. Er bekam eine kühle Absage, versank in Grübeleien und bat schließlich von sich aus um einen Rechtsanwalt.

Einer aus der Ermittlungsabteilung wies darauf hin, daß Lundgren immer noch kein Alibi für den Abend des Mordes im Vanadislunden habe, und zog seine Glaubwürdigkeit als Zeuge in Zweifel. Dies führte dazu, daß Gunvald Larsson eine Frau in peinlichste Verlegenheit brachte und daß eine andere Frau Lennart Kollberg möglicherweise noch verlegener machte.

Gunvald Larsson wählte eine Telefonnummer in Vasastaden.

»Ja, hier Disponent Jansson.«

»Guten Tag. Hier ist die Kriminalpolizei, Erster Kriminalassistent Larsson.«

»Ja, bitte?«

»Könnte ich mit ihrer Tochter sprechen, mit Majken Jansson?«

»Einen Augenblick. Wir sitzen gerade beim Frühstück. Majken!«

»Ja, hallo, hier ist Majken Jansson.« Die Stimme war hell und kultiviert.

»Polizei. Erster Kriminalassistent Larsson.«

»Ja?«
»Sie haben angegeben, daß Sie am Abend des 9. Juni im Vanadislunden Luft geschnappt haben.«
»Jaa.«
»Was hatten Sie an, als Sie Luft schnappen gingen?«
»Was ich anhatte? Tja, lassen Sie mich überlegen ... ein schwarzweißes Cocktailkleid.«
»Und außerdem?«
»Sandalen.«
»Ja, ja, und außerdem?«
»Nichts. Ruhig, Papa, er fragt nur, was ich ...«
»Nichts? Hatten Sie nicht mehr an?«
»Nei – nein.«
»Ich meine, hatten Sie nicht etwas darunter? Unter dem Kleid, meine ich.«
»Aber ja! Ich hatte selbstverständlich Unterwäsche an.«
»So. Und was für Unterwäsche?«
»Was für Unterwäsche?«
»Genau das.«
»Ja, ich hatte natürlich, was ... ja, was man so darunter hat.«
»Und was pflegen Sie gewöhnlich darunter zu haben?«
»Na, einen Büstenhalter natürlich. Und ... ja, was glauben Sie sonst noch?«
»Ich glaube gar nichts. Habe keine vorgefaßte Meinung. Ich frage nur.«
»Und einen Schlüpfer natürlich.«
»So. Und was für eine Art von Schlüpfer?«
»Was für eine Art? Ich verstehe nicht, was Sie meinen. Ich hatte einen Schlüpfer unter dem Kleid.«
»Einen Slip?«
»Gewiß, aber entschuldigen Sie ...«
»Und wie sah dieser Slip aus? Welche Farbe: rot oder schwarz oder blau oder vielleicht Tarnfarbe?«
»Es war ...«
»Ja?«
»Ein weißer Netzslip. Ja, Papa, ich frage ihn danach. Warum in aller Welt fragen Sie das?«
»Ich kontrolliere eine Zeugenaussage.«
»Zeugenaussage?«
»Genau das. Auf Wiederhören.«

Kollberg fuhr zu einem Haus in Gamla Stan, parkte am Storkyrkobrinken und arbeitete sich eine enggewendelte Steintreppe hinauf. Oben sah er sich nach einer Klingel um, die er nicht fand, und ballerte seiner Gewohnheit treu ohrenbetäubend an die Tür.

»Nur herein«, rief eine Frau.

Kollberg folgte der Aufforderung.

»Jesses, was für einer sind Sie denn?«

»Polizei«, sagte er beruhigend.

»Ich muß schon sagen, daß die Polizei eine besondere Fähigkeit hat, zu ...«

»Sind Sie Lisbeth Hedvig Maria Karlström?« fragte Kollberg und sah demonstrativ auf einen Zettel.

»Gewiß. Ist es wegen gestern?«

Kollberg nickte und sah sich um. Das Zimmer war einfach, aber gemütlich. Lisbeth Hedvig Maria Karlström trug eine blaugestreifte Pyjamajacke, die gerade lang genug war, um zu zeigen, daß sie keine Höschen darunter hatte. Sie war offenbar eben erst aufgestanden und nun dabei, Kaffee zu kochen. Sie rührte mit einer Gabel im Filter, damit die Flüssigkeit schneller durchlaufen sollte.

»Ich bin gerade aufgestanden und beim Kaffeekochen«, sagte sie.

»Soso.«

»Ich dachte, es sei meine Nachbarin. Die ballert sonst um diese Zeit an die Tür. Wollen Sie auch?«

»Was denn?«

»Kaffee.«

»Ja«, sagte Kollberg.

»Setzen Sie sich erst einmal.«

»Wohin?«

Sie zeigte mit der Gabel auf einen lederbezogenen Puff neben dem ungemachten Bett. Er ließ sich zögernd nieder. Sie stellte die Kaffeekanne und zwei Tassen auf ein Tablett, stieß mit dem linken Knie ein niedriges Serviertischchen heran, stellte das Tablett darauf und setzte sich aufs Bett. Sie kreuzte die Beine im Schneidersitz, wobei sie allerhand herzeigte. Ihre Anatomie schien fehlerlos zu sein.

»Bitte schön«, sagte sie.

»Danke«, sagte Kollberg und blickte auf ihre Füße.

Er war ein empfindsamer Mensch, und ihm war mehr als unbehaglich zumute. Sie erinnerte ihn stark an irgend jemanden, vermutlich an seine Frau.

Sie sah ihn nachdenklich an und fragte: »Soll ich mir etwas mehr anziehen?«

»Das könnte nicht schaden«, brummte Kollberg.

Sie stand sofort auf, ging zum Kleiderschrank, nahm eine braune Manchesterhose heraus und zog sie an. Dann knöpfte sie die Pyjamajacke auf und zog sie aus. Einen Augenblick lang stand sie mit bloßem Oberkörper da; daß sie ihm den Rücken zuwandte, machte die Sache kaum besser. Nach kurzem Zögern streifte sie sich einen gestrickten Pulli über.

»So ist es nur so scheußlich warm«, erklärte sie.

Er nahm einen Schluck aus seiner Tasse.

»Was wollen Sie wissen?« fragte sie.

Er trank noch einen Schluck. »Gut«, sagte er.

»Es ist ja nur, daß ich nichts weiß. Nicht das geringste. Das war eine scheußliche Geschichte, das mit diesem Simonsson meine ich.«

»Er heißt Rolf Evert Lundgren«, sagte Kollberg.

»So, auch das noch. Ich bin mir darüber klar, daß es den Anschein hat ... Ich meine, daß ich in einem mehr als unvorteilhaften Licht dastehe, Sie verstehen schon. Aber dagegen kann ich nichts machen, jetzt nicht mehr.« Sie sah sich unglücklich um. »Sie wollen vielleicht rauchen«, sagte sie dann. »Ich habe leider keine Zigaretten. Ich rauche nicht.«

»Ich auch nicht«, sagte Kollberg.

»So. Ja, ob unvorteilhaft oder nicht, ich kann nur sagen, wie es war. Ich hab ihn um neun Uhr im Vanadisbad kennengelernt, und dann bin ich mit zu ihm nach Hause gegangen. Ich weiß überhaupt nichts.«

»Sie wissen vermutlich etwas, was uns interessiert.«

»Was sollte das sein?«

»Wie er war? Im Bett?«

Sie zuckte bedauernd die Schultern. Nahm einen Zwieback und nagte daran. Schließlich sagte sie: »Kein Kommentar. Ich pflege nicht ...«

»Was pflegen Sie nicht?«

»Ich pflege nicht über die Männer zu sprechen, mit denen ich zusammen war. Wenn wir jetzt zum Beispiel miteinander schlafen würden, dann würde ich hinterher auch nicht herumlaufen und Einzelheiten erzählen.«

Kollberg bewegte sich verlegen. Ihm war warm, und diese Frau heizte ihm obendrein ein. Am liebsten hätte er die Jacke abgelegt. Es war auch nicht auszuschließen, daß er sich am liebsten völlig ausgezogen hätte und mit dieser Frau ins Bett gegangen wäre. Er hatte das im Dienst wahrhaftig äußerst selten getan, vor allem nicht, seit er verheiratet war. Aber es war doch vorgekommen.

»Trotzdem hätte ich gerne eine Antwort auf meine Frage«, sagte er. »War er sexuell als normal zu bezeichnen?«

Sie antwortete nicht.

»Es ist wichtig«, bat er.

Sie fing seinen Blick ein und fragte ernsthaft: »Warum?«

Kollberg sah die Frau nachdenklich an. Er stand vor einer schweren Entscheidung. Er wußte, daß viele seiner Kollegen ihn wegen seiner nächsten Antwort schärfer tadeln würden, als wenn er mit ihr geschlafen hätte.

»Lundgren ist ein Berufsverbrecher«, sagte er schließlich. »Er hat zehn schwere Gewaltverbrechen zugegeben. Es kann bewiesen werden, daß er am Freitagabend der letzten Woche zur gleichen Zeit im Vanadislunden war, als dort ein kleines Mädchen ermordet wurde.«

Sie sah ihn kurz an und schluckte mehrmals.

»Oh«, sagte sie dann leise, »das wußte ich nicht. Das kann ich kaum glauben.« Einen Augenblick später sah sie ihn wiederum an, mit klaren braunen Augen, und sagte: »Das beantwortet meine Frage. Nun begreife ich, daß ich antworten muß.«

»Ja?«

»Soweit ich es beurteilen kann, war er völlig normal, fast zu normal.«

»Was meinen Sie damit?«

»Ich meine, daß ich selbst auch völlig normal bin, sexuell, daß ich … Ja, da ich es nur ganz selten mache, möchte ich vielleicht etwas mehr haben als … wollen wir sagen: Routine?«

»Ich verstehe«, sagte Kollberg und kratzte sich verlegen hinterm Ohr.

Er überlegte einige Sekunden. Das Mädchen sah ihn ernsthaft an. Schließlich sagte er: »War er es, der im Vanadisbad … den Kontakt mit Ihnen suchte?«

»Nein, eher umgekehrt.«

Sie stand plötzlich auf und trat ans Fenster, das Ausblick auf die Storkyrkan bot. Ohne den Kopf zu drehen, sagte sie: »Genau das. Eher umgekehrt. Ich ging gestern ins Vanadisbad, um einen Mann zu finden. Ich war drauf aus. Hatte mich darauf vorbereitet, wenn Sie so wollen.«

Sie zuckte die Schultern.

»Ich lebe eben auf diese Weise«, sagte sie. »Ich lebe so seit mehreren Jahren, und wenn Sie wollen, kann ich auch erzählen, weshalb ich so lebe.«

»Das ist nicht nötig«, entgegnete Kollberg.

»Ich tue es gerne«, sagte sie und fingerte an der Gardine herum, »darüber sprechen meine ich …«

»Das ist nicht nötig«, wiederholte Kollberg.

»Wie Sie wollen. Ich kann nur betonen, daß er sich bei mir völlig normal benahm. Anfangs war er nicht einmal besonders interessiert. Aber … nun, ich sah zu, daß er es wurde.«

Kollberg trank seinen Kaffee aus. »Ja, das wäre wohl alles«, sagte er unvermittelt.

Immer noch ohne sich umzudrehen, sagte sie: »Ich habe schon früher manchmal darüber nachgedacht. Aber das hier war schlimmer. Das war sehr unangenehm.«

Kollberg sagte nichts.

»Lehrreich«, sagte sie mehr zu sich selbst und fingerte abermals an der Gardine herum. Dann drehte sie sich um und sagte: »Ich versichere Ihnen, daß ich es war, die die Initiative ergriff. Auf sehr deutliche Art und Weise. Wenn Sie wollen, kann ich …«

»Nein, das ist nicht nötig.«

»Und ich kann versichern, daß er völlig normal war, als wir … als wir zusammen waren.«

Kollberg stand auf.

»Ich finde Sie nett«, sagte sie plötzlich.

»Ich Sie auch.«

Er ging zur Tür und öffnete sie einen Spalt breit. Dann sagte er zu seiner eigenen Überraschung: »Ich bin verheiratet – seit eineinhalb Jahren. Meine Frau ist im neunten Monat.«

Sie nickte. »Was meine Art zu leben betrifft …« Sie unterbrach sich.

»So wie Sie es machen, ist es nicht gut«, sagte Kollberg, »und es kann gefährlich werden.«

»Ich weiß«, stimmte sie zu.

»Auf Wiedersehen«, sagte Kollberg.

»Auf Wiedersehen«, sagte Lisbeth Hedvig Maria Karlström.

Man hatte ihm einen Strafzettel hinter den Scheibenwischer geklemmt. Er faltete zerstreut das gelbe Einzahlungsformular zusammen und stopfte es in die Tasche. Nettes Mädchen, dachte er. Ähnelt wirklich Gun, frage mich, warum ...

Und dann setzte er sich hinter das Lenkrad und dachte, daß dies beinahe der perfekte Abklatsch eines schlechten Romans sei.

Im Hauptquartier der Ermittlungsabteilung sagte Gunvald Larsson lebhaft: »Das ist entscheidend. Er ist sexuell normal, und er kann als glaubwürdiger Zeuge angesehen werden. Alles verlorene Zeit.«

Kollberg grübelte einen Augenblick lang über das mit der verlorenen Zeit. Dann fragte er: »Wo ist Martin?«

»Ausgegangen, um einen Säugling zu vernehmen«, antwortete Gunvald Larsson.

»Und sonst?«

»Nichts.«

»Hier ist etwas«, sagte Melander und sah von seinen Papieren auf.

»Was denn?«

»Ein Gutachten der Psychologen. Ihre Stellungnahme.«

»Oh«, sagte Gunvald Larsson. »Unglückliche Liebe.«

»Nein«, entgegnete Melander ernsthaft. »Da bin ich nicht so sicher.«

»Nimm die Pfeife aus dem Mund, damit man versteht, was du sagst«, forderte Kollberg ihn auf.

»Sie schreiben hier etwas, eine Erklärung. Recht plausibel und sehr beunruhigend«, fuhr Melander fort.

»Wie das?« wollte Gunvald Larsson wissen. »Kann es noch beunruhigender werden, als es ist?«

»Im Hinblick darauf, daß der Mann nicht in unserer Kartei zu finden ist«, erklärte Melander ungerührt. »Sie schreiben, daß er sehr wohl nicht vorbestraft sein kann. Er kann lange vor sich hin leben, ohne daß seine abartigen Neigungen zum Ausdruck kommen. Die Befriedigung sexueller Perversität kann im großen und ganzen mit Rauschgift verglichen werden. Das ist mit ausländischen Beispielen belegt. Eine Person, die sexuell anomal ist, kann jahrelang als Exhibitionist oder Fenstergucker auftreten und sich auf diese Art abreagieren. Aber wenn so ein Mensch aus irgendeinem Impuls heraus eine Vergewaltigung begeht oder einen Sexualmord, kann sich der Betreffende in Zukunft auf keine andere Art als durch neue Vergewaltigungen oder Morde befriedigen.«

»Wie die alte Sache mit dem bösen Einsiedlerbären«, dachte Gunvald Larsson laut, »ein Bär, der einmal eine Kuh geschlagen hat und so weiter.«

»Genau wie ein Rauschgiftsüchtiger mit der Zeit zu immer stärkeren Giften greifen muß«, fuhr Melander fort und blätterte im Gutachten. »Ein Süchtiger, der mit Haschisch beginnt und dann später zu Heroin übergeht, kann sich nicht wieder mit Haschisch begnügen. Das Verhalten eines sexual Abartigen kann genauso sein.«

»Das klingt vernünftig«, meinte Kollberg, »aber etwas simpel.«

»Ich finde, daß es verteufelt beängstigend klingt«, sagte Gunvald Larsson.

»Es kommt noch viel beängstigender«, sagte Melander. »Hier steht, daß ein Mensch eine lange Reihe von Jahren leben kann, ohne daß seine Perversität irgendwie zum Ausdruck kommt. Er braucht noch nicht einmal zu onanieren oder sich pornographische Bilder anzusehen, geschweige denn als Exhibitionist oder Fenstergucker aufzutreten. Er kann sich jahrelang nur gedanklich mit allen möglichen Perversionen beschäftigen, ohne um seine wirkliche Veranlagung zu wissen, bis plötzlich ein zufälliger Impuls eine Gewalttat auslöst. Dann kann er nicht mehr davon los, er muß die Tat wiederholen – mit wachsender Rücksichtslosigkeit und vermutlich mit immer größerer Bestialität.«

»Wie Jack the Ripper ungefähr«, warf Gunvald Larsson ein.

»Und der Impuls?« fragte Kollberg.

»Kann durch verschiedenste Ursachen ausgelöst werden. Eine zufällige Situation, eine psychische Schwäche, Krankheit, Alkohol, Narkotika. Wenn ein solcher Tatsachenbestand vorliegt, wird man in der Vergangenheit des Täters keinen Hinweis finden. Die polizeilichen Unterlagen sind wertlos, genau wie die Journale der Krankenhäuser und der Ärzte. Nichts deutet auf so eine Entwicklung hin. Aber wenn er einmal begonnen hat, zu vergewaltigen oder zu töten, kann er nicht wieder aufhören. Er ist auch außerstande, sich selbst zu stellen oder sein Handeln selbst zu steuern.«

Melander schwieg einen Augenblick. Dann pochte er mit den Fingerknöcheln auf das fotokopierte Gutachten und fuhr fort: »Einiges in dieser wissenschaftlichen Darlegung stimmt beängstigend genau mit unserem Fall überein.«

»Ich kann mir eine Menge anderer Erklärungen denken«, entgegnete Gunvald Larsson gereizt. »Es kann sich zum Beispiel um einen Fremden, um einen zufällig durchreisenden Ausländer handeln. Es können ebensogut zwei verschiedene Täter sein. Die Presse hat alle

Einzelheiten über den ersten Mord gebracht – das kann einer gelesen und prompt nachgemacht haben.«

»Dagegen sprechen zu viele Tatsachen«, meinte Melander. »Lokalkenntnis, die traumwandlerische Sicherheit der Tatausführung, die Wahl von Ort und Zeit, das Absurde, daß wir nach zwei Morden und sieben Ermittlungstagen nicht einmal einen ernsthaft Verdächtigen haben, wenn wir diesen Eriksson außer Betracht lassen. Gegen die Möglichkeit eines Nachahmungsmordes spricht die Sache mit den Schlüpfern der Mädchen. Dieses Detail wurde der Presse nicht bekanntgegeben.«

»Ich kann mir trotzdem andere Erklärungen denken«, beharrte Gunvald Larsson.

»Ich fürchte, das ist Wunschdenken«, murmelte Melander und zündete sich die Pfeife an.

»Ich leider auch«, stimmte Kollberg zu und schüttelte sich. »Vielleicht ist es Wunschdenken, Gunvald, trotzdem hoffe ich von Herzen, daß du recht hast. Denn anderenfalls ...«

»Anderenfalls«, sagte Melander, »haben wir nicht das geringste in der Hand, woran wir uns halten können. Die einzige Chance, den Mörder zu fassen, wäre eine Verhaftung auf frischer Tat, oder ...«

Kollberg und Gunvald Larsson beendeten mit Schaudern jeder für sich den angefangenen Satz, den Melander nach einer kurzen Pause selber zu Ende brachte.

»... oder er mordet immer wieder mit der gleichen traumwandlerischen Sicherheit. So lange, bis wir ihn durch einen Zufall erwischen.«

»Entsetzlich«, sagte Gunvald Larsson.

»Was steht denn sonst noch in dem Papier?« fragte Kollberg.

»Das übliche«, antwortete Melander, »eine Masse sich widersprechender Spekulationen. Er kann übersexuell veranlagt sein, oder er hat einen fast rudimentären Geschlechtstrieb. Letzteres wird für das Wahrscheinlichere gehalten. Aber es gibt auch Beispiele für das Gegenteil.« Er legte das Gutachten hin und fuhr fort: »Auch wenn er jetzt hier vor uns stünde, hätten wir nichts, was ihn mit dem Verbrechen in Zusammenhang bringt. Das ist euch ja wohl klar. Wir haben nur ein paar mehr als fragwürdige Fußabdrücke aus dem Tantolunden. Und der einzige Beweis, daß die Person, hinter der wir her sind, auch wirklich ein Mann ist, sind eine Unmenge von Spermatozoen, die wir an beiden Tatorten auf der Erde gefunden haben.«

»Wenn wir ihn nicht in unserer Kartei haben, würde uns nicht mal ein vollständiger Satz Fingerabdrücke etwas nützen«, warf Kollberg ein.

»Eben«, stimmte Melander zu.

»Aber wir haben einen Zeugen«, sagte Gunvald Larsson. »Der Räuber hat ihn gesehen.«

»Ob wir uns darauf verlassen können ...« gab Melander zu bedenken.

»Kannst du nicht zur Abwechslung mal was Aufmunterndes sagen?« entgegnete Kollberg.

Melander gab keine Antwort, und sie versanken in Schweigen. Sie hörten im Zimmer nebenan die Telefone klingeln und Rönn und einen anderen antworten.

»Wie hat dir das Mädchen gefallen?« fragte Gunvald Larsson plötzlich.

»Gut«, antwortete Kollberg.

Im gleichen Augenblick mußte er an noch eine böse Sache denken. Er wußte auf einmal, an wen Lisbeth Hedvig Maria Karlström ihn erinnert hatte. Nicht an seine Frau, ganz und gar nicht. Sie erinnerte ihn auf unheilschwangere Art an eine junge Frau, die er niemals als Lebende gekannt hatte, die aber noch lange nach ihrem Tod seine Gedanken und sein Handeln bestimmt hatte. Er hatte sie nur einmal gesehen. Im Leichenschauhaus von Motala. An einem Sommertag vor drei Jahren.

Er zuckte unwillig die Schultern.

Eine Viertelstunde später kam Martin Beck mit dem Fahrschein.

19

»Was ist das«, fragte Kollberg.

»Ein Bon«, antwortete Martin Beck.

Kollberg betrachtete den zerknitterten Fahrschein, der vor ihm auf dem Tisch lag. »Ein U-Bahn-Fahrschein«, stellte er fest. »Was ist damit? Wenn du Fahrkosten erstattet haben willst, mußt du zur Kasse gehen.«

»Bosse, unser dreijähriger Zeuge, hat ihn von dem Onkel geschenkt bekommen, den er und Annika kurz vor deren Tod im Tantolunden getroffen haben«, sagte Martin Beck.

Melander schloß die Tür zum Aktenschrank und kam zu ihnen hinüber. Kollberg wandte den Kopf und starrte Martin Beck an.

»Kurz bevor der Onkel sie erwürgt hat, meinst du«, sagte er.

»Kann sein«, antwortete Martin Beck. »Die Frage ist: Inwieweit kann uns dieser Fahrschein helfen?«

»Vielleicht Fingerabdrücke«, meinte Kollberg, »wir haben ja die berühmte Ninhydrinmethode.«

Melander beugte sich vor und brummte vor sich hin, während er den Fahrschein untersuchte.

»Möglich, aber kaum wahrscheinlich«, sagte Martin Beck. »Zuerst hat ihn der Fahrkartenverkäufer angefaßt. Danach selbstverständlich unser mutmaßlicher Mörder. Der Kleine selbst hat ihn bis Montag in der Tasche gehabt zusammen mit Schnecken und was weiß ich. Und ich habe ihn ebenfalls angefaßt, wie ich zu meiner Schande gestehen muß. Außerdem ist er ganz zerknittert und verquollen. Wir werden es natürlich versuchen. Aber seht euch doch erst die Lochungen an.«

»Das habe ich bereits«, sagte Kollberg. »Der Fahrschein wurde am 12. um 13 Uhr 34 gelocht. Der Monat ist nicht ersichtlich. Das kann also bedeuten ...«

Er schwieg, und alle drei waren sich sofort über die Bedeutung im klaren. Melander durchbrach die Stille.

»Diese Art Ein-Kronen-Fahrscheine, Typ 100, werden nur im Zentrum ausgegeben«, sagte er. »Vielleicht kommen wir auf diese Weise weiter. Da sind noch zwei andere Nummern drauf.«

»Rufe SS an«, sagte Kollberg.

»Das heißt jetzt SL«, entgegnete Melander.

»Ich weiß. Aber es steht, zum Teufel, immer noch SS auf den Uniformknöpfen. Sie haben vermutlich kein Geld für neue. Kaum zu verstehen, wenn es von Gamla Stan nach Slussen eine Krone kostet. Wieviel kostet so ein Knopf?«

Melander war bereits im anderen Zimmer. Der Fahrschein lag nach wie vor auf dem Tisch. Vermutlich hatte er ihn – mit Seriennummer und allem Drum und Dran – gedanklich fotografiert. Sie hörten ihn den Hörer abnehmen und dann wählen.

»Hat das Kerlchen noch mehr gesagt?« fragte Kollberg.

Martin schüttelte den Kopf.

»Nur das. Daß er mit dem Mädchen zusammen war und daß sie einen Onkel trafen. Daß er später den Fahrschein hervorkramte war reiner Zufall.«

Kollberg wippte auf dem Stuhl hin und her und kaute an seinem Daumennagel.

»Wir haben also einen Zeugen, der vermutlich den Mörder gesehen und mit ihm gesprochen hat. Leider ist dieser Zeuge erst drei Jahre alt. Wenn er doch nur etwas älter wäre ...«

»Dann wäre es nie geschehen«, unterbrach ihn Martin Beck, »auf jeden Fall nicht dort und zu diesem Zeitpunkt.«

Melander kam zurück.

»Sie rufen wieder an«, sagte er.

Das Gespräch kam nach einer Viertelstunde. Melander nahm es entgegen und machte sich Notizen. Dann sagte er: »Danke« und legte auf.

Der Fahrschein war ganz richtig am 12. Juni ausgegeben worden, und zwar an der nördlichen Sperre der U-Bahn-Station Rådmansgatan. Zu dieser Sperre gelangte man nur durch die beiden neben der Handelshochschule gelegenen Eingänge auf dem Sveavägen.

Martin Beck kannte das U-Bahn-Netz von Stockholm, trat aber sicherheitshalber noch einmal an die Wandkarte.

Wenn die Person, die den Fahrschein in der Rådmansgatan gekauft hatte, auf dem Weg zum Tantolunden gewesen war, hatte sie in einer der drei U-Bahn-Stationen – T-Centralen, Gamla Stan oder Slussen – umsteigen müssen. Nur so kam man zur Station Zinkensdamm. Von dort aus waren es nur fünf Minuten bis zu der Stelle, wo man das tote Mädchen gefunden hatte. Die Fahrt war zwischen halb zwei und Viertel vor zwei angetreten worden und hatte mit Umsteigen etwa zwanzig Minuten gedauert. Der Mann mußte also zwischen fünf vor zwei und zehn nach zwei im Tantolunden angekommen sein. Nach Aussage der Ärzte war das Mädchen zwischen halb drei und drei, möglicherweise etwas früher, gestorben.

»Die Zeiten stimmen«, sagte Martin Beck.

Im gleichen Augenblick sagte Kollberg: »Zeitmäßig kommt es hin.« Für ihn begann die Spur heiß zu werden.

Melander meinte zögernd, beinahe mehr zu sich selbst: »Die Station Rådmansgatan ist nicht weit vom Vanadislunden entfernt.«

»Schon«, stimmte Kollberg zu, »aber was sagt uns das? Nichts. Nur, daß er von einer städtischen Parkanlage zur anderen mit der U-Bahn fährt und kleine Mädchen ermordet. Weshalb hat er übrigens nicht den Bus 55 genommen? Damit wäre er ganz hingekommen und hätte nicht noch ein Stück laufen müssen.«

»Und wäre vermutlich festgenommen worden«, sagte Melander.

»Ja«, meinte Kollberg, »der Bus ist in der Regel nicht sehr voll. Da würde sich der Schaffner an die Fahrgäste erinnern.«

Manchmal wünschte Martin Beck, daß Kollberg nicht so redselig wäre. Gerade jetzt kam ihm wieder der Gedanke, während er den Umschlag mit dem Fahrschein zuklebte; eine Erinnerung wollte sich in sein Bewußtsein drängen, die aber durch Kollbergs Gerede gleich wieder versank. Nun war der Augenblick verpaßt.

Nachdem er den Umschlag ins Laboratorium geschickt hatte, rief er dort an und bat um eine möglichst schnelle Erledigung. Der Mann, der antwortete, hieß Hjelm, und Martin Beck kannte ihn seit vielen Jahren. Hjelm machte einen gehetzten Eindruck und schien schlechter Laune zu sein. Er erkundigte sich ein wenig gereizt, ob die Herren in der Kungsholmsgatan und der Västerberg allé wüßten, wieviel er zu tun habe. Martin Beck versicherte ihm, daß die übermenschlichen Leistungen des Labors allgemein bekannt seien und daß er gerne hinüberkommen würde, um zu helfen, wenn er nur die ausreichende Qualifikation für eine so viel Fachkenntnis erfordernde Arbeit hätte. Hjelm brummte und versprach, sich den Fahrschein sofort vorzunehmen.

Kollberg ging zum Essen, und Melander machte die Tür zum Nebenzimmer zu. Dann sagte er: »Wir haben den Namen der Frau, die an der Sperre Rådmansgatan den Fahrschein verkauft hat. Soll ich jemand bei ihr vorbeischicken?«

»Ja, auf alle Fälle«, sagte Martin Beck.

Er setzte sich an den Tisch, blätterte in den Papieren und versuchte nachzudenken. Er war gereizt und nervös und nahm an, daß das an seiner Übermüdung lag. Einmal steckte Rönn den Kopf zur Tür herein, sah ihn an und verschwand, ohne ein Wort zu sagen. Sonst blieb er ungestört. Sogar das Telefon war lange Zeit still. Gerade als Martin Beck das Gefühl hatte, in der nächsten Minute am Schreibtisch einzuschlafen, etwas, was ihm noch nie passiert war, klingelte es. Während er den Hörer abnahm, sah er auf die Uhr. Zwanzig nach zwei. Immer noch Freitag. Bravo, Hjelm, dachte er.

Doch es war nicht Hjelm, sondern Ingrid Oskarsson.

»Entschuldigen Sie, daß ich störe«, sagte sie. »Sie werden sicher sehr beschäftigt sein.«

Martin Beck murmelte eine Entgegnung und spürte selbst, wie wenig begeistert sich das anhören mußte.

»Aber Sie haben gesagt, ich solle anrufen. Vielleicht bedeutet es nichts, aber ich dachte, ich sollte es Ihnen sagen.«

»Gewiß, entschuldigen Sie ... aber ich habe Ihren Namen nicht verstanden, als Sie sich meldeten. Was ist los?«

»Ja, Lena erinnert sich plötzlich an etwas, was Bosse Montag im Park gesagt hatte. Als … es passierte.«

»Ja? Was war es?«

»Er behauptete, Tagpappa gesehen zu haben.«

»Tagpappa?« wiederholte Martin Beck verständnislos. Und dachte: Gibt es denn so etwas?

»Ja, Bosse war Anfang des Jahres bei einer Pflegemutter. Es gibt ja fast keine Kindertagesstätten, und ich wußte nicht, wo ich ihn während der Arbeitszeit lassen sollte. Deshalb hatte ich inseriert und fand dann eine Pflegestelle für ihn in der Timmermansgatan.«

»Aber haben Sie nicht ›Tagpappa‹ gesagt? Oder habe ich mich verhört!«

»Keineswegs. Tagpappa, das ist der Mann der Pflegemutter. Er war zwar nicht den ganzen Tag über da, kam aber früher nach Hause. Bosse hat ihn fast täglich gesehen und fing an, ihn Tagpappa zu nennen.«

»Und Bosse hat Lena gesagt, daß er ihn am Montag im Tantolunden getroffen hat?«

Martin Beck spürte die Müdigkeit verschwinden, zog den Notizblock näher und suchte in der Tasche nach einem Kugelschreiber.

»Ja, genau das«, bestätigte Frau Oskarsson.

»War das, bevor er weg war oder nachher?«

»Lena ist sicher, daß er es erst danach gesagt hat. Deshalb dachte ich auch, daß ich es Ihnen sagen sollte. Es besteht sicher kein Zusammenhang. Der Mann hatte einen netten und ordentlichen Eindruck auf mich gemacht. Aber wenn Bosse ihn dort getroffen hat, so kann vielleicht er während seines Spaziergangs etwas gesehen oder gehört haben …«

Martin Beck setzte den Kugelschreiber aufs Papier und fragte: »Wie heißt er?«

»Eskil Engström. Er ist Kraftfahrer, glaube ich. Sie wohnen in der Timmermansgatan. Die Nummer habe ich vergessen, warten Sie bitte, ich sehe gleich mal nach.«

Nach einigen Minuten kam sie zurück und gab ihm die Anschrift und die Telefonnummer.

»Er machte einen so netten Eindruck«, wiederholte sie. »Ich habe ihn oft getroffen, wenn ich Bosse abholte.«

»Hat Bosse noch mehr über diese Begegnung gesagt«, fragte Martin Beck.

»Nein. Wir haben versucht, ihn darüber auszufragen, aber er hat das wohl alles inzwischen vergessen.«

»Wie sieht der Mann aus?«

»Tja, das ist schwer zu sagen. Nett. Etwas schmuddelig vielleicht, aber das liegt wohl an seiner Arbeit. Er ist so Ende Vierzig, würde ich sagen, und hat ziemlich schütteres Haar. Sieht ganz alltäglich aus.«

Martin Beck machte sich schweigend Notizen. Dann fragte er: »Wenn ich Sie richtig verstanden habe, bringen Sie Bosse nicht mehr zu dieser Pflegestelle?«

»Nein. Die Leute haben keine eigenen Kinder, da wurde es Bosse zu langweilig. Man sagte mir einen Platz in einer Tagesstätte zu, aber dann bekam ihn eine Mutter, die Krankenschwester ist. Die werden in unserer Gegend bevorzugt versorgt.«

»Wo ist Bosse jetzt tagsüber?«

»Zu Hause. Ich arbeite jetzt nicht mehr.«

»Seit wann bringen Sie ihn nicht mehr zu Engströms?«

Frau Oskarsson überlegte eine Weile, dann antwortete sie: »Seit der ersten Aprilwoche. Ich hatte eine Woche frei. Später, als ich wieder anfangen sollte zu arbeiten, war dieser Tagesplatz besetzt. Frau Engström hatte ein anderes Tageskind genommen.«

»War Bosse gern bei ihr?«

»Aber ja. Aber am liebsten hatte er wohl Herrn Engström. Tagpappa also. Glauben Sie, daß er das war, der Bosse den Fahrschein gegeben hat?«

»Das weiß ich nicht«, antwortete Martin Beck, »aber ich werde versuchen, es herauszubekommen.«

»Ich möchte Ihnen gerne helfen«, sagte Frau Oskarsson. »Aber wir fahren heute abend weg, das wissen Sie doch?«

»Ja, ich weiß. Gute Reise! Und grüßen Sie Bosse.«

Martin Beck legte den Hörer auf, dachte eine Weile nach, nahm den Hörer wieder ab und rief die Abteilung für Sittlichkeitsverbrechen an.

Während er auf die neue Verbindung wartete, zog er eine auf dem Tisch liegende Akte zu sich heran. Er nahm die Niederschrift des nächtlichen Verhörs von Rolf Evert Lundgren heraus und überlas noch einmal die spärliche Beschreibung, die Lundgren von dem Mann gegeben hatte, den er im Vanadislunden gesehen hatte. Frau Oskarssons Beschreibung von »Tagpappa« war womöglich noch dürftiger, konnte aber möglicherweise auf den gleichen Mann zutreffen.

In der Kartei der Sittlichkeitsabteilung fand sich kein Eskil Engström.

Martin Beck klappte den Aktendeckel wieder zu und ging ins Nebenzimmer. Gunvald Larsson saß hinter dem Schreibtisch und starrte mit abwesendem Blick aus dem Fenster, während er sich mit dem Papiermesser in den Zähnen bohrte.

»Wo ist Lennart?« fragte Martin Beck.

Gunvald Larsson beendete unwillig seine dentalen Forschungen, wischte den Brieföffner am Jackenärmel ab und antwortete: »Woher soll ich das wissen?«

»Und Melander?«

Gunvald Larsson legte den Brieföffner in die Federschale und zuckte die Schultern. »Vermutlich auf dem Klo. Was willst du denn?«

»Nichts Besonderes. Worüber grübelst du nach?«

Gunvald Larsson antwortete nicht sofort. Erst als Martin Beck zur Tür ging, sagte er: »Manchmal denke ich, die Menschen sind nicht richtig bei Verstand.«

»Wieso das?«

»Ich habe eben mit Hjelm gesprochen. Er wollte dich übrigens haben. Ja, noch was: Einer unserer Leute hat einen Schlüpfer in einem Gebüsch am Hornstulls Strand gefunden. Ohne uns zu benachrichtigen, gibt er ihn ins Labor und sagt, daß es vielleicht der Schlüpfer sei, der bei der Leiche im Tantolunden vermißt wurde. Dann stehen die Leute im Labor da und starren auf einen Schlüpfer Größe 44, der selbst für Kollberg zu groß wäre, und fragen sich, was zum Teufel sie damit sollen. Und das kann man ihnen nachfühlen. Darf man in unserem Beruf eigentlich so dumm sein, wie man will?«

»Hin und wieder frage ich mich das auch«, antwortete Martin Beck. »Was hat er noch gesagt?«

»Wer?«

»Hjelm.«

»Daß du ihn anrufen sollst, wenn du fertig bist mit Telefonieren.«

Martin Beck ging zurück zu seinem augenblicklichen Schreibtisch und rief das Staatliche Kriminaltechnische Laboratorium an.

»Ja, also, dein Fahrschein ...« sagte Hjelm. »Es sind keinerlei verwendbare Fingerabdrücke zu finden, das Papier ist zu zerknittert.«

»Das habe ich befürchtet«, antwortete Martin Beck.

»Wir sind noch nicht ganz fertig damit. Ich schicke dann den Bericht wie üblich. Ja, wir haben noch ein paar blaue Baumwollfäden gefunden, anscheinend von einem Jackenfutter.«

Martin Beck dachte an die kleine blaue Jacke, die Bosse im Arm gehalten hatte. Er bedankte sich und legte auf. Dann bestellte er einen Wagen und zog sich die Jacke an.

Es war Freitag; die große Flucht aus der Stadt hatte bereits begonnen. Der Verkehrsstrom floß träge über die Brücke, und obwohl der Fahrer gewandt und sicher fuhr, brauchten sie doch fast eine halbe Stunde bis zur Timmermansgatan.

Das Haus lag dicht bei der U-Bahn-Station Södra. Es war alt und ziemlich vernachlässigt, der Hausflur dunkel und kühl. Im Erdgeschoß gab es nur zwei Türen. Die eine stand offen und führte auf einen gepflasterten Hof mit Mülltonnen und Teppichklopfstange. Martin Beck hatte Mühe, den Namen Engström auf dem schmutzigen Messingschild an der anderen Tür zu entziffern. Der Knopf der Klingel fehlte, und so klopfte er laut.

Die Frau, die öffnete, mochte in den Fünfzigern sein. Sie war klein und hager und trug ein braunes Wollkleid und geblümte Frotteepantoffeln. Sie blinzelte Martin Beck verwundert durch ihre bemerkenswert dicken Brillengläser hindurch an.

»Frau Engström?«

»Ja«, antwortete sie mit einer Stimme, die für eine so zierliche Frau viel zu gewaltig klang.

»Ist Herr Engström zu Hause?«

»Nein«, dröhnte sie, »was wollen Sie denn von ihm?«

»Ich möchte gern mit ihm sprechen. Ich kenne eines Ihrer Pflegekinder.«

»Welches denn?« fragte sie mißtrauisch.

»Bo Oskarsson. Seine Mutter hat mir Ihre Adresse gegeben. Darf ich hereinkommen?«

Die Frau hielt ihm die Tür auf, und er ging durch einen kleinen Flur, vorbei an der Küchentür und hinein in das einzige Zimmer der Wohnung. Vor dem Fenster sah er die Mülltonnen und die Klopfstange. Eine Schlafcouch, beladen mit bunten Kissen, dominierte in dem dürftig möblierten Raum. Martin Beck sah nichts, was auf ein Kind hindeuten konnte.

»Entschuldigung«, sagte die Frau, »um was handelt es sich? Was ist mit Bosse los?«

»Ich bin Polizeibeamter«, erklärte Martin Beck. »Es handelt sich um eine Routineuntersuchung. Also nichts Aufregendes. Und mit Bosse ist alles in Ordnung.«

Die Frau wirkte anfangs ein wenig verstört, schien dann aber Mut zu fassen.

»Ich rege mich gar nicht auf«, sagte sie, »und vor der Polizei hab ich auch keine Angst. Geht es um Eskil?«

Martin Beck lächelte höflich. »Ja, Frau Engström, eigentlich bin ich hier, um mit Ihrem Mann zu sprechen. Er scheint übrigens vor einigen Tagen Bosse getroffen zu haben.«

»Eskil?« Sie sah Martin Beck bestürzt an.

»Ja. Wissen Sie, wann er nach Hause kommt?«

Die Frau starrte Martin Beck mit wachsender Verwunderung aus runden blauen Augen an, die durch die dicken Brillengläser unnatürlich groß wirkten.

»Aber ... aber Eskil ist doch tot«, entgegnete sie schließlich.

Martin Beck starrte zurück. Es dauerte einige Sekunden, bis er sich wieder gefaßt hatte und sagen konnte: »Entschuldigen Sie bitte, das wußte ich nicht. Das tut mir aufrichtig leid. Wann ist er denn gestorben?«

»Am 30. April dieses Jahres. Ein Autounfall. Der Arzt sagt, daß er gleich tot war und nichts mehr gespürt hat.«

Die Frau trat ans Fenster und blickte auf den tristen Hof hinaus. Zu ihrem mageren Rücken hin sagte Martin Beck mitfühlend: »Es tut mir wirklich leid, Frau Engström.«

»Eskil war mit dem Lastwagen auf dem Weg nach Södertälje«, sagte sie. »Es war an einem Montag.« Sie drehte sich um und fuhr mit fester Stimme fort: »Eskil war zweiunddreißig Jahre lang Lastwagenfahrer, und er ist all die Jahre unfallfrei gefahren. Es war nicht seine Schuld.«

»Ich verstehe«, sagte Martin Beck. »Es tut mir leid, daß ich Sie bemüht habe. Da muß eine Verwechslung vorliegen.«

»Und der Kerl, der ihn anfuhr, wurde fast überhaupt nicht bestraft«, fuhr die Frau fort, »obwohl er das Auto gestohlen hatte.«

»Ich muß jetzt gehen«, erklärte Martin Beck. Er bekam plötzlich Platzangst. Am liebsten hätte er den düsteren Raum mit der traurigen, kleinen Frau sofort verlassen, aber dann nahm er sich zusammen und sagte: »Wenn es Ihnen nichts ausmacht, Frau Engström, würde ich gern ein Foto ihres Mannes sehen – falls Sie eins haben.«

»Ich habe kein Foto von Eskil.«

»Aber seinen Paß haben Sie doch oder seinen Führerschein?«

»Wir sind nie verreist, deshalb hatte Eskil keinen Paß. Und der Führerschein ist alt.«

»Darf ich ihn mir ansehen?« bat Martin Beck.

Sie öffnete eine Schublade und holte einen Führerschein hervor. Er war aus dem Jahre 1953 und für Eskil Johan Albert Engström ausgestellt. Das Foto zeigte einen jungen Mann mit glänzendem, gewelltem Haar, kräftiger Nase und kleinem Mund mit schmalen Lippen.

»Seitdem hatte er sich aber sehr verändert«, sagte die Frau.

»Wie sah er aus? Können Sie ihn beschreiben?«

Sie schien sich über diese Frage nicht zu wundern, sondern antwortete sofort: »Er war nicht so groß wie Sie, aber doch erheblich größer als ich. 1,72 glaube ich. Und ziemlich mager. Er hatte dünnes Haar, schon ein bißchen grau. Ich weiß nicht, was ich sonst noch sagen soll. Er sah nett aus, fand ich jedenfalls. Er war nicht gerade schön – mit seiner großen Nase und seinem kleinen Mund. Aber er sah gut aus.«

»Danke, Frau Engström«, sagte Martin Beck, »nun will ich nicht länger stören.«

Sie begleitete ihn zur Tür und schloß diese erst, als die Haustür hinter ihm ins Schloß fiel.

Martin Beck tat einen tiefen Atemzug und ging mit langen, schnellen Schritten die Straße hinauf. Er hatte Sehnsucht nach seinem Schreibtisch.

Dort fand er zwei kurzgefaßte, schriftliche Mitteilungen vor.

Die erste stammte von Melander: *Die Frau, die den Fahrschein verkauft hat, heißt Gunda Persson. Erinnert sich an nichts. Hat keine Zeit, sich die Fahrgäste anzusehen, sagt sie.*

Die zweite war von Hammar: *Komm sofort rüber. Wichtig.*

20

Gunvald Larsson stand am Fenster und betrachtete sechs Straßenarbeiter, die wiederum einen siebten betrachteten, der sich auf eine Schaufel stützte.

»Erinnert mich an eine Geschichte«, sagte er. »Einmal lagen wir mit einem Minensuchboot in der Nähe von Kalmar. Ich sitze im Navigationsraum, zusammen mit dem Zweiten, und der Junge, der Brückenwache hat, kommt herein und sagt: ›Leutnant, da steht ein toter Mann am Kai.‹ – ›Quatsch‹, sage ich. ›Doch, Leutnant‹, sagt er, ›da steht ein toter Mann am Kai.‹ – ›Es gibt keine toten Männer, die auf irgendeinem Kai herumstehen!‹ sage ich. ›Reißen Sie sich zusammen, Johansson.‹ – ›Doch, Leutnant‹, sagt er, ›da steht ein toter Mann. Ich habe ihn die ganze Zeit über beobachtet, und er hat sich seit Stunden nicht bewegt.‹ Und der Zweite steht auf, sieht durch das Bulleye nach draußen und sagt: ›Quatsch, das ist doch ein Kommunalarbeiter.‹«

Der Mann auf der Straße ließ die Schaufel fallen und ging mit den anderen davon. Es war fünf Uhr, und es war noch immer Freitag.

»Was für eine Zucht«, knurrte Gunvald Larsson, »bloß dastehen und glotzen.«

»Und was tust du selbst?« fragte Melander.

»Dastehen und glotzen natürlich. Und wenn der Polizeidirektor sein Büro gegenüber hätte, würde er sicher auch am Fenster stehen und mich anglotzen, und wenn der Polizeipräsident sein Büro eine Treppe höher hätte, so würde er dastehen und den Polizeidirektor anglotzen, und wenn der Innenminister ...«

»Nimm lieber das Telefon ab«, riet Melander.

Martin Beck war gerade ins Zimmer gekommen. Er stand neben der Tür und blickte nachdenklich Gunvald Larsson an, der gerade sagte: »Was soll ich dabei tun? Dir Polizeihunde schicken?«

Er schmetterte den Hörer auf die Gabel, starrte Martin Beck an und fragte: »Was ist mit dir los?«

»Du hast da eben etwas gesagt, das mich an etwas erinnerte.«

»Polizeihunde?«

»Nein, etwas, was du unmittelbar davor gesagt hast.«

»Und an was hat dich das erinnert?«

»Das weiß ich eben nicht. Es war etwas, was mir einfach nicht wieder einfallen will.«

»Damit stehst du nicht allein«, meinte Gunvald Larsson.

Martin Beck zuckte die Schultern und verkündete: »Für heute nacht ist eine Razzia angesetzt. Ich habe eben mit Hammar gesprochen.«

»Razzia? Die Leute sind ja jetzt schon erledigt. Wie sollen die morgen aussehen?« wandte Gunvald Larsson ein.

»Scheint mir auch nicht sehr erfolgversprechend«, meinte Melander. »Wer hat denn diese kluge Idee gehabt?«

»Keine Ahnung. Hammar scheint auch nicht sehr glücklich darüber zu sein.«

»Wer ist zur Zeit schon glücklich!« philosophierte Gunvald Larsson.

Martin Beck war nicht dabeigewesen, als der Beschluß gefaßt wurde, sonst hätte er davon abgeraten. Wahrscheinlich war der tieferliegende Grund dafür das Fehlen jedweder Spur bei ihrer Ermittlungsarbeit und das allgemeine Gefühl, daß irgend etwas geschehen müsse. Die Lage war zweifellos sehr ernst. Die Presse und das Fernsehen stachelten die Allgemeinheit mit ihren vagen Angaben über die Ermittlungen gleichsam auf, und Gedankengänge wie: »Die Polizei tut nichts« oder: »Die Polizei steht machtlos da«, wurden immer häufiger laut. Fünfundsiebzig Mann waren bereits mit den Ermittlungen beschäftigt, und der Druck von außen wuchs ständig. Mit jeder Stunde gingen neue Hinweise ein, und alle mußten überprüft werden, obwohl die meisten bereits bei flüchtiger Beurteilung als völlig wertlos abgetan werden konnten. Dazu kam der innere Druck, das Wissen, daß der Mörder nicht nur gefaßt, sondern so schnell wie möglich gefaßt werden mußte. Es war ein makabrer Wettlauf mit dem Tod, und die Ansatzpunkte waren äußerst dürftig. Eine vage Personenbeschreibung, basierend auf der Zeugenaussage eines dreijährigen Kindes und eines rücksichtslosen Gewaltverbrechers. Ein U-Bahn-Fahrschein. Eine grundsätzliche wissenschaftliche Abhandlung über die Psyche des Menschen, den man jagte. Nichts konkret Greifbares, aber alles sehr beunruhigend.

»Das ist keine Ermittlung, das ist ein Wettraten«, hatte Hammar gesagt, als man über den U-Bahn-Fahrschein sprach.

Wenn dies auch eine seiner Lieblingsphrasen war und Martin Beck sie schon viele Male gehört hatte, war sie doch im Augenblick die treffendste Beschreibung der Situation.

Natürlich bestand die Möglichkeit, bei einer Großrazzia einen Fingerzeig zu bekommen, aber diese Möglickeit war gering. Die letzte Razzia hatte man erst in der Nacht vom Mittwoch zum Donnerstag durchgeführt, das Hauptziel jedoch nicht erreicht: Den Parkräuber hatte man nicht gefaßt. Einige dreißig Gesetzesbrecher der verschiedensten Kategorien waren festgenommen worden, vor allem Rauschgiftdealer und Einbrecher. Das hatte der Polizei nur noch mehr Arbeit eingebracht – und nebenbei in der Unterwelt Panik ausgelöst.

Die Razzia in der kommenden Nacht bedeutete, daß viele am nächsten Tag völlig erledigt sein würden. Und morgen würden sie vielleicht …

Aber die Razzia sollte stattfinden, und die Razzia fand statt. Sie begann gegen elf Uhr, und die Neuigkeit verbreitete sich blitzschnell in den wegen Abbruch geräumten Häusern und im Verbrecherviertel. Das Ergebnis war nicht sonderlich beeindruckend. Diebe, Hehler, Zuhälter, Prostituierte und außerdem die Mehrzahl der Rauschgiftsüchtigen verdrückten sich. Stunde auf Stunde verging, und der Einsatz lief mit unverminderter Stärke weiter. Man erwischte einen Einbrecher auf frischer Tat und einen Hehler, der nicht genug Selbsterhaltungstrieb hatte, um sich in Sicherheit zu bringen. Der eigentliche Erfolg war der, daß sie gründlich herumgerührt hatten zwischen den heimatlosen Säufern, den Auf-den-Hund-Gekommenen, den Verzweifelten und Hoffnungslosen, also zwischen denen, die sich noch nicht einmal verkriechen konnten, wenn die Wohlstandsgesellschaft in diesem Menschenschlamm herumstocherte. Man fand ein vierzehnjähriges Schulmädchen nackt in einem Schuppen. Es hatte fünfzig Preludintabletten genommen und war wohl an die zwanzigmal mehr oder weniger vergewaltigt worden. Doch als die Polizei kam, war es allein. Blutig, schmutzig und blaugeschlagen. Es konnte noch sprechen und erzählte ungefähr, was geschehen war und daß das alles nicht weiter schlimm sei. Man konnte nicht einmal seine Kleidung finden und mußte es deshalb in eine alte Decke wikkeln. Man fuhr es zu einer von ihr angegebenen Adresse, und eine Person, die sich als ihre Mutter ausgab, sagte, es sei bereits seit drei Tagen verschwunden. Sie weigerte sich, das Mädchen zu stützen. Erst als es auf der Treppe kollabierte, rief man einen Krankenwagen. Andere Fälle waren ähnlich.

Um halb fünf saßen Martin Beck und Kollberg in einem Auto auf der Skeppsbron.

»Irgendwas ist da mit Gunvald«, murmelte Martin Beck.

»Ja, er ist bekloppt«, sagte Kollberg.

»Nein, ich meine was anderes, ich komme nur nicht drauf.«

»Ach so.« Kollberg gähnte.

In diesem Augenblick schallte es aus dem Lautsprecher des Funkgerätes: »Hier ist Hansson vom Fünften. Wir sind in der Västmannagatan. Wir haben hier eine Leiche gefunden. Und ...«

»Ja?«

»Die Personenbeschreibung stimmt.«

Sie fuhren hin. Einige Polizeiautos hielten vor einem der Häuser, die abgerissen werden sollten. Der Tote lag auf dem Rücken in einem Zimmer im dritten Stock. Es war verwunderlich, daß er überhaupt dorthin hatte kommen können, denn große Teile der Treppe fehlten. Sie kletterten auf einer Leichtmetalleiter der Polizei hinauf. Der

Mann war um die Fünfunddreißig und hatte ein markantes Profil. Er trug ein hellblaues Hemd, dunkelbraune Hosen und verschlissene schwarze Schuhe. Keine Strümpfe. Schütteres, nach hinten gekämmtes Haar. Sie sahen ihn an, irgendwer unterdrückte ein Gähnen.

»Wir können nur absperren und darauf warten, daß die von der Spurensicherung erscheinen«, sagte Kollberg.

»Die werden uns nicht viel Neues sagen«, erklärte Hansson, der schon lange bei der Polizei war. »Erstickt beim Kotzen. Klar wie dicke Tinte.«

»Ja«, sagte Martin Beck. »Sieht so aus. Wie lange, glaubt ihr, ist er schon tot?«

»Nicht sehr lange«, meinte Kollberg.

»Nein«, sagte Hansson, »nicht bei dieser Hitze.«

Eine Stunde später fuhr Martin Beck nach Hause. Kollberg ließ sich in die Kungsholmsgatan bringen.

Sie wechselten noch ein paar Worte, bevor sie sich voneinander verabschiedeten.

»Die Personenbeschreibung stimmte wirklich.«

»Sie paßt nur auf zu viele«, sagte Martin Beck.

»Und es ist die richtige Gegend. Du denkst doch an Vasastaden oder das obere Norrmalm.«

»Wir wollen erst mal hören, wer er ist.«

Es war halb sieben, als Martin Beck nach Hause kam. Seine Frau war offensichtlich eben erst erwacht. Sie lag noch im Bett, sah ihn kritisch an und sagte: »Wie du aussiehst!«

Warum hast du kein Nachthemd an?«

»Das ist so warm. Stört es dich etwa?«

»Bestimmt nicht!«

Er fühlte sich unrasiert und schmuddelig und war zu müde, etwas dagegen zu tun. Er zog sich aus und schlüpfte in seinen Pyjama. Legte sich hin. Dachte: Gräßlich, diese Doppelbetten. Vom nächsten Gehalt kaufe ich eine Couch und stelle sie ins andere Zimmer.

»Regt es dich etwa auf?« fragte sie spöttisch.

Aber da schlief er bereits.

Um elf Uhr vormittags war er wieder in der Kungsholmsgatan, etwas hohläugig, aber frisch gebadet und relativ munter. Kollberg war immer noch da, und der Tote in der Västmannagatan war noch nicht identifiziert.

»Nicht ein Papier in der Tasche, noch nicht einmal einen Fahrschein.«

»Was sagt der Arzt?«

»Erstickt beim Erbrechen, das steht fest. Er vermutet technischen Sprit, Frostschutzmittel. Es lag ein leerer Kanister dort.«

»Wie lange war er schon tot?«

»Höchstens vierundzwanzig Stunden.«

Sie saßen eine Weile schweigend da.

»Ich glaube nicht, daß er es ist«, sagte Kollberg schließlich.

»Ich auch nicht.«

»Aber man kann nie wissen.«

»Nein.«

Zwei Stunden später ließen sie den Räuber kommen, damit er sich den Toten ansehen sollte.

»Pfui Teufel, wie ekelhaft«, sagte er. Und gleich darauf: »Nein, das ist nicht der, den ich gesehen habe. Den hier habe ich noch nie gesehen.«

Dann wurde ihm schlecht.

Eine richtige Explosion, dachte Rönn, der mit ihm durch Handschellen zusammengeschlossen war und ihm deshalb auf die Toilette folgen mußte. Aber er sagte nichts, sondern nahm ein Handtuch und trocknete dem Räuber Mund und Stirn ab.

Im Hauptquartier der Ermittlungsabteilung sagte Kollberg: »Ganz sicher kann man trotzdem nicht sein.«

»Nein«, bestätigte Martin Beck.

21

Am Sonnabendabend Viertel vor acht rief Kollbergs Frau an.

»Ja, Kollberg«, meldete er sich.

»Was um Himmels willen ist los, Lennart? Seit gestern früh bist du nicht zu Hause gewesen.«

»Ich weiß.«

»Ich will dich ja nicht drängen, aber es ist nicht einfach für mich, hier draußen so ganz allein zu sitzen.«

»Ich weiß.«

»Du mußt verstehen, ich bin nicht böse und will nicht nörgeln, aber ich bin so einsam. Ich fürchte mich.«

»Ich verstehe. Okay, ich komme jetzt nach Hause.«

»Du sollst nicht meinetwegen nach Hause kommen, nicht, wenn

du etwas anderes zu tun hast. Wenn ich nur ein Weilchen mit dir reden kann.«

»Doch, ich komme jetzt«, sagte er, »sofort.«

Eine kurze Pause. Dann sagte sie unerwartet weich: »Lennart?«

»Ja?«

»Ich hab dich vorhin im Fernsehen gesehen. Du sahst so müde aus.«

»Ich bin auch todmüde. Ich komme jetzt nach Hause. Bis dann.«

»Bis dann, Liebling.«

Kollberg sagte einige Worte zu Martin Beck, dann ging er nach unten und setzte sich ins Auto.

Ebenso wie Martin Beck und Gunvald Larsson wohnte er im Süden Stockholms, aber etwas zentraler, in der Palandergatan, unweit der U-Bahn-Station Skärmarbrink. Er fuhr zügig durch die Stadt, doch als er nach Slussen kam, bog er nach rechts in die Hornsgatan ab, anstatt in südlicher Richtung weiterzufahren. Sein Handeln zu analysieren fiel ihm nicht schwer.

Es gab kein Privatleben mehr, keine freie Zeit, keine Gedanken an etwas anderes als Dienst und Verantwortung. Solange der Mörder noch frei herumlief und solange es hell war und solange es Parks gab und solange man sich vorstellen konnte, daß ein Kind da spielte, solange gab es kein Ausruhen, sondern nur Ermitteln.

Oder, besser gesagt, die Jagd. Denn eine Ermittlung der Polizei setzt voraus, daß man greifbares Material hat, um damit zu arbeiten. Die wenigen Fakten aber, die bis jetzt vorlagen, waren in der Ermittlungsmaschine längst erfolglos durchgekaut worden.

Er dachte an den Schlußsatz des psychologischen Gutachtens. Der Mörder war eine Gestalt ohne Eigenschaften und ohne Gesicht. Es gab nur das Ziel, ihn zu fassen, ehe er aufs neue mordete. Und dabei mußte man sich auf sein Glück verlassen, hatte einer der Reporter nach der Pressekonferenz am vergangenen Abend gesagt. Kollberg wußte, daß diese Schlußfolgerung falsch war. Wurde der Mörder ergriffen – und daß dies der Fall sein würde, war sicher –, so würde es wie Glück aussehen und von vielen als Zufall angesehen werden. Aber es galt, dem Glück nachzuhelfen, das Netz von Zufällen, in dem sich der Verbrecher schließlich verfangen würde, so feinmaschig wie möglich zu knüpfen. Und diese Aufgabe lastete auf ihm. Und auf jedem anderen Polizeibeamten. Aber auf keinem Außenstehenden.

Darum fuhr Kollberg nicht direkt nach Hause, obwohl er dies die ganze Zeit über vorgehabt hatte. Statt dessen fuhr er langsam in westlicher Richtung durch die Hornsgatan.

Kollberg war Systematiker und außerdem der Meinung, daß das Vertrauen auf Glück keine Grundlage für polizeiliche Arbeit war. Er war zum Beispiel der Ansicht, daß Gunvald Larsson einen Fehler gemacht hatte, als er die Tür zum Zimmer des Räubers eingedrückt hatte, auch wenn sie alt und morsch gewesen war. Was wäre passiert, wenn die Tür nicht beim ersten Versuch nachgegeben hätte? Eine Tür eindrücken hieß auf sein Glück vertrauen. So etwas lehnte er prinzipiell ab. In diesem Punkt waren er und Martin Beck zuweilen verschiedener Auffassung.

Kollberg fuhr um den Mariatorget herum und beobachtete sorgfältig die kleinen Gruppen von Kindern, die in den Anlagen und bei den Kiosken spielten. Er wußte, daß hier viele Schulkinder und andere Jugendliche zu treffen waren, die sich als Schleichhändler in der Rauschgiftbranche betätigten. Täglich wechselten hier bedeutende Mengen Haschisch, Marihuana, Preludin und LSD den Besitzer. Und die Käufer wurden jünger und jünger. Bald würden sie süchtig sein. Erst am Tag zuvor hatte er gehört, daß man zehn- und elfjährigen Mädchen Spritzen angeboten hatte. Und die Polizei konnte nicht viel dagegen unternehmen, denn es fehlte einfach an den Mitteln. Und das Ganze wurde noch erschwert und dem Laster Vorschub geleistet, denn diese Tatsache wurde von den Massenmedien immer wieder an die große Glocke gehängt. Das gab Händlern und Verbrauchern ein Gefühl der Sicherheit, das in selbstgefälligen Prahlereien seinen Ausdruck fand. Im übrigen bezweifelte er, daß dies überhaupt eine Angelegenheit der Polizei sei. Der Grund für den Rauschgiftmißbrauch durch die Jugendlichen lag in einer falschen Philosophie, die durch das verfaulte System provoziert wurde. Folglich war es Pflicht und Schuldigkeit der Allgemeinheit, mit wirksamen und akzeptierbaren Argumenten ein Gegengewicht zu schaffen, das nicht auf Selbstgefälligkeit und dem Ruf nach noch mehr Polizei basierte.

Kollberg hielt es auch für falsch, den Demonstranten auf dem Hötorget und vor dem US Trade Center mit Säbel und Gummiknüppel die Jacke vollzuhauen, obgleich er sehr wohl wußte, daß die Kollegen oft mehr oder weniger dazu gezwungen waren.

Der Erste Kriminalassistent Lennart Kollberg dachte an all dies, während er die Rosenlundsgatan und die Sköldgatan entlangfuhr, vorbei an der Minigolfbahn am Tantolunden. Er parkte den Wagen und ging einen der Wege entlang, die hinauf in die Anlagen führten.

Es begann zu dämmern, und der Park war völlig menschenleer. Aber natürlich waren trotz allem noch einige Kinder draußen. Man konnte nicht alle Kinder einer Millionenstadt einsperren, nur weil ein Mörder frei herumlief. Kollberg stellte sich in eines der zahlreichen lichten Gebüsche und setzte den rechten Fuß auf einen Stubben. Von dieser Stelle aus konnte er die Schrebergärten und den Platz, auf dem das tote Mädchen vor fünf Tagen gelegen hatte, überblicken.

Er hatte keinen bestimmten Grund, sich gerade jetzt hier umzusehen. Vielleicht war er gekommen, weil dies der größte Park der Innenstadt war und außerdem an seinem Heimweg lag. In einiger Entfernung sah er ein Mädchen, ziemlich groß, vielleicht zwölf oder dreizehn Jahre alt. Er stand still und wartete. Er wußte nicht worauf, vielleicht darauf, daß das Kind sich nach Hause trollen würde. Er war sehr müde. Und obendrein flimmerte es ihm vor den Augen.

Kollberg war unbewaffnet. Obwohl die Zahl der Gangster ständig anstieg und die Gewaltverbrechen immer brutaler wurden, gehörte er zu denen, die sich für eine Entwaffnung der Polizei einsetzten; seit einiger Zeit trug er die Pistole nur im äußersten Notfall und auch dann meistens nur auf direkten Befehl.

Auf dem hohen Bahndamm rollte ein Müllzug vorbei, langsam und schleppend. Als das Rattern leise wurde und der Lichtschein zu verblassen begann, hörte Kollberg ein Rascheln hinter sich im Gebüsch. Eine Sekunde später lag er im nassen Gras, hatte den Geschmack von Blut im Mund und wußte, daß jemand ihn mit einem harten Gegenstand niedergeschlagen hatte.

Nach Kollberg zu schlagen war ein großer Fehler, den schon andere vorher gemacht hatten. Sie hatten dafür büßen müssen.

Diesmal hatte der Betreffende sein ganzes Körpergewicht in den Schlag gelegt und dabei selbst beinahe das Gleichgewicht verloren. Im Nu hatte Kollberg sich auf den Rücken gerollt und den Angreifer zu Boden gerissen. Ein hochgewachsener Kerl, mehr vermochte er davon nicht zu erfassen, denn nun sah er einen zweiten Mann, der mit verwunderter Miene hastig die rechte Hand in die Jackentasche steckte. Der Mann machte ein noch verblüffteres Gesicht, als Kollberg, das Knie noch auf der Erde, seinen Arm abfing und umdrehte.

Mit diesem Griff hätte Kollberg ihm den Arm ausrenken oder vielleicht sogar brechen können, wenn er nicht mitten in der Bewegung innegehalten und sich damit begnügt hätte, den Mann rückwärts ins Gebüsch zu schleudern.

Der ihm den Schlag versetzt hatte, hockte verblüfft auf der Erde, verzog das Gesicht und hielt sich mit der linken Hand die rechte Schulter. Der Gummiknüppel war ihm aus der Hand gefallen. Der Mann war recht groß, bestimmt mehrere Jahre jünger als Kollberg und trug einen blauen Trainigsanzug. Der zweite Mann krabbelte aus dem Gebüsch heraus. Er war älter und kleiner als der erste und hatte Manchesterjacke und Freizeithosen an. Beide trugen weiße Stoffschuhe mit Gummisohlen und sahen aus wie Sonntagssegler.

»Was, zum Teufel, ist hier eigentlich los?« fauchte Kollberg.

»Wer sind Sie?« fragte der Mann im Trainigsanzug.

»Polizei«, sagte Kollberg.

»Oh«, entfuhr es dem Kleineren. Er war aufgestanden und klopfte sich verlegen die hellen Hosen ab.

»Dann müssen wir wohl um Entschuldigung bitten«, sagte der erste. »Übrigens, das war ein guter Trick. Wo haben Sie den gelernt?«

Kollberg antwortete nicht. Er sah einen flachen Gegenstand auf der Erde liegen, bückte sich und hob ihn auf. Er hatte sofort erkannt, was es war: eine kleine schwarze, automatische Pistole, Marke Astra, spanisches Fabrikat. Kollberg wog sie in der Hand und sah die beiden Männer mißtrauisch an.

»Was, zum Teufel, ist hier los?« wiederholte er seine Frage.

Der Große richtete sich auf, schüttelte sich und sagte: »Wir bitten um Entschuldigung. Sie standen hier im Gebüsch und beobachteten das Kind. Und ... Sie wissen, der Mörder ...«

»Ja? Nur weiter.«

»Wir wohnen hier oben«, sagte der Kleinere und deutete mit einer Geste auf das Hochhaus an der anderen Seite des Eisenbahndamms.

»Ja?«

»Wir haben selbst Kinder, und wir kennen die Eltern des Mädchens, das hier am hellichten Tag ermordet wurde.«

»Ja?«

»Und um zu helfen ...«

»Ja?«

»Wir haben eine freiwillige Schutztruppe gebildet, die im Park patroulliert.«

»Was haben Sie?«

»Wir haben eine freiwillige Miliz gebildet ...«

Kollberg wurde plötzlich wütend. »Verdammt, was sagen Sie da, Mann?« brüllte er.

»Schreien Sie uns nicht an«, entgegnete der Ältere heftig. »Wir sind keine Säufer, die ihr herumstoßen und im Arrest behandeln könnt. Wir sind anständige Leute, die ihre Verantwortung kennen. Wir müssen uns und unsere Kinder schützen.«

Kollberg wandte sich ihm zu und starrte ihn an. Dann öffnete er den Mund zu einer passenden Antwort, beherrschte sich aber mit einiger Anstrengung und sagte ziemlich sanft: »Ist das Ihre Pistole?«

»Ja.«

»Haben Sie einen Waffenschein?«

»Nein. Ich habe sie vor einigen Jahren in Barcelona gekauft. Habe sie gewöhnlich unter Verschluß.«

»Gewöhnlich?«

Der schwarz-weiße Einsatzwagen des Maria-Polizeireviers fuhr mit aufgeblendeten Scheinwerfern in den Parkweg. Es war nun fast dunkel. Zwei uniformierte Polizisten stiegen aus.

»Was ist hier los?« fragte der eine. Dann erkannte er Kollberg und wiederholte in verändertem Tonfall: »Was ist hier los?«

»Nehmt die beiden mit«, sagte Kollberg tonlos.

»Ich habe noch nie im Leben einen Fuß in ein Polizeirevier gesetzt«, entgegnete der Ältere.

»Ich auch nicht«, sagte der im Trainingsanzug.

»Dann wird es Zeit«, meinte Kollberg trocken. Er machte eine kurze Pause, sah die beiden Polizisten an und sagte: »Ich komme gleich nach.« Dann drehte er sich um und ging zu seinem Wagen.

Auf dem Polizeirevier Maria in der Rosenlundsgatan standen die Säufer bereits Schlange.

»Was soll ich mit den beiden Ingenieuren machen«, fragte der Erste Polizeiassistent, der Wache hatte.

»Leibesvisitation und dann in die Durchgangszelle«, sagte Kollberg, »ich nehme sie später mit zur Kriminalpolizei.«

»Das werden Sie noch bereuen«, sagte der Mann im Trainingsanzug. »Wissen Sie, wer ich bin?«

»Nein«, war die kurze Antwort.

Kollberg ging in die Wachstube, um zu telefonieren, und während er wählte, betrachtete er wehmütig die altertümliche Einrichtung. Einstmals war er von hier aus auf Streife gegangen. Das war ziemlich lange her, aber schon damals war dies einer der schlimmsten Säuferbezirke der Stadt gewesen. Mittlerweile waren eine Menge »bessere Leute« in diese Gegend gezogen – in die sogenannten Kapitalistenbunker, ungewöhnlich schlecht gebaute Häuser mit ungebührlich hohen Mieten. Trotzdem rangierte dieses Viertel in der Säuferstatistik noch immer an dritter Stelle, gleich nach den Revieren Klara und Katarina.

»Kollberg«, meldete sich seine Frau.

»Es wird etwas später werden«, sagte er matt.

»Du hörst dich so komisch an. Ist etwas schiefgegangen?«

»Ja, alles.« Er legte den Hörer auf und blieb eine Weile reglos sitzen. Dann rief er Martin Beck an.

»Vor einer halben Stunde bin ich im Tantolunden von hinten niedergeschlagen worden«, berichtete er. »Von zwei bewaffneten Ingenieuren. Sie haben hier eine Miliz gebildet.«

»Nicht nur dort«, entgegnete Martin Beck. »Vor einer Stunde wurde draußen im Hagaparken ein Pensionär zusammengeschlagen. Er stand an einem Busch und pinkelte. Die Meldung ist eben durchgekommen.«

»Allmählich fängt es an, unangenehm zu werden.«

»Ja«, stimmte Martin Beck zu. »Wo bist du jetzt?«

»Auf der Wache vom 2. Revier.«

»Was hast du mit den beiden gemacht?« wollte Martin Beck wissen.

»Ich hab sie erst mal festgenommen.«

»Bring sie her.«

»Ja.«

Kollberg ging hinunter in die Arrestabteilung. Viele der Zellen waren bereits belegt. Der Mann im Trainingsanzug stand auf und starrte ihm durch die Gitterstangen entgegen. In der Nebenzelle hockte ein langer, dünner Mann, Mitte Dreißig, die Knie ans Kinn gezogen, und sang wehmütig und klangvoll: *»My pocketbook is empty, my heart is full of pain ...«* Der Sänger warf Kollberg einen Blick zu und sagte: *»Hi, marshal, where is your six-shooter?*

»Haven't got one«, antwortete Kollberg.

»Fast wie im Wilden Westen«, sagte der Aufseher.

»Was haben Sie verbrochen?« fragte Kollberg.

»Nichts«, antwortete der Sänger.

»Stimmt«, sagte der Aufseher, »wir werden ihn gleich entlassen. Ein paar Marinepolizisten haben ihn angeschleppt. Fünf Stück waren es übrigens. Er hat auf der Wache in Skeppsholmen irgendeinen verdammten Bootsmann geärgert. Da haben sie sich mit ihm hierher auf den Weg gemacht. Idioten, als ob es kein näheres Revier gäbe. Ich mußte ihn einsperren, um sie loszuwerden. Als ob man nicht auch so ausreichend ...«

Kollberg ging zur nächsten Zelle.

»Nun sind Sie auch mal auf einem Polizeirevier gewesen«, sagte er zu dem Mann im Trainingsanzug, »und bald werden Sie sehen, wie wir bei der Kriminalpolizei eingerichtet sind.«

»Ich werde Sie wegen Amtsmißbrauch anzeigen!«

»Das glaube ich nicht«, erwiderte Kollberg und zog sein Notizbuch heraus. »Aber bevor wir losgehen, möchte ich die Namen und Adressen aller Mitglieder Ihrer Organisation haben.«

»Wir sind keine Organisation. Wir sind nur ein paar Familienväter, die ...«

»Die bewaffnet auf öffentlichen Plätzen patrouillieren und versuchen, Polizisten niederzuschlagen«, sagte Kollberg. »Los, heraus mit den Namen.«

Zehn Minuten später stopfte er die beiden Familienväter auf den Rücksitz seines Wagens und brachte sie zur Kungsholmgatan, wo er sie in Martin Becks Zimmer ablieferte.

»Das werden Sie bereuen, solange Sie leben!« drohte der Ältere.

»Das einzige, was ich bereue, ist, daß ich Ihnen nicht den Arm gebrochen habe«, war Kollbergs Erwiderung.

Martin Beck warf ihm einen raschen, forschenden Blick zu und sagte: »Es ist gut, Lennart, fahr nach Hause.«

Kollberg ging.

Der Mann im Trainingsanzug öffnete den Mund, um etwas zu sagen, aber Martin Beck wehrte mit einer Handbewegung ab. Er bot ihnen Platz an, betrachtete sie eine Weile, die Ellbogen auf den Tisch gestützt und die Handflächen aneinandergepreßt. Dann sagte er: »Was Sie getan haben, ist unentschuldbar. Eine private Schutztruppe stellt eine weit größere Gefahr für die Allgemeinheit dar als ein einzelner Verbrecher oder eine ganze Verbrecherbande. Sie ebnet den Weg für eine Lynchjustiz und bejaht den Rechtsbruch. Sie setzen den Schutzmechanismus der Allgemeinheit außer Funktion. Verstehen Sie, was ich meine?«

»Sie reden wie ein Buch«, sagte der Mann im Trainingsanzug säuerlich.

»Ganz richtig«, antwortete Martin Beck. »Denn das ist eine Frage von fundamentaler Bedeutung. Es geht um das Prinzip. Verstehen Sie, was ich meine?«

Es dauerte einige Stunden, bis sie verstanden, was er meinte.

Als Kollberg seine Wohnung in der Palandergatan betrat, saß seine

Frau im Bett und stickte. Ohne ein Wort zu sagen, zog er sich aus, trabte ins Badezimmer und duschte. Dann ging er zu Bett.

Sie legte die Stickerei zur Seite und sagte: »Du hast ja eine Riesenbeule im Nacken. Hast du dich herumgeschlagen?«

»Nimm mich in die Arme«, war seine einzige Antwort.

»Der Bauch ist im Wege, aber ... komm her. Wer ist es denn gewesen?«

»Ein paar dumme Amateure«, murmelte Kollberg und schlief ein.

22

Beim Frühstück am Sonntagmorgen fragte Martin Becks Frau: »Wie steht's? Könnt ihr diesen Kerl nicht bald fassen? Das mit Lennart gestern ist ja schrecklich, obwohl man verstehen kann, daß die Leute sich fürchten. Aber daß sie anfangen, auf Polizisten einzuschlagen, geht zu weit.«

Martin Beck saß ein wenig vornübergebeugt in Pyjama und Bademantel am Frühstückstisch. Er versuchte, sich an einen bestimmten Traum zu erinnern. Ein unangenehmer Traum, der irgendwie mit Gunvald Larsson zu tun hatte.

Er drückte die erste Zigarette des Tages aus und sah seine Frau an.

»Sie wußten ja nicht, daß er von der Polizei war«, sagte er.

»Trotzdem«, meinte sie, »trotzdem ist es einfach eine Schande.«

»Ja, es ist eine Schande«, stimmte er ihr zu. Er biß in eine Scheibe Toast und betrachtete mit gerunzelten Brauen den Stummel im Aschenbecher.

»Du solltest nicht schon vor dem Frühstück rauchen«, mahnte sie, »das ist nicht gut für deinen Hals.«

»Nein«, sagte Martin Beck und nahm die Hand aus der Bademanteltasche. Er hatte sich gerade die nächste Zigarette anzünden wollen, ließ es nun aber bleiben und dachte: Inga hat recht. Es ist nicht gesund. Ich rauche zuviel. Und teuer ist es außerdem.

»Du rauchst sowieso zuviel«, sagte sie, »und teuer ist es außerdem.«

»Ich weiß«, stimmte er ihr zu.

Er fragte sich, wie oft sie das im Laufe ihrer sechzehnjährigen Ehe schon gesagt hatte. Das zu schätzen war unmöglich.

»Schläft das Kind?« fragte er ablenkend.

»Ja, es sind ja Sommerferien. Lilian ist gestern erst spät nach Hause gekommen. Ich habe es nicht gern, wenn sie abends so lange draußen herumläuft. Besonders jetzt nicht, wo dieser Irre noch frei herumläuft. Sie ist ja noch ein Kind.«

»Sie wird bald sechzehn«, sagte er, »und wenn ich richtig verstanden habe, war sie bei einer Freundin im Haus nebenan.«

»Nilsson sagte gestern, daß Eltern, die ihre Kinder ohne Aufsicht auf Straßen und Plätzen herumlaufen lassen, selbst dran Schuld sind, wenn was passiert. Er sagt, es gibt Minoritäten in der Gesellschaft, Exhibitionisten und solche, die ihre Triebe ausleben müssen, und daß es Schuld der Eltern ist, wenn den Kindern was passiert.«

»Wer ist Nilsson?«

»Er ist Angestellter. Sie wohnen unter uns.«

»Hat er Kinder?«

»Nein.«

»Ja dann ...«

»Genau das habe ich auch gesagt. Daß er nicht weiß, wie es ist, wenn man Kinder hat. Wie unruhig man immer ist.«

»Warum hast du mit ihm gesprochen?«

»Man muß ja wohl freundlich zu den Nachbarn sein. Es würde nichts schaden, wenn auch du hin und wieder etwas freundlicher zu den Leuten wärst. Außerdem sind es wirklich nette Menschen.«

»So hat es sich aber nicht angehört«, sagte Martin Beck.

Er spürte, daß ein Streit auszubrechen drohte, und trank deshalb schnell seinen Kaffee aus.

»Ich muß mich anziehen«, murmelte er und stand auf.

Er ging ins Schlafzimmer und setzte sich auf die Bettkante. Inga wusch ab. Als er kein Wasser mehr laufen hörte und ihre Schritte sich näherten, zog er sich schnell ins Badezimmer zurück und verriegelte die Tür. Dann ließ er Wasser in die Wanne ein, zog sich aus und streckte sich in dem heißen Badewasser aus. Er lag ganz ruhig und entspannte sich. Mit geschlossenen Augen versuchte er, sich an den Traum zu erinnern, der etwas mit Gunvald Larsson zu tun hatte. Weder er noch Kollberg mochten Gunvald Larsson, mit dem sie nur sporadisch zusammenarbeiteten – und das noch nicht mal seit langem. Er hatte den Verdacht, daß auch Melander diesen Kollegen nicht sehr schätzte, obwohl er sich nichts anmerken ließ. Gunvald Larsson hatte ein ausgesprochenes Talent, Martin Beck zu reizen. Auch jetzt fühlte er sich irritiert, aber diesmal hatte er den Eindruck, daß es nicht an der Person Gunvald Larssons lag, sondern an etwas, was er gesagt oder getan hatte. Martin Beck hörte Gunvald Larsson gleichsam etwas sagen, sah ihn etwas tun, etwas Wichtiges, was mit dem Mord im Park in Zusammenhang stand. Nur was es war, daran konnte er sich nicht erinnern. Eben das regte ihn am meisten auf.

Er schlug sich diese Gedanken aus dem Kopf und kletterte aus der Wanne. Vermutlich hängt alles irgendwie mit dem Traum zusammen, dachte er, als er sich rasierte.

Eine Viertelstunde später saß er im Zug zur Stadt. Er schlug die Morgenzeitung auf. Auf der ersten Seite prangte ein Bild des Mädchenmörders, das der Zeichner der Polizei nach den mageren Zeugenaussagen angefertigt hatte, hauptsächlich nach Anweisung von Rolf Evert Lundgren. Keiner war damit zufrieden, am allerwenigsten der Zeichner und Rolf Evert Lundgren.

Martin Beck hielt die Zeichnung ein Stückchen von sich weg und betrachtete das Bild. Wie weit mochte es wohl dem Gesuchten ähneln? Sie hatten es auch Frau Engström gezeigt, die anfangs erklärte, es erinnere sie nicht im geringsten an ihren Mann. Später hatte sie zugestanden, daß vielleicht eine geringe Ähnlichkeit vorhanden sei.

Unter dem Bild stand die unvollständige Personenbeschreibung. Martin Beck überflog den Text.

Plötzlich stutzte er, fühlte es heiß in sich aufsteigen und hielt den Atem an. Auf einmal wußte er, was ihn seit der Festnahme des Räubers beunruhigt und irgend etwas mit Gunvald Larsson zu tun hatte.

Die Personenbeschreibung.

Gunvald Larssons Zusammenfassung der von Lundgren gegebenen Beschreibung stimmte fast Wort für Wort mit einer Personenbeschreibung überein, die Martin Beck gut zwei Wochen zuvor von Gunvald Larsson gehört hatte, als dieser sie am Telefon wiederholte.

Martin Beck sah sich selbst am Aktenschrank stehen und zuhören, während Gunvald Larsson sprach. Melander war ebenfalls im Zimmer gewesen.

Das ganze Gespräch brachte er nicht mehr zusammen, glaubte aber, sich zu erinnern, daß der Anruf von einer Frau gekommen war, die einen Mann anzeigen wollte, der im Haus gegenüber auf einem Balkon stand. Gunvald Larsson hatte sie gebeten, den Mann zu beschreiben, und er hatte die Personenbeschreibung mit fast genau den gleichen Worten zusammengefaßt wie später die Angaben Lundgrens. Und außerdem hatte die Anruferin etwas davon gesagt, daß der Mann die Kinder beobachtete, die auf der Staße spielten.

Martin Beck faltete die Zeitung zusammen und starrte zum Fenster hinaus. Er versuchte, sich die Ereignisse dieses Vormittags in Erinnerung zu rufen. Den Tag wußte er noch genau – kurz nach dem

Telefongespräch war er zum Bahnhof gegangen und nach Motala gefahren. Das war Freitag, der 2. Juni, gewesen – eine Woche vor dem Mord im Vanadislunden.

Wenn die Frau ihre Adresse genannt hatte, würde Gunvald Larsson sie irgendwo notiert haben.

Je länger Martin Beck über seinen Einfall nachdachte, desto unsicherer wurde er. Die Beschreibung war so ungenau, daß sie auf Tausende von Menschen zutreffen konnte. Daß Gunvald Larsson in zwei Fällen genau die gleiche Formulierung anwandte, mußte nicht heißen, daß es sich um ein und dieselbe Person handelte. Daß ein Mensch Tag und Nacht auf seinem Balkon stand, brauchte ihn nicht zum mutmaßlichen Mörder zu stempeln. Daß Martin Becks plötzliche Einfälle schon öfter zur Lösung schwieriger Fälle beigetragen hatten, brauchte nicht zu bedeuten, daß es auch diesmal der Fall sein würde.

Trotzdem. Es könnte sich lohnen, die Sache näher zu untersuchen.

Normalerweise stieg Martin Beck bei der Station T-Centralen aus und ging über den Klarabergsviadukt zur Kungsholmsgatan. Diesmal nahm er ein Taxi.

Gunvald Larsson saß an seinem Schreibtisch und trank Kaffee. Kollberg hockte auf der Schreibtischkante und kaute an einem Kopenhagener. Martin Beck setzte sich auf Melanders Platz, starrte Gunvald Larsson an und sagte: »Erinnerst du dich an die Frau, die an dem Tag anrief, als ich nach Motala fuhr? Sie wollte melden, daß ein Mann auf einem Balkon auf der anderen Seite der Straße stand.«

Kollberg stopfte sich das letzte Stück seines Kopenhageners in den Mund und sah Martin Beck verwundert an.

»Ja, natürlich«, sagte Gunvald Larsson. »Dies verrückte alte Weib! Was ist mit ihr?«

»Erinnerst du dich noch daran, wie sie das Aussehen des Kerls beschrieben hat?«

»Nein, bestimmt nicht. Ich kann nicht alles behalten, was verrückte Leute sagen.«

»Um was handelt es sich denn?« mischte sich Kollberg ein.

Martin Beck winkte ab. «Denk mal nach, Gunvald, es kann wichtig sein.«

Gunvald Larsson sah ihn mißtrauisch an. »Warum denn? Na schön, ich werde nachdenken.« Und nach einer Weile: »Nun habe ich nachgedacht. Nein, ich erinnere mich nicht daran. Ich glaube nicht, daß er irgendwie außergewöhnlich war. Der Kerl sah wohl ganz alltäglich aus.«

Er bohrte mit dem Zeigefinger in der Nase und runzelte die Stirn.

»Hatte er vielleicht den Hosenschlitz offen? Nein. Warte ... es war das Hemd. Er hatte ein weißes Hemd an, das vorne offen war. Ja, genau das, nun weiß ich es wieder. Die Alte sagte, er habe blaugraue Augen, und ich wunderte mich noch darüber, wie schmal die Straße sein müßte. Und weißt du, was die Alte antwortete? Daß die Straße gar nicht so schmal sei, aber daß sie ihn durch ein Fernglas beobachtet habe. Nicht richtig im Kopf. Sie glotzt anderen Leuten in die Fenster. Eigentlich müßte sie eingesperrt werden. Dasitzen und Männer durch ein Fernglas beobachten.«

»Um was geht es denn nun eigentlich?« fragte Kollberg erneut.

»Das möchte ich auch gern wissen«, sagte Gunvald Larsson. »Warum ist das plötzlich so wichtig?«

Martin Beck schwieg eine Weile. Dann sagte er: »Ich mußte an diesen Kerl auf dem Balkon denken, weil Gunvald, als er die Beschreibung der alten Frau wiederholte, die gleiche Formulierung benutzte wie in dem Moment, als er Lundgrens Beschreibung des Mannes im Vanadislunden zusammenfaßte. Schütteres, nach hinten gekämmtes Haar. Große Nase. Mittelgroß. Weißes, offenstehendes Hemd. Braune Hosen, blaugraue Augen. Stimmt das nicht?«

»Vielleicht«, sagte Gunvald Larsson, »ich erinnere mich wirklich nicht mehr daran. Bei Lundgrens Kerl stimmt es auf jeden Fall.«

»Du meinst also, daß es dieselbe Person sein könnte?« fragte K berg zweifelnd. »Außergewöhnlich ist die Beschreibung ja ni finde ich.«

Martin Beck zuckte die Schultern. »Nein, sie besagt natür nicht viel. Aber schon seitdem wir Lundgrens Beschreibung hör habe ich das Gefühl, daß ein Zusammenhang zwischen dem M und dem Mann auf dem Balkon bestehen könne. Ich bin nur heute richtig dahintergekommen.«

Er strich sich übers Kinn und sah Kollberg verlegen an.

»Es ist wirklich eine sehr weit hergeholte Annahme«, fuhr er f »Ich weiß. Aber vielleicht wäre es der Mühe wert, diesen Mann ausfindig zu machen.«

Kollberg stand auf und ging ans Fenster. Stellte sich mit dem Rükken davor und kreuzte die Arme über der Brust.

»Tja«, meinte er, »reichlich vage Vermutung.«

Martin Beck sah noch immer Gunvald Larsson an.

»Versuche bitte, dich an dieses Gespräch zu erinnern. Was hat die Frau alles gesagt?«

Gunvald Larsson hob ein wenig hilflos die großen Hände.

»Sie wollte nur von einem Kerl berichten, der auf dem gegenüberliegenden Balkon stand. Sie fand das merkwürdig,«

»Warum fand sie es merkwürdig?«

»Weil er fast ununterbrochen dort stand. Auch in der Nacht. Sie sagte, daß sie ihn durch ein Fernglas beobachtet hat. Daß er dastand und auf die Straße hinuntersah, auf die Autos und die Kinder, die unten spielten. Hinterher war sie beleidigt, weil ich nicht genügend Interesse zeigte. Weshalb aber sollte ich mich dafür interessieren? Jeder Mensch hat ja wohl das Recht, auf seinem Balkon zu stehen, ohne daß die Nachbarn gleich die Polizei anrufen. Was, zum Teufel, hätte ich tun sollen?«

»Wo wohnt sie?« fragte Martin Beck.

»Das weiß ich nicht«, antwortete Gunvald Larsson. »Ich bin mir noch nicht mal sicher, daß sie es überhaupt gesagt hat.«

»Wie hieß die Frau?« warf Kollberg ein.

»Keine Ahnung. Woher, zum Teufel, sollte ich das wissen?«

»Hast du sie denn nicht nach ihrem Namen gefragt?« erkundigte sich Martin Beck.

»Doch, das hab ich wohl. Das macht man ja immer.«

»Erinnerst du dich nicht an ihren Namen? Denke nach«, forderte Kollberg ihn auf.

Martin Beck und Kollberg beobachteten aufmerksam die sichtbaren Zeichen von Gunvald Larsson angestrengter Gedankenarbeit. Er hatte die hellen Brauen hochgezogen, so daß sie einen Wulst über den blauen Augen bildeten, und war vor Anstrengung direkt rot im Gesicht geworden. Nach einer Weile sagte er: »Nein, ich erinnere mich nicht. Frau ... ja, Frau Soundso.«

»Hast du es denn nicht irgendwo aufgeschrieben?« drängte Martin Beck. »Du machst dir doch immer Notizen.«

Larsson sah ihn groß an. »Ja«, antwortete er, »aber ich hebe nicht alle Notizen auf. Ich meine, wichtig war es nicht, eine wunderliche Alte, die angerufen hat. Warum sollte ich mich daran erinnern?«

Kollberg seufzte. »Ja, ja, und was machen wir nun?«

»Wann kommt Melander?« fragte Martin Beck.

»Um drei, glaube ich. Er hatte Nachtdienst.«

»Ruf ihn an und bitte ihn, sofort herzukommen», sagte Martin Beck. »Schlafen kann er ein andermal.«

23

Melander war zu Hause und schlief. Er zog sich nach Kollbergs Anruf sofort an, fuhr die kurze Strecke bis zur Kungsholmsgatan mit seinem Wagen und traf eine Viertelstunde später bei den dreien ein, die auf ihn warteten.

Er erinnerte sich an das Telefongespräch. Als sie den letzten Teil des Tonbandes vom Verhör des Rolf Evert Lundgren abgespielt hatten, bestätigte er, daß Martin Becks Theorie über die Personenbeschreibung stimmte. Dann bat er um eine Tasse Kaffee und stopfte sorgfältig seine Pfeife.

Nachdem er sie angezündet hatte, lehnte er sich im Stuhl zurück und fragte: »Du glaubst also, daß da ein Zusammenhang bestehen könnte?«

»Es ist nur eine Vermutung«, antwortete Martin Beck, »ein Beitrag zum Rätselraten.«

»Da kann natürlich was dran sein«, meinte Melander. »Was soll ich nun dabei tun?«

»Benutze den Computer, den du statt eines Gehirns hast«, bat Kollberg.

Melander nickte und zog weiterhin bedächtig an seiner Pfeife.

Kollberg nannte ihn zuweilen »das lebende Elektronengehirn«, eine durchaus passende Bezeichnung. Melanders Erinnerungsvermögen war legendär in der Stockholmer Polizei.

»Versuche, dich daran zu erinnern, was Gunvald sagte und tat, als er diesen Telefonanruf entgegennahm«, bat Martin Beck.

»War das nicht an dem Tag, bevor Lennart hier ankam?« fragte Melander. »Laß mich sehen, am 2. Juni muß das gewesen sein. Ich saß im Zimmer drüben, und als Lennart kam, bin ich hierher umgezogen.«

»Stimmt genau«, bestätigte Martin Beck, »und ich bin an dem Tag nach Motala gefahren. Ich war auf dem Weg zum Bahnhof und kam nur schnell rauf, um nach dem bewußten Hehler zu fragen.«

»Larsson, ja. Der, der gestorben war.«

Kollberg lehnte sich an das Fensterbrett und hörte zu. Er war schon oft dabeigewesen, wenn Melander die Abfolge eines Geschehens, das häufig bedeutend länger zurückgelegen hatte als dieses, rekapitulierte. Und manchmal hatte er gedacht, daß Melander dafür über eine Art sechsten Sinn verfügte.

Melander hatte seine – wie Kollberg es nannte – Denkerpose eingenommen; er saß da, die Schultern gegen die Stuhllehne gestützt und die Beine weit von sich gestreckt, die Augen halb geschlossen, ruhig an seiner Pfeife saugend. Martin Beck stand wie üblich da – einen Arm auf den Aktenschrank gestützt.

»Als ich hereinkam, standest du genauso da wie jetzt, und Gunvald saß auch da, wo er jetzt sitzt. Wir haben über diesen Hehler gesprochen, als das Telefon klingelte. Gunvald nahm ab. Er nannte seinen Namen und fragte nach ihrem, daran erinnere ich mich.«

»Weißt du, ob er den Namen aufgeschrieben hat?« warf Martin Beck ein.

»Doch, das hat er. Ich erinnere mich, daß er einen Kugelschreiber in der Hand hatte. Ja, er hat ihn sich bestimmt aufgeschrieben.«

»Erinnerst du dich, ob er nach der Anschrift gefragt hat?«

»Nein, ich glaube nicht. Aber vielleicht hat sie Name und Adresse in einem Zug gesagt.«

Martin Beck sah Gunvald Larsson fragend an. Der zuckte nur die Schultern.

»Ich erinnere mich jedenfalls an keine Anschrift«, sagte er.

»Danach sagte Gunvald etwas über einen Kran«, fuhr Melander fort.

»Ja, stimmt genau«, bestätigte Gunvald Larsson, »ich hatte sie so verstanden, daß ein Kran auf ihrem Balkon sei. Aber dann sagte sie, daß es ein Mann wäre und er stünde auf seinem Balkon. Ich dachte natürlich, er stünde auf ihrem. Weil sie doch die Polizei anrief.«

»Und du hast sie gebeten, den Mann zu beschreiben, und dann hast du dir, daran erinnere ich mich ganz deutlich, als du ihre Angaben wiederholtest, Notizen gemacht.«

»Okay«, sagte Gunvald Larsson, »aber wenn ich mir Notizen gemacht habe, was sicherlich stimmt, dann habe ich sie auf diesen Block hier geschrieben, und als sich herausstellte, daß wir nicht einzugreifen brauchten, habe ich den Zettel später bestimmt weggeworfen.«

Martin Beck zündete sich eine Zigarette an, ging nach vorne, legte das Streichholz in Melanders Aschenbecher und ging zurück an seinen Platz beim Aktenschrank.

»Ja, das ist anzunehmen. Weiter, Frederik.«

»Erst nachdem sie ihn beschrieben hatte, begriffst du, daß er auf seinem eigenen Balkon stand, nicht wahr?«

»Ja«, bestätigte Gunvald Larsson. »Ich hatte den Eindruck, die Alte sei nicht ganz richtig im Kopf.«

»Dann hast du gefragt, wieso sie erkennen konnte, daß er blaugraue Augen hat, wenn er auf der anderen Seite der Straße steht.«

»Darauf sagte die Alte, daß sie ihn durch ein Fernglas beobachtet habe, ja.«

Melander blickte verwundert auf. »Fernglas?« sagte er. »Na, so was.«

»Ja, und ich fragte, ob er sie irgendwie belästigt habe. Das hatte er nicht. Er stehe nur da, und sie empfinde das als unangenehm, sagte sie.«

»Er stand offensichtlich auch nachts dort«, sagte Melander.

»Das hat sie jedenfalls behauptet.«

»Du hast dich erkundigt, was er tue, und sie sagte, daß er auf die Straße hinuntersieht und Autos und Kinder beobachtet. Und später hast du gefragt, ob wir vielleicht Polizeihunde schicken sollten.«

Gunvald Larsson sah Martin Beck an und sagte gereizt: »Ja, Martin hatte vorher von Polizeihunden gesprochen. Das wäre ja eine gute Gelegenheit für seine dummen Hunde gewesen.«

Martin Beck wechselte einen Blick mit Kollberg, enthielt sich aber eines Kommentars.

»Ja«, schloß Melander, »damit war die Unterhaltung beendet, glaube ich. Die alte Frau meinte, du seist unverschämt und legte auf. Und ich ging in mein Zimmer zurück.«

Martin Beck seufzte.

»Ja, viel ist es nicht. Nur eine mögliche Übereinstimmung der Beschreibung.«

»Merkwürdig, daß ein Kerl Tag und Nacht auf seinem Balkon steht«, sagte Kollberg. »Vielleicht ist er pensioniert und hat nichts anderes zu tun.«

»Nein«, sagte Gunvald Larsson, »das stimmt nicht. Nun erinnere ich mich, daß sie sagte: ›Ein junger Kerl ist es, sicher nicht älter als vierzig. Und scheint nichts anderes zu tun zu haben, als dazustehen und zu glotzen.‹ Genau das hat sie gesagt. Jetzt fällt es mir wieder ein.«

Martin Beck nahm den Arm vom Aktenschrank und sagte: »Auch das stimmt mit Lundgrens Personenbeschreibung überein. In den Vierzigern. Wenn sie ihn mit dem Fernglas beobachtet hat, muß sie seine Augen ganz deutlich gesehen haben.«

»Sagte sie etwas darüber, wie lange sie ihn schon beobachtet hat, bevor sie uns hier anrief?« fragte Kollberg.

Gunvald Larsson überlegte eine Weile. Dann sagte er: »Doch, das hat sie. Sie sagte, daß sie ihn während der letzten zwei Monate beobachtet hätte. Er könne sich aber gut schon früher so aufgeführt haben, ohne daß sie es bemerkt habe. Anfangs habe sie geglaubt, daß er sich vielleicht das Leben nehmen wolle. ›Runterspringen‹, sagte sie.«

»Bist du sicher, daß du die Notizen nicht doch irgendwo hingelegt hast?« fragte Martin Beck.

Gunvald Larsson zog die Schreibtischschublade auf, nahm ein dünnes Päckchen Zettel verschiedener Größe heraus, legte sie vor sich auf den Tisch und blätterte sie durch.

»Hier lege ich alle solche Sachen hin, die aufgehoben werden oder denen nachgegangen und über die ein Bericht geschrieben werden soll. Ist das erledigt, werfe ich die Zettel weg«, erklärte er, während er sie durchsah.

Melander beugte sich vor und klopfte die Pfeife aus. »Ja«, sagte er, »du hattest den Kugelschreiber in der Hand und zogst den Notizblock heran, dann hast du das Telefonbuch beiseite geschoben ...«

Gunvald Larsson hatte das Bündel durchgeblättert und legte es in die Schublade zurück. »Nein, ich weiß, daß ich von dieser Unterhaltung keine Notizen aufbewahrt habe«, sagte er. »Leider nicht.«

Melander hob die Pfeife und zeigte mit dem Schaft auf Gunvald Larsson. »Das Telefonbuch«, sagte er.

»Was ist mit dem Telefonbuch?« fragte Gunvald Larsson.

»Ein Telefonbuch lag aufgeschlagen auf dem Schreibtisch. Hast du etwa da reingeschrieben?«

»Das wäre möglich.«

Gunvald Larsson streckte die Hand nach seinen Telefonbüchern aus. »Schöne Arbeit, die alle durchzublättern.«

Melander legte seine Pfeife weg und meinte: »Das brauchst du nicht. Wenn du etwas notiert hast – und ich glaube, das hast du, dann nicht in einem von deinen Telefonbüchern.«

Martin Beck sah plötzlich die Szene wieder vor sich. Melander war mit einem aufgeschlagenen Telefonbuch aus dem Nebenzimmer hereingekommen. Er hatte es ihm gegeben und auf den Namen des Hehlers gedeutet. Arvid Larsson. Dann hatte Martin Beck selbst das Buch auf den Tisch gelegt.

»Lennart«, sagte er, »hol den ersten Teil des Telefonbuches aus deinem Zimmer.«

Martin Beck schlug die Seite mit dem Namen Arvid Larsson, Antiquitäten, auf. Da stand nichts. Dann blätterte er das Buch Seite für Seite von Anfang an durch. An mehreren Stellen fanden sich Anmerkungen, meist Melanders charakteristische, kaum lesbare Schreiberei, gelegentlich aber auch Kollbergs deutlich lesbare Handschrift. Die anderen standen schweigend um ihn herum und warteten. Gunvald Larsson sah ihm über die Schulter.

Martin Beck war bis Seite 1082 gekommen, als Gunvald Larsson sagte: »Da!«

Sie starrten alle vier auf die Buchstaben am Rand des Blattes.

Ein einziges Wort: Andersson.

24

Andersson.

Gunvald Larsson legte den Kopf auf die Seite und betrachtete den Namen.

»Ja, das sieht wie Andersson aus«, sagte er. »Oder vielleicht wie Andersen. Oder Andresen. Verdammt noch mal. Am ehesten sieht es aus wie Andersson.«

Andersson.

In Schweden gibt es 390 000 Menschen, die Andersson heißen. Allein das Telefonbuch von Stockholm weist 10 200 Fernsprechteilnehmer dieses Namens auf, zuzüglich weiterer 2 000 in der näheren Umgebung.

Martin Beck überlegte. Es konnte ein leichtes sein, die Anruferin mit Hilfe von Presse, Rundfunk und Fernsehen zu finden. Aber es konnte auch schwierig werden. Und bis jetzt war nichts in diesem Fall leicht gewesen.

Man wandte sich an Presse, Rundfunk und Fernsehen. Nichts geschah. Daß während des Sonntags nichts geschah, war erklärlich.

Als bis Montag vormittag elf Uhr noch immer nichts geschehen war, wurde Martin Beck nervös.

Herumzutelefonieren und von Tür zu Tür zu gehen, würde einen riesigen Arbeits- und Personalaufwand erfordern, und das für eine Spur, die sich vielleicht als völlig wertlos erwies. Aber ließ sich die Arbeit irgendwie begrenzen? Eine sehr breite Straße. Es mußte irgendwo in der Innenstadt sein.

»Muß es das?« wiederholte Kollberg zweifelnd.

»Natürlich nicht, aber ...«

»Aber was? Was sagt deine Intuition?«

Martin Beck sah ihn gequält an, richtete sich auf und sagte: »Der U-Bahn-Fahrschein, der in der Rådmansgatan gekauft wurde.«

»Und der durchaus nichts mit dem Mörder zu tun haben muß«, hielt ihm Kollberg entgegen.

»Er wurde an der Station Rådmansgatan gekauft und nur für die Hinfahrt benutzt«, sagte Martin Beck starrköpfig. »Der Mörder wollte ihn für die Rückfahrt benutzen. Er fuhr von der Rådmansgatan zum Mariatorget oder nach Zinkensdamm und ging das letzte Stück bis zum Tantolunden zu Fuß.«

»Vermutung«, sagte Kollberg.

»Er mußte irgendeinen Trick anwenden, um den kleinen Jungen loszuwerden, der mit dem Mädchen zusammen war. Er hatte nichts anderes zur Hand als den Fahrschein.«

»Vermutung!«

»Aber logisch.«

»Zur Not.«

»Außerdem wurde der erste Mord im Vanadislunden begangen. Alles hat irgendwie mit gerade diesem Stadtteil zu tun. Vanadislunden, Rådmansgatan, Vasastaden, Övre Norrmalm oder Sibirien.«

»Du hast es schon selbst gesagt«, meinte Kollberg trocken. »Es ist das reine Rätselraten.«

»Wahrscheinlichkeitsprinzip.«

»So kann man es natürlich auch nennen.«

»Ich will diese Frau Andersson haben!« sagte Martin Beck. »Wir können nicht nur dasitzen und darauf warten, daß sie sich von selbst meldet. Sie hat vielleicht keinen Fernseher und liest vielleicht auch keine Zeitung. Sie muß aber auf jeden Fall ein Telefon haben.«

»Muß sie das?«

»Ja, auf jeden Fall. So ein Gespräch führt man nicht von einem Geschäft oder von einer Telefonzelle aus. Außerdem hatte man den Eindruck, daß sie den Mann während des Telefonats beobachtete.«

»Okay, in diesem Punkt gebe ich mich geschlagen.«

»Und wenn wir herumtelefonieren und von Tür zu Tür gehen wollen, müssen wir irgendwo anfangen, innerhalb eines gewissen Gebietes. Da wir ja nicht genügend Leute haben, um jeden Menschen aufzusuchen, der Andersson heißt.«

»Kollberg schwieg eine Weile, dann sagte er: »Laß uns doch mal für einen Augenblick diese alte Frau Andersson vergessen und uns statt dessen fragen, was wir über den Mörder wissen.«

»Wir haben eine Art Personenbeschreibung.«

»Eine Art, ja, das ist wahrhaftig das richtige Wort. Wir wissen aber nicht, ob es der Mörder war, den dieser Lundgren gesehen hat – wenn er überhaupt irgend jemand gesehen hat.«

»Wir wissen, daß es ein Mann ist.«

»Ja. Was wissen wir sonst noch?«

»Wir wissen, daß er nicht als Sittlichkeitsverbrecher registriert ist.«

»Ja. Vorausgesetzt, daß niemand geschlampt oder etwas vergessen hat. So etwas ist schon vorgekommen.«

»Wir wissen ungefähr den Zeitpunkt, an dem die Morde begangen wurden. Der im Vanadislunden kurz nach sieben Uhr abends und der im Tanto zwischen zwei und drei Uhr nachmittags. Er arbeitet also nicht.«

»Was besagt das?«

Martin Beck antwortete nicht.

Kollberg beantwortete die Frage selbst: »Daß er arbeitslos ist, Ferien hat, krankgeschrieben ist, zufällig auf Besuch ist, unregelmäßige Arbeitszeiten hat, pensioniert ist, herumlungert oder ... kurz gesagt alles und nichts.«

»Das ist richtig«, stimmte Martin Beck zu, »aber wir haben eine Vorstellung von seinem Verhalten.«

»Du meinst das Geschreibsel der Psychologen?«

»Ja.«

»Das sind auch nur Vermutungen, aber ...« Kollberg schwieg einen Augenblick, ehe er fortfuhr: »... aber ich muß zugeben, daß Melander einen sehr verständlichen Auszug aus diesem Gutachten gemacht hat.«

»Ja.«

»Schön, was nun diese Frau mit dem Telefongespräch betrifft, so laß uns versuchen, sie zu finden. Und da wir ja, wie du so treffend hervorgehoben hast, irgendwo beginnen müssen und weil wir uns sowieso nur blind vorwärtstasten, können wir auch ebensogut annehmen, daß du recht hast. Wie willst du es gemacht haben?«

»Wir beginnen im 5. und im 9. Revier«, sagte Martin Beck. »Setze einige Leute ein, die alle Anderssons anrufen, und einige, die von Tür zu Tür gehen. Sämtliche Beamte in diesen Revieren sollen auf den Namen achten. Vor allem in breiten Straßen, wo Häuser mit Balkonen sind. Odegatan, Karlbergsvägen, Tegnérgatan, Sveavägen und so weiter.«

»Okay«, sagte Kollberg.

Sie machten sich an die Arbeit.

Es war ein abscheulicher Montag. Der »Große Detektiv Öffentlichkeit«, der am Sonntag wenig aktiv gewesen war, zum Teil, weil viele Menschen die Stadt verlassen hatten, zum Teil auf Grund der beruhigenden Appelle in den Zeitungen und im Fernsehen, trat wieder voll in Aktion. Die Zentrale für Hinweise aus dem Publikum wurde überhäuft mit Gesprächen von Leuten, die glaubten, etwas zu wissen, von Verrückten, die sich selbst bezichtigten, und von Witzbolden, die nur anriefen, um die Polizei zu verulken. Parks und Grünanlagen wimmelten von Polizisten in Zivil: Dazu kam nun noch die Suche nach jemandem, der Andersson hieß.

Und die ganze Nacht hindurch lauerte die Angst im Hintergrund. Viele Eltern riefen bereits bei der Polizei an, wenn das Kind mehr als fünfzehn oder zwanzig Minuten von zu Hause weg war. Alles mußte notiert und verglichen werden. Das Material wuchs und wuchs. Und blieb in allen Fällen gleich wertlos.

Mitten darin rief Hansson vom 5. Revier an.

»Hast du wieder eine Leiche gefunden?« fragte Martin Beck.

»Nein, aber ich bin so unruhig wegen diesem Eriksson, auf den wir ein Auge haben sollen. Der Exhibitionist, den ihr festgenommen hattet.«

»Warum?«

»Er ist seit Mittwoch nicht zum Vorschein gekommen. Mittwoch hat er sich in verschiedenen Spirituosengeschäften mit Alkohol eingedeckt.«

»Und was dann?«

»Dann hat er noch ab und zu aus dem Fenster gesehen, soll wie ein Geist ausgesehen haben, sagen die Jungens. Aber seit gestern morgen hat ihn keiner mehr zu Gesicht bekommen.«

»Habt ihr an seiner Wohnungstür geklopft?«

»Ja, aber er macht nicht auf.«

Martin Beck hatte den Mann fast vergessen. Nun erinnerte er sich an den verstörten, unglücklichen Blick, die zitternden, ausgemergelten Hände. Er fühlte, daß es ihm kalt über den Rücken kroch.

»Verschafft euch Zutritt«, ordnete er an.

»Wie?«

»Mir gleich.«

Er legte auf und blieb sitzen, den Kopf in die Hände gestützt. Nein, dachte er, nicht auch noch das zu allem Elend.

Nach einer halben Stunde rief Hansson wieder an.

»Er hatte den Gashahn aufgedreht.«

»Und?«

»Ist unterwegs ins Krankenhaus, lebend.«

Martin Beck seufzte auf – erleichtert nannte man es wohl.

»Mit knapper Not«, berichtete Hansson. »Er hatte es sehr ordentlich gemacht. Die Türspalten verklebt und die Schlüssellöcher zugestopft, von der Wohnungs- wie auch von der Küchentür.«

»Aber er wird durchkommen?«

»Ja, dank des Üblichen. Hatte nicht genug Geld eingeworfen. Aber hätte er noch eine Weile gelegen, dann ...« Hansson schwieg, ohne den Satz zu beenden.

»Hat er etwas Schriftliches hinterlassen?«

»Ja. ›Ich halte es nicht mehr aus‹, stand auf dem Rand einer alten Porno-Zeitung. ›Ich habe mich an die Antialkoholiker gewendet.‹«

»Das hätte er längst tun sollen.«

»Tja, er pflegte eben sein Laster.« Einige Sekunden später setzte er hinzu: »Bis es ihn übermannte.«

Noch lagen viele Stunden dieses scheußlichen Montags vor ihnen. Gegen elf Uhr abends fuhren Martin Beck und Kollberg nach Hause. Gunvald Larsson auch. Melander blieb noch. Alle wußten, daß er Nachtdienst verabscheute und daß der bloße Gedanke, von seinen zehn Schlafstunden auch nur eine entbehren zu müssen, ein Alptraum für ihn war; doch er sagte nichts, und er benahm sich genauso stoisch und unerschütterlich wie immer.

Nichts passierte. Man hatte mit vielen Frauen gesprochen, die Andersson hießen, aber keine von ihnen hatte das ominöse Telefongespräch geführt.

Man hatte auch keine weiteren Leichen gefunden, und alle Kinder, die im Laufe des Tages als vermißt gemeldet worden waren, hatten sich wieder angefunden.

Martin Beck ging zum Fridhelmsplan und fuhr mit der U-Bahn nach Hause.

Auch an diesem Tag war alles gut gegangen. Nun war es eine Woche her seit dem letztenmal – oder fast eine Woche.

Er fühlte sich wie ein Ertrinkender, der gerade Grund unter die Füße bekommen hat, der aber weiß, daß es nur ein Aufschub ist, da die nächste Flut in einigen Stunden kommen wird.

25

Es war am frühen Vormittag, Dienstag, dem 20. Juni. Im Wachraum des 9. Reviers war es noch ruhig.

Der Polizeikonstabler Kvist saß an einem Tisch, rauchte und las Zeitung. Er war ein junger Mann mit blondem Bart. Aus dem Verschlag in der Ecke waren Stimmen zu hören, hin und wieder von Schreibmaschinengeklapper unterbrochen. Ein Telefon klingelte. Kvist blickte von seiner Lektüre auf und sah Granlund im Glaskäfig den Hörer abnehmen.

Die Tür hinter Kvist wurde geöffnet. Rodin kam herein, blieb an der Tür stehen und schnallte das Koppel um. Er war bedeutend älter als Kvist, sowohl an Lebens- als auch an Dienstjahren. Kvist hatte die Polizeischule vor einem Jahr verlassen und war erst vor kurzem zum 9. Revier versetzt worden.

Rodin kam zum Tisch und griff nach seiner Mütze. Er schlug Kvist auf die Schulter.

»Tja, mein Junge. Noch eine Runde, und dann machen wir Schluß.«

Kvist drückte die Zigarette aus und legte die Zeitung zusammen.

»Was liest du da?« fragte Rodin.

»*Zeichen der Zeit.* Eine gute Zeitung. Die solltest du auch mal lesen.«

»Bloß nicht. Solch ein politisches Käseblatt. Und kulturell, wie? Nein, ich halte mich an die Sportzeitung. Komm jetzt.«

Sie gingen durch das Tor hinaus und dann die Surbrunnsgatan entlang in westlicher Richtung. Langsam, Seite an Seite, mit gleichlangen Schritten, die Hände auf dem Rücken.

»Du, was hat Granlund gesagt? Was sollen wir mit dieser Tante Andersson anfangen, wenn wir sie sehen?« fragte Kvist.

»Nichts. Fragen, ob sie es war, die die Kriminalpolizei am 2. Juni angerufen und von einem Kerl auf einem Balkon gefaselt hat«, antwortete Rodin. »Dann sollen wir Granlund anrufen.«

Sie passierten die Tulegatan, und Kvist sah hinauf zum Vanadislunden.

»Warst du seit dem Mord da oben?« fragte er.

»Ja. Du nicht?«

»Nein, noch nicht«, antwortete Kvist.

Eine Weile gingen sie schweigend nebeneinander her. Dann sagte

Kvist: »Ich habe noch nie eine Leiche gefunden. Es muß scheußlich ausgesehen haben.«

»Ja, verdammt scheußlich. Aber nur keine Angst, Junge, du wirst in diesem Beruf noch genug Leichen zu sehen bekommen.«

»Warum bist du eigentlich zur Polizei gegangen?« fragte Kvist.

Rodin antwortete nicht sofort. Schließlich sagte er: »Mein Vater war Polizist. Es schien nur natürlich, daß ich es auch werden sollte. Mutter war nicht sehr froh darüber, wie du dir vorstellen kannst. Und du? Warum bist du Polyp geworden?«

»Um meine Pflicht der Allgemeinheit gegenüber zu erfüllen«, erklärte Kvist. Er lachte auf und fuhr dann fort: »Anfangs wußte ich nicht, was ich werden sollte. Ich hatte nur mittelmäßige Zensuren in der Schule. Aber beim Militär traf ich einen, der Polizist werden wollte. Er sagte, mein Zeugnis reiche für die Polizeischule. Außerdem fehlten Leute bei der Polizei ... ja, da hat er mich überredet.«

»Die Bezahlung ist ziemlich mittelprächtig«, meinte Rodin.

»So schlimm finde ich sie nicht einmal«, entgegnete Kvist. »Ich hab vierzehnhundert Ausbildungsgeld bekommen, und nun bin ich in der neunten Gehaltsstufe.«

»Ja, ich weiß«, sagte Rodin, »jetzt ist es auch besser als damals, als ich anfing.«

»Du weißt ja«, sagte Kvist, »ungefähr achtzig Prozent von allen, die das Gymnasium besuchen, gehen weiter auf Fach- oder Ingenieurschulen. Die Polizei muß sich aus den restlichen zwanzig Prozent rekrutieren. Und viele der zwanzig Prozent machen es wie du und ergreifen denselben Beruf wie der Vater. Nun war dein Vater zufällig Polizist.«

»Ja, ohne Zweifel hätte ich auch denselben Beruf ergriffen, wenn mein Vater Müllkutscher gewesen wäre«, sagte Rodin.

»Ich habe gehört, daß uns mindestens fünfzehnhundert Leute im ganzen Land fehlen«, fuhr Kvist fort. »Kein Wunder, daß wir so viele Überstunden machen müssen.«

Rodin trat nach einem leeren Ölkanister, der auf dem Bürgersteig lag. »Du bist ja bestens über die Statistik orientiert. Willst du Polizeidirektor werden?«

Kvist lachte leicht verlegen. »Ach wo, ich habe nur einen Artikel darüber gelesen. Aber es wäre gar nicht so dumm, Polizeidirektor zu werden. Wieviel verdient so einer wohl?«

»Weißt du das nicht? Du bist doch sonst so gut informiert.«

Sie waren am Sveavägen angelangt, und die Unterhaltung verstummte.

Beim Kiosk an der Ecke vor dem Spirituosengeschäft standen zwei sichtlich angetrunkene Männer und stritten sich. Der eine hatte die Faust erhoben und versuchte, den anderen zu schlagen. Er war aber zu betrunken, und deshalb mißglückte es. Der andere wirkte etwas nüchterner und hielt seinen Angreifer mit ausgestrecktem Arm von sich fern. Schließlich verlor er die Geduld und warf den Angreifer zu Boden.

Rodin seufzte.

»Den da werden wir mitnehmen«, sagte er und überquerte die Fahrbahn. »Ich kenne ihn von früher, er fängt immer Streit an.«

»Welchen von den beiden?« fragte Kvist.

»Den, der am Boden liegt«, erklärte Rodin. »Der andere kommt alleine zurecht.«

Sie gingen mit langen, schnellen Schritten auf die Männer zu. Ein Herumtreiber, der den Streit von der Grünanlage vor dem Restaurant Metropol aus beobachtet hatte, verzog sich eilends in Richtung Odengatan. Dabei warf er ängstliche Blicke über die Schulter zurück.

Die beiden Polizisten hoben den Mann vom Bürgersteig auf. Er war in den Sechzigern, sehr mager und wog sicher nicht mehr als fünfzig Kilo. Ein paar Passanten vom Typ »anständiger Bürger« blieben in einiger Entfernung stehen und glotzten.

»Na, Johansson, wie geht es dir heute?« fragte Rodin.

Johansson ließ den Kopf hängen und machte einen lahmen Versuch, den Staub vom Mantel zu klopfen.

»Guut«, sabberte er, »hab mich nur 'n bißchen mit meinem Kameraden unterhalten. Ganz friedlich.«

Der Kamerad fühlte sich verpflichtet, sich einzumischen. »Oskar geht es gut. Er kommt fein zurecht.«

»Ohne Zweifel«, bestätigte Rodin gutmütig.

Er gab dem Kameraden einen Wink, sich zu trollen, und der eilte erleichtert davon. Rodin und Kvist griffen den anderen fest unter die Arme und gingen mit ihm auf die zwanzig Meter entfernte Taxihaltestelle zu.

Der Taxifahrer sah sie kommen, stieg aus und öffnete die Tür zum Rücksitz. Er gehörte zu den Leuten, die zur Zusammenarbeit mit der Polizei bereit waren.

»Nun fährt Johansson Auto«, sagte Rodin, »und dann wird Johansson schlafen.«

Johansson krabbelte gehorsam ins Auto, sackte auf dem Rücksitz zusammen und war schon eingeschlafen. Rodin richtete ihn in der Ecke auf und sagte zu Kvist: »Ich bringe ihn hin. Wir treffen uns auf der Wache. Kauf unterwegs ein bißchen Gebäck.«

Kvist nickte. Als das Taxi vom Bürgersteig herunterfuhr, ging er langsam zum Kiosk zurück. Er sah sich nach Johanssons Kameraden um und entdeckte ihn in der Surbrunnsgatan, einige Meter vor dem Spirituosengeschäft. Als Kvist ein paar Schritte in diese Richtung machte, winkte der Mann mit beiden Händen ab und ging hinauf zur Hagagatan.

Kvist folgte ihm mit den Augen, bis er um die Ecke bog. Dann drehte er sich um und ging zurück zum Sveavägen.

Die Verkäuferin steckte den Kopf aus dem Kioskfenster heraus.

»Danke. Diese Kerle sind schlecht fürs Geschäft. Und immer treiben sie sich gerade hier herum.«

»Der Spirituosenladen zieht sie an«, meinte Kvist.

Leute wie Johansson taten ihm leid, und er wußte, daß ein großer Teil des Problems darin bestand, daß sie keine richtige Bleibe hatten.

Er legte die Hand an den Mützenschirm und ging. Weiter unten auf dem Sveavägen entdeckte er eine Bäckerei. Er sah auf die Uhr. Er würde dort das Gebäck kaufen und dann zum Revier zurückgehen, zum Kaffeetrinken.

Eine kleine Glocke bimmelte, als er die Tür des Ladens öffnete. Eine ältere Frau in karierter Kittelschürze stand vor dem Ladentisch und unterhielt sich mit der Verkäuferin.

Kvist legte die Hände auf den Rücken und wartete. Er sog den Duft frischgebackenen Brotes ein und dachte, daß diese kleinen Bäkkereien bald Seltenheitswert haben würden.

Bald verschwinden sie alle, und man kann nur noch Brot aus der Fabrik in Plasteverpackung kaufen. Das ganze schwedische Volk wird genau das gleiche Brot essen, die gleichen Schnecken und das gleiche Zuckergebäck, sagte sich der Polizist Kvist.

Kvist war zwar erst zweiundzwanzig Jahre alt, hatte aber oft das Gefühl, daß seine Kindheit sehr weit zurücklag. Er hörte zerstreut der Unterhaltung der beiden Frauen zu.

»Und der alte Palm in der Einundachtzig ist gestorben«, sagte die Dicke in der Kittelschürze.

»Ja, aber das ist vielleicht gut so«, meinte die Verkäuferin. »Er war ja schon alt und gebrechlich.«

Die Verkäuferin war eine ältere grauhaarige Frau in weißem Kleid.

Sie warf einen Blick auf Kvist und packte gewandt die Waren in die Tasche der Kundin. »Ist das alles, Frau Andersson? Keine Sahne heute?«

Die Kundin nahm pustend und stöhnend ihre Tasche auf. »Nein, heute keine Sahne. Und schreiben Sie es an wie immer. Danke, auf Wiedersehen.«

Die Dame ging auf die Tür zu, und Kvist beeilte sich, sie ihr aufzuhalten.

»Auf Wiedersehen, kleine Frau Andersson«, sagte die Verkäuferin.

Die Frau schob sich mit einem kurzen Nicken an Kvist vorbei. Er grinste innerlich, weil es ja wirklich lächerlich klang, ein so dickes Weib »kleine Frau Andersson« zu nennen, und wollte gerade die Tür hinter ihr schließen, als ihn plötzlich ein Gedanke durchzuckte. Die Verkäuferin starrte ihm nach, als er ohne ein Wort zu sagen den Laden verließ.

Als er die Frau in der Kittelschürze eingeholt hatte, war sie gerade dabei, in der Haustür neben der Bäckerei zu verschwinden. Kvist machte eine kleine Verbeugung und fragte: »Frau Andersson? Heißen Sie so?«

»Jaa?«

Er nahm ihr die Tasche ab und hielt ihr die Tür auf. Als sie sich hinter ihnen geschlossen hatte, fragte er: »Entschuldigen Sie meine Frage, aber haben Sie vielleicht am Freitag, dem 2. Juni, vormittags die Kriminalpolizei angerufen?«

»Am 2. Juni? Ja, ich habe mal die Polizei angerufen. Es kann der 2. gewesen sein. Wieso?«

»Warum haben Sie angerufen?« wollte Kvist wissen.

Ihm war ein gewisser Eifer anzumerken, und die Frau, die Andersson hieß, sah ihn verwundert an.

»Ich habe mit einem Detektiv gesprochen, oder was er nun war. Unverschämter Kerl. War überhaupt nicht interessiert. Ich wollte eine Beobachtung melden. Dieser Mann da hatte auf seinem Balkon gestanden ...«

»Darf ich Sie nach oben begleiten und Ihr Telefon benutzen?« unterbrach Kvist die Frau und war schon auf dem Weg zum Fahrstuhl. »Ich werde Ihnen alles gleich erklären.«

26

Martin Beck legte den Hörer auf und rief Kollberg. Dann knöpfte er sich die Jacke zu, stopfte Zigaretten und Streichhölzer in die Tasche und sah auf seine Armbanduhr. Fünf Minuten vor zehn. Kollberg erschien an der Tür.

»Weshalb brüllst du so?« fragte er.

»Sie haben sie gefunden. Frau Andersson. Granlund vom Neunten hat gerade angerufen. Sie wohnt im Sveavägen.«

Kollberg verschwand im Nebenzimmer und kam, seine Jacke im Laufen anziehend, sofort zurück.

»Sveavägen«, sagte er nachdenklich und sah Martin Beck an. »Wie haben sie sie gefunden? Durch Fragen von Tür zu Tür?«

»Nein, ein Polizist vom Neunten traf sie in einer Bäckerei, als er Kuchen kaufen wollte.«

Als sie die Treppe hinuntergingen, sagte Kollberg: »War es nicht Granlund, der immer die Kaffeepause abschaffen wollte? Nun ändert er vielleicht seine Meinung.«

Frau Andersson betrachtete die beiden kritisch durch den Türspalt.

»War das vielleicht einer von Ihnen, mit dem ich an dem bewußten Morgen gesprochen habe?« erkundigte sie sich.

»Nein«, entgegnete Martin Beck gewandt, »das war der Erste Kriminalassistent Larsson.«

Frau Andersson hakte die Sicherheitskette ab und ließ sie in den kleinen, dunklen Flur eintreten.

»Kriminalassistent oder nicht«, sagte sie, »unhöflich war er auf jeden Fall. Wie ich schon zu diesem jungen Polizisten gesagt habe, der mich hinaufbegleitet hat: ›Die Polizei soll dankbar sein, wenn man etwas meldet. Wer weiß‹, sagte ich zu ihm, ›wenn die Leute nichts melden würden, hätte die Polizei vielleicht nichts zu tun.‹ Aber kommen Sie herein, meine Herren, ich mache sofort Kaffee.«

Kollberg und Martin Beck traten in das Wohnzimmer. Obwohl die Wohnung im dritten Stock war und die Fenster zur Straße hin lagen, war es ziemlich dunkel. Das Zimmer war groß und mit altmodischen Möbeln vollgestopft. Der eine Fensterflügel war halb geöffnet, der andere zur Hälfte von hohen Topfpflanzen verdeckt. Die Gardinen waren cremefarben und kunstvoll drapiert.

Vor einem braunen Plüschsofa stand ein runder Mahagonitisch

mit Kaffeetassen und Kuchentellern. Zwei hohe Lehnsessel mit Schondeckchen und steifen Rückenlehnen standen daneben.

Frau Andersson kam aus der Küche mit einer Kaffeekanne in der Hand. Sie schenkte ein und setzte sich auf das Sofa, das unter ihrem wuchtigen Körper ächzte.

»Kaffee muß sein, wenn man reden will«, sagte sie heiter. »Nun erzählen Sie mal, was mit dem Kerl von gegenüber los ist.«

Martin Beck wollte gerade etwas sagen, aber die Sirene eines vorbeirasenden Krankenwagens machte eine Verständigung unmöglich. Kollberg schloß das Fenster.

»Haben Sie keine Zeitungen gelesen?« fragte Martin Beck.

»Nein, wenn ich auf dem Land bin, lese ich nie Zeitung. Ich bin erst gestern abend nach Hause gekommen. Nehmen Sie noch ein Stück Kuchen, meine Herren. Er ist ganz frisch. In der Bäckerei hier unten haben sie auch immer frisches Brot. Dort habe ich ja auch den netten jungen Mann in Uniform getroffen, wenn ich auch immer noch nicht verstehe, woher er wissen konnte, daß ich es war, die die Polizei angerufen hatte. Nun, auf jeden Fall war ich das, und es war am 2. Juni, einem Freitag, daran erinnere ich mich so gut, weil der Mann meiner Schwester Rutger heißt und ich zum Kaffeetrinken an seinem Namenstag bei ihnen war. Ich erzählte von diesem, gelinde gesagt, unhöflichen Assistenten oder was er war, und das war nur wenige Stunden, nachdem ich angerufen hatte.«

Hier mußte sie Atem holen, und Martin Beck beeilte sich, eine Bitte anzubringen.

»Wollen Sie uns den Balkon bitte zeigen, Frau Andersson?«

Kollberg war bereits ans Fenster getreten. Die Frau stand mühsam vom Sofa auf.

»Dritter Balkon von unten«, sagte sie und zeigte mit dem Finger hinaus. »Neben dem Fenster ohne Gardinen.«

Sie sahen den Balkon. Die Wohnung, zu der er gehörte, schien zur Straße hin nur zwei Fenster zu haben, ein größeres neben der Balkontür und ein kleineres.

»Haben Sie diesen Mann kürzlich wiedergesehen?« fragte Martin Beck.

»Nein. Nun war ich übers Wochenende auf dem Land, aber auch davor habe ich ihn seit mehreren Tagen nicht mehr gesehen.«

Kollberg sah ein Fernglas zwischen zwei Blumentöpfen stehen. Er nahm es und richtete es auf das Haus gegenüber. Balkontür und Fenster waren geschlossen. Die Fensterscheiben reflektierten das Tageslicht. Wie es in dem dunklen Raum dahinter aussah, konnte man nicht erkennen.

»Dieses Fernglas habe ich von Rutger bekommen«, sagte die Frau, »es ist ein Marineglas. Rutger war Seeoffizier. Ich habe mir den Kerl da drüben genau angesehen. Wenn man das Fenster öffnet, kann man besser sehen. Glauben Sie nicht, daß ich neugierig bin oder so, aber ich bin Anfang April am Bein operiert worden, und da habe ich diesen Mann entdeckt. Nach der Operation also. Ich hatte eine Wunde am Bein und konnte nicht gehen, und weh tat es außerdem, so daß ich auch nicht schlafen konnte, und da hab ich eben am Fenster gesessen und hinausgeschaut. Der Mensch kam mir so merkwürdig vor. Stand immer nur da und starrte nach unten. Es wirkte direkt unheimlich.«

Während die Frau sprach, hatte Martin Beck die Zeichnung hervorgeholt, die nach den Angaben des Parkräubers gemacht worden war. Er zeigte der Frau das Blatt.

»Ziemlich ähnlich«, meinte sie. »Nicht besonders gut gezeichnet, aber er könnte es sein.«

»Können Sie sich erinnern, wann Sie ihn das letztemal gesehen haben?« fragte Kollberg und reichte Martin Beck das Fernglas.

»Das muß schon mehrere Tage her sein. Über eine Woche. Moment, ich glaube, ich habe ihn zuletzt beobachtet, als meine Hilfe hier war. Warten Sie mal, das kann ich nachsehen.«

Sie öffnete einen Sekretär und holte einen Kalender hervor.

»Nun wollen wir mal sehen«, sagte sie. »Vorigen Freitag. Genau. Wir haben Fenster geputzt. Da stand er am Morgen noch da, aber abends nicht mehr und auch nicht am nächsten Tag. Ja, das stimmt. Seitdem habe ich ihn nicht mehr gesehen. Das weiß ich bestimmt.«

Martin Beck ließ das Fernglas sinken und warf Kollberg einen schnellen Blick zu. Sie brauchten keinen Kalender, um zu wissen, was an jenem Freitag passiert war.

»Am Neunten also«, sagte Kollberg.

»Stimmt genau. Aber trinken Sie doch noch etwas Kaffee.«

»Nein danke«, wehrte Martin Beck ab.

»Einen kleinen Schluck noch.«

»Nein danke«, sagte auch Kollberg.

Sie füllte die Tassen und sank aufs Sofa. Kollberg setzte sich auf die Stuhlkante und verzehrte schnell ein Stück Mandelkuchen.

»Und dieser Mann war immer allein?« fragte Martin Beck.

»Ja, ich habe zumindest nie jemanden bei ihm gesehen. Er wirkte so einsam, daß er mir beinahe leid tat. Es ist immer dunkel in der Wohnung, und wenn er nicht auf dem Balkon steht, sitzt er am Küchenfenster. Das macht er, wenn es regnet. Aber ich habe nie bemerkt, daß er Besuch hatte. Aber trinken Sie doch Ihren Kaffee und erzählen Sie, was mit ihm los ist. So hat es sich doch gelohnt, daß ich angerufen habe. Aber reichlich lange hat es gedauert, reichlich lange ...«

Martin Beck und Kollberg hatten ihren Kaffee bereits hinuntergestürzt und standen auf.

»Danke, Frau Andersson, es hat ausgezeichnet geschmeckt. Auf Wiedersehen. Nein, danke, wir kommen schon allein zurecht.«

Sie zogen sich fluchtartig in den Flur zurück.

Als sie aus der Haustür kamen, wollte Kollberg gesetzestreu den dreißig Meter entfernten Fußgängerstreifen benutzen, doch Martin Beck packte ihn am Arm, und sie gingen schnell über die Fahrbahn zu dem Haus auf der anderen Straßenseite.

27

Martin Beck stieg die drei Treppen hinauf, Kollberg nahm den Fahrstuhl. Sie trafen sich vor der Tür und betrachteten sie aufmerksam. Eine gewöhnliche braune Holztür, die nach außen aufging, mit Sicherheitsschloß, einer Briefklappe aus Messing und einem ungeputzten Türschild aus Weißmetall. Auf dem Schild stand in schwarzen Blockbuchstaben der Name eingraviert: I. Fransson. Es war still im Haus. Kollberg legte das rechte Ohr an die Tür und lauschte. Dann kniete er sich mit dem rechten Knie auf den Steinfußboden und hob vorsichtig und lautlos die Klappe des Briefschlitzes einige Zentimeter in die Höhe. Lauschte. Ließ die Klappe genauso lautlos, wie er sie geöffnet hatte, wieder sinken, stand auf und schüttelte den Kopf. Martin Beck zuckte die Schultern, streckte die rechte Hand aus und drückte auf den Klingelknopf. Nichts zu hören. Vermutlich funktionierte die Klingel nicht. Er klopfte leicht mit dem Knöchel an die Tür. Ohne Erfolg. Kollberg ballerte mit der Faust dagegen. Nichts geschah.

Sie verzichteten darauf, die Tür selbst zu öffnen. Sie stiegen eine halbe Treppe tiefer und besprachen leise, was zu tun sei. Dann ging Kollberg, um die Formalitäten zu erledigen und einen Experten herbeizurufen. Martin Beck blieb auf der Treppe stehen und ließ die Tür nicht aus den Augen.

Bereits nach einer Viertelstunde kam Kollberg mit dem Fachmann zurück. Dieser warf einen berufsmäßig abschätzenden Blick auf die Tür, ging in die Knie und steckte ein langes und biegsames Greifinstrument durch den Briefschlitz. Da dieser keinen Einbrecherschutz hatte, konnte er schon nach weniger als dreißig Sekunden die Türklinke von innen fassen und sie herunterziehen. Martin Beck schob den Fachmann beiseite und zog die Tür mit dem linken Zeigefinger auf. Die alten, ungeölten Scharniere quietschten.

Sie blickten in einen Flur mit zwei offenen Türen. Die linke führte in die Küche und die rechte in das offensichtlich einzige Zimmer der Wohnung. Auf der Fußmatte lag ein Haufen Post, soweit sie sehen konnten hauptsächlich Zeitungen, Reklamezettel und Prospekte. Die Toilette war rechts im Flur gleich neben dem Eingang.

Nur der Verkehrslärm vom Sveavägen war zu hören.

Martin Beck und Kollberg stiegen vorsichtig über den Poststapel und sahen in die Küche. Am Fenster zur Straße hin war eine kleine Eßecke.

Kollberg warf einen Blick in die Toilette, während Martin Beck ins Zimmer trat. Direkt vor sich hatte er die Balkontür, und gleich hinter sich zur Rechten sah er eine weitere Tür. Sie führte zu einer Garderobe. Kollberg wechselte einige Worte mit dem Fachmann für das Öffnen von Schlössern, zog dann die Wohnungstür zu und kam ins Zimmer.

»Niemand zu Hause«, sagte er.

Sie gingen die Wohnung durch, systematisch, aber mit äußerster Vorsicht, und bemühten sich, so wenig wie möglich zu berühren.

Die Fenster, das vom Zimmer und das neben der Eßecke, führten zur Straße und waren ebenso wie die Balkontür geschlossen. Es roch muffig nach abgestandener Luft.

Die Wohnung war nicht verkommen oder unordentlich, wirkte aber irgendwie schäbig und sehr kahl. Im Zimmer standen nur drei Möbelstücke: ein ungemachtes Bett mit einer zerschlissenen roten Steppdecke und einem relativ schmutzigen Laken, ein Korbstuhl am Kopfende des Bettes und an der gegenüberliegenden Wand eine niedrige Kommode. Keine Gardinen an den Fenstern, kein Teppich auf dem Linoleumfußboden. Auf dem Stuhl, der auch als Nachttisch benutzt wurde, stand eine Untertasse, daneben lagen eine Streichholzschachtel und eine Nummer der *Samålands-Posten.* Dieser Zeitung konnte man ansehen, daß sie gelesen worden war. Auf der

Untertasse lagen ein wenig Tabakasche, sieben abgebrannte Streichhölzer und kleine, zusammengeknüllte Kugeln aus Zigarettenpapier.

Über der Kommode hing die eingerahmte Reproduktion eines Ölgemäldes, das zwei Pferde und eine Birke darstellte. Auf der Kommode stand außerdem ein Zierstück, eine glasierte blaue Keramikschüssel. Leer. Das war alles.

Kollberg betrachtete das Zimmer vom Korbstuhl aus und sagte: »Er hebt die Zigarettenstummel auf und raucht sie in der Pfeife.«

Martin Beck nickte.

Sie gingen nicht auf den Balkon hinaus, sondern begnügten sich damit, durch die Glasscheiben der geschlossenen Tür zu blicken. Der Balkon hatte ein Eisengeländer und Seitenwände aus Wellblech. Ein gefirnißter Gartentisch und ein Klappstuhl standen dort. Der Stuhl wirkte alt, die Holzteile waren abgenutzt, und der Segeltuchsitz war ausgeblichen.

In der Garderobe hingen ein relativ sauberer brauner Anzug, ein abgetragener Wintermantel und ein paar braune Manchesterhosen. Auf dem Bord lagen eine Pelzmütze und ein Wollschal. Auf dem Fußboden standen ein Paar ausgetretene braune Stiefel und ein einzelner schwarzer Schuh, anscheinend Größe 40.

»Kleine Füße«, sagte Kollberg. »Ich bin neugierig, wo wir den anderen finden.«

Sie fanden ihn einige Minuten später im Besenschrank neben einem Putzlappen und einer Schuhbürste. Soweit sie es bei der schlechten Beleuchtung erkennen konnten, war der Schuh mit irgend etwas beschmiert. Da sie nichts anfassen wollten, begnügten sie sich damit, gedankenvoll in den Verschlag zu starren.

In der Küche entdeckten sie auf dem Gasherd eine große Streichholzschachtel, daneben einen Kochtopf mit Essenresten. Es sah aus wie Haferflockenbrei und war völlig eingetrocknet. Auf dem Abwaschtisch standen eine emaillierte Kaffeekanne und eine Tasse mit einer dünnen Schicht Kaffeegrund auf dem Boden. Staubtrocken. Außerdem ein Suppenteller und eine Blechdose mit gemahlenem Kaffee. An der gegenüberliegenden Wand standen ein Kühlschrank und zwei Küchenschränke mit Schiebetüren. Sie öffneten alle drei. Im Kühlschrank lagen ein geöffnetes Halbpfundpaket Margarine, zwei Eier und ein Stückchen Wurst, das mit einer Schimmelhaut überzogen war.

Der eine Schrank wurde für Porzellan benutzt, der andere diente als Speisekammer. Einige Teller, Tassen und Gläser, eine Schüssel,

Salz, ein halbes Brot. Ein Paket Stückenzucker und eine Tüte Haferflocken. In der Schublade fanden sie ein Aufschnittmesser und ein paar zusammengewürfelte Bestecke.

Kollberg berührte das Brot. Es war steinhart.

»Er ist offenbar eine Weile nicht zu Hause gewesen«, sagte er.

»Ja«, stimmte Martin Beck zu.

Unter dem Abwaschtisch waren eine Bratpfanne und Kochtöpfe untergebracht, und in dem offenen Raum unter dem Becken stand die Mülltüte. Sie war noch fast leer.

Beim Fenster in der Eßecke standen ein roter Küchentisch mit Seitenklappen und zwei Rohrstühle, auf dem Tisch zwei Dreiviertel-Liter-Flaschen und ein benutztes Trinkglas. Die Flaschen hatten gewöhnlichen, süßen Vermouth enthalten. In der einen war noch ein Rest.

Fensterbrett und Tischplatte waren dünn mit einer fettigen Schmutzschicht bedeckt, offensichtlich Smog von der Straße, der durch die Ritzen des geschlossenen Fensters eingedrungen war.

Kollberg ging in die Toilette und sah sich um, kam aber nach einer halben Minute zurück und schüttelte den Kopf.

»Dort ist nichts.«

In den obersten beiden Kommodenschubladen fanden sie ein paar Hemden, eine Strickjacke, Strümpfe, Unterwäsche, zwei Schlipse. Alles wirkte abgetragen, aber sauber. Die untere Schublade enthielt schmutzige Wäsche und einen Wehrpaß.

Sie schlugen ihn auf und lasen: 2521–7–46 FRANSSON, INGEMUND RUDOLF, Växjö Krb 5/2–26, Gartenarbeiter, Västberg. 22, Malmö.

Martin Beck blätterte den Wehrpaß weiter durch. Aus ihm erfuhr man ein wenig über das, was Ingemund Rudolf Fransson bis zum Jahre 1947 getan hatte. Er war in Småland geboren und einundvierzig Jahre alt. 1946 hatte er als Gartenarbeiter im Malmö gearbeitet und hatte dort in der Västergatan gewohnt. Im gleichen Jahr war er eingezogen worden, hatte der Tauglichkeitsgruppe 4 angehört, was gleichbedeutend war mit Soldat im Innendienst, und zwölf Monate lang im dortigen Luftwaffenregiment gedient. Beim Abmustern 1947 hatte ihm jemand mit unleserlichem Namenszug die Beurteilung X–5–5 gegeben, was unter dem Durchschnitt lag. Die römische Ziffer stand vor der Beurteilung. Das bedeutete, das er sich keiner disziplinarischen Vergehen schuldig gemacht hatte. Die beiden Fünfen deuteten an, daß man ihn nicht mehr einziehen würde, nicht einmal zum Innendienst. Der Offizier mit dem unleserlichen Namenszug hatte ihm den lakonischen Verwendungscode Kchpers. gegeben, was wahrscheinlich besagte, daß er sich während seines Wehrdienstes durch einen Berg von Kartoffeln hindurchgeschält hatte.

Im übrigen brachte ihre schnelle und oberflächliche Untersuchung keine Aufklärung über Ingemund Franssons derzeitige Tätigkeit oder über sein Leben während der letzten zwanzig Jahre.

»Die Post«, sagte Kollberg und ging hinaus in den Flur.

Martin Beck nickte, trat an das Bett und betrachtete es. Das Laken war zerknüllt und schmutzig und das Kissen zerknautscht. Außerdem sah es nicht so aus, als hätte in den letzten Nächten jemand darin gelegen.

Kollberg kam ins Zimmer zurück. »Nur Zeitungen und Reklamedrucksachen«, sagte er. »Welches Datum hat die Zeitung da?«

Martin Beck legte den Kopf schräg, kniff ein Auge zu und sagte: »Donnerstag, 8. Juni.«

»Eben. Sie kam einen Tag später hier an. Er hat seit Sonnabend, dem 10., keine Post angerührt. Nicht nach dem Mord in Vanadislunden.«

»Dennoch scheint er am Montag zu Hause gewesen zu sein.«

»Ja«, stimmte Kollberg zu und fuhr dann fort: »Aber danach wohl nicht mehr.«

Martin Beck streckte den rechten Arm aus, ergriff mit Daumen und Zeigefinger eine Ecke des Kopfkissenbezuges und hob das Kissen an.

Darunter lagen zwei weiße Kinderschlüpfer.

Sie sahen sehr klein aus.

Voller Flecken in den verschiedensten Schattierungen.

Die beiden Männer standen vielleicht zwanzig Sekunden lang völlig reglos in dem muffigen, kleinen Zimmer, nur der Verkehrslärm und ihre eigenen Atemzüge waren hörbar. Dann stellte Martin Beck schnell und sachlich fest: »Okay, die Sache ist klar. Wir versiegeln die Wohnung und schließen ab. Benachrichtige das Labor.«

»Schade, daß hier kein Bild von ihm ist«, sagte Kollberg.

Martin Beck dachte an den noch nicht identifizierten Toten aus dem zum Abbruch bestimmten Haus in der Västmannagatan. Möglich war es, aber keineswegs sicher. Nicht einmal wahrscheinlich. Sie wußten noch immer zu wenig über den Mann, der Ingemund Fransson hieß.

Drei Stunden später, um vierzehn Uhr, am Dienstag, dem 20. Juni, wußten sie erheblich mehr.

Unter anderem, daß der Tote aus der Västmannagatan nicht mit Ingemund Fransson identisch war. Mehrere Zeugen hatten es angewidert bestätigt.

Die Polizei hatte endlich ein Ende des Fadens fest in der Hand, und die wohlgeschmierte Ermittlungsmaschinerie entwirrte das verhältnismäßig einfache Knäuel um Ingemund Fransson. Man hatte bereits mit einigen hundert Personen Kontakt aufgenommen. Nachbarn, Geschäftsleuten, Angestellten der Sozialbehörde, Ärzten, Militärangehörigen, Priestern, Mitgliedern der Antialkoholikerliga und vielen anderen. Das Bild klärte sich schnell.

Ingemund Fransson war 1943 nach Malmö gezogen und dort von der städtischen Parkverwaltung angestellt worden. Der Umzug hing anscheinend mit dem Tod des Vaters zusammen. Sein Vater, ungelernter Arbeiter in Växjö, war im Frühjahr gestorben. Seine Mutter war damals bereits seit fünf Jahren tot. Andere Verwandte hatte er nicht. Gleich nach dem Wehrdienst war er nach Stockholm gezogen. Seit 1948 hatte er im Sveavägen gewohnt und von 1948 bis 1956 eine Anstellung als Gartenarbeiter gehabt. Dann gab er die Stellung auf, zunächst von einem privaten Arzt arbeitsunfähig geschrieben. Im Laufe der Zeit wurde er von verschiedenen Psychiatern im Auftrag der Sozialbehörde untersucht und dann zwei Jahre später endgültig als arbeitsuntauglich vorzeitig berentet. Das offizielle Gutachten enthielt die etwas geheimnisvolle Formulierung: »psychisches Unvermögen zu physischer Arbeit«.

Es besagte weiter, daß er überdurchschnittlich begabt sei, aber unter einer Art chronischer Arbeitsunlust leide, die es ihm unmöglich mache, einer geregelten Arbeit nachzugehen. Versuche einer Umschulung waren mißglückt. Sollte er in einer Werkstatt arbeiten, ging er vier Wochen lang jeden Morgen zum Fabriktor, konnte es aber nicht über sich bringen, hineinzugehen. Der Psychiater schrieb, daß diese Art Arbeitsunlust selten, aber durchaus nicht einmalig wäre. Fransson sei in keiner Weise geisteskrank oder pflegebedürftig. Sein Verstand sei in Ordnung, und er habe keinerlei körperliche Defekte. (Vom Militärarzt war er wegen seiner Plattfüße so niedrig eingestuft worden.)

Aber er war ein ausgeprägter Einzelgänger, war kontaktarm, hatte keine Freunde und keine Interessen, abgesehen von dem, was die Ärzte »ein waches Interesse für seine småländische Heimat« nannten. Er war von ruhigem und freundlichem Wesen, trank keine harten Spirituosen, war sehr sparsam und konnte als ordentlich bezeichnet werden, obwohl er »wenig Interesse für sein Äußeres« zeigte. Er rauchte. Sexuelle Störungen waren nicht beobachtet worden. Fransson hatte die Frage, ob er onaniere, stockend verneint, der Arzt nahm aber an, daß er es tue, obwohl sein Sexualtrieb auf alle Fälle sehr unterentwickelt sei. Er litt an Agoraphobie.

Die meisten dieser Angaben stammten aus Ärztegutachten der Jahre 1957 und 1958. Seither hatte sich keine Behörde anders als routinemäßig mit Fransson befassen müssen. Er bekam seine Volksrente und lebte zurückgezogen. Seit Beginn der fünfziger Jahre hatte er die *Smålands-Posten* abonniert.

»Was ist Agoraphobie?« wollte Gunvald Larsson wissen.

»Platzangst«, erklärte Melander.

In der Ermittlungszentrale herrschte große Geschäftigkeit. Der Einsatz lief auf vollen Touren. Die meisten hatten ihre Müdigkeit vergessen; sie war weggewischt worden von der Hoffnung auf eine schnelle Lösung.

Draußen wurde es langsam kälter. Es hatte zu nieseln begonnen.

Die Berichte strömten herein. Noch hatte man keine Fotografie, wohl aber eine perfekte Personenbeschreibung, in den Details vervollständigt durch Ärzte, Nachbarn, alte Arbeitskameraden und durch Angestellte in den Geschäften, in denen er eingekauft hatte.

Fransson war einsvierundsiebzig groß, wog ungefähr 75 kg und hatte tatsächlich Schuhgröße 40.

Die Nachbarn schilderten ihn als wortkargen, aber netten und freundlichen Mann, der mit småländischem Tonfall sprach und stets höflich grüßte. Er wirkte vertrauenerweckend. Niemand hatte ihn in den letzten acht Tagen gesehen.

Die Leute im Labor hatten in der Wohnung am Sveavägen alles Wesentliche gesichert. Fransson mußte als zweifacher Mörder angesehen werden. Auf dem schwarzen Schuh in der Besenkammer hatte man tatsächlich Blut gefunden.

»Mehr als zehn Jahre lang hat es in ihm gesessen und ihn bedrückt«, sagte Kollberg.

»Und nun hat er einen Knacks bekommen und läuft herum und begeht Lustmorde an kleinen Mädchen«, fügte Gunvald Larsson hinzu.

Ein Telefon klingelte. Rönn ging an den Apparat.

Martin Beck wanderte hin und her, biß sich auf die Fingerknöchel und resümierte: »Wir wissen also praktisch genommen alles über ihn, was wissenswert ist. Wir haben alles außer seiner Fotografie. Und die findet sich wohl auch noch. Das einzige, was wir nicht wissen, ist, wo er sich zur Zeit aufhält.«

»Ich weiß, wo er vor genau einer Viertelstunde war«, sagte Rönn. »Es liegt ein totes Kind im Sankt Eriksparken.«

28

Der Sankt Eriksparken ist eine der kleinsten Parkanlagen Stockholms. Sie wirkt so unbedeutend, daß die meisten Stockholmer sie nicht einmal kennen. Dieser Park wird nur wenig besucht, und niemand war auf den Gedanken gekommen, ihn zu bewachen.

Er liegt im Norden und bildet sozusagen den Abschluß der langgestreckten Västmannagatan. Eine kleine Hügelkuppe mit Gebüsch, Kieswegen und Treppen, mit steilem Abhang hinunter zu den umgebenden Straßen. In der Nähe viele Schulen, die im Sommer natürlich geschlossen sind.

Die Leiche war im nordwestlichen Teil des Parks gefunden worden. Sie lag gut sichtbar am Rand der Klippen. Dies bestätigte in makabrer Weise die Theorie, daß die Morde nun immer scheußlicher würden. Der Mann, der Ingemund Fransson hieß, hatte es diesmal sehr eilig gehabt. Er hatte den Kopf des Mädchens gegen einen Stein geschlagen und es dann erwürgt. Dann hatte er ihm den roten Plastemantel und die Kleidung zerrissen und den Schlüpfer ausgezogen. Zuletzt hatte er ihm etwas, was einem alten Hammerstiel ähnelte, in den Unterleib gerammt.

Um alles noch entsetzlicher zu machen, hatte ausgerechnet die Mutter das Kind finden müssen. Das Mädchen hatte Solveig geheißen und war älter als die früheren Opfer. Es war bereits über elf Jahre alt. Es wohnte in der Dannemoragatan, knapp fünf Minuten vom Ort des Verbrechens entfernt. Soweit bis jetzt bekannt war, hatte es eigentlich keinen Grund für seinen Aufenthalt im Park gegeben. Es war von zu Hause fortgegangen, um sich am Kiosk eine Tafel Schokolade zu kaufen. Der Kiosk steht an der Ecke Dannemoragatan – Norra Stationsgatan, kurz vor dem Parkeingang. Der Einkauf selbst konnte nicht länger als zehn Minuten gedauert haben, und dem Mädchen war bereits früher verboten worden, im Park zu spielen, was es auch niemals getan hatte. Schon nach einer Viertelstunde war die Mutter hinausgegangen, um nach ihm zu suchen. Sie hatte Solveig nicht begleitet, weil sie noch ein anderthalbjähriges Töchterchen hatte, auf das sie aufpassen mußte. Sie hatte die Leiche fast sofort gefunden, war völlig zusammengebrochen und lag bereits im Krankenhaus.

Die Männer standen im Nieselregen und blickten auf das tote Kind. Sie fühlten sich weit schuldiger an diesem so abscheulichen und sinnlosen Mord als der Täter selber. Die Schlüpfer und die Schokolade hatte man nicht gefunden. Vielleicht war Ingemund Fransson hungrig gewesen und hatte die Schokolade mitgenommen, um sie aufzuessen.

Daß er der Mörder war, stand fest. Zur weiteren Bestätigung fand sich obendrein ein Zeuge, der ihn mit dem Mädchen hatte sprechen sehen. Aber es hatte so zutraulich gewirkt, daß der Zeuge der Meinung gewesen war, einen Vater mit seiner halbwüchsigen Tochter vor sich zu haben. Ingemund Fransson war ja nett und freundlich und vertrauenerweckend. Er trug eine beigefarbene Manchesterjacke, braune Hosen, ein weißes, am Hals offenstehendes Hemd und saubere schwarze Schuhe.

Der verschwundene Schlüpfer war hellblau.

»Der Kerl muß noch irgendwo hier in der Nähe sein«, sagte Kollberg.

Ganz in der Nähe donnerte der dichte Verkehr auf der Sankt Eriksgatan und der Norra Stationsgatan. Martin Beck blickte über den ausgedehnten Güterbahnhof und sagte ruhig: »Durchsucht jeden einzelnen Güterwagen, jedes Lagerhaus, jeden Keller, jeden Boden hier in der näheren Umgebung. Jetzt. Sofort.«

Dann drehte er sich um und ging. Es war fünfzehn Uhr am Dienstag, dem 20. Juni. Es regnete.

29

Die Razzia begann gegen siebzehn Uhr. Sie wurde um Mitternacht nicht beendet und in den frühen Morgenstunden sogar noch intensiviert.

Jeder Mann, den man für die Fahndung freistellen konnte, war auf den Beinen, jeder Hund war draußen und jeder Streifenwagen unterwegs. Die Jagd konzentrierte sich zuerst auf die nördlichen Stadtteile, dehnte sich dann über die gesamte Innenstadt aus und verzweigte sich noch bis in die Außenbezirke.

Stockholm ist eine Stadt, in der im Sommer viele tausend Menschen im Freien schlafen. Nicht nur Landstreicher, Strolche, Rauschgiftsüchtige und Alkoholiker, sondern auch die vielen zufälligen Besucher, die kein Hotelzimmer finden können, und genauso viele Obdachlose, die voll arbeitsfähig und im großen und ganzen gesehen ordentlich und sauber sind, die aber infolge einer mißglückten Gesellschaftsplanung ganz einfach keine Wohnmöglichkeit finden. Sie schlafen auf Parkbänken und auf alten Zeitungen, die sie auf der Erde ausbreiten, unter Brücken, auf Kaianlagen und in Hinterhöfen. Mindestens ebenso viele suchen sich eine vorübergehende Unterkunft in zum Abbruch bestimmten Häusern, in halbfertigen Neubauten, in Luftschutzräumen, Garagen, Eisenbahnwagen, Treppenhäusern, Kellern, Böden und Geräteschuppen. Oder in kleinen Frachtschiffen, Motorbooten und alten Wracks. Viele treiben sich in den U-Bahn-Stationen oder auf dem Centralbahnhof herum oder richten sich auf Sportplätzen ein. Die Geschickten unter ihnen können ohne große Schwierigkeiten in dem unterirdischen Kommunikationssystem unter den Gebäuden der Innenstadt mit seinem Wirrwarr von Korridoren und Verbindungstunneln hausen.

Polizisten in Zivil und Uniform scheuchten in dieser Nacht Tausende von diesen Menschen hoch, zwangen sie auf die Füße, richteten Taschenlampen auf schlaftrunkene Gesichter und verlangten die Ausweise. Vielen ging es mehrere Male so, vielleicht vier-, fünf- oder sechsmal. Sie zogen von Ort zu Ort, nur, um sofort wieder von einem anderen Polizisten aufgejagt zu werden, der genauso übermüdet war wie sie selbst.

Im übrigen war es ruhig auf den Straßen. Nicht eine Prostituierte, nicht ein Schleichhändler wagte sich heraus. Vermutlich war ihnen nicht klar, daß die Polizei weniger Zeit denn je für sie hatte.

Am Mittwochmorgen gegen sieben Uhr verebbte die Razzia. Übernächtigte, hohläugige Polizisten schleppten sich nach Hause, um einige Stunden zu schlafen, andere fielen wie Steine auf Sofas und Holzbänke in den Wachstuben und Tagesräumen der verschiedenen Reviere.

Man hatte eine Menge Menschen in dieser Nacht aufgestöbert – selbst an den unwahrscheinlichsten Stellen –, aber keiner von ihnen hieß Ingemund Rudolf Fransson.

Um sieben Uhr befanden sich Kollberg und Martin Beck im Büro in der Kungsholmsgatan. Sie waren nun so müde, daß sie es schon nicht mehr spürten, sondern nur irgendwie anders atmeten.

Kollberg stand mit auf dem Rücken verschränkten Händen vor der großen Wandkarte.

»Er war Gartenarbeiter«, sagte er, »angestellt beim Städtischen Gartenbauamt. Acht Jahre lang hat er in den städtischen Anlagen gearbeitet, er muß in dieser Zeit jede einzelne der Anlagen kennengelernt haben. Er hat das Stadtgebiet bisher kein einziges Mal verlassen. Er hält sich also an Gelände, das er kennt.«

»Ob man sich darauf verlassen kann ...« warf Martin Beck ein.

»Eines ist sicher: In dieser Nacht hat er nicht in einem Park geschlafen«, sagte Kollberg, »nicht in Stockholm.« Er machte eine lange Pause und schloß dann nachdenklich: »Falls wir nicht verdammtes Pech gehabt haben.«

»Genau das«, sagte Martin Beck. »Es gibt so ausgedehnte Gebiete, die man des Nachts kaum effektiv durchkämmen kann. Djurgården, Gärdet, Lill-Jannsskogen ... von den Außenbezirken ganz zu schweigen.«

»FKK-Gebiete«, meinte Kollberg.

»Friedhöfe«, sagte Martin Beck.

»Friedhöfe, ja«, bestätigte Kollberg. »Die sind zwar abgeschlossen, aber ...«

Martin Beck sah auf die Uhr.

»Doch jetzt liegt wohl die Frage näher: Was macht er tagsüber?«

»Das ist ja das Unglaubliche«, sagte Kollberg. »Da geht er offenbar vor aller Augen in der Stadt spazieren.«

»Wir müssen ihn heute fassen«, erklärte Martin Beck. »Alles andere ist undenkbar.«

Kollberg nickte schweigend.

Die Psychiater steuerten den Gesichtspunkt bei, daß Ingemund Fransson nur unbewußt versuche, sich zu verstecken oder sich außer Reichweite zu halten. Er befinde sich wahrscheinlich in einem Zustand von Bewußtseinstrübung, handele aber, ebenfalls unbewußt, intelligent und in automatischem Selbsterhaltungstrieb.

»Sehr aufschlußreich«, sagte Kollberg.

Etwas später traf Gunvald Larsson ein. Er hatte selbständig und nach eigener Methode gearbeitet.

»Wißt ihr, wieviel ich seit gestern abend gefahren bin?« fragte er. »Dreihundertvierzig Kilometer. In dieser verfluchten Stadt. Immer schön langsam. Ich glaube, wir jagen einen Geist.«

»Das wäre eine Hypothese«, meinte Kollberg.

Auch Melander hatte eine Hypothese.

»Die Systematik beunruhigt mich«, sagte er. »Dieser Mann begeht einen Mord und fast unmittelbar danach den nächsten, dann folgt eine Pause von acht Tagen, dann ein neuer Mord und nun ...«

Alle hatten sie Hypothesen.

Die Öffentlichkeit war hysterisch und der Panik nahe und die Polizei erschöpft und ausgelaugt.

Die Dienstbesprechung am Mittwoch vormittag war gekennzeichnet von Optimismus und Vertröstungen. Äußerlich. Innerlich fürchteten alle das gleiche.

»Wir müssen mehr Leute haben«, erklärte Hammar. »Zieht alle Leute heran, auch aus den angrenzenden Bezirken, die irgendwie entbehrlich sind. Viele werden sich freiwillig zur Verfügung stellen.«

Und Leute in Zivil – das war das immer wiederkehrende Thema. Polizei in Zivil an gefährdeten Stellen. Jeder, der einen Trainingsanzug oder einen blauen Overall hatte, sollte raus in die Büsche.

»Wir müßten recht viele uniformierte Streifen haben«, sagte Martin Beck, »um die Öffentlichkeit zu beruhigen, um ein Gefühl der Sicherheit zu vermitteln.«

Er überdachte, was er eben gesagt hatte, und ihn überkam ein bitteres Gefühl der Hoffnungslosigkeit und Ohnmacht.

»Legitimierungszwang in allen Spirituosengeschäften«, ordnete Hammar an.

Das war eine gute Idee, aber auch sie führte zu keinem Ergebnis. Nichts schien zu etwas zu führen. Die Stunden des Mittwochs schleppten sich dahin. Man bekam an die zehn Alarme, aber keiner schien besonders verheißungsvoll, und alle erwiesen sich schließlich als falsch.

Es wurde Abend, eine kühle Nacht folgte. Die Razzia wurde fortgesetzt.

Niemand schlief. Gunvald Larsson fuhr weitere dreihundert Kilometer zu je sechsundvierzig Öre den Kilometer.

»Nun sind selbst die Hunde groggy«, sagte er, als er zurückkam, »sie schaffen es nicht mal mehr, einen Polizisten zu beißen.«

Da war es bereits Donnerstagvormittag, der 22. Juni. Es schien ein warmer, aber windiger Tag zu werden.

»Jetzt fahre ich nach Skansen und stelle mich dort auf. Als Maibaum verkleidet!« sagte Gunvald Larsson.

Keiner vermochte ihm noch zu antworten. Martin Beck fühlte sich nicht wohl, und außerdem verspürte er Hunger. Als er den Pappbecher zum Mund führte, zitterte seine Hand so, daß er Kaffee auf Melanders Schreibunterlage schüttete. Und Melander, der sonst sehr pedantisch war, schien es nicht einmal zu merken.

Melander war außergewöhnlich ernst. Er dachte an die Zeitfolge. An die Zeitfolge und daran, daß es nun gleich »ein Tag danach« sein würde.

Um zwei Uhr nachmittags kam endlich die Erlösung. In Form eines Telefongesprächs. Rönn nahm den Anruf an.

»Wo? Im Djurgården?«

Er hielt die Hand vor die Muschel und sah die anderen an.

»Er ist im Djurgården. Mehrere Personen haben ihn gesehen.«

»Wenn wir Glück haben, ist er noch auf Södra Djurgården, und dann sitzt er in der Falle«, sagte Kollberg, als sie im Wagen nach Osten fuhren, dicht gefolgt von Melander und Rönn.

Södra Djurgården ist eine Insel, die durch zwei Brücken über den Djurgårdsbrunnsviken und den Kanal mit dem Festland verbunden ist. Man kann sie auch mit der Fähre oder im eigenen Boot erreichen. Auf dem stadtnäheren Teil der Insel liegen Museen, der Vergnügungspark Gröna Lund und einige Gartenrestaurants, Stege mit kleinen Booten, das Freilichtmuseum von Skansen, der Tiergarten und der kleine Stadtteil, der Gamla Djurgårdsstaden genannt wird. Die Gebäude sind alt, aber gut erhalten. Das Schloß, palastartige vornehme Villen und kleine Holzhäuser aus dem 18. Jahrhundert, die von hübschen Gärten umgeben sind. Das übrige Gelände ist mit gepflegten Parkanlagen oder von wildwachsender Natur bedeckt.

Melander und Rönn bogen auf die Djurgårdsbron ein, während Kollberg und Martin Beck zum Restaurant Djurgårdsbrunn weiterfuhren. Dort standen bereits ein paar Polizeiautos.

Die Brücke über den Kanal war von Streifenwagen abgeriegelt, und auf der anderen Seite fuhr ein anderer Streifenwagen langsam in Richtung Manilla-Schwerhörigenschule.

Ein Häuflein Menschen stand am nördlichen Brückenende. Als sich der Wagen mit Martin Beck und Kollberg näherte, löste sich ein älterer Mann aus der Gruppe.

Martin Beck hielt an und stieg aus.

»Sind Sie der Kommissar?« fragte der Mann.

Martin Beck nickte.

»Ich heiße Nyberg«, fuhr der Mann fort. »Ich habe den Mörder entdeckt und die Polizei angerufen.«

»Wo haben Sie ihn denn entdeckt?« fragte Martin Beck.

»Unterhalb von Gröndal. Er stand auf der Straße und sah zu dem Haus hinauf. Ich habe ihn sofort nach dem Bild und der Beschreibung in der Zeitung erkannt. Zuerst wußte ich nicht, was ich tun soll, ob ich versuchen sollte, ihn festzuhalten. Doch als ich näher herankam, hörte ich, daß er Selbstgespräche führte. Es klang richtig unheimlich. Da wurde mir klar, wie gefährlich er ist. Deshalb bin ich so ruhig wie möglich hinaufgegangen zum Gasthof, von wo aus ich dann telefoniert habe.«

»Sie sagten, er führte Selbstgespräche«, warf Kollberg ein. »Konnten Sie verstehen, was er sagte?«

»Nicht genau. Er drückte sich sehr merkwürdig aus. Er sagte irgendwas, daß er krank sei. Doch, das habe ich deutlich gehört ... Aber als ich vom Telefonieren zurückkam, war er weg. Ich bin dann sofort zur Brücke gegangen und habe Wache gehalten, bis die Polizei kam.«

Martin Beck und Kollberg gingen zur Brücke hinunter und wechselten einige Worte mit der Streifenwagenbesatzung.

Der Mann war von mehreren Zeugen im Gebiet zwischen dem Kanal und der Manilla-Schwerhörigenschule gesehen worden. Dieser Nyberg war offenbar der letzte, der ihn zu Gesicht bekommen hatte. Das Gelände wurde bereits durchsucht, und Verstärkung war unterwegs. Da die Absperrung sehr schnell erfolgt war, hatte man allen Grund anzunehmen, daß er sich noch im Bereich von Södra Djurgården befand. Seitdem er bei Gröndal gesichtet worden war, hatte kein Bus mehr die Brücke passiert, und der Weg zur Stadt war sofort abgesperrt worden, und bis Skansen oder Djurgårdsstaden konnte der Mann in der kurzen Zeit kaum gekommen sein. Die Hoffnung, ihn zu überrumpeln, mußten sie allerdings aufgeben – es war nicht anzunehmen, daß er das Polizeiaufgebot nicht bemerkt hatte.

Martin Beck und Kollberg stiegen in ihren Wagen und fuhren über die Kanalbrücke, dicht gefolgt von zwei Mannschaftswagen, die gerade angekommen waren. Sie hielten auf dem Weg zwischen der Manilla-Schwerhörigenschule und der Djurgårdsbrunnsbron an. Von dort aus organisierten sie die Jagd.

Eine Viertelstunde später waren aus den verschiedenen Revieren genügend Leute eingetroffen, und etwa hundert Polizisten suchten von verschiedenen Stellen aus das Gelände zwischen Skansen und Blockhusudden gründlich ab.

Martin Beck leitete vom Vordersitz seines Wagens aus über Sprechfunk die Aktion. Die Suchtrupps waren mit Sprechfunkgeräten ausgerüstet, und auf allen Wegen und Straßen des Gebiets patrouillierten Streifenwagen. Viele unschuldige Spaziergänger wurden ein ums andere Mal angehalten und mußten sich ausweisen. Dann wurden sie gebeten, den Park zu verlassen. An den Straßensperren stoppte man alle Autos und kontrollierte sie.

Im Schloßpark Rosendal versuchte ein junger Mann zu fliehen, als ein Polizist ihn nach dem Ausweis fragte. Zu seinem Entsetzen lief er zwei anderen Polizisten direkt in die Arme. Er weigerte sich, seinen Namen zu nennen und den Grund für seine Flucht anzugeben. Bei einer schnellen Leibesvisitation fand man eine geladene Neun-Millimeter-Parabellum-Pistole in seiner Rocktasche. Er wurde zur Sommerwache der Polizei in Gröna Lund gebracht.

»Auf diese Art und Weise sind uns fast sämtliche Kriminellen von ganz Stockholm ins Netz gegangen – bloß nicht der, den wir suchen«, stellte Kollberg fest.

»Aber er muß sich hier irgendwo herumdrücken«, sagte Martin Beck. »Diesmal kann er uns nicht entwischen.«

»Sei nur nicht zu sicher«, entgegnete Kollberg. »Wir können hier nicht unbegrenzt absperren. Und wenn er über Skansen entwischt ist ...«

»Ausgeschlossen! Das ist zu weit. Dazu müßte er ein Auto gehabt haben, und das glaube ich nicht.«

»Vielleicht hat er eins geklaut«, meinte Kollberg.

Eine Stimme krächzte im Empfänger. Martin Beck drückte auf den Knopf und meldete sich.

»Wagen siebenundneunzig – neun sieben. Wir haben ihn!«

»Wo seid ihr?« fragte Martin Beck.

»Am Biskopsudden, vor dem Jachtklub.«

»Wir kommen«, sagte Martin Beck.

Bis Biskopsudden waren es nur drei Minuten. Drei Streifenwagen, ein Kradfahrer und mehrere Polizisten in Zivil oder Uniform standen auf der Straße. Zwischen den Autos und umringt von Polizisten stand ein Mann. Ein Streifenwagenfahrer in Lederjacke hatte ihm den Arm auf den Rücken gedreht.

Der Mann war hager und etwas kleiner als Martin Beck. Er hatte eine kräftige Nase, blaugraue Augen und sandfarbenes, nach hinten gekämmtes, schütteres Haar. Er trug eine braune Hose, ein weißes Hemd ohne Schlips und eine dunkelbraune Jacke. Als Martin Beck und Kollberg auf ihn zutraten, sagte er: »Was ist eigentlich los?«

»Wie heißen Sie?«

»Fristedt, Wilhelm Fristedt.«

»Können Sie sich ausweisen?«

»Nein, ich habe meinen Führerschein nicht bei mir. Er steckt zu Hause in einer anderen Jacke.«

»Wo waren Sie in den letzten zwei Wochen?« fragte Martin Beck.

»Nirgends. Ich meine zu Hause. In der Bondegatan. Ich war krank.«

»Allein zu Hause?« Kollbergs Stimme klang sarkastisch.

»Ja«, antwortete der Mann.

»Sie heißen Fransson, nicht wahr?« fragte Martin Beck freundlich.

»Nein, ich heiße Fristedt«, sagte der Mann. »Muß er eigentlich so hart zufassen? Mir tut der Arm schon weh.«

Martin Beck nickte dem Polizisten in der Lederjacke zu.

»Okay. Setz ihn ins Auto.«

Dann nahm er Kollberg beiseite.

»Was meinst du ... ist er's?«

Kollberg fuhr sich durchs Haar.

»Ich weiß nicht recht. Er wirkt so ordentlich und normal. Das paßt irgendwie nicht zusammen. Aber die Personenbeschreibung paßt, und er hat keinen Ausweis. Ich weiß wirklich nicht ...«

Martin Beck ging zum Auto und öffnete die hintere Tür.

»Was machen Sie hier draußen im Djurgården«, fragte er.

»Nichts. Ich gehe spazieren. Aber was wollen Sie eigentlich von mir?«

»Und Sie können sich nicht ausweisen?«

»Leider nicht.«

»Wo wohnen Sie?«

»In der Bondegatan. Warum fragen Sie das alles?«

»Was haben Sie am Dienstag gemacht?«

»Vorgestern? Gar nichts. Ich war zu Hause. Ich war krank. Ich bin seit mehr als vierzehn Tagen heute zum erstenmal draußen.«

»Wer kann das bezeugen?« fragte Martin Beck. »War jemand bei Ihnen, als Sie krank waren?«

»Nein, ich war alleine.«

Martin Beck trommelte auf das Autodach und blickte Kollberg an. Kollberg öffnete die Tür auf der anderen Wagenseite, beugte sich hinein und fragte: »Was haben Sie vor einer halben Stunde dort bei Gröndal gesagt?«

»Wie bitte?«

»Sie haben etwas gesagt, als Sie vorhin unterhalb von Gröndal standen.«

»Ach so, das«, sagte der Mann, »das meinen Sie ...« Er lachte leise auf und zitierte:

»Ich bin eine kranke Linde,
noch jung und doch welkend von Tag zu Tag;
und meine Krone, die sonst nichts vermag,
streut dürres Laub in die Winde.

»Meinen Sie das?«

Der Polizist in der Lederjacke starrte den Mann mit offenem Mund an.

»Fröding«, murmelte Kollberg.

Der Polizist sperrte den Mund noch weiter auf.

»Stimmt«, bestätigte der Mann, »er starb ja in Gröndal, nicht gerade alt, aber irrsinnig.«

»Was sind Sie von Beruf?« fragte Martin Beck.

»Ich bin Werkmeister«, antwortete der Mann.

Martin Beck richtete sich auf und sah Kollberg über das Wagendach hin an. Kollberg zuckte die Schultern. Martin Beck zündete sich eine Zigarette an und nahm einen tiefen Zug. Dann beugte er sich wieder vor und blickte den Mann an.

»Okay«, sagte er, »noch mal von vorn. Wie heißen Sie?«

Die Sonne knallte aufs Autodach. Der Mann auf dem Rücksitz wischte sich den Schweiß von der Stirn.

»Wilhelm Fristedt.«

30

Man konnte Martin Beck für ein für Bauernfänger geeignetes Opfer vom Lande halten und Kollberg für einen Sexualverbrecher. Man konnte Rönn einen Bart ankleben und jemandem einreden, das sei der Weihnachtsmann, und vermutlich würde sich ein verwirrter Zeuge zu der Aussage bewegen lassen, Gunvald Larsson sei ein Neger. Man konnte auch den Polizeidirektor als Kommunalarbeiter verkleiden und den Reichspolizeichef als Landstreicher. Vermutlich konnte man auch jemandem einreden, der Innenminister sei Polizist. Man konnte sich, genau wie die Japaner im zweiten Weltkrieg und wie gewisse, krankhaft veranlagte Fotografen als Busch maskieren und verlangen, nicht durchschaut zu werden. Man konnte den Leuten praktisch alles einreden.

Aber nichts in der ganzen Welt könnte jemanden dazu bringen, sich in Kristiansson und Kvant zu täuschen.

Kristiansson und Kvant trugen Uniformmützen und Lederjacken mit vergoldeten Knöpfen. Sie trugen den Schulterriemen diagonal über der Brust und die Pistole und den Gummiknüppel am Koppel. Ihre Kleidung war dadurch bedingt, daß sie bei einer Temperatur von weniger als plus zwanzig Grad froren.

Beide stammten aus der Provinz Schonen.

Beide waren einssechsundachtzig groß und hatten blaue Augen. Beide waren breitschultrig und blond und wogen fast neunzig Kilo. Sie fuhren einen schwarzen Plymouth mit weißen Kotflügeln. Der Wagen hatte einen Suchscheinwerfer, eine Funkantenne, ein rotierendes orangefarbenes Blinklicht und rote Lampen auf dem Dach. Außerdem war das Wort POLIZEI in weißer Blockschrift an vier verschiedenen Stellen des Fahrzeugs angebracht – quer über die Türen, auf der Motorhaube und auf der Heckklappe.

Kristiansson und Kvant waren Streifenwagenfahrer.

Bevor sie Polizist wurden, hatten beide als Berufssoldaten einem südschonischen Infanterieregiment in Ystad angehört.

Beide waren verheiratet. Jeder hatte zwei Kinder.

Sie arbeiteten seit langem zusammen und kannten einander so gut, wie dies wohl nur zwei Menschen in einem Streifenwagen können. Sie beantragten beide gleichzeitig ihre Versetzung und fühlten sich nur wohl, wenn sie zusammen waren.

Dennoch waren sie völlig verschieden und gingen einander ständig auf die Nerven. Kristiansson war geduldig und konziliant. Kvant hitzig und provozierend. Kristiansson erwähnte seine Frau so gut wie nie, Kvant sprach fast von nichts anderem als von seiner. Daher wußte Kristiansson alles über sie. Nicht nur, was sie sagte oder tat, er war auch über die intimsten Einzelheiten ihres Verhaltens unterrichtet und über jeden Fleck an ihrem Körper.

Auf diese Art ergänzten sie sich ausgezeichnet. Sie hatten viele Diebe und Tausende von Betrunkenen festgenommen und mehrere hundert Wohnungseinbrüche verhindert. Kvant hatte außerdem einiges Unheil angerichtet, bedingt durch seine Ansicht, daß alle Menschen anfangen, Scherereien zu machen, wenn plötzlich zwei Polizisten in ihrem Flur stehen – er pflegte leicht zuzuschlagen.

Sie hatten niemals etwas besonders Hervorragendes geleistet, und niemals war ihr Name in die Zeitung gekommen. Einmal, als sie in Malmö Dienst taten, hatten sie einen betrunkenen Journalisten, der ein halbes Jahr später ermordet wurde, zur Unfallstation der Poliklinik gefahren. Er hatte sich in die Hand geschnitten. Höher waren sie auf der Ruhmesleiter nie gekommen.

Wie andere gleichsam ihr zweites Zuhause in der »Gesellschaft der Arsenalsgatan« hatten, so hatten Kristiansson und Kvant ihres im Streifenwagen, in der schwer zu definierenden Atmosphäre von muffiger Intimität, gemischt mit dem Geruch von Betrunkenen.

Manche Leute hielten die beiden für überheblich, weil sie den Dialekt von Schonen sprachen, und sie selbst wurden ärgerlich, wenn gewisse Individuen, denen der Sinn für den Klang und den Wert eines Dialektes völlig fehlte, sie zu imitieren versuchten.

Kristiansson und Kvant gehörten nicht einmal zur Stockholmer Polizei. Sie waren Streifenwagenfahrer in Solna und wußten nicht mehr über den Parkmörder als das, was sie in den Zeitungen gelesen und im Radio gehört hatten.

Kurz nach halb drei am Donnerstag, dem 22. Juni, befanden sie sich direkt vor dem Schloß Karlberg, und in knapp zwanzig Minuten würde ihre Streife beendet sein.

Kristiansson, der am Lenkrad saß, hatte eben den Wagen auf dem alten Exerzier- und Paradeplatz vor der Militärakademie gewendet und fuhr nun in westlicher Richtung den Karlsbergs strand entlang.

»Halt an«, sagte Kvant.

»Warum?«

»Ich will mir das Schiff da mal näher ansehen.«

Nach einer Weile fragte Kristiansson gähnend: »Hast du jetzt genug gesehen?«

»Ja.«

Sie fuhren langsam weiter.

»Den Parkmörder haben sie nun«, sagte Kristiansson. »Sie haben ihn im Djurgården umzingelt.«

»Hab ich auch gehört.«

»Gut, daß man die Kinder in Schonen hat.«

»Ja«, stimmte Kvant zu, »es ist merkwürdig ...«

Er verstummte. Kristiansson schwieg.

»Es ist komisch«, sagte Kvant, »bevor ich mich mit Siv zusammengetan habe, war ich verteufelt scharf, was Mädchen anbetraf. Ich hatte ständig einige an der Leine. War potent, wie man so sagt. Ich war ganz einfach geil.«

»Ja, ich erinnere mich daran«, antwortete Kristiansson und gähnte. »Aber jetzt, jetzt fühle ich mich wie ein alter Droschkengaul. Schlafe wie ein Stein, kaum daß ich im Bett liege. Und meine ersten Gedanken beim Aufwachen sind dicke Milch und Sonntagskuchen.«

Er machte eine kurze, gedankenschwere Pause und fuhr dann fort: »Das wird wohl am Alter liegen.«

Kristiansson und Kvant waren eben dreißig geworden.

»Ja«, stimmte Kristiansson zu.

Sie fuhren an der Karlbergsbron vorbei und waren nur noch zwanzig Meter von der Stockholmer Stadtgrenze entfernt. Hätte man den Parkmörder nicht im Djurgården eingekreist, könnte er auch nach rechts gelaufen sein, den Ekelundsvägen entlang, und dann einen Unterschlupf in dem Waldstück gefunden haben, das nach dem Bau des letzten Hochhauses übriggeblieben war. Aber nun brauchten sie ja nicht mehr zu suchen. Nach Möglichkeit vermieden sie es nämlich, an der Staatlichen Polizeischule vorbeizufahren. Deshalb fuhr Kristiansson die kurvenreiche Straße am Strand entlang in westlicher Richtung weiter.

Sie rollten an Talludden vorbei, und Kvant betrachtete voller Abscheu die Teenager, die vor dem Café und um die Autos auf dem Parkplatz herumstanden.

»Eigentlich sollte man anhalten und sich mal ihre verdammten Rostlauben ansehen«, knurrte er.

»Das kann die Verkehrspolizei besorgen«, wehrte Kristiansson ab. »Wir müssen ja in einer Viertelstunde auf dem Hof sein.«

Sie fuhren eine Weile, ohne ein Wort zu sagen.

»Gut, daß sie den Sexualmörder haben«, meinte Kristiansson.

»Wie wär's, wenn du mal etwas von dir geben würdest, was man nicht schon zwanzigmal vorher gehört hat«, entgegnete Kvant.

»Das ist nicht so einfach.«

»Siv war heute früh geradezu unausstehlich«, beklagte sich Kvant. »Habe ich dir von diesem Knoten erzählt, den sie in ihrer linken Brust zu haben glaubt? Jetzt bildet sie sich ein, sie hätte Krebs.«

»Ja, das hast du erzählt.«

»So. Nachdem sie nun so lange über diese Beule geschwafelt hat, wollte ich einmal selbst ordentlich nachfühlen. Ich bin vor ihr aufgewacht. Aber bis der Wecker klingelt, liegt sie doch nur da wie ein toter Hering. Habe ich dir erzählt ...«

»Ja, das hast du.«

Sie hatten das Ende des Karlbergs strand erreicht, aber statt die neue Straße in Richtung Sundbybergsvägen entlangzufahren – was unzweifelhaft der kürzeste Weg zum Polizeirevier war –, fuhr Kristiansson etwas weiter und durch die Huvudsta allé, einen Weg, den nur selten jemand benutzte.

Später würden ihn viele fragen, weshalb er gerade diesen Weg gewählt hatte. Diese Frage war nicht zu beantworten. Er tat es eben. Kvant kümmerte sich nicht um die Kursänderung. Er war zu lange Streifenwagenfahrer, um noch zwecklose Fragen zu stellen. Statt dessen sagte er grübelnd: »Ich begreife einfach nicht, was mit ihr los ist. Mit Siv meine ich.«

Sie fuhren am Schloß Huvudsta vorbei.

Nicht sehr schloßähnlich, dachte Kristiansson zum vielleicht fünfhundertstenmal. Zu Hause in Schonen gibt es richtige Schlösser. Mit Grafen drin. Laut sagte er: »Kannst du mir zwanzig Piepen leihen?«

Kvant nickte. Kristiansson litt an chronischem Geldmangel.

Sie fuhren langsam weiter. Rechts lag ein Komplex neuerbauter Hochhäuser, links zog sich ein schmaler, dicht bewachsener und gewundener Waldgürtel zwischen der Straße und dem Ulvsundasjö hin.

»Halt an«, sagte Kvant.

»Warum?«

»Ich muß mal.«

»Wir sind gleich da.«

»So lange kann ich nicht warten«, entgegnete Kvant.

Kristiansson bog nach links ab und ließ den Streifenwagen langsam auf eine Lichtung rollen. Dort hielt er an. Kvant stieg aus und ging um das Auto herum zu einigen niedrigen Büschen, stellte sich breitbeinig hin und pfiff vor sich hin, während er den Reißverschluß herunterzog. Er blickte über die Büsche hin. Als er den Kopf ein wenig drehte, sah er in nur fünf Meter Entfernung einen Mann bei der gleichen Beschäftigung.

»Entschuldigung«, sagte Kvant und blickte diskret zur Seite.

Er ordnete seine Kleidung und ging zum Streifenwagen zurück. Kristiansson hatte die Tür geöffnet und betrachtete die Gegend.

Zwei Meter vom Auto entfernt blieb Kvant wie angewurzelt stehen und sagte: »Der sieht doch aus wie ... und da hinten sitzt ein ...«

Gleichzeitig sagte Kristiansson: »Hör mal, der Kerl da ...«

Kvant drehte sich um und ging auf den Mann im Gebüsch zu.

Kristiansson stieg aus dem Auto.

Der Mann trug eine beigefarbene Manchesterjacke, ein schmutziges weißes Hemd, zerknitterte Hosen und schwarze Schuhe. Er war mittelgroß und hatte schütteres, nach hinten gekämmtes Haar und eine kräftige Nase. Und er hatte seine Kleidung noch immer nicht in Ordnung gebracht.

Als Kvant sich ihm bis auf zwei Meter genähert hatte, hob der Mann den linken Arm vors Gesicht und sagte: »Nicht schlagen.«

Kvant stutzte.

»Waas?« fragte er.

Wenn auch seine Frau noch frühmorgens gesagt hatte, er sei ein ungehobelter Bursche und das sehe ein jeder ihm an – dies ging nun doch zu weit. Er nahm sich zusammen und fragte: »Was machen Sie hier?«

»Nichts«, antwortete der Mann und lachte auf. Sein Lachen klang wirr und tonlos.

Kvant musterte die Kleidung des Mannes.

»Können Sie sich ausweisen?«

»Ja, ich habe meinen Rentenbescheid in der Tasche.«

Kristiansson kam heran.

»Na, wie geht's hier denn so?«

Der Mann sah ihn an und bat abermals: »Nicht schlagen.«

»Heißen Sie nicht Ingemund Fransson?« fragte Kristiansson.

»Ja«, antwortete der Mann.

»Ich glaube, es ist das beste, wenn Sie mit uns kommen«, sagte Kvant und nahm ihn am Arm.

Der Mann ließ sich willig zum Streifenwagen führen.

»Steigen Sie hinten ein«, sagte Kristiansson.

»Und knöpfen Sie sich die Hose zu«, fügte Kvant hinzu.

Der Mann zögerte einen Augenblick, dann lachte er auf und gehorchte. Kvant stieg ebenfalls hinten ein und setzte sich neben ihn.

»Nun zeigen Sie mal diesen Rentenbescheid her«, sagte Kvant.

Der Mann griff in die Gesäßtasche und zog ein Papier hervor. Kvant beobachtete ihn und reichte dann Kristiansson das Papier.

»Ja, stimmt. Es gibt keinen Zweifel mehr«, stellte Kristiansson fest.

Kvant starrte den Mann mißtrauisch an und sagte schließlich: »Ja, das ist er.«

Kristiansson ging um das Auto herum, öffnete die Tür auf der gegenüberliegenden Seite und begann, die Jackentaschen des Mannes zu untersuchen.

Jetzt, aus der Nähe, sah er, daß dessen Wangen eingefallen und

Kinn und Wangen von mehrere Tage alten Bartstoppeln bedeckt waren.

»Hier!« Kristiansson zog einen Gegenstand aus der Innentasche der Jacke.

Es war ein hellblauer Kinderschlüpfer.

»Aha«, sagte Kvant. »Damit hätten wir die Bestätigung, nicht wahr?«

»Das glaub ich auch«, meinte Kristiansson.

»Ich hab ihr ein Stück Schokolade weggenommen«, sagte der Mann, der Ingemund Fransson hieß. »Aber einem kleinen Jungen habe ich einen Fahrschein gegeben, der noch nicht einmal abgefahren war. Da war noch eine Fahrt drauf.«

Kristiansson fand nichts mehr in den Taschen. Kvant schlug die Tür auf seiner Seite zu.

»Schokolade!« rief er wütend. »Fahrschein! Du hast drei Kinder ermordet – oder nicht?«

»Ja«, sagte der Mann. Er lachte auf und schüttelte den Kopf. »Ich mußte«, fügte er dann hinzu.

Kristiansson stand noch vor dem Streifenwagen. »Wie ist es Ihnen gelungen, die Mädchen mitzulocken?« erkundigte er sich.

»Ach, ich kann gut mit Kindern umgehen. Kinder haben immer Vertrauen zu mir. Ich zeige ihnen etwas, Blumen oder so.«

Kristiansson überlegte einen Augenblick. Dann fragte er: »Wo haben Sie die letzte Nacht geschlafen?«

»Auf dem nördlichen Friedhof. In der Urnenhalle.«

»Hast du die ganze Zeit da geschlafen?« fragte Kvant.

»Da und auf anderen Friedhöfen. Ich kann mich nicht so recht erinnern.«

»Und tagsüber?« fragte Kristiansson. »Wo haben Sie sich am Tage aufgehalten?«

»Hier und da. Oft in Kirchen. Es ist so schön da. Alles still und ruhig. Man kann da stundenlang sitzen.«

»Aber du hast dich gehütet, nach Hause zu gehen, was?« warf Kvant ein.

»Dcch, ich war zu Hause ... einmal. Ich hatte mir den Schuh schmutzig gemacht. Und ...«

»Was und?«

»Und ich mußte mir andere Schuhe anziehen und habe meine alten Turnschuhe angezogen. Dann habe ich mir natürlich neue

Schuhe gekauft. Sehr teure. Waren wirklich unverschämt teuer, muß ich sagen.«

Kristiansson und Kvant starrten ihn an.

»Und dann habe ich meine Jacke geholt.«

»Soso«, sagte Kristiansson.

»Es ist nämlich ziemlich kalt, wenn man die Nacht im Freien zubringen muß«, sagte der Mann im Plauderton.

Sie hörten schnelle Schritte, und eine junge Frau in blauer Kittelschürze und Holzschuhen kam angelaufen. Sie sah den Streifenwagen und blieb jäh stehen.

»Oh«, sagte sie keuchend, »Sie haben wohl nicht ... Mein kleines Mädchen ... ich kann es nicht finden ... ist mir ausgerissen. Sie haben es wohl nicht gesehen? Es hat ein rotes Kleid an.«

Kvant drehte die Scheibe herunter und setzte gerade zu einer ihm passend erscheinenden Antwort an. Dann besann er sich und sagte höflich: »Doch, junge Frau. Es sitzt da hinter dem Gebüsch und spielt mit einer Puppe. Nur keine Aufregung. Es besteht keine Gefahr. Ich habe es gerade eben gesehen.«

Kristiansson verbarg instinktiv den hellblauen Kinderschlüpfer hinter seinem Rücken und bemühte sich, der Frau zuzulächeln. Es gelang ihm nicht sehr gut.

»Es besteht keine Gefahr«, wiederholte er dümmlich.

Die Frau lief ins Gebüsch, und einen Augenblick später war eine helle Kinderstimme zu hören.

»Huhu, Mami!«

Ingemund Franssons Gesichtszüge wurden schlaff und sein Blick ausdruckslos und starr.

Kvant faßte ihn fest am Arm und sagte zu Kristiansson: »Sieh zu, daß wir fortkommen, Kalle.«

Kristiansson schlug die Tür zu, setzte sich hinter das Lenkrad und ließ den Motor an. Während er auf die Straße zurücksetzte, sagte er: »Ich möchte nur eins wissen ...«

»Was?« fragte Kvant.

»Wer mag das sein, den sie im Djurgården verhaftet haben?«

»Ja, darauf bin ich auch verdammt gespannt«, gab Kvant zurück.

»Seien Sie bitte so nett und fassen Sie mich nicht so hart an«, bat der Mann, der Ingemund Fransson hieß. »Sie tun mir weh.«

»Halt die Schnauze!« fuhr Kvant ihn an.

Martin Beck stand noch immer am Biskopsudden auf Djurgården, fast genau acht Kilometer von der Huvudsta allé entfernt. Er stand reglos da, die linke Hand am Kinn, und sah Kollberg an. Dessen Gesicht war krebsrot und schweißüberströmt. Ein Polizist mit weißem Helm, ein Funksprechgerät auf dem Rücken, grüßte eben die beiden und fuhr dann auf seinem Motorrad davon.

Zwei Minuten zuvor waren Melander und Rönn mit dem Mann, der steif und fest behauptete, Fristedt zu heißen, zu dessen Wohnung in der Bondegatan gefahren. Sie wollten sich seine Papiere zeigen lassen. Aber das war strenggenommen nur noch eine Formalität. Weder Martin Beck noch Kollberg zweifelten daran, daß es sich bei dieser Festnahme um einen Irrtum handelte.

Ein einziger Streifenwagen parkte noch auf dem Platz. Kollberg stand an der offenen Vordertür. Martin Beck ein paar Meter davon entfernt.

»Hier kommt was«, meldete der Beamte im Wagen.

»Was denn?« fragte Kollberg lustlos.

Der Polizist lauschte aufmerksam. »Ein paar Jungens aus Solna«, sagte er, »eine Streifenwagenbesatzung.«

»Ja?«

»Sie haben ihn.«

»Fransson?«

»Ja, sie haben ihn im Wagen.«

Martin Beck kam herbei. Kollberg beugte sich vor, um besser hören zu können.

»Was sagen sie?« fragte Martin Beck.

»Es ist ganz sicher«, antwortete der Mann im Streifenwagen. »Seine Identität steht fest. Er hat außerdem auch alles gestanden. Hatte übrigens einen hellblauen Kinderschlüpfer in der Tasche. Festgenommen auf frischer Tat.«

»Was!« rief Kollberg entsetzt. »Auf frischer Tat? Hat er ...«

»Nein, sie haben ihn rechtzeitig erwischt. Dem Mädchen ist nichts passiert.«

Martin Beck lehnte die Stirn auf die Kante des Autodachs. Das Blech war heiß und staubig.

»Herrgott, Lennart«, sagte er, »es ist vorbei.«

»Ja«, sagte Kollberg. »Für dieses Mal.«

DER LACHENDE POLIZIST

1

Am Abend des 13. November goß es in Stockholm in Strömen. Martin Beck und Kollberg waren in Kollbergs Wohnung, die nicht weit von der U-Bahn-Station Skärmarbrink in einem der südlichen Vororte lag, in eine Partie Schach vertieft. Beide hatten dienstfrei; die letzten Tage waren verhältnismäßig ruhig gewesen.

Martin Beck war ein schlechter Schachspieler, was ihn aber nicht hinderte, trotzdem mit Kollberg, der eine zwei Monate alte Tochter hatte und an diesem Abend gezwungen war, als Babysitter einzuspringen, zu spielen, zumal er keine große Lust verspürte, früher als unbedingt notwendig nach Hause zu gehen. Das Wetter war scheußlich. Der Regen fegte in Böen über die Dächer und prasselte gegen die Fensterscheiben. Die Straßen lagen verlassen da; es mußten schon schwerwiegende Gründe sein, die jemand bei diesem Wetter vor die Tür trieben.

Vor der Botschaft der Vereinigten Staaten an dem Strandvägen und in den Straßen, die in diese Richtung führten, schlugen sich 412 Polizisten mit etwa doppelt so vielen Demonstranten. Die Polizeibeamten waren mit Tränengas, Pistolen, Gummiknüppeln, Autos, Motorrädern, Kurzwellensendern, Lautsprechern, Polizeihunden und nervösen Pferden ausgerüstet. Die Demonstranten waren nur mit einem Brief und Papptafeln bewaffnet, die sich in dem strömenden Regen aufzulösen begannen. Man konnte sie kaum als einheitliche Gruppe ansehen, da sie sich aus Vertretern der verschiedensten Gesellschaftsschichten zusammensetzten: von dreizehnjährigen Schulmädchen in Niethosen und Dufflecoats und todernsten Studenten mit politischen Zielen bis zu Provokateuren und berufsmäßigen Schlägern; sogar eine fünfundachtzigjährige Künstlerin mit Baskenmütze und blauem Seidenschirm war darunter. Irgendein gemeinsamer Impuls hatte sie dazu gebracht, trotz Regens und möglicher unliebsamer Folgen auf die Straße zu gehen. Auf der anderen Seite war das Polizeiaufgebot keinesfalls aus den besten Leuten zusammengestellt worden. Aus sämtlichen Wachdistrikten der Stadt waren sie zusammengezogen worden, aber jeder Polizist, der einen Arzt kannte oder sich mit einer dringenden Arbeit herausreden konnte, hatte sich vor diesem unangenehmen Einsatz gedrückt. Übrig blieben solche, die wußten, was sie erwartete, und ihre Freude daran hatten, sowie »junges Gemüse«, Neulinge, die zu unerfahren waren und deshalb nicht zu verschwinden wagten. Letztere hatten keine Ahnung, was sie eigentlich taten und warum sie solche Befehle ausführen mußten. Die Pferde warfen die Köpfe hoch und kauten auf ihren Trensen, die Polizisten fingerten an ihren Pistolen und drohten mit den Gummiknüppeln. Ein kleines Mädchen trug ein Plakat mit dem bemerkenswerten Text: TU DEINE PFLICHT! SETZ NOCH MEHR POLIZISTEN IN DIE WELT! Drei schwergewichtige Beamte warfen sich über sie, rissen das Plakat in Stücke und schleppten sie zu einem Gefangenentransportwagen. Dort drehten sie ihr die Arme auf den Rükken und griffen ihr an die Brust. Sie war an diesem Tag gerade dreizehn Jahre alt geworden, und Brüste hatte sie noch nicht.

Insgeamt wurden etwa fünfzig Personen festgenommen. Viele bluteten. Einige Prominente waren dabei; es war anzunehmen, daß sie in der Presse oder im Fernsehen über die Polizeiaktion berichten würden. Beim Anblick dieser Leute wurden die diensthabenden Assistenten auf den Polizeiwachen vom Schüttelfrost befallen, schnell geleiteten sie sie mit unschuldigem Lächeln zur Tür. Für andere verlief das obligate Verhör weit weniger glimpflich. Ein berittener Polizist hatte eine leere Flasche an den Kopf bekommen, und irgendeiner mußte sie ja geworfen haben.

Leiter der Aktion war ein hoher Polizeioffizier mit militärischer Grundausbildung. Er war als Fachmann für Ordnungsfragen bekannt und betrachtete zufrieden das vollständige Durcheinander, das er zustande gebracht hatte.

In der Wohnung am Skärmarbrink sammelte Kollberg die Schachfiguren ein, legte sie in den Holzkasten und schob den Deckel zu. Seine Frau war inzwischen von ihrem Abendkurs nach Hause gekommen und gleich zu Bett gegangen.

»Du wirst es niemals begreifen«, sagte Kollberg resigniert.

»Dazu braucht man eine besondere Begabung«, entgegnete Martin Beck trübsinnig. »Schachtalent nennt man das wohl.«

Kollberg wechselte das Gesprächsthema. »Auf dem Strandvägen geht es heute abend rund«, meinte er.

»Scheint so. Worum handelt es sich eigentlich?«

»Die wollten einen Brief beim Botschafter abgeben. Ich frag mich nur, warum sie ihn nicht mit der Post geschickt haben.«

»Erregt nicht soviel Aufsehen.«

»Möglich. Aber immerhin, man schämt sich über soviel Dummheit.«

»Ganz deiner Meinung«, sagte Martin Beck.

Er hatte den Mantel angezogen, den Hut aufgesetzt und wollte gehen. Kollberg erhob sich hastig.

»Ich komme noch mit hinaus«, sagte er.

»Was willst du denn jetzt noch auf der Straße?«

»Ach ... mich ein wenig umsehen.«

»Bei dem Wetter?«

»Regen macht mir nichts aus«, erwiderte Kollberg und zwängte sich in seinen dunkelblauen Popelinemantel.

»Reicht wohl nicht, wenn ich Schnupfen habe«, bemerkte Martin Beck.

Martin Beck und Kollberg waren Polizeibeamte. Sie gehörten zur Reichsmordkommission. Derzeit hatten sie keine besonderen Fälle zu bearbeiten und konnten verhältnismäßig guten Gewissens ihre freie Zeit genießen.

In der Stadt war keine einzige Polizeistreife zu sehen. Die alte Dame vor dem Hauptbahnhof wartete vergebens darauf, daß ein Schutzmann ihr freundlich lächelnd über die Straße helfen würde. Ein junger Bursche konnte mitten in der City in aller Seelenruhe einen Ziegelstein in eine Schaufensterscheibe werfen, ohne befürchten zu müssen, von dem heulenden Sirenenton eines Streifenwagens gestört zu werden.

Die Polizei war beschäftigt.

Eine Woche zuvor hatte der Reichspolizeichef in einem Fernsehinterview gesagt, daß viele der normalen Aufgaben der Polizei vernachlässigt werden müßten, da man gezwungen sei, den amerikanischen Botschafter vor Briefen und Belästigungen von seiten der Leute zu schützen, die seinen Präsidenten und den Krieg in Vietnam mißbilligten.

Erster Kriminalassistent Lennart Kollberg war auch nicht mit dem Präsidenten der Vereinigten Staaten und dem Vietnamkrieg einverstanden, dagegen machte es ihm Spaß, bei Regen in der Stadt umherzustreifen.

Abends um elf Uhr regnete es immer noch. Die Demonstration war so gut wie aufgelöst.

Um diese Zeit ereigneten sich acht Morde und ein Mordversuch in Stockholm.

2

Regen, dachte er und sah mißmutig aus dem Fenster. Naßkaltes Novemberwetter, bald fängt der Winter wieder an, und es wird schneien.

Zu dieser späten Stunde gab es in der Stadt und besonders in dieser Straße mit ihren kahlen Bäumen und den unansehnlichen Mietshäusern nichts Interessantes mehr zu sehen. Die Allee war eine von Anfang an falsch geplante Prachtstraße, die eigentlich nirgendwohin führte, sondern nur als traurige Hinterlassenschaft an eine vor langer Zeit großzügig begonnene, aber nie ganz durchgeführte Stadtplanung erinnerte. Erleuchtete Schaufenster gab es in dieser Gegend nicht, und auf den Straßen war kein Mensch mehr zu sehen. Nur große, kahle Bäume und die Straßenlaternen, deren kaltes Licht sich in den Pfützen und den regennassen Autodächern widerspiegelte.

Er war so lange im Regen umhergelaufen, daß sein Haar klatschnaß und die Hosenbeine durchgeweicht waren. Jetzt spürte er die Nässe an den Beinen, kalte Regentropfen liefen ihm am Hals hinunter in den Kragen und bis auf den Rücken.

Er öffnete die beiden oberen Knöpfe seines Mantels, steckte die rechte Hand in die Tasche des Sakkos und tastete vorsichtig nach dem Kolben seiner Pistole. Auch er war kalt und feucht.

Der Mann im dunkelblauen Popelinemantel schüttelte sich unwillkürlich und versuchte, an etwas Freundliches zu denken. Zum Beispiel an den Balkon des Hotels in Andraix, wo er seinen Sommerurlaub verbracht hatte. An die flammende Hitze und strahlende Sonne am Kai, an die Fischerboote und den blauen Himmel über der Hügelkette auf der anderen Seite der Bucht.

Aber wahrscheinlich würde es um diese Jahreszeit auch da unten regnen, und er konnte sich nicht erinnern, in den Häusern eine Zentralheizung gesehen zu haben. Höchstens, daß der eine oder andere Raum einen Kamin hatte.

Plötzlich merkte er, daß sie sich nicht mehr auf der gleichen Straße wie vorhin befanden, bald mußte er wieder hinaus in den Regen.

Hinter sich hörte er jemand die Treppe herunterkommen und wußte, daß es der Mann war, der vor dem Warenhaus Åhléns in der Klarabergsgatan, zwölf Haltestellen stadteinwärts, zugestiegen war.

Regen, dachte er. Nichts für mich. Eigentlich hasse ich dieses Wetter. Möchte wissen, wann ich wohl endlich befördert werde. Was hab ich eigentlich hier zu suchen? Warum bin ich nicht zu Hause bei ...?

Das war sein letzter Gedanke.

Das Fahrzeug war ein roter doppelstöckiger Bus mit schmutziggelbem Oberteil und graulackiertem Dach. Einer vom Typ Leyland Atlantean, in England in einer Sonderserie für den Rechtsverkehr gebaut, der vor zwei Monaten in Schweden eingeführt worden war. An diesem Abend war er auf der Linie 47 eingesetzt, von Bellmansro auf der Insel Djurgården nach Karlberg und zurück. Jetzt fuhr er in nordwestlicher Richtung und näherte sich der Endstation in der Norra Stationsgatan, die nur wenige Meter von der Stadtgrenze zwischen Solna und Stockholm entfernt liegt.

Solna ist eine der Vorstädte Stockholms, jedoch noch nicht eingemeindet, obwohl die Grenze zwischen den beiden Städten nur als eine gestrichelte Linie auf dem Stadtplan zu erkennen ist.

Der rote Bus war gut elf Meter lang, fast vier Meter hoch und wog mehr als fünfzehn Tonnen. Hell erleuchtet brummte er mit beschlagenen Fensterscheiben gemütlich zwischen den kahlen Bäumen den verlassenen Karlbergsvägen entlang und bog dann nach rechts in die Norrbackagatan ein. Der Motor lief ruhiger, als er bergab zur Norra Stationsgatan rollte.

Die Straße endete am Fuß des Hügels. Hier sollte der Bus in die Norra Stationsgatan einbiegen, dann waren es nur noch dreihundert Meter bis zur Endstation.

Der einzige Mensch, der das Fahrzeug in diesem Augenblick beobachtete, war ein Mann, der hundert Meter weiter oben auf der Norrbackagatan eng an eine Hauswand gedrückt stand. Es war ein Einbrecher, der im nächsten Moment eine Fensterscheibe einschlagen wollte. Er sah den Bus, weil dieser ihn störte, und er wartete, bis das Fahrzeug an ihm vorbei und aus seinem Blickfeld verschwunden war.

So hatte er auch noch bemerkt, wie der Bus kurz vor der Straßeneinmündung bremste und blinkend nach links abbog. Dann war er nicht mehr zu sehen. Der Regen prasselte hernieder. Der Mann hob die Hand und warf die Scheibe ein.

Was er nicht mehr sah, war, daß der Bus nicht – wie erwartet – seinen Weg fortsetzte.

Der rote Doppeldeckerbus schien einen Augenblick lang mitten in der Kurve anzuhalten. Dann rollte er quer über die Straße, über den Bürgersteig, riß den Drahtzaun auf, der die Norra Stationsgatan von dem öden Güterbahnhofsgelände trennt, und blieb stehen.

Nach kurzer Zeit erstarb das Motorengeräusch; Scheinwerfer und Innenbeleuchtung brannten weiter.

Die beschlagenen Fensterscheiben schimmerten wie zuvor warm und freundlich in der Kälte der Dunkelheit.

Der Regen trommelte auf das Blechdach. Es war 23.03 Uhr am 13. November 1967. In Stockholm.

3

Kristiansson und Kvant waren Polizeibeamte und als Funkstreifenbesatzung in Solna eingesetzt.

Während ihrer langen, abwechslungsreichen Laufbahn hatten sie mehrere tausend Betrunkene aufgelesen und viele kleine Diebe festgenommen. Einem sechsjährigen Mädchen hatten sie vermutlich das Leben gerettet, indem sie einen gesuchten Sexualmörder verhafteten, der gerade im Begriff war, über das Mädchen herzufallen. Dieses Ereignis lag noch keine fünf Monate zurück. Sie waren zufällig hinzugekommen, hielten ihr Eingreifen jedoch für eine Heldentat, mit der sie lange angeben konnten.

An diesem Abend hatten sie noch keinerlei Erfolge gemeldet. Das Bier, das sie sich gegen die Vorschrift während der Dienstzeit genehmigt hatten, wurde stillschweigend übergangen.

Kurz vor halb elf erhielten sie über Funk eine Anweisung und fuhrend zu der angegebenen Adresse in der Kapellgatan, im Stadtteil Huvudsta, wo jemand einen bewußtlosen Mann vor seiner Haustür vorgefunden hatte. In knapp drei Minuten hatten sie ihr Ziel erreicht.

Wie erwartet lag eine verkommene Gestalt in ausgefransten schwarzen Hosen, abgetretenen Schuhen und schäbigem, graumeliertem Mantel quer vor dem Eingang. Eine ältere Frau stand in Pantoffeln und Morgenrock im erleuchteten Hausflur. Offenbar war sie es gewesen, die die Polizei gerufen hatte. Sie winkte ihnen durch die Scheibe zu, öffnete die Tür einen Spalt breit, streckte einen Arm hinaus und zeigte auf den unbeweglich daliegenden Mann.

»Was ist denn hier los?« fragte Kristiansson.

Kvant beugte sich hinunter und schnupperte. »Besoffen«, sagte er naserümpfend. »Komm, faß mit an, Kalle.«

»Moment mal«, hielt ihn Kristiansson zurück.

»Wieso?«

»Kennen Sie diesen Mann hier?« wandte sich Kristiansson höflich an die Frau.

»Aber natürlich.«

»Wo wohnt er denn?«

Die Frau zeigte auf eine Tür hinter sich im Flur. »Da«, sagte sie. »Er schlief ein, als er aufschließen wollte.«

»Richtig, er hat die Schlüssel ja noch in der Hand.« Kristiansson kratzte sich am Kopf. »Wohnt er allein?«

»Klar. Wer will schon mit so einem Scheißkerl zusammen wohnen«, antwortete die Dame.

»Was willst du tun?« erkundigte sich Kvant mißtrauisch.

Kristiansson gab keine Antwort. Er bückte sich und nahm dem Schlafenden die Schlüssel aus der Hand. Mit einem kräftigen Griff, den er sich in langen Dienstjahren angeeignet hatte, stellte er den Säufer auf die Füße, stieß die Tür auf und bugsierte den Mann über den Flur. Die Frau trat ein Stück zur Seite. Kvant war vor der Haustür stehengeblieben. Beide sahen ungerührt zu.

Kristiansson schloß die Wohnung auf, machte Licht und zog dem Mann den nassen Mantel aus. Der Betrunkene torkelte einige Schritte vorwärts, sank auf sein Bett und lallte: »Vielen Dank, kleines Fräulein.«

Dann drehte er sich auf die Seite und schlief wieder ein. Kristiansson legte das Schlüsselbund auf einen Stuhl neben dem Bett, machte das Licht aus, zog die Tür hinter sich zu und ging hinaus zum Wagen.

»Gute Nacht«, sagte er im Vorbeigehen zu der Frau, die ihn mit zusammengekniffenem Mund anstarrte, den Kopf in den Nacken warf und in ihrer Wohnung verschwand.

Kristianssons Tat entsprang nicht reiner Menschenliebe, sondern seiner Faulheit.

Niemand wußte das besser als Kvant. Kristiansson hatte, solange sie noch als einfache Streifenbeamte in Malmö Dienst getan hatten, oftmals Betrunkene behutsam über die Straße oder sogar über eine Brücke geführt, nur um sie in den nächsten Wachdistrikt abzuschieben.

Kvant saß am Lenkrad. Er startete den Motor und sagte mürrisch: »Siv behauptet immer, daß ich träge bin. Die sollte dich mal sehen!«

Siv war Kvants bessere Hälfte, und er sprach oft und gern von ihr.

»Warum soll man sich unnötig vollkotzen lassen?« gab Kristiansson selbstgefällig zurück.

Kristiansson und Kvant waren von gleicher Statur und sahen sich auch noch ähnlich. Beide waren eins sechsundachtzig groß und blond, hatten breite Schultern und blaue Augen. Dagegen waren sie recht unterschiedlich veranlagt und in vielen Fragen verschiedener Meinung. Hier handelte es sich um eine solche Frage.

Kvant konnte nichts für sich behalten. Er wurde aufgeregt, wenn er irgend etwas entdeckte, andererseits verstand er sich darauf, sowenig wie möglich zu sehen.

Von Huvudsta aus fuhren sie langsam und verbissen schweigend eine Runde, an der Polizeischule vorbei, danach durch ein Kleingartengelände, vorbei am Eisenbahnmuseum, dem Staatlichen Bakteriologischen Institut, dem Blindenheim und darauf kreuz und quer durch das weitläufige Hochschulgelände mit seinen verschiedenen Fakultätsgebäuden und bogen schließlich beim Haus der Eisenbahnverwaltung in den Tomtebodavägen ein. Diese Route war meisterhaft ausgesucht. Sie führte durch um diese Zeit schlechthin menschenleere Gebiete. Unterwegs sahen sie dann auch nicht ein einziges Auto, sondern nur eine streunende Katze und bald darauf noch eine.

Als sie das Ende vom Tomtebodavägen erreicht hatten, hielt Kvant so an, daß der Kühler des Wagens einen Meter vor der Stockholmer Stadtgrenze zu stehen kam, und überlegte, ohne den Motor abzustellen, welche Strecke sie nun fahren sollten.

Ich bin wirklich gespannt, dachte Kristiansson, ob er sich getraut, den gleichen Weg zurückzufahren. Laut sagte er: »Kannst du mir wohl zehn Kronen pumpen?«

Kvant nickte, holte seine Brieftasche hervor und gab seinem Kollegen den Schein, ohne ihn eines Blickes zu würdigen. Gleichzeitig faßte er einen Entschluß. Wenn er jetzt die Stadtgrenze überquerte, die Norra Stationsgatan nur fünfhundert Meter weit in nordöstlicher Richtung entlangfuhr, würden sie sich höchstens zwei Minuten auf Stockholmer Stadtgebiet aufhalten. Danach konnte er in den Eugeniavägen einbiegen, das Krankenhausgelände durchfahren, weiter durch den Haga-Park und am Nordfriedhof vorbei, um schließlich das Polizeigebäude zu erreichen. Dort würden sie pünktlich zum Dienstschluß eintreffen, und die Möglichkeit, unterwegs aufgehalten zu werden, war gering.

Der Wagen rollte auf Stockholmer Gebiet und bog nach links in die Norra Stationsgatan ein.

Kristiansson nahm das Geld an sich und gähnte. Dann blickte er flüchtig hinaus in den Regen und sagte beiläufig: »Da drüben kommt ein Mann angerannt.«

»Seinen Hund hat er auch dabei«, bemerkte Kvant, »und er winkt uns zu.«

»Geht uns nichts an. Nicht unser Bereich.«

Der Mann mit dem Hund, ein lächerlich kleiner Hund übrigens, den er durch die Pfützen hinter sich herzerrte, hastete auf die Straße und sprang vor das Auto.

»Idiot!« Kvant trat auf die Bremse. Er kurbelte die Scheibe herunter und schimpfte: »He, Sie können doch nicht einfach mitten auf die Fahrbahn laufen!«

»Da ... da hinten steht ein Bus!« Der Mann deutete atemlos die Straße hinunter.

»Na und?« Kvant wurde etwas freundlicher. »Deshalb brauchen Sie doch den Hund nicht so zu quälen, das arme Tier.«

»Da muß ein Unfall passiert sein.«

»Schon gut, wir werden uns die Sache mal ansehen«, erwiderte Kvant ungeduldig. »Gehn Sie weg da vorn.« Er ließ den Wagen langsam anrollen. »Und machen Sie das nicht noch mal«, rief er über die Schulter zurück.

Kristiansson blickte hinaus in den Regen. »Tatsächlich«, sagte er resigniert, »ein Bus ist von der Fahrbahn abgekommen. So ein doppelstöckiger.«

»Das Licht brennt, und die vordere Tür ist offen. Steig doch mal aus und sieh nach, was los ist.«

Er hielt schräg hinter dem Bus an. Kristiansson öffnete die Wagentür. Automatisch rückte er sein Koppel zurecht und murmelte vor sich hin: »Was soll denn das nun wieder vorstellen.«

Wie Kvant trug er Stiefel und eine Lederjacke mit blanken Knöpfen. Zur Ausrüstung gehörte auch die Pistole und ein Gummiknüppel.

Kvant blieb im Wagen sitzen und sah zu Kristiansson hinüber, der auf die offene Tür des Busses zusteuerte.

Kvant beobachtete, wie er nach dem Haltegriff langte und lässig auf das Trittbrett sprang, um in den Bus hineinsehen zu können. Plötzlich zuckte Kristiansson zusammen, ging in die Knie und griff blitzschnell nach der Pistole.

Kvant reagierte augenblicklich. In Sekundenschnelle hatte er das Blaulicht, den Suchscheinwerfer und das gelbe Blinklicht am Wagen eingeschaltet.

Kristiansson stand immer noch geduckt an der Seite des Omnibusses, als Kvant die Autotür aufstieß, hinaussprang, dabei seine 7,65kalibrige Walther zog und entsicherte. Im Laufen gelang es ihm, einen Blick auf seine Uhr zu werfen.

Es war genau 23.13 Uhr.

4

Als erster höherer Polizeibeamter traf Gunvald Larsson am Tatort ein.

Er hatte im Polizeigebäude auf Kungsholmen an seinem Schreibtisch gesessen und lustlos in einem alten, umfangreichen Polizeibericht geblättert, während er darauf wartete, daß die anderen endlich nach Hause gehen würden.

»Die anderen« waren der Chef der Reichspolizei, ein abkommandierter Polizeimeister sowie verschiedene Direktoren und Kommissare, die aus Anlaß der glücklich beendeten Demonstrationen auf den Fluren und im Treppenhaus hin und her liefen. Sobald diese Herren Feierabend machen und gehen würden, wollte auch er so schnell wie möglich verschwinden.

Das Telefon klingelte. Mißmutig griff er nach dem Hörer. »Ja, Larsson.«

»Hier Zentrale. Ein Streifenwagen aus Solna meldet einen Autobus voller Leichen auf der Norra Stationsgatan.«

Gunvald Larsson warf einen Blick auf die elektrische Wanduhr, die genau 23.18 Uhr zeigte, und fragte zurück: »Wie kann eine Streife aus Solna einen Bus voller Leichen in Stockholm gefunden haben?«

Gunvald Larsson war Erster Assistent bei der Stockholmer Kriminalpolizei. Er war rauhbeinig und bei seinen Kollegen nicht besonders beliebt. Aber er war auch ein Mann von schnellen Entschlüssen und war darum im Handumdrehen an Ort und Stelle.

Gunvald Larsson bremste scharf, hielt an, schlug den Mantelkragen hoch und stieg in den Regen hinaus. Er sah einen roten Doppeldeckomnibus, der quer auf dem Bürgersteig stand und mit seinem Vorderteil einen Drahtzaun eingedrückt und teilweise zerrissen hatte. Außerdem bemerkte er einen schwarzen Plymouth mit weißen Schutzblechen, auf dessen Türen in großen weißen Buchstaben das Wort POLIZEI stand. Das Blaulicht war eingeschaltet. Im Strahl des Suchscheinwerfers standen zwei Polizisten, die Pistolen schußbereit in den Händen. Beide waren unnatürlich bleich.

Einer von ihnen hatte sich übergeben und wischte verlegen seine Lederjacke mit einem nassen Taschentuch ab.

»Was ist denn hier los?« fragte Gunvald Larsson die beiden.

»Da ... da liegen lauter Tote drin«, stieß einer der Polizisten hervor.

»Das stimmt, ja, und eine Masse Patronenhülsen.«
»Einer scheint noch zu leben.«
»Ein Polizist ist auch dabei.«
»Ein Polizist?« Gunvald Larsson sah ihn fragend an.
»Ja, von der Kriminalpolizei.«
»Wir haben ihn wiedererkannt, er arbeitet in Västberga bei der Mordkommission.«
»Seinen Namen wissen wir nicht. Er hat einen blauen Mantel an und ist tot.«
Die Streifenbeamten sprachen leise und stockend.
Beide waren wirklich nicht klein zu nennen, aber neben Gunvald Larsson sahen sie nicht sonderlich eindrucksvoll aus.
Gunvald Larsson war eins zweiundneunzig groß und neunzig Kilo schwer. Er hatte die Schulterbreite eines Schwergewichtsboxers und große behaarte Hände. Sein zurückgekämmtes Haar war bereits klatschnaß.
Das Gellen von Sirenen übertönte jetzt das Rauschen des Regens. Es kam von allen Seiten näher. Gunvald Larsson horchte auf, dann fragte er: »Sind wir hier eigentlich schon in Solna?«
»Die Straße verläuft direkt an der Stadtgrenze«, antwortete Kvant rasch.
Gunvald Larsson warf Kristiansson und Kvant einen vielsagenden Blick zu. Dann ging er mit langen Schritten zum Bus.
»Es sieht aus da drin … wie in einem Schlachthaus«, bemerkte Kristiansson.
Ohne irgend etwas an dem Fahrzeug zu berühren, steckte Gunvald Larsson den Kopf durch die offene Tür.
»Ja«, entgegnete er langsam, »das kann man wohl sagen.«

5

Martin Beck blieb einen Augenblick auf der Schwelle seiner Wohnung in Bagarmossen stehen. Er nahm den Hut ab und legte ihn auf die Garderobe. Dann zog er den Mantel aus und schüttelte die Regentropfen ab, bevor er ihn auf einen Bügel hängte. Erst danach schloß er die Tür.
In der Diele war es dunkel, aber hier kannte er sich aus. Auf der Türschwelle zum Zimmer seiner Tochter sah er einen schmalen Lichtstreifen. Drinnen spielte das Radio oder der Plattenspieler. Er klopfte und trat ein.

Sie hieß Ingrid und war sechzehn Jahre alt. Seitdem sie dabei war, die letzten Kinderschuhe auszutreten, hatte Martin Beck wieder besseren Kontakt zu ihr bekommen. Sie war ruhig, sachlich, ziemlich intelligent, und er freute sich darauf, mit ihr sprechen zu können. Ingrid ging jetzt in die zehnte Klasse, die Schule machte ihr keine Schwierigkeiten, sie mußte sich nicht sonderlich anstrengen.

Das Mädchen lag im Bett auf dem Rücken und las in einem Buch. Auf dem Nachttisch spielte der Plattenspieler, keine Schlager, sondern irgend etwas Klassisches, Beethoven nahm er an.

»Guten Abend«, sagte er, »schläfst du noch nicht?«

Im gleichen Augenblick kam ihm die Sinnlosigkeit seiner Frage zum Bewußtsein, und ihm ging auch auf, wie viele unwesentliche Sätze in seinen vier Wänden in den letzten Jahren gesprochen worden waren.

Ingrid legte das Buch zur Seite und stellte den Plattenspieler ab.

»n'Abend, Papa. Was hast du gesagt?«

Er schüttelte den Kopf.

»Du bist aber ordentlich durchgeweicht«, sagte sie. »Regnet es draußen so sehr?«

»Bindfäden. Schlafen Mama und Rolf schon?«

»Ich glaube. Mama hat Rolf gleich nach dem Essen ins Bett geschickt. Sie meinte, er hätte Schnupfen.«

Martin Beck setzte sich auf die Bettkante. »Stimmt das denn nicht?«

»Ich fand, daß er ganz gesund aussah. Aber er ging, ohne zu meutern, in sein Zimmer. Wahrscheinlich will er sich morgen um die Schule drücken.«

»Na, du scheinst jedenfalls fleißig zu sein. Was paukst du denn da?«

»Französisch. Wir schreiben morgen eine Arbeit. Willst du mich die Vokabeln abfragen?«

»Das hat wohl keinen großen Sinn. Französisch war nie meine starke Seite, und du solltest jetzt besser schlafen.«

Er stand auf, und das Mädchen kroch gehorsam unter die Decke. Er deckte sie richtig zu. Bevor er die Tür hinter sich schloß, hörte er sie flüstern: »Drück mir morgen die Daumen.«

»Gute Nacht.«

Ohne Licht zu machen, ging er in die Küche und blieb einen Moment am Fenster stehen. Es sah aus, als hätte der Regen etwas nachgelassen, aber das Fenster war im Windschatten – vielleicht lag es nur daran. Martin Beck überlegte, was wohl alles bei der Demonstration gegen die Amerikanische Botschaft passiert sein mochte und ob die Presse am nächsten Morgen wieder das übliche Geschrei wegen des Vorgehens der Polizei anheben würde. Solange er denken konnte, war er mit den Maßnahmen der Polizei einverstanden gewesen, daher war er auch jetzt nicht bereit, offen zuzugeben, daß die Kritik allzuoft berechtigt war, obwohl die Massenmedien selten differenziert berichteten und wenig Verständnis für die Situation der Polizei aufbrachten. Er dachte daran, was Ingrid ihm an einem Abend vor ein paar Wochen erzählt hatte. Viele ihrer Schulfreunde waren politisch aktiv, nahmen an Demonstrationen teil, und die meisten hatten nichts für die Polizei übrig. Als Kind, hatte sie gesagt, konnte ich angeben und stolz darauf sein, daß mein Vater bei der Polizei ist, aber jetzt hänge ich das lieber nicht an die große Glocke. Nicht daß sie sich seiner schämte, aber in den Diskussionen erwartete man zu Unrecht von ihr, daß sie auf der Seite der Polizei stehen und deren Eingreifen verteidigen müsse. Unlogisch, sicher, aber so war das nun einmal.

Martin Beck ging ins Wohnzimmer. Er horchte an der Schlafzimmertür seiner Frau und hörte sie leise schnarchen. Vorsichtig machte er sich seine Bettcouch zurecht, knipste die Wandlampe an und zog die Vorhänge vor. Erst vor kurzem hatte er die Couch gekauft und war unter dem Vorwand, seine Frau nicht stören zu wollen, wenn er nachts spät nach Hause kam, aus dem gemeinsamen Schlafzimmer ausgezogen. Sie hatte dagegen protestiert und ihm vorgehalten, daß er oft genug die Nächte durcharbeitete und infolgedessen am Tage schlief. Sie wolle ihn dann nicht im Wohnzimmer liegen haben. Er hatte versprochen, sich in solchen Fällen ins Schlafzimmer zurückzuziehen, wo sie sich ja am Tage sowieso nicht aufhielt. Jetzt schlief er also glücklich seit einem Monat im Wohnzimmer.

Seine Frau hieß Inga.

Im Laufe der Jahre hatten sich die beiden immer mehr auseinandergelebt. Für ihn war es daher eine Erleichterung, allein schlafen zu dürfen. Manchmal verspürte er deswegen ein schlechtes Gewissen, aber nach siebzehn Ehejahren war daran nicht mehr viel zu ändern, und er hatte schon vor langer Zeit aufgehört, darüber nachzudenken, wer eigentlich schuld an der Entwicklung war.

Martin Beck unterdrückte einen Hustenanfall, zog sich die nasse Hose aus und hängte sie über einen Stuhl vor die Heizung. Er setzte sich auf die Kante des Sofas, und während er die Strümpfe auszog, schoß ihm ein Gedanke durch den Kopf, ob Kollberg vielleicht nachts im Regen spazierenging, weil seine Ehe auch schon langweilig zu werden begann. Schon? Kollberg hatte erst vor anderthalb Jahren geheiratet.

Bevor er noch den ersten Strumpf ganz ausgezogen hatte, ließ er diesen Gedanken fallen. Lennart und Gun waren glücklich, da gab es gar keinen Zweifel. Außerdem, was ging ihn Kollbergs Ehe an?

Er stand auf, ging nackt durch den Raum zum Bücherschrank und suchte lange. Dann nahm er ein Buch des alten englischen Diplomaten Sir Eugen Millington-Drake über das Panzerschiff »Graf Spee« und die Seeschlacht am La Plata. Er hatte es vor einem Jahr in einem Antiquariat gekauft, war aber noch nicht zum Lesen gekommen.

Er deckte sich zu, hustete schuldbewußt und schlug das Buch auf. Erst jetzt merkte er, daß er keine Zigaretten greifbar hatte. Einer der Vorteile des neuen Sofas war nämlich, daß er ungeniert im Bett rauchen durfte.

Er stand wieder auf, holte ein feuchtes und zerdrücktes Päckchen Florida aus der Manteltasche, nahm die Zigaretten heraus, legte sie nebeneinander zum Trocknen auf die Nachttischplatte, suchte sich die beste aus und zündete sie an. Gerade als er wieder ins Bett gehen wollte, klingelte das Telefon. Mit langen Schritten eilte er durchs Zimmer und hob den Hörer ab, noch ehe es zum drittenmal schrillte.

»Beck.«

»Kommissar Beck?«

Die Stimme kannte er nicht. »Am Apparat.«

»Hier Zentrale. Mehrere Personen sind erschossen in einem Bus der Linie 47 kurz vor der Endstation in der Norra Stationsgatan aufgefunden worden: Sie werden gebeten, sofort hinzufahren.«

Im ersten Moment glaubte er, daß jemand sich einen schlechten Scherz erlaubte, um ihn hinaus in den Regen zu locken.

»Woher kommt die Meldung?« fragte er energisch.

»Von Hansson, Revier fünf. Direktor Hammar ist bereits unterrichtet.«

»Wie viele Tote?«

»Das ist noch nicht genau festgestellt worden. Mindestens sechs.«

»Jemand festgenommen?«

»Nicht, daß ich wüßte.«

Martin Beck überlegte: Kollberg werde ich auf dem Weg abholen. Hoffentlich bekomme ich schnell ein Taxi. Laut sagte er: »Okay, ich fahre sofort los.«

»Moment, Kommissar ...«

»Ja?«

»Einer der Toten ..., es heißt, daß einer Ihrer Leute dabei ist.«

»Wer?«

»Ich weiß nicht. Namen wurden nicht durchgegeben.«

Martin Beck warf den Hörer auf die Gabel und lehnte sich gegen die Wand. Lennart! Nur er konnte es sein. Was hatte er auch um diese Zeit draußen im Regen zu suchen. Was zum Teufel hatte er im siebenundvierziger Bus zu suchen. Nein, das durfte nicht wahr sein. Nicht Kollberg!

Er nahm den Hörer wieder auf und wählte Kollbergs Nummer. Ein Rufzeichen. Zwei. Drei. Vier. Fünf.

»Kollberg.«

Das war Guns verschlafene Stimme.

Martin Beck versuchte krampfhaft, ruhig und natürlich zu sprechen: »'n Abend, ist Lennart da?«

Er meinte, es knarren zu hören, als sie sich im Bett aufsetzte. Es dauerte einige Sekunden, bis sie antwortete.

»Nein, jedenfalls nicht im Bett. Ich dachte, ihr seid zusammen weggegangen. Warst du nicht eben noch hier?«

»Wir sind zusammen runtergegangen, und er wollte noch einen Spaziergang machen. Bist du ganz sicher, daß er noch nicht zurück ist?«

»Vielleicht ist er in der Küche. Wart mal einen Moment!«

Es dauerte eine Ewigkeit, bis sie wieder an den Apparat kam.

»Nein, Martin, er ist nicht da.« Jetzt wurde ihre Stimme unruhig. »Wo kann er bloß sein? Bei diesem Wetter läuft man doch nicht auf der Straße herum.«

»Er schnappt wohl nur etwas frische Luft. Kein Grund zur Aufregung!«

»Soll er dich anrufen, wenn er nach Hause kommt?« Sie schien sich beruhigt zu haben.

»So wichtig ist es nicht. Schlaf gut. Gute Nacht!«

Er legte auf und merkte plötzlich, daß er vor Kälte zitterte. Wieder nahm er den Hörer und überlegte, wen er anrufen könnte, um zu erfahren, was eigentlich passiert war. Doch dann legte er ihn wieder auf. Es war das beste, wenn er selbst zum Tatort fuhr. Er wählte die Nummer des nächsten Taxistandes und bestellte einen Wagen.

Martin Beck war seit fünfundzwanzig Jahren bei der Polizei. Während dieser Zeit waren mehrere seiner Kollegen im Dienst umgekommen. Jedesmal war er wie vor den Kopf geschlagen gewesen, und irgendwo im Unterbewußtsein war ihm die Erkenntnis gekommen, daß die Arbeit der Kriminalpolizei von Jahr zu Jahr härter geworden war und auch er irgendwann einmal an die Reihe kommen würde. Mit Kollberg verstand er sich besonders gut. Sie ergänzten sich gegenseitig, und mit der Zeit hatte jeder gelernt, die Gedanken und Gefühle des anderen zu erraten, ohne daß viele Worte gewechselt werden mußten. Als Kollberg vor anderthalb Jahren heiratete und nach Skärmarbrink zog, also mehr in seine Nähe, hatten sie angefangen, sich auch privat zu treffen.

Noch vor wenigen Tagen hatte Kollberg, der selten den Kopf hängenließ, bemerkt: »Wenn du nicht hier wärst, wäre ich schon längst nicht mehr bei dem Haufen.«

An diese Worte dachte Martin Beck, als er sich den nassen Mantel wieder anzog und die Treppe hinunterhastete. Das Taxi wartete bereits.

6

Trotz des Regens und der späten Stunde drängten sich ziemlich viele Menschen hinter der Absperrung am Karlbergsvägen. Neugierig begafften sie Martin Beck, als er aus dem Auto stieg. Ein junger Polizist in schwarzem Regenumhang winkte drohend, als dieser sich durch die Reihen drängte, ein anderer knuffte den Kollegen in die Seite und legte grüßend die Hand an die Mütze.

Ein kleiner Mann in hellem Trenchcoat und Sportmütze stellte sich Martin Beck in den Weg und sprach ihn an: »Schrecklich, Kommissar. Gerade hörte ich, daß einer Ihrer ...« Ein Blick von Martin Beck ließ ihn verstummen.

Martin Beck kannte den Mann mit der Mütze recht gut, konnte ihn aber nicht leiden. Dieses Männchen war freischaffender Journalist und nannte sich Kriminalreporter. Seine Spezialität waren Mordreportagen, voll mit sensationellen, scheußlichen und außerdem meistens falschen Einzelheiten, die nur von drittklassigen Illustrierten übernommen wurden.

Der Mann zog sich zurück, und Martin Beck sprang über die Absperrung. Weiter hinten in Richtung Torsplan sah er ebenfalls eine Polizeisperre. In dem abgeriegelten Bereich wimmelte es von schwarzweißen Polizeiwagen und Gestalten in glänzenden Regenmänteln. Das Erdreich rund um den Bus war aufgeweicht und rutschig.

Im Bus brannte Licht, und die Scheinwerfer waren eingeschaltet, aber bei dem starken Regen reichten sie nicht weit. Der Bereitschaftswagen des Staatlichen Kriminaltechnischen Laboratoriums stand an der Rückseite des Busses mit dem Kühler zum Karlbergsvägen. Auch der Wagen des Gerichtsmediziners war da. Hinter dem eingedrückten Zaun bauten einige Männer Scheinwerfer auf. Alles deutete auf einen ungewöhnlichen Fall hin.

Martin Beck blickte zu den Mietshäusern auf der anderen Straßenseite hinüber. Viele Fenster waren erleuchtet, und dahinter zeichneten sich die verschwommenen Gesichter der Neugierigen ab. Eine Frau trat aus der Tür schräg gegenüber. Übers Nachthemd hatte sie in aller Eile einen Mantel geworfen, für Strümpfe hatte die Zeit nicht gereicht, nun lief sie mit nackten Füßen in Stiefeln über die Straße. Ein Polizist faßte sie energisch am Arm und führte sie mit schnellen Schritten zurück. Sie mußte neben ihm herrennen, und das Nachthemd wickelte sich um ihre Beine.

Martin Beck konnte die Türen des Omnibusses nicht sehen, bemerkte aber, daß sich im Bus einige Personen bewegten, vermutlich die Männer des Spurensicherungsdienstes. Von seinen Mitarbeitern der Mordkommission oder den Fahndungsbeamten der Stockholmer Polizei war niemand zu sehen, er nahm an, daß sie sich auf der anderen Seite des Busses befanden.

Unwillkürlich ging er langsamer. Während er einen Bogen um den grauen Wagen der Kriminaltechniker machte, wappnete er sich innerlich für das, was ihn nunmehr erwartete. Grimmig ballte er die Fäuste in den Taschen.

Die hinteren Türen des Busses waren offen, und im Lichtschein davor stand Hammar, sein langjähriger Chef, jetzt Polizeidirektor, und sprach mit jemandem, der sich im Inneren des Busses befand. Er brach ab und wandte sich Martin Beck zu.

»Da bist du ja, ich dachte schon, die hätten vergessen, dich zu benachrichtigen.«

Ohne zu antworten, ging Martin Beck zu den Türen und sah hinein. Er spürte, wie sich sein Magen zusammenzog. Der Anblick war schlimmer, als er erwartet hatte.

Im kalten Licht war jede Einzelheit überdeutlich zu erkennen. Überall lagen blutige, leblose Körper in verzerrten Stellungen. Am liebsten hätte er sich abgewandt, um das Bild nicht mehr sehen zu müssen. Er war jedoch schon zu lange bei der Mordkommission, als daß man ihm das Entsetzen hätte anmerken können. Er zwang sich, alle Einzelheiten systematisch wahrzunehmen. Die Laborleute arbeiteten ruhig und methodisch. Einer von ihnen bemerkte Martin Beck und nickte zögernd.

Er sah sich die Toten der Reihe nach an. Kein bekanntes Gesicht darunter. »Ist er oben?« fragte er plötzlich. »Hat er ...« Er drehte sich zu Hammar um und brach ab.

Hinter Hammar trat Kollberg aus der Dunkelheit, ohne Hut, die Haare hingen ihm ins Gesicht.

Martin Beck starrte ihn an.

»Gut, daß du da bist«, sagte Kollberg, »hab mich schon gewundert, wo du bleibst, wollte gerade noch mal anrufen lassen.« Er blieb vor Martin Beck stehen und sah ihn fragend an. Dann blickte er in den Bus hinein und sagte schnell: »Du brauchst eine Tasse Kaffee. Ich werd dir eine holen.«

Martin Beck schüttelte den Kopf.

»Doch, doch«, widersprach Kollberg und verschwand.

Martin Beck sah ihm nach, ging dann zur vorderen Tür des Busses und warf einen Blick hinein. Hammar folgte zögernd.

Der Oberkörper des Fahrers lag über dem Lenkrad. Offensichtlich hatte er einen Kopfschuß erhalten. Martin Beck sah sich an, was von dem Gesicht übriggeblieben war, und wunderte sich, daß er keinen Ekel empfand. Er drehte sich zu Hammar um, der mit ausdruckslosem Blick in den Regen starrte.

»Kannst du dir vorstellen, was er hier in diesem Bus zu suchen hatte?« fragte Hammar tonlos.

Und im gleichen Augenblick wußte Martin Beck, wen der Mann in der Telefonzentrale gemeint hatte.

Direkt am Fenster, gleich hinter der Treppe zum Oberdeck, saß Åke Stenström, Kriminalassistent bei der Reichsmordkommission und einer von Martin Becks jüngsten Mitarbeitern. Sitzen war vielleicht nicht ganz das richtige Wort. Stenströms dunkelblauer Popelinemantel war voller Blut, und sein Körper lehnte mit der rechten Schulter gegen den Rücken einer jungen Frau, die auf dem Nebensitz zusammengesunken war.

Er war tot. Ebenso die Frau, der Fahrer und die anderen Fahrgäste.

In der rechten Hand hielt er seine Dienstpistole.

7

Es regnete die ganze Nacht hindurch. Wenn es nach dem Kalender gegangen wäre, hätte die Sonne um zwanzig vor acht aufgehen sollen, aber es wurde beinahe neun, ehe der wolkenverhangene Himmel sich ein wenig aufhellte.

Der rote Bus stand immer noch quer auf dem Bürgersteig in der Norra Stationsgatan.

Davon abgesehen hatte sich dort in den letzten Stunden alles verändert. Innerhalb der weitläufigen Absperrung waren jetzt ungefähr fünfzig Männer an der Arbeit, und dahinter sammelten sich immer mehr Neugierige. Viele von ihnen hatten seit Mitternacht da herumgestanden, aber auch nichts weiter als Polizisten, Krankenhelfer und Bereitschaftswagen aller Typen zu Gesicht bekommen. Es war eine Nacht voller Sirenengeheul gewesen, mit einem ständigen Strom von Autos, die scheinbar planlos durch die regennassen Straßen fuhren.

Kein Mensch wußte etwas Bestimmtes, aber es gab ein Wort, das einer flüsternd dem anderen weitersagte und das bald durch die Reihen der Schaulustigen, in die umliegenden Häuser, in die Stadt und von dort über das ganze Land verbreitet wurde.

Um diese Zeit war das Gerücht bereits über die Grenzen gedrungen.

Massenmord.

Massenmord in Stockholm.

Massenmord in einem Bus in Stockholm.

Soviel glaubten alle zu wissen.

Viel mehr wußte man im Hauptquartier der Polizei in der Kungsholmsgatan auch nicht. Dort war nicht einmal sicher, wer eigentlich die Fahndung leitete. Die Verwirrung schien vollkommen. Pausenlos klingelten die Telefone, Beamte hasteten umher, der Fußboden war dreckig, und die Männer, die mit schmutzigen Schuhen darauf herumliefen, waren vom Regen durchweicht und verschwitzt.

»Wer bearbeitet die Namensliste?« fragte Martin Beck ungeduldig.

»Rönn, soviel ich weiß«, entgegnete Kollberg, ohne sich umzusehen. Er war damit beschäftigt, eine Skizze an der Wand zu befestigen. Der Plan war drei Meter lang und mehr als einen halben Meter breit, und es war nicht einfach, ihn aufzuhängen.

»Kann denn keiner hier mal mit anfassen?« fauchte er.

»Aber sicher.« Melander legte seine Pfeife weg und stand auf.

Fredrik Melander war ein großer, hagerer Mann mit ernstem Gesicht. Ein Mann mit Grundsätzen. Er war achtundvierzig Jahre alt und Erster Kriminalassistent in der Fahndungsabteilung der Stockholmer Polizei. Kollberg hatte schon früher jahrelang mit ihm zusammengearbeitet. Wie viele Jahre, hatte Kollberg längst vergessen, nicht aber Melander, der dafür bekannt war, daß er niemals etwas vergaß.

Zwei Telefone klingelten gleichzeitig.

»Kommissar Beck. Wer? Nein, der ist nicht hier. Kann er zurückrufen? Nein? Dann eben nicht.«

Er legte auf und griff nach dem anderen Hörer. Ein beinahe weißhaariger Mann Mitte der Fünfzig öffnete die Tür und blieb unschlüssig auf der Schwelle stehen.

»Was ist, Ek?« erkundigte sich Martin Beck, während er den Hörer bereits in der Hand hielt.

»Was den Bus angeht ...«, begann der Weißhaarige.

»Wann ich nach Hause komme? Das kann ich jetzt beim besten Willen noch nicht sagen«, rief Martin Beck in das Telefon.

»Verdammt«, schimpfte Kollberg, denn der Klebestreifen wickelte sich schon wieder um seine dicken Finger.

»Immer mit der Ruhe«, versuchte ihn Melander zu beschwichtigen.

Wieder wandte sich Martin Beck an den Mann auf der Schwelle: »Was ist denn mit dem Bus?«

Ek schloß die Tür hinter sich und blickte schnell auf seinen Merkzettel. »Er ist bei Leyland in England gebaut«, berichtete er, »der Typ heißt Atlantean, hier wird der Typ H 35 genannt. Zahl der Sitzplätze fünfundsiebzig. Das Komische ist ...«

Die Tür wurde aufgestoßen. Gunvald Larsson starrte ungläubig in sein Arbeitszimmer, das einem Heerlager glich. Sein heller Regenmantel war durch und durch naß, ebenso die Hosen, die Schuhe waren voller Lehm. Das blonde Haar triefte vor Nässe. »Hier sieht es wieder aus«, brachte er hervor.

»Was ist komisch mit dem Bus?« fragte Melander.

»Dieser Typ wird sonst nicht auf der Linie 47 eingesetzt. Normalerweise jedenfalls nicht. Für diese Strecke sind deutsche Busse vom Typ Büssing vorgesehen. Ebenfalls Doppeldecker. Daß der auf dieser Linie fuhr, war reiner Zufall.«

»Ausgezeichneter Hinweis«, mischte sich Gunvald Larsson bissig ein. »Du meinst also, dieser Wahnsinnige mordet nur in englischen Bussen?«

Ek sah ihn geduldig an.

Gunvald Larsson schüttelte sich und fragte: »Was ist das überhaupt für 'ne Hammelherde, die da unten in der Eingangshalle rumrennt?«

»Presseleute«, erwiderte Ek, »vielleicht sollte jemand mit ihnen sprechen.«

»Ich aber nicht«, bemerkte Kollberg sofort.

»Gibt denn Hammar oder der Reichspolizeichef oder irgendein anderes hohes Tier nicht bald ein Kommuniqué heraus?« fragte Gunvald Larsson.

»Das ist wahrscheinlich noch nicht formuliert«, antwortete Martin Beck ruhig. »Ek hat aber recht. Jemand muß mit ihnen sprechen.«

»Also ich nicht«, wiederholte Kollberg. Plötzlich drehte er sich triumphierend um, die Erleuchtung war ihm im richtigen Augenblick gekommen: »Gunvald, du warst doch als erster da. Da kannst du doch die Pressekonferenz abhalten!«

Gunvald Larsson sah von einem zum anderen und strich sich mit dem Rücken seiner behaarten Hand eine nasse Strähne aus dem Gesicht. Martin Beck schwieg und blätterte in seinen Papieren.

»Okay«, sagte Gunvald Larsson, »sorgt dafür, daß sie alle in irgendeinen Raum gebracht werden. Ich werd dann schon mit ihnen reden. Nur eine Sache möchte ich vorher noch wissen.«

»Was denn?« Martin Beck sah ihn fragend an.

»Ob schon einer mit Stenströms Mutter gesprochen hat.«

Plötzlich war es totenstill im Raum. Diese Frage ließ alle Anwesenden, auch den Fragesteller, verstummen. Der Mann auf der Schwelle sah von einem zum anderen.

Schließlich nickte Melander. »Ja, sie ist benachrichtigt.«

»Gut«, sagte Gunvald Larsson und knallte die Tür hinter sich zu.

»Gut so«, sagte Martin Beck zu sich selbst und trommelte mit den Fingerspitzen auf der Schreibtischplatte.

»War das richtig?« Kollberg schien seine Zweifel zu haben.

»Was?«

»Gunvald hinzuschicken. Meinst du nicht, daß die Presse auch ohne ihn ausgiebig auf der Polizei rumhacken wird?«

Martin Beck sah ihn an, ohne zu antworten.

Kollberg zuckte die Achseln. »Das spielt jetzt wohl auch keine Rolle mehr.«

Melander ging zurück an seinen Schreibtisch, nahm seine Pfeife und stopfte sie. »Stimmt, das spielt jetzt wirklich keine Rolle mehr.«

Er und Kollberg hatten den Plan, der einen Grundriß der unteren Etage des Busses zeigte, endlich an der Wand befestigt. Eine Reihe von Personen war darauf eingezeichnet und von eins bis neun durchnumeriert.

»Wo bleibt denn bloß Rönn mit der Liste?« murmelte Martin Beck.

»Um noch mal auf den Bus zurückzukommen«, fing Ek abermals an.

Gleichzeitig begann das Telefon wieder zu klingeln.

8

Das Zimmer, in dem das erste improvisierte Treffen mit der Presse stattfand, war für diesen Zweck denkbar ungeeignet. Es standen nur ein Tisch, mehrere Schränke sowie vier Stühle darin, und als Gunvald Larsson eintrat, roch es nach verschwitzten, nassen Mänteln, und die Luft war voller Rauchschwaden.

Dicht an der Tür blieb er stehen, ließ seinen Blick über die versammelten Journalisten und Fotoreporter gleiten und fragte mit ruhiger Stimme: »So, was wollen Sie nun wissen?«

Alle fingen gleichzeitig an zu sprechen.

Gunvald Larsson hob die rechte Hand: »Bitte der Reihe nach. Fangen Sie dort an, dann gehen wir von links nach rechts.«

Daraufhin verlief die Pressekonferenz folgendermaßen:

Frage: Wann wurde der Bus gefunden?

Antwort: Gestern abend gegen 23.10 Uhr.

Frage: Von wem?

Antwort: Von einer Zivilperson, die dann einen Funkstreifenwagen anhielt.

Frage: Wie viele Personen befanden sich im Bus?

Antwort: Acht.

Frage: Alle tot?

Antwort: Ja.

Frage: Wie sind sie ums Leben gekommen?

Antwort: Dazu kann ich jetzt noch nichts sagen.

Frage: Wurde der Tod durch Gewalteinwirkung verursacht?

Antwort: Wahrscheinlich.

Frage: Was soll das heißen, wahrscheinlich?

Antwort: Genau das, was ich sage.

Frage: Deutet irgend etwas darauf hin, daß Schüsse gefallen sind?

Antwort: Ja.
Frage: Alle diese Menschen wurden also erschossen?
Antwort: Vermutlich.
Frage: Handelt es sich also wirklich um einen Massenmord?
Antwort: Ja.
Frage: Ist die Mordwaffe gefunden worden?
Antwort: Nein.
Frage: Hat die Polizei bereits jemanden festgenommen?
Antwort: Nein.
Frage: Gibt es Spuren oder Hinweise, die auf einen bestimmten Täter deuten?
Antwort: Nein.
Frage: Sind alle von ein und derselben Person ermordet worden?
Antwort: Das wissen wir noch nicht.
Frage: Haben Sie irgendeinen Hinweis gefunden, daß es mehrere Personen waren, die die acht Menschen erschossen haben?
Antwort: Nein.
Frage: Wie konnte ein einzelner Mensch acht Personen in einem Bus umbringen, ohne daß ein einziger Widerstand geleistet hat?
Antwort: Das können wir noch nicht sagen.
Frage: Befand sich der Schütze unter den Fahrgästen, oder wurde von draußen geschossen?
Antwort: Die Schüsse kamen nicht von außen.
Frage: Woher wissen Sie denn das?
Antwort: Die Fensterscheiben sind von innen beschädigt worden.
Frage: Was für eine Waffe hat der Mörder benutzt?
Antwort: Das ist nicht bekannt.
Frage: Es kann doch angenommen werden, daß es sich um eine Maschinenpistole oder um ein Maschinengewehr gehandelt hat, nicht wahr?
Antwort: Kein Kommentar.
Frage: Wurde die Tat im fahrenden oder stehenden Bus begangen?
Antwort: Wissen wir nicht.
Frage: Deutet nicht der Platz, an dem der Bus gefunden wurde, darauf hin, daß die Schüsse abgegeben wurden, als der Bus fuhr, und daß er dann von der Fahrbahn abkam?
Antwort: Ja.
Frage: Haben die Polizeihunde Spuren gefunden?
Antwort: Es regnete stark.

Frage: Es handelt sich doch um einen doppelstöckigen Bus, nicht wahr?

Antwort: Ja.

Frage: Wo wurden die Leichen gefunden, oben oder unten?

Antwort: Unten.

Frage: Alle acht?

Antwort: Ja.

Frage: Sind alle Opfer identifiziert worden?

Antwort: Nein.

Frage: Sind einige identifiziert worden?

Antwort: Ja.

Frage: Wer? Der Fahrer?

Antwort: Nein. Ein Polizeibeamter.

Frage: Ein Polizist? Dürfen wir seinen Namen haben?

Antwort: Ja. Kriminalassistent Åke Stenström.

Frage: Stenström? Von der Reichsmordkommission?

Antwort: Ja.

Einige Reporter versuchten, sich zur Tür durchzudrängen, aber Gunvald Larsson hob wieder die Hand.

»Nicht hin und her laufen, wenn ich bitten darf. Noch weitere Fragen?«

Frage: Fuhr Kriminalassistent Stenström als normaler Fahrgast im Bus mit?

Antwort: Jedenfalls hat er den Bus nicht gelenkt.

Frage: Glauben Sie, daß er zufällig gerade diesen Bus genommen hatte?

Antwort: Darüber wissen wir noch nichts.

Frage: Die Frage war an Sie persönlich gerichtet. Sind Sie der Ansicht, daß der Mord an einem Kriminalbeamten Zufall war?

Antwort: Ich bin nicht hergekommen, um persönliche Fragen zu beantworten.

Frage: War Kriminalassistent Stenström mit einer besonderen Aufgabe betraut, als dieser Vorfall sich ereignete?

Antwort: Weiß ich nicht.

Frage: War er gestern abend im Dienst?

Antwort: Nein.

Frage: Er war also privat unterwegs?

Antwort: Ja.

Frage: Demzufolge war er zufällig im Bus. Können Sie uns die Namen von anderen Opfern nennen?

Antwort: Nein.

Frage: Dies ist das erste Mal, daß sich ein regelrechter Massenmord in Schweden ereignet hat. Dagegen hat es im Ausland in den letzten Jahren mehrere solcher Fälle gegeben. Meinen Sie, daß ähnliche Morde, beispielsweise in Amerika, den Täter ermuntert haben, es auch mal bei uns zu versuchen?

Antwort: Weiß ich nicht.

Frage: Nimmt die Polizei an, daß es sich bei dem Täter um einen Geisteskranken handelt, der sich wichtig machen wollte?

Antwort: Das ist eine Möglichkeit.

Frage: Beantworten Sie doch meine Frage. Arbeitet die Polizei mit dieser Theorie?

Antwort: Alle Hinweise und Anregungen werden bearbeitet.

Frage: Wie viele Frauen sind unter den Opfern?

Antwort: Zwei.

Frage: Sechs der Ermordeten sind also Männer?

Antwort: Ja.

Frage: Darunter der Fahrer und Kriminalassistent Stenström?

Antwort: Ja.

Frage: Hören Sie bitte einen Augenblick genau zu. Wir haben Beweise, daß eins der Opfer noch lebte und noch vor der allgemeinen Absperrung von einem Krankenwagen abtransportiert worden ist.

Antwort: Ja, und?

Frage: Stimmt das?

Antwort: Nächste Frage.

Frage: Soviel ich gehört habe, waren Sie einer der ersten Polizisten, die am Tatort eintrafen. Stimmt das?

Antwort: Ja.

Frage: Wann trafen Sie am Tatort ein?

Antwort: Um 23.25 Uhr.

Frage: Wie sah es um diese Zeit im Bus aus?

Antwort: Was glauben Sie denn?

Frage: Kann man sagen, daß dies der schrecklichste Anblick Ihres Lebens war?

Gunvald Larsson sah den Fragesteller, einen sehr jungen Mann mit einer runden Stahlbrille und ungepflegtem rotem Bart, ausdruckslos an. »Nein, das kann man nicht sagen.«

Es schien, daß diese Antwort eine gewisse Unsicherheit unter den Anwesenden hervorrief. Eine Journalistin zog die Augenbrauen hoch und fragte ungläubig: »Wie sollen wir das verstehen?«

»Genauso wie ich es gesagt habe.«

Bevor Gunvald Larsson zur Polizei gekommen war, gehörte er als Berufsoffizier der Kriegsmarine an. Im August 1943 war er an der Bergung des U-Bootes »Ulven« beteiligt gewesen, das auf eine Mine gelaufen war und drei Monate auf dem Meeresboden gelegen hatte. Mehrere der fünfunddreißig toten Seeleute hatten mit ihm zusammen die Marineschule besucht. Nach dem Krieg hatte er unter anderem an der Zwangsräumung des Lagers Ränneslätt von den baltischen Kollaborateuren mitgewirkt. Außerdem hatte er geholfen, mehrere tausend Menschen, die aus den deutschen Konzentrationslagern gekommen waren, zu betreuen. Die meisten davon waren Frauen. Viele waren kurz danach gestorben. Er fühlte sich jedoch nicht verpflichtet, diesen jungen Leuten das alles zu erklären, und fragte unverbindlich: »Weitere Fragen?«

»Hat die Polizei schon einen Tatzeugen ausfindig gemacht?«

»Nein.«

»Mitten in Stockholm ist also ein Massenmord begangen worden. Acht Menschen sind dabei ums Leben gekommen, und das ist alles, was die Polizei dazu zu sagen hat?«

»Ja.«

Damit war die Pressekonferenz beendet.

9

Es dauerte eine Weile, bis einer von ihnen bemerkte, daß Rönn mit der Liste gekommen war. Martin Beck, Kollberg, Melander und Gunvald Larsson standen über den Tisch gebeugt, auf dem in unordentlichen Haufen die Fotografien vom Tatort lagen. Schließlich sagte Rönn: »Hier habe ich die Liste.«

Er war in Arjeplog geboren und aufgewachsen, und obwohl er schon über zwanzig Jahre in Stockholm lebte, hatte er sich seinen nordländischen Dialekt nicht abgewöhnt.

Er legte das Blatt auf eine Ecke des Tisches, zog sich umständlich einen Stuhl heran und setzte sich.

»Jag uns doch nicht immer solchen Schreck ein«, fuhr Kollberg ihn an. Bis dahin war es totenstill im Zimmer gewesen, so daß er beim Klang von Rönns Stimme zusammengezuckt war.

»Nun laß schon sehen«, sagte Gunvald Larsson ungeduldig und streckte die Hand nach der Liste aus. Er warf einen Blick darauf und gab sie Rönn zurück. »Noch krakeliger ging's wohl nicht. Kannst du das eigentlich selber lesen? Hast du Abschriften machen lassen?«

»Selbstverständlich. Ihr bekommt gleich jeder euern Durchschlag.«

»Okay«, warf Kollberg ein, »nun fang endlich an.«

Rönn setzte seine Brille auf und räusperte sich. Er überflog seine Notizen. »Vier der acht Ermordeten wohnten in der Nähe der Endstation«, begann er. »Auch der Überlebende wohnt da.«

»Wenn du kannst, bitte der Reihe nach«, unterbrach Martin Beck.

»Fangen wir mit dem Fahrer an. Er hat zwei Schüsse ins Genick gekriegt, einen in den Hinterkopf. Er muß sofort tot gewesen sein.«

Martin Beck brauchte sich die Bilder nicht anzusehen, die Rönn aus dem Stapel auf dem Tisch zog. Nur zu gut erinnerte er sich daran, wie dieser Mann ausgesehen hatte.

»Name: Gustav Bengtsson, 48 Jahre alt, verheiratet, zwei Kinder und wohnhaft Inedalsgatan 5. Die Familie ist unterrichtet. Dem Fahrplan nach war es seine letzte Fahrt während dieser Schicht. Von der Endstation hätte er den Bus zum Depot Hornsberg in der Lindhagensgatan fahren sollen. Die Kasse war unberührt, in seiner Brieftasche hatte er 120 Kronen.«

Über die Brille hinweg sah Rönn die anderen an. »Im Augenblick ist das alles über ihn.«

»Weiter«, drängte Melander.

»Wenn ich sie jetzt in der gleichen Reihenfolge nehme, wie auf dem Plan da, ist Åke Stenström der nächste. Er hat fünf Einschüsse im Rücken und einen seitlich in der Schulter, das kann aber auch ein Querschläger gewesen sein. Er war 29 Jahre alt, wohnhaft ...«

Gunvald Larsson ließ ihn nicht ausreden: »Das brauchst du nicht vorzulesen. Wir wissen alle, wo er gewohnt hat.«

»Bitte – ich wußte es nicht!«

»Weiter«, sagte Melander.

Rönn hustete. »Er wohnte in der Tjärhovsgatan zusammen mit seiner Verlobten ...«

Wieder unterbrach ihn Gunvald Larsson. »Sie waren nicht verlobt. Neulich habe ich ihn noch danach gefragt.«

Martin Beck warf Gunvald Larsson einen ärgerlichen Blick zu und winkte Rönn, fortzufahren. Der las weiter:

»... zusammen mit seiner Verlobten Åsa Torell, 24 Jahre alt, von Beruf Angestellte im Reisebüro.« Er schielte zu Gunvald Larsson hin. »Ist sie eigentlich benachrichtigt worden?«

Melander nahm die Pfeife aus dem Mund. »Natürlich.«

Keiner der fünf Männer verspürte das Bedürfnis, sich die Bilder von Stenströms zerfetztem Körper noch einmal anzusehen.

»In der rechten Hand hielt er seine Dienstpistole. Die Waffe war entsichert, es fehlte aber keine Patrone. Bei sich hatte er eine Brieftasche mit 37 Kronen, Ausweis, ein Foto von Åsa Torell, einen Brief von seiner Mutter, Notizbuch, verschiedene Kugelschreiber und ein Schlüsselbund. Wenn die im Labor damit fertig sind, kriegen wir die Sachen rübergeschickt. Kann ich weitermachen?«

»Ja, bitte«, nickte Kollberg.

»Das Mädchen auf dem Platz neben Stenström hieß Britt Danielsson, 28 Jahre, ledig und als Krankenschwester im Krankenhaus Sabbatsberg beschäftigt.«

»Ich überlege, ob die beiden wohl zusammen unterwegs waren«, unterbrach Gunvald Larsson. »Vielleicht 'n kleiner Seitensprung.«

»Das müssen wir nachprüfen«, murmelte Kollberg.

»Sie wohnte zusammen mit einer Kollegin Karlbergsvägen 87. Von dieser Kollegin, Monika Granholm, wissen wir, daß Britt sofort nach dem Dienst nach Hause fahren wollte. Sie wurde von einem Schuß in die Schläfe getroffen. Sie ist die einzige im Bus, die nur eine Kugel abbekommen hat. In der Handtasche hatte sie insgesamt 38 einzelne Gegenstände. Soll ich die alle einzeln aufzählen?«

»Nein, zum Kuckuck«, fauchte Gunvald Larsson.

»Nummer vier auf meiner Liste und auf dem Plan ist Alfons Schwerin, der Überlebende. Er lag mit dem Rücken auf dem Boden zwischen den hinteren Querbänken. Seine Verletzungen sind euch bekannt: Bauchschuß und eine Kugel in der Herzgegend. Er ist alleinstehend, wohnt Norra Stationsgatan 117. Er ist 43 Jahre alt und Kommunalarbeiter beim Straßenbauamt. Wie geht es ihm überhaupt?«

»Er ist immer noch bewußtlos«, antwortete Martin Beck, »die Ärzte sagen zwar, es besteht die Möglichkeit, daß er wieder zu sich kommt, ob er dann aber sprechen oder sich an irgendwas erinnern kann, läßt sich noch nicht absehen.«

»Mit einem Geschoß im Bauch kann man doch noch sprechen«, meinte Gunvald Larsson verständnislos.

»Der Schock.« Martin Beck schob den Stuhl zurück und streckte sich, dann zündete er sich eine Zigarette an und stellte sich vor den Plan. »Hier in der Ecke, Nummer acht, was ist mit dem?« Er zeigte auf den Platz in der äußersten rechten Ecke des Busses. Rönn blickte auf seine Notizen.

»Acht Schüsse, in die Brust und in den Bauch. Ein Araber namens Mohammed Boussie, algerischer Staatsangehöriger, 36 Jahre, keine Verwandten in Schweden. Er wohnte in einer Art Pension in der Norra Stationsgatan. War offenbar auf dem Heimweg von seiner Arbeit im Grillrestaurant ›Zig-Zag‹ in der Vasagatan. Im Augenblick wissen wir nichts weiter über ihn.«

»Arabien«, meinte Gunvald Larsson nachdenklich, »das ist doch da, wo jetzt dauernd rumgeknallt wird?«

»Deine politischen und geographischen Kenntnisse sind überwältigend«, erwiderte Kollberg, »du solltest dich zur Sipo versetzen lassen.«

»Sicherheitsabteilung der Reichspolizeiverwaltung heißt das«, verbesserte Gunvald Larsson.

Rönn stand auf, suchte einige Bilder aus dem Stapel heraus und legte sie nebeneinander auf den Tisch. »Wer dieser Mann hier ist, haben wir noch nicht ermitteln können. Nummer sechs. Er saß am Fenster gleich hinter der Mitteltür und wurde von sechs Geschossen getroffen. In der Tasche hatte er ein Heft Streichhölzer, eine Schachtel Zigaretten, einen Busfahrschein und 1 823 Kronen in bar. Das ist alles über ihn.«

»Viel Geld«, meinte Melander versonnen.

Sie beugten sich über den Tisch und betrachteten die Bilder des Unbekannten. Er war auf dem Sitz zur Seite gerutscht, der Oberkörper war zusammengesunken, die Arme hingen herab, und das linke Bein war zum Gang hin ausgestreckt. Die Vorderseite seines Mantels war von Blut durchtränkt. Er hatte kein Gesicht mehr.

»Wirklich ärgerlich, daß es gerade der sein muß«, sagte Gunvald Larsson. »Nicht mal seine eigene Mutter würde ihn so wiedererkennen.«

Martin Beck stand schon wieder vor dem Plan. Er hatte die linke Hand vor die Augen gelegt und sagte: »Ich frage mich immer wieder, ob es nicht doch zwei gewesen sein können.«

Die anderen sahen ihn an.

»Zwei was?« fragte Gunvald Larsson.

»Die geschossen haben. Überlegt doch mal, wie ordentlich alle auf ihren Plätzen saßen. Bis auf den, der noch lebt, aber der kann ja auch hinterher vom Sitz gerutscht sein.«

»Zwei Verrückte gleichzeitig?« Gunvald Larssons Stimme klang skeptisch.

Kollberg erhob sich und stellte sich neben Martin Beck. »Du meinst, einer von denen hätte reagieren müssen, sofern es nur ein Schütze war. Vielleicht. Aber wahrscheinlich ging alles ganz schnell, dazu kam das Überraschungsmoment ...«

»Sollen wir nicht mit der Liste weitermachen? Wenn der Laborbericht vorliegt, erfahren wir ja, ob eine oder mehrere Waffen benutzt worden sind.«

»Natürlich«, murmelte Martin Beck, »mach weiter, Einar.«

»Als Nummer sieben haben wir Werkmeister Johan Källström. Er saß neben dem, der bis jetzt noch nicht identifiziert worden ist, 52 Jahre alt, verheiratet, wohnhaft Karlbergsvägen 89. Seine Frau sagt, daß er aus der Werkstatt in der Sibyllegatan kam, wo er Überstunden gemacht hatte. Also nichts Außergewöhnliches.«

»Abgesehen davon, daß ihm jemand auf dem Heimweg von der Arbeit den Bauch mit Blei vollgepumpt hat«, bemerkte Gunvald Larsson.

»Am Fenster, direkt vor den Mitteltüren, haben wir Gösta Assarsson. Nummer acht. 42 Jahre alt. Der halbe Kopf wurde ihm weggeschossen. Anschrift Tegnérgatan 40. Dort befindet sich auch sein Büro und die Im- und Exportfirma, die er mit seinem Bruder zusammen leitete. Seine Frau wußte nicht, warum er sich in diesem Bus befand. Sie war der Meinung, er sei bei einem Vereinstreffen auf dem Narvavägen.«

»Aha«, warf Gunvald Larsson dazwischen, »also möglicherweise auf Abwegen.«

»Das könnte zutreffen. In der Aktentasche hatte er eine Flasche Whisky. Johnnie Walker, Black Label.«

Kollberg schnalzte genießerisch mit der Zunge.

»Außerdem hatte er sieben Kondome in der Westentasche, dazu sein Scheckheft und über 800 Kronen in bar.«

»Warum ausgerechnet sieben?« fragte Gunvald Larsson, ohne mit einer Antwort zu rechnen.

Die Tür ging auf, und Ek steckte den Kopf ins Zimmer. »Schönen Gruß von Hammar, alle sollen in einer Viertelstunde zu ihm kommen. Besprechung. Also Viertel vor elf.« Er verschwand wieder.

»Okay, machen wir weiter«, sagte Martin Beck. »Wo waren wir stehengeblieben?«

»Bei dem Mann mit den sieben Gummis«, antwortete Gunvald Larsson.

»Noch irgendwas Besonderes mit ihm?«

Rönn überflog sein vollgekritzeltes Blatt. »Ich glaube nicht.«

»Na, dann weiter.« Martin Beck setzte sich an Gunvald Larssons Schreibtisch.

»Zwei Plätze vor Assarsson saß Nummer neun. Frau Hildur Johansson, 68 Jahre alt, Witwe, wohnhaft Norra Stationsgatan 110. Hals durchschossen und Steckschuß in der Schulter. Sie hat gestern abend bei ihrer Tochter in der Västmannagatan auf ihr Enkelkind aufgepaßt und war auf dem Weg nach Hause.«

Rönn faltete sein Blatt zusammen und steckte es in die Jackentasche. »Das waren sie alle«, sagte er.

Gunvald Larsson seufzte und legte die Fotos zu neun ordentlichen Stapeln zusammen.

Melander klopfte seine Pfeife aus, murmelte etwas vor sich hin und verschwand aufs Klo.

Kollberg kippte mit seinem Stuhl hintenüber und faßte zusammen: »Was können wir aus all den Angaben für Schlüsse ziehen? An einem Abend wie an jedem anderen werden in einem Linienbus neun ganz gewöhnliche Menschen mit einer Maschinenpistole umgelegt. Abgesehen von dem einen Knaben, den wir noch nicht identifiziert haben, kann ich an keinem Opfer irgend etwas Besonderes finden.«

»Richtig«, sagte Martin Beck, »aber was ist mit Stenström? Was hatte der in dem Bus zu suchen?«

Keiner der Anwesenden antwortete.

Eine Stunde später stellte Hammar genau die gleiche Frage an Martin Beck. Hammar hatte eine spezielle Fahndungsgruppe von siebzehn erfahrenen Kriminalbeamten unter seiner Leitung zusammengestellt, die ab sofort ausschließlich den Busmord bearbeiten sollte.

Gemeinsam wurden die bisher zusammengetragenen mageren Fakten durchgesprochen und die Aufgaben verteilt.

Als die Konferenz zu Ende war und alle außer Martin Beck und Lennart Kollberg den Raum verlassen hatten, fragte Hammar: »Was hatte Stenström in dem Bus zu suchen?«

»Keine Ahnung«, antwortete Martin Beck.

»Offenbar weiß auch niemand, woran er in den letzten Wochen gearbeitet hat. Oder irre ich mich?«

Kollberg breitete die Arme aus und zuckte die Achseln. »Außer dem üblichen Bürodienst wüßte ich nichts. Wahrscheinlich an nichts Besonderem.«

»In der letzten Zeit war nicht viel zu tun«, schaltete Martin Beck sich ein. »Er hat deshalb viel freie Zeit gehabt. War auch mal nötig, nach all den Überstunden, die er gemacht hat.«

Hammar trommelte mit den Fingern auf der Tischplatte und überlegte eine Weile. »Wer hat es seiner Verlobten mitgeteilt?« fragte er dann.

»Melander«, antwortete Kollberg.

»Meines Erachtens solltet ihr euch so schnell wie möglich noch mal ausführlich mit ihr unterhalten. Sie muß doch wissen, womit er gerade beschäftigt war.«

Er machte eine Pause und fügte zögernd hinzu: »Wenn er nicht ...«

»Was meinst du?« fragte Martin Beck.

»Wenn er nicht ein Verhältnis mit der Krankenschwester in dem Bus da gehabt hat«, antwortete Kollberg an Hammars Stelle.

Hammar schwieg.

»Oder aus gleichen Gründen unterwegs zu einer anderen war«, fügte Kollberg hinzu.

Hammar nickte. »Ihr müßt das untersuchen«, sagte er.

10

Die beiden Männer, die vor dem Polizeigebäude Kungsholmen standen, waren nicht zu beneiden. Sie trugen Uniformmützen und Lederjacken mit vergoldeten Knöpfen. Am Koppel hatte jeder der beiden seine Dienstpistole und den Gummiknüppel. Sie hießen Kristiansson und Kvant.

Eine elegant gekleidete ältere Dame trat auf sie zu. »Ach bitte, wie komme ich wohl nach der Hjärnegatan?«

»Weiß ich auch nicht«, entgegnete Kvant, »am besten, Sie fragen einen Polizisten. Da drüben steht einer.«

Die Dame sah ihn verwundert an. »Wir kennen uns hier auch nicht so richtig aus«, versuchte Kristiansson zu erklären.

Kopfschüttelnd blickte die Frau ihnen nach, als sie die Außentreppe hinaufstiegen.

»Was glaubst du wohl, was die von uns wollen?« fragte Kristiansson besorgt.

»Ist doch klar, aussagen sollen wir«, antwortete Kvant. »Wir waren doch zuerst am Bus.«

»Hast recht, aber ...«

»Kein Aber, Kalle, komm, da ist der Fahrstuhl.«

Im zweiten Stock trafen sie Kollberg auf dem Flur. Unlustig erwiderte er ihren Gruß, öffnete eine Tür und rief: »Gunwald, die beiden Kollegen aus Solna sind jetzt da!«

»Sag ihnen, sie sollen warten«, hörten sie eine Stimme von drinnen.

»Wartet hier«, sagte Kollberg und verschwand.

Sie standen länger als zwanzig Minuten herum. Dann reckte sich Kvant und sagte: »Wirklich 'ne Zumutung, seine freie Zeit hier vertrödeln zu müssen. Ich hab Siv versprochen, daß ich auf die Kinder aufpasse, weil sie heute zum Doktor muß.«

»Hast du erzählt«, antwortete Kristiansson gelangweilt.

»Sie hat noch immer diese Unterleibsschmerzen.«

»Ja, hast du auch schon erzählt.«

»Jetzt ist sie bestimmt wütend auf mich. Ich versteh die Frau nicht mehr. Sie wird von Tag zu Tag häßlicher. Hat Kerstin auch solchen dicken Hintern gekriegt?«

Kristiansson antwortete nicht. Kerstin war seine Frau, und er sprach ungern über sie.

Kvant hatte dafür kein Verständnis.

Fünf Minuten später öffnete Gunvald Larsson die Tür und sagte schroff: »Herein mit euch.«

Sie traten ein und setzten sich. Gunvald Larsson musterte sie kritisch. Dann nahm er hinter seinem Schreibtisch Platz, seufzte und begann: »Wie lange seid ihr schon bei der Polizei?«

»Acht Jahre«, antwortete Kvant.

Gunvald Larsson nahm ein Schriftstück vom Tisch. »Könnt ihr lesen?« fragte er.

»Ja, klar«, platzte Kristiansson heraus, bevor Kvant ihn daran hindern konnte.

»Dann lest mal.«

Gunvald Larsson schob ihnen ein Blatt über den Tisch zu. »Begreift ihr, was da steht? Oder muß ich euch das näher erklären?«

Kristiansson schüttelte den Kopf.

»Ich tu es gern«, sagte Gunvald Larsson sarkastisch. »Das ist ein vorläufiger Bericht von der Spurensicherung. Da steht, daß zwei Männer mit Schuhgröße 46 ungefähr hundert Fußabdrücke in dem verdammten Bus hinterlassen haben, sowohl unten wie auch oben. Was meint ihr wohl, wer das gewesen sein kann?«

Einen Moment war es still im Zimmer.

»Um die Sache noch deutlicher zu machen, kann ich euch mitteilen, daß ich eben mit einem Sachverständigen aus dem Labor gesprochen habe; nach seiner Beschreibung hat der Tatort ausgesehen, als ob eine Herde von Nilpferden dort gehaust hätte. Er wollte kaum glauben, daß zwei Menschen es fertiggebracht haben, in so kurzer Zeit praktisch sämtliche Spuren unkenntlich zu machen.«

Kvant starrte den Mann hinter dem Schreibtisch wütend an.

»Erfahrungsgemäß tragen Nilpferde keine Waffen« – Gunvald Larsson grinste spöttisch –, »aber eigenartigerweise hat jemand mit einer 7,65-Millimeter-Walther in dem Bus herumgeknallt, genauer gesagt, an der vorderen Treppe nach oben. Das Geschoß prallte am Dach ab und wurde in der Polsterung eines der Sitze im oberen Teil des Wagens gefunden. Was meint ihr, wer da geschossen hat?«

»Wir«, antwortete Kristiansson kleinlaut, »das heißt ich.«

»Ach so, wirklich? Und warum?«

Kristiansson kratzte sich am Hals. »Nur so.«

»Ein Warnschuß«, fügte Kvant hinzu.

»Wen wolltet ihr denn warnen?«

»Wir dachten, daß der Mörder vielleicht noch im Bus war und sich da oben versteckt hatte«, antwortete Kvant.

»Na und, war er da?«

»Nein.«

»Woher wußtet ihr das denn? Was habt ihr nach der Schießerei gemacht?«

»Wir sind raufgegangen und haben nachgesehen«, antwortete Kristiansson.

»Da war aber keiner«, ergänzte Kvant.

Gunvald Larsson musterte die beiden eine halbe Minute lang, dann hieb er zornig mit der Faust auf den Tisch. »Ihr seid alle beide raufgegangen? Wie kann man bloß so verrückt sein.«

»Wir sind von verschiedenen Seiten gekommen«, verteidigte sich Kvant zögernd, »ich ging von hinten rauf, und Kalle nahm die Vordertreppe.«

»Damit der da oben nicht abhauen konnte«, fügte Kristiansson hinzu.

»Verdammt noch mal, da war doch gar keiner mehr oben. Das einzige, was ihr erreicht habt, ist, daß ihr alle Spuren, die es in dem verfluchten Bus gab, zerstört habt. Von denen draußen gar nicht zu reden. Und warum seid ihr denn zwischen den Leichen herumgetrampelt?«

»Wir mußten doch nachsehen, ob vielleicht noch einer lebte!« Kristiansson schluckte und wurde bleich.

»Nu fang hier nicht noch mal an zu kotzen, Kalle«, mahnte ihn Kvant.

Die Tür ging auf, und Martin Beck kam herein.

Kristiansson stand sofort auf, Kvant nach kurzem Zögern ebenfalls.

Martin Beck nickte ihnen zu. »Schreist du hier so rum? Es hat doch keinen Sinn, die beiden anzubrüllen«, wandte er sich an Gunvald Larsson.

»Irrtum«, entgegnete dieser, »es ist sogar von großer Wichtigkeit.«

»Wieso?«

»Die beiden Idioten ...« Er unterbrach sich und suchte nach einem freundlicheren Ausdruck. »Die beiden Kollegen sind nämlich die einzigen Zeugen, die wir haben. Nun hört mal gut zu. Wann seid ihr bei dem Bus angekommen?«

»Um 23.13 Uhr. Ich hab auf die Uhr gesehen«, antwortete Kvant.

»Und ich saß auf diesem Platz hier und wurde um 23.18 Uhr alarmiert. Wenn wir nun mal mit langen Zeitspannen rechnen und sagen, daß ihr eine halbe Minute an euerm Funkgerät gefummelt habt und die Alarmzentrale fünfzehn Sekunden brauchte, um mich zu erreichen, dann bleiben noch ganze vier Minuten. Was habt ihr in dieser Zeit gemacht?«

»Na ja«, begann Kvant.

»Ich will's euch sagen. Ihr seid wie die Wilden durch Blut und Hirn getrampelt und habt die Leichen hin und her geschubst. Vier Minuten lang.«

»Ich kann wirklich nicht einsehen...«, begann Martin Beck noch einmal, aber Gunvald Larsson ließ ihn nicht zu Wort kommen.

»Moment noch. Abgesehen davon, daß diese komischen Figuren hier vier Minuten damit zugebracht haben, die Spuren zu verwischen, sind sie um 23.13 Uhr am Tatort eingetroffen. Und zwar fuhren sie nicht aus eigenem Antrieb hin, sondern wurden von dem Mann hingeschickt, der den Bus zuerst entdeckt hat. Stimmt's?«

»Ja«, gab Kvant kleinlaut zu.

»Der Mann mit dem Hund«, fügte Kristiansson hinzu.

»Eben. Die beiden wurden von jemand auf den Bus aufmerksam

gemacht und hielten es nicht mal für nötig, den Mann nach seinem Namen zu fragen. Wir hätten ihn vielleicht nie ausfindig gemacht, wenn er nicht so anständig gewesen wäre, heute hier vorbeizukommen. Wann habt ihr den Mann gesehen?«

»Ungefähr zwei Minuten bevor wir bei dem Bus eintrafen«, antwortete Kristiansson und blickte auf seine Stiefelspitzen.

»Genau. Und das hat so lange gedauert, weil ihr, wie der Mann sagte, mindestens eine Minute Zeit vertan habt. Ihr mußtet ihn ja auch unbedingt anschnauzen wegen des Hundes, nicht wahr?«

»Ja«, murmelte Kristiansson.

»Die Uhr war also schätzungsweise zehn oder elf Minuten nach, als ihr den Tip bekommen habt. Wie weit war der Mann von dem Bus entfernt, als er euch angehalten hat?«

»Ungefähr dreihundert Meter«, antwortete Kvant.

»Ganz recht.« Gunvald Larsson sah ihn durchdringend an. »Und weil der Mann siebzig Jahre alt ist und außerdem einen kranken Tekkel hinter sich herschleppen mußte ...«

»Krank?« wiederholte Kvant verwundert.

»Sagte ich doch«, blaffte Gunvald Larsson. »Der verdammte Köter hat was am Rückgrat und kann kaum die Hinterbeine bewegen.«

»Endlich begreife ich, was du meinst«, warf Martin Beck ein.

»Siehst du! Ich habe den Mann heute die Strecke noch mal zur Probe laufen lassen. Mit Hund. Dreimal, öfter hat das Vieh es nicht geschafft.«

»Das ist ja Tierquälerei«, rief Kvant erregt dazwischen.

Martin Beck blickte ihn überrascht und interessiert an.

»Jedenfalls haben die beiden es bei keinem Versuch auf weniger als drei Minuten gebracht. Also hat der Alte den haltenden Bus spätestens sieben Minuten nach elf bemerkt. Und wir wissen mit ziemlicher Sicherheit, daß der Massenmord drei bis vier Minuten vorher begangen wurde.«

»Woher denn?« entfuhr es Kvant und Kristiansson gleichzeitig.

»Das geht euch gar nichts an«, erwiderte Gunvald Larsson lässig.

»Kriminalassistent Stenströms Uhr«, mischte sich Martin Beck ein. »Ein Geschoß durchschlug seinen Brustkorb und blieb im rechten Handgelenk stecken. Dabei wurde die Krone an seiner Armbanduhr, einer Omega Speedmaster, abgerissen, was, wie die Experten sagen, dazu führte, daß die Uhr im selben Moment stehenblieb. Die Zeiger standen auf drei Minuten und siebenunddreißig Sekunden nach elf.«

Gunvald Larsson sah ihn mißbilligend an.

»Wir kannten Kriminalassistent Stenström«, sagte Martin Beck bedrückt. »Er war ein Pünktlichkeitsfanatiker, und seine Uhr ging immer genau. Mach weiter, Gunvald.«

»Dieser Mann mit dem Hund kam die Norrbackagatan aus Richtung Karlbergsvägen herunter. Am Anfang der Norrbackagatan hat der Bus ihn sogar noch überholt. Er brauchte ungefähr fünf Minuten, um diese Straße entlangzugehen, der Bus schaffte die gleiche Strecke in fünfundvierzig Sekunden. Auf dem Weg ist er niemandem begegnet. Als er um die Ecke bog, sah er den Bus auf der gegenüberliegenden Straßenseite stehen.«

»Und dann?« fragte Kvant aufgeregt.

»Du hältst den Mund!« sagte Gunvald Larsson barsch.

Kvant machte eine heftige Bewegung und wollte Einspruch erheben, sah dann aber zu Martin Beck hinüber und riß sich zusammen.

»Daß die Fenster durch Schüsse beschädigt worden waren, hat er nicht bemerkt. Das haben übrigens die beiden Helden hier auch nicht beachtet, als sie sich endlich hinbemüht hatten. Dagegen sah er, daß die vordere Tür offenstand. Er glaubte, daß es sich um einen Unfall handle, und wollte möglichst schnell Hilfe heranholen. Der Mann überlegte richtig, daß er am ehesten jemand bei der Endhaltestelle treffen würde, und lief daher nicht den Weg zurück, sondern in südwestlicher Richtung die Norra Stationsgatan entlang.«

»Warum?« fragte Martin Beck.

»Er dachte, daß an der Endhaltestelle ein zweiter Bus stehen würde. Das war nicht der Fall, statt dessen stieß er unglücklicherweise auf einen Streifenwagen.« Gunvald Larsson warf Kristiansson und Kvant einen vernichtenden Blick aus seinen blauen Augen zu. »Einen Streifenwagen aus Solna, der sich über die Grenzen seines Bezirks schlich. Nun mal raus mit der Sprache, wie lange habt ihr gestanden und überlegt, mit laufendem Motor und den Vorderrädern auf der Stadtgrenze?«

»Drei Minuten«, bekannte Kvant.

»Wohl eher vier oder fünf«, meinte Kristiansson.

Kvant warf ihm einen wütenden Seitenblick zu.

»Und habt ihr irgend jemanden auf der Straße bemerkt?«

»Nein, niemand, bevor uns der Mann mit dem Hund anhielt.«

»Damit wäre bewiesen, daß der Täter sich weder in südwestlicher Richtung, also über die Norra Stationsgatan, noch nach Süden, über die Norrbackagatan, abgesetzt hat. Wenn wir davon ausgehen, daß er nicht über das Bahngelände geflohen ist, bleibt nur noch eine Möglichkeit übrig: die Norra Stationsgatan in entgegengesetzter Richtung.«

»Woher wissen wir denn, daß er nicht über die Gleise gerannt ist?« wollte Kristiansson wissen.

»Weil das die einzige Stelle war, wo noch Spuren festgestellt werden konnten. Ihr habt nämlich vergessen, über den Zaun zu klettern und auch dort noch rumzutrampeln.«

»Okay, Gunvald, du hast dein Ziel erreicht«, sagte Martin Beck. »Gut so. Aber wie gewöhnlich hast du verdammt lange gebraucht, um zur Sache zu kommen.«

Kristiansson und Kvant blickten sich bei diesem Satz erleichtert und verständnisvoll an. Aber Gunvald Larsson wandte sich ihnen sofort wieder zu. »Wenn sich auch nur eine Spur von Grips in euren Schädeln befände, hättet ihr euch sofort wieder in euren Wagen gesetzt, wärt dem Mörder nachgefahren und hättet ihn festgenommen.«

»Und wären auch noch abgeschlachtet worden«, erwiderte Kristiansson aufsässig.

»Wenn ich den Kerl stelle, dann werde ich euch beide als Deckung vor mir herschieben«, versprach Gunvald Larsson wütend.

Kvant blickte verstohlen auf seine Uhr. »Können wir jetzt gehen? Meine Frau ...«

»Na los, haut bloß ab hier!«

Gunvald Larsson übersah Martin Becks vorwurfsvollen Blick und stöhnte: »Warum haben die nicht geschaltet?«

»Manche Leute brauchen eben länger, um einen Entschluß zu fassen«, entgegnete dieser freundlich. »Das gilt nicht nur für Detektive.«

11

»Jetzt müssen wir uns aber vorbereiten.« Gunvald Larsson knallte die Tür hinter sich zu. »Um Punkt drei ist die Besprechung bei Hammar. Also in zehn Minuten.«

Martin Beck, der gerade mit dem Hörer am Ohr an seinem Schreibtisch saß, warf ihm einen wütenden Blick zu, und Kollberg sah von seinen Papieren auf und brummte unfreundlich: »Als ob wir das nicht selber wüßten. Aber versuch du mal, dich mit leerem Magen zu konzentrieren, da wirst du sehen, wie leicht das ist!«

Kollberg war meistens guter Laune, konnte diese aber schnell verlieren, wenn er ausnahmsweise keine Zeit fand, zum Essen zu gehen. Die Arbeit an diesem Fall ließ ihm keine Zeit dazu. Er hatte schon drei Mahlzeiten ausgelassen und war dementsprechend kurz angebunden. Außerdem meinte er, Gunvald Larssons zufriedener Miene entnehmen zu können, daß dieser gerade einen Happen gegessen hatte, und der Gedanke daran stimmte ihn nicht freundlicher.

»Wo bist du gewesen?« erkundigte er sich mißtrauisch.

Gunvald Larsson antwortete nicht. Kollberg sah ihm nach, wie er das Zimmer durchquerte und sich hinter seinen Schreibtisch setzte.

Martin Beck legte den Hörer auf. »Was machst du hier für einen Lärm?« fragte er, erhob sich und ging hinüber zu Kollberg.

»Anruf vom Labor. Die haben insgesamt 68 leere Hülsen gefunden.«

»Welches Kaliber?«

»Wie wir schon gedacht haben. Neun Millimeter. Nichts spricht dagegen, daß 67 aus einer Waffe abgefeuert worden sind.«

»Und die achtundsechzigste?«

»Walther 7,65.«

»Der Schuß, den dieser Kristiansson gegen das Dach losgelassen hat«, stellte Kollberg fest.

»Klar.«

»Das bedeutet, daß es also doch nur ein Verrückter gewesen ist«, folgerte Gunvald Larsson.

»Genau.« Martin Beck ging an den Plan und zeichnete ein Kreuz vor die mittleren Türen

»Ja. Da muß er gestanden haben«, bestätigte Kollberg.

»Dann wird auch klar ...«

»Was soll dadurch klarwerden?« fragte Larsson.

Martin Beck antwortete nicht.

»Was wolltest du sagen?« fragte Kollberg. »Was ist dir klar?«

»Warum Stenström nicht mehr schießen konnte«, erwiderte Martin Beck.

Die anderen sahen ihn verwundert an.

»Versteh ich nicht«, sagte Gunvald Larsson kopfschüttelnd.

»Vielleicht irre ich mich ja auch.« Martin Beck rieb sich nachdenklich mit Daumen und Zeigefinger die Nase.

Hammar stieß die Tür auf und betrat zusammen mit Ek und einem Beamten der Staatsanwaltschaft den Raum.

»Besprechung«, sagte er unfreundlich, »seht zu, daß wir nicht dauernd gestört werden. Seid ihr soweit?«

Martin Beck sah ihn stirnrunzelnd an. Auf die gleiche Art war Stenström immer ins Zimmer geplatzt, überraschend und ohne anzuklopfen. Fast jedesmal. Und das war ausgesprochen störend gewesen.

»Was ist denn das da?« fragte Gunvald Larsson. »Die Abendzeitungen?«

»Ja«, bestätigte Hammar, »sehr ermutigend!«

Er hielt die Zeitungen hoch und betrachtete sie ärgerlich. Die Schlagzeilen waren groß und schwarz, die Artikel dagegen dürftig und nichtssagend.

»Ich zitiere«, sagte Hammar, »›Das Verbrechen des Jahrhunderts‹, sagt der erfahrene Fahndungsbeamte der Stockholmer Kriminalpolizei, Gunvald Larsson, und fügt hinzu: ›Das war der gräßlichste Anblick in meinem Leben.‹ Zwei Ausrufezeichen.«

Gunvald Larsson lehnte sich im Stuhl zurück und runzelte die Stirn.

»Tröste dich, du bist in feiner Gesellschaft« – Hammar nickte ihm zu –, »der Justizminister hat auch eine Erklärung abgegeben. ›Die steigende Zahl der Verbrechen muß unbedingt gestoppt werden. Die Polizei wird keine Anstrengungen scheuen, um den Täter unverzüglich zu ergreifen.‹«

Er sah von einem zum anderen und fügte hinzu: »Und das ist alles, was sie dafür einsetzen kann!«

Martin Beck schnaubte sich die Nase.

Hammar las weiter: »›Schon jetzt besteht das Aufgebot aus mehreren hundert tüchtigen Experten aus dem ganzen Land. Die größte Fahndungsgruppe, die in der Geschichte unserer Verbrechensbekämpfung je aufgestellt worden ist.‹«

Kollberg seufzte und kratzte sich am Kopf.

»Diese Politiker«, murmelte Hammar vor sich hin. Er warf die Zeitungen auf den Tisch und sah sich um. »Wo ist Melander?«

»Spricht mit den Psychologen.«

»Und Rönn?«

»Im Krankenhaus.«

»Habt ihr von dort was Neues gehört?«

Martin Beck schüttelte den Kopf. »Sie operieren immer noch.«

»Dann wollen wir mal rekonstruieren.«

Kollberg suchte zwischen seinen Zetteln. Er begann: »Der Bus fuhr gegen 22 Uhr von Bellmansro ab.«

»Gegen?«

»Ja. Der ganze Fahrplan war wegen der Tumulte auf dem Strandvägen durcheinandergekommen. Die Busse saßen in den Autoschlangen fest oder konnten wegen der Polizeisperren nicht weiterfahren. Als die Verspätungen immer größer wurden, bekamen die Fahrer Anweisung, an den Endstationen nicht die übliche Pause zu machen, sondern gleich wieder umzukehren.«

»Über Funk?«

»Ja. An die Fahrer der Linie 47 ging die Anweisung kurz nach neun raus. Über den Sender der Stockholmer Verkehrsbetriebe.«

»Weiter, bitte.«

»Wir gehen davon aus, daß es Leute geben muß, die auf dieser speziellen Fahrt ein Stück den Bus benutzt haben. Vorläufig haben wir allerdings noch keinen solchen Zeugen gefunden.«

»Abwarten«, unterbrach Hammar und deutete auf die Zeitungen. »Wenn die raus sind, kommen noch mehr als genug.«

»Stenströms Uhr ist 37 Sekunden nach 23.03 stehengeblieben«, las Kollberg monoton weiter. »Man kann daraus folgern, daß der Schuß genau zu diesem Zeitpunkt abgefeuert wurde.«

»Der erste oder der letzte?« fragte Hammar.

»Der erste«, antwortete Martin Beck.

Er drehte sich zum Plan an der Wand und wies mit dem Zeigefinger auf das Kreuz, das er dort eingezeichnet hatte.

»Wir nehmen an, daß der Schütze hier stand, auf der freien Fläche mitten vor den Türen.«

»Wie kommst du zu der Annahme?«

»Durch Einschußwinkel und Lage der Patronenhülsen.«

»Wird akzeptiert. Weiter!«

»Wir setzen voraus, daß der Betreffende drei Feuerstöße abgegeben hat. Den ersten nach vorn; dabei wurden alle Personen, die im vorderen Teil des Busses saßen, getroffen. Also die hier auf der Skizze mit eins, zwei, drei, acht und neun bezeichneten. Nummer eins ist der Fahrer, Nummer zwei Stenström.«

»Und dann?«

»Dann drehte er sich um seine eigene Achse, wahrscheinlich rechts herum, und feuerte auf die vier Menschen, die im hinteren Teil saßen. Dabei tötete er Nummer fünf, sechs und sieben und verwundete Nummer vier, also Schwerin. Schwerin lag auf dem Rücken im hinteren Teil des Mittelganges. Wir deuteten das so, daß er auf der linken Sitzbank, die längs zur Fahrtrichtung über dem Radkasten eingebaut ist, saß und noch aufspringen konnte. Er mußte also als letzter getroffen worden sein.«

»Und die dritte Salve?«

»Müßte wieder nach vorn gerichtet gewesen sein.«

»Und die Waffe kann nur eine Maschinenpistole gewesen sein?«

»Ja«, sagte Kollberg, »logischerweise. Wenn es sich um die in der Armee übliche MPi handelt ...«

»Moment mal«, unterbrach ihn Hammar. »Wieviel Zeit kann das in Anspruch genommen haben? Nach vorn schießen, sich halb umdrehen, ein Feuerstoß nach hinten, sich wieder umdrehen und das Magazin leerschießen.«

»Da wir noch nicht wissen, um was für eine Waffe es sich gehandelt hat ...«, begann Kollberg, aber Gunvald Larsson fiel ihm ins Wort: »Ungefähr zehn Sekunden.«

»Wie kam er aus dem Bus heraus?« fragte Hammar weiter.

Martin Beck nickte Ek zu. »Jetzt bist du an der Reihe.«

Ek fuhr sich mit den Fingern durch das weiße Haar, räusperte sich und begann: »Die einzige Tür, die offenstand, war die rechte Hälfte der Vordertür. Durch die muß der Mörder den Bus verlassen haben. Um die Tür öffnen zu können, muß er erst durch den Mittelgang nach vorn zum Fahrersitz gelaufen sein, sich dann über den zusammengesunkenen Fahrer gebeugt und den Hebel umgestellt haben.«

Ek nahm seine Brille, putzte sie mit dem Taschentuch, setzte sie umständlich auf und stellte sich vor den Plan.

»Ich habe hier zwei Bedienungsanweisungen vergrößern lassen«, sagte er. »Auf der ersten sieht man das ganze Armaturenbrett, die zweite zeigt nur den Hebel für die vorderen Türen. Auf der ersten Zeichnung ist der Kippschalter für die Stromkreise der Türen mit der Nummer fünfzehn gekennzeichnet und der Hebel zum Öffnen und Schließen der Türen mit der Nummer achtzehn. Der Hebel befindet sich links vorn vom Lenkrad, etwas unterhalb des Seitenfensters. Er hat, wie ihr hier auf dem Blatt deutlich sehen könnt, fünf verschiedene Schaltmöglichkeiten.«

»So was soll ein normaler Mensch nun begreifen«, warf Gunvald Larsson ein.

Ek ließ sich nicht aus der Ruhe bringen. »In Stellung eins steht der Hebel waagerecht, und alle Türen sind geschlossen. Bei Stellung zwei, eine Stufe nach oben, öffnet sich die rechte der beiden Vordertüren, bei Stellung drei, zwei Stufen höher, öffnen sich beide Vordertüren. Der Hebel hat auch zwei Schaltungen nach unten, nämlich Nummer vier und Nummer fünf. Bei Nummer vier öffnet sich die linke der Vordertüren, und in der untersten öffnen sich wieder beide Vordertüren.«

»Faß doch bitte zusammen.« Hammar wurde ungeduldig.

»Kurz und gut«, fuhr Ek fort, »der Betreffende muß von dem angenommenen Platz vor den Mitteltüren geradeaus durch den Mittelgang nach vorn zum Fahrersitz gelaufen sein. Er hat sich über den Fahrer gebeugt und den Hebel auf Nummer zwei gestellt. Dadurch öffnete sich die rechte der Vordertüren. Also die, die offenstand, als die beiden Polizisten eintrafen.«

Martin Beck nahm sofort den Faden auf. »Tatsächlich deutet manches darauf hin, daß die letzten Schüsse noch abgefeuert wurden, während der Schütze schon durch den Mittelgang nach vorn lief. Und zwar nach links.«

»Reine Schützengrabentaktik«, warf Gunvald Larsson ein.

»Gunvald hat eben einen sehr treffsicheren Kommentar von sich gegeben«, meinte Hammar trocken, »und damit deutlich gemacht, daß er nichts begriffen hat. Die Zeichen deuten nämlich darauf hin, daß der Schütze im Bus sehr gut Bescheid wußte und die Hebel bedienen konnte.«

»Zumindest kannte er sich mit dem Türschalter aus«, korrigierte Ek einschränkend.

Kurze Zeit war es still im Zimmer. Hammar überlegte stirnrunzelnd, dann sagte er: »Ihr meint also wirklich, daß jemand sich plötzlich mitten in den Bus stellte, alle Mitfahrenden umlegte und dann kurzerhand seiner Wege ging? Ohne daß einer reagieren konnte? Ohne daß der Fahrer in seinem Spiegel etwas bemerkte?«

»Nein«, erwiderte Kollberg, »so wohl nicht.«

»Wie stellt ihr es euch denn sonst vor?«

»Daß einer mit der schußbereiten Maschinenpistole die Treppe herunterkam«, sagte Martin Beck.

»Einer, der schon eine Weile oben gesessen hatte«, ergänzte Kollberg, »jemand, der sich die Zeit nahm, den richtigen Moment abzupassen.«

»Woher weiß der Fahrer des Busses, ob sich jemand oben befindet?«

Alle sahen erwartungsvoll zu Ek hin. Der räusperte sich und erklärte: »An den Treppen sind Fotozellen angebracht, die mit einem Zählwerk auf dem Armaturenbrett gekoppelt sind. Jeder Fahrgast, der hinaufgeht, löst einen Impuls aus, so daß der Fahrer die ganze Zeit über kontrollieren kann, wie viele Personen oben sitzen.«

»Und als der Bus gefunden wurde, stand das Zählwerk auf Null!«

»Ja.«

Hammar schwieg einige Sekunden. Dann sagte er: »Nein. Das kann nicht stimmen!«

»Was?« fragte Martin Beck.

»Die Vermutung.«

»Warum nicht?« fragte Kollberg.

»Das ist alles viel zu lückenlos konstruiert. Ein geisteskranker Massenmörder geht nicht nach so einem gutdurchdachten Plan vor.«

»Ich weiß nicht«, entgegnete Gunvald Larsson, »der Verrückte in Amerika, der im vorigen Sommer von einem Turm aus über dreißig Menschen erschoß, hatte jedenfalls sehr genau geplant. Sogar Lebensmittel hatte er mitgenommen.«

»Richtig«, gab Hammar zu, »aber an eins hatte er nicht gedacht.«

»Das wäre?« mischte sich Martin Beck ein.

»Wie er von da oben wieder wegkommen sollte.«

12

Sieben Stunden später saßen Martin Beck und Kollberg immer noch im Polizeigebäude an der Kungsholmsgatan, obwohl es inzwischen zehn Uhr geworden war.

Draußen war es längst dunkel, und es hatte aufgehört zu regnen. Davon abgesehen war nichts Neues geschehen, offiziell hieß es: Die Fahndung läuft auf vollen Touren.

Der Verletzte im Karolinska-Krankenhaus schwebte immer noch in Lebensgefahr.

Im Laufe des Nachmittags hatten sich zwanzig Zeugen bei der Polizei gemeldet. Neunzehn davon waren, wie sich beim Verhör herausstellte, nicht mit dem fraglichen Bus gefahren.

Die Zeugin, die übrigblieb, war ein achtzehnjähriges Mädchen, das auf Nybroplan zugestiegen und zwei Haltestellen weit bis Sergelstorg mitgefahren war, wo es in die U-Bahn umstieg. Sie sagte aus, daß zusammen mit ihr einige andere Fahrgäste den Bus verlassen hatten, was wohl der Wahrheit entsprach. Es gelang ihr noch, den Fahrer auf einem Bild wiederzuerkennen, aber das war auch alles.

Kollberg ging rastlos auf und ab und schielte immer wieder zur Tür, als ob er jeden Moment erwartete, daß jemand sie aufstoßen und ins Zimmer stürzen würde.

Martin Beck stand vor der Skizze an der Wand. Er hatte die Hände auf dem Rücken verschränkt und wippte langsam auf den Füßen vor und zurück. Diese Unsitte hatte er sich vor langer Zeit während seiner Jahre als Streifenpolizist angewöhnt und zum Ärger seiner Kollegen beibehalten, denen er damit wieder auf die Nerven fiel.

Sie hatten die Jacketts über Stühle gehängt und die Ärmel hochgekrempelt. Kollbergs Schlips lag auf einer Ecke des Schreibtisches. Schweißperlen standen ihm auf der Stirn, auch sein Hemd war unter den Armen verschwitzt, obwohl es im Raum nicht übermäßig warm war.

Martin Beck hustete. Nachdenklich strich er sich übers Kinn und konzentrierte sich dann wieder auf den Plan.

Kollberg erhob sich und sah ihn mitleidig an. »Dein Husten wird auch nicht besser.«

»Und du wirst Inga jeden Tag ähnlicher mit deiner Nörgelei.«

Die Tür flog auf, und Hammar trat ein. »Wo sind Larsson und Melander?«

»Nach Hause gegangen.«

»Und Rönn?«

»Im Krankenhaus.«

»Ach so. Habt ihr was von ihm gehört?«

Kollberg schüttelte den Kopf.

»Morgen werdet ihr auf volle Stärke gebracht.«

»Volle Stärke?«

»Die Hilfstruppen rollen an. Von außerhalb.« Hammar machte eine Kunstpause. Dann setzte er hinzu: »Die Herren da oben glauben wohl, daß wir es nicht allein schaffen.«

Martin Beck schnaubte sich die Nase.

»Wer?« fragte Kollberg. »Oder muß man besser fragen, wie viele?«

»Månsson heißt einer, er kommt aus Malmö. Kennt ihr den?«

»Ich hab ihn mal getroffen«, antwortete Martin Beck ohne Begeisterung.

»Ich auch«, fügte Kollberg hinzu.

»Ich will mal versuchen, daß Gunnar Ahlberg aus Motala zu uns abkommandiert wird.«

»Der ist in Ordnung«, meinte Kollberg müde.

»Mehr hab ich auch nicht erfahren«, fuhr Hammar fort. »Es kommt noch einer aus Sundsvall, hörte ich. Den Namen weiß ich nicht.«

Martin Beck nickte.

»Natürlich nur, wenn ihr den Fall vorher nicht erledigt habt«, sagte Hammar ärgerlich.

»Ja, klar«, erwiderte Kollberg.

»Die Umstände deuten darauf hin ...« Hammar brach ab und sah fragend zu Martin Beck hinüber. »Was ist eigentlich mit dir los?«

»Schnupfen.«

Da Hammar schwieg, nahm Kollberg das Gespräch wieder auf.

»Feststeht, daß einer gestern abend in einem Bus acht Menschen erschossen hat und der Betreffende nicht in das bekannte Klischee vom sensationshungrigen Massenmörder paßt, denn er hinterließ weder Spuren, noch wurde er festgenommen. Er kann natürlich Selbstmord begangen haben, das wissen wir noch nicht. Wir haben zwei Möglichkeiten, die uns weiterhelfen können: die Geschosse und die Patronenhülsen, die uns eventuell Aufschluß über die Mordwaffe geben, und den Mann im Krankenhaus, falls er das Bewußtsein wiedererlangt und uns den Schützen beschreiben kann. Da er hinten im Bus gesessen hat, muß er den Mörder gesehen haben.«

Hammar nickte zustimmend.

»Was wir bisher wissen, ist erschreckend wenig«, fuhr Kollberg fort. »Hoffen wir nur, daß dieser Alfons Schwerin durchkommt und dann nicht das Gedächtnis verloren hat. Er ist doch sehr schwer verletzt. Wir haben keine Ahnung von dem Motiv. Und keine brauchbaren Zeugen.«

»Die können noch kommen«, entgegnete Hammar, »und auch das Motiv kann eventuell festgestellt werden. Massenmörder sind Psychopathen, und die Ursachen ihrer Handlungsweise sind oft Bestandteil ihres Krankheitsbildes.«

»Melander hat sich den Bericht der Wissenschaftler vorgenommen«, sagte Kollberg. »In den nächsten Tagen wird er wohl mit einer Denkschrift erscheinen.«

»Unsere beste Chance ...«, begann Hammar und sah auf die Uhr.

»... ist die Fahndung vom Schreibtisch aus«, ergänzte Kollberg.

»Richtig! In neun von zehn Fällen finden wir so den Täter. Hockt jetzt nicht mehr allzu lange nutzlos herum. Besser, wenn ihr morgen ausgeschlafen seid. Gute Nacht.«

Er ging hinaus, und im Zimmer wurde es still. Nach kurzer Zeit erkundigte sich Kollberg seufzend: »Was ist eigentlich mit dir los?«

Martin Beck antwortete nicht.

»Stenström?« Kollberg starrte auf seine Hände und murmelte bedrückt: »Was hab ich in all den Jahren mit dem Jungen rumgeschimpft. Und nun wird er einfach so erschossen.«

»Dieser Månsson«, lenkte Martin Beck ab, »erinnerst du dich an den?«

Kollberg nickte.

»Das ist doch der mit den Zahnstochern. Ich halt nicht viel von so einem Massenaufgebot. Mir wär's lieber, wenn wir die Sache allein erledigen könnten. Du und ich und Melander.«

»Ahlberg ist jedenfalls in Ordnung!«

»Allerdings. Aber wie viele Mordfälle hat er da unten in Motala in den letzten zehn Jahren gehabt?«

»Einen.«

»Eben. Außerdem bin ich mit Hammars Art nicht einverstanden. Hier rumstehen, schöne Worte machen und uns vorrechnen, was wir zu tun haben. Fahndung vom Schreibtisch aus, Psychopathen, Bestandteil ihres Krankheitsbildes, Vollzähligkeit. Ach, Scheiße.«

Wieder war es eine Weile still im Raum. Dann blickte Martin Beck zu Kollberg und fragte: »Na?«

»Was, ›na‹?«

»Was hatte Stenström in dem Bus zu suchen?«

»Da liegt der Hund begraben«, antwortete Kollberg.

»Was wollte er da? Vielleicht war er mit dem Mädchen zusammen. Dieser Krankenschwester.«

»Wozu brauchte er dann seine Waffe, wenn er mit dem Mädchen aus war?«

»Vielleicht, um Eindruck zu machen.«

»So war er nicht«, entgegnete Martin Beck, »das weißt du doch selber.«

»Jedenfalls hatte er häufig seine Pistole bei sich. Öfter als du und erheblich öfter als ich.«

»Wenn er im Dienst war.«

»Ich kenne ihn nur vom Dienst her«, gab Kollberg trocken zurück.

»Ich auch. Aber es steht fest, daß er einer der ersten war, die in dem Bus dran glauben mußten. Trotzdem gelang es ihm noch, zwei Knöpfe seines Mantels zu öffnen und die Pistole herauszuholen.«

»Woher willst du das wissen? Er konnte den Mantel schon vorher aufgeknöpft haben. Und noch etwas. Hammar wies heute in der Besprechung darauf hin.«

»Ich weiß, worauf du anspielst«, unterbrach ihn Martin Beck.

»Hammar traut die Tat keinem geisteskranken Massenmörder zu. Der würde seine Tat nicht so gründlich vorplanen.«

»Und hat er recht damit?«

»Im Prinzip ja.«

»Das bedeutet?«

»Daß der Schütze kein verrückter Massenmörder ist. Oder besser gesagt, daß es kein Sensationsmord war.«

Kollberg wischte sich mit einem zusammengelegten Taschentuch den Schweiß von der Stirn, sah sich die feuchten Stellen nachdenklich an und sagte: »Larsson meinte ...«

»Gunvald?«

»Ja, der. Bevor er nach Hause ging, um sich mal wieder richtig zu waschen, erklärte er sehr richtig, daß er überhaupt nichts mehr verstehen würde. Er versteht zum Beispiel nicht, warum der Idiot sich nicht das Leben genommen hat oder dablieb, bis er festgenommen wurde.«

»Ich glaube, du unterschätzt Gunvald.«

»Meinst du?«

Kollberg zuckte ärgerlich mit den Schultern.

»Ach was, ist doch alles Quatsch. Daß es sich um einen Massenmord handelt, bezweifelt keiner. Und natürlich ist der Schütze verrückt. Nach allem, was wir wissen, kann er jetzt bequem zu Hause vor dem Fernseher sitzen und den Erfolg seiner Tat genießen. Ebensogut kann er bereits Selbstmord begangen haben. Es sagt gar nichts, daß Stenström bewaffnet war, denn wir kennen seine Gewohnheiten nicht. Höchstwahrscheinlich war er doch mit der Krankenschwester zusammen, oder er war unterwegs zu einer Nutte oder zu einem Freund. Vielleicht hat er auch Krach mit seiner Freundin gehabt oder ist von seiner Mutter zusammengestaucht worden und hat sich beleidigt in den Bus gesetzt, weil es fürs Kino schon zu spät war und er nicht wußte, wo er hingehen sollte.«

»Das läßt sich alles nachprüfen.«

»Ja. Morgen. Eine andere Sache können wir dagegen jetzt gleich machen, bevor jemand anders auf die Idee kommt.«

»Seinen Schreibtisch draußen in Västberga durchsuchen«, antwortete Martin Beck.

»Dein Kombinationsvermögen ist bewundernswert«, sagte Kollberg, stopfte den Schlips in die Hosentasche und angelte nach seiner Jacke.

Der Wind hatte sich gelegt. Es fror leicht, und Nebelschleier hingen in den Straßen zwischen den Bäumen und über den Dächern. Die Windschutzscheibe war beschlagen, und Kollberg schimpfte leise vor sich hin, wenn der Wagen in den Kurven ins Rutschen geriet. Auf dem ganzen Weg zum Polizeigebäude in Västberga wechselten sie nur zwei kurze Sätze. Kollberg fragte: »Sind Massenmörder eigentlich normalerweise kriminell vorbelastet?«

»Oft, aber durchaus nicht immer«, lautete Martin Becks Antwort.

Das große Haus in Västberga lag still und verlassen da. Schweigend gingen sie durch die Eingangshalle und die Treppen hinauf. Auf der runden Nummernscheibe neben der Glastür wählten sie den Zahlencode, traten in den Flur und gingen in Stenströms Arbeitszimmer.

Kollberg zögerte einen Augenblick, dann setzte er sich vor den Schreibtisch und versuchte vorsichtig, die Schubfächer zu öffnen. Sie waren nicht verschlossen. Der Raum war aufgeräumt und sauber, aber völlig unpersönlich eingerichtet. Nicht einmal ein Bild seiner Braut stand auf Stenströms Schreibtisch.

Dagegen lagen in der Bleistiftschale zwei seiner eigenen Paßbilder. Martin Beck wußte warum. Stenström hatte zum erstenmal seit Jahren Glück gehabt und über Weihnachten und Neujahr Urlaub erhalten. Flugkarten für eine Chartermaschine nach den Kanarischen Inseln hatte er bereits bestellt. Er hatte sich fotografieren lassen, weil er einen neuen Paß brauchte.

Glück, dachte Martin Beck und sah sich die Fotos an, die erst vor kurzem aufgenommen und viel besser waren als die Bilder, die die Abendzeitungen auf der ersten Seite gebracht hatten.

Stenström sah nicht aus, als wäre er schon neunundzwanzig. Er hatte einen offenen Blick und braunes Haar, das er nach hinten gekämmt trug, das aber auf den Bildern auch nicht viel ordentlicher als sonst aussah. Manche Kollegen, zu denen auch Kollberg gehörte, hatten ihn zu Anfang für einfältig und durchschnittlich gehalten. Aber das hatte sich mit der Zeit geändert. Nur Kollbergs ewige Sticheleien und seine stets herablassende Art ihm gegenüber waren eine dauernde Belastung für Stenström gewesen. Martin Beck erinnerte sich, daß er, als ihre Dienststelle sich noch in den alten Gebäuden der Polizei in Kristineberg befand, Kollberg einmal darauf angesprochen hatte.

»Warum hackst du eigentlich dauernd auf dem Jungen rum?« hatte er gefragt.

Und Kollberg hatte geantwortet: »Um sein gespieltes Selbstvertrauen zu erschüttern. Um ihm die Möglichkeit zu geben, wirklich selbstsicher zu werden, damit er nach und nach ein guter Kriminalist wird. Damit er das Anklopfen lernt.«

In gewisser Weise hatte Kollberg wohl recht gehabt. Jedenfalls hatte Stenström sich mit den Jahren rausgemacht. Und obwohl er das Anklopfen nicht lernte, war er ein guter Polizeibeamter geworden, fleißig, tüchtig und gewissenhaft. Nach außen hin war er eine Zierde für die Polizei, gut aussehend, freundlich, durchtrainiert, ein guter Sportler, genau der Typ, den man in den Anzeigen für die Nachwuchswerbung abbilden könnte, wozu viele gute Kollegen überhaupt nicht taugten. Beispielsweise Kollberg mit seiner Überheblichkeit und seinem Bauch. Oder der kluge Melander, dessen Aussehen ein Beweis für die Richtigkeit der Redensart war, nach der die größten Schlafmützen oftmals die besten Polizisten abgeben. Oder der rotnäsige und in jeder Hinsicht mittelmäßige Rönn. Oder Gunvald Larsson, der auch noch stolz auf seine gewaltigen Schultern und seinen grimmigen Blick war, vor dem jedermann zunächst einmal erschrak.

Er nahm sich selbst nicht aus, der ewig schniefende Martin Beck. Dazu hatte er sein Spiegelbild zu deutlich in Erinnerung: eine lange, trübselige Gestalt mit hagerem Gesicht, breiter Stirn, kräftiger Kinnpartie und unfreundlichen grauen Augen.

Außerdem hatte sich Stenström auf bestimmte Sachgebiete spezialisiert, was ihnen allen zugute kam.

All das schoß Martin Beck durch den Kopf, während er die Sachen betrachtete, die Kollberg aus den Fächern nahm und auf die Schreibtischplatte legte. Dann aber konzentrierte er sich systematisch auf das, was er von dem Mann, der Åke Stenström gewesen war, wirklich wußte. Die Gefühle, die ihn noch vor kurzer Zeit zu überwältigen drohten, als Hammar im Zimmer auf Kungsholmen seine Weisheiten zum besten gab, waren wie weggeblasen.

Stenström war, nachdem er seine Dienstmütze an die Garderobe gehängt und die Uniform an einen alten Bekannten von der Polizeischule verkauft hatte, die ganze Zeit Martin Beck unterstellt gewesen. Zuerst in Kristineberg, in der ehemaligen Reichsmordkommission, die als Abteilung der staatlichen Polizei hauptsächlich als eine Art Alarmeinheit diente, welche die Polizeikräfte kleinerer Orte in schwierigen Fällen unterstützte. Inzwischen war seit 1965 die gesamte Polizei verstaatlicht, und die Dienststelle war nach einiger Zeit hinaus nach Västberga verlegt worden. Im Laufe der Jahre war Kollberg verschiedentlich zu anderen Dienststellen abkommandiert gewesen. Melander war für einige Zeit auf eigenen Wunsch versetzt worden, und nur Stenström war die ganze Zeit mit Martin Beck zusammengeblieben. Während dieser Jahre hatte Stenström viel dazugelernt. Er hatte seine Unsicherheit und Schüchternheit überwunden, war aus der elterlichen Wohnung ausgezogen und hatte sich selbst eine gesucht, zusammen mit einem Mädchen, das er liebte und mit dem er sein Leben teilen wollte. Als sein Vater starb, zog seine Mutter zurück nach Västmanland.

Martin Beck hätte also sehr viel über ihn wissen müssen.

Eigenartigerweise war das aber nicht der Fall. Natürlich kannte er alle wichtigen Daten und hatte sich auch ein wahrscheinlich gutbegründetes Urteil über Stenströms Charakter, seine Kenntnisse, Fähigkeiten und Mängel als Polizeibeamter gebildet, aber darüber hinaus konnte er nicht viel sagen.

Ein freundlicher junger Mann. Strebsam, hartnäckig, schlau und bemüht, sein Wissen zu bereichern. Andererseits immer noch etwas kindlich, nicht gerade schlagfertig und im Grunde humorlos. Aber wer konnte das Gegenteil von sich behaupten?

Vielleicht hatte er Komplexe gehabt?

Gegenüber Kollberg, der ständig mit Zitaten und philosophischen Weisheiten um sich warf. Gegenüber Gunvald Larsson, der einmal binnen fünfzehn Sekunden eine verschlossene Tür eingedrückt und einen geisteskranken Triebverbrecher bewußtlos geschlagen hatte, während er, Stenström, noch überlegte, was er tun sollte. Gegenüber Melander, der nie eine Miene verzog und nie etwas vegaß, was er einmal gelesen, gesehen oder gehört hatte.

Es war sicherlich nicht leicht, mit solchen Männern zusammenzuarbeiten, ohne Komplexe zu bekommen.

Warum wußte er so wenig? Hatte er seine Augen nicht offengehalten? Oder gab es nichts Wissenswertes?

Martin Beck massierte die Stirn mit den Fingerspitzen und studierte die Gegenstände, die Kollberg auf den Tisch gelegt hatte.

Stenström hatte einen Hang zur Pedanterie, zum Beispiel achtete er immer sorgsam darauf, daß seine Uhr stets auf die Sekunde genau ging; diese Pedanterie machte sich auch in der peinlichen Ordnung auf und in seinem Schreibtisch bemerkbar.

Papier, Papier und nochmals Papier. Durchschläge von Untersuchungsberichten, Notizen, Protokolle von Gerichtsverhandlungen, hektographierte Anweisungen, Sonderdrucke von Gesetzestexten. Alles in ordentlichen Stapeln.

Als einzige persönliche Dinge fanden sie eine Streichholzschachtel und ein neues Paket Kaugummi. Da Stenström weder rauchte noch besonders häufig Kaugummi kaute, hatte er sich diese Sachen wahrscheinlich zurechtgelegt, um Leuten, die mit ihm zu tun hatten, irgendwas anbieten zu können.

Kollberg bemerkte seufzend: »Wenn ich nun in diesem Bus gesessen hätte, wärst du mit Stenström jetzt dabei, meinen Schreibtisch durchzuwühlen. Da hättet ihr aber bedeutend mehr Arbeit gehabt und mit Sicherheit einiges gefunden, was es euch schwer gemacht hätte, meiner pietätvoll zu gedenken.«

Martin Beck konnte sich ungefähr vorstellen, wie es in Kollbergs Schubladen aussah, behielt seine Meinung aber für sich.

»Diese Sachen hier können seinem Andenken nicht schaden«, fuhr Kollberg fort.

Martin Beck antwortete auch diesmal nicht. Schweigend gingen sie die Papiere durch, eilig, aber sorgfältig. Sie fanden nichts Außergewöhnliches. Alle Notizen und Unterlagen gehörten zu Nachforschungen, mit denen Stenström beauftragt worden war und über die sie beide informiert waren.

Zum Schluß war nur noch ein brauner Umschlag übrig, ziemlich dick. Er war versiegelt.

»Was meinst du wohl, was das sein kann?« fragte Kollberg.

»Mach auf und sieh nach!«

Kollberg drehte das Kuvert in seinen Händen.

»Auf jeden Fall hat er es sorgfältig verschlossen. Sieh dir diesen Klebstreifen an.« Er zuckte mit den Schultern, nahm den Brieföffner aus der Schale und schlitzte die Klappe auf.

»Nanu, ich wußte gar nicht, daß Stenström Amateurfotograf war?« Er blätterte den Stapel durch und breitete die Bilder vor sich aus. »Und daß er solche Interessen hatte, ist mir neu.«

»Das ist seine Braut«, sagte Martin Beck ruhig.

»Ja, das sehe ich, aber wer hätte ihm solche Neigungen zugetraut?«

Martin Beck blickte auf die Fotografien, pflichtschuldig und mit dem Unbehagen, das er immer fühlte, wenn er gezwungen war, aus dienstlichen Gründen in die private Sphäre anderer Leute einzudringen. Dieses Gefühl war spontan und angeboren, und selbst zwanzig Dienstjahre bei der Polizei hatten es ihm nicht ausgetrieben.

Kollberg war nicht mit solchen Bedenken belastet. »Sie ist verdammt hübsch«, meinte er anerkennend, während er die Bilder betrachtete. »Und Handstand kann sie auch.«

»Ich dachte, du kennst sie«, sagte Martin Beck.

»Schon. Aber in bekleidetem Zustand. So sieht die Sache natürlich ganz anders aus.«

Kollberg hatte recht, aber Martin Beck zog es vor, diese Seite des Themas zu übergehen. Statt dessen sagte er: »Morgen darfst du sie besuchen.«

»Angenehm wird das nicht«, bemerkte Kollberg trübe. Er nahm die Fotos und steckte sie wieder in den Umschlag. »Ich schlage vor, daß wir jetzt Schluß machen. Ich bring dich nach Hause.«

Sie knipsten das Licht aus und gingen. Im Wagen fragte Martin Beck: »Wer hat dich eigentlich gestern abend benachrichtigt? Gun wußte nicht, wo du warst, als ich anrief, und du warst noch vor mir in der Norra Stationsgatan.«

»Das war reiner Zufall. Nachdem wir uns getrennt hatten, schlenderte ich stadteinwärts. Auf der Skanstull-Brücke sahen mich zwei Polizisten, die über Funk gerade die Alarmmeldung erhalten hatten. Sie erkannten mich und brachten mich hin. Ich war als einer der ersten am Tatort.«

Eine ganze Weile schwiegen sie. Dann fragte Kollberg nachdenklich: »Was glaubst du, was er mit den Bildern machen wollte?«

»Na, sie ansehen«, antwortete Martin Beck.

»Ja. Natürlich, aber trotzdem...«

13

Bevor Martin Beck am Mittwochmorgen seine Wohnung verließ, rief er Kollberg an. Sie wechselten nur wenige Worte.

»Kollberg.«

»Hier ist Martin. Ich fahr jetzt los.«

»Okay.«

Als der Zug in die U-Bahn-Station Skärmarbrink einfuhr, stand Kollberg wartend auf dem Bahnsteig. Sie hatten sich angewöhnt, immer in den letzten Wagen einzusteigen, und trafen sich deshalb oft im Zug, auch wenn sie nicht verabredet waren.

Am Medborgarplatsen stiegen sie aus und gingen die Treppe hinauf zur Folkungagatan. Die Uhr war zwanzig Minuten nach neun, und durch die Wolkendecke schien eine fahle Sonne. Es wehte ein eiskalter Wind; sie schlugen die Mantelkragen hoch und gingen die Folkungagatan in östlicher Richtung entlang. Als sie in die Östgötagatan einbogen, fragte Kollberg: »Hast du irgend etwas von dem Mann im Krankenhaus gehört? Diesem Schwerin?«

»Ich hab heut morgen angerufen. Die Operation hat er überstanden, aber er ist noch ohne Bewußtsein.«

»Wann wird er wohl aufwachen?«

Martin Beck zuckte die Achseln. »Das kann man nicht voraussagen. Wir können nur hoffen, daß er überhaupt aufwacht.«

»Ich bin gespannt, wann die Zeitungen spitzkriegen, daß er da liegt.«

»Die Leute im Krankenhaus haben versprochen dichtzuhalten.«

»Sicher. Aber du weißt auch, wie die Reporter sind, die reinsten Blutegel.«

Sie gingen die Tjärhovsgatan weiter, bis sie zur Nummer achtzehn kamen.

TORELL stand auf der Tafel im Hauseingang, aber über dem Türschild im zweiten Stock war eine weiße Karte angebracht, auf der mit schwarzer Tusche in Blockschrift der Name ÅKE STENSTRÖM stand.

Das Mädchen, das ihnen die Tür aufmachte, war klein; etwa eins sechzig, schätzte Martin Beck.

»Kommen Sie rein und legen Sie ab«, sagte sie und schloß die Tür hinter ihnen.

Sie sprach leise und ein wenig heiser.

Åsa Torell trug enge, lange schwarze Hosen und einen grobgestrickten kornblumenblauen Pullover. An den Füßen hatte sie dicke Wollstrümpfe, die mehrere Nummern zu groß waren und vermutlich Stenström gehört hatten. Sie hatte braune Augen und dunkles, sehr kurz geschnittenes Haar. Das Gesicht war kantig, nicht besonders hübsch, aber offen und sympathisch, der Körper feingliedrig, mit schmalen Schultern und kleinen Brüsten. Sie sah ruhig und abwartend zu, wie Martin Beck und Kollberg ihre Hüte neben Stenströms alte Mütze legten und sich die Mäntel auszogen. Dann ging sie ihnen voraus ins Wohnzimmer.

Der Raum hatte zwei Fenster zur Straße hin und war gemütlich und geschmackvoll eingerichtet. An der einen Wand stand ein gewaltiges Bücherregal, offenbar handgeschnitzt. Abgesehen davon und von einem lederbezogenen Ohrensessel schienen alle Möbel ziemlich neu zu sein. Auf dem Boden lag ein dicker hellroter Noppenteppich, der fast so groß war wie das Zimmer selbst. Die leichten Wollgardinen hatten den gleichen roten Farbton.

Åsa Torell setzte sich in den Ledersessel und zog die Beine unter sich. Sie wies auf zwei leichte Sessel, und Martin Beck und Kollberg nahmen ebenfalls Platz. Der Aschenbecher auf dem niedrigen Tisch war voller Kippen.

»Es ist uns sehr unangenehm, Sie belästigen zu müssen«, begann Martin Beck, »aber wir hätten einige Fragen ...«

Åsa Torell antwortete nicht gleich. Sie griff nach der Zigarette, die brennend auf dem Rand des Aschenbechers lag, und nahm einen tiefen Zug. Ihre Hand zitterte leicht, und unter den Augen hatte sie dunkle Schatten. »Sicher«, antwortete sie, »ich verstehe. Es ist auch ganz gut, daß Sie gekommen sind. Ich habe auf diesem Stuhl hier gesessen, seit ... ja, seit ich es erfahren habe ... ich hab hier gesessen und versucht, irgendwas zu begreifen ... versucht, mir einzureden, daß es wahr ist ...«

»Fräulein Torell«, unterbrach Kollberg, »haben Sie jemand, der sich etwas um Sie kümmern kann?«

Sie schüttelte den Kopf. »Nein. Abgesehen davon will ich auch niemanden hier haben.«

»Ihre Eltern?«

»Mutter ist im vorigen Jahr gestorben, und Vater ist schon seit zwanzig Jahren tot.«

Martin Beck beugte sich vor und sah sie forschend an. »Haben Sie ein bißchen schlafen können?«

»Ich weiß nicht. Der, der gestern hier war, gab mir ein paar Schlaftabletten, ich muß dann wohl kurze Zeit geschlafen haben. Das ist nicht so wichtig. Ich komme schon zurecht.« Sie drückte die Zigarette im Aschenbecher aus und senkte die Augen. »Ich muß nur versuchen, mich daran zu gewöhnen, daß er tot ist. Das wird wohl einige Zeit dauern.«

Weder Martin Beck noch Kollberg wußten, was sie darauf antworten sollten. Martin Beck bemerkte plötzlich die Rauchschwaden im Zimmer. Es war lange nicht gelüftet worden. Ein bedrückendes Schweigen lastete über den drei Personen.

Schließlich räusperte sich Kollberg und begann: »Fräulein Torell, haben Sie etwas dagegen, wenn wir Sie einiges über Stenstr ... Åke fragen?«

Åsa Torell hob langsam den Blick. Plötzlich begannen ihre Augen zu glänzen, und sie lächelte.

»Sie erwarten wohl nicht, daß ich Sie mit Ihrem Dienstgrad anrede«, sagte sie. »Am besten nennen Sie mich Åsa, und wir duzen uns alle. Außerdem kenne ich Sie ja recht gut.« Sie sah die beiden Männer spöttisch an und fügte hinzu: »Durch Åke. Er und ich haben hier mehrere Jahre lang zusammen gelebt.«

Beerdigungsinstitutsvertreter Kollberg und Beck, dachte Martin Beck, rafft euch auf. Die Kleine ist in Ordnung.

»Uns hat er auch von dir erzählt«, entgegnete Kollberg erleichtert.

Åsa stand auf und öffnete ein Fenster. Dann nahm sie den Aschenbecher und trug ihn in die Küche. Als sie zurückkam, war das Lächeln von ihrem Gesicht verschwunden, und ein harter Zug lag um ihren Mund. Sie brachte einen neuen Aschenbecher mit und setzte sich wieder in ihren Sessel.

»Wollt ihr mir jetzt erzählen, was nun eigentlich passiert ist? Gestern hab ich nicht viel erfahren, und ich möchte mir nicht die Einzelheiten aus den Zeitungen zusammensuchen.«

Martin Beck steckte sich eine Florida an. »Okay«, sagte er.

Sie saß regungslos da und sah ihn unverwandt an, während er berichtete. Gewisse Details ließ er aus, schilderte aber sonst den Ablauf der Tat so, wie sie ihn bis jetzt rekonstruieren konnten. Als er fertig war, fragte Åsa: »Warum war Åke unterwegs? Warum fuhr er überhaupt mit diesem Bus?«

Kollberg warf Martin Beck einen kurzen Blick zu. »Wir hatten eigentlich gehofft, daß du uns das sagen könntest.«

Åsa schüttelte den Kopf. »Ich hab keinen blassen Schimmer.«

»Weißt du, was er am Vortag gemacht hat?« erkundigte sich Martin Beck.

»Wißt ihr das denn nicht? Er hat doch den ganzen Tag gearbeitet. Ihr müßt doch wissen, womit er beschäftigt war!«

Martin Beck zögerte einen Augenblick, dann sagte er: »Ich habe ihn am Freitag noch gesehen. Er hat vormittags kurz bei mir reingeschaut.«

Sie erhob sich und ging einige Schritte ins Zimmer. Dann wandte sie sich um. »Aber er hat am Sonnabend und auch am Montag gearbeitet. Am Montag sind wir gemeinsam von zu Hause weggegangen. Hast du Åke nicht am Montag getroffen?«

Sie starrte Kollberg an, der schüttelte den Kopf und dachte nach.

»Sagte er, daß er hinaus nach Västberga fahren würde?« fragte er. »Oder wollte er zur Kungsholmsgatan gehen?«

Åsa überlegte einen Moment. »Nein, davon hat er mir nichts gesagt«, bekannte sie, »das ist womöglich die Lösung. Er war vielleicht in der Stadt und hat irgend etwas erledigt.«

»Hast du nicht gesagt, daß er auch am Sonnabend gearbeitet hat?« wollte Martin Beck wissen.

Sie nickte. »Aber nicht den ganzen Tag. Wir sind morgens zusammen hier weggegangen. Ich hab bis ein Uhr gearbeitet und bin dann direkt vom Büro aus nach Hause gefahren. Bald danach kam Åke. Er hatte eingekauft. Sonntag hatte er frei. Da waren wir den ganzen Tag zusammen.«

Sie ging wieder zum Sessel und setzte sich, zog die Beine an, faltete die Hände vor den Knien und biß sich auf die Unterlippe.

»Hat er nicht erzählt, woran er gerade arbeitet?« fragte Kollberg.

Åsa schüttelte den Kopf.

»Hat er dir normalerweise von seiner Arbeit erzählt?« erkundigte sich Martin Beck.

»Aber sicher. Wir haben uns immer alles erzählt. Aber in der letzten Zeit nicht mehr. Über diese letzte Aufgabe hat er nichts gesagt. Ich hab mich gewundert, warum er so schweigsam war. Sonst hat er immer alles mit mir durchdiskutiert, besonders wenn die Dinge etwas schwierig lagen. Aber vielleicht durfte er nicht ...« Auf einmal hatte ihre Stimme einen harten Klang: »Warum fragt ihr mich überhaupt? Ihr wart doch seine Vorgesetzten. Wenn ihr wissen wollt, ob er mir Dienstgeheimnisse weitererzählt hat, dann kann ich euch ein für allemal sagen, daß er das nicht getan hat. In den letzten drei Wochen hat er mir kein einziges Wort von seiner Arbeit erzählt.«

»Das lag vielleicht daran, daß es nicht viel zu erzählen gab«, erwiderte Kollberg beruhigend. »In den letzten drei Wochen ist verhältnismäßig wenig vorgekommen, und wir hatten nicht besonders viel zu tun.«

Åsa Torell starrte ihn an. »Wie kannst du so was behaupten? Åke jedenfalls hatte viel zu tun. In der letzten Zeit hat er praktisch Tag und Nacht gearbeitet.«

14

Rönn sah auf seine Uhr und gähnte.

Dann warf er einen Blick auf das Krankenbett und den bis zur Unkenntlichkeit bandagierten Patienten, der darin lag. Danach betrachtete er die vielen Apparate, die offenbar gebraucht wurden, um den Verletzten am Leben zu halten, und die ältere Krankenschwester, die alles überwachte und dafür sorgte, daß die Geräte so arbeiteten, wie sie sollten. Eben wechselte sie eine der zahlreichen Tropfflaschen aus. Ihre Handbewegungen waren schnell und exakt, und an der Art, wie sie die verschiedenen Handgriffe ausführte, erkannte er die langjährige Praxis und eine bewundernswerte Fähigkeit, mit den Kräften hauszuhalten.

Rönn seufzte und gähnte wieder hinter seinem Mundschutz.

Die Schwester merkte es sofort und sah ihn mißbilligend an.

Er hatte schon zu viele Stunden in diesem sterilen, isolierten Raum mit den kahlen Wänden und dem kalten Licht zugebracht oder war auf den Fluren vor dem Operationssaal auf und ab gewankt.

Fast die ganze Zeit mußte er sich darüber hinaus die Gesellschaft eines gewissen Ullholm gefallen lassen, den er vorher nicht gekannt und der sich als Erster Polizeiassistent in Zivil entpuppt hatte.

Rönn hatte das Pulver nicht erfunden und hielt sich selbst auch nicht für ein großes Licht. Er war mit sich selbst und seiner Umwelt zufrieden und fand, daß alles im großen und ganzen gut war, so wie es war. Diese Eigenschaften waren es auch, die ihn zu einem brauchbaren, um nicht zu sagen tüchtigen Polizeibeamten machten. Er bemühte sich, ohne Umwege an die Probleme heranzugehen, und hatte kein Bedürfnis, Tatbestände komplizierter zu machen, als sie ohnehin schon waren.

Er verstand sich gut mit den meisten Menschen, und fast alle Menschen kamen gut mit ihm aus.

Aber selbst für Rönns simples Urteilsvermögen war Ullholm ein Musterbeispiel für Geschwätzigkeit und reaktionäre Engstirnigkeit.

Ullholm war mit allem und jedem unzufrieden, angefangen bei seiner Gehaltsstufe, die ihm zu niedrig war, bis zum Reichspolizeichef, der die Verbrecher mit Samthandschuhen anfassen ließ.

Er war entrüstet, daß den Kindern in der Schule nicht Flötentöne beigebracht wurden und daß die Disziplin bei der Polizei viel zu lasch war.

Mit besonderer Gehässigkeit bedachte er drei Gruppen unter seinen Mitmenschen, an die Rönn bisher noch nie einen Gedanken verschwendet hatte, nämlich die Gastarbeiter, die Jugendlichen und die Sozialisten.

Ullholm fand es skandalös, daß Polizisten Bärte tragen durften. »Höchstens einen Schnurrbart«, sagte er, »aber auch darüber läßt sich streiten.«

Er war der Ansicht, daß seit den dreißiger Jahren in Schweden keine wirkliche Ordnung mehr herrschte.

Die stark ansteigende Zahl der Verbrechen führte er darauf zurück, daß die Polizisten keine ordentliche militärische Grundausbildung mehr erhielten und die Streifenbeamten keinen Säbel mehr trugen. Die Umstellung auf den Rechtsverkehr war ein großer Fehler, der die Verhältnisse in einer ohnedies undisziplinierten und moralisch heruntergekommenen Gesellschaft noch verschlechterte.

»Damit wird der Liederlichkeit noch Vorschub geleistet«, behauptete er. »Du verstehst, was ich meine, nicht wahr?«

»Was?« fragte Rönn.

»Na, alle diese neuen Wendemöglichkeiten und Parkplätze an den Durchfahrtsstraßen. Abscheulich, sage ich.«

Er war ein Mann, der sich einbildete, fast alles zu wissen und von allem etwas zu verstehen. Nur ein einziges Mal sah er sich gezwungen, Rönn um eine Erklärung zu bitten. Das trug sich folgendermaßen zu: »Wenn man mit ansieht, wie die Stadtbevölkerung verweichlicht, sehnt man sich zurück zur Natur. Ich würde gern im hohen Norden leben, aber leider hausen in Lappland ja schon überall die Lappen. Du verstehst, was ich meine, nicht wahr?«

»Ich bin selbst mit einer Lappländerin verheiratet«, antwortete Rönn.

Ullholm sah ihn ungeniert mit einer Mischung aus Abscheu und Neugier an, senkte die Stimme und fragte: »Äußerst bemerkenswert und interessant. Stimmt es, daß die Lappenfrauen ihr Dingsda quer zwischen den Beinen haben?«

»Nein«, erwiderte Rönn müde, »das stimmt nicht, es ist ein weitverbreiteter Irrtum.«

Rönn wunderte sich, warum dieser Mann nicht schon lange zur Abteilung für Fundsachen versetzt worden war.

Ullholm redete fast pausenlos auf ihn ein, und jede Behauptung schloß mit den Worten: Du verstehst, was ich meine, nicht wahr?

Rönn verstand nur zwei Dinge:

Erstens, was in der Fahndungszentrale geschehen war, als er selbst die unschuldige Frage gestellt hatte: »Wer hat eigentlich Wache im Krankenhaus?«

Kollberg hatte gleichgültig in seinen Papieren geblättert und entgegnet: »Ein gewisser Ullholm.«

Nur einem von ihnen war dieser Name geläufig, und Gunvald Larsson rief auch sofort: »Was? Wer?«

»Ullholm«, antwortete Kollberg.

»Ausgeschlossen. Wir müssen unbedingt jemand hinschicken, der ihn nicht aus den Augen läßt.«

Rönn wurde also dazu ausersehen. Er fragte, immer noch ahnungslos: »Soll ich ihn ablösen?«

»Ablösen? Nein, das ist unmöglich. Dann fühlt er sich übergangen und zeigt uns beim Justizbeauftragten an. Telefoniert mit dem Minister.«

Und als Rönn schon halb aus dem Zimmer war, hatte Gunvald Larsson ihm noch einen letzten Hinweis gegeben: »Einar?«

»Ja?«

»Laß ihn auf keinen Fall ein Wort zu dem Zeugen sagen, ehe du den Totenschein gesehen hast!«

Zweitens: Daß er auf irgendeine Art dem Geschwafel ein Ende machen mußte. Schließlich fiel ihm eine Lösung ein, die er sogleich in die Tat umsetzte. Ullholm war gerade am Ende einer längeren Erklärung, die er folgendermaßen schloß: »Es ist doch keine Frage, daß ich als Privatmann und Patriot in einem freien demokratischen Land keinerlei Unterschied zwischen Menschen verschiedener Hautfarbe, Rasse oder politischer Einstellung mache. Aber stell dir doch mal eine Polizei vor, in der es von Juden und Kommunisten nur so wimmelt. Du verstehst, was ich meine, nicht wahr?«

Daraufhin räusperte sich Rönn umständlich hinter seinem Mundschutz und sagte: »Ich gehöre dem linken Flügel der Sozialisten an ...«

»Kommunist?«

»Ja, das meinte ich.«

Ullholm hatte danach kein Wort mehr gesagt und war zum Fenster gegangen.

Dort stand er nun schon zwei Stunden lang und starrte verbittert in die schlechte Welt, die ihn immer aufs neue enttäuschte.

Schwerin war dreimal operiert worden, zwei Kugeln hatte man aus seinem Körper entfernt, aber die Ärzte schienen nicht sehr zuversichtlich, und die einzige Antwort, die Rönn auf seine wiederholten Fragen erhalten hatte, war ein Achselzucken gewesen.

Vor einer Viertelstunde jedoch war einer der Chirurgen in den Isolierraum gekommen und hatte gesagt: »Wenn er überhaupt noch mal zu Bewußtsein kommt, dann jetzt, innerhalb der nächsten halben Stunde.«

»Wird er durchkommen?«

Der Arzt sah Rönn eine Weile an und antwortete schließlich: »Das ist unwahrscheinlich. Er ist allerdings sehr kräftig, und sein Allgemeinzustand läßt nichts zu wünschen übrig.«

Rönn blickte bedrückt auf den Patienten und überlegte, wie man wohl aussehen mußte, bevor der Allgemeinzustand als weniger gut oder ganz einfach als schlecht bezeichnet wurde.

Zwei Fragen hatte er formuliert und zur Sicherheit in sein Notizbuch eingetragen.

Die erste lautete: *Wer hat die Schüsse abgegeben?*

Und die zweite: *Wie sah er aus?*

Er hatte vorsorglich auch noch sein tragbares Transistortonbandgerät auf einen Stuhl neben das Kopfende des Bettes gestellt, das Mikrophon angeschlossen und es über die Stuhllehne gehängt. Ullholm hatte keine Hand gerührt, um bei diesen Vorbereitungen zu helfen; er war am Fenster stehengeblieben und hatte nur ab und zu mißbilligend zu Rönn hinübergeschielt.

Die Uhr war vier Minuten vor halb drei, als sich die Krankenschwester plötzlich über den Verletzten beugte, die beiden Polizisten mit einer schnellen, ungeduldigen Handbewegung zu sich winkte und gleichzeitig mit der anderen Hand den Klingelknopf drückte.

Rönn eilte zum Bett und griff nach dem Mikrophon.

»Ich glaube, er wacht jetzt auf«, sagte die Schwester.

Es schien, als ob sich das Gesicht des Patienten irgendwie veränderte. Die Nasenflügel und die Augenlider zitterten leicht.

»Ja«, stieß die Krankenschwester hervor, »jetzt!«

Rönn hielt dem Mann das Mikrophon hin. »Wer hat die Schüsse abgegeben?« fragte er laut.

Keine Reaktion.

Nach kurzer Pause wiederholte Rönn seine Frage. »Wer hat die Schüsse abgegeben?«

Jetzt bewegten sich die Lippen des Mannes, er murmelte etwas.

Rönn wartete zwei Sekunden, ehe er fortfuhr: »Wie sah er aus?«

Auch diesmal reagierte der Verletzte, und jetzt war seine Antwort deutlicher.

Ein Arzt betrat das Zimmer.

Gerade als Rönn den Mund öffnete, um seine Frage zu wiederholen, fiel der Kopf des Mannes zur Seite, der Unterkiefer klappte herunter, und aus seinem Mund quoll blutiger Schleim.

Rönn sah zu dem Arzt auf, der mit seinen Geräten beschäftigt war und sorgenvoll nickte.

Ullholm schob Rönn beiseite. »So wirst du nichts erreichen.« Dann sagte er mit lauter, kraftvoller Stimme: »Hör jetzt gut zu, mein Freund, ich bin Erster Polizeiassistent Ullholm …«

»Er ist tot«, bemerkte Rönn leise.

Ullholm starrte ihn an. »Stümper!«

Rönn zog den Stecker des Mikrophons aus dem Gerät und trug den Tonbandkoffer zum Fenster. Vorsichtig drehte er mit dem Zeigefinger die Spule zurück und drückte auf die Wiedergabetaste.

Wer hat die Schüsse abgegeben?

D … n … r … k

Wie sah er aus?

Samalson.

»Was soll das nun bedeuten?« fragte er Ullholm.

Der sah ihn zehn Sekunden lang starr und gehässig an. Dann fauchte er: »Was das bedeutet? Ich werd dich anzeigen. Dienstvergehen. Das ist doch wohl klar. Du verstehst, was ich meine, nicht wahr?«

Er drehte sich um und verließ mit schnellen, energischen Schritten den Raum. Rönn blickte ihm beklommen nach.

15

Als Martin Beck die Tür öffnete, wehte ihm ein eiskalter Wind entgegen, und ein Schauer von kleinen, harten Schneeflocken traf ihn ins Gesicht, so daß er nach Luft schnappen mußte. Er senkte den Kopf und knöpfte schnell den Mantel zu. Am gleichen Morgen hatte er endlich vor seiner Frau und den Kältegraden und seinem Schnupfen kapituliert und den Wintermantel aus dem Schrank geholt. Er zog seinen wollenen Schal fester und begann, stadteinwärts zu gehen.

Als er die Agnegatan überquert hatte, blieb er unschlüssig stehen und überlegte, wie er am besten weiterkam. Die Straßenbahnen waren anläßlich der Umstellung auf den Rechtsverkehr stillgelegt worden, und die Streckenführung der neuen Omnibuslinien war ihm noch nicht geläufig.

Neben ihm hielt ein Wagen an. Gunvald Larsson kurbelte das Seitenfenster herunter und rief ihm zu: »Steig ein!«

Dankbar nahm Martin Beck auf dem Beifahrersitz Platz.

»Puh«, sagte er und schüttelte sich. »Jetzt fängt die Sauerei wieder an. Man merkt kaum, daß es Sommer wird, da ist er auch schon wieder vorbei. Wohin willst du?«

»Västmannagatan«, antwortete Gunvald Larsson. »Ich will mal zu der Tochter von der Frau, die mit im Bus saß, und ihr ein paar Fragen stellen.«

»Gut«, sagte Martin Beck, »beim Sabbatsberg-Krankenhaus kannst du mich absetzen.«

Sie fuhren über Kungsbron und an den alten Markthallen vorbei. Trockener, feinkörniger Schnee wirbelte gegen die Windschutzscheibe. Vor dem Humanistischen Gymnasium überholten sie einen roten Doppelstockbus der Linie 47.

»Wird einem richtig schlecht, wenn man jetzt so einen sieht«, bemerkte Martin Beck.

Gunvald Larsson schielte zu dem Fahrzeug hin. »Ist keiner von der Sorte«, erwiderte er, »das hier ist ein deutscher, 'n Büssing.«

Wenig später fragte er: »Kommst du mit zu Assarssons Witwe? Der Mann mit den Kondomen. Ich soll um drei dasein.«

»Ich weiß nicht«, antwortete Martin Beck zögernd.

»Von Sabbatsberg aus ist es ja nur einmal um den Block. Ich kann dich dann wieder mit zurücknehmen.«

»Vielleicht. Kommt drauf an, wie lange ich mit der Krankenschwester zu tun habe.«

An der Ecke Dalagatan und Tegnérgatan wurden sie von einem Arbeiter mit gelbem Schutzhelm und roter Flagge in der Hand aufgehalten. Auf dem Gelände des Sabbatsberg-Krankenhauses wurden zahlreiche Neubauten errichtet. Die älteren Häuser waren abgerissen worden, und neue Gebäude standen bereits im Rohbau. Im Augenblick wurden die hohen Felsen an der Dalagatan weggesprengt. Während der Knall des Sprengschusses noch von den Hauswänden widerhallte, sagte Gunvald Larsson: »Warum können sie nicht ebensogut ganz Stockholm auf einmal in die Luft jagen anstatt Stück für Stück? Die sollten sich mal an Ronald Reagan, oder wie der nun heißt, halten, der für Vietnam den Vorschlag gemacht hat, alles zu asphaltieren, gelbe Streifen an den Rand zu malen und aus dem ganzen Scheißdreck einen großen Parkplatz zu machen. So was kann kaum schlimmer aussehen, als wenn unsere Städteplaner sich an die Arbeit machen.«

Martin Beck stieg an der Einfahrt zu dem Teil des Krankenhauses aus, der dem Eastman-Institut am nächsten liegt und in dem die Frauenklinik und die Entbindungsstation untergebracht sind.

Der Platz vor dem Eingang war leer, aber als er näher kam, sah er eine Frau in einem Lammpelz, die auf dem Flur stand und ihn durch die Glasscheibe beobachtete. Sie öffnete und fragte: »Kommissar Beck? Ich bin Monika Granholm.«

Sie nahm seine Hand und drückte sie so heftig, daß er unwillkürlich an einen Schraubstock erinnert wurde. Er meinte, das Knacken seiner Knochen zu hören, und hoffte nur, daß sie ihre Säuglinge etwas zarter behandelte.

Sie war fast ebenso groß wie er, jedoch erheblich rundlicher. Ihre Haut war gesund und rosig, die Zähne kräftig und blendend weiß. Sie hatte dichtes, gewelltes Haar und große, schöne Augen, braun wie das Haar. Alles an ihr wirkte gesund und stark.

Das tote Mädchen im Bus war klein und zart gewesen und mußte an der Seite dieser Stubenkameradin direkt gebrechlich ausgesehen haben.

Sie gingen die Dalagatan hinauf. »Hätten Sie etwas dagegen, wenn wir in den ›Wasahof‹ dort schräg gegenüber gingen?« fragte Monika Granholm. »Bevor Sie mich ausfragen, muß ich etwas zu essen haben.«

Die Mittagszeit war vorüber, und die meisten Tische waren frei. Martin Beck wollte sich ans Fenster setzen, aber Monika Granholm deutete auf eine Ecke.

»Ich möchte nicht von jemand aus dem Krankenhaus gesehen werden. Sie können sich gar nicht vorstellen, wie da getratscht wird.«

Als ob sie diese Behauptung beweisen müßte, unterhielt sie Martin Beck mit einer Auswahl von Klatschgeschichten, während sie mit gutem Appetit eine riesige Portion Fleischklößchen und Kartoffelbrei verdrückte. Martin Beck schielte eifersüchtig zu ihr hin. Er hatte wie gewöhnlich keinen Hunger, fühlte sich auch nicht ganz wohl und trank eine Tasse Kaffee, um seinen Gesundheitszustand noch mehr zu verschlechtern. Geduldig wartete er, bis sie fertig war, und wollte gerade das Gespräch auf die tote Kollegin lenken, als Monika Granholm den Teller von sich schob und begann: »Na los. Fangen Sie an, und fragen Sie. Ich werde antworten, so gut ich kann. Darf ich aber vorher selbst noch eine Frage stellen?«

»Sicher«, antwortete Martin Beck und hielt ihr sein Zigarettenpäckchen hin.

Sie schüttelte den Kopf. »Danke, ich rauche nicht. Haben Sie diesen Massenmörder schon festgenommen?«

»Nein. Noch nicht.«

»Wissen Sie, die Leute sind nervös. Eins von den Mädchen in unserer Abteilung traut sich nicht mehr, mit dem Bus zur Arbeit zu fahren. Sie hat Angst, daß der Verrückte plötzlich mit seiner Maschinenpistole auftaucht. Seit der Geschichte fährt sie nur noch mit dem Taxi. Sehen Sie zu, daß Sie ihn bald kriegen!« Dabei blickte sie Martin Beck ernsthaft an.

»Wir tun unser Bestes«, erwiderte er.

Sie nickte. »Gut. Was wollen Sie nun über Britt wissen?«

»Wie lange haben Sie sie gekannt? Wie lange haben Sie mit ihr zusammen gewohnt?«

»Wir haben drei Jahre zusammen gewohnt, seit sie hier im Sabbatsberg-Krankenhaus anfing. Sie war der beste Kamerad, den man sich vorstellen kann, und eine tüchtige Krankenschwester, die immer nur für andere da war.«

Sie nahm die Kaffeekanne und goß Martin Beck ein.

Er bedankte sich: »Hatte sie keinen Freund?«

»Doch, einen sehr netten Mann. Sie waren noch nicht offiziell verlobt, aber sie hatte angefangen, mich darauf vorzubereiten, daß sie wohl bald ausziehen würde. Ich glaube, sie wollten zu Anfang des neuen Jahres heiraten. Er hat schon eine Wohnung.«

»Wie lange haben sie sich gekannt?«

Sie knabberte an ihrem Daumennagel und dachte nach. »Etwa zehn Monate. Er ist Arzt. Man sagt doch immer, daß Mädchen nur Krankenschwester werden, damit sie sich einen Arzt angeln können. Aber bei Britt war das anders. Sie war furchtbar schüchtern und hatte eher Angst vor Männern. Im vorigen Winter wurde sie krank geschrieben. Eine leichte Anämie, außerdem war sie völlig überarbeitet. Bei den Kontrolluntersuchungen lernte sie Bertil kennen, sie haben sich sofort angefreundet. Britt behauptete hinterher, daß es seine Liebe war, die sie gesund gemacht hat, nicht seine Behandlung.«

Martin Beck lächelte matt.

»Da ist doch nichts Besonderes dabei?« fragte Monika Granholm argwöhnisch.

»Nein, natürlich nicht. Kannte sie viele Männer?«

Monika Granholm blickte ihn nachsichtig an und schüttelte den Kopf. »Nur die, mit denen sie dienstlich zu tun hatte. Sie war sehr zurückhaltend. Ich bin überzeugt, daß Bertil der erste Mann für sie gewesen ist.« Sie fuhr mit dem Finger über die Tischplatte. Dann runzelte sie die Stirn und sah Martin Beck voll ins Gesicht. »Warum interessieren Sie sich für ihr Liebesleben? Was soll denn das mit dem Mord zu tun haben?«

Martin Beck zog seine Brieftasche heraus und legte sie vor sich auf den Tisch.

»Britt Danielsson saß im Bus neben einem Mann. Dieser Mann war Polizist und hieß Åke Stenström. Wir vermuten, daß er und Fräulein Danielsson sich kannten und zusammen in diesem Bus fuhren. Vielleicht können Sie mir die Frage beantworten: Hat Fräulein Danielsson den Namen Åke Stenström jemals erwähnt?« Er nahm Stenströms Fotografie aus der Brieftasche und legte sie vor Monika Granholm auf den Tisch. »Haben Sie diesen Mann schon mal gesehen?«

Sie blickte auf das Foto und schüttelte den Kopf. Dann nahm sie das Bild und sah es sich genauer an. »Doch«, sagte sie. »In den Zeitungen. Aber dieses hier ist viel besser.« Sie gab es zurück und fuhr fort: »Britt hat den Mann nicht gekannt. Darauf würde ich jeden Eid leisten. Und daß sie irgendeinem anderen Mann erlaubt hätte, sie nach Hause zu bringen, ist völlig ausgeschlossen. So eine war sie einfach nicht.«

Martin Beck steckte seine Brieftasche wieder ein. »Vielleicht waren sie nur gute Freunde ...?«

Sie schüttelte energisch den Kopf. »Britt war sehr gewissenhaft und, wie ich schon gesagt habe, beinahe ängstlich im Umgang mit Männern. Außerdem war sie bis über beide Ohren in Bertil verliebt und würde keinen anderen Mann auch nur angesehen haben. Tut mir leid, Kommissar, aber da irren Sie sich.«

Sie öffnete ihre Handtasche und nahm das Portemonnaie heraus. »Ich muß jetzt zu meinen Babys zurück. Siebzehn habe ich im Augenblick.« Sie suchte nach einem Geldschein, aber Martin Beck streckte die Hand aus und winkte ab.

»Das bezahlt die Staatskasse.«

Als sie wieder vor dem Eingangstor des Krankenhauses standen, sagte Monika Granholm: »Es könnte natürlich sein, daß sie sich von früher gekannt haben, vielleicht waren sie Schulkameraden oder stammten aus dem gleichen Ort und haben sich zufällig getroffen. Das ist aber auch die einzige Möglichkeit, die ich mir denken kann. Britt wohnte bis zu ihrem zwanzigsten Jahr in Eslöv. Woher stammt denn der Polizist?«

»Aus Hallstahammar«, entgegnete Martin Beck. »Übrigens, wie heißt dieser Arzt mit Nachnamen?«

»Persson.«

»Und wo wohnt er?«

»Gillbacken 22 in Bandhagen.«

Er streckte ihr zögernd die Hand entgegen und behielt sicherheitshalber den Handschuh an.

»Grüßen Sie den Staat von mir und richten Sie ihm meinen Dank für das Mittagessen aus«, sagte Monika Granholm und ging mit schnellen Schritten über den Vorplatz zum Eingang hinunter.

16

Der Wagen von Gunvald Larsson stand auf der Tegnérgatan vor dem Haus Nummer 40. Martin Beck sah auf seine Armbanduhr und stieß die Haustür auf.

Die Uhr war zwanzig Minuten nach drei. Demnach mußte Gunvald Larsson, der es mit der Pünktlichkeit sehr genau nahm, schon zwanzig Minuten bei Frau Assarsson sein. Er hatte also Zeit genug gehabt, den Lebenslauf Direktor Assarssons vom ersten Schuljahr an bis zu seinem Tod kennenzulernen.

Gunvald Larsson pflegte bei seinen Verhören am liebsten mit der Kindheit zu beginnen und alles von Grund her aufzurollen. Diese Methode hatte ihr Positives, war aber ermüdend und kostete Zeit.

Die Wohnungstür wurde von einem Mann mittleren Alters in dunklem Anzug und mit silberfarbenem Schlips geöffnet.

Martin Beck stellte sich vor und zeigte seine Dienstmarke. Der Mann reichte ihm die Hand.

»Ture Assarsson«, sagte er. »Ich bin der Bruder von ... des Toten. Treten Sie bitte ein, Ihr Kollege ist schon hier.«

Er wartete, bis Martin Beck den Mantel ausgezogen hatte, und ging dann voraus durch eine hohe Doppeltür.

»Märta, dies hier ist Kommissar Beck«, stellte er vor.

Das Wohnzimmer war groß und ziemlich dunkel. Auf einem niedrigen, hellgelben Sofa, das mindestens drei Meter lang war, saß eine magere Frau in einem schwarzen Jerseykostüm mit einem Glas in der Hand. Sie stellte das Glas auf dem flachen schwarzen Marmortisch ab und hielt ihm graziös die Hand hin, als ob sie einen Handkuß erwartete. Martin Beck griff ungeschickt nach ihren Fingern und murmelte undeutlich: »Mein Beileid, Frau Assarsson.«

Auf der anderen Seite des Marmortisches standen drei niedrige Sessel mit rosa Bezügen. In einem davon saß Gunvald Larsson. Er wirkte auffallend unnatürlich. Erst als Martin Beck nach einer gnädigen Geste von Frau Assarsson selbst in einem der Sessel Platz nahm, wurde ihm Gunvald Larssons Problem klar.

Da man sich auf dieser Sitzgelegenheit eigentlich nur horizontal ausstrecken konnte und diese Haltung sich für einen Leiter des Verhörs doch wohl nicht schickte, war Gunvald Larsson wie ein Taschenmesser zusammengeklappt und sah ziemlich verkrampft aus. Er war rot im Gesicht und warf Martin Beck zwischen seinen wie zwei Bergspitzen vor ihm aufragenden Knien hindurch einen wütenden Blick zu.

Martin Beck streckte seine Beine erst nach links, dann nach rechts; dann versuchte er erfolglos, sie unter den Sessel zu schieben. Zum Schluß blieb ihm nichts anderes übrig, als Gunvald Larssons Stellung nachzuahmen.

Währenddessen hatte die Witwe ihr Glas geleert und hielt es ihrem Schwager zum Nachschenken hin. Er sah sie forschend an, ging dann aber doch und holte ein sauberes Glas und die Karaffe vom Sideboard.

»Sie trinken sicher auch ein Glas Sherry, Kommissar?«

Und bevor Martin Beck widersprechen konnte, hatte der Mann das Glas gefüllt und es vor ihm auf den Tisch gestellt.

»Ich habe Frau Assarsson eben gefragt, ob sie weiß, warum sich ihr Mann am Montagabend in dem Bus befand«, begann Gunvald Larsson.

»Und ich sagte das gleiche, was ich auch diesem Menschen geantwortet habe, der die Unverschämtheit besaß, mich in einem Atemzug vom Tode meines Mannes zu informieren und mich dann sofort auszufragen – nämlich, daß ich das nicht weiß!«

Sie hob ihr Glas, nickte Martin Beck zu und leerte es in einem Zug. Martin Beck versuchte tapfer, nach seinem Sherryglas zu angeln, konnte es aber im Sitzen nicht erreichen und fiel zurück in den Sessel.

»Wissen Sie, was Ihr Mann an diesem Abend vorhatte?« fragte er.

Sie stellte das Glas ab und nahm eine orangefarbene Zigarette mit Goldmundstück aus einem grünen Glaskästchen, das auf dem Tisch stand. Ungeschickt stieß sie mehrmals mit der Zigarette an den Dekkel des Kästchens, bevor sie sie richtig zu fassen bekam und ihr Schwager ihr Feuer geben konnte. Martin Beck sah, daß sie nicht mehr ganz nüchtern war.

»Ja, das weiß ich«, sagte sie, »er wollte zu einer Besprechung. Wir hatten um sechs zu Abend gegessen, dann zog er sich um und ging gegen sieben aus dem Haus.«

Gunvald Larsson zog ein Stück Papier und einen Kugelschreiber aus seiner Jackentasche und fragte, während er sich gleichzeitig mit dem Stift im Ohr bohrte: »Besprechung? Wo fand die statt, und wer war dabei?«

Assarsson sah seine Schwägerin an, und als diese nicht antwortete, sagte er: »Mein Bruder war Mitglied eines Privatklubs. ›Die Kamele‹ nannten sie sich. Alle neun Mitglieder waren ehemalige Kadetten der Marineschule, welche die Verbindung zueinander aufrechterhalten hatten. Sie trafen sich bei einem Direktor Sjöberg auf dem Narvavägen.«

»Die Kamele?« wiederholte Gunvald Larsson ungläubig.

»Ja«, bestätigte Assarsson. »Sie pflegten sich mit: ›Hallo, altes Kamel‹ zu begrüßen – daher der Name.«

Die Witwe blickte ihren Schwager tadelnd an. »Es ist ein Wohltätigkeitsverein«, betonte sie. »Sie tun viel Gutes.«

»Was denn zum Beispiel?« wollte Gunvald Larsson wissen.

»Das ist ein Geheimnis. Nicht mal wir Frauen durften es wissen. Verschiedene Vereine machen das so. Arbeiten im verborgenen.«

Martin Beck spürte Gunvald Larssons Blick und fragte: »Frau Assarsson, wissen Sie, wann Ihr Mann am Narvavägen abgefahren ist?«

»Ja. Ich konnte in der Nacht nicht schlafen und stand etwa um zwei Uhr auf, um ein Glas Wasser zu trinken. Da merkte ich, daß Gösta noch nicht zu Hause war, und rief bei Direktor Sjöberg an. Er sagte, daß Gösta ungefähr um elf Uhr dort weggegangen sei.« Sie machte eine Pause und klopfte die Asche von ihrer Zigarette.

»Was *meinen* Sie, Frau Assarsson, wohin Ihr Mann mit dem siebenundvierziger Bus fahren wollte?« fragte Martin Beck.

Assarsson blickte ihn besorgt an.

»Natürlich war er unterwegs zu irgendwelchen Geschäftsfreunden. Mein Mann war sehr fleißig und arbeitete schwer für seine Firma – Ture ist ja auch Teilhaber –, und es kam nicht selten vor, daß er nachts geschäftlich unterwegs war. Beispielsweise wenn Leute aus der Provinz kamen, die nur über Nacht in Stockholm waren und dann …« Sie schien den Faden verloren zu haben, hob ihr leeres Glas und drehte es zwischen den Fingern.

Gunvald Larsson kritzelte auf seinem Blatt. Martin Beck streckte ein Bein aus und massierte sein Knie.

»Haben Sie Kinder, Frau Assarsson?« fragte er.

Sie hielt ihrem Schwager auffordernd das Glas hin. Er nahm es und brachte es zum Sideboard, ohne sie dabei anzusehen. Sie blickte ihm ärgerlich nach, erhob sich mühsam und wischte die Zigarettenasche weg, die auf ihren Rock gefallen war.

»Nein, Kommissar Peck, leider nicht. Mein Mann konnte mir keine Kinder schenken.«

Sie starrte mit glänzenden Augen auf einen Punkt hinter Martin Becks linkem Ohr. Jetzt erkannte er, daß sie ziemlich angetrunken war. Sie blinzelte mehrmals und sah ihn dann an.

»Sind Ihre Eltern Amerikaner, Kommissar Peck?« fragte sie.

»Nein«, antwortete er.

Gunvald Larsson schrieb immer noch. Martin Beck reckte sich und warf einen Blick auf das Papier. Es war mit lauter Kamelen bemalt.

»Sie entschuldigen mich jetzt sicher, Kommissar Peck und Kommissar Larsson, ich muß mich zurückziehen«, sagte Frau Assarsson und ging mit unsicheren Schritten zur Tür.

»Auf Wiedersehen, es war wirklich sehr freundlich von Ihnen«, stammelte sie und schloß die Tür hinter sich.

Gunvald Larsson steckte den Kugelschreiber und den Zettel ein und versuchte, vom Sessel hochzukommen.

»Mit wem ist er ins Bett gegangen«, fragte er, ohne Assarsson dabei anzusehen.

Der warf einen Blick auf die verschlossene Tür.

»Mit Eivor Olsson«, sagte er rasch. »Ein Mädchen aus dem Büro.«

17

An diesem Mittwoch ging wirklich alles schief.

Wie erwartet, hatten die Abendzeitungen endlich die Sache mit Schwerin erfahren und brachten sie in großaufgemachten Berichten und nicht ohne bissige Seitenhiebe gegen die Polizei.

Die Fahndung war bisher ohne Ergebnis geblieben. Den einzigen wichtigen Zeugen hatte die Polizei versteckt. Die Polizei hatte Presse und Öffentlichkeit kaltlächelnd belogen.

Wie konnte man auf Unterstützung hoffen, wenn Presse und Öffentlichkeit, die bei der Aufklärung helfen sollten, nicht korrekt informiert wurden?

Das einzige, was die Zeitungen noch nicht gebracht hatten, war die

Nachricht von Schwerins Ableben. Und das auch nur wegen des frühen Erscheinungszeitpunktes der Blätter.

Irgendwie waren sie auch hinter die traurige Wahrheit gekommen, in welchem Zustand sich der Tatort befunden hatte, als die Kriminaltechniker eintrafen.

Wertvolle Zeit war vertan worden.

Unglücklicherweise war am Tag nach der Tat eine Wochen vorher angesetzte Razzia auf pornographische Schriften an den Kiosken und in den Tabakläden durchgeführt worden.

Eine der Zeitungen hielt es für richtig, in Balkenüberschriften darauf hinzuweisen, daß ein geisteskranker Massenmörder in der Stadt Amok lief und die Allgemeinheit von Panik ergriffen war.

Während die Spur kalt wurde, hieß es weiter, trotteten Sherlock Holmes' Jünger einher und versuchten, sich darüber klarzuwerden, was – gemäß den verschwommenen Anweisungen des Justizministeriums – nun die guten Sitten verletzte und was nicht.

Als Kollberg gegen vier Uhr nachmittags in die Kungsholmsgatan zurückkam, hatte er Eiskristalle im Haar und in den Augenbrauen, eine finstere Miene aufgesetzt und die Abendzeitungen unter dem Arm.

»Wenn wir ebenso viele Spitzel wir Boulevardblätter hätten, brauchten wir keinen Handschlag mehr zu tun«, stellte er fest.

»Das ist eine Kostenfrage«, erwiderte Melander.

»Das weiß ich auch. Aber es ändert nichts an der Tatsache.«

»Nein. Aber so einfach ist das.« Er klopfte die Pfeife aus und beugte sich wieder über seine Papiere.

»Hast du dich endlich mit den Psychologen unterhalten?« fragte Kollberg unfreundlich.

»Der Bericht wird gerade geschrieben.«

In der Fahndungszentrale sah man jetzt ein neues Gesicht. Ein Drittel der angekündigten Verstärkung war eingetroffen: Månsson aus Malmö.

Månsson war beinahe ebenso groß wie Gunvald Larsson, wirkte aber erheblich friedlicher. Von Skåne war er über Nacht im eigenen Auto nach Stockholm gekommen, nicht etwa, weil er den lächerlichen Fahrtkostenersatz von 46 Öre pro Kilometer kassieren wollte, sondern aus der richtigen Überlegung heraus, daß ein Wagen, der nicht das Stockholmer Nummernschild trug, unter Umständen gute Dienste leisten würde.

Jetzt stand er am Fenster und sah hinaus. Dabei kaute er auf einem Zahnstocher.

»Gibt es irgendwas für mich zu tun?« fragte er.

»Ja. Wir haben es noch nicht geschafft, alle zu verhören. Hier zum Beispiel. Frau Ester Källström. Die Witwe eines der Opfer.«

»Werkmeister Johan Källström?«

»Richtig. Karlbergsvägen 98.«

»Wo liegt Karlbergsvägen?«

»Da hängt ein Stadtplan«, sagte Kollberg müde.

Månsson legte den zerkauten Zahnstocher in Melanders Aschenbecher, nahm einen neuen aus der Jackentasche und betrachtete ihn ohne sichtbare Begeisterung. Er blickte kurz auf die Karte und zwängte sich dann in seinen Mantel. In der Tür blieb er noch einmal stehen und sah Kollberg fragend an.

»Weißt du hier in der Nähe einen Laden, wo man Zahnstocher mit Geschmack kaufen kann?«

»Nein, leider nicht!«

»Schade«, antwortete Månsson enttäuscht. Und setzte erklärend hinzu: »Es soll solche geben. Ich bin dabei, mir das Rauchen abzugewöhnen.«

Als die Tür hinter ihm ins Schloß gefallen war, wandte sich Kollberg an Melander: »Als ich den Kerl getroffen habe, letzten Sommer in Malmö, hat er genau das gleiche gesagt.«

»Wegen der Zahnstocher?«

»Ja.«

»Komisch.«

»Was?«

»Daß er über ein Jahr gebraucht hat und immer noch nicht genau Bescheid weiß.« Melander fing an, seine Pfeife zu stopfen. Immer noch ohne aufzusehen, erkundigte er sich: »Hast du schlechte Laune?«

»Was glaubst du wohl?«

»Es ist zwecklos, sich zu ärgern. Damit ändert man auch nichts.«

»Du hast leicht reden, phlegmatisch, wie du bist.«

Melander überging die Bemerkung, und damit war das Gespräch beendet.

Trotz aller gegenteiligen Voraussagen war der große Detektiv »Öffentlichkeit« am Nachmittag pausenlos tätig.

Mehrere hundert Personen meldeten sich persönlich oder telefonisch und wollten aller Wahrscheinlichkeit nach mit dem fraglichen

Bus gefahren sein. Alle diese Angaben mußten den umfangreichen Untersuchungsapparat durchlaufen; ausnahmsweise erwies sich, daß diese Maßnahme nicht ganz umsonst war.

Ein Mann, der am Montagabend gegen 22 Uhr bei der Djurgårdsbron in den Bus gestiegen war, schwor Stein und Bein, Stenström gesehen zu haben. Er wurde an Melander verwiesen.

Der Mann war etwa fünfzig Jahre alt. Er schien seiner Sache sicher.

»Sie haben also Kriminalassistent Stenström in dem Bus gesehen?«

»Ja.«

»Wo?«

»Als ich an der Tiergartenbrücke einstieg. Er saß vorn links hinter dem Fahrer.«

Melander nickte vor sich hin. Die Zeitungen hatten die genaue Sitzordnung der Toten noch nicht gebracht.

»Sind Sie sicher, daß er es war?«

»Ja.«

»Wieso?«

»Weil ich ihn kannte. Aus meiner Zeit als Nachtwächter.«

»Richtig«, erinnerte sich Melander. »Vor einigen Jahren haben Sie noch in der Eingangshalle des alten Polizeigebäudes in der Agnegatan gesessen. Jetzt fällt es mir wieder ein.«

»Das stimmt«, sagte der Mann erstaunt, »an Sie kann ich mich aber nicht erinnern.«

»Ich habe Sie auch nur zweimal gesehen, und wir haben nicht miteinander gesprochen.«

»Aber an Stenström kann ich mich sehr gut erinnern. Weil ...« Er stockte.

»Ja?« fragte Melander freundlich. »Warum?«

»Er sah so jung aus und hatte Jeans und ein Sporthemd an, da hielt ich ihn für einen Besucher und bat ihn, sich auszuweisen. Und ...«

»Ja bitte?«

»Einige Wochen später ist mir das noch mal passiert, sehr peinlich.«

»Na ja, so was kommt schon mal vor. Sie haben ihn vorgestern abend also gesehen. Hat er Sie auch wiedererkannt?«

»Nein. Selbstverständlich nicht.«

»Saß jemand auf dem Platz neben ihm?«

»Nein, der war frei. Das weiß ich genau, weil ich ihn eigentlich begrüßen und mich zu ihm setzen wollte. Aber dann dachte ich, daß sich das vielleicht nicht gehörte.«

»Schade«, sagte Melander. »Und bei Sergelstorg sind Sie ausgestiegen?«

»Ja, von da bin ich mit der U-Bahn weiter.«

»Stenström war noch im Bus?«

»Ich glaube schon. Jedenfalls habe ich nicht gesehen, daß er ausgestiegen ist. Ich saß allerdings oben.«

»Darf ich Ihnen eine Tasse Kaffee anbieten?«

»Sehr freundlich. Vielen Dank.«

»Ich wäre Ihnen dankbar, wenn Sie sich ein paar Bilder ansehen würden«, fuhr Melander fort. »Sie sind allerdings nicht sehr erfreulich.«

»Kann ich mir denken.«

Der Mann sah die Bilder durch, wurde blaß und schluckte mehrere Male. Aber die einzige Person, die er wiedererkannte, war Stenström.

Kurze Zeit später trafen Martin Beck, Gunvald Larsson und Rönn beinahe gleichzeitig ein.

»Was ist mit Schwerin?« fragte Kollberg.

»Tot«, antwortete Rönn.

»Und?«

»Viel hat er nicht gesagt.«

»Wichtiges?«

»Weiß ich nicht«, erwiderte Rönn und stellte das Tonbandgerät auf den Tisch.

Sie standen um den Tisch herum und hörten gespannt zu.

Wer hat die Schüsse abgegeben?

D ... n ... r ... k

Wie sah er aus?

Samalson.

So wirst du nichts erreichen ... Hör jetzt gut zu, mein Freund. Ich bin Erster Polizeiassistent Ullholm ...

Er ist tot.

»Verflucht«, sagte Gunvald Larsson. »Mir wird schon schlecht, wenn ich nur die Stimme höre. Der Bursche hat mich mal wegen eines Dienstvergehens zur Meldung gebracht.«

»Was hattest du denn angestellt?« erkundigte sich Rönn.

»Im Wachlokal einen unanständigen Ausdruck benutzt. Ein paar Kollegen schleppten eine nackte Nutte rein. Sie war sternhagelvoll und schrie wie am Spieß; im Auto hatte sie sich die Kleider vom Leib gerissen. Ich versuchte, denen klarzumachen, daß sie ihr wenigstens eine Decke vor die ... ja also, sie in eine Decke wickeln sollten, bevor sie sie bei der Kripo ablieferten. Worauf Ullholm behauptete, daß die Person, die noch minderjährig war, durch meinen ordinären Ausdruck einen psychischen Schaden davongetragen hätte. Er war damals Wachhabender. Bald darauf hat er sich nach Solna versetzen lassen, um der Natur näher zu sein.«

»Der Natur?«

»Der Natur. Wahrscheinlich meinte er seine Frau damit.«

Martin Beck spulte das Band zurück.

Wer hat die Schüsse abgegeben?

D ... n ... r ... k

Wie sah er aus?

Samalson.

»Hast du dir die Fragen selbst ausgedacht?« fragte Gunvald Larsson.

Rönn nickte.

»Großartig!«

»Er war doch nur ganz kurz bei Bewußtsein«, verteidigte sich Rönn beleidigt. »Dann starb er.«

Martin Beck spulte das Band noch einmal zurück.

Wieder hörten alle schweigend zu.

»Da soll nun einer draus schlau werden«, meinte Kollberg. Er hatte sich lange nicht rasiert und strich nachdenklich über seine Bartstoppeln.

Martin Beck wandte sich an Rönn.

»Was glaubst du? Du warst doch dabei.«

»Ich hatte den Eindruck, daß er die Fragen verstanden hat und versuchte zu antworten.«

»Und?«

»Daß er auf die erste Frage eine negative Antwort gibt, zum Beispiel ›ich weiß nicht‹ oder ›ich hab ihn nicht erkannt‹.«

»Wie reimst du dir das aus ›Dnrk‹ zusammen?« fragte Gunvald Larsson verwundert.

Rönn errötete.

»Ja. Wie kommst du zu der Ansicht?« fragte Beck.

»Das kann ich nicht sagen.« Rönn sah ihn etwas hilflos an. »Ich hatte eben den Eindruck.«

»Soso«, sagte Gunvald Larsson, »und weiter?«

»Auf die zweite Frage antwortet er doch sehr deutlich ›Samalson‹.«

»Das hören wir auch«, sagte Kollberg, »aber wen meint er damit?«

Martin Beck massierte mit den Fingerspitzen die Stirn. »Samuelsson«, sagte er nachdenklich, »vielleicht auch Salomonsson.«

»Er sagte aber ›Samalson‹«, beharrte Rönn.

»Klar«, hielt ihm Kollberg entgegen, »aber so heißt keiner.«

»Das müssen wir erst prüfen«, widersprach Melander. »Den Namen kann es geben. In der Zwischenzeit ...«

»Ja?«

»In der Zwischenzeit könnten wir dieses Band an einen Experten zur Begutachtung schicken. Wenn unsere Leute das nicht schaffen, können wir uns mit dem Rundfunk in Verbindung setzen. Die Tontechniker von denen haben alle möglichen Hilfsmittel. Die können die Töne auf dem Band unterscheiden oder es zum Beispiel mit verschiedenen Geschwindigkeiten laufen lassen.«

»Keine schlechte Idee«, meinte Martin Beck.

»Aber den Ullholm müßt ihr um Gottes willen vorher löschen«, mischte sich Gunvald Larsson ein, »sonst machen wir uns vor aller Welt lächerlich.« Er sah sich im Zimmer um. »Wo ist denn dieser komische Vogel Månsson?«

»Hat sich wohl verirrt«, meinte Kollberg. »Vielleicht sollten wir eine Suchanzeige nach ihm aufgeben.« Er seufzte.

Ek trat ein und strich nachdenklich über sein silberweißes Haar.

»Was ist los?« fragte Martin Beck.

»Die Reporter beklagen sich, daß sie von dem Mann, der noch nicht identifiziert worden ist, bisher noch kein Bild bekommen haben.«

»Du weißt doch selbst, wie das Bild aussieht«, entgegnete Kollberg.

»Ja, natürlich, aber ...«

»Warte einen Augenblick«, sagte Melander. »Die Personalbeschreibung können wir vervollständigen. Zwischen fünfunddreißig und vierzig Jahre alt, eins fünfundsiebzig groß, Gewicht 69 Kilo, Schuhgröße 42. Braune Augen, dunkelbraunes Haar. Narbe von einer Blinddarmoperation. Brust und Bauch dunkel behaart. Narbe von einer alten Verletzung auf dem Spann. Zähne ... nein, das geht nicht.«

»Ich werde das an die Presse geben«, sagte Ek und verschwand.

Eine Weile schwiegen alle.

»Fredrik hat was herausgefunden«, nahm Kollberg das Gespräch wieder auf. »Stenström hat schon an der Djurgårdsbron im Bus gesessen. Er kam also von Djurgården.«

»Was zum Kuckuck hatte er da zu suchen?« fragte Gunvald Larsson. »Abends. Bei dem Wetter.«

»Ich habe auch etwas festgestellt«, sagte Martin Beck. »Daß er aller Wahrscheinlichkeit nach die Krankenschwester nicht kannte.«

»Ist das sicher?« fragte Kollberg.

»Nein.«

»Es scheint so, als ob er an der Djurgårdsbron allein war«, berichtete Melander.

»Rönn hat auch etwas herausgefunden«, sagte Gunvald Larsson.

»Was denn?«

»Na, daß ›Dnrk‹ gleichbedeutend mit ›Ich hab ihn nicht erkannt‹ ist. Von Samalson gar nicht zu reden!«

Das war das Ergebnis ihrer Untersuchungen am Mittwoch, dem 15. November. Draußen schneite es. Große, nasse Flocken. Es war schon dunkel. Natürlich gab es keinen Menschen, der Samalson hieß. Jedenfalls nicht in Schweden.

Der Donnerstag ging vorüber, ohne daß sich irgendwas Neues ergab.

Als Kollberg am Donnerstagabend nach Hause in seine Wohnung in der Palandergatan kam, war die Uhr schon nach elf. Seine Frau saß im Wohnzimmer und las. Sie hatte einen kurzen Bademantel an, saß bequem auf einem Sessel und hatte die Beine hochgezogen.

»'n Abend«, sagte Kollberg. »Was macht dein Spanischkurs?«

»Im Eimer natürlich. Einfach lachhaft, sich einzubilden, daß man überhaupt zu was kommt, wenn man mit einem Polizisten verheiratet ist.«

Kollberg hielt es für besser, ihre Bemerkung zu übergehen. Er zog sich schweigend aus und ging ins Badezimmer. Er rasierte sich und duschte ausgiebig. Dabei hoffte er im stillen, daß nicht irgendein böswilliger Nachbar die Polizei anrufen würde, um sich darüber zu beschweren, daß bei Kollbergs nachts dauernd das Wasser lief. Dann zog er sich den Bademantel an, ging ins Wohnzimmer, ließ sich seiner Frau gegenüber in den Sessel fallen und sah sie nachdenklich an.

»Ist 'ne ganze Weile her, daß man dich hier gesehen hat«, bemerkte sie, ohne aufzusehen. »Wie geht's denn voran mit eurem Fall?«

»Schlecht.«
»Kaum zu verstehen, daß irgendwer so ohne weiteres mitten in der Stadt in einem Bus neun Menschen erschießen kann. Und dann fällt der Polizei nichts Vernünftigeres ein, als ein paar alberne Razzien zu veranstalten.«
»Ja«, sagte Kollberg. »Das ist kaum zu verstehen.«
»Gibt's außer dir noch andere, die sechsunddreißig Stunden lang nicht zu Hause waren?«
»Wahrscheinlich.«
Sie las weiter. Er blieb eine ganze Weile ruhig sitzen, vielleicht zehn Minuten oder eine Viertelstunde lang, ohne den Blick von ihr abzuwenden.
»Was starrst du mich so an?«
Kollberg antwortete nicht, und sie vertiefte sich scheinbar noch interessierter in ihr Buch. Sie hatte dunkles Haar, klare braune Augen, kräftige Augenbrauen, war vierzehn Jahre jünger als er und gerade neunundzwanzig geworden. Er hatte sie immer ausgesprochen hübsch gefunden. Schließlich sagte er: »Gun.«
Zum erstenmal, seit er die Wohnung betreten hatte, sah sie ihn mit einem leichten Lächeln und einem Schimmer von Sinnlichkeit im Blick an.
»Ja?«
»Steh auf!«
»Alles, wie du willst.«
Sie knickte die obere Ecke der Seite, die sie gerade gelesen hatte, um, schlug das Buch zu und legte es auf die Armlehne. Stand auf und blieb mit hängenden Armen und nackten Füßen breitbeinig vor ihm stehen. Dabei sah sie ihn mit großen Augen an.
»Häßlich«, sagte er.
»Ich?«
»Nein. Eselsohren zu machen.«
»Das ist mein Buch, von eigenem Geld gekauft.«
»Zieh dich aus!«
Sie hob die rechte Hand und öffnete langsam die Knöpfe, einen nach dem anderen. Immer noch, ohne ihn aus den Augen zu lassen, schlug sie den dünnen Mantel auf und ließ ihn langsam zu Boden gleiten.
»Dreh dich um!«
Sie drehte ihm den Rücken zu.
»Du bist schön.«

»Danke bestens. Soll ich so stehenbleiben?«

»Nein. Die Vorderansicht ist schöner.«

»Aha.« Sie machte kehrt und sah ihn ebenso an wie vorher.

»Kannst du Handstand machen?« fragte er.

»Ich konnte es jedenfalls, ehe ich dich kennengelernt habe. Seitdem habe ich es nicht mehr geübt. Soll ich's versuchen?«

»Brauchst du nicht.«

»Ich kann's trotzdem machen.« Sie ging leichtfüßig hinüber zur Wand, ging in den Handstand und stützte die Füße an der Wand ab. Sichtlich ohne Schwierigkeiten.

Kollberg sah sie nachdenklich an.

»Soll ich so stehenbleiben?« fragte sie.

»Nein, nicht nötig.«

»Ich tu's aber gern, wenn's dir Spaß macht. Nach einer Weile wird einem schwindlig; wenn ich umkippe, kannst du mich ja zudecken. Mit 'ner alten Decke oder so.«

»Nein, komm wieder hoch.«

Langsam und geschmeidig setzte sie die Füße auf den Boden und sah ihn über die Schulter an.

»Wenn ich dich so fotografieren wollte – was würdest du dazu sagen?«

»Was meinst du mit ›so‹ – nackt?«

»Ja.«

»Im Handstand?«

»Ja. Zum Beispiel.«

»Du hast ja gar keinen Fotoapparat.«

»Weiß ich. Aber davon mal abgesehen.«

»Bitte, du kannst machen, was du willst. Das hab ich dir vor zwei Jahren schon erlaubt.«

Er antwortete nicht, und sie blieb an der Wand stehen.

»Was willst du denn mit den Bildern anfangen?«

»Genau darum geht es ja.«

Sie drehte sich um und ging auf ihn zu. Dann sagte sie energisch: »Jetzt bin ich aber dran, zu fragen. Was ist eigentlich los mit dir? Falls du rein zufällig Lust hast, deine ehelichen Pflichten auszuüben, möcht ich nur darauf hinweisen, daß es nebenan ein ausgezeichnetes Bett gibt, und wenn du keine Lust hast, so weit zu laufen, dann wäre auch dieser Teppich hier geeignet; er ist weich und schön. Ich hab ihn selbst geknüpft.«

»Stenström hatte einen Stapel solcher Bilder in seinem Schreibtischfach.«

»Im Büro?«

»Ja.«

»Von wem?«

»Seiner Freundin.«

»Åsa?«

»Ja.«

»Das kann ja keine besondere Augenweide gewesen sein.«

»Sag das nicht.« Kollberg grinste.

Sie hob mißbilligend die Augenbrauen.

»Die Frage ist: Was wollte er damit?«

»Spielt das eine Rolle?«

»Ich weiß nicht.«

»Vielleicht wollte er sie sich nur selbst ansehen.«

»Hat Martin auch gesagt.«

»Viel vernünftiger wäre es natürlich, nach Hause zu fahren und dort ab und zu genauer hinzugucken.«

»Irgendwas stimmt da nicht«, fuhr Kollberg fort. »Die Bilder müssen irgendwas zu bedeuten haben.«

»Warum? Man weiß doch, wie die Männer heutzutage sind. Vielleicht wollte er sie seinen Freunden zeigen und damit angeben.«

»Ausgeschlossen. So einer war er nicht.«

»Ich verstehe nicht, worauf du hinauswillst. Meinst du, daß Stenström wegen dieser Bilder erschossen worden ist? Warum hat der Mörder dann acht andere Menschen gleich mit erschossen?«

Kollberg sah sie lange an. »Das ist eine gute Frage.«

Sie beugte sich zu ihm hinunter und küßte ihn auf die Stirn.

»Was hältst du davon, wenn wir uns jetzt hinlegen?« fragte Kollberg.

»Eine ausgezeichnete Idee. Ich will nur vorher eine Flasche für Bodil fertigmachen. Das dauert nicht länger als dreißig Sekunden, wenn man der Gebrauchsanweisung trauen kann. Wir treffen uns im Bett. Oder auf dem Fußboden oder in der Badewanne oder wo immer du willst.«

»Am liebsten im Bett.«

Sie ging in die Küche. Kollberg stand auf und knipste die Stehlampe aus.

»Lennart?«

»Ja.«

»Wie alt ist Åsa?«

»Vierundzwanzig.«

»Ha! Die Sexualität der Frau erreicht ihren Höhepunkt zwischen neunundzwanzig und zweiunddreißig. Sagt Kinsey!«

»So, und beim Mann?«

»Mit achtzehn!«

Er hörte, wie sie das Milchpulver umrührte. Dann rief sie: »Aber bei Männern ist das unterschiedlicher. Wenn dich das tröstet.«

Kollberg sah seine Frau durch die halboffene Küchentür an. Sie stand nackt am Küchentisch und rührte im Kochtopf. Gun hatte lange, schlanke Beine und einen makellosen Körper. Sie war genau das, was er sich immer gewünscht hatte, aber er hatte auch zwanzig Jahre gebraucht, um sie zu finden, und dann noch ein Jahr, um sich zu entschließen.

Jetzt war sie ungeduldig und trat von einem Bein auf das andere. »Dreißig Sekunden«, murmelte er. »Verdammte Angeber.«

Kollberg lag im Dunkeln. Er wußte, daß er gleich nicht mehr an Stenström und den roten Bus zu denken brauchte. Zum erstenmal seit drei Tagen.

Martin Beck hatte keine zwanzig Jahre gebraucht, um seine Frau zu finden. Er hatte sie vor siebzehn Jahren kennengelernt. Ihr gleich ein Kind gemacht und sie geheiratet.

Jetzt stand sie in der Schlafzimmertür, das Nachthemd zerknautscht und rote Druckstellen vom Kopfkissen im Gesicht. »Mit deinem Niesen und der Husterei weckst du noch das ganze Haus auf«, beschwerte sie sich.

»Entschuldige.«

»Und warum liegst du im Bett und rauchst mitten in der Nacht? Als ob dein Hals nicht schon schlimm genug wäre.«

Er drückte die Zigarette im Aschenbecher aus. »Tut mir leid, daß ich dich geweckt habe.«

»Das macht nichts. Die Hauptsache ist, daß du nicht wieder eine Lungenentzündung bekommst. Am besten bleibst du morgen zu Hause.«

»Das wird kaum gehen.«

»Unsinn. Wenn du krank bist, kannst du nicht arbeiten. Es gibt doch auch noch andere Kriminalbeamte. Außerdem solltest du jetzt lieber schlafen, anstatt dazuliegen und in alten Berichten zu lesen. Den Taximord wirst du doch niemals aufklären. Es ist halb zwei Uhr nachts. Leg doch den Schmöker weg und schlaf endlich! Gute Nacht.«

»Gute Nacht«, sagte Martin Beck automatisch zu der bereits geschlossenen Schlafzimmertür.

Er runzelte die Stirn und legte den zusammengehefteten Bericht zur Seite. Der »Schmöker« war eine Kopie des Obduktionsbefundes, den man ihm kurz vor Dienstschluß gebracht hatte, und hatte nichts mit dem zwölf Jahre zurückliegenden Mord an einem Taxifahrer zu tun – ein ungelöster Fall, dessen Unterlagen er sich vor ein paar Monaten mit nach Hause genommen hatte.

Er lag eine Weile still und starrte an die Decke. Als er das leichte Schnarchen seiner Frau aus dem Schlafzimmer hörte, stieg er hastig aus dem Bett und ging leise hinaus in die Diele. Einen Moment hielt er zögernd die Hand auf dem Telefon. Dann zuckte er die Achseln, hob den Hörer ab und wählte Kollbergs Nummer.

»Kollberg«, meldete sich Gun schwer atmend.

»Hallo, ist Lennart da?«

»Ja. Näher, als du ahnst.«

»Was ist?« Das war Kollbergs Stimme.

»Hab ich dich gestört?«

»Kann man wohl sagen. Was ist denn nun schon wieder los?«

»Erinnerst du dich, im Sommer, gleich nach den Morden in den Parkanlagen ...?«

»Ja, und?«

»Wir hatten nichts Besonderes zu tun, und Hammar schlug vor, daß wir uns alte, nicht geklärte Fälle mal wieder vornehmen sollten. Weißt du noch?«

»Sicher weiß ich das noch. Aber was soll die Frage?«

»Ich hab den Taximord in Borås mitgenommen, und du hast dich mit dem Mann aus Östermalm beschäftigt, der vor sieben Jahren plötzlich spurlos verschwand.«

»Ja. Rufst du deswegen an?«

»Nein. Was hat Stenström gemacht? Er war doch gerade aus dem Urlaub zurückgekommen.«

»Ich habe keinen blassen Schimmer. Hat er dir nichts gesagt?«

»Nein.«

»Dann hat er es wohl mit Hammar besprochen.«

»Ja, natürlich. Du hast recht. Gute Nacht. Entschuldige die Störung.«

»Scher dich zum Teufel.«

Martin Beck hörte, wie auf der anderen Seite der Hörer aufgelegt wurde. Er blieb noch einige Sekunden mit dem Hörer in der Hand stehen, ehe er ihn auf die Gabel zurücklegte und zu seiner Bettcouch schlurfte.

Er legte sich hin und machte das Licht aus. Er hatte ein schlechtes Gewissen und konnte lange nicht einschlafen.

18

Gegen alle Erwartungen begann der Freitagmorgen mit einer positiven Nachricht.

Martin Beck nahm sie am Telefon entgegen. »Haben Sie? ... Ausgezeichnet.« Seine Stimme klang lauter als gewöhnlich.

Alle im Zimmer unterbrachen schlagartig ihre Arbeit und starrten ihn an. Er legte den Hörer auf.

»Die ballistische Untersuchung ist fertig.«

»Und?«

»Sie haben herausgefunden, was für eine Waffe benutzt wurde.«

Kollberg sah auf. »Und was war es für eine?«

»Eine Maschinenpistole«, sagte Gunvald Larsson schnell. »Das Militär hat für den Ernstfall Tausende davon in unbewachten Waffenlagern liegen. Könnten sie genausogut freiwillig an alle Diebe austeilen, dann würden sie die allwöchentliche Anschaffung von neuen Vorhängeschlössern einsparen. Gebt mir eine halbe Stunde Zeit, dann fahr ich in die Stadt und besorge ein halbes Dutzend davon.«

»Irrtum«, unterbrach ihn Martin Beck und hielt den Zettel, auf dem er sich Notizen gemacht hatte, hoch. »Modell 37, Typ Suomi.«

»Ach nein«, brummte Melander.

»Dieser alte Typ mit dem Holzschaft?« fragte Gunvald Larsson ungläubig. »So 'n Ding hab ich seit den vierziger Jahren nicht mehr zu Gesicht bekommen.«

»In Finnland hergestellt oder hier in Lizenz gebaut?« erkundigte sich Kollberg.

»Finnisch«, antwortete Martin Beck, »so gut wie sicher, sagte der Mann, der angerufen hat. Auch alte Munition. In der Tikkakoski-Nähmaschinenfabrik hergestellt.«

»M 37«, sagte Kollberg, »mit Magazin für 70 Schuß. Wer kann heute noch so eine haben?«

»Keiner«, gab Gunvald Larsson zurück. »Das letzte Exemplar liegt jetzt in den Stromschnellen. Dreißig Meter tief.«

»Wahrscheinlich«, stimmte Martin Beck zu. »Aber wer kann die vor vier Tagen gehabt haben?«

»Irgendein verrückter Finne. Raus mit allen Streifenwagen und Spürhunden und alle Finnen eingesammelt! Ein verdammt heikles Geschäft.«

»Sollen wir den Zeitungen was davon sagen?« wollte Kollberg wissen.

»Nein«, bestimmte Martin Beck. »Kein Sterbenswort.«

Sie versanken in Schweigen. Dies war der erste Anhaltspunkt. Wie lange würde es dauern, bis sie den nächsten fanden?

Die Tür wurde aufgerissen, ein junger Mann trat ein und blickte sich neugierig um. In der Hand hatte er einen braunen Umschlag.

»Zu wem willst du?« fragte Kollberg.

»Melander«, antwortete der junge Mann.

»Erster Kriminalassistent Melander«, wies ihn Kollberg zurecht. »Da drüben sitzt er.«

Der junge Mann ging zu Melanders Schreibtisch und legte das Kuvert hin.

Gerade als er das Zimmer wieder verlassen wollte, hielt ihn Kollberg zurück. »Ich hab nicht gehört, daß du angeklopft hast.«

Der junge Mann, der schon die Klinke in der Hand hatte, zögerte, sagte aber nichts.

Im Raum war es still.

Dann sagte Kollberg langsam und deutlich, als ob er ein Kind vor sich hätte: »Bevor man ein Zimmer betritt, klopft man an der Tür. Dann wartet man, bis jemand ›Herein‹ ruft. Erst dann öffnet man die Tür und tritt ein. Verstanden?«

»Ja«, antwortete der junge Mann mit belegter Stimme und blickte auf Kollbergs Füße.

»Gut«, sagte Kollberg und wandte ihm den Rücken zu.

Der andere verschwand aus dem Zimmer und schloß leise die Tür hinter sich.

»Wer war das?« fragte Gunvald Larsson.

Kollberg zuckte die Achseln. »Erinnerte mich an Stenström«, erklärte er.

Melander legte die Pfeife zur Seite, öffnete den Umschlag und nahm ein fingerdickes Heft mit grünem Deckel heraus.

»Was ist das?« fragte Martin Beck.

Melander blätterte durch die Seiten. »Das Gutachten der Psychologen; ich hab es einbinden lassen.«

»Na, und was haben die für geniale Einfälle?« fragte Gunvald Larsson. »Daß unser Massenmörder als Halbwüchsiger mal aus einem Bus geflogen ist, weil er das Geld für den Fahrschein nicht hatte, und daß dieses Erlebnis so tiefe Spuren in seiner empfindsamen Seele hinterlassen hat …«

»Wir wollen hier keine Witze machen, Gunvald«, unterbrach Martin Beck ihn scharf.

Kollberg blickte einen Moment erstaunt zu ihm hinüber, wandte sich dann aber an Melander: »Na, Fredrik, was steht in der Schwarte?«

Melander bohrte in seiner Pfeife und schüttelte die Tabakreste auf ein Blatt Papier, das er zusammenknüllte und in den Papierkorb warf.

»In Schweden haben wir solche Fälle noch nicht gehabt, wenn man mal von Nordlunds Massaker auf dem Dampfboot ›Prins Carl‹ absieht. Bisher konnte man sich also nur auf Untersuchungen stützen, die in den letzten Jahren in Amerika gemacht worden sind.«

Er zog probeweise an seiner Pfeife und begann, sie zu stopfen, während er fortfuhr: »Den amerikanischen Psychologen fehlt es im Gegensatz zu unseren nicht an Material für ihre Arbeit. In diesem Kompendium hat man unter anderem Bezug genommen auf den Würger von Boston, auf Speck, der in Chicago acht Krankenschwestern ermordet hat, auf Whitman, der von einem Turm aus sechzehn Personen getötet und viele andere verletzt hat, auf Unruh, der in New Jersey auf die Straße ging und innerhalb von zwölf Minuten dreizehn Menschen erschoß, und auf einige andere, von denen ihr sicher in den Zeitungen gelesen habt.« Er blätterte in dem Bericht.

»Massenmord scheint eine amerikanische Spezialität zu sein«, bemerkte Gunvald Larsson.

»Ja. Und dafür gibt es hier eine ganze Reihe von einleuchtenden Theorien«, gab Melander zurück.

»Verherrlichung der Gewalt«, erklärte Kollberg, »Karrieregesellschaft. Versandhandel mit Schußwaffen. Der schmutzige Krieg in Vietnam.«

Melander zog kräftig an seiner Pfeife, bis sie brannte, und nickte. »Unter anderem«, bestätigte er.

»Irgendwo habe ich gelesen«, fuhr Kollberg fort, »daß unter tausend Amerikanern ein oder zwei potentielle Massenmörder sind. Weiß auch nicht, wie man auf diese Zahl gekommen ist.«

»Meinungsumfragen«, entschied Gunvald Larsson. »Auch so eine

Spezialität der Amerikaner. Man geht durch die Häuser und fragt die Leute, ob sie sich vorstellen können, daß sie einen Massenmord begehen. Zwei von tausend sagen: Na klar, das ist doch eine feine Sache.«

Martin Beck putzte sich die Nase und sah mit geröteten Augen gereizt zu Gunvald Larsson hinüber.

Melander lehnte sich im Stuhl zurück und streckte die Beine von sich.

»Was sagen deine Psychologen über den Typ des Massenmörders?« fragte Kollberg.

Melander blätterte in dem Kompendium, schlug eine Seite auf und las vor: »Er ist in der Regel jünger als dreißig Jahre, meist scheu und zurückhaltend und wird von seiner Umgebung als wohlerzogen und ordentlich bezeichnet. Es ist möglich, daß er hin und wieder Alkohol trinkt, aber meistens ist er Abstinenzler. In den häufigsten Fällen ist er klein, hat ein körperliches Gebrechen oder einen anderen Fehler, der ihn von seiner Umwelt unterscheidet. In der Gesellschaft spielt er eine unbedeutende Rolle, er ist in ärmlichen Verhältnissen aufgewachsen und hat eine Kindheit ohne emotionelle Höhepunkte verbracht. In vielen Fällen ist er das Kind geschiedener Eltern oder Waise und ist noch nie straffällig geworden.«

Er fügte erklärend hinzu: »Dies ist einer Sammlung von Fakten entnommen, die bei Untersuchungen über die Personen und den Geisteszustand amerikanischer Massenmörder gesammelt worden sind.«

»So ein Massenmörder muß doch offenbar von klein auf verrückt sein«, meinte Gunvald Larsson. »Bloß warum merkt man das nicht, bevor er losrennt und eine Reihe von Menschen umlegt?«

»Ein Mensch, der Psychopath ist, wirkt völlig normal, bis irgendwas passiert, was seine Andersartigkeit auslöst. Psychopathie bedeutet, daß ein oder mehrere Charakterzüge des Betreffenden abnorm entwickelt sind, während er im übrigen, was seine Begabung, seine Auffassungsgabe und so weiter betrifft, völlig normal ist. Die meisten, die plötzlich einen Massenmord begangen haben, aus heiterem Himmel und offensichtlich ohne jedes Motiv, werden von ihren Angehörigen als freundlich, rücksichtsvoll und gutartig beschrieben und gelten als die letzten, denen man solch eine Tat zugetraut hätte. In vielen dieser amerikanischen Fälle haben die Täter berichtet, daß sie sich ihrer Krankheit längere Zeit bewußt gewesen seien und dagegen angekämpft hätten – bis es nicht mehr ging. Ein Massenmörder kann unter einem Verfolgungswahn oder an Größenwahn und krankhaften Schuldkomplexen leiden. Es ist nicht außergewöhnlich, daß er seine Tat damit begründet, daß er berühmt werden und Schlagzeilen machen wollte. Fast immer stecken Geltungssucht und Rachgier dahinter. Er fühlt sich unterbewertet, mißverstanden und schlecht behandelt. In den überwiegenden Fällen hat er mit schweren sexuellen Problemen zu kämpfen.«

Melander hatte aufgehört zu lesen; es blieb still im Zimmer. Martin Beck starrte aus dem Fenster. Er war blaß und hohläugig und wirkte noch mürrischer als üblich.

Kollberg saß am Schreibtisch Gunvald Larssons und hakte dessen Heftklammern zu einer langen Kette zusammen. Gereizt zog Gunvald Larsson die Schachtel mit den Klammern zu sich herüber. Kollberg sagte in die Stille hinein: »Dieser Whitman, den sie da erwähnen, der eine Anzahl Menschen vom Turm der Universität aus abgeknallt hat, über den hab ich gestern ein Buch gelesen. Ein österreichischer Psychologieprofessor führt Whitmans sexuelle Probleme darauf zurück, daß er eine erotische Fixierung an seiner Mutter hatte. Statt sie ganz schlicht ranzunehmen, schreibt der Professor, nahm er sein Messer. Ich hab nicht so ein Gedächtnis wie Fredrik, aber an den letzten Satz des Buches erinnere ich mich genau: Dann bestieg er den schlanken, hohen Turm – ein deutliches Phallussymbol – und goß seinen tödlichen Samen wie Liebespfeile über Mutters Erde.«

Månsson trat ins Zimmer, wie immer mit einem Zahnstocher im Mundwinkel.

»Wovon sprecht ihr, um Himmels willen?«

»Der Bus ist eine Art Sexualsymbol«, erklärte Gunvald Larsson nachdenklich, »allerdings ein waagerechtes.«

Månsson starrte ihn verständnislos an.

Martin Beck stand auf, ging zu Melander und griff nach dem grünen Heft. »Ich nehme das mit und lese es in Ruhe durch, ohne geistreiche Kommentare«, sagte er.

An der Tür wurde er von Månsson aufgehalten, der den Zahnstocher aus dem Mund nahm und fragte: »Was soll ich jetzt tun?«

»Keine Ahnung. Frag Kollberg«, lautete die Antwort. Dann verließ Martin Beck den Raum.

»Du kannst dich mal mit der Zimmerwirtin von diesem Araber unterhalten«, sagte Kollberg.

Er schrieb Namen und Adresse auf und gab Månsson den Zettel.

»Was hat Martin?« wunderte sich Gunvald Larsson. »Warum ist er so sauer?«

Kollberg zuckte die Achseln. »Er wird seine Gründe haben.«

Im Gewühl des Großstadtverkehrs brauchte Månsson mehr als eine halbe Stunde, um die Norra Stationsgatan zu finden. Als er den Wagen direkt gegenüber der Haltestelle von der Linie 47 parkte, zeigte die Uhr einige Minuten nach vier, und es war bereits dunkel.

Im Haus gab es gleich zwei Mieter mit Namen Karlsson, aber Månsson hatte schnell den richtigen herausgefunden.

An der Tür waren acht Karten mit Reißzwecken befestigt. Zwei davon gedruckt, die anderen mit handgeschriebenen, ausländisch klingenden Namen. Der Name Boussie war in der Sammlung nicht mehr enthalten.

Månsson klingelte, und gleich darauf wurde die Tür von einem Mann mit schwarzem Schnurrbart, in zerknitterter Hose und weißem Unterhemd geöffnet.

»Ist Frau Karlsson zu Hause?« fragte Månsson.

Der Mann lächelte freundlich, zeigte seine weißen Zähne und breitete die Arme aus. »Frau Karlsson nicht da«, sagte er in gebrochenem Schwedisch. »Kommt bald.«

»Dann warte ich hier«, erklärte Månsson und trat in die Diele.

Er knöpfte den Mantel auf und sah den lächelnden Mann an. »Haben Sie Mohammed Boussie, der hier gewohnt hat, gekannt?«

Sofort verschwand das Lächeln aus dem Gesicht des Mannes. »Ja«, sagte er, »das war sehr schlecht. Schrecklich. Er mein Freund, Mohammed.«

»Sind Sie auch Araber?« erkundigte sich Månsson.

»Nein, Türke. Sie auch Ausländer?«

»Nein, ich bin Schwede.«

»Oh, ich glauben, Sie sprechen kein richtiges Schwedisch«, erwiderte der Türke.

Månsson sah ihn böse an. »Ich bin von der Polizei und möchte mich hier drin etwas umsehen, soweit das möglich ist. Ist außer Ihnen noch jemand zu Hause?«

»Nein. Nur ich. Ich krank geschrieben.«

Månsson blickte sich um. In der langen, düsteren Diele standen ein Stuhl, ein kleiner Tisch und ein Schirmständer aus Metall. Auf dem Tisch lagen einige Zeitungen und ein paar Briefe mit ausländischen Marken. Außer dem Eingang vom Treppenhaus her hatte die

Diele fünf Türen, davon eine Doppeltür und zwei kleinere, vermutlich die Türen zur Toilette und zum Abstellraum.

Er ging auf die Doppeltür zu und öffnete eine Seite.

»Frau Karlssons privates Zimmer«, sagte der Mann im Unterhemd erschrocken. »Da darf man nicht rein!«

Månsson blickte sich kurz in dem Zimmer um, es war mit Möbeln vollgestopft und diente offenbar als Wohnzimmer wie auch als Schlafraum. Die nächste Tür führte in die Küche, die groß und modern eingerichtet war.

»In Küche gehen verboten«, sagte der Türke hinter ihm.

»Wie viele Zimmer hat die Wohnung?« fragte Månsson.

»Frau Karlsson und Küche und Zimmer für uns und Klo und Schrankzimmer.«

Månsson zog die Augenbrauen hoch. »Also zwei Zimmer und Küche«, brummte er vor sich hin.

»Hier unser Zimmer«, sagte der Türke und hielt die Tür auf.

Der Raum war ungefähr sieben mal fünf Meter groß. Er hatte zwei mit ausgeblichenen Gardinen geschmückte Fenster, die zur Straße gingen. An den Wänden standen mehrere Betten, zwischen die Fenster war eine schmale Liege geschoben.

Månsson zählte sechs Betten. Drei davon waren nicht gemacht. Überall lagen Schuhe und Kleidungsstücke, Bücher und Zeitschriften herum. In der Mitte stand ein runder, weißlackierter Tisch mit fünf verschiedenen Stühlen. Darüber hinaus bestand die Einrichtung aus einer hohen, dunklen Kommode, die unter einem der Fenster stand.

Das Zimmer hatte außer der Tür zum Flur noch zwei weitere Türen. Vor der einen stand ein Bett, sie führte in Frau Karlssons Zimmer und war bestimmt sorgfältig abgeschlossen. In die Füllung der anderen war ein kleines Regal eingebaut, das die Mieter mit Wäsche und Koffern vollgepackt hatten.

»Wohnt ihr zu sechs Leuten hier?« fragte Månsson.

»Nein, acht«, entgegnete der Türke.

Er ging zu dem Bett vor der Tür, zog ein Unterbett zur Hälfte hervor und deutete auf eines der anderen Betten. »Es gibt zwei solche«, sagte er. »Mohammed in dem hier schlafen.«

»Wer sind denn die anderen sieben?« erkundigte sich Månsson. »Türken wie Sie?«

»Nein. Wir drei Türken, zwei ... ein Araber, zwei Spanier, ein Finne und der Neue, der ist Grieche.«

»Essen Sie auch hier?«

Der Türke ging mit schnellen Schritten durch den Raum und rückte das Kissen auf einem der Betten zur Seite. Månsson konnte eine Seite von einer aufgeschlagenen pornographischen Zeitschrift sehen, ehe das Kissen sie verdeckte.

»Entschuldigung«, sagte der Türke, »hier etwas ... nicht gut saubergemacht. Ob wir hier essen, Sie fragen? Nein. Essen kochen verboten. In Küche gehen verboten, kleiner Ofen im Zimmer verboten. Nicht Essen kochen und nicht Kaffee kochen.«

»Was bezahlen Sie an Miete?«

»350 Kronen jeder«, antwortete der Türke.

»Im Monat?«

»Ja. Jeden Monat 350 Kronen.« Er nickte und kratzte sich die stark behaarte Brust.

»Ich verdienen gut« sagte er, »170 Kronen in Woche. Ich fahren Lastwagen auf Bau. Vorher ich arbeiten in Restaurant und nicht so gut verdienen.«

»Wissen Sie, ob Mohammed Boussie Verwandte hatte?« fragte Månsson. »Eltern oder Geschwister?«

Der Türke schüttelte den Kopf. »Nein. Ich weiß nicht. Wir waren viel Freunde, aber Mohammed nicht viel reden. Er sehr ängstlich.«

Månsson stand am Fenster und sah auf die kleine Gruppe frierender Menschen, die an der Endstation auf den Bus warteten. Er drehte sich um. »Ängstlich?«

»Nicht ängstlich. Wie sagt man? Ja, schüchtern.«

»Schüchtern, aha! Wissen Sie, wie lange er hier gewohnt hat?«

Der Türke saß auf der Liege zwischen den Fenstern und schüttelte den Kopf. »Nein, ich nicht weiß. Ich kommen hierher in vorige Monat und da Mohammed schon hier.«

Månsson schwitzte in seinem dicken Wintermantel. Die Luft roch nach den Ausdünstungen der acht Bewohner. Er sehnte sich nach seiner Heimatstadt und nach seiner gemütlichen Wohnung. Er holte seinen letzten Zahnstocher aus den Tiefen der Tasche hervor und fragte: »Wann kommt Frau Karlsson?«

Der Türke zuckte die Achseln. »Weiß nicht. Bald.«

Månsson steckte den Zahnstocher in den Mund, setzte sich an den Tisch und wartete.

Nach einer halben Stunde warf er die Reste des zerkauten Zahnstochers in den Aschenbecher. Zwei weitere von Frau Karlssons

Untermietern waren eingetroffen, dagegen glänzte die Wirtin selbst immer noch durch Abwesenheit.

Die Neuangekommenen waren die beiden Spanier, und da ihr schwedischer Wortschatz ausgesprochen dürftig war und Månssons Kenntnisse der spanischen Sprache so gut wie Null, gab er den Versuch, sie zu verhören, schnell auf. Das einzige, was er herausbekam, war, daß sie Ramón und Juan hießen und daß ihre Arbeit darin bestand, in einem Selbstbedienungsrestaurant das schmutzige Geschirr von den Tischen zu räumen.

Der Türke hatte sich auf die Couch gelegt und blätterte gelangweilt in einer deutschen Illustrierten. Die Spanier unterhielten sich lebhaft, während sie sich für den Abend umzogen, bei dem offenbar ein Mädchen namens Kerstin eine Rolle spielte, jedenfalls fiel der Name wiederholt.

Månsson sah wieder auf die Uhr. Er hatte sich vorgenommen, bis halb sechs zu warten und keine Minute länger.

Zwei Minuten vor halb sechs kam Frau Karlsson.

Sie nötigte ihn, in ihrem besten Sessel Platz zu nehmen, schenkte ihm ein Glas Portwein ein und stimmte ein Klagelied an über ihr Leid als Vermieterin.

»Es ist wirklich für eine alleinstehende Frau nicht angenehm, das Haus voller Männer zu haben«, begann sie. »Und noch dazu Ausländer. Aber was soll eine mittellose Witwe anderes tun?«

Månsson machte im Kopf rasch eine Rechnung auf. Fast 3 000 Kronen vereinnahmte die arme Witwe monatlich an Mieten.

»Der Mohammed da«, fuhr sie fort, »schuldet mir noch eine Monatsmiete. Könnten Sie vielleicht dafür sorgen, daß ich das Geld bekomme? Er hatte ja welches auf der Bank.«

Auf Månssons Frage, was für einen Eindruck sie von Mohammed Boussie gehabt hatte, antwortete sie: »Für einen Araber war er recht angenehm. Die sind sonst so schmutzig und unzuverlässig. Aber er war freundlich und machte einen ordentlichen Eindruck, er trank nicht, und ich glaube auch nicht, daß er ein Mädchen hatte. Aber die letzte Monatsmiete hat er, wie gesagt, nicht bezahlt.«

Es zeigte sich, daß sie recht gut über das Privatleben ihrer Untermieter Bescheid wußte. Sie bestätigte, daß Ramón mit einer Schlampe, die Kerstin hieß, befreundet war. Aber über Mohammed konnte sie nicht viel erzählen.

Er hatte eine verheiratete Schwester in Paris. Die schrieb ihm hin und wieder Briefe, aber völlig unlesbar, da sie in arabischer Sprache abgefaßt waren.

Frau Karlsson holte einen Stapel Briefe und gab sie Månsson. Auf den Umschlägen stand die Adresse der Schwester.

Mohammed Boussies irdische Habseligkeiten waren in einem Koffer aus Segeltuch verpackt worden. Auch den nahm er mit.

Frau Karlsson erinnerte noch einmal an die nicht bezahlte Miete, ehe sie die Tür hinter ihm zuschlug.

»Eine widerliche Person«, murmelte Månsson vor sich hin, als er die Treppe hinunter und auf die Straße zu seinem Wagen ging.

19

Montag. Schnee. Wind. Und eine Eiseskälte.

»Schönes Wetter zum Skilaufen«, bemerkte Rönn.

Er stand am Fenster und sah verträumt hinaus auf die Straße und die Dächer der Häuser, die hinter dem weißen Vorhang gerade eben noch zu erkennen waren.

Gunvald Larsson sah ihn mißtrauisch an. »Soll das ein Witz sein?«

»Keineswegs. Ich steh hier nur und denke dran, wie man sich als Junge darüber gefreut hat.«

»Außerordentlich guter Gedanke. Vielleicht könntest du deine Gedanken aber in produktivere Bahnen lenken. Im Hinblick auf die Fahndung!«

»Ja«, erwiderte Rönn, »aber ...«

»Was denn, aber?«

»Genau das wollte ich fragen: Was denn?«

»Neun Menschen sind ermordet worden«, sagte Gunvald Larsson, »und du stehst hier und weißt nicht, womit du dich beschäftigen sollst. Du bist doch Fahndungsbeamter, oder nicht?«

»Doch.«

»Na, dann fahnde, verdammt noch mal!«

»Wo?«

»Weiß ich auch nicht. Tu irgendwas.«

»Was tust du selbst denn?«

»Das siehst du doch. Ich sitze hier und lese das psychologische Traktat, das Melander und die Herren Wissenschaftler ausgebrütet haben.«

»Warum?«

»Das weiß ich nicht. Muß ich denn alles wissen?«

Eine Woche war seit dem Blutbad im Bus vergangen. Bisher war die Fahndung praktisch ergebnislos verlaufen, und neue Anhaltspunkte gab es nicht. Sogar die Flut wertloser Tips aus der Bevölkerung fing an, spärlicher zu werden.

Die Verbrauchergesellschaft und ihre gehetzten Mitglieder hatten andere Sorgen. Es war zwar noch über einen Monat hin bis Weihnachten, aber die massive Weihnachtswerbung hatte begonnen, und eine hysterische Kaufwut breitete sich wie die schwarze Pest durch die girlandengeschmückten Einkaufsstraßen aus. Jeder wurde von der Epidemie ergriffen, und es gab keinen Platz, wohin man sich zurückziehen konnte. Sie drang in Häuser und Wohnungen und erfaßte alles und alle. Die Kinder weinten vor Erschöpfung, und die Familienväter waren bereits bis weit in das neue Jahr hinein verschuldet. Die gesetzlich zugelassene Bauernfängerei hatte ihren Höhepunkt beinahe erreicht. Die Krankenhäuser verzeichneten ein Ansteigen von Herzinfarkten, Nervenzusammenbrüchen und Magengeschwüren. Auf den Polizeiwachen der Innenstadt konnte man die Vorboten des großen Familienfestes in Gestalt von betrunkenen Weihnachtsmännern bewundern, die aus Hausfluren und öffentlichen Toiletten herangeschleppt wurden. Auf dem Mariatorget ließen zwei ermüdete Streifenbeamte einen volltrunkenen Weihnachtsmann in den Rinnstein fallen, als sie ihn in ein Taxi verfrachten wollten.

In dem einsetzenden Tumult wurden die beiden Polizisten von weinenden Kindern und fluchenden, angetrunkenen Männern hart bedrängt. Einer der Beamten verlor die Geduld, als ein Schneeball ihn mitten aufs Auge traf, und griff zum Gummiknüppel. Schlug zu, ohne hinzusehen, und traf einen neugierigen Rentner. Das war Wasser auf die Mühlen der Polizeigegner.

»In allen Bevölkerungsschichten existiert ein verborgener Haß auf die Polizei«, sagte Melander. »Schon der geringfügigste Anlaß kann ihn zum Durchbruch kommen lassen.«

»Und worauf beruht das?« fragte Kollberg gleichgültig.

»Auf der Tatsache, daß die Polizei ein notwendiges Übel ist!« erklärte Melander. »Alle Menschen, auch die Berufsverbrecher, sind gelegentlich auf die Polizei angewiesen. Wenn der Dieb nachts aufwacht und hört es in seinem Keller rumoren, was tut er dann? Er ruft nach der Polizei. Aber solange sie nicht in eine solche Lage geraten, reagieren die meisten Menschen ängstlich oder verächtlich, wenn die Polizei in ihr Dasein eingreift oder ihre Seelenruhe stört.«

»Zusätzlich zu allem anderen Ärger muß man sich also auch noch als notwendiges Übel fühlen«, stellte Kollberg mißmutig fest.

»Der Kern des Problems«, fuhr Melander unbeirrt fort, »liegt natürlich in dem widersprüchlichen Umstand, daß die Polizeiarbeit an sich höchste Intelligenz verlangt, außerordentliche körperliche, psychische und moralische Anforderungen an die Beamten stellt, andererseits aber nichts bietet, was Bewerber mit solchen Eigenschaften anziehen könnte.«

Martin Beck hatte diesen Vortrag von Melander schon mehrmals gehört, und ihm reichte es jetzt. »Könnt ihr eure gesellschaftspolitischen Debatten nicht woanders führen? Ich möchte nämlich arbeiten«, sagte er scharf.

»Worüber brütest du denn?« fragte Kollberg.

In diesem Augenblick klingelte das Telefon.

»Ja. Beck.«

»Hjelm hier. Wie geht's denn voran?«

»Gar nicht. Unter uns gesagt.«

»Habt ihr den Mann ohne Gesicht schon identifiziert?«

Martin Beck kannte den Anrufer seit langer Zeit und hielt große Stücke auf ihn. Er stand mit dieser Ansicht nicht allein, es gab sogar Männer, die Hjelm für einen der geschicktesten Kriminaltechniker der Welt hielten. Wenn man ihn richtig zu nehmen verstand.

»Nein«, gestand Martin Beck. »Niemand scheint ihn zu vermissen, und unsere eigenen Bemühungen waren bisher erfolglos.«

Er holte tief Luft und fuhr fort: »Soll deine Frage heißen, daß ihr etwas Neues herausgefunden habt?«

Man mußte Hjelm etwas um den Bart gehen, das war eine allgemein bekannte Tatsache.

»Ich glaube, ja«, entgegnete dieser selbstbewußt. »Wir haben uns etwas eingehender mit ihm befaßt und versucht, uns eine Vorstellung von der lebenden Person zu machen. Ich glaube, es ist uns gelungen, ihn einem bestimmten Typ zuzuordnen.«

Kann ich jetzt sagen: Ach, wirklich? überlegte Martin Beck.

»Ach, wirklich?« sagte er.

»Doch«, entgegnete Hjelm erfreut. »Das Ergebnis ist besser als erwartet.«

Was wurde jetzt von ihm erwartet? Phantastisch? Großartig? Oder einfach nur: fein? Vielleicht wunderbar? Muß mich mal bei Ingas Kaffeekränzchen informieren, dachte Martin Beck.

»Wunderbar«, sagte Martin Beck.

»Danke«, erwiderte Hjelm begeistert.

»Keine Ursache. Du kannst uns wohl nicht etwas mehr ...?«

»Doch. Natürlich. Deshalb rufe ich ja an. Wir haben uns zunächst die Zähne angesehen. Nicht ganz einfach. Die haben ziemlich gelitten. Aber die Füllungen, die wir gefunden haben, sind nachlässig ausgeführt worden. Ich glaube nicht, daß die von einem schwedischen Zahnarzt stammen. Mehr will ich zu diesem Punkt nicht sagen.«

»Das ist schon eine ganze Menge«, meinte Martin Beck.

»Dann sind da seine Kleidungsstücke. Der Anzug stammt aus einem der Hollywood-Läden hier in Stockholm. Wie du vielleicht weißt, gibt es drei davon. Einen in der Vasagatan, einen in der Götgatan und den dritten am Sankt Eriksplan.«

»Aha, gut«, sagte Martin Beck lakonisch. Er hielt die Heuchelei nicht länger durch.

»Ja«, entgegnete Hjelm etwas beleidigt, »der Ansicht bin ich auch. Weiter: der Anzug ist ziemlich schmutzig. Er ist bestimmt noch nie gereinigt worden und macht den Eindruck, als ob er lange Zeit täglich getragen worden ist.«

»Wie lange?«

»Ein Jahr, schätzungsweise.«

»Hast du noch mehr?«

Eine Weile blieb es ruhig. Hjelm hatte das Wichtigste bis zum Schluß aufgespart. Dies war nur eine Kunstpause.

»Ja«, sagte er schließlich. »In der Innentasche der Jacke waren Haschischkrümel, und etwas Pulver in der rechten Hosentasche stammte von zerdrückten Preludin-Tabletten. Analysen einiger Obduktionsproben bestätigen, daß der Mann rauschgiftsüchtig war.«

Wieder eine Kunstpause. Martin Beck schwieg.

»Außerdem litt er an einer verschleppten Gonorrhoe.«

Martin Beck ergänzte seine Notizen, dankte und legte auf.

»Riecht meilenweit nach Unterwelt«, sagte Kollberg. Er hatte hinter dem Stuhl gestanden und das Gespräch mit angehört.

Martin Beck nickte. »Aber seine Fingerabdrücke haben wir nicht in unserem Register gefunden.«

»Vielleicht war er Ausländer?«

»Möglich. Aber was sollen wir mit diesen Angaben machen? An die Presse können wir sie doch kaum weitergeben.«

Jetzt mischte sich Melander in das Gespräch. »Aber wir können sie mündlich bei den Spitzeln und den uns bekannten Rauschgiftsüchtigen rundgehen lassen. Sie außerdem an die Rauschgiftdezernate und die Pflegeanstalten geben.«

»Hm«, brummte Martin Beck, »dann veranlasse das bitte.«

Ein Strohhalm, mehr nicht, dachte er. Aber was blieb ihnen übrig! Während der letzten Tage hatte die Polizei zwei aufsehenerregende Großrazzien in der sogenannten Unterwelt durchgeführt. Das magere Resultat hatte niemanden überrascht. Außer den ganz heruntergekommenen Gestalten hatten alle mit solchen Maßnahmen gerechnet. Von ungefähr hundertfünfzig Personen, die festgenommen wurden, waren die meisten reine Pflegefälle, die unmittelbar in die verschiedenen Anstalten eingewiesen werden konnten.

Die Fahndung vom Schreibtisch aus war bisher völlig ohne Ergebnis geblieben, und diejenigen, die ihre Kontakte zur Unterwelt hatten, waren überzeugt davon, daß die Spitzel recht hatten, wenn sie behaupteten, daß niemand etwas wußte.

Vieles sprach für die Richtigkeit dieser Annahme. Wer sollte schon ein Interesse daran haben, diesen Verbrecher zu decken?

»Keiner außer ihm selber«, meinte Gunvald Larsson, der gern mit überflüssigen Bemerkungen glänzte.

Das einzige, was man zur Zeit tun konnte, war, mit dem bereits vorhandenen Material weiterzuarbeiten. Man mußte die Waffe finden und alle verhören, die in irgendeiner Weise mit den Opfern in Verbindung gestanden hatten.

Diese Vernehmungen wurden von den zur Verstärkung abkommandierten Kräften durchgeführt, also Månsson und einem Ersten Kriminalassistenten aus Sundsvall, Nordin. Gunnar Ahlberg konnte von seinem normalen Dienst nicht abgezogen werden. Das war im Grund auch gleichgültig, denn alle waren mehr oder weniger überzeugt, daß diese Verhöre zu keinem Ergebnis führen würden.

Die Stunden vergingen, ohne daß etwas Nennenswertes geschah. Ein Tag nach dem anderen verstrich. Zusammen machten die Tage schon eine Woche aus und danach noch eine. Wieder war es Montag. Man schrieb den 4. Dezember, und es war Barbara-Tag. Das Wetter war kalt, es wehte ein scharfer Wind, und der Weihnachtstrubel wurde immer lästiger. Die Verstärkungen hatten allmählich keine Lust mehr und sehnten sich nach Hause, Månsson nach dem milden Klima Südschwedens und Nordin nach der reinen, frischen Winterluft von Norrland. Keiner der beiden kannte das Großstadtleben, und beide fühlten sich fremd in Stockholm. Vieles ging ihnen auf die Nerven, vor allem die Hetze, das Gedränge und die unfreundlichen

Menschen. Dazu kam die Masse der kleinen Straftaten, die für Stockholm keine Seltenheit war, sie aber als Polizeibeamte bedrückte.

»Ich kann gar nicht begreifen, wie ihr das hier in der Stadt aushaltet«, bemerkte Nordin kopfschüttelnd.

Er war ein Mann von untersetzter Statur, mit buschigen Augenbrauen und kleinen braunen Augen.

»Für uns ist das nichts Neues, wir stammen ja von hier«, erklärte Kollberg.

»Ich bin gerade mit der U-Bahn gekommen«, fuhr Nordin fort. »Allein zwischen Alvik und Fridhemsplan habe ich mindestens fünfzehn Personen gesehen, die wir zu Hause in Sundsvall ohne Zögern festgenommen hätten.«

»Wir haben kein Personal«, sagte Martin Beck.

»Ja, ich weiß, aber ...«

»Was aber?«

»Ist euch das schon mal aufgefallen? Die Leute hier haben Angst. Normale, freundliche Menschen. Wenn man nach dem Weg fragt oder um ein Streichholz bittet, dann laufen sie beinah davon. Die fürchten sich ganz einfach. Fühlen sich unsicher.«

»Wer tut das nicht?« murmelte Kollberg.

»Ich nicht«, erwiderte Nordin, »jedenfalls nicht normalerweise. Aber bald wird es wohl mit mir auch soweit sein. Habt ihr im Moment was für mich?«

Melander sah von seinem Schreibtisch auf.

»Wir haben hier einen sonderbaren Tip bekommen.«

»Betrifft?«

»Den nicht identifizierten Mann im Bus. Eine Frau in Hägersten. Sie rief an und sagte, daß sie in der Nähe einer Garage wohnt, in der sich immer einige Ausländer aufhalten.«

»Na und?«

»Eine ziemlich lärmende Gesellschaft, wie sie sich ausdrückte. Einer der lautesten war ein kleiner, dunkler Mann, etwa fünfunddreißig Jahre alt. Seine Kleidung stimmte in etwa mit der Beschreibung in den Zeitungen überein, sagt sie. Seit einiger Zeit hat sie ihn da nicht mehr gesehen.«

»Es gibt Tausende, die solche Sachen anhaben«, meinte Nordin skeptisch.

»Stimmt«, entgegnete Melander, »und mit neunundneunzigprozentiger Sicherheit ist der Tip wertlos. Die Angaben sind so vage, daß es sich eigentlich nicht lohnt, ihnen nachzugehen. Außerdem war sich die Frau nicht einmal sicher. Aber wenn du nichts anderes zu tun hast …« Er unterbrach sich, kritzelte Namen und Adresse der Anruferin in sein Notizbuch und riß das Blatt heraus. Das Telefon klingelte, und er nahm den Hörer ab, während er mit der anderen Hand den Zettel über den Tisch reichte.

»Das kann ich nicht lesen«, beschwerte sich Nordin.

Melanders Buchstaben standen kreuz und quer, und seine Handschrift war, wohlwollend ausgedrückt, schwer zu deuten. Tatsächlich war sie für Außenstehende schlechthin unlesbar.

Kollberg nahm Nordin den Zettel aus der Hand. »Keilschrift«, stellte er fest, »oder vielleicht Althebräisch. Wahrscheinlich hat Fredrik die Rollen vom Toten Meer geschrieben. Allerdings hat er nicht soviel Humor. Aber ich bin sein bester Schriftdeuter.« Er schrieb die Angaben eilig ab und gab Nordin den Zettel zurück. »Hier hast du's in Reinschrift.«

»Okay«, sagte Nordin. »Ich kann ja mal hinfahren. Habt ihr einen Wagen?«

»Ja. Aber im Hinblick auf den Nachmittagsverkehr und den schlechten Straßenzustand nimmst du besser den Vorortzug. Fahr mit der Linie 13 oder 23 in südlicher Richtung und steig in Axelsberg aus.«

»Viel Vergnügen noch allerseits«, sagte Nordin und verschwand.

»Sehr viel Lust scheint er nicht zu haben«, meinte Kollberg.

»Kannst du ihm das verübeln?« Martin Beck schnaubte sich die Nase.

»Kaum.« Kollberg seufzte. »Warum schicken wir die Kollegen nicht nach Hause?«

»Das ist nicht unser Problem. Die sind hier, um an der aufregendsten Menschenjagd teilzunehmen, die jemals in diesem Land durchgeführt worden ist.«

»Schön wär's ja …«, begann Kollberg, brach aber sofort ab. Mehr brauchte er auch nicht zu sagen. Sie hätten alle gern gewußt, wen man jagen und wo diese Jagd stattfinden sollte.

»Ich zitiere den Justizminister«, sagte Martin Beck unschuldig. »›Unsere klügsten Köpfe‹ – damit meint er wohl Månsson und Nordin – ›arbeiten mit Hochdruck daran, einen geisteskranken Massenmörder aufzuspüren und festzunehmen. Ihre Bemühungen werden von der Allgemeinheit und jedem einzelnen von uns mit besonderem Interesse verfolgt.‹«

»Wann hat er das gesagt?«

»Zum erstenmal vor siebzehn Tagen. Gestern auch mal wieder. Aber gestern bekam er nur vier Zeilen auf Seite 22. Wird sich schön ärgern. Nächstes Jahr sind doch wieder Wahlen.«

Melander hatte das Telefongespräch beendet. Er stocherte mit einer aufgebogenen Heftklammer in seiner Pfeife und sagte bedächtig: »Wird es nicht Zeit, den verrückten Massenmörder endlich einmal zu vergessen?«

Es dauerte fünfzehn Sekunden, bevor Kollberg antwortete. »Höchste Zeit sogar. Und es wird auch Zeit, daß wir die Türen abschließen und die Telefone umschalten.«

»Ist Gunvald da?« erkundigte sich Martin Beck.

»Ja. Herr Larsson sitzt nebenan und bohrt sich mit dem Brieföffner in den Zähnen.«

»Sag Bescheid, daß alle Gespräche zu ihm durchgestellt werden«, ordnete Martin Beck an.

Melander streckte die Hand nach dem Telefonhörer aus.

»Bestell auch gleich Kaffee«, fügte Kollberg hinzu, »und drei Stück Blätterteig und eine Makrone für mich, bitte.«

Der Kaffee kam nach zehn Minuten. Kollberg schloß die Tür zu.

Sie setzten sich. Kollberg schlürfte seinen Kaffee und machte sich über das Gebäck her.

»Die Situation ist folgende«, begann er kauend, »der wahnsinnige Massenmörder steht mit hängendem Kopf im Kleiderschrank des Reichspolizeichefs. Wenn er gebraucht wird, holen wir ihn heraus und stauben ihn ab. Unsere Arbeitsgrundlage sieht so aus: Ein Mensch mit einer Maschinenpistole – Modell Suomi 37 – erschießt neun Menschen in einem Bus. Diese neun Personen haben nichts miteinander gemein, außer daß sie sich zufällig zur gleichen Zeit am gleichen Ort befanden.«

»Der Schütze muß einen Grund für seine Tat gehabt haben«, unterbrach Martin Beck.

Kollberg nickte und griff nach seiner Makrone.

»Davon war ich von Anfang an überzeugt. Ich kann mir aber beim besten Willen kein Motiv vorstellen, warum er diese neun Personen umgelegt haben könnte. Mir sieht es viel eher danach aus, als ob er es nur auf einen abgesehen hätte.«

»Der Mord war sorgfältig vorausgeplant.«

»Einen von neun Menschen«, fuhr Kollberg fort. »Aber welchen? Hast du die Liste, Fredrik?«

»Brauch ich nicht«, erwiderte Melander.

»Nein, ist klar. Hab nicht dran gedacht. Sollen wir sie noch mal durchgehen?«

Martin Beck nickte. Das nachfolgende Gespräch lief auf einen Dialog zwischen Kollberg und Melander hinaus.

»Gustav Bengtsson«, begann Melander. »Der Fahrer also. Seine Anwesenheit im Bus kann man als begründet bezeichnen.«

»Zweifellos.«

»Er scheint ein ausgesprochen normales Leben geführt zu haben. Geordnetes Familienleben. Nicht vorbestraft. Immer seiner geregelten Arbeit nachgegangen. Beliebt bei seinen Kollegen. Wir haben auch mit einigen Freunden der Familie gesprochen. Er galt allgemein als strebsam und gefällig. Er war Mitglied in einem Abstinenzlerverein. 48 Jahre alt. Hier in der Stadt geboren.«

»Feinde? Keine. Einfluß? Keinen. Kapital? Keins. Motiv, ihn umzubringen? Keins. Der nächste.«

»Ich halte mich jetzt nicht an Rönns Reihenfolge«, bemerkte Melander. »Hildur Johansson. Witwe. 68 Jahre alt. Sie war unterwegs von ihrer Tochter, die in der Västmannagatan wohnt, zu ihrer Wohnung in der Norra Stationsgatan. Geboren in Edsbro. Die Tochter ist von Larsson und Månsson verhört worden. Beide Aussagen stimmen überein. Sie lebte zurückgezogen und bescheiden von ihrer Rente. Viel kann man über sie nicht sagen.«

»Doch. Daß sie wahrscheinlich in der Odengatan eingestiegen ist und nur sechs Haltestellen weit mitfuhr. Und daß außer ihrer Tochter und dem Schwiegersohn niemand wußte, daß sie um diese Zeit gerade diese Strecke fahren würde. Weiter.«

»Johan Källström, 58 Jahre alt und in Västerås geboren. Werkmeister in einer Autowerkstatt Grens in der Sibyllegatan. Er hatte Überstunden gemacht und befand sich auf dem Heimweg, daran besteht kein Zweifel. Auch bei ihm ein normales Familienleben. Hobbys: sein Auto und das Wochenendhäuschen. Nicht vorbestraft. Verdiente gut, aber mehr auch nicht. Seine Bekannten glauben, daß er aller Wahrscheinlichkeit nach mit der U-Bahn vom Östermalmstorg zum Hauptbahnhof fuhr und dort in den Bus umstieg. Könnte also an der Haltestelle vor dem Warenhaus Åhléns eingestiegen sein. Sein Chef ist der Ansicht, daß er was von seinem Beruf verstand und ein guter Vorarbeiter war. Die Kollegen in der Werkstatt lassen durchblicken, daß er ...«

»... ein ausgesprochener Radfahrer war. Ich war da und hab mit ihnen gesprochen. Der nächste.«

»Alfons Schwerin, 43 Jahre alt und in Minneapolis in den USA als Sohn schwedisch-amerikanischer Eltern geboren. Kam gleich nach dem Krieg nach Schweden und blieb hier hängen. Er hatte eine kleine Firma, die Nadelhölzer aus den Karpaten zur Herstellung von Resonanzböden importierte, aber das Unternehmen ging vor etwa zehn Jahren in Konkurs. Schwerin war Trinker. Er hat zweimal in der Heilanstalt Beckomberga gesessen und war drei Monate wegen Trunkenheit am Steuer in Bogesund inhaftiert. Das ist drei Jahre her. Als sein Geschäft Pleite machte, wurde er Hilfsarbeiter. Zuletzt arbeitete er bei der Stadtverwaltung. Straßenbauamt. Den betreffenden Abend hatte er in der Kneipe ›Zum Pfeil‹ in der Bryggargatan verbracht und war auf dem Weg nach Hause. Er hatte nicht besonders viel getrunken, wahrscheinlich aus Geldmangel. Es ist anzunehmen, daß er vom Lokal zur Haltestelle Vasagatan ging. Er war Junggeselle und hatte keine Verwandten in Schweden. Seine Kollegen mochten ihn gern. Er soll immer freundlich und zu Scherzen aufgelegt gewesen sein. Daß er einen Feind gehabt haben soll, können sie sich nicht vorstellen.«

»Und er hat den Schützen gesehen und vor seinem Tod noch irgendwas Unverständliches auf das Tonband gesprochen. Haben wir dazu bereits eine Äußerung von Experten?«

»Noch nicht. Machen wir weiter: Mohammed Boussie, Algerier, Angestellter in einem Restaurant, 36 Jahre, geboren an einem Ort, den man nicht aussprechen kann und den ich vergessen habe.«

»Schlamperei.«

»Er lebte seit sechs Jahren in Schweden, davor in Paris. War politisch weder interessiert noch engagiert. Sparte Geld auf einem Bankkonto. Die ihn kannten, beschrieben ihn als scheu und zurückhaltend. Er hatte um halb elf mit der Arbeit Schluß gemacht und war auf dem Heimweg. Freundlich, aber geizig und langweilig.«

»Genauso wie du also.«

»Krankenschwester Britt Danielsson, geboren 1940 in Eslöv. Sie saß neben Stenström, aber nichts weist darauf hin, daß sie sich kannten. Der Arzt, mit dem sie befreundet war, arbeitete in der Mordnacht im Südkrankenhaus. Sie ist wahrscheinlich mit der Witwe Johansson zusammen in der Odengatan eingestiegen und war ebenfalls auf dem Heimweg, und zwar, ohne sich noch irgendwo aufgehalten zu haben. Sie verließ ihren Arbeitsplatz und ging zum Bus. Natürlich können wir nicht mit absoluter Sicherheit ausschließen, daß sie nicht doch mit Stenström verabredet war.«

Kollberg schüttelte den Kopf. »Warum sollte er sich an die blasse Kleine herangemacht haben? Was er brauchte, hatte er doch zu Hause.« Melander sah ihn verständnislos an, ging aber nicht auf die Äußerung ein.

»Dann haben wir diesen Assarsson. Flott nach außen hin, aber weniger elegant unter der Oberfläche.« Melander machte eine Pause und beschäftigte sich mit seiner Pfeife. Dann fuhr er fort: »Ziemlich fragwürdige Figur, dieser Assarsson. Zweimal wegen Steuerhinterziehung verurteilt, außerdem ein Sittlichkeitsdelikt Anfang der fünfziger Jahre. Unzucht mit Abhängigen, einem fünfzehnjährigen Botenmädchen. Dreimal im Gefängnis. Assarsson war reich. Und rücksichtslos – im Geschäft wie auch im Privatleben. Freunde hatte er so gut wie keine; auch seine Frau und sein Bruder fanden ihn ziemlich widerwärtig. Seine Anwesenheit im Bus war begründet. Er kam von einer Art Klubtreffen auf dem Narvavägen und war auf dem Weg zu seiner Geliebten. Sie wohnt Karlbergsvägen und arbeitet in Assarssons Büro. Er hat sie angerufen und sich angemeldet. Wir haben sie mehrere Male verhört.«

»Wer hat sie vernommen?«

»Gunvald und Månsson. Zu unterschiedlichen Zeiten. Sie sagt, daß ...«

»Moment. Warum nahm er den Bus?«

»Offenbar weil er eine Menge getrunken hatte und sich nicht traute, mit dem eigenen Wagen zu fahren. Und wegen des Regenwetters konnte er kein Taxi bekommen. Die Nummer der Zentrale war dauernd besetzt, und in der ganzen Innenstadt gab es nicht einen freien Wagen.«

»Okay. Was sagt das Mädchen?«

»Verliebt war sie ganz bestimmt nicht in ihn. Er sei geschlechtskrank und fast völlig impotent gewesen. Sie sagt, ihr wäre es ausschließlich ums Geld und um ihre Stellung gegangen. Gunvald hatte den Eindruck, daß sie wohl auch hin und wieder auf den Strich geht. Eine Schlampe, ziemlich dumm. Ein Typ wie Cha-Cha Gabor, wer das auch immer sein mag.«

»Herr Larsson und die Frauen. Ich glaube, ich werde noch mal einen Roman mit dem Titel schreiben.«

»Månsson gegenüber gab sie auch zu, daß sie Assarssons Geschäftsfreunden zu Diensten war, wie sie sich ausdrückte. Auf seinen

Befehl. Assarsson war in Göteborg geboren und stieg bei der Djurgårdsbron ein.«

»Hervorragend! So wird mein Buch anfangen: Er war in Göteborg geboren und stieg bei der Djurgårdsbron ein. Herrlich.«

»Die Zeitangaben stimmen«, fuhr Melander ungerührt fort.

Martin Beck mischte sich zum erstenmal in das Gespräch ein. »Dann bleiben nur noch Stenström und der Unbekannte?«

»Richtig«, bestätigte Melander. »Von Stenström wissen wir, daß er eigenartigerweise von Djurgården kam. Und daß er bewaffnet war. Von dem Unbekannten wissen wir, daß er rauschgiftsüchtig und etwa Ende Dreißig war. Das ist alles.«

»Und alle anderen hatten einen Grund für ihre Anwesenheit im Bus«, sagte Martin Beck nachdenklich.

»Ja.«

»Womit wir wieder bei der schon beinahe klassischen Frage angelangt wären«, ergriff Kollberg wieder das Wort.

»Was hatte Stenström in dem Bus zu suchen?«

»Wir müssen mit dem Mädchen sprechen«, sagte Martin Beck.

Melander nahm die Pfeife aus dem Mund. »Åsa Torell? Ihr habt doch selbst schon mit ihr gesprochen. Und dann haben wir sie noch einmal verhört.«

»Wer?« fragte Martin Beck.

»Rönn. Das ist jetzt schon über eine Woche her.«

»Nein, nicht Rönn«, murmelte Martin Beck wie zu sich selbst.

Melander hatte ihn nicht verstanden. »Was meinst du?«

»Rönn ist ganz in Ordnung«, erwiderte Martin Beck. »Aber worum es hier eigentlich geht, hat er wohl kaum begriffen. Außerdem hatte er wenig Kontakt zu Stenström.«

Kollberg und Martin Beck sahen sich lange an. Keiner sagte ein Wort, und zum Schluß war es Melander, der die Stille unterbrach. »Was hatte Stenström wohl in dem Bus zu suchen?«

»Er wollte ein Mädchen besuchen. Oder einen Freund«, gab Kollberg widerwillig zurück. Bei solchen Gelegenheiten übernahm Kollberg immer die Rolle der Opposition. Aber diesmal war er seiner selbst nicht sicher.

»Du vergißt eins. Wir sind zehn Tage lang in der Gegend von Tür zu Tür gegangen, aber kein Mensch hatte irgendwann einmal den Namen Stenström gehört.«

»Das beweist gar nichts. Der Stadtteil ist bekannt für seine Unterschlupfmöglichkeiten und seine Absteigequartiere. In solchen Gegenden ist die Polizei nicht besonders beliebt.«

»Ich glaube jedenfalls, daß wir die Theorie mit der Geliebten in Stenströms Fall aufgeben können«, sagte Martin Beck.

»Mit welcher Begründung?« verlangte Kollberg zu wissen.

»Ich glaube nicht daran.«

»Aber du gibst zu, daß es denkbar ist?«

»Ja.«

»Okay. Weg damit. Vorläufig.«

»Die zentrale Frage scheint also zu sein: Was tat Stenström in dem Bus?« Martin Beck forderte absichtlich den Widerspruch seiner Kollegen heraus.

»Was suchte der Unbekannte in dem Bus?«

»Lassen wir den Unbekannten mal eine Weile aus dem Spiel.«

»O nein. Seine Anwesenheit ist noch immer ebenso unerklärt wie die von Stenström. Außerdem wissen wir nicht, wer er war und in welcher Angelegenheit er unterwegs war.«

»Vielleicht fuhr er ganz einfach im Bus spazieren.«

»Im Bus spazieren?«

»Ja. Viele Pennbrüder tun das. Für eine Krone kann man zwei Stunden lang herumkutschieren.«

»In der U-Bahn ist es wärmer«, warf Kollberg ein, »und da kann man außerdem so lange fahren, wie man will, vorausgesetzt, man geht nicht durch eine Sperre, sondern steigt einfach immer nur um.«

»Ja, aber ...«

»Du vergißt dabei etwas Wichtiges. Der Unbekannte hatte nicht nur Reste von Rauschgifttabletten und Haschischkrümel in den Taschen, er hatte auch mehr Geld bei sich, als alle anderen zusammen.«

»Womit sich die Möglichkeit eines Raubmordes erübrigt«, mischte sich Melander ein.

»Außerdem«, fuhr Martin Beck fort, »ist, wie du selbst sagst, der Stadtteil voll von Unterschlupfmöglichkeiten. Nein, zurück zur Hauptfrage. Was hatte Stenström in dem Bus zu suchen?«

Eine Weile schwiegen sie. Im Zimmer nebenan klingelten die Telefone. Hin und wieder konnte man Stimmen unterscheiden, Rönns oder Gunvald Larssons. Schließlich stellte Melander die Frage: »Was war Stenströms besondere Stärke?«

Alle drei wußten, worauf er hinauswollte. Melander nickte langsam und beantwortete seine eigene Frage: »Stenström konnte beschatten.«

»Ja«, bestätigte Martin Beck, »das war seine Spezialität. Er war geschickt und hartnäckig. Er konnte einem Verdächtigen wochenlang folgen.«

Kollberg kratzte sich am Ohr. »Ich erinnere mich noch, wie er vor vier Jahren den Sexualmörder vom Schiff auf dem Götakanal in den Wahnsinn trieb.«

»Hetzte«, verbesserte Martin Beck.

Keiner sagte ein Wort.

»Er konnte das damals schon blendend«, fuhr Martin Beck fort, »und seitdem hatte er viel dazugelernt.«

»Hast du übrigens Hammar danach gefragt?« unterbrach ihn Kollberg plötzlich. »Ich meine, welchen Fall sich Stenström vorgenommen hat, als wir alle im Sommer die alten Akten durchgeackert haben?«

»Hab ich, ist aber nichts dabei rausgekommen. Stenström ist bei Hammar gewesen und hat mit ihm die Sache durchgesprochen. Hammar hat ihm verschiedene Vorschläge gemacht, aber die kamen des Alters wegen nicht in Frage. Nicht weil die Fälle zu alt waren, sondern weil Stenström zu jung war. Er wollte nichts haben, was sich zu einer Zeit abgespielt hatte, als er zehn Jahre alt gewesen war und in Hallstahammar Räuber und Gendarm gespielt hatte. Zum Schluß entschied er sich, die Akten über den verschwundenen Mann durchzuwühlen, die du selbst vorhattest.«

»Mir hat er nichts davon erzählt«, sagte Kollberg verwundert.

»Er muß sich damit begnügt haben, die schriftlichen Berichte durchzugehen.«

»Wahrscheinlich.«

Stille. Und wieder war es Melander, der das Schweigen brach.

»Was haben wir nun erreicht?«

»Tja, wenn du so fragst ...«, entgegnete Martin Beck zögernd.

»Ich bin gleich wieder da«, verkündete Melander und verschwand auf die Toilette.

Als er aus der Tür war, sah Kollberg fragend zu Martin Beck hinüber. »Wer geht nun zu Åsa?«

»Du. Das ist ein Einmannunternehmen, und du kannst so was am besten.«

Kollberg gab keine Antwort.

»Willst du nicht?« erkundigte sich Martin Beck.

»Nein, ich will nicht. Aber ich mache es trotzdem.»

»Heute abend?«

»Wennschon, dann gleich. Aber vorher habe ich noch zwei Sachen zu erledigen. Eine in Västberga und eine zu Hause. Ruf sie an und sag ihr, daß ich so gegen halb acht zu ihr komme.«

Eine Stunde später betrat Kollberg seine Wohnung in der Palandergatan. Die Uhr war erst fünf, aber draußen war es schon seit langem dunkel. Seine Frau hatte eine uralte Niethose und ein kariertes Flanellhemd an und war dabei, die Küchenstühle zu streichen. Das Hemd stammte von ihm. Sie hatte die Ärmel hochgekrempelt und die offenen Seiten unordentlich vor dem Bauch zusammengeknotet. An den Händen, auf den Armen, an den Füßen und sogar im Gesicht hatte sie Farbspritzer.

»Zieh dich aus!« sagte er.

Sie stand ruhig da mit dem Pinsel in der erhobenen Hand und sah ihn forschend an. »Ist es so eilig?« fragte sie spöttisch.

»Ja.«

Sofort wurde sie ernst. »Mußt du wieder weg?«

»Ja. Ich habe eine Vernehmung.«

Sie steckte den Pinsel in den Farbtopf und wusch sich die Hände.

»Gun«, erklärte er. »Eine knifflige Sache – in mancherlei Hinsicht.«

»Mußt du vorher immun gemacht werden?«

»Ja.«

»Du wirst dich aber ziemlich schmutzig dabei machen«, sagte sie und knotete das Hemd auf.

20

Vor einem Haus am Klubbacken stand ein Mann im Schneetreiben und blickte nachdenklich auf einen beschriebenen Zettel. Er war feucht geworden und bei dem Schneegestöber und dem schwachen Licht der Straßenlaterne nicht leicht zu entziffern. Aber schließlich hatte er die richtige Adresse gefunden. Er schüttelte sich wie ein nasser Pudel, stieg die Außentreppe hinauf, klopfte vor der Haustür den Schnee vom Mantel und klingelte. Er nahm den Hut ab, schüttelte die feuchten Flocken ab und behielt ihn wartend in der Hand.

Bald darauf wurde die Tür einen Spaltbreit geöffnet. Eine Frau in mittleren Jahren, mit einer Kittelschürze und mehligen Händen, blickte ihn mißtrauisch an.

»Polizei«, sagte er kurz. Räusperte sich und ergänzte: »Erster Kriminalassistent Nordin.«

Die Frau zögerte. »Können Sie sich ausweisen?« bat sie. »Ich meine ...«

Er seufzte, nahm den Hut in die linke Hand und machte sich daran, Mantel und Jackett aufzuknöpfen. Nahm seine Brieftasche heraus und hielt ihr seinen Dienstausweis hin.

Die Frau verfolgte angstvoll jede seiner Bewegungen, als ob sie gewärtig sei, daß er eine Bombe, ein Maschinengewehr oder ein Kondom herausziehen würde.

Da er den Ausweis nicht aus der Hand gab, war sie gezwungen, durch den kaum handbreiten Spalt zu schielen.

»Haben Detektive nicht solch komische Marken?« fragte sie zweifelnd.

»Ja, die hab ich auch«, entgegnete er geduldig.

Er trug seine Dienstmarke in der Gesäßtasche und überlegte, wie er darankommen sollte, ohne den Hut auf die Stufen zu legen oder ihn wieder aufsetzen zu müssen.

»Es reicht auch so«, sagte die Frau unsicher. »Sundsvall? Kommen Sie von Norrland extra hierher, um mit mir zu sprechen?«

»Ich hab noch einige andere Angelegenheiten hier in der Stadt zu erledigen.«

»Entschuldigung. Ich meine nur, Sie verstehen ...« Sie brach ab.

»Was meinen Sie?«

»Ich meine, daß man heutzutage vorsichtig sein muß. Man weiß nie ...«

Nordin überlegte, was er mit seinem Hut machen sollte. Es schneite unablässig auf seinen Kopf, und auf seiner Stirn schmolzen die Flocken. Er konnte nicht gut mit dem Hut in der einen und dem Dienstausweis in der anderen Hand stehenbleiben. Vielleicht mußte er sich auch irgendwas aufschreiben. Den Hut aufzusetzen war eigentlich das einfachste, mochte aber unhöflich wirken. Andererseits sah es dumm aus, wenn er ihn auf die Stufen der Außentreppe legte. Gern hätte er sie gebeten, ihn eintreten zu lassen, aber das hätte sie vor eine Entscheidung gestellt, und wenn er sie richtig beurteilte, würde es lange dauern, bis sie sich die Antwort überlegt hatte.

Nordin stammte aus einer Gegend, in der es selbstverständlich war, daß man fremde Leute erst einmal in die Küche bat und ihnen eine Tasse Kaffee anbot, damit sie sich am Herd aufwärmen konnten. Eine schöne und auch praktische Sitte, dachte er. In der Großstadt gehörte sich das vielleicht nicht. Er nahm sich zusammen und kam zur Sache. »Sie erwähnten in Ihrem Anruf einen Mann in einer Garage, nicht wahr?«

»Es tut mir furchtbar leid, wenn ich gestört habe ...«

»Keineswegs, wir sind Ihnen sehr dankbar.«

Sie drehte sich um und blickte zurück in die Wohnung. Dabei zog sie die Tür fast ganz zu. Wahrscheinlich hatte sie Angst um ihre Pfefferkuchen im Ofen.

»Wirklich reizend«, murmelte Nordin vor sich hin, »die Freundlichkeit in Person. Es ist kaum auszuhalten.«

Die Frau öffnete die Tür wieder einen Spaltbreit. »Wie bitte?«

»Die Garage ...«

»Die ist da drüben.«

Er blickte in die bezeichnete Richtung. »Ich sehe nichts.«

»Man sieht sie vom oberen Stockwerk aus«, erklärte die Frau.

»Und was ist mit dem Mann?«

»Er machte so einen komischen Eindruck. Und nun habe ich ihn in den letzten zwei Wochen nicht mehr gesehen. Ein kleiner, dunkler Mann.«

»Beobachten Sie die Garage denn dauernd?«

»Ja ... man kann sie vom Schlafzimmer aus sehen ...«

Sie errötete. Was habe ich jetzt falsch gemacht, dachte Nordin.

»Der Mann, der sie gemietet hat, ist Ausländer. Da treiben sich eine Menge komischer Leute rum. Und man möchte doch gerne wissen ...«

Es war unmöglich, festzustellen, ob sie abbrach oder so leise weitersprach, daß er von draußen nichts mehr verstehen konnte.

»Was war so bemerkenswert an dem kleinen, dunklen Mann?«

»Tja ... er lachte.«

»Lachte?«

»Ja. Sehr laut.«

»Wissen Sie, ob jetzt jemand in der Garage ist?«

»Vorhin brannte Licht. Als ich oben war und nachsah.«

Nordin seufzte und setzte den Hut auf. »Na, dann will ich mal rübergehen. Vielen Dank.«

»Wollen Sie nicht ... hereinkommen?«

»Nein, danke.«

Sie öffnete die Tür einige Zentimeter weiter, sah ihn scharf an und fragte gierig: »Ist eine Belohnung ausgesetzt?«

»Wofür?«

»Ich weiß nicht ...«

»Auf Wiedersehen.«

Er stapfte durch den Schnee in die angegebene Richtung. Die Frau hatte die Tür sofort geschlossen und war jetzt vermutlich schon auf ihrem Posten am Schlafzimmerfenster im ersten Stock. Die Garage war ein freistehender Bau mit Wänden aus Eternit und einem Wellblechdach. Sie war so klein, daß höchstens zwei Autos darin Platz hatten. Über der Tür brannte eine elektrische Lampe. Er zog die eine Hälfte der Tür auf und trat ein.

Der Wagen, der vor ihm stand, war ein grüner Skoda Octavia, Baujahr 1959. Wenn er noch einigermaßen lief, konnte man vielleicht 400 Kronen dafür bekommen, dachte Nordin, der sich dienstlich wiederholt und ausgiebig mit Autos und zwielichtigen Autohändlern hatte beschäftigen müssen. Der Wagen war auf niedrige Klötze aufgebockt worden, und die Motorhaube stand offen. Unter dem Fahrgestell lag ein Mann auf dem Rücken, regungslos. Das einzige, was man von ihm sah, waren ein Paar Beine in blauen Overallhosen. Tot, dachte Nordin. Eispickel in der Brust. Er vergaß Sundsvall und Hjoggböle, den Ort, wo er geboren und aufgewachsen war, ging auf das Auto zu und stieß ihn mit dem rechten Fuß an.

Der Mann unter dem Wagen zuckte zusammen wie von einem elektrischen Schlag getroffen, kroch hervor und stand auf. Mit der Lampe in der Hand starrte er den Besucher verblüfft an.

»Polizei«, sagte Nordin.

»Meine Papiere sind in Ordnung«, war die prompte Erwiderung.

»Daran zweifelt auch niemand«, gab Nordin zurück.

Der Besitzer der Garage war ungefähr dreißig Jahre alt, schlank, hatte braune Augen, lockiges dunkles Haar und ordentlich gekämmte Koteletten.

»Italiener?« fragte Nordin, der außer Finnisch keine Fremdsprache verstand.

»Schweizer. Aus der deutschsprachigen Schweiz. Kanton Graubünden.«

»Du sprichst gut schwedisch.«

»Ich wohne seit sechs Jahren hier. Worum handelt es sich denn?«

»Wir versuchen, einen Bekannten von dir ausfindig zu machen.«

»Wen?«

»Wir wissen nicht, wie er heißt.«

Nordin sah sich den Mann im Monteuranzug genauer an. »Er ist etwas kleiner als du, aber dicker. Dunkelhaarig und hat braune Augen. Ziemlich langes Haar. Ungefähr fünfunddreißig Jahre alt.«

Der andere schüttelte den Kopf. »Ich hab keinen Freund, der so aussieht. Kenne auch nicht so eine Masse Leute.«

»Eine Menge Leute heißt das«, verbesserte Nordin freundlich.

»Ja, richtig. Eine Menge Leute.«

»Aber hier kommen ziemlich viele Leute her, habe ich mir sagen lassen.«

»Das stimmt. Junge Männer, die ihre Autos zur Reparatur bringen.« Und erklärend fügte er hinzu: »Ich bin Autoschlosser und arbeite in einer Werkstatt am Ringweg ... Ringvägen. Jetzt nur noch halbtags. All diese Deutschen und Österreicher kommen hier an und wollen alles umsonst gemacht haben. Die meisten kenne ich überhaupt nicht. In Stockholm gibt's viele davon.«

»Der Mann, den wir suchen, kann eventuell einen schwarzen Nylonmantel und hellgraue Hosen angehabt haben.«

»Tut mir leid. An so einen kann ich mich nicht erinnern.«

»Was hast du für Freunde?«

»Freunde? Einige Deutsche und Österreicher.«

»Ist einer von denen heute hier gewesen?«

»Nein. Die wissen alle, daß ich im Augenblick keine Zeit habe. Ich arbeite Tag und Nacht an diesem hier.« Er zeigte mit seinem öligen Daumen auf das Auto und erklärte: »Ich will das Ding bis Weihnachten fertig haben, damit ich damit nach Hause zu meinen Eltern fahren kann.«

»In die Schweiz?«

»Ja.«

»Das wird nicht leicht sein.«

»Glaub ich auch. Ich hab nur 100 Kronen für den Schlitten bezahlt. Aber ich werd ihn hinkriegen. Ich bin ein guter Monteur.«

»Wie heißt du?«

»Horst. Horst Dieke.«

»Ich heiße Ulf. Ulf Nordin.«

Der Schweizer lächelte und zeigte seine gesunden Zähne. Schien ein netter und ordentlicher junger Mann zu sein.

»Ja, Horst, du weißt also nicht, wen ich meine?«

Dieke schüttelte den Kopf. »Nein. Tut mir leid.«

Nordin war keinesfalls enttäuscht. Schließlich hatte er nur die Niete gezogen, die alle erwartet hatten. Wenn sie nicht so wenig Anhaltspunkte gehabt hätten, wäre auch keiner auf die Idee gekommen, dem Tip nachzugehen. Aber so schnell wollte er nicht aufgeben, außerdem sehnte er sich auch nicht besonders nach den unfreundlichen Gesichtern und dem Geruch nasser Kleidungsstücke in der U-Bahn. Der Schweizer versuchte offensichtlich, ihm zu helfen.

»Sonst weißt du nichts über diesen Mann?«

Nordin überlegte. »Er soll gelacht haben. Lauthals gelacht haben«, erklärte er schließlich.

Das Gesicht des Mannes hellte sich auf. »Oh, ich glaube, ich weiß, wen du meinst. Er lachte so.« Dieke öffnete den Mund, gab einen gellenden Ton von sich, wie der Schrei einer Bekassine.

Das kam völlig überraschend, und Nordin brauchte mehrere Sekunden, um sich zu fassen. Dann nickte er. »Möglich.«

»Doch, der muß es gewesen sein«, sagte Dieke eifrig. »Ein kleiner, dunkler Mann.«

Nordin wartete.

»Er war vier- oder fünfmal hier. Vielleicht auch öfter. Seinen Namen weiß ich nicht. Er kam mit einem Spanier her, der mir Ersatzteile verkaufen wollte. Aber ich habe nichts gekauft.«

»Warum nicht?«

»Zu billig. Heiße Ware.«

»Wie hieß der Spanier?«

Dieke zuckte die Achseln. »Weiß nicht. Paco, Pablo, Paquito. Irgend so was.«

»Was hatte er für einen Wagen?«

»Feine Kiste. Volvo Amazon. Weiß.«

»Und dieser Mann, der so lachte?«

»Den kenne ich nicht. Er war nur im Wagen mitgekommen. Schien getrunken zu haben. Aber er saß ja nicht am Steuer.«

»Auch ein Spanier?«

»Glaube ich nicht. Wohl Schwede. Aber genau kann ich das nicht sagen.«

»Vor wie lange war er hier? Wie lange ist es her, daß er zuletzt hier war?« korrigierte sich Nordin. War das nun richtig?

»Muß etwa drei Wochen her sein, weiß nicht so genau.«

»Hast du diesen Paco, oder wie er heißt, inzwischen gesehen?«

»Nein. Der wollte nach Spanien zurück. Brauchte Geld, darum wollte er mir die Sachen verkaufen. Behauptete er jedenfalls.«

Nordin dachte einen Augenblick nach.

»Du sagst, der andere hätte angetrunken gewirkt. Kann er vielleicht unter Einfluß von Rauschgift gestanden haben?«

Schulterzucken. »Weiß nicht. Mir schien's, als hätte er Schnaps getrunken. Aber süchtig? Möglich. Das sind ja beinahe alle hier. Hocken in ihren Rauschgifthöhlen, wenn sie nicht unterwegs sind und klauen. Hab ich nicht recht?«

»Du weißt wirklich nicht, wie er heißt oder genannt wurde?«

»Nein. Aber ein paarmal war ein Mädchen mit im Wagen. Sie gehörte zu ihm, glaube ich. Ein großes Mädchen mit blonden Haaren.«

»Name ...?«

»Weiß ich leider nicht. Aber die nennen sie ...«

»Ja? Wie wird sie genannt?«

»Blonde Malin, glaube ich.«

»Woher weißt du das?«

»Ich hab sie früher schon gesehen. In der Stadt.«

»Wo in der Stadt?«

»In einer Kneipe in der Tegnérgatan. In der Nähe vom Sveavägen. Da gehen alle Ausländer hin. Sie ist Schwedin.«

»Die Blonde Malin?«

»Ja.«

Nordin wußte nicht, was er noch fragen sollte. Er betrachtete das grüne Auto: »Hoffentlich kommst du damit heil nach Hause.«

Dieke lächelte. »Es wird schon gut gehen.«

»Wann kommst du zurück?«

»Gar nicht.«

»Gar nicht?«

»Nein. Schweden ist ein schlechtes Land. Stockholm eine schlechte Stadt. Nur Zank und Streit. Rauschgift, Diebe, Alkohol.«

Nordin schwieg. Er war eigentlich der gleichen Meinung.

»Es ist kein schönes Leben«, fuhr der Schweizer fort, »aber als Ausländer verdient man gutes Geld. Alles andere ist hoffnungslos. Ich wohne mit drei anderen in einem Zimmer, wofür ich 400 Kronen im Monat bezahle. Glatte Erpressung. Schweinerei. Bloß weil es keine Wohnungen gibt. Nur die Reichen und die Verbrecher können ins Restaurant zum Essen gehen. Ich hab Geld gespart. Fahr nach Hause, mache eine eigene kleine Werkstatt auf und heirate.«

»Hast du hier kein Mädchen gefunden?«

»Schwedische Mädchen taugen nichts. Vielleicht gibt es anständige Mädchen – für Studenten und gebildete Leute. Normale Arbeiter lernen nur eine Sorte kennen. Solche wie die Blonde Malin.«

»Und was für eine Sorte ist das?«

»Huren.«

»Du meinst, daß du für die Mädchen nicht bezahlen willst?«

Horst Dieke verzog den Mund. »Viele tun es umsonst. Trotzdem Huren. Gratishuren.«

Nordin schüttelte den Kopf. »Du hast nur Stockholm gesehen, Horst. Stockholm ist nicht das ganze Schweden.«

»Ist der Rest denn besser?«

Nordin nickte eifrig. Dann kam er auf sein Thema zurück: »Und von dem Kerl da weißt du nichts weiter?«

»Nein. Nur daß er lachte. So.« Dieke öffnete den Mund und gab wieder diesen meckernden Laut von sich, gellend und schneidend.

Nordin nickte und ging.

Unter der nächsten Laterne blieb er stehen und zog sein Notizbuch hervor. »Blonde Malin«, murmelte er vor sich hin. »... Gratishure. Mein Gott, was hat man für einen Beruf gewählt.« Mein Fehler ist das nicht, dachte er. Vater hat mich dazu gezwungen.

Ein Mann näherte sich auf dem Bürgersteig. Nordin zog seinen schon wieder schneebedeckten Jägerhut und fragte: »Verzeihung, können Sie ...«

Der andere blickte ihn mißtrauisch von der Seite an, knurrte etwas vor sich hin und beschleunigte seine Schritte.

»... mir sagen, wie ich zur nächsten U-Bahn-Station komme«, sagte Nordin leise und bescheiden in den wirbelnden, nassen Schnee.

Er schüttelte wieder den Kopf und schrieb einige Worte in das aufgeschlagene Notizbuch.

Pablo und Paco. Weißer Amazon. Kneipe Tegnérgatan/Sveavägen. Das Lachen. Die Blonde Malin. Gratishure.

Dann steckte er Bleistift und Block ein, seufzte und stapfte in die Dunkelheit.

21

Kollberg stand vor der Tür zu Åsa Torells Wohnung, zwei Treppen hoch in dem Haus in der Tjärhovsgatan. Die Uhr war bereits acht, und trotz seiner privaten Vorbereitungen fühlte er sich unsicher und nervös. In der rechten Brusttasche hatte er den Umschlag, den sie im Schreibtisch in Västberga gefunden hatten.

Die weiße Visitenkarte mit Stenströms Namen hing immer noch über dem Messingschild.

Die Klingel schien nicht zu funktionieren, und er klopfte kräftig an die Tür, so wie er es von zu Hause gewohnt war. Åsa Torell öffnete sofort.

»Ich komme ja schon. Du brauchst nicht gleich die Tür einzuschlagen ...«

»Entschuldige«, murmelte Kollberg.

In der Wohnung war es ziemlich dunkel. Er zog den Mantel aus und knipste das Licht in der Diele an. Die alte Polizeimütze lag immer noch auf der Flurgarderobe, genau wie beim vorigen Mal.

Das Kabel für die Klingel war durchgeschnitten und baumelte am Türpfosten. Åsa Torell war seinem Blick gefolgt.

»Die rennen einem noch die Tür ein, die Idioten. Reporter und Fotografen und was weiß ich wer. In einer Tour hat es geklingelt.«

Kollberg ging schweigend in das Wohnzimmer und setzte sich auf einen der leichten Sessel.

»Kannst du nicht Licht machen, damit wir uns wenigstens sehen können?«

»Ich seh genug. Aber klar, wie du meinst, sicher kann ich es anmachen.«

Sie drückte auf den Schalter, setzte sich aber nicht hin, sondern ging nervös auf und ab, wie ein Tier im Käfig.

Die Luft in der Wohnung roch verbraucht und muffig. Der Aschenbecher war mehrere Tage nicht geleert worden. Das Zimmer wirkte unaufgeräumt und schmutzig. Durch die offene Tür zum Schlafzimmer sah er ein ungemachtes Bett. Von der Diele aus hatte er auch einen Blick in die Küche werfen können, wo sich das schmutzige Geschirr im Spülbecken häufte.

Er sah die Frau an. Sie ging ruhelos ans Fenster, machte eine Kehrtwendung und lief zurück zum Schlafzimmer. Blieb einige Sekunden stehen, blickte zum Bett hinüber, drehte sich um und wanderte zum Fenster zurück. Immer wieder. Er mußte dauernd den Kopf hin und her drehen, um sie im Auge zu behalten. Es war beinahe wie auf dem Tennisplatz.

Åsa Torell hatte sich in den neunzehn Tagen, seit er sie das letztemal gesehen hatte, verändert. Sie hatte dieselben dicken oder zumindest ähnliche Wollsocken an und trug die gleiche schwarze Hose. Ihr Haar war kurz geschnitten und das Gesicht kantig.

Aber die Hose hatte Flecke von der Zigarettenasche bekommen, und das Haar war ungekämmt und struppig. Sie hatte dunkle Schatten unter den Augen, und die Lippen waren trocken und aufgesprungen. Dauernd mußte sie die Hände bewegen, Hände mit gelben Nikotinflecken an den Innenseiten von Mittel- und Zeigefinger der linken Hand. Auf dem Tisch lagen fünf offene Zigarettenschachteln. Sie rauchte eine dänische Marke, Cecil. Åke Stenström war Nichtraucher gewesen.

»Was willst du?« erkundigte sie sich unfreundlich.

Sie kam an den Tisch, schüttelte eine Zigarette aus einem der Päckchen, steckte sie mit zitternder Hand an und ließ das abgebrannte Streichholz auf den Boden fallen.

Als Kollberg schwieg, sagte sie scharf: »Gar nichts natürlich. Genau wie dieser Idiot Rönn, der hier saß, vor sich hin brummelte und den Kopf schüttelte. Zwei Stunden lang.«

Kollberg schwieg.

»Soll ich das Telefon abmelden?« fragte sie unvermittelt.

»Arbeitest du nicht?«

»Ich bin krank geschrieben.«

Kollberg nickte.

»Die Firma hat einen Vertrauensarzt. Der sagte, ich sollte mich mal einen Monat ausruhen, aufs Land oder besser noch ins Ausland fahren. Dann hat er mich nach Hause gebracht.« Sie nahm einen Lungenzug und klopfte die Asche ab. Die fiel neben den Aschenbecher. »Das ist jetzt drei Wochen her«, fuhr sie fort. »Für mich wär's besser gewesen, wenn ich weitergearbeitet hätte.«

Sie ging zum Fenster und blickte hinunter auf die Straße, während ihre Finger an der Gardine zupften. »Wie früher«, murmelte sie geistesabwesend.

Kollberg bewegte sich unruhig auf seinem Sessel. Es schien schlimmer zu werden, als er erwartet hatte.

»Was willst du?« fragte sie wieder. »Antworte doch um Himmels willen. Sag doch was!«

Irgendwie mußte er verhindern, daß sie sich weiter abkapselte. Aber wie?

Kollberg erhob sich und ging zu dem großen, geschnitzten Bücherschrank. Sah sich die Bände an und nahm einen heraus.

Es war ein ziemlich altes Buch, Otto Wendels und Arne Svensons *Handbuch für die Untersuchung des Tatortes* aus dem Jahre 1949. Er überblätterte die Titelseite und las:

Dieses Buch ist in einer numerierten Auflage erschienen. Das vorliegende Exemplar mit der Nummer 2080 ist für KRIMINALKONSTABLER LENNART KOLLBERG bestimmt. Das Buch wurde zum internen Ge-

brauch für Polizeibeamte geschrieben und ist als Anleitung für die schwere und verantwortungsvolle Arbeit am Tatort gedacht. Der Inhalt ist vertraulich zu behandeln, und die Verfasser appellieren an jeden einzelnen Besitzer, dafür zu sorgen, daß das Buch nicht in falsche Hände gerät.

Seinen Namen und Dienstgrad hatte er selbst vor langer Zeit einmal hineingeschrieben. Es war ein gutes Buch und hatte ihm damals, als er die Eintragung machte, gute Dienste geleistet.

»Das hat einmal mir gehört«, sagte er.

»Dann nimm's dir doch mit!« entgegnete sie.

»Nein. Ich hab's Åke vor zwei Jahren geschenkt.«

»Na also. Dann hat er's dir jedenfalls nicht weggenommen.«

Er blätterte weiter und überlegte, was er jetzt sagen oder tun sollte. Hier und da hatte Stenström etwas unterstrichen. An zwei Stellen sah er mit Kugelschreiber eingetragene Notizen. Beide im Kapitel »Lustmord«.

Der Lustmörder (Sadist) ist oft impotent, und seine Gewalttat ist in solchen Fällen eine krankhafte Maßnahme, um sexuelle Befriedigung zu erreichen.

Jemand, wahrscheinlich Stenström, hatte diesen Satz unterstrichen. Daneben hatte er ein Ausrufezeichen gemalt und die Worte *oder umgekehrt* geschrieben.

In einem Abschnitt etwas weiter unten auf der gleichen Seite, der mit den Worten begann: *In Fällen von Lustmord kann das Opfer getötet worden sein,* hatte er zwei Punkte unterstrichen, nämlich *4) Nach dem Sexualakt, um eine Anzeige zu verhindern und 5) infolge des Schocks.*

Am Rand hatte er folgenden Kommentar gemacht. *6) Um das Opfer auf die Seite zu schaffen, aber ist das dann noch Lustmord?*

Kollberg räusperte sich. »Åsa?«

»Was ist?«

»Weißt du, wann Åke das hier geschrieben hat?«

Sie trat neben seinen Sessel und warf einen kurzen Blick in das Buch. Dann zuckte sie die Achseln. »Keine Ahnung.«

»Åsa?« sagte er ein zweites Mal.

Sie warf ihre halbaufgerauchte Zigarette in den überquellenden Aschenbecher und blieb am Tisch stehen. Die Hände hatte sie locker vor dem Bauch gefaltet. »Herrgott noch mal, was ist denn?«

Kollberg betrachtete sie. Sie sah jämmerlich aus. Heute hatte sie statt des grobgestrickten Pullovers ein kurzärmeliges blaues Hemd an, das sie über der Hose trug. Auf ihren Armen hatte sich eine Gänsehaut gebildet. Obwohl das Hemd wie ein großzügig drapiertes

Tuch auf dem mageren Körper lag, zeichneten sich ihre Brustwarzen deutlich unter dem Stoff ab. »Setz dich!«

Sie hob die Schultern, nahm eine Zigarette, wanderte zur Schlafzimmertür und knipste das Feuerzeug an.

»Setz dich!« brüllte er.

Sie zuckte zusammen und sah ihn beinahe haßerfüllt an. Doch sie ließ sich gehorsam in dem gegenüberstehenden Sessel nieder. Kerzengerade, mit den Händen auf den Oberschenkeln. In der rechten Hand hielt sie das Feuerzeug und in der linken die noch nicht angesteckte Zigarette.

»Legen wir doch die Karten auf den Tisch«, begann Kollberg und dachte voller Unbehagen an den braunen Umschlag. Zu spät wurde ihm bewußt, daß diese Formulierung nicht besonders glücklich gewählt war.

»Ausgezeichnet«, gab sie zurück. »Nur ist es leider so, daß ich keine Karten aufzudecken habe.«

»Aber ich hab welche.«

»Aha?«

»Wir haben dir nämlich bei unserem letzten Besuch etwas verschwiegen.«

Sie zog die dunklen Augenbrauen zusammen. »Und das wäre?«

»Verschiedenes. Zuerst aber noch einmal: Weißt du, was Åke in dem Bus zu suchen hatte?«

»Nein, nein und nochmals nein. Ich weiß es nicht!«

»Wir wissen es nämlich auch nicht«, bemerkte Kollberg. Er machte eine kurze Pause, holte tief Atem und fuhr fort: »Åke hat dich belogen.«

Sie fuhr hoch. Mit funkelnden Augen. Die Hände zu Fäusten geballt. Die Zigarette knickte durch, und Tabakkrümel fielen auf ihre Hose. »Du wagst es …«

»Es ist die Wahrheit. Åke war nicht im Dienst, weder an dem Montag, als er getötet wurde, noch an dem Sonnabend davor. Er hatte den ganzen Oktober über und in der ersten Novemberwoche ungewöhnlich viel freie Zeit.«

Sie starrte ihn schweigend an.

»Das sind Tatsachen. Eine andere Sache, die ich wissen will, ist die: Hatte er normalerweise seine Pistole bei sich, wenn er im Dienst war?«

Es dauerte eine Weile, bis sie antwortete: »Schert euch raus, und laßt mich mit euren dienstlichen Fragen in Ruhe. Warum kommt denn der berühmte Vernehmungsexperte nicht selbst her? Martin Beck?«

Kollberg biß sich auf die Unterlippe. »Hast du viel geweint?«

»Nein. Das liegt mir nicht.«

»Dann antworte jetzt. Wir müssen uns gegenseitig helfen.«

»Helfen?«

»Den zu erwischen, der ihn und die anderen umgebracht hat.«

»Warum?« Einen Augenblick schwieg sie. Dann sagte sie leise, aber so, daß er es deutlich verstehen konnte: »Ja. Rache. Er soll mir dafür bezahlen.«

»Hatte er normalerweise seine Pistole bei sich?« wiederholte er.

»Ja. Jedenfalls oft.«

»Warum?«

»Warum nicht? Es hat sich doch zum Schluß herausgestellt, daß er sie brauchte.«

Er antwortete nicht.

»Obwohl sie ihm nichts genützt hat.«

Kollberg sagte immer noch nichts.

»Ich habe Åke geliebt.« Ihre Stimme war klar und sachlich. Ihr Blick war auf die Wand gerichtet und ging durch Kollberg hindurch.

»Er war also in den letzten Wochen oft unterwegs. Du weißt nicht, was er vorhatte, und wir auch nicht. Glaubst du, daß er sich mit jemand getroffen hat? Mit einer Frau vielleicht?«

»Nein.«

»Du meinst nicht?«

»Das ist keine Frage der Meinung. Ich weiß es, daß es nicht so war.«

»Woher willst du das wissen?«

»Das geht dich nichts an. Ich weiß es!« Sie sah ihm plötzlich in die Augen und fragte erstaunt: »Bildet ihr euch das ein? Daß er eine Geliebte hatte?«

»Wir rechnen jedenfalls mit der Möglichkeit.«

»Das könnt ihr aufgeben. Es ist total ausgeschlossen.«

»Warum?«

»Ich hab dir doch gesagt, das geht dich nichts an.«

Kollberg trommelte mit den Fingern auf der Tischplatte. »Aber du bist ganz sicher?«

»Ja.«

Er holte tief Atem und stellte seine nächste Frage: »Interessierte sich Åke fürs Fotografieren?«

»Ja. Das war eigentlich sein einziges Hobby, seit er mit dem Fußballspielen aufgehört hat. Er hatte drei Apparate. Und im Badezimmer steht ein Vergrößerungsapparat. Das hat er nämlich auch als Dunkelkammer benutzt.« Sie sah Kollberg überrascht an. »Warum fragst du danach?«

Er holte den Umschlag hervor und schob ihn ihr über den Tisch zu.

Sie legte das Feuerzeug fort und nahm mit zitternden Händen die Bilder heraus. Als sie das oberste erblickte, wurde sie dunkelrot.

»Wo … wo hast du die her?«

»Die lagen in seinem Schreibtisch in Västberga.«

»Was? In seinem Schreibtisch?« Sie blinzelte und fragte hastig: »Wer hat die zu sehen gekriegt? Die gesamte Polizei?«

»Nur drei Personen – Martin, ich selbst und meine Frau.«

»Gun?«

»Ja.«

»Warum hast du ihr die Bilder gezeigt?«

»Weil ich dich aufsuchen mußte. Sie sollte wissen, wie du aussiehst.«

»Wie ich aussehe? Und wie sehe ich aus? Åke und …?«

»Åke ist tot«, sagte er tonlos.

Die Röte, die ihr ins Gesicht gestiegen war, hatte jetzt auch Hals und Arme erreicht, und unter dem Haaransatz hatten sich Schweißtropfen gebildet.

»Die Fotos sind hier in der Wohnung aufgenommen worden?«

Sie nickte.

»Wann?«

Åsa Torell kaute nervös an ihrer Unterlippe. »Ungefähr vor drei Monaten.«

»Ich darf wohl annehmen, daß er sie selbst aufgenommen hat?«

»Natürlich. Er hat … hatte alles mögliche Fotozubehör. Selbstauslöser und Stativ und was man sonst alles braucht.«

»Warum hat er die Bilder aufgenommen?«

Sie war noch immer rot und erhitzt, aber ihre Stimme war ruhiger geworden. »Weil wir das aufregend fanden.«

»Und warum hat er sie in seinen Schreibtisch gelegt?« Und nach einer kurzen Pause fügte er erklärend hinzu: »Er hatte nämlich keinerlei private Dinge in seinem Zimmer, nur diese Fotos.«

Sie dachte nach. Schließlich schüttelte sie langsam den Kopf. »Das kann ich dir auch nicht sagen.«

Um das Thema zu wechseln, kam Kollberg auf die vorhergehende Frage zurück: »Hatte er immer eine Pistole bei sich?«

»Meistens.«

»Warum?«

»Er hatte nun mal Spaß daran. Schußwaffen interessierten ihn irgendwie.«

Sie verstummte, es schien ihr etwas eingefallen zu sein. Dann stand sie plötzlich auf und ging aus dem Zimmer. Da sie die Tür offengelassen hatte, konnte er sehen, wie sie ins Schlafzimmer und zum Bett ging. Ihre Hand fuhr suchend unter die beiden zerdrückten Kopfkissen.

»Hier hab ich so ein Ding ... eine Pistole.«

Kollberg war ziemlich korpulent, und seine scheinbare Trägheit hatte schon manche getäuscht, auf die verschiedenste Weise. Sein Körper war zum Beispiel sehr gut durchtrainiert, und er hatte ein verblüffendes Reaktionsvermögen.

Åsa Torell stand noch immer über das Bett gebeugt, als er schon neben ihr war und ihr die Waffe aus der Hand wand.

»Das ist keine Pistole«, erklärte er, »sondern ein amerikanischer Revolver. Ein Colt 0.45 mit langem Lauf. Peacemaker heißt er unsinnigerweise auch noch. Außerdem ist er geladen und nicht gesichert.«

»Als ob ich das nicht wüßte«, murmelte sie.

Er klappte die Trommel heraus und schüttelte die Patronen in seine Hand. »Dumdumgeschosse! International verboten ... Scheußlich, die Dinger. Damit kannst du einen Elefanten umlegen. So eine Kugel reißt aus fünf Meter Entfernung ein Loch so groß wie ein Suppenteller ... Wo hast du dieses Ding überhaupt her?«

Sie zuckte verwirrt die Achseln. »Von Åke. Er hat's schon immer gehabt.«

»Wo denn? Im Bett?«

»Nein.« Sie schüttelte den Kopf und sagte leise: »Nein. Den Revolver hab ich mir ...« Sie verstummte.

Er steckte die Patronen in die Hosentasche, richtete die Waffe auf den Fußboden und drückte ab. Das Klicken hallte durch die stille Wohnung.

»Außerdem hat jemand am Abzugsmechanismus rumgebastelt«, stellte er fest. »Den Hahn angefeilt – was weiß ich. Geht ja beinahe von selber los, die Kanone. Man trifft besser mit so was, klar. Aber du hättest dich nur mal im Schlaf umzudrehen brauchen und schon ...« Er beendete den Satz nicht.

»Ich hab in der letzten Zeit nicht viel geschlafen«, entgegnete sie.

»Hm«, sagte Kollberg mehr zu sich selbst, »er muß den Colt irgendwo beschlagnahmt und für sich auf die Seite gebracht haben ... geklaut haben.« Er blickte auf den langen, schweren Revolver und wog ihn in der Hand. Dann sah er auf die rechte Hand des Mädchens. Sie war schmal wie die eines Kindes. »Verständlich, wenn man sich für Schußwaffen begeistert ...« Dann wurde er plötzlich laut: »Aber ich laß mich deshalb noch lange nicht davon beeindrukken«, sagte er hart. »Ich hasse solche Dinger. Begreifst du? Die müßten vernichtet und verboten werden. Alle. Daß sie immer noch hergestellt werden und daß alle möglichen Leute sie in ihren Schränken und Schubfächern liegen haben oder auf der Straße mit sich rumschleppen, zeigt nur, daß das ganze System verkehrt und übergeschnappt ist. Verstehst du? Irgendein Schwein verdient daran, solche Waffen herzustellen und zu verkaufen, genauso wie andere verdienen, indem sie Rauschgift oder lebensgefährliche Tabletten in ihren Fabriken herstellen. Begreifst du, was ich meine?«

Sie sah ihn an, und in ihrem Blick fand er eine neue Schärfe, klar und abwägend.

»Los, geh rein und setz dich hin«, befahl er barsch. »Ich muß mit dir reden, und zwar ernstlich.«

Åsa Torell begab sich ohne Widerrede ins Wohnzimmer und setzte sich in den Sessel.

Kollberg ging in die Diele und legte den Revolver auf die Hutablage. Er zog die Jacke aus und band den Schlips ab, öffnete den Kragenknopf und krempelte sich die Ärmel hoch. Dann trat er in die Küche, setzte einen Kessel Wasser auf und machte Tee. Er stellte zwei Tassen auf den Tisch, schüttete den Aschenbecher aus, öffnete das Fenster einen Spalt und setzte sich.

»So«, begann er. »Zuerst möchte ich wissen, was du mit ›nun mal‹ meinst. Du hast gesagt, daß er ›nun mal‹ Spaß dran hatte, eine Waffe bei sich zu tragen.«

Åsa schüttelte abwehrend den Kopf. Schließlich brachte sie heraus: »Gleich. Laß mir etwas Zeit.«

Sie zog die Beine hoch, so daß die Füße in den grauen Wollsocken auf der Sesselkante standen. Dann schlang sie die Arme um die Schienbeine und starrte unbeweglich vor sich hin.

Kollberg wartete.

Er wartete geschlagene fünfzehn Minuten, und während der Zeit sah sie ihn nicht ein einziges Mal an. Keiner von beiden sagte einen Ton. Dann wandte sie sich ihm zu. »Also?«

»Geht's jetzt?«

»Es muß wohl. Ich werde mich zusammennehmen. Also sag, was du wissen willst. Ich werde antworten. Nur etwas muß ich vorher noch wissen.«

»Ja?«

»Hast du mir alles erzählt?«

»Nein«, entgegnete Kollberg. »Aber das kommt jetzt. Der Grund, warum ich überhaupt hier bin, ist folgender: Ich glaube nicht an die offizielle Version, nämlich daß Stenström zufällig einem wahnsinnigen Massenmörder zum Opfer fiel. Und ganz abgesehen von deiner Behauptung, daß er dich nicht betrogen hat oder wie man das nun nennen soll, bin ich überzeugt, daß er sich nicht zu seinem Vergnügen in dem Bus aufgehalten hat.«

»Was glaubst du denn?«

»Daß du von Anfang an recht gehabt hast. Du erinnerst dich vielleicht – du warst der Meinung, daß er dienstlich unterwegs gewesen sei. Er hat sich in seiner Eigenschaft als Polizist mit irgendeiner Sache beschäftigt, wollte aber aus diesen oder jenen Gründen nicht darüber sprechen. Weder mit uns noch mit dir. Es wäre denkbar, daß er längere Zeit jemanden überwacht hat und dieser Jemand schließlich Angst kriegte und ihn umbrachte. Eine Theorie, wenn sie auch etwas weit hergeholt erscheint.« Und nach einer kurzen Pause setzte er hinzu: »Leute zu beschatten, davon verstand Åke was. Das hat ihm Spaß gemacht.«

Sie nickte. »Ich weiß.«

»Das kann man auf verschiedene Art machen. Entweder unauffällig, um festzustellen, was der Betreffende vorhat. Oder man marschiert ganz offen hinter dem Mann her und bringt ihn schließlich so durcheinander, daß er sich vor lauter Nervosität verrät. Stenström beherrschte beide Methoden, und zwar besser als irgendein anderer Kollege.«

»Neigen außer dir noch andere zu dieser Ansicht?« erkundigte sich Åsa Torell.

»Zumindest Beck und Melander.« Er kratzte sich am Ohr und fuhr fort: »Es wäre eine Theorie, wenn sie auch auf ziemlich wackligen Beinen steht. Aber kümmern wir uns mal nicht darum ...«

»Was willst du wissen?«

»Wenn ich das nur selber wüßte! Doch tasten wir uns einmal gemeinsam voran. Ich bin nicht sicher, ob ich dich in allen Punkten verstanden habe. Was hast du zum Beispiel damit gemeint, daß er ›nun mal‹ gern eine Waffe bei sich hatte. Dieses ›nun mal‹ stört mich irgendwie.«

»Als ich Åke vor vier Jahren kennenlernte, war er immer noch ein kleiner Junge«, sagte sie ruhig.

»Wie meinst du das?«

»Er war schüchtern und kindisch. Als er vor drei Wochen erschossen wurde, war er ein Mann. Und diese Entwicklung verdankte er nicht seiner Zusammenarbeit mit euch, sondern seinem Privatleben. Mir – wenn du willst. Als wir zum erstenmal zusammen waren, da im Bett nebenan, war die Pistole das letzte, was er ablegte.«

Kollberg zog die Augenbrauen hoch.

»Das Hemd behielt er nämlich an«, fuhr sie fort, »und die Pistole legte er auf den Nachttisch. Ich war sprachlos. Ich wußte damals noch nicht, daß er bei der Polizei war, und fragte mich, was für ein Held da in meinem Bett gelandet war.« Sie sah Kollberg gerade in die Augen.

»Es war damals noch keine echte Liebe, die kam erst später. Åke war fünfundzwanzig und ich gerade zwanzig geworden. Aber wenn einer von uns erwachsen war oder so was wie reif genannt werden konnte, dann war ich's. Er ging mit der Pistole umher, weil er sich damit flott vorkam. Er war naiv, wie ich schon gesagt habe, und es amüsierte ihn unwahrscheinlich, mich nackt daliegen zu sehen und sich selbst anstarren zu lassen, einen Mann in Hemd und mit Pistolenhalfter. Er hatte bald genug davon, aber da hatten wir uns schon daran gewöhnt. Außerdem interessierte er sich wirklich für Schußwaffen ...« Sie brach ab und erkundigte sich plötzlich: »Bist du eigentlich das, was man mutig nennt?«

»Nicht besonders.«

»Åke war feige, obwohl er alles tat, dagegen anzukämpfen. Die Waffe gab ihm ein Gefühl der Sicherheit.«

Kollberg nickte. »Das ist verständlich. Nur eins begreife ich nicht. Du hast gesagt, daß er zum Zeitpunkt seines Todes zum Mann herangereift war. Vielleicht wolltest du damit auch ausdrücken, zu einem guten Polizisten geworden war. Ein guter Polizeibeamter läßt sich aber nicht von einem, den er beschattet, so ohne weiteres über den Haufen schießen. Das will mir einfach nicht in den Kopf.«

»Eben«, sagte Åsa Torell, »das kann ich mir auch nicht vorstellen. Irgendwas stimmt da nicht.«

Kollberg dachte nach. »Die Tatsache bleibt bestehen. Er war mit etwas beschäftigt, und keiner weiß, womit. Ich nicht. Und du nicht. Hab ich recht?«

»Ja.«

»Hatte er sich irgendwie verändert? Bevor es passierte?«

Sie antwortete nicht gleich. Sie hob die linke Hand und strich sich mit den Fingern durch die kurzen, dunklen Haare. Dann nickte sie.

»Worin zeigte sich das?«

»Das ist nicht leicht zu sagen ...«

»Hängen diese Bilder irgendwie mit der Veränderung zusammen?«

Sie nickte ein zweites Mal, griff nach den Fotos und betrachtete sie lange. »Es fällt mir schwer, mit einem Fremden darüber zu sprechen, aber ich will's versuchen.«

Kollbergs Handflächen waren feucht geworden, und er wischte sie an seinen Hosenbeinen ab. Die Rollen waren auf einmal vertauscht. Sie war ruhig, und er war jetzt nervös geworden.

»Ich hab Åke geliebt«, begann sie. »Dabei paßten wir zu Anfang gar nicht zusammen, ich meine sexuell. Wir waren im Tempo und Temperament sehr verschieden. Wir stellten nicht die gleichen Forderungen aneinander.« Åsa sah ihn forschend an. »Aber man kann trotzdem glücklich werden. Man kann das lernen.« Sie schwieg.

Kollberg wartete.

»Wir haben es bewiesen. Wir haben es gelernt. Vielleicht kannst du das begreifen.«

Er nickte.

»Beck würde das nicht verstehen«, fuhr sie fort, »Rönn natürlich auch nicht und kein anderer, den ich kenne.« Sie zuckte die Achseln. »Wir haben es jedenfalls gelernt. Wir haben uns einander angepaßt, und es ging sehr gut.«

Kollberg vergaß einen Moment zuzuhören. Dies war eine Möglichkeit, über deren Vorhandensein er noch nie nachgedacht hatte.

»Entschuldige, wenn ich so weit aushole. Aber anders kann ich dir nicht klarmachen, auf welche Weise sich Åke verändert hat. Dazu muß ich dir Einzelheiten aus meinem Privatleben erzählen, die ...« Sie hustete und stellte fest: »Ich hab in diesen Wochen viel zuviel geraucht.«

Kollberg merkte, daß sich irgend etwas verändert hatte. Plötzlich lächelte er. Und Åsa lächelte auch, ein wenig bitter, aber es war ein Lächeln.

»Bringen wir es also hinter uns. Je schneller, desto besser. Ich bin nämlich ziemlich schüchtern. Komischerweise.«

»Warum soll das komisch sein?« gab er zurück. »Mir geht es genauso. Schüchternheit und Empfindsamkeit gehören außerdem zusammen.«

»Bevor ich Åke traf, hielt ich mich für nymphoman oder zumindest leicht verdreht«, berichtete sie schnell. »Dann haben wir uns verliebt und uns aufeinander eingestellt. Ich hab mich ehrlich angestrengt. Åke übrigens auch, und es gelang uns. Wir hatten es gut, besser als ich es je zu wünschen gewagt hätte. Ich habe vergessen, daß ich mehr am Sexuellen interessiert war als er. Am Anfang haben wir ein paarmal über sexuelle Probleme gesprochen, später nie mehr. Wir brauchten es nicht. Wir schliefen miteinander, wenn er Lust hatte, ein- oder zweimal, höchstens dreimal in der Woche. Es klappte sehr gut mit uns, und wir haben uns nie nach etwas anderem gesehnt. Also haben wir uns auch nicht gegenseitig betrogen, wie du das so vornehm ausgedrückt hast. Aber dann ...«

»... im Verlaufe dieses Sommers«, warf Kollberg ein.

Sie nickte. »Genau. Wir hatten unseren Sommerurlaub auf Mallorca verbracht. Während der Zeit hattet ihr einen scheußlichen Fall hier in der Stadt.«

»Ja. Die Morde in den Parks.«

»Den meine ich. Als wir zurückkamen, hattet ihr den Fall aufgeklärt. Åke war stinksauer.«

Sie stockte, sprach aber nach wenigen Sekunden weiter, schnell und flüssig.

»Das klingt nicht schön, aber vieles, was ich gesagt habe und noch sagen werde, klingt nicht schön. Tatsache ist, daß er verärgert war, weil er diese Fahndung versäumt hatte. Åke war ehrgeizig. Ich weiß, daß er immer davon träumte, daß er irgendwas herauskriegen würde, irgendwas Großes, das alle anderen übersehen hatten. Außerdem war er viel jünger als ihr anderen und hatte, zumindest früher, oft das Gefühl, schikaniert zu werden. Vor allem von dir – verzeih mir meine Offenheit.«

»Er hatte leider recht.«

»Er konnte dich nicht leiden und arbeitete viel lieber mit Martin Beck und Melander zusammen. Ich war anderer Ansicht, aber das gehört nicht hierher. Irgendwann Ende Juli oder Anfang August veränderte er sich ziemlich schlagartig und auf eine Weise, die unser Zusammenleben von Grund auf veränderte. Zu der Zeit hat er auch diese Bilder aufgenommen. Das sind übrigens längst nicht alle, er hat auch ein paar Filme gemacht. Wir hatten uns, wie ich schon sagte, an eine bestimmte Art des Zusammenseins gewöhnt. Jetzt wurde alles plötzlich anders, und zwar durch seine Initiative. Wo wir früher höchstens dreimal in der Woche ... äh ...«

»... ins Bett gingen«, half Kollberg aus.

»... kam er plötzlich mehrmals täglich an. Manchmal ließ er mich nicht mal zur Arbeit gehen. Warum soll ich abstreiten, daß ich freudig überrascht war. Und ziemlich verwundert. Wir hatten doch immerhin schon über vier Jahre zusammen gelebt ... aber ...«

»Weiter«, drängte Kollberg.

Sie holte tief Atem. »Ist doch klar, daß ich Spaß daran hatte. Daß er mit mir Schubkarre spielte, mich um vier Uhr morgens weckte und mich nicht wieder einschlafen ließ oder daß ich mich nicht anziehen und nicht zur Arbeit gehen durfte. Daß er mich nicht mal in der Küche in Ruhe ließ und mich auf dem Spültisch rannahm oder in der Badewanne, von vorn, hinten, rauf und runter und auf jedem Stuhl, den wir haben. Aber er selbst hatte sich dabei kaum verändert, und irgendwann kam mir der Gedanke, daß er mit mir herumexperimentierte. Ich hab ihn danach gefragt, aber er lachte nur.«

»Lachte?«

»Ja. Er war die ganze Zeit sehr guter Laune. Bis er ... ja, bis er umgebracht wurde.«

»Warum?«

»Das weiß ich auch nicht. Aber etwas habe ich jedenfalls begriffen, sobald der erste Schock vorüber war.«

»Und das wäre?«

»Daß er mich als eine Art Versuchsobjekt behandelt hat. Er kannte mich in- und auswendig. Er wußte, daß ich unwahrscheinlich geil werden konnte, wenn er sich ein bißchen anstrengte. Aber ich kannte ihn ebenfalls. Zum Beispiel, daß er im Grunde nicht an solchen Exzessen interessiert war, ihm genügte es wenige Male pro Woche.«

»Wie lange ging das so weiter?«

»Bis Mitte September. Aber dann hatte er plötzlich viel zu tun und war laufend dienstlich unterwegs.«

»Was gar nicht stimmte«, stellte Kollberg fest. Er sah sie lange an. »Du bist ein tüchtiges Mädchen. Wir verstehen uns.«

Sie sah ihn überrascht und ein wenig mißtrauisch an.

»Aber er hat dir nicht erzählt, was er vorhatte?«

Sie schüttelte den Kopf.

»Hat er es nicht mal angedeutet?«

Wieder Kopfschütteln.

»Und du hast nichts Besonderes bemerkt?«

»Er war viel unterwegs. Ich meine draußen. Er kam oft durchnäßt und verfroren nach Hause.«

Kollberg nickte nachdenklich.

»Ich bin immer aufgewacht, wenn er ins Bett kam, kalt wie ein Eiszapfen und sehr spät. Aber der letzte Fall, von dem er mir erzählt hat, wurde in der letzten Septemberhälfte abgeschlossen. Ein Mann, der seine Frau umgebracht hatte. Birgersson hieß er, glaube ich.«

»Ich erinnere mich daran«, sagte Kollberg. »Eine Familientragödie. Eine ganz simple Geschichte. Ich verstehe immer noch nicht, warum wir überhaupt hinzugezogen wurden. Wie aus dem Lehrbuch. Unglückliche Ehe, Neurosen, Zank, zuwenig Geld im Haus. Die Sache endete mit Totschlag, mehr oder weniger ein Unglücksfall. Der Mann wollte sich das Leben nehmen, traute sich nicht und ging zur Polizei. Stimmt, Stenström hat den Fall bearbeitet. Er hat den Mann verhört.«

»Könnte bei dieser Vernehmung etwas Außergewöhnliches passiert sein?«

»Wie meinst du das?«

»Ich weiß nicht. Nur daß Åke eines Abends ganz aufgeregt nach Hause kam ...«

»Aufgeregt? Der Fall war bestimmt nicht aufregend. Traurige Angelegenheit. Typischer Fall von Verbrechen in der Wohlstandsgesellschaft. Eine Ehefrau, die ewig an ihrem Mann herumnörgelt, weil er nicht genug verdiente, weil sie sich kein Motorboot und kein Sommerhaus leisten konnten und weil sie nicht so ein großes Auto hatten wie die Nachbarn.«

»Aber beim Verhör muß dieser Mann irgendwas zu Åke gesagt haben.«

»Was?«

»Weiß ich nicht. Aber für ihn schien es sehr wichtig zu sein. Ich hab ihn natürlich danach gefragt, aber er lachte nur und sagte, daß ich bald genug erfahren würde.«

»Hat er diese Formulierung gebraucht?«

»›Bald wirst du staunen, Åsa, Schätzchen.‹ Genau das hat er gesagt. Er schien sehr zuversichtlich zu sein.«

»Komisch.«

Sie schwiegen eine Weile. Kollberg schüttelte den Kopf und nahm das aufgeschlagene Buch vom Tisch.

»Verstehst du diese Kommentare hier?«

Åsa Torell stand auf, ging um den Tisch herum und las die angezeigte Stelle. Dabei stützte sie sich auf seine Schulter.

»Wendel und Svensson schreiben, daß der Lustmörder oftmals impotent ist und dadurch, daß er eine Gewalttat begeht, eine krankhafte Befriedigung erreicht. Und an den Rand hat Åke ›oder umgekehrt‹ geschrieben.«

Kollbergs Blick blieb auf die Zeilen gerichtet. »Damit meint er wohl, daß der Lustmörder auch einen außergewöhnlich starken Geschlechtstrieb haben kann.«

Sie nahm sofort ihre Hand weg. Er blickte zu ihr hoch und bemerkte zu seiner Verwunderung, daß sie wieder rot geworden war.

»Das glaube ich nicht«, erwiderte sie.

»Was soll er dann meinen?«

»Genau das Gegenteil. Daß die Frau, also das Opfer, ihr Leben riskiert, wenn sie einen besonders stark entwickelten Geschlechtstrieb hat.«

»Wie kommst du darauf?«

»Weil wir mal darüber gesprochen haben. Ihr habt damals den Fall mit dem amerikanischen Mädchen bearbeitet, die auf dem Götakanal ermordet worden ist.«

»Roseanna«, murmelte Kollberg. Er dachte eine Weile nach. »Aber damals hatte er dieses Buch noch nicht. Ich weiß noch genau, wann ich es ihm geschenkt habe – nämlich als wir mit unserer Dienststelle in Kristineberg auszogen; ich räumte meine Schubladen auf und fand es zufällig. Das war aber viel später.«

»Und das andere, das er da geschrieben hat, wirkt ziemlich unlogisch«, bemerkte sie kopfschüttelnd.

»Finde ich auch. Gibt es denn keinen Block oder Kalender oder so, wo er sich Notizen gemacht hat?«

»Hatte er sein Notizbuch denn nicht bei sich?«

»Doch, das haben wir durchgesehen, war nichts Interessantes drin.«

»Ich hab die Wohnung durchsucht«, sagte sie.

»Was gefunden?«

»Eigentlich gar nichts. Er hat nie was versteckt. Außerdem war er sehr ordentlich. Er hatte natürlich noch ein anderes Notizbuch. Das liegt da drüben auf dem Schreibtisch.«

Kollberg erhob sich und holte es. Es war eins von der gleichen Sorte, wie es Stenström in der Tasche gehabt hatte.

»Da steht kaum was drin«, sagte Åsa Torell. Sie zog sich die rechte Wollsocke aus und kratzte sich an der Fußsohle.

Der Fuß war dünn und schmal und anmutig geformt mit langen, geraden Zehen, stellte Kollberg unwillkürlich fest. Dann blätterte er in dem Notizbuch. Sie hatte recht. Es stand so gut wie gar nichts drin. Die erste Seite enthielt Gedächtnisstützen zu dem Fall Birgersson.

Oben auf der zweiten Seite stand ein einziges Wort. Ein Name. Morris. Åsa Torell blickte auf das Blatt und zuckte die Achseln. »Eine Automarke«, sagte sie.

»Oder eine literarische Agentur in New York«, erwiderte Kollberg.

Sie griff noch einmal nach den anstößigen Fotos. Plötzlich schlug sie mit der flachen Hand auf den Tisch und sagte sehr laut: »Wenn ich wenigstens ein Kind von ihm hätte!« Dann senkte sie die Stimme. »Er fand, daß wir dazu noch genug Zeit hätten.«

Kollberg war aufgestanden und ging unschlüssig zur Tür.

»Noch genug Zeit«, murmelte sie. Und dann: »Was soll bloß aus mir werden?«

Er blieb stehen und drehte sich um. »So geht das nicht weiter, Åsa. Komm!«

Sie fuhr blitzschnell zu ihm herum und entgegnete feindselig: »Komm? Wohin? Ins Bett? Na schön!«

Kollberg sah sie an.

Neunhundertneunundneunzig von tausend Männern hätten in ihr ein schmächtiges, unentwickeltes Mädchen gesehen, mit schlechter Haltung, zartem Körper, dünnen, nikotinverfärbten Fingern und fehlenden Manieren. Ungekämmt, mit billigen Sachen auf dem Leib und einer viele Nummern zu großen Wollsocke an einem Fuß.

Lennart Kollberg sah eine körperlich und seelisch gereifte komplizierte junge Frau mit flackerndem Blick vor sich stehen, verlockend und interessant, wert, sie näher kennenzulernen.

War Stenström sich dessen bewußt geworden? Oder war er einer der neunhundertneunundneunzig anderen gewesen und hatte nur unverschämtes Glück gehabt?

Glück.

»So hab ich's nicht gemeint«, entgegnete er ruhig. »Komm mit zu uns nach Hause. Wir haben genügend Platz. Du warst lange genug allein.«

Schon im Auto fing sie an zu weinen.

22

Es wehte kalt, als Nordin den U-Bahnhof an der Kreuzung Sveavägen und Rådmansgatan verließ. Den Wind im Rücken, ging er den Sveavägen zügig in südlicher Richtung hinauf. Als er in die Tegnérgatan einbog, ließ der Wind nach, und er konnte seine Schritte verlangsamen.

Ungefähr zwanzig Meter von der Straßenecke entfernt lag die Konditorei. Vor dem Schaufenster blieb er stehen und sah hinein.

Hinter der Theke saß eine rothaarige Frau in pistaziengrünem Rock und telefonierte. Außer ihr befand sich niemand im Raum.

Nordin ging weiter, schlenderte über die Luntmarkagatan hinweg und sah sich interessiert ein Ölgemälde an, das hinter der Glastür eines Antiquariats aufgehängt war. Während er da stand und überlegte, ob die beiden Tiere auf dem Bild Elche, Rentiere oder vielleicht ein Elch und ein Ren sein sollten, hörte er jemanden hinter sich auf deutsch sagen: »Du bist wohl verrückt geworden, Mensch!«

Nordin drehte sich um und sah zwei Männer über die Straße gehen. Erst als sie den Bürgersteig der anderen Seite erreicht hatten, bemerkte er die Konditorei. Die beiden Männer gingen bereits eine winklige Treppe hinter der Theke hinunter, als er die Eingangstür aufstieß. Er folgte ihnen.

Das Lokal war voller junger Leute, die Musik und der Lärm waren ohrenbetäubend. Er sah sich nach einem freien Tisch um, konnte aber keinen entdecken. Einen Augenblick überlegte er, ob er Mantel und Hut ablegen sollte, beschloß dann aber, kein Risiko einzugehen. In Stockholm konnte man niemandem über den Weg trauen.

Nordin sah sich die weiblichen Gäste an. Er entdeckte mehrere blonde Mädchen im Raum, auf die aber die Beschreibung der Blonden Malin nicht zutreffen wollte.

Man hatte den Eindruck, als ob vorwiegend deutsch gesprochen wurde. Neben einer mageren Dunkelhaarigen, die offenkundig Schwedin war, fand er einen freien Stuhl. Nordin knöpfte den Mantel auf, setzte sich und legte den Hut aufs Knie. Lodenmantel und Jägerhut würden dazu beitragen, dachte er bei sich, daß er nicht allzusehr von der Menge der deutschen Gäste abstach.

Eine Viertelstunde mußte er warten. Die Zeit benutzte er, um sich umzusehen. Die Freundin der Dunkelhaarigen an der anderen Seite des Tisches streifte ihn hin und wieder mit einem kurzen Blick.

Als er seinen Kaffee hingestellt bekommen hatte, rührte er darin herum und schielte zu dem Mädchen auf dem Stuhl neben sich. In der Hoffnung, als Stammgast durchzugehen, bemühte er sich, mit echtem Stockholmer Dialekt zu sprechen. »Weißt du, wo die Blonde Malin heute abend zu finden ist?«

Die Dunkelhaarige starrte ihn an. Dann lächelte sie, lehnte sich über den Tisch und sagte zu ihrer Freundin: »Hast du gehört, Eva, der Norrländer da fragt nach der Blonden Malin. Weißt du, wo sie ist?«

Die Freundin sah Nordin an. Dann rief sie zu einem Nebentisch hinüber: »Hier will einer von der Polente wissen, wo er die Blonde Malin finden kann. Ist dort jemand, der das weiß?«

»Nee«, ertönte es einstimmig vom anderen Tisch.

Während er seinen Kaffee schlürfte, grübelte Nordin trübsinnig darüber nach, weshalb er als Polizeibeamter erkannt worden war. Er verstand die Stockholmer nicht.

Als er wieder im Erdgeschoß war, kam die Kellnerin, die ihm seinen Kaffee gebracht hatte, auf ihn zu.

»Ich hörte, daß Sie nach der Blonden Malin suchen. Sind Sie wirklich von der Polizei?«

Nordin schwankte einen Augenblick, dann nickte er mürrisch.

»Wenn Sie das Miststück hopp nehmen könnten, würden Sie mir einen persönlichen Gefallen damit tun«, sagte sie gehässig. »Ich glaube, ich weiß, wo sie steckt. Wenn sie nicht hier ist, hockt sie normalerweise in einem Café am Engelbrektsplan herum.«

Nordin bedankte sich und trat hinaus in die Kälte.

In der nächsten Gaststätte, in der sich nur wenige Stammgäste aufhielten, befand sich die Blonde Malin auch nicht. Nordin wollte jedoch nicht aufgeben und ging auf eine Frau zu, die allein an ihrem Tisch saß und in einer zerfledderten Illustrierten blätterte. Sie kannte die Blonde Malin nicht, schlug ihm aber vor, in einem Weinrestaurant auf der Kungsgatan nachzusehen.

Nordin trottete weiter durch die verhaßten Straßen Stockholms und dachte sehnsuchtsvoll an das heimatliche Sundsvall.

Diesmal wurde er für seine Mühe belohnt.

Er winkte dem Mann an der Garderobe ab, der seinen Mantel nehmen wollte, stellte sich in die Tür und warf einen Blick in das Lokal. Beinahe im gleichen Augenblick sah er sie.

Sie war kräftig gebaut, ohne dabei dick zu wirken. Das weißblonde Haar hatte sie zu einer kunstvollen Hochfrisur aufgesteckt.

Nordin zweifelte nicht, daß dies die Blonde Malin sein mußte.

Sie saß mit einem Glas Wein vor sich auf einer der Wandbänke. Neben ihr hockte eine wesentlich ältere Frau, der es trotz des langen schwarzen Haares, das ihr in wilden Locken bis auf die Schultern hing, nicht gelang, jünger auszusehen.

Eine Weile beobachtete er die beiden Frauen, die stumm nebeneinander saßen. Die Blonde Malin starrte in ihr Weinglas, das sie zwischen den Fingern drehte. Die Schwarzhaarige sah sich neugierig im Raum um, wobei sie gelegentlich mit einer koketten Wendung des Kopfes ihr langes Haar zurückwarf.

Nordin wandte sich an den Mann an der Garderobe.

»Verzeihung. Sie wissen nicht zufällig, wie die blonde Dame da drüben auf der Bank heißt?«

»Dame«, schnaubte er. »Die, nein, ich weiß nicht, wie sie heißt, aber sie wird Malin genannt. Die dicke Malin oder so ähnlich.« Nordin gab ihm Hut und Mantel.

Die Schwarzhaarige sah ihn erwartungsvoll an, als er an ihren Tisch trat. »Verzeihen Sie, wenn ich störe«, sagte Nordin. »Ich hätte gern ein paar Worte mit Fräulein Malin gesprochen, falls das möglich ist.«

Die Blonde Malin sah ihn über den Rand ihres Glases an. »Worüber?« fragte sie.

»Es betrifft einen Ihrer Freunde«, antwortete Nordin.»Hätten Sie etwas dagegen, wenn wir uns für einen kurzen Moment an einen anderen Tisch setzten?«

Die Blonde Malin sah ihre Freundin an, und er beeilte sich hinzuzufügen: »Wenn Ihre Freundin nichts dagegen hat.«

Die Schwarzhaarige füllte ihr Glas aus der Karaffe, die auf dem Tisch stand, und erhob sich. »Ich möchte nicht stören«, sagte sie beleidigt.

Die Blonde Malin erwiderte nichts.

»Ich setze mich zu Tora«, fügte die Freundin hinzu. »Wir sehen uns wohl noch, Malin.« Sie nahm ihr Glas und schlenderte zu einem Tisch im rückwärtigen Teil des Lokals.

Nordin zog einen Stuhl unterm Tisch hervor und setzte sich. Die Blonde Malin sah ihn abwartend an.

»Ich bin Erster Kriminalassistent Ulf Nordin«, stellte er sich vor. »Es ist möglich, daß Sie uns in einer Sache helfen könnten.«

»Und wobei? Sie sagten, daß es einen meiner Freunde betrifft.«

»Stimmt. Wir brauchen einige Auskünfte über einen Mann, den Sie kennen.«

»Ich bin kein Spitzel«, entgegnete die Blonde Malin verächtlich.

»Sie sollen auch niemanden verpfeifen«, sagte er ruhig. »Vor einigen Wochen sind Sie zusammen mit zwei Männern in einem weißen Volvo Amazon zu einer Garage in Hägersten gefahren. Die Garage liegt am Klubbacken und gehört einem Schweizer namens Horst Dieke. Der Mann, der den Wagen lenkte, war Spanier. Erinnern Sie sich noch daran?«

»Jaa ... kann sein. Warum? Nisse und ich sind bloß mit diesem Paco mitgefahren, weil Nisse ihm den Weg zur Garage zeigen wollte. Übrigens ist er längst wieder in Spanien.«

»Paco?«

»Ja.« Sie leerte ihr Glas und goß sich den letzten Rest aus der Karaffe ein.

»Darf ich Sie zu irgendwas einladen?« erkundigte sich Nordin. »Noch etwas Wein?«

Sie nickte, und Nordin gab der Kellnerin einen Wink. Er bestellte eine halbe Karaffe Wein und für sich ein Glas Bier.

»Wer ist Nisse?« wollte er wissen.

»Na, der mit im Auto war, das haben Sie ja selbst eben gesagt.«

»Ja, aber er hat doch wohl auch einen Nachnamen – oder? Was macht er von Beruf?«

»Er heißt Göransson. Nils Erik Göransson. Ich weiß nicht, was er eigentlich tut, hab ihn in den letzten Wochen auch nicht mehr gesehen.«

»Warum nicht?« fragte Nordin.

»Wie bitte?«

»Warum haben Sie ihn in den letzten Wochen nicht gesehen? Vorher haben Sie sich doch ziemlich oft getroffen.«

»Na, hören Sie mal! Schließlich bin ich ja nicht mit ihm verheiratet. Nicht mal dick befreundet. Wir sind manchmal zusammen ausgewesen. Vielleicht hat er ein anderes Mädchen getroffen. Weiß ich doch nicht. Auf jeden Fall hat er sich eine Weile nicht sehen lassen.«

Die Kellnerin kam mit dem Wein und Nordins Bier. Die Blonde Malin goß sich sofort ein.

»Wissen Sie, wo er wohnt?« erkundigte sich Nordin.

»Nisse? Nein, er hat keine feste Wohnung. Eine Weile hat er bei mir gewohnt und dann bei einem Kumpel auf Söder, aber da ist er auch nicht mehr, glaube ich. Ich weiß es tatsächlich nicht. Und wenn ich es wüßte, würde ich es keinem von der Polente erzählen. Ich verpfeife niemanden!«

Nordin trank einen Schluck Bier und sah die große blonde Frau auf der Bank freundlich an. »Das brauchen Sie auch gar nicht, Fräulein ... wie heißen Sie noch außer Malin?«

»Ich heiße nicht Malin«, gab sie zurück. »Ich heiße Magdalena Rosén. Die Leute nennen mich Blonde Malin, wegen meiner Haare.« Sie strich sich übers Haar. »Was wollen Sie überhaupt von Nisse? Hat er was ausgefressen? Ich denke nicht daran, eine Menge Fragen zu beantworten, wenn ich nicht weiß, worum es eigentlich geht.«

»Schon gut. Ich werde Ihnen gleich sagen, worum es geht, damit Sie beruhigt sind.« Er trank von seinem Bier und wischte sich den Schaum vom Mund ab. »Bloß eine Frage hätte ich noch zuvor ...«

Sie sah ihn abwartend an.

»Wie war Nisse normalerweise gekleidet?«

Sie runzelte die Stirn und dachte einen Moment nach.

»Meistens trug er einen Anzug, einen hellen, beigefarbenen, mit bezogenen Knöpfen. Dazu Oberhemd und Schuhe und Unterhosen wie alle anderen Männer auch.«

»Auch einen Mantel?«

»Keinen richtigen Mantel. So ein dünnes schwarzes Ding aus Nylon. Warum?«

»Es kann sein, Fräulein Rosén, daß er tot ist.«

»Tot? Nisse? Aber ... warum? Woher wissen Sie, daß er tot ist?«

Ulf Nordin zog ein Taschentuch hervor und wischte sich den Schweiß ab. Es war sehr warm im Restaurant, und er fühlte sich am ganzen Körper klebrig.

»Die Sache ist so, daß wir draußen in der Leichenhalle einen Mann haben, den wir noch nicht identifizieren konnten. Es besteht Grund zur Annahme, daß es sich bei dem Toten um Nils Erik Göransson handelt.«

»Wie soll er denn umgekommen sein?« fragte sie mißtrauisch.

»Er war einer der Passagiere in dem Bus, von dem Sie sicher gelesen haben. Er erhielt einen Kopfschuß und war vermutlich sofort tot. Da Sie die einzige Person sind, die Göransson gut kannte und von uns aufgetrieben werden konnte, wären wir Ihnen sehr dankbar, wenn Sie morgen zur Identifizierung in die Leichenhalle kommen würden.«

Sie starrte Nordin erschrocken an.

»Ich soll in die Leichenhalle kommen? Nie im Leben!«

Am Mittwochmorgen zeigte die Uhr gerade neun, als Nordin und die Blonde Malin vor dem Gerichtsmedizinischen Institut am Tomtebodavägen aus dem Taxi stiegen. Martin Beck hatte schon eine Viertelstunde auf sie gewartet; zusammen betraten sie die Leichenhalle.

Die Blonde Malin war blaß unter dem nachlässig aufgelegten Make-up. Ihr Gesicht war gedunsen und das Haar nicht so gut aufgesteckt wie am Abend vorher.

Nordin hatte in ihrer Diele warten müssen, während sie sich zurechtmachte. Als sie endlich fertig war und sie auf die Straße kamen, konnte er feststellen, daß sie bei der gedämpften Beleuchtung des Restaurants erheblich besser ausgesehen hatte als im grauen Morgenlicht.

Das Personal der Leichenhalle war informiert worden, und der Verwalter führte sie in den Kühlraum.

Man hatte ein Tuch über das zerschossene Gesicht der Leiche gelegt, die Haare aber freigelassen.

Die Blonde Malin griff nach Nordins Ärmel. »O Gott!«

Nordin legte ihr die Hand auf den Arm und führte sie näher heran. »Erkennen Sie ihn?« fragte er mit leiser Stimme. »Sie müssen leider genau hinsehen.«

Die Hand vor dem Mund, starrte sie den nackten Körper an. »Was ist mit seinem Gesicht?« wollte sie wissen. »Kann ich das nicht sehen?«

»Seien Sie froh, daß Sie es nicht anzusehen brauchen«, sagte Martin Beck. »Sie müßten ihn doch auch so wiedererkennen.«

Die Blonde Malin nickte. Dann nahm sie die Hand vom Mund und nickte wieder. »Ja«, brachte sie endlich hervor. »Ja, das ist Nisse. Die Narbe da und ... ja, das ist er.«

»Danke, Fräulein Rosén«, sagte Martin Beck. »Vielleicht trinken Sie noch eine Tasse Kaffee mit uns.«

Die Blonde Malin saß bleich und still neben Nordin auf dem Rücksitz des Taxis. Hin und wieder murmelte sie: »Entsetzlich! Grauenhaft!«

Martin Beck und Nordin luden sie zu Kaffee und Kuchen ein, kurze Zeit darauf kamen Kollberg, Melander und Rönn dazu.

Sie erholte sich schnell; Kaffee und männliche Gesellschaft taten ihre Wirkung. Bereitwillig beantwortete sie die Fragen der Kriminalbeamten, und bevor sie ging, drückte sie jedem von ihnen die Hand.

»Ich hätte mir nie träumen lassen, daß Poly ... Polizeibeamte so goldig sein können.«

Als die Tür hinter ihr ins Schloß gefallen war, sahen sich die Zurückgebliebenen grinsend an. Dann schlug Kollberg vor: »Na, ihr goldigen Knaben, wollen wir zusammenfassen?«

Sie faßten zusammen:

Nils Erik Göransson.

Alter: 38 oder 39 Jahre.

Ab 1965, vielleicht auch schon länger, keinen festen Arbeitsplatz mehr. Von März bis August 1967 wohnhaft bei Magdalena Rosén (Blonde Malin), Stockholm K, Arbetaregatan 3.

Danach bis zum Oktober wohnhaft bei Sune Björk auf Söder.

In den Wochen vor seinem Tod unbekannter Aufenthaltsort.

Rauschgiftsüchtig, rauchte, aß und injizierte alles, was er kriegen konnte.

Eventuell auch Rauschgifthändler.

Hatte eine Gonorrhoe.

Zum letztenmal gesehen von Magdalena Rosén am 3. oder 4. November vor dem Restaurant »Damberg«. Bei dieser Gelegenheit mit dem gleichen Anzug und Mantel bekleidet wie am 13. November.

War in der Regel gut bei Kasse.

23

Von allen Männern, die sich mit dem Mord im Autobus beschäftigten, war also Nordin der erste, der etwas vorzuweisen hatte, was mit ein wenig gutem Willen als positives Resultat bezeichnet werden konnte. Aber in diesem Punkt waren sich nicht alle einig.

»Schön«, meinte Gunvald Larsson, »nun wissen wir also, wie dieser Bursche hieß. Und weiter?«

»Hm«, sagte Melander nachdenklich.

»Was brummst du da vor dich hin?«

»Er ist nie festgenommen worden, dieser Göransson. Aber ich glaube trotzdem, daß mir der Name bekannt vorkommt.«

»Aha.«

»Der kam irgendwann mal in einem Fahndungsbericht vor.«

»Meinst du, daß du ihn mal zu einer Vernehmung hier hattest?«

»Nein. Daran würde ich mich erinnern. Ich hab nie mit ihm gesprochen und ihn auch sicher nicht gesehen. Aber der Name. Nils Erik Göransson. Der ist mir irgendwann mal untergekommen.«

Melander starrte immer noch in das Zimmer und qualmte vor sich hin.

Gunvald Larsson fächelte mit seinen großen Händen durch die

Luft. Er war leidenschaftlicher Nichtraucher, und der Pfeifenrauch reizte seine Atemwege. »Ich bin viel mehr an diesem Schwein von Assarsson interessiert«, sagte er.

»Ich komm schon noch dahinter«, brummte Melander.

»Sicher. Wenn du nicht vorher noch an Lungenkrebs stirbst.«

Gunvald Larsson erhob sich und ging nach nebenan zu Martin Beck.

»Wo hatte dieser Assarsson sein Geld her?« fragte er.

»Woher soll ich das wissen?«

»Was ist das für eine Firma?«

»Importfirma. Kauft alles ein, woran zu verdienen ist. Von Baukränen bis zu Weihnachtsbäumen aus Plast.«

»Weihnachtsbäumen aus Kunststoff?«

»Ja. Ein Bombenschlager. Leider.«

»Ich hab mir mal die Mühe gemacht und nachgefragt, was diese Herren und ihre Firma in den letzten Jahren an Steuern gezahlt haben.«

»Und?«

»Ungefähr ein Drittel von dem, was du und ich blechen müssen. Und wenn ich überlege, wie es bei der Witwe aussah ...«

»Ja?«

»Ich hab verdammte Lust, eine Haussuchung für deren Büroräume zu beantragen.«

»Womit willst du das begründen?«

»Weiß ich noch nicht.«

Martin Beck zuckte die Achseln. Gunvald Larsson ging zur Tür, blieb aber auf der Schwelle stehen und sagte: »Widerlicher Kerl, dieser Assarsson, und sein Bruder war bestimmt auch nicht besser.«

Kurz darauf erschien Kollberg in der Türöffnung. Er sah müde und bedrückt aus, und seine Augen waren blutunterlaufen.

»Was hast du denn gemacht?« fragte Martin Beck.

»Ich war die ganze Nacht auf und hab mir die Tonbänder von Stenströms Verhör mit diesem Birgersson angehört – du weißt doch, der, der seine Frau erschlagen hat.«

»Und?«

»Nichts. Absolut gar nichts. Es sei denn, ich hab irgendwas überhört.«

»Die Möglichkeit besteht immer.«

»Sehr freundlich von dir«, erwiderte Kollberg und warf wütend die Tür hinter sich ins Schloß.

Martin Beck stützte die Ellbogen auf die Armlehne und vergrub sein Gesicht in den Händen. Es war bereits Freitag und der 8. Dezember. Fünfundzwanzig Tage waren vergangen, und im großen und ganzen war die Fahndung nicht vorangekommen, sondern bewegte sich auf der Stelle. Noch schlimmer: sie schien auseinanderzufallen. Jeder klammerte sich an seinen Strohhalm.

Melander überlegte, wann und in welchem Zusammenhang er den Namen Nils Erik Göransson gehört hatte.

Gunvald Larsson grübelte darüber nach, auf welche Weise die Brüder Assarsson zu ihrem Geld gekommen waren.

Kollberg fragte sich, wie ein geistesschwacher Mann, der seine Frau totgeschlagen hatte, es geschafft hatte, Stenström in gute Laune zu versetzen.

Nordin versuchte, einen Zusammenhang zwischen Göransson, dem Massenmord und der Garage in Hägersten herauszufinden.

Ek hatte seine technischen Kenntnisse über den roten doppelstökkigen Bus so vervollständigt, daß es praktisch unmöglich war, mit ihm über etwas anderes als Stromkreise und Scheibenwischer zu sprechen.

Månsson hatte Gunvald Larssons verschwommene Theorie übernommen, nach welcher Mohammed Boussie eine Schlüsselrolle spielte, weil er Algerier war, und überprüfte systematisch die gesamte arabische Kolonie von Stockholm.

Martin Becks Gedanken kreisten ausschließlich um Stenström, was er vorgehabt hatte, ob er jemand überwacht hatte und ob dieser Jemand ihn erschossen hatte. Das Ergebnis war alles andere als befriedigend. Wie konnte sich ein einigermaßen erfahrener Kriminalbeamter von einem Mann erschießen lassen, den er beschattete? Noch dazu in einem Autobus?

Rönn klammerte sich an die letzten Worte, die der sterbende Schwerin von sich gegeben hatte.

Gerade an diesem Nachmittag telefonierte er mit dem Tontechniker von Sveriges Radio, der versucht hatte, einen Sinn aus diesen gemurmelten Silben herauszuhören. Der Mann hatte sich Zeit gelassen, aber jetzt war er offenbar mit seinem Gutachten fertig.

»Kein besonders reichhaltiges Material. Ich bin aber trotzdem zu einem bestimmten Schluß gekommen. Soll ich's Ihnen durchsagen?«

»Ich bitte darum«, entgegnete Rönn. Er nahm den Hörer in die linke Hand und zog sich einen Notizblock heran.

»Sie selbst sind Norrländer, nicht wahr?«

»Ja.«

»Na, die Fragen sind ja nicht so interessant wie die Antworten. Zuallererst habe ich versucht, die Nebenlaute von dem Band wegzunehmen, das Surren, Tropflaute und so weiter.«

Rönn wartete mit dem Kugelschreiber in der Hand.

»Was die erste Antwort betrifft, also auf die Frage nach dem Schützen, so kann man deutlich vier Konsonanten unterscheiden: d, n, r, k.«

»Ja«, antwortete Rönn.

»Bei näherer Untersuchung hört man bestimmte Vokale und Doppellaute zwischen und hinter diesen Konsonanten. Zum Beispiel einen e-Laut oder i-Laut zwischen d und n.«

»Dinrk«, probierte Rönn.

»Ja, so ungefähr hört sich das für ein ungeübtes Ohr an. Außerdem meine ich zu hören, daß der Mann nach den Konsonanten ein ganz schwaches ›aih‹ von sich gibt.«

»Dinrk aih«, sagte Rönn.

»So ähnlich. Das ›aih‹ ist aber nicht so deutlich.« Der Tontechniker machte eine kurze Pause. Dann erkundigte er sich nachdenklich: »Der Mann war doch in ziemlich schlechtem Zustand, nicht wahr?«

»Ja.«

»Und es wäre möglich, daß er Schmerzen hatte?«

»Das ist richtig.«

»Aha. Damit wäre das ›aih‹ erklärt«, sagte der Sachverständige erleichtert.

Rönn nickte und schrieb. Kratzte sich mit dem Kugelschreiber an der Nase. Hörte zu.

»Ich neige eher zu der Ansicht, daß diese Laute einen aus mehreren Worten zusammengesetzten Satz bilden.«

»Was für einen Satz?« fragte Rönn und machte sich bereit zum Mitschreiben.

»Schwer zu sagen. Wirklich sehr schwer. Zum Beispiel ›der reine Kai‹ oder ›dünner Kai‹.«

»Der reine Kai«, wiederholte Rönn verblüfft.

»Natürlich nur als Beispiel. Was die andere Antwort betrifft ...«

»Samalson?«

»Aha. Sie hören also ein Samalson heraus? Ich nämlich nicht. Ich glaube eher, daß es zwei Worte sind. Sam und Alson.«

»Was würde das bedeuten?«

»Na ja, möglicherweise ein Name. Alson oder, was allerdings unwahrscheinlich ist, Olson.«

»Sam Alson? Sam Olson?«

»Genau. Sehr richtig. Sie benutzen das gleiche runde l in dem Wort Alson wie er. Vielleicht ein ähnlicher Dialekt.« Der Tontechniker schwieg wieder eine Weile, dann sagte er: »Aber ich halte es für unwahrscheinlich, daß es einen gibt, der Sam Alson oder Sam Olson heißt, was meinen Sie?«

»Bei uns wohl kaum«, sagte Rönn.

»Das ist alles. Ich schicke einen schriftlichen Bericht, zusammen mit der Rechnung. Aber ich dachte, daß es vielleicht eilig sei, und hab deshalb angerufen.«

»Danke«, sagte Rönn.

Er legte den Hörer auf und blickte nachdenklich in seine Notizen. Nach reiflicher Überlegung beschloß er, die Sache nicht der Fahndungsleitung vorzulegen. Zumindest jetzt noch nicht.

Obwohl die Uhr an diesem Nachmittag erst Viertel vor drei war, als Kollberg in Långholmen eintraf, war es bereits stockdunkel. Er schlotterte vor Kälte, und die Gefängnisatmosphäre trug nicht dazu bei, ihn freundlicher zu stimmen. Der kahle Besucherraum war schmuddelig und ungastlich, und er ging mürrisch auf und ab, während er auf den Mann wartete, den er hier treffen wollte. Birgersson, der seine Frau erschlagen hatte, wurde in der Gerichtspsychiatrischen Klinik auf seinen Geisteszustand überprüft. Es war damit zu rechnen, daß er für nicht zurechnungsfähig erklärt wurde und in irgendeiner Anstalt landete.

Nach etwa einer Viertelstunde öffnete sich die Tür, und ein Gefängnisaufseher in blauer Uniform ließ einen kleinen, etwa sechzigjährigen Mann mit schütterem weißem Haar eintreten. Der Mann blieb an der Barriere stehen und verbeugte sich freundlich. Kollberg ging zu ihm hin. Sie schüttelten sich die Hand.

»Kollberg.«

»Birgersson.«

Der Mann war liebenswürdig, und ein Gespräch kam schnell in Gang.

»Kriminalassistent Stenström? Natürlich kann ich mich an ihn erinnern. Er war ausgesprochen sympathisch. Grüßen Sie ihn bitte von mir.«

»Er lebt nicht mehr.«

»Lebt nicht mehr? Das ist doch nicht möglich. So ein junger Mann … Wie ist das denn gekommen?«

»Darüber möchte ich mit Ihnen sprechen.« Kollberg erklärte, was ihn hergeführt hatte. »Ich habe alle Bänder abgehört«, schloß er, »aber vielleicht hatte Stenström das Gerät abgestellt, während Sie gegessen oder Kaffee getrunken haben.«

»Das stimmt.«

»Aber Sie haben sich weiter miteinander unterhalten?«

»Natürlich. Meistens jedenfalls.«

»Worüber?«

»Über alles mögliche.«

»Können Sie sich an etwas erinnern, was Stenström besonders interessiert hat?«

Der Mann dachte nach und schüttelte den Kopf. »Wir haben uns ganz allgemein unterhalten. Über dies und jenes. Aber irgendwas Besonderes? Was soll das denn gewesen sein?«

»Das weiß ich leider auch nicht.« Kollberg zog das Notizbuch hervor, das er von Åsa erhalten hatte, und hielt es Birgersson hin. »Sagt Ihnen das irgendwas? Warum hat er hier ›Morris‹ hingeschrieben?«

Sofort hellte sich das Gesicht des Mannes auf. »Wir müssen über Autos gesprochen haben. Ich hatte einen Morris 8, das große Modell, wissen Sie. Und den habe ich wohl gesprächsweise erwähnt.«

»Aha. So hängt das also zusammen. Wenn Ihnen noch irgendwas anderes einfällt, dann rufen Sie mich bitte sofort an.«

»Der Wagen war schon alt und machte nicht mehr viel her, aber der Motor war noch ganz in Ordnung. Meine … Frau schämte sich deswegen. Alle anderen hatten neue Autos, und nur wir …« Er blinzelte und brach ab.

Kollberg verabschiedete sich rasch. Als der Wärter den Mann hinausgeführt hatte, kam ein junger Arzt in weißem Kittel in den Raum.

»Na, was halten Sie denn von Birgersson?« fragte er.

»Auf mich hat er einen freundlichen und normalen Eindruck gemacht.«

»Ja«, bestätigte der Arzt, »er ist in Ordnung. Dem fehlte nur, daß er diesen Hausdrachen, mit dem er verheiratet war, los wurde.«

Kollberg warf ihm einen vielsagenden Blick zu, packte seine Papiere zusammen und ging.

Es war Sonnabend nacht. Die Uhr war halb zwölf, und Gunvald Larsson fror, obwohl er die Lammfellmütze aufgesetzt, den wärmsten Mantel, Skihosen und Skistiefel angezogen hatte. Er stand im Eingang des Hauses Tegnérgatan 53 so regungslos und unauffällig, wie es nur ein Kriminalbeamter fertigbringt. Vor vier Stunden hatte er hier Posten bezogen, wie schon in zehn oder elf früheren Nächten, und hatte den Blick nicht von zwei erleuchteten Fenstern gewendet.

Er hatte sich vorgenommen, nach Hause zu fahren, wenn das Licht gelöscht wurde. An etwas anderes dachte er nicht mehr. Eine Viertelstunde vor Mitternacht hielt ein grauer Mercedes mit ausländischem Kennzeichen vor dem Haus schräg gegenüber. Ein Mann stieg aus, öffnete den Kofferraum und holte einen Koffer heraus. Dann ging er über den Bürgersteig, schloß die Tür auf und trat ins Haus. Zwei Minuten später ging das Licht hinter zwei Fenstern im Erdgeschoß an, deren dichte Vorhänge jeden Einblick unmöglich machten.

Gunvald Larsson ging mit schnellen Schritten über die Straße. Einen passenden Schlüssel hatte er sich schon vor zwei Wochen besorgt. Im Haus zog er den Mantel aus, faltete ihn ordentlich zusammen und legte ihn auf das breite Geländer der Marmortreppe. Die Fellmütze kam obendrauf. Er knöpfte die Jacke auf und griff mit der rechten Hand nach seiner Pistole.

Die Tür öffnete sich nach innen, wie er wußte. Fünf Sekunden lang stand er davor und überlegte: Wenn ich mir jetzt ohne gültigen Durchsuchungsbefehl Einlaß verschaffe, werde ich entweder degradiert oder fliege ganz aus dem Polizeidienst.

Dann trat er die Tür ein.

Ture Assarsson und der Mann, der aus dem ausländischen Wagen gestiegen war, standen jeder an einer Seite des Schreibtisches. Beide erstarrten wie vom Blitz getroffen. Zwischen ihnen auf dem Schreibtisch lag der geöffnete Koffer.

Gunvald Larsson winkte mit der Pistole; immer noch fassungslos folgten sie seinen Anweisungen. Einen flüchtigen Moment lang kamen ihm die anfänglichen Skrupel zurück, und er vollendete den Gedanken, der ihm auf dem Flur gekommen war: Macht nichts, ich kann jederzeit wieder bei der Marine unterkommen.

Gunvald Larsson legte den Hörer neben das Telefon und wählte schweigend, ohne die Waffe zu senken, die Nummer des Überfallkommandos. Die beiden Männer hatten noch keinen Ton herausgebracht. Es gab nicht viel zu sagen.

In dem Koffer lagen 250 000 Tabletten der Marke Ritalina. Preis auf dem illegalen Rauschgiftmarkt: ungefähr eine Million schwedische Kronen.

Gunvald Larsson betrat am Sonntag gegen drei Uhr morgens seine Wohnung in Bollmora. Er war Junggeselle und wohnte allein. Wie üblich verbrachte er zwanzig Minuten in der Badewanne, ehe er seinen Schlafanzug anzog und zu Bett ging. Er schlug den Roman von Övre Richter-Frich auf, den er gerade las, aber schon wenige Minuten später legte er das Buch beiseite und griff nach dem Telefonhörer.

Er wählte die Nummer von Martin Beck.

Gunvald Larsson dachte zu Hause prinzipiell nicht an seine Arbeit und konnte sich nicht erinnern, jemals vom Bett aus ein Dienstgespräch geführt zu haben. Schon nach dem zweiten Läuten wurde am anderen Ende abgenommen.

»Hast du das mit Assarsson gehört?«

»Ja.«

»Mir fällt da gerade etwas ein ...«

»Was?«

»Daß wir einen Denkfehler gemacht haben könnten. Stenström beschattete natürlich Gösta Assarsson. Da hat der Schütze zwei Fliegen mit einer Klappe erschlagen. Er legte sowohl Assarsson als auch den um, der ihm auf den Fersen war.«

»Ja«, sagte Martin Beck. »Da könnte was dran sein.«

Gunvald Larsson irrte sich. Aber dieser Irrtum brachte die Fahndung endlich auf die richtige Spur.

24

Drei Abende hintereinander trabte Ulf Nordin in Jägerhut und Lodenmantel umher und versuchte, mit der Unterwelt in Kontakt zu kommen. Er zog durch sämtliche Cafés, Konditoreien, Tanzlokale, Bierstuben und Restaurants, die ihm die Blonde Malin als Göranssons Stammlokale bezeichnet hatte. Manchmal fuhr er mit dem Wagen, und am Freitagabend saß er im Auto und starrte über den Mariatorget, den Mariaplatz, der im Volksmund auch Marihuanaplatz heißt, ohne mehr zu sehen als zwei Männer in einem Auto, die ebenfalls über den Platz starrten. Er hatte sie schon mehrmals beobachtet und nahm an, daß es sich um die Zivilstreife des Bezirks oder die Männer vom Rauschgiftdezernat handelte.

Die Suche brachte ihm keine neuen Hinweise auf den Mann, dessen Name Nils Erik Göransson gewesen war. Am Tage gelang es ihm jedoch, die Angaben, die er von der Blonden Malin erhalten hatte, zu vervollständigen, indem er beim Einwohnermeldeamt, der Steuerbehörde, den Heuerbüros und bei Göranssons geschiedener Frau anfragte. Sie wohnte in Borås und hatte, wie sie sagte, seit über zwanzig Jahren nichts von ihrem geschiedenen Mann gehört und ihn praktisch vergessen.

Am Sonnabendvormittag berichtete er Martin Beck über das magere Resultat seiner Arbeit. Dann setzte er sich hin und schrieb einen langen Brief an seine Frau in Sundsvall. Dabei blickte er hin und wieder schuldbewußt zu Rönn und Kollberg hinüber, die beide eifrig auf ihren Schreibmaschinen klapperten.

Er hatte den Brief noch nicht beendet, als Martin Beck ins Zimmer trat.

»Welcher Idiot hat dich eigentlich in die Stadt geschickt?« fragte er.

Nordin schob schnell die Kopie seines Berichts über den Brief, dessen letzte Worte waren: *und Martin Beck wird von Tag zu Tag nervöser und unleidlicher.*

Kollberg zog den Bogen aus seiner Maschine und entgegnete ruhig: »Du selber.«

»Was, ich?«

»Ja, du. Mittwoch, als die Blonde Malin hier war.«

Martin Beck sah Kollberg zweifelnd an.

»Komisch«, sagte er, »daran kann ich mich gar nicht mehr erinnern. Jedenfalls ist es verrückt, einen aus Norrland, der nicht mal zum Stureplan findet, mit einem solchen Auftrag in die Stadt zu schicken.«

Nordin machte ein beleidigtes Gesicht, aber im Grunde gab er Martin Beck recht.

»Rönn«, fuhr Martin Beck fort, »du versuchst rauszukriegen, wo Göransson sich überall rumgetrieben hat, mit wem er zusammen war und was er eigentlich gemacht hat. Und sieh zu, daß du diesen Björk findest, bei dem er gewohnt hat.«

»Mach ich«, antwortete Rönn.

Er war damit beschäftigt, eine Liste mit allen möglichen Deutungen von Schwerins letzten Worten aufzustellen. Zuoberst hatte er »der reine Kai« geschrieben, und unten stand der neueste Einfall: »der innere Kai«.

Alle waren verbissener als je zuvor mit ihren Problemen beschäftigt.

Am Montagmorgen stand Martin Beck nach einer so gut wie schlaflos verbrachten Nacht um halb sieben auf. Er fühlte sich nicht wohl, und seine Magenschmerzen wollten auch nicht nachlassen, nachdem er mit seiner Tochter in der Küche eine Tasse Kakao getrunken hatte. Von den anderen Familienmitgliedern war niemand zu sehen. Seine Frau schlief morgens besonders fest, eine Eigenschaft, die ihr Sohn offenbar von ihr geerbt hatte, denn es gelang ihm nur sehr selten, rechtzeitig in die Schule zu kommen. Ingrid stand um halb sieben auf und schlug Viertel vor acht die Flurtür hinter sich zu. Jeden Tag. Inga sagte immer, daß man die Uhr nach ihr stellen könnte.

Inga hatte nämlich die Angewohnheit, alles in Schlagworten auszudrücken. Aus den Redensarten, die sie tagtäglich benutzte, hätte man ein Buch machen und es als Kompendium an die Volontäre in den Zeitungsverlagen verkaufen können. Eine Art Nachschlagewerk. Das Buch müßte natürlich »Wer sprechen kann, kann auch schreiben« heißen, dachte Martin Beck.

»Woran denkst du?« fragte Ingrid.

»An gar nichts«, antwortete er gleichgültig.

»Ich hab dich seit dem Frühstück nicht lachen sehen.«

Martin Beck hob den Blick vom Wachstuch mit den Adventsmotiven, sah seine Tochter an und versuchte zu lächeln.

Ingrid war ein vernünftiges Mädchen, aber das war für ihn kein Grund zur Heiterkeit.

Als er den Mantel angezogen und den Hut aufgesetzt hatte, stand sie schon mit der Hand an der Türklinke da und wartete auf ihn. Er nahm ihr die Schultasche aus der Hand. Sie war alt und abgewetzt und von oben bis unten mit linksradikalen Parolen und Abzeichen beklebt.

Auch das gehörte zum festen Tagesablauf. Vor neun Jahren, an Ingrids erstem Schultag, hatte er ihre Tasche zum erstenmal getragen, und dabei war es geblieben. Damals hatte er ihre Hand gehalten, eine sehr kleine Hand, heiß und verschwitzt und zitternd vor Erwartung. Wann hatten sie aufgehört, Hand in Hand zu gehen? Er wußte es nicht mehr.

»Heiligabend wirst du jedenfalls lachen«, sagte sie.

»Meinst du?«

»Ja. Wenn du mein Weihnachtsgeschenk auspackst.« Sie hob die Augenbrauen und setzte hinzu: »Das hoffe ich jedenfalls.«

»Was wünschst du dir eigentlich?«

»Ein Pferd.«

»Wo willst du das denn unterstellen?«

»Das weiß ich noch nicht. Ich will aber trotzdem eins haben.«

»Weißt du denn, was ein Pferd kostet?«

»Ja. Leider.«

Sie trennten sich.

In der Kungsholmsgatan warteten Gunvald Larsson und ein Untersuchungsbericht, der nicht einmal die Bezeichnung »Ratespiel« verdiente. Darauf hatte Hammar freundlicherweise schon am Tag zuvor hingewiesen.

»Wie sieht's mit Ture Assarssons Alibi aus?« erkundigte sich Gunvald Larsson.

»Ture Assarssons Alibi ist hieb- und stichfest«, entgegnete Martin Beck. »Er war zur Tatzeit im Stadthotel von Södertälje und hielt eine Rede vor fünfundzwanzig Gästen.«

»Hm«, war alles, was Gunvald Larsson sagte.

»Außerdem kann ich mir, ehrlich gesagt, kaum vorstellen, daß Gösta Assarsson nicht gemerkt haben sollte, wie sein eigener Bruder mit einer Maschinenpistole unterm Mantel in den Bus gestiegen wäre.«

»Na ja«, gab Gunvald Larsson zu, »er müßte schon einen ziemlich weiten Mantel angehabt haben, um darunter eine M_{57} zu verstecken. Aber vielleicht hat er sie ja in einer Tasche bei sich gehabt.«

»Da kannst du recht haben«, sagte Martin Beck.

»Es kommt gelegentlich vor, daß ich recht habe!«

»Dein Glück. Wenn du dich vorgestern abend geirrt hättest, säßen wir jetzt ganz schön in der Tinte.« Und mit der Zigarette auf ihn zeigend, fügte Martin Beck hinzu: »Du wirst bei solchen Sachen noch mal auf die Nase fallen, Gunvald.«

»Das glaub ich kaum«, gab Gunvald Larsson zurück und ging mit schweren Schritten aus dem Raum.

In der Tür begegnete er Kollberg, der schnell zur Seite trat und dann hinter dem breiten Rücken herschielte.

»Was hat denn unser lebender Rammbock? Beleidigt?«

Martin Beck nickte.

Kollberg ging zum Fenster und blickte hinaus. »Ein Sauwetter«, bemerkte er.

»Wohnt Åsa immer noch bei euch?« erkundigte sich Martin Beck.

Kollberg nickte. »Und komm mir jetzt bloß nicht mit der Frage, ob ich mir einen Harem zugelegt habe – das hat Herr Larsson schon besorgt.«

Martin Beck nieste.

»Gesundheit!« sagte Kollberg. »Der Bursche kann von Glück sagen, daß ich ihn nicht aus dem Fenster geworfen habe.«

Kollberg war einer der wenigen, die so etwas tatsächlich fertigbringen würden, dachte Martin Beck.

»Danke«, entgegnete er.

»Wofür?«

»Du hast mir doch Gesundheit gewünscht.«

»Ach so. Es gibt nicht mehr viele, die so höflich sind, sich zu bedanken. Das erinnert mich an den Fall eines Pressefotografen. Er hat seine Frau grün und blau geschlagen und sie dann durchs Fenster in den Schnee befördert, bloß weil sie sich auf sein ›Gesundheit‹ nicht bedankt hatte. Am Silvesterabend. Er war natürlich betrunken.« Er schwieg eine Weile, dann fuhr er zögernd fort: »Aus ihr habe ich nichts weiter herausgekriegt. Åsa meine ich.«

»Aber wir wissen jetzt wenigstens, woran Stenström gearbeitet hat«, gab Martin Beck zurück.

Kollberg sah ihn erstaunt an. »Wissen wir das?«

»Na sicher. Am Teresa-Mord. Klar wie Kloßbrühe.«

»Teresa-Mord?«

»Ja. Hast du das nicht begriffen?«

Kollberg schüttelte den Kopf. »Nein – zu meiner Schande gesagt. Dabei bin ich sämtliche Fälle aus den letzten zehn Jahren durchgegangen. Warum hast du nichts davon erwähnt?«

Martin Beck sah ihn an und kaute nachdenklich an seinem Kugelschreiber. Sie hatten beide den gleichen Gedanken, und Kollberg sprach ihn aus: »Man kann sich wirklich nicht nur telepathisch unterhalten.«

»Stimmt«, pflichtete Martin Beck bei. »Der Fall Teresa ist außerdem sechzehn Jahre alt. Und du hattest mit der Untersuchung nichts zu tun. Ich glaube, Ek ist der einzige von uns, der damals mit dabei war.«

»Du hast die Unterlagen also schon durchgearbeitet?«

»Nein, nur überflogen. Der Untersuchungsbericht ist mehrere tausend Seiten lang. Die Papiere liegen draußen in Västberga. Sollen wir mal hinfahren und einen Blick reinwerfen?«

»Ja. Mein Gedächtnis muß aufgefrischt werden.«

Im Auto sagte Martin Beck: »Soviel wirst du von dem Fall noch wissen, daß du dir denken kannst, warum Stenström sich ausgerechnet den vorgenommen hat?«

Kollberg nickte. »Weil es der schwerste Fall war, an den er sich ranmachen konnte.«

»Eben. Er wollte ein für allemal beweisen, wozu er fähig war.«

»Und dabei hat er sich erschießen lassen«, brummte Kollberg. »So eine Dummheit. Aber wie reimt sich das zusammen?«

Martin Beck antwortete nicht, und es fiel kein weiteres Wort, bis sie in Västberga ankamen und im Schneeregen vor dem Polizeigebäude aus dem Wagen stiegen. Dann fragte Kollberg: »Kann der Teresa-Fall denn noch gelöst werden? Jetzt, nach so vielen Jahren?«

»Das kann ich mir beim besten Willen nicht vorstellen«, entgegnete Martin Beck.

25

Kollberg seufzte bedrückt und blätterte ziellos in den zu Bündeln zusammengehefteten Protokollen. »Da braucht man ja eine Woche, um die alle durchzuarbeiten«, stöhnte er.

»Wenn das reicht. Kennst du die wichtigsten Fakten?«

»Nein. Nicht mal in großen Zügen.«

»Irgendwo muß eine Zusammenfassung liegen. Die kann ich dir aber auch mündlich geben.«

Kollberg nickte.

Martin Beck suchte in den Papieren und begann: »Der Fall an sich ist eindeutig und simpel. Und darin liegt die Schwierigkeit.«

»Fang schon an«, drängte Kollberg.

»Am Morgen des 10. Juni 1951, also vor mehr als sechzehn Jahren, fand ein Mann, der nach seiner entlaufenen Katze suchte, eine tote Frau in einem Gebüsch ganz in der Nähe vom Sportplatz Stadshagen auf Kungsholmen, hier in Stockholm. Sie war nackt und lag mit ausgestreckten Armen auf dem Bauch. Die gerichtsmedizinische Untersuchung ergab, daß sie erwürgt worden und bereits fünf Tage tot war. Die Leiche war gut erhalten und hatte wahrscheinlich in einem Kühlhaus oder etwas Ähnlichem gelegen. Die Tat sah ganz nach einem Lustmord aus, aber wegen der Länge der verstrichenen Zeit konnte bei der Obduktion nicht eindeutig festgestellt werden, ob sie vergewaltigt worden war oder nicht.«

»Was normalerweise auf Lustmord hinweist«, warf Kollberg ein.

»Klar. Die Untersuchung des Tatortes ergab, daß die Leiche höchstens zwölf Stunden dort gelegen haben konnte. Das wurde auch später von Zeugen bestätigt, die am Vorabend an dem Gebüsch vorbeigekommen waren und die Leiche hätten sehen müssen, wenn sie schon dort gelegen hätte. Außerdem fand man Fäden und Textilteilchen, die darauf hindeuteten, daß die Tote in eine Decke gewickelt, an den Fundort transportiert und in das Gebüsch geworfen worden war. Der Täter hatte sich nicht einmal die Mühe gemacht, die Leiche mit Laub oder Zweigen zu bedecken. Ja, das wäre wohl alles ... nein, zwei Dinge darf man nicht vergessen. Sie hatte, bevor sie starb, viele Stunden nichts gegessen. Irgendwelche Spuren von dem Täter, zum Beispiel Fußabdrücke oder so was, konnten nicht festgestellt werden.« Martin Beck blätterte um und überflog den mit der Schreibmaschine geschriebenen Text.

»Noch am gleichen Tag wurde festgestellt, daß es sich bei der Frau um eine gewisse Teresa Camarão handelte. Sie war sechsundzwanzig Jahre alt und in Portugal geboren. 1945 kam sie nach Schweden und heiratete noch im selben Jahr ihren Landsmann Henrique Camarão. Er war zwei Jahre älter als sie und von Beruf Funker bei der Handelsflotte gewesen, ehe er an Land blieb und eine Stelle als Radiotechniker annahm. Teresa Camarão wurde 1925 in Lissabon geboren. Nach Auskunft der portugiesischen Polizeibehörde stammte sie aus einer angesehenen Bürgerfamilie. Sie war hierhergekommen, um zu studieren. Zum Studium kam es dann gar nicht. Statt dessen traf sie diesen Henrique Camarão und heiratete ihn. Sie hatten keine Kinder. Lebten in guten Verhältnissen. Wohnten in der Torstgatan.«

»Wer hat sie identifiziert?«

»Die Polizei. Das heißt, genauer gesagt, die Kollegen von der Sitte. Sie war dort nämlich gut bekannt, und zwar schon die letzten beiden Jahre. Vom 15. Mai 1949 an – es ist reiner Zufall, daß man das genaue Datum feststellen konnte – hatte sich ihr Lebenswandel plötzlich völlig verändert. Sie war läufig geworden – genau dieser Worte bediente man sich hier –, und danach wurde sie nur noch in der Unterwelt herumgereicht. Teresa Camarão war ein Strichmädchen geworden. Sie war Nymphomanin, und in diesen zwei Jahren war sie mit Hunderten von Männern zusammen.«

»Ja, ich erinnere mich«, nickte Kollberg.

»Jetzt kommt das Schönste an der ganzen Geschichte. Die Polizei fand innerhalb von nur drei Tagen nicht weniger als drei Zeugen, die nachts um halb zwölf in der Kungsgatan, an der Auffahrt zu dem Weg, an dem der Körper dann gefunden wurde, einen parkenden Wagen gesehen hatten. Drei Männer. Zwei waren im Auto dort entlanggefahren. Einer kam zu Fuß vorbei. Die beiden Zeugen im Auto hatten auch einen Mann beobachtet, der bei dem Wagen stand. Neben ihm auf der Erde lag ein Gegenstand von der Größe eines menschlichen Körpers, eingewickelt in etwas, was wie eine graue Decke aussah. Der dritte Zeuge war einige Minuten später vorbeigekommen und hatte nur das Auto bemerkt. Die Beschreibungen des Mannes waren vage. Es regnete, er hatte im Schatten gestanden, und das einzige, was die Zeugen mit Sicherheit sagen konnten, war, daß es ein ziemlich großer Mann gewesen war. Auf die Frage, was sie unter ›ziemlich groß‹ verstünden, schwankten ihre Angaben zwischen eins vierundsiebzig und eins fünfundachtzig. Damit waren neunzig Prozent der männlichen Bevölkerung des Landes verdächtig. Aber ...«

»Aber?«

»Aber was das Fahrzeug anbetraf, so waren sich alle Zeugen einig. Sie sagten unabhängig voneinander aus, daß es ein französisches Auto gewesen war, Marke Renault Typ CV 4, ein Modell, das 1947 auf den Markt kam und danach mit geringen Veränderungen Jahr für Jahr angeboten wurde.«

»Der Renault CV 4«, unterbrach Kollberg, »wurde von Professor Porsche konstruiert, als er in französischer Kriegsgefangenschaft saß. Die haben ihn ins Pförtnerhäuschen der Fabrik eingesperrt. Dort saß er und zeichnete. Danach wurde er freigelassen, und die Franzosen haben Milliarden an dem Auto verdient.«

»Deine Kenntnisse auf den verschiedensten Gebieten sind verblüffend«, erwiderte Martin Beck trocken. »Kannst du mir vielleicht auch erzählen, was es für einen Zusammenhang gibt zwischen dem Teresa-Fall und der Tatsache, daß Stenström vor vier Wochen von einem Massenmörder in einem Bus erschossen worden ist?«

»Hetz mich nicht so. Was passierte dann anschließend?«

»Dann passierte folgendes: Die Stockholmer Polizei führte die umfassendste Fahndung durch, die jemals in diesem Land vorgenommen wurde. Du kannst es hier nachlesen. Viele hundert Personen, die Teresa Camarão gekannt hatten und mit ihr zusammen gewesen waren, wurden vernommen, aber es gelang nicht, festzustellen, wer sie als letzter lebend gesehen hatte. Alle Spuren endeten genau eine Woche vor dem Tag, an dem sie gefunden wurde. Sie hatte die Nacht mit einem Mann in einem Hotelzimmer in der Nybrogatan verbracht und sich von ihm mittags um halb eins vor einem Weinrestaurant auf der Mäster Samuelsgatan getrennt. Punkt. Danach überprüfte man jeden einzelnen Renault des Typs CV 4. Zuerst in Stockholm, weil die Zeugen behaupteten, die Karre habe ein Stockholmer Nummernschild gehabt. Dann nahm man sich sämtliche CV 4 im ganzen Land vor, in der Annahme, daß das Nummernschild ausgewechselt worden war.

Das dauerte beinahe ein Jahr.

Und zum Schluß konnte man beweisen, ja, tatsächlich beweisen, daß keins dieser Autos am 9. Juni 1951 nachts um halb zwölf bei Stadshagen gestanden haben konnte.«

»Aha«, sagte Kollberg, »und damit ...«

»Eben. Damit war die Fahndung gestorben. Die Aktion war bis zur letzten Perfektion durchgeführt worden. Der einzige Fehler war, daß Teresa Camarão wirklich ermordet worden war und daß man nicht wußte, wer es getan hatte. Die letzten Unterlagen der Teresa-Fahndung datierten aus dem Jahr 1952, als die dänische, norwegische und finnische Polizei mitteilten, daß dieser Elendsschlitten auch nicht aus den anderen skandinavischen Ländern stammen konnte. Gleichzeitig stellte der schwedische Zoll fest, daß er auch nicht aus dem übrigen Ausland gekommen sein konnte. Damals gab es, wie du dich vielleicht erinnern kannst, nicht so viele Autos, und es machte große Schwierigkeiten, einen Wagen über die Grenze zu bringen.«

»Ja. Das weiß ich. Und diese Zeugen ...«

»Die Zeugen im Auto waren Fachleute. Der eine war Werkmeister in einer Kraftfahrzeugwerkstatt und der andere Monteur. Der dritte Mann verstand ebenfalls etwas von Autos. Von Beruf war er ... na, rate mal?«

»Direktor der Renault-Werke?«

»Nein. Polizeibeamter. Spezialist für Verkehrsfragen. Carlberg hieß er. Er lebt jetzt nicht mehr. Aber die Möglichkeit eines Irrtums wurde nicht übersehen. Wir hatten ja damals schon angefangen, ein bißchen mit der seelischen Verfassung von Zeugen zu experimentieren. Folglich ließ man die drei Männer testen. Jeder mußte getrennt von den anderen Autos, deren Umrisse an die Wand projiziert wurden, bestimmen. Alle drei erkannten sämtliche der damals gängigen Typen, der Werkmeister schaffte auch noch die schwierigsten Modelle, wie zum Beispiel den Hispano-Suiza und Pegaso. Nicht mal als unsere Leute ein Auto zeichneten, das es gar nicht gab, konnten sie ihn reinlegen. Er stellte fest, daß das Vorderteil von einem Fiat 500 und der Rest von einem Dyna Panhard stammte.«

»Ich glaub dir ja«, sagte Kollberg. »Was dachten denn die Männer, die den Fall bearbeiteten? Privat?«

»Das interne Gerede ging so: Der Mörder ist irgendwo in den Papieren erfaßt. Wahrscheinlich einer von den unzähligen Männern, die mit Teresa Camarão geschlafen haben, der sie in der Aufwallung, wie sie den Sexualverbrecher eben mal überkommt, erwürgt hat. Bei der Kontrolle der Renault-Wagen hat einer nicht genau aufgepaßt, und dadurch ist die Fahndung zusammengebrochen. Wir haben die Wagen aber noch ein zweites und drittes Mal überprüft. Nichts. Danach kamen sie mit einer gewissen Berechtigung zu dem Schluß, daß inzwischen so viel Zeit vergangen war, daß die Spur nunmehr völlig erkaltet war. Der Ansicht sind sie wohl immer noch. Ich bin überzeugt, daß Ek zum Beispiel, der damals mit dabei war, der gleichen Meinung ist, die ich nebenbei im großen und ganzen teile. Einfach weil ich mir keine andere Erklärung vorstellen kann.«

Kollberg saß eine Weile schweigend da. Dann fragte er: »Du hast einen bestimmten Tag erwähnt, nach dem sich Teresas Leben so völlig verändert haben soll. Was ist da passiert?«

Martin Beck ließ die Akten sinken, in denen er geblättert hatte.

»Sie erlitt eine Art Schock, der zu einer Wesens- und Verhaltensänderung führte – ein nicht außergewöhnliches, wenn auch relativ seltenes Phänomen. Teresa Camarão entstammte einer gutbürgerlichen katholischen Familie. Als sie im Alter von zwanzig Jahren heiratete, war sie noch unberührt. Vier Jahre lang lebte sie mit ihrem Mann zusammen wie jedes andere junge schwedische Ehepaar, obwohl beide Ausländer waren, und in dem Milieu, das typisch für die gutsituierte obere Mittelschicht ist. Sie war zurückhaltend, intelligent und ein ruhiger Typ. Ihr Mann behauptete, die Ehe sei glücklich gewesen. Sie war, schreibt hier ein Arzt, ein reines Produkt dieser beiden Umwelten, strikte katholische Oberklasse und striktes schwedisches Bürgertum, mit allen Moralvorstellungen, die jede dieser Gruppen hat, man kann auch von potenzierten Resultaten sprechen. Am 15. Mai 1949, ihr Mann war beruflich in Norrland, ging sie mit einer Freundin in eine Vorlesung. Dort traf sie einen Mann, den die Freundin von früher her kannte. Er kam mit ihnen in die Wohnung der Camarãos in der Torstgatan, wo die Freundin übernachten wollte, weil sie auch Strohwitwe war. Sie tranken einige Glas Wein und sprachen über die Vorlesung. Der Mann blieb etwas länger, als er vorgehabt hatte, er hatte sich mit seiner Freundin gezankt, die er übrigens bald danach heiratete. Er fand Teresa attraktiv, womit er durchaus recht hatte, und fing an, mit ihr zu flirten. Die Freundin, die wußte, daß Teresa die treueste aller Ehefrauen war, wurde müde und verzog sich auf das Sofa in der Diele, in Hörweite. Der Mann versuchte es etwa ein dutzendmal, Teresa zu bewegen, mit ihm ins Bett zu gehen; sie blieb eisern. Da hob er sie einfach vom Stuhl hoch, trug sie ins Schlafzimmer, zog sie aus und legte sie aufs Kreuz. Teresa Camarão hatte sich, soweit das nachgeprüft werden konnte, seit ihrer Kindheit nicht mehr unbekleidet sehen lassen, nicht mal vor anderen Frauen. Teresa Camarão hatte auch niemals einen Orgasmus gehabt. In dieser Nacht erlebte sie ihn wieder und wieder. Irgendwann am Morgen stand der Mann auf und verschwand. Sie rief ihn täglich zehnmal an, eine Woche lang, dann ließ sie nichts mehr von sich hören. Er versöhnte sich mit seinem Mädchen, heiratete es und wurde glücklich. Diese Schwarte enthält zehn verschiedene Verhöre mit ihm. Er wurde von allen Seiten durchleuchtet, hatte aber sowohl ein einwandfreies Alibi als auch kein Auto und war darüber hinaus als anständiger und glücklich verheirateter Ehemann bekannt, der seine Frau nie betrog.«

»Und Teresa wurde läufig?«

»Ja. Im wahrsten Sinne des Wortes. Schließlich lief sie von zu Hause weg. Ihr Mann sagte sich los von ihr, und die Leute, mit denen sie früher verkehrt hatte, wollten nichts mehr mit ihr zu tun haben. Zwei Jahre lang wohnte sie für jeweils kurze Zeit bei einem Dutzend verschiedener Kerle und hatte nebenbei mit einer Vielzahl anderer Männer sexuellen Verkehr. Sie war Nymphomanin, ging mit jedem mit, zuerst umsonst, später dann auch zumindest zeitweise für Geld. Sie traf natürlich nie einen Mann, der es länger mit ihr aushielt. Weibliche Bekannte hatte sie nicht. So kam es, wie es kommen mußte – es ging bergab mit ihr. Es dauerte nicht mal ein halbes Jahr, da gehörten die meisten ihrer Freier schon der Unterwelt an. Dann begann sie auch noch zu trinken. Die Sittenpolizei kannte sie, konnte sie aber nicht laufend unter Aufsicht halten. Es war schon beabsichtigt, sie wegen Herumtreiberei einzusperren, ehe es aber dazu kam, ist sie ermordet worden.«

Martin Beck zeigte auf die Bündel mit den Protokollen und fuhr fort: »Es wurden Dutzende von Männern vernommen, die sie vorübergehend gekannt hatten. Alle sagen übereinstimmend aus, daß sie sehr anhänglich und einfach nicht zufriedenzustellen war. Die meisten kriegten es schon beim erstenmal mit der Angst, besonders Verheiratete, die nur ausnahmsweise einmal fremdgegangen waren. Sie kannte eine Vielzahl zwielichtiger Personen, kleinere Diebe und Mitglieder von Rockerbanden, Devisenschieber und ähnliche Leute. Du weißt ja, wer damals so unsere Stammkunden waren.«

»Was wurde aus ihrem Mann?«

»Er fühlte sich mit Recht in einen Skandal verwickelt und nahm einen anderen Namen sowie die schwedische Staatsbürgerschaft an.

Lernte ein guterzogenes Mädchen aus Stocksund kennen und heiratete es. Das Ehepaar hat zwei Kinder und lebt glücklich und zufrieden in einem Haus auf Lidingö. Sein Alibi war so wasserdicht wie das Floß von Kapitän Cassel.«

»Wie was?«

»Das einzige, wovon du nichts verstehst, sind Schiffe«, sagte Martin Beck. »Wenn du in dem Ordner nachsiehst, wirst du bald merken, wo Stenström seine Ideen herhatte.«

Kollberg nahm den Aktendeckel. »Donnerwetter«, sagte er, »das ist das Gemeinste, was mir je untergekommen ist. Wer hat diese Bilder aufgenommen?«

»Ein Mann mit fotografischen Interessen, der allerdings ein perfektes Alibi und keinen Zugang zu Renault-Autos hatte. Aber im Unterschied zu Stenström verkaufte er seine Bilder mit gutem Gewinn. Wie du dich erinnern kannst, gab es damals noch nicht die Flut von pornographischen Fotos, wie wir sie heute haben.«

Eine Weile schwiegen sie. Endlich sagte Kollberg: »Kannst du dir vorstellen, welchen Zusammenhang das hier damit haben könnte, daß Stenström und acht andere Menschen in einem Bus erschossen worden sind?«

»Leider nicht.« Martin Beck schüttelte sorgenvoll den Kopf. »Und damit wären wir wieder bei dem wahnsinnigen Massenmörder angelangt...«

»Warum hat er bloß nichts gesagt ...«, begann Kollberg, brach dann aber ab.

»Das liegt doch jetzt auf der Hand«, entgegnete Martin Beck. »Stenström hatte, wie wir alle, ungeklärte Fälle durchgearbeitet. Ehrgeizig und etwas naiv, wie er war, suchte er sich den hoffnungslosesten aus, den er finden konnte. Wenn er den Teresa-Mord aufgeklärt hätte, wäre das eine detektivische Glanzleistung gewesen. Und er sagte nichts davon, weil er wußte, daß man ihn doch nur ausgelacht hätte. Als er Hammar gegenüber erwähnte, daß er sich nichts vornehmen wollte, was zu weit zurück lag, hatte er sich schon hierfür entschieden. Als Teresa Camarão in der Leichenhalle lag, war Stenström zwölf Jahre alt und las wahrscheinlich nicht mal Zeitungen. Aus diesem Grunde glaubte er wohl, den Fall objektiver beurteilen zu können. Er wühlte sich durch sämtliche Unterlagen hier.«

»Und mit welchem Ergebnis?«

»Mit gar keinem. Da ist nichts zu finden. Nicht ein einziger loser Faden.«

»Woher weißt du das?«

Martin Beck sah Kollberg, ohne eine Miene zu verziehen, an.

»Weil ich nämlich vor elf Jahren genau das gleiche getan habe. Ich hab auch nichts gefunden. Und ich hatte keine Åsa Torell, mit der ich sexualpsychologische Experimente veranstalten konnte. In dem Augenblick, als du mir das erzählt hast, wußte ich, woran er gearbeitet hatte. Aber ich vergaß, daß dir der Fall Teresa Camarão nicht so geläufig ist. Ich hätte eigentlich Bescheid wissen müssen, als wir diese Bilder in seinem Schreibtisch gefunden haben.«

»Er versuchte also, den Fall von der psychologischen Seite her anzugehen.«

»Das glaub ich auch, denn was anderes bleibt nicht übrig. Sich eine Frau schnappen, die Teresa irgendwie ähnelt, und dann ihre Reaktion untersuchen. Das ist nicht ganz abwegig, besonders wenn man zufällig einen solchen Menschen im Haus hat. Die Untersuchung an sich ist lückenlos. Sonst bliebe nur noch ...«

»Ja?«

»... sich an einen Hellseher zu wenden. Aber auch das hat irgendein Schlaumeier bereits getan. Steht ebenfalls in den Akten.«

»Aber all das verrät uns nicht, was er in dem Bus zu suchen hatte.«

»Da hast du recht.«

»Ich will trotzdem ein paar Dinge überprüfen«, sagte Kollberg.

»Ja, tu das ruhig«, stimmte Martin Beck zu.

Kollberg suchte Henrique Camarão auf, der sich jetzt Hendrik Caam nannte, ein rundlicher Mann in mittleren Jahren.

Caam seufzte und schielte unglücklich zu seiner blonden Frau hinüber, die aus den besten Kreisen stammte, und von ihr zu seinem Sohn, einem Jungen mit Kordjacke und Beatlefrisur.

»Läßt man mich denn niemals in Frieden? Diesen Sommer erst war ein junger Detektiv hier ...«

Kollberg überprüfte auch Direktor Caams Alibi für den Abend des 13. November. Es war einwandfrei.

Er suchte nach dem Mann, der vor achtzehn Jahren die Bilder von Teresa gemacht hatte, und fand in einer Zelle im Gefängnis Långholmen, einen versoffenen zahnlosen alten Gewohnheitsdieb. Der Alte spitzte genießerisch die Lippen.

»Teresa. Und ob ich mich an die erinnere! Sie hatte Brustwarzen so groß wie Kronenkorken. Da war doch vor ein paar Monaten schon so ein Polyp hier und ...«

Kollberg las die Protokolle Wort für Wort durch. Dazu brauchte er genau eine Woche. Spätabends am Dienstag, dem 18. Dezember

1967, las er die letzte Seite. Dann blickte er seine Frau an, die schon seit einigen Stunden schlief und ihr dunkles, zerzaustes Haar in ein Kissen vergraben hatte. Sie lag auf dem Bauch, sie hatte das rechte Knie angezogen, und die Decke war zur Hüfte hinuntergerutscht. Er hörte die Liege im Wohnzimmer knarren, als Åsa Torell aufstand, in die Küche ging und ein Glas Wasser trank. Sie konnte immer noch nicht richtig schlafen.

Die Berichte sind lückenlos, dachte Kollberg. Es gibt keinen Faden, den man aufgreifen kann. Morgen werde ich trotzdem eine Liste all der Leute anlegen, die verhört worden sind und die nachweislich mit Teresa Camarão zusammen waren. Und dann wollen wir mal sehen, wer von denen lebt und womit sie sich heutzutage beschäftigen.

26

Ein Monat war vergangen, seit die siebenundsechzig Schüsse in dem Bus auf der Norra Stationsgatan abgefeuert worden waren, und der neunfache Mörder war noch immer auf freiem Fuß.

Die oberste Polizeibehörde, die Presse und die Schreiber von Leserbriefen waren nicht die einzigen, welche die Geduld verloren. Es gab außerdem eine Gruppe, die ganz besonders an der Ergreifung des Schuldigen interessiert war – nämlich die sogenannte Unterwelt.

Die meisten von ihnen waren einen ganzen Monat lang zur Untätigkeit verurteilt gewesen. Solange die Polizei aktiv war, hielt man es für besser, im Hintergrund zu bleiben. Es gab nicht einen einzigen Einbrecher, Rauschgifthändler, Schläger, Hehler oder Zuhälter in ganz Stockholm, der die Ergreifung des Massenmörders nicht herbeigesehnt hätte, damit die Polizei sich um die Vietnamdemonstrationen und die Parksünder kümmern konnte und sie selbst wieder in Ruhe ihren Geschäften nachgehen konnten.

Die Folge dieser seltsamen Interessenübereinstimmung war, daß sie die Polizei bei der Suche nach dem Täter unterstützten.

Rönns Arbeit, Einzelheiten über das Leben von Nils Erik Göransson zusammenzutragen, wurde durch diese Bereitwilligkeit bedeutend erleichtert. Auch wenn er die Gründe für diese ungewöhnliche Hilfsbereitschaft durchschaute, nahm er sie dankbar an.

Die letzten Nächte hatte er damit verbracht, Leute aufzutreiben, die Göransson gekannt hatten. Er fand sie in baufälligen Häusern, Gastwirtschaften, billigen Kneipen, Billardsälen und Obdachlosenasylen. Nicht alle waren bereit, Auskünfte zu erteilen, aber viele taten es. Am Abend des 13. Dezember traf er auf einem Hausboot am Norrmälar Strand ein Mädchen, das ihm versprach, ihn am nächsten Abend mit Sune Björk zusammenzubringen. Das war der Mann, der Göransson einige Wochen bei sich aufgenommen hatte.

Der nächste Tag war ein Donnerstag, und Rönn, der in den vergangenen Nächten nur wenig Zeit zum Schlafen gefunden hatte, schlief bis in den Vormittag hinein. Erst mittags stand er auf und half seiner Frau beim Packen. Er hatte sie überredet, die Feiertage bei ihren Eltern in Arjeplog zu verbringen, da er voraussah, daß es in diesem Jahr kein geruhsames Fest für ihn geben würde.

Nachdem er seine Frau zum Zug gebracht hatte, fuhr er wieder nach Hause und setzte sich mit einem Kugelschreiber und einem Blatt Papier an den Küchentisch. Nordins Berichte und seinen eigenen Notizblock legte er vor sich hin, setzte die Brille auf und begann zu schreiben:

Nils Erik Göransson.

Geboren am 4. 10. 1929 in Stockholm. Getauft in der Finnischen Kirche.

Eltern: Elektriker Algot Erik Göransson und Benita Rantanen. Die Eltern wurden 1935 geschieden. Die Mutter zog nach Helsinki. Dem Vater wurde das Sorgerecht für das Kind zugesprochen.

G. wohnte bei seinem Vater in Sundbyberg bis 1945.

Sieben Jahre Schule, danach zwei Jahre Malerlehre.

Zog 1947 nach Göteborg um, wo er zwei Jahre lang als Malergeselle arbeitete.

Heiratet dort am 1. 12. 48 Gudrun Maria Svensson.

Die Ehe wurde am 13. 5. 49 geschieden.

Von Juni 1949 bis März 1950 Leichtmatrose auf den Schiffen der Reederei Svea. Ostseefahrt. Zog im Sommer 1950 nach Stockholm. Bis November 1950 bei der Malerfirma Amandus Gustavsson angestellt, entlassen wegen Trunkenheit während der Arbeit. Danach scheint es mit ihm bergab gegangen zu sein. Er nahm nur noch Gelegenheitsarbeit an als Nachtwächter, Botenjunge, Träger, Lagerarbeiter oder ähnliche Stellungen. Seinen fehlenden Lebensunterhalt bestritt er durch kleine Ladendiebstähle und andere Straftaten geringfügiger Art, bei denen er aber niemals erwischt wurde. Die Polizei nahm ihn lediglich einige Male wegen Volltrunkenheit fest und behielt ihn bis zur Ausnüchterung da. Nach dem Tod seines Vaters im Jahre 1958 zog er in dessen Wohnung in Sundbyberg, die ihm

1964 gekündigt wurde, weil er drei Monate lang keine Miete gezahlt hatte. In diesen Jahren scheint er mit der Einnahme von Rauschgiften begonnen zu haben, jedenfalls hatte er seitdem bis zu seinem Tod keine feste Wohnung mehr. Im Januar 1965 zog er zu Gurli Löfgren, Skeppar Karls Gränd 3, und blieb bei ihr bis zum Frühjahr 1966. Weder die Löfgren noch er hatten während dieser Zeit eine feste Arbeit. Die Löfgren war bei der Sittenpolizei registriert, aber wegen ihres Alters und ihres Aussehens kann sie während dieser Zeit keine großen Einkünfte als Prostituierte gehabt haben. Auch die Löfgren war dem Rauschgift verfallen.

Gurli Löfgren starb am 1. Weihnachtstag 1966 im Alter von 47 Jahren an Krebs.

Anfang März 1967 traf er Magdalena Rosén (die Blonde Malin) und wohnte bei ihr in der Wohnung Arbetaregatan 3 bis zum 29. 8. 1967. Von Anfang September bis Mitte Oktober dieses Jahres lebte er vorübergehend bei Sune Björk.

Er wurde wegen seiner Geschlechtskrankheit (Gonorrhoe) zweimal im Oktober/November im Sankt-Georgs-Krankenhaus behandelt. Die Mutter ist wieder verheiratet, wohnt seit 1947 in Helsinki und wurde brieflich vom Tod ihres Sohnes unterrichtet.

Die Rosén sagt aus, daß Göransson immer über genügend Geld verfügte, daß sie aber nicht weiß, wo er es herhatte. Ihr ist nicht bekannt, daß er Rauschgift verkaufte oder eine andere Beschäftigung gehabt hat.

Rönn las noch einmal durch, was er geschrieben hatte. Seine Handschrift war so klein, daß er bequem mit einem einzigen Bogen ausgekommen war. Er legte das Blatt in seine Aktentasche, steckte den Notizblock ein und ging los, um Sune Björk zu treffen.

Das Mädchen vom Boot erwartete ihn beim Zeitungskiosk auf dem Mariatorget.

»Ich geh nicht mit«, sagte sie, »aber ich habe mit Sune gesprochen. Er weiß, daß du kommst. Hoffentlich habe ich nichts falsch gemacht, daß ich dich zu ihm schicke.«

Sie gab ihm eine Adresse in der Tavastgatan und verschwand in Richtung Slussen.

Sune Björk war jünger, als Rönn erwartet hatte, sicher nicht älter als fünfundzwanzig. Er hatte einen blonden Bart und sah verhältnismäßig gepflegt aus. Nichts an ihm deutete darauf hin, daß er rauschgiftsüchtig war, und Rönn fragte sich im stillen, was ihn mit dem bedeutend älteren und schäbigeren Göransson verbunden haben mochte.

Die Wohnung bestand aus Zimmer und Küche und war spärlich möbliert. Die Fenster gingen auf einen schmutzigen Hinterhof. Rönn ließ sich auf dem einzigen Stuhl nieder, und Björk setzte sich aufs Bett.

»Die Kleine hat gesagt, daß Sie was über Nisse wissen wollen«, begann Björk. »Ich muß gleich betonen, daß ich leider nicht sehr viel über ihn weiß, aber ich dachte, daß Sie vielleicht seine Sachen mitnehmen wollen.« Er beugte sich zur Seite, holte eine Papiertüte hinter dem Fußende des Bettes hervor und gab sie Rönn. »Das hat er hiergelassen, als er verschwand. Einen Teil seiner Sachen nahm er mit, das da sind fast nur alte Klamotten. Wertloser Kram.«

Rönn nahm die Tüte und stellte sie neben den Stuhl.

»Können Sie mir sagen, wie lange Sie Göransson kannten, wo und unter welchen Umständen Sie ihn getroffen haben und wie es gekommen ist, daß Sie ihn bei sich wohnen ließen?«

Björk machte es sich auf dem Bett bequem und schlug die Beine übereinander. »Kann ich ja machen«, entgegnete er. »Hätten Sie wohl 'nen Glimmstengel für mich?«

Rönn zog ein Pakct Prince aus der Tasche und schüttelte eine Zigarette für Björk heraus. Der riß den Filter ab und steckte sie an.

»Angefangen hat es in einer Kneipe, wo ich ein Bier trank. Nisse saß am Nebentisch. Wir kannten uns nicht, kamen aber ins Gespräch, und er lud mich zu einem Glas Wein ein. Ich fand, daß er ein anständiger Kerl war, und als die dicht machten und er sagte, daß er nicht wüßte, wo er die Nacht bleiben sollte, nahm ich ihn mit. Wir haben uns an dem Abend ganz schön vollaufen lassen, und am nächsten Tag hat er mich zum Essen und zu ein paar Schnäpsen in den ›Södergard‹ eingeladen. Das muß am 3. oder 4. September gewesen sein, ich weiß nicht mehr so genau.«

»Haben Sie gemerkt, daß er rauschgiftsüchtig war?« fragte Rönn.

Björk schüttelte den Kopf. »Nicht gleich. Erst als er sich nach ein paar Tagen morgens, wenn wir aufwachten, eine Spritze machte, da wußte ich Bescheid. Er hat mir auch was angeboten, aber ich mach das nicht mit.«

Björk schob einen Hemdsärmel über den Ellbogen hoch. Rönn blickte sachkundig auf seinen Unterarm und stellte fest, daß er vermutlich die Wahrheit sagte.

»Sie haben hier nicht besonders viel Platz«, stellte Rönn fest.

»Warum haben Sie ihn so lange bei sich wohnen lassen? Hat er dafür bezahlt?«

»Ich fand ihn okay, er hat nicht direkt bezahlt, aber immer Essen und Schnaps und so mitgebracht.«

»Wo hatte er denn das Geld dafür her?«

Björk zuckte die Achseln. »Keine Ahnung. Ging mich ja auch nichts an. Aber gearbeitet hat er nicht, soviel ist mal sicher.«

Rönn sah sich Björks Hände an, die schwielig und schmutzig waren.

»Was sind Sie denn von Beruf?«

»Automechaniker«, antwortete Björk. »Übrigens – können Sie sich nich 'n bißchen beeilen? Ich hab nämlich 'ne Verabredung. Was wollen Sie denn noch wissen?«

»Was hat er so erzählt? Hat er von sich selbst gesprochen?«

Björk kratzte sich mit dem Zeigefinger unter der Nase. »Er hat gesagt, daß er mal zur See gefahren ist, aber das war wohl schon lange her. Und dann hat er von Weibern gesprochen. Besonders von einer, mit der er zusammen gelebt hatte und von der er gerade abgehauen war. Sie war wie 'ne Mutter zu ihm, beinahe noch besser, hat er gesagt.«

Pause.

»Aber seine Mutter kann man ja nicht ...«, sagte Björk ernsthaft. »Sonst hat er nicht viel von sich erzählt.«

»Wann ist er hier ausgezogen?«

»Am 8. Oktober. Weiß ich genau, denn das war ein Sonntag und sein Namenstag. Er nahm seine Sachen, alles bis auf das da. Viel war's ja nicht, nicht mehr, als in eine normale Reisetasche geht. Er sagte, daß er sich 'ne andere Unterkunft gesucht hätte, aber er würde mal wieder vorbeikommen, in ein paar Tagen.« Er machte eine Pause und drückte die Zigarette in einer Tasse aus, die auf dem Fußboden stand. »Danach hab ich ihn nicht mehr gesehen. Und nun ist er tot ... War er wirklich einer von denen im Bus?«

Rönn nickte. »Wissen Sie, wo er hingegangen ist?«

»Keine Ahnung. Er hat nichts von sich hören lassen, und ich wußte nicht, wo er war. Er hat hier ein paar von meinen Freunden kennengelernt, aber er selber hat nie Besuch gehabt. Daher weiß ich auch so wenig von ihm.«

Björk stand auf, ging zu einem Spiegel, der an der Wand hing, und kämmte sich. »Wissen Sie schon, wer alle diese Leute erschossen hat?«

Rönn schüttelte den Kopf. »Noch nicht.«

Björk zog seinen Pullover aus. »Jetzt muß ich mich beeilen«, sagte er, »das Mädchen wartet.«

Rönn stand auf, nahm die Tüte und ging zur Tür. »Sie haben also keine Ahnung, wo er sich nach dem 8. Oktober aufhielt?« fragte er.

»Nein, hab ich doch schon gesagt.«

Björk holte ein frisch gewaschenes Hemd aus einem Schubfach und riß die Banderole der Wäscherei ab. »Ich weiß nur eins ...«

»Was?«

»Daß er verdammt nervös war in den Wochen, ehe er hier verschwand. Er wirkte irgendwie gehetzt.«

»Aber Sie wissen nicht warum?«

»Nein. Wirklich nicht.«

Als Rönn nach Hause in seine leere Wohnung kam, ging er als erstes in die Küche und kippte den Inhalt der Tüte auf den Tisch. Dann nahm er die einzelnen Sachen hoch, betrachtete sie von allen Seiten und warf sie eine nach der anderen wieder in die Tüte zurück. Eine gesprenkelte unmoderne Sportmütze, ein paar lange Unterhosen, die früher einmal weiß gewesen waren, einen zerknautschten Schlips mit roten und grünen Streifen, einen Gürtel aus Kunststoff mit gelber Messingschnalle, eine Pfeife mit zerbissenem Mundstück, einen gefütterten Wildlederhandschuh, ein Paar kurze gelbe Socken aus Nylonkrepp und ein zerknittertes hellblaues Popelinehemd.

Rönn hielt das Hemd hoch und wollte es gerade zuoberst in die Tüte legen, als er ein Stück Papier entdeckte, das aus der Brusttasche hing. Er legte das Hemd zur Seite und faltete den Zettel auseinander. Es war eine Rechnung über 78 Kronen und 25 Öre aus dem Restaurant »Zum Pfeil«. Sie stammte vom 7. Oktober und war für eine Mahlzeit, sechs alkoholische Getränke und drei Fläschchen Mineralwasser ausgestellt.

Rönn drehte die Rechnung um. Auf dem Rand der Rückseite hatte sich jemand mit einem Kugelschreiber Notizen gemacht.

8/10 B. F.	3 000
Stoff	500
Schuld G. A.	100
Schuld M. B.	50
Dr. P.	650
	-------
	1 300
Rest	1 700

Rönn glaubte Göranssons Handschrift wiederzuerkennen, von der er in der Wohnung der Blonden Malin einige Proben gesehen hatte. Er deutete das Geschriebene so, daß Göransson am 8. Oktober, dem gleichen Tag, an dem er bei Sune Björk ausgezogen war, irgendwoher 3 000 Kronen erhalten hatte, wahrscheinlich von einer Person, deren Name die Anfangsbuchstaben B. F. hatte. Von diesem Geld sollte er für 500 Kronen Stoff, also Rauschgift, kaufen, Schulden in Höhe von 150 Kronen zurückzahlen und Doktor P. 650 Kronen geben, wahrscheinlich ebenfalls für Rauschgift. Womit er 1 700 Kronen übrigbehielt. Als er über einen Monat später tot in dem Bus gefunden wurde, hatte er über 1 800 Kronen in der Tasche. Also mußte er nach dem 8. Oktober weiteres Geld erhalten haben. Rönn fragte sich, ob auch diese Summen aus der gleichen Quelle B. F. stammten. Es brauchte natürlich keine Person zu sein, ebensogut konnte es eine Abkürzung sein.

Bankfach? Göransson schien nicht der Typ zu sein, der sich ein Bankfach leistete. Das Wahrscheinlichste war vielleicht trotz alledem, daß es sich um eine Person handelte. Rönn suchte in seinem Notizbuch, aber keiner von den Namen, die er sich im Zusammenhang mit Göransson notiert hatte, hatte die Initialen B. F.

Rönn nahm Zettel und Tüte und ging hinaus in die Diele. Er legte die Rechnung in seine Aktentasche und stellte die Tüte auf den Boden. Dann ging er ins Schlafzimmer und legte sich hin. Im Bett grübelte er darüber nach, woher Göransson wohl sein Geld bekommen hatte.

27

Am Donnerstagmorgen, dem 21. Dezember, hatten die Polizisten keinen leichten Stand. Am Abend vorher war eine Armee von uniformierten und zivilen Beamten im Zentrum der Stadt und zu einer Zeit, zu der viele Leute ihre Weihnachtseinkäufe machten, in eine wilde Schlägerei mit einer großen Zahl von Arbeitern und Intellektuellen geraten, die nach einer Protestversammlung aus dem Bürgerhaus kamen. Die Ansichten darüber, wer den Tumult verursacht hatte, waren geteilt und sollten es auch weiter bleiben, aber die Folge war, daß man an diesem naßkalten und nebligen Morgen nirgendwo einen freundlichen Polizisten sah.

Der einzige, der einen Vorteil aus der Angelegenheit gezogen hatte, war Månsson. Er hatte ahnungslos zugegeben, daß er nichts zu tun hatte, und war sofort losgeschickt worden, um Ruhe und Ordnung aufrechtzuerhalten.

Zu Anfang hatte er sich im Schatten der Adolf-Fredrik-Kirche in der Nähe des Sveavägen verdrückt, in der Hoffnung, dort von eventuellen Krawallen verschont zu bleiben. Aber die Polizei trieb die Menge in alle Richtungen, unsystematisch und planlos, und die Demonstranten, die irgendwohin ausweichen mußten, fingen an, auch in Månssons Richtung zu laufen. Er zog sich schnell in nördlicher Richtung auf den Sveavägen zurück und betrat schließlich ein Lokal, um sich etwas aufzuwärmen. Als er es wieder verließ, nahm er von einem der Tische einen Zahnstocher mit. Er war in Papier gewickelt und schmeckte nach Menthol.

Wahrscheinlich war er der einzige Polizeibeamte, der an diesem unfreundlichen Vormittag guter Laune war. Er hatte den Oberkellner des Restaurants bereits angerufen und sich die Adresse des Lieferanten geben lassen.

Einar Rönn war schlechter Laune. Er stand auf dem Ringvägen, ließ sich den Wind um die Ohren pfeifen und sah sich einen Schacht in der Straßenecke an, der mit einer Zeltbahn bedeckt und mit einigen Absperrböcken des Straßenbauamtes abgeschirmt war. In der Grube war niemand zu sehen. Die Arbeiter wärmten sich in einem fünfzig Meter entfernt stehenden Bauwagen auf. Rönn kannte die vier Männer, die sich aus ihren Thermosflaschen einschenkten, und begnügte sich daher mit einem einfachen Gruß: »Morgen.«

»Morgen, und mach die Tür hinter dir zu. Aber wenn du das warst, der meinem Jungen gestern abend auf der Barnhusgatan eins mit dem Gummiknüppel über'n Schädel gezogen hat, dann hau schnell wieder ab.«

»Nein«, antwortete Rönn, »das bin ich nicht gewesen. Ich war zu Hause und hab ferngesehen. Meine Frau ist nach Norrland gefahren.«

»Na, dann setz dich mal. Willste 'nen Schluck Kaffee?«

»Immer her damit.«

Und nach einer Weile: »Willste sonst noch was?«

»Ja. Der Schwerin, der war doch in Amerika geboren. Hörte man ihm das beim Sprechen an?«

»Und ob! Der quatschte genauso 'n Kauderwelsch wie Anita Ekberg. Und wenn er besoffen war, sprach er nur noch englisch.«

»Wenn er besoffen war?«

»Ja. Oder wenn er sich ärgerte. Oder in Gedanken war.«

Rönn fuhr mit der Linie 54 zurück nach Kungsholmen. Er erwischte einen roten Doppeldeckbus vom Typ Leyland Atlantean mit schmutziggelbem Oberteil und graulackiertem Dach. Obwohl Ek behauptete, daß diese Busse nur so viele Passagiere mitnahmen, wie freie Sitzplätze vorhanden waren, quetschten sich die Menschen mit ihren Paketen darin wie die Ölsardinen.

Er dachte auf dem ganzen Weg angestrengt nach. In seinem Büro brütete er eine Weile an seinem Schreibtisch. Dann ging er ins Nebenzimmer und fragte: »Hört mal zu, Leute, was heißt ›Ich hab ihn nicht erkannt‹ auf englisch?«

»Didn't recognize him«, antwortete Kollberg, ohne von seinen Papieren aufzusehen.

»Wußt ich doch, daß ich recht hatte«, sagte Rönn und verschwand.

»Jetzt ist der auch noch verrückt geworden!« bemerkte Gunvald Larsson.

»Moment mal«, sagte Martin Beck, »ich glaube, er hat was rausgefunden.«

Er stand auf und ging zu Rönn hinein. Das Zimmer war leer. Hut und Mantel fehlten.

Eine halbe Stunde später öffnete Rönn wieder die Tür zu dem Arbeitswagen auf dem Ringvägen. Die Männer, die Schwerins Arbeitskollegen gewesen waren, saßen auf den gleichen Plätzen wie vorher. Der Schacht schien von keiner Menschenhand berührt worden zu sein.

»Mann, hast du uns einen Schreck eingejagt. Ich dachte schon, es wäre Olsson.«

»Olsson?«

»Ja. Oder Alson, wie Alf immer gesagt hat.«

Rönn gab seine Entdeckung nicht vor dem nächsten Vormittag bekannt, zwei Tage vor Weihnachten.

Martin Beck stellte das Tonband ab.

»Du glaubst also, daß er auf deine Frage nach dem, der geschossen hat, auf englisch antwortete: Didn't recognize him.«

»Ja.«

»Dann fragst du: ›Wie sah er aus?‹, und Schwerin antwortet: ›Wie Olsson.‹«

»Ja. Und dann starb er.«

»Gut, Einar«, sagte Martin Beck.

»Wer ist denn nun dieser Olsson«, erkundigte sich Larsson.

»Eine Art Kontrolleur. Er fährt zwischen den verschiedenen Baustellen hin und her und paßt auf, daß die Männer arbeiten.«

»Und wie sieht er aus?« fragte Gunvald Larsson weiter.

»Er wartet nebenan im Zimmer«, bekannte Rönn etwas schuldbewußt.

Martin Beck und Rönn gingen hinein und starrten Olsson an. Gunvald Larsson nur zehn Sekunden lang, dann sagte er: »Soso.«

Und verschwand wieder. Olsson sah ihm ärgerlich nach.

Martin Beck blieb noch eine halbe Minute länger und fragte: »Ich nehme an, daß du alle Angaben aufgenommen hast?«

»Hab ich«, erwiderte Rönn.

»Na, dann vielen Dank, Herr Olsson.«

Martin Beck ging hinaus. Olsson hatte wohl noch nie so verblüfft ausgesehen.

Als Martin Beck vom Mittagessen zurückkam, bei dem er mit Mühe ein Glas Milch, zwei Scheiben Käse und eine Tasse Kaffee zu sich genommen hatte, lag ein Blatt Papier von Rönn auf seinem Schreibtisch. Es trug die knappe Überschrift: OLSSON.

Olsson, 46 Jahre alt und von Beruf Kontrolleur beim Straßenbauamt. Größe: 1,83 m, Gewicht ohne Kleidung: 77 kg. Aschblondes, welliges Haar, graue Augen. Körperhaltung vornübergebeugt.

Das Gesicht schmal und mager, mit ausgeprägten Zügen, scharfe Nase, breiter Mund, dünne Lippen und gesunde Zähne.

Schuhgröße 43.

Ziemlich dunkler Teint, nach seinen eigenen Angaben daher rührend, weil er von Berufs wegen dauernd an der frischen Luft ist.

Gepflegte Kleidung: grauer Anzug, weißes Hemd, Schlips und schwarze Schuhe. Trägt bei der Arbeit einen wetterfesten knielangen, weiten Umhang. Er hat zwei solcher Mäntel, die er regelmäßig im Winter trägt, dazu auf dem Kopf einen schwarzen Lederhut mit schmaler Krempe. Feste schwarze Schuhe mit starken Profilen an den Füßen. Bei Regen oder Schnee nimmt er schwarze Gummistiefel mit Reflexbändern daran.

Olsson hat ein Alibi für den Abend des 13. November. Zur Tatzeit, zwischen 22 und 24 Uhr, hielt er sich in den Räumen eines Bridgeklubs auf, in dem er Mitglied ist. Es wurde an dem Abend Turnier gespielt, und seine Anwesenheit wird durch das Protokoll und durch die Aussagen von drei Mitspielern bezeugt.

Über Alfons (Alf) Schwerin sagt Olsson aus, daß er mit sich reden ließ, aber faul und dem Alkohol verfallen war.

»Glaubst du, daß Rönn ihn ausgezogen und gewogen hat?« fragte Gunvald Larsson.

Martin Beck antwortete nicht.

»Großartige Formulierung«, fuhr Gunvald Larsson fort. »Er hat den Hut auf dem Kopf und die Schuhe an den Füßen. Was willst du damit anfangen?«

»Weiß ich nicht. Zumindest ist es eine Art Personenbeschreibung.«

»Ja. Paßt auf Olsson.«

»Was ist eigentlich mit Assarsson?«

»Ich hab vorhin mit Jacobsson gesprochen«, antwortete Gunvald Larsson. »Komischer Vogel.«

»Wer? Jacobsson?«

»Ja, der auch. Ist wohl sauer, weil es ihnen nicht gelingt, ihre verdammten Rauschgifthändler selbst zu finden, und wir ihnen die Arbeit abnehmen müssen.«

»Nicht wir. Du.«

»Sogar Jacobsson ist überzeugt, daß Assarsson der größte Fisch ist, den sie jemals zu fassen gekriegt haben. Müssen säckeweise Geld verdient haben, diese Brüder.«

»Und der andere Typ? Der Ausländer?«

»Hat das Zeug ins Land gebracht. Ein Grieche, natürlich mit Diplomatenpaß. Ist selber süchtig. Assarsson glaubt, daß er gesungen hat. Sagt, er könnte sich ohrfeigen, daß er sich mit einem Süchtigen eingelassen hat. Wahrscheinlich ist er wütend, daß er sich diesen Kerl nicht rechtzeitig vom Hals geschafft hat.« Er machte eine kurze Pause. »Dieser Göransson im Bus war doch auch rauschgiftsüchtig. Vielleicht ...«

Gunvald Larsson beendete den Satz nicht, aber Martin Beck hatte die Andeutung verstanden.

Kollberg war mit der Aufstellung seiner Liste beschäftigt, und begann immer besser zu begreifen, wie Stenström zumute gewesen sein mußte, als er sich in den alten Fall verbiß. Wie Martin Beck ganz richtig gesagt hatte, war die Polizei nach dem Teresa-Mord aber auch jeder Spur nachgegangen. Irgendein Bürokrat hatte zu allem Überfluß noch folgenden Kommentar hinzugefügt:

Der Fall ist technisch gesehen gelöst, und die Untersuchung ist ein Musterbeispiel für eine perfekt durchgeführte Fahndung.

Mit anderen Worten – man hatte es hier mit dem vielzitierten perfekten Mord zu tun.

Die Arbeit an dem Verzeichnis der Männer, die mit Teresa Camarão zu tun gehabt hatten, war tatsächlich nicht leicht. Es war erstaunlich, wie viele Menschen im Laufe von nur sechzehn Jahren starben, emigrierten oder den Namen wechselten. Andre waren unheilbar geisteskrank geworden und dämmerten in irgendeiner Anstalt ihrem Ende entgegen. Wieder andere waren im Gefängnis, in Trinkerheilanstalten oder standen unter Polizeiaufsicht. Nicht wenige waren ganz einfach verschwunden. Einige waren schon vor langer Zeit in weit entfernte Teile des Landes verzogen, hatten für sich und die Ihren ein neues Zuhause geschaffen und schieden in den meisten Fällen nach schneller Routineüberprüfung aus. Jetzt hatte Kollberg noch neunundzwanzig Namen in seinem Verzeichnis. Menschen, die sich auf freiem Fuß befanden und in Stockholm oder Umgebung wohnten. Bis dahin hatte er nur kurzgefaßte Angaben über diese Personen gesammelt: jetziges Alter, Beruf, Adresse und Familienstand.

Im Augenblick sah die Liste so aus, von eins bis neunundzwanzig durchnumeriert und alphabetisch geordnet:

1. *Sven Ahlgren, 41, kaufmännischer Angestellter, Stockholm NO, verheiratet;*
2. *Karl Andersson, 63, ?, Stockholm SV (Högalids-Altersheim), ledig;*
3. *Ingvar Bengtsson, 43, Journalist, Stockholm VA, geschieden;*
4. *Rune Bengtsson, 56, Direktor, Stocksund, verheiratet;*
5. *Jan Carlsson, 46, Schrotthändler, Upplands Väsby, ledig;*
6. *Rune Carlsson, Ingenieur, Nacka 5, verheiratet;*
7. *Stig Ekberg, 83, früher Hilfsarbeiter, Stockholm SV (Rosenlunds-Altersheim), Witwer;*
8. *Ove Eriksson, 47, Autoschlosser, Bandhagen, verheiratet;*
9. *Valter Eriksson, 69, früher Hafenarbeiter, Stockholm SV (Högalids-Altersheim), Witwer;*
10. *Stig Ferm, 31, Maler, Sollentuna, verheiratet;*
11. *Björn Forsberg, 48, Kaufmann, Stocksund, verheiratet;*
12. *Bengt Fredriksson, 56, Künstler, Stockholm C, geschieden;*
13. *Bo Frostensson, 66, Schauspieler, Stockholm Ö, geschieden;*
14. *Johan Gran, 52, früher Kellner, Solna, ledig;*

15. Jan-Åke Karlsson, 38, Buchhalter, Enköping, verheiratet;
16. Kenneth Karlsson, 33, Kraftfahrer, Skälby, ledig;
17. Lennart Lindgren, 81, pensionierter Bankdirektor, Lidingö I, verheiratet;
18. Sven Lundström, 37, Lagerarbeiter, Stockholm K, geschieden;
19. Tage Nilsson, 61, Schiedsmann, Stockholm SÖ, ledig;
20. Carl-Gustaf Nilsson, 51, früher Mechaniker, Johanneshov, geschieden;
21. Lennart Öberg, 35, Dipl.-Ingenieur, Enskede, verheiratet;
22. Heinz Ollendorf, 46, Künstler, Stockholm K, ledig;
23. Kurt Olsson, 59, Bürovorsteher, Saltsjobaden, verheiratet;
24. Bernhard Peters, 39, Zeichner, Bromma, verheiratet (Neger);
25. Vilhelm Rosberg, 71, ?, Stockholm SV, Witwer;
26. Bernt Turesson, 42, Mechaniker, Gustavsberg, geschieden;
27. Ragnar Viklund, 60, Berufsoffizier, Vaxholm, verheiratet;
28. Bengt Wahlberg, 38, Altwarenhändler (?), Stockholm K, ledig;
29. Hans Wennström, 76, Fischhändler, jetzt Rentner, Solna, ledig.

Kollberg seufzte, als er die Liste betrachtete. Teresa Camarão hatte zu ihren Lebzeiten Kontakt zu allen Alters- und Gesellschaftsschichten gehabt. Als sie starb, war der jüngste ihrer Kunden fünfzehn und der älteste siebenundsechzig Jahre alt gewesen. Allein auf dieser Liste war alles vertreten, vom Bankdirektor bis zum alten, versoffenen Einbrecher im Högalids-Altersheim.

»Was willst du damit anfangen?« erkundigte sich Martin Beck.

»Weiß ich noch nicht«, gab Kollberg mißmutig, aber wahrheitsgemäß zurück. Dann ging er zu Melander und legte ihm die Liste auf den Schreibtisch. »Du hast doch dieses sagenhafte Gedächtnis ... Wenn du mal Zeit hast, wirf doch mal 'nen Blick hierauf, vielleicht fällt dir zu dem einen oder anderen Namen was ein.«

Am Dreiundzwanzigsten, einen Tag vor Heiligabend, flogen Månsson und Nordin nach Hause. Niemand vermißte sie. Sie sollten gleich nach den Feiertagen zurückkommen. Draußen war es kalt und unangenehm.

Die Konsumgesellschaft knackte in allen Fugen. An diesem Tag konnte jede Ware verkauft werden, zu jedem Preis. Sehr oft auf Kreditkarte und gegen ungedeckte Schecks.

Als Martin Beck abends nach Hause fuhr, dachte er daran, daß Schweden nun seinen ersten richtigen Massenmord hatte und seinen ersten unaufgeklärten Mord an einem Polizeibeamten.

Die Fahndung schien sich festgefahren zu haben. Und technisch gesehen, sah sie im Gegensatz zu der Untersuchung im Teresa-Mord wie ein großer Müllhaufen aus.

28

Und dann war Heiligabend.

Martin Beck bekam ein Weihnachtsgeschenk, das ihn allen Erwartungen zum Trotz nicht zum Lachen brachte.

Über Lennart Kollbergs Weihnachtsgeschenk brach seine Frau in Tränen aus.

Beide hatten sich fest vorgenommen, keinen Gedanken an Åke Stenström oder Teresa Camarão zu verschwenden, und beide wurden ihren guten Vorsätzen untreu.

Martin Beck wachte zeitig auf, blieb aber liegen und las in dem Buch über den Grafen Spee, bis die übrige Familie anfing, munter zu werden. Da stand er auf, hängte die Hose vom Vortag in den Schrank und zog seine Khakihose und einen Wollpullover an. Seine Frau, die der Ansicht war, daß man am Heiligabend festlich gekleidet sein sollte, runzelte bei seinem Anblick die Stirn, verlor aber ausnahmsweise kein Wort darüber.

Während sie den traditionellen Besuch bei den Gräbern ihrer Eltern auf dem Waldfriedhof machte, schmückte Martin Beck zusammen mit Rolf und Ingrid den Weihnachtsbaum. Die Kinder waren ausgelassen und freudig erregt, und er tat sein Bestes, um ihre Stimmung nicht zu dämpfen.

Seine Frau kehrte von ihrem feierlichen Besuch bei den Toten zurück, und er nahm tapfer an dem Einstippen teil, einer alten Sitte, die er nie gemocht hatte.

Es dauerte nicht lange, bis sich seine Schmerzen in der Zwerchfellgegend wieder meldeten. Martin Beck kannte diese krampfartigen Schmerzen so gut, daß er keine Rücksicht mehr darauf nahm, aber er wurde das Gefühl nicht los, daß sie in den letzten Monaten an Häufigkeit und Stärke zunahmen. Inga gegenüber erwähnte er sie schon lange nicht mehr. Früher hatte er es getan, und sie hatte ihn beinahe umgebracht mit ihren Kräuterkuren und einer niemals erlahmenden Fürsorge. Für sie waren Krankheiten ein Ereignis, bei dem es stets um Leben und Tod ging.

Zum feierlichen Weihnachtsessen wurden viel zu viele Gerichte aufgetischt, wenn man berücksichtigte, daß sie für vier Personen gedacht waren, von denen eine nur selten eine normale Mahlzeit zu sich nahm, eine andere sich der schlanken Linie wegen zurückhielt und die dritte von der Vorbereitungsarbeit erschöpft war. Übrig blieb Rolf, der dafür um so herzhafter zulangte. Der Sohn des Hauses war zwölf Jahre alt, und es blieb Martin Beck ein ständiges Rätsel, wie Rolf bei seinem schmächtigen Körper an einem Tag die gleiche Menge wegputzen konnte, die er selbst nur mit Mühe im Laufe einer Woche zu sich nahm.

Alle beteiligten sich am Abwaschen. Auch das kam nur zu Weihnachten vor. Dann zündete Martin Beck die Kerzen am Weihnachtsbaum an. Dabei dachte er an die Brüder Assarsson, die den Import von Plastbäumen als Deckmantel für ihren Rauschgifthandel benutzt hatten. Als der Punsch und die Krapfen aufgetragen wurden, sagte Ingrid: »Ich finde, jetzt wird's Zeit, daß das Pferd hereingeholt wird.«

Wie gewöhnlich hatten alle versprochen, jedem nur ein einziges Weihnachtsgeschenk zu überreichen, und wie üblich hatte sich niemand daran gehalten.

Martin Beck hatte Ingrid kein Pferd gekauft, statt dessen bekam sie eine Reithose geschenkt, dazu einen Gutschein für die Reitstunden für das nächste halbe Jahr.

Er selbst bekam unter anderem einen Modellbausatz für das Segelschiff »Cutty Sark« und einen zwei Meter langen Schal, den Ingrid selbst gestrickt hatte.

Von ihr erhielt er auch ein flaches Päckchen, und sie sah ihn erwartungsvoll an, als er es auswickelte. Zum Vorschein kam eine Langspielplatte. Auf dem laminierten Schutzumschlag war ein wohlbeleibter, schnauzbärtiger Polizist in der weltbekannten Uniform und mit dem Helm der Londoner Bobbys abgebildet. Er hatte seine Hände, die in Strickhandschuhen steckten, über dem Bauch gefaltet und stand vor einem altertümlichen Mikrophon, und aus seinem Gesichtsausdruck konnte man schließen, daß er sich halb totlachte. Sein Name war Charles Penrose, wie der Umschlag besagte, und der Titel der Platte lautete: Die Abenteuer des lachenden Polizisten.

Ingrid holte den Plattenspieler und stellte ihn auf den Fußboden neben Martin Becks Stuhl. »Du mußt dir das anhören. Es ist himmlisch verrückt!« Sie nahm die Platte aus dem Umschlag und blickte auf das Etikett. »Das erste Lied heißt: Der lachende Polizist. Paßt gut, ja?«

Martin Beck war kein besonderer Musikkenner, aber er hörte

sofort, daß die Aufnahme aus den zwanziger oder dreißiger Jahren stammen mußte, vielleicht war sie noch älter. Er erinnerte sich, daß er das Lied in seiner Kinderzeit gehört hatte, und ein paar Zeilen aus der schwedischen Übersetzung kamen ihm plötzlich in den Sinn:

Wenn du demnächst auf der Straße
dem lachenden Polizisten begegnest,
dann gib ihm ein Trinkgeld
als Zeichen deiner Anerkennung.

Er meinte sich zu erinnern, daß ein Sänger aus Schonen diese Strophen damals gesungen hatte. Nach jedem Vers ertönte ein schallendes Gelächter, das offensichtlich ansteckend wirkte, denn Inga, Ingrid und Rolf konnten sich vor Lachen kaum halten.

Es gelang Martin Beck nicht, eine Miene zu verziehen. Nicht einmal ein Lächeln brachte er zustande. Um die anderen nicht zu enttäuschen, wandte er sich ab und tat so, als ob er die Kerzen am Weihnachtsbaum zurechtrücken müßte.

Als die erste Seite abgespielt war, ging er zu seinem Stuhl zurück. Ingrid wischte sich die Tränen aus den Augen und sah ihn an.

»Aber Papa, du hast ja gar nicht gelacht«, sagte sie vorwurfsvoll.

»Doch, es war wirklich sehr lustig«, behauptete er wenig überzeugend.

»Hör dir die andere Seite an«, schlug Ingrid vor und drehte die Platte um. »Jolly Coppers on Parade.«

»Parade der fröhlichen Polizisten«, übersetzte Rolf.

Ingrid hatte die Platte offenbar viele Male vorher abgespielt. Sie fiel in das Lied ein, so als ob sie nie etwas anderes getan hätte, als mit dem lachenden Polizisten im Duett zu singen.

There's a tramp, tramp, tramp
At the end of the street
It's the jolly coppers walking on parade
And their uniforms are blue
And the brass is shining too
A finer lot fo men were never made ...

Die Tanne duftete, die Lichter brannten, die Kinder sangen, und Inga zeigte sich in ihrem neuen Morgenrock und knabberte an einem Marzipanschwein. Martin Beck saß vornübergebeugt, die Ellbogen auf die Knie gestützt, das Kinn in den Händen und starrte auf den lachenden Polizisten auf dem Plattenumschlag.

Er dachte an Stenström. In diesem Augenblick klingelte das Telefon.

Eigentlich fühlte sich Kollberg nicht wohl in seiner Haut und mußte immer wieder an seine Arbeit denken. Aber da ihn nichts Konkretes beschäftigte, sah er keinen Grund, sich die Festtagsfreude durch Grübeleien zu verderben.

Also mischte er sorgfältig den Glühwein, schmeckte ihn mehrmals ab, ehe er ihn für gut befand, setzte sich an den Tisch und betrachtete die trügerische Idylle um sich herum. Bodil, die neben dem Weihnachtsbaum auf dem Bauch lag und kreischte. Åsa Torell, die mit überkreuzten Beinen auf dem Boden saß und mit dem Kind spielte. Gun, die mit leichten, weichen Schritten barfuß durch die Wohnung schlenderte, angetan mit einem geheimnisvollen Mittelding zwischen Pyjama und Trainingsanzug.

Er füllte sich eine Portion Stockfisch auf den Teller, kaute zufrieden und dachte an das wohlverdiente Festessen, das er bald genießerisch in sich hineinschaufeln würde. Er faltete die Serviette auseinander, steckte einen Zipfel in den Hemdkragen und breitete sie feierlich vor seiner Brust aus. Goß sich einen doppelten Klaren ein. Hob das Glas und betrachtete genießerisch die helle Flüssigkeit. In diesem Augenblick klingelte das Telefon.

Er zögerte kurz, leerte das Glas in einem Zug, ging ins Schlafzimmer und hob den Hörer ab.

»Guten Abend. Hier Fröjd.«

»Fröhliche Weihnachten«, erwiderte Kollberg, der nichts zu befürchten hatte, denn er stand nicht auf der Bereitschaftsliste, und nicht mal ein neuer Massenmord hätte ihn hinaus in den Schnee holen können. Fähige Leute waren für den Weihnachtsdienst eingeteilt, zum Beispiel Gunvald Larsson oder Martin Beck, der die Nachteile seines höheren Dienstgrades in Kauf nehmen mußte.

»Ich rufe aus der Gerichtspsychiatrischen Abteilung in Långholmen an. Wir haben hier einen Patienten, der unbedingt mit Ihnen sprechen will. Birgersson heißt er. Er behauptet, daß er es Ihnen versprochen hat und daß es wichtig ist …«

Kollberg hob die Augenbrauen. »Kann er ans Telefon kommen?«

»Das geht nicht. Das ist gegen die Vorschrift. Er steht unter …«

Kollberg legte die Stirn in sorgenvolle Falten. Anscheinend war es nicht die erste Garnitur, die am Heiligen Abend Dienst hatte. »Okay, ich komme«, sagte er und legte auf.

Seine Frau hatte den letzten Satz mit angehört und sah ihn mit großen Augen an.

»Muß nach Långholmen«, erklärte er müde. »Wie kommt man heute um diese Zeit wohl an ein Taxi?«

»Ich kann dich hinfahren«, erbot sich Åsa, »ich hab ja nichts getrunken.«

Unterwegs wechselten sie kaum ein Wort. Der Wärter am Tor deutete mißtrauisch auf Åsa Torell.

»Das ist meine Sekretärin«, sagte Kollberg.

»Ihre was? Moment mal, darf ich den Ausweis noch mal sehen?«

Birgersson hatte sich nicht verändert. Es sei denn, daß er noch sanfter und bescheidener geworden war als vor zwei Wochen.

»Was wollen Sie mir denn sagen?« fragte Kollberg unfreundlich.

Birgersson lächelte. »Es klingt vielleicht komisch«, begann er, »aber mir ist gerade heute abend was eingefallen. Sie haben doch nach dem Auto gefragt, meinem Morris. Und ...«

»Ja? Und?«

»Einmal, als Kriminalassistent Stenström und ich eine Pause gemacht und etwas gegessen haben, hab ich ihm eine Geschichte erzählt. Ich weiß noch, es gab Eisbein und Kohlrübenbrei, mein Leibgericht. Und als wir jetzt das Weihnachtsessen bekamen ...«

Kollberg blickte den Mann an, und seine Laune wurde zusehends schlechter. »Eine Geschichte?« fragte er.

»Vielleicht mehr eine Anekdote aus meinem Leben. Aus der Zeit, als wir in der Roslagsgatan wohnten, meine ...«

Er brach ab und sah zögernd zu Åsa Torell hin. Der Wärter drüben an der Tür gähnte.

»Ja, ja«, sagte Kollberg, »nun mal weiter.«

»Also meine Frau und ich. Wir hatten nur ein Zimmer, und wenn ich zu Hause saß, fühlte ich mich immer so nervös und beengt und unruhig. Ich konnte auch sehr schwer einschlafen.«

»Aha«, machte Kollberg.

Ihm war warm, und er war etwas gereizt. Hinzu kam, daß er durstig und vor allen Dingen hungrig war. Dieser Ort wirkte deprimierend, besonders am Heiligen Abend, und er wäre gern so schnell wie möglich nach Hause gefahren. Birgersson erzählte weiter, langsam und umständlich.

»... Deshalb bin ich abends rausgegangen, nur um nicht da rumsitzen zu müssen. Das ist ja beinah zwanzig Jahre her. Ich lief und lief durch die Straßen, stundenlang, manchmal die ganze Nacht. Hab nie mit wem gesprochen, bin nur so umhergestreift, um meine Ruhe zu haben. Nach einer Weile wurde ich ruhiger, das dauerte eine Stunde oder so. Aber mit irgendwas mußte ich mich ja beschäftigen, damit ich nicht doch immer an all das andere dachte. An die Wohnung, meine Frau und so. Dann hab ich mir Sachen angesehen, nur so, um mich abzulenken von meinen Gedanken und Grübeleien.«

Kollberg sah auf die Uhr. »Ja, ja«, sagte er ungeduldig. »Was haben Sie sich denn angesehen?«

»Autos.«

»Autos?«

»Ja. Ich bin die Straßen langgegangen und über die Parkplätze und hab mir die Autos, die da standen, angesehen. Eigentlich hatte ich gar kein Interesse an Autos, aber auf diese Weise hab ich alle Modelle und Fabrikate, die es so gibt, kennengelernt. Nach einiger Zeit konnte ich das wirklich gut. Ich war zufrieden. Ich konnte was Neues. Alle Autos hab ich aus dreißig oder vierzig Meter Abstand erkannt, egal aus welchem Blickwinkel. Wenn ich zu so einem Ratespiel im Fernsehen eingeladen worden wäre und die hätten nur nach Autos gefragt, hätte ich sicher gewonnen. Von vorne und von hinten oder von der Seite, spielte gar keine Rolle.«

»Auch von oben?« warf Åsa Torell ein.

Kollberg sah sie verblüfft an. Birgersson wurde ernst. »Das nicht. Das wäre vielleicht nicht so gut ausgegangen.«

Er überlegte kurz. Kollberg zuckte nachsichtig mit den Schultern.

»Eine einfache Beschäftigung, die einem richtig Spaß machen konnte«, fuhr Birgersson fort. »Es war direkt spannend. Manchmal waren ganz seltene Typen dabei, wie zum Beispiel ein Lagonda oder SIM oder EMW. Das hat dann Spaß gemacht.«

»Und das haben Sie alles Kriminalassistent Stenström erzählt?«

»Ja. Vorher hab ich nie mit jemand darüber gesprochen.«

»Und was hat er gesagt?«

»Er meinte, daß das sicher sehr interessant war.«

»Aha. Und um mir das zu sagen, haben Sie mich hierherkommen lassen? Abends um halb zehn? Am Heiligen Abend?«

»Sie haben doch gesagt, daß ich Ihnen Bescheid geben sollte, wenn mir noch was einfiel ...«, entgegnete Birgersson beleidigt.

»Natürlich«, sagte Kollberg müde. »Danke.« Er stand auf.

»Aber das Wichtigste hab ich Ihnen noch gar nicht erzählt«, hielt ihn Birgersson zurück. »Da war eine Sache, die Kriminalassistent Stenström sehr interessiert hat. Das fiel mir ein, weil Sie von einem Morris sprachen.«

Kollberg setzte sich wieder. »Na, was denn?«

»Das Hobby da hatte seine Probleme, wenn ich das mal so ausdrücken darf. Manche Modelle waren schwer zu unterscheiden bei Dunkelheit oder aus größerer Entfernung. Zum Beispiel Moskwitsch und Opel Kadett oder DKW und IFA.« Er machte eine Pause und setzte nachdenklich hinzu: »Sehr schwer, nur ganz geringe Unterschiede.«

»Was hat denn das mit Stenström und Ihrem Morris 8 zu tun gehabt?«

»Nein, mein Morris doch nicht«, erwiderte Birgersson. »Der Kriminalassistent wurde plötzlich aufmerksam, als ich ihm erzählte, daß man einen Morris Minor und einen Renault CV 4 von vorn kaum unterscheiden kann. Von hinten ist es keine Kunst. Aber direkt von vorn oder schräg von vorn ist es wirklich nicht einfach. Ich hab's mit der Zeit gelernt und selten Fehler gemacht. Aber es ist auch schon mal vorgekommen.«

»Moment mal«, unterbrach Kollberg. »Haben Sie Morris Minor und Renault CV 4 gesagt?«

»Ja. Und ich weiß noch, daß der Kriminalassistent richtig aufgeregt wurde, als ich das erzählt habe. Vorher hat er die ganze Zeit nur dagesessen und genickt, und ich dachte schon, er hört gar nicht mehr zu. Aber wie ich das da gesagt habe, wurde er munter. Hat immer wieder nachgefragt.«

»Von vorn, haben Sie gesagt?«

»Ja. So hat er auch mehrmals gefragt. Ich sag ja, von vorn oder schräg von vorn, sehr schwer.«

Als sie wieder im Auto saßen, erkundigte sich Åsa Torell: »Was hat es damit auf sich?«

»Ich weiß noch nicht richtig, aber es kann sehr viel bedeuten.«

»Im Zusammenhang mit dem, der Åke umgebracht hat?«

»Weiß nicht. Aber auf jeden Fall ist mir jetzt klar, warum er diese Automarke notiert hat.«

»Mir ist auch noch etwas eingefallen«, berichtete sie, »etwas, was Åke einige Wochen vor seinem Tode erwähnt hat. Er sagte, sobald er mal zwei Tage freikriegen würde, müßte er nach Småland fahren, um irgend etwas zu überprüfen. Nach Eksjö, glaube ich. Sagt dir das was?«

»Nein.« Kollberg schüttelte den Kopf.

Die Stadt schien verlassen. Die einzigen Menschen, denen sie begegneten, waren einige schwankende Weihnachtsmänner, die sich bei der Ausübung ihres Berufes verspätet hatten und von dankbaren Eltern zu freigebig zum Trinken aufgefordert worden waren. Die einzigen Fahrzeuge waren zwei Krankenwagen und eine Polizeistreife.

Nach einer Weile brach Kollberg das Schweigen: »Gun hat mir erzählt, daß du im neuen Jahr von uns wegziehen willst?«

»Ja. Ich hab die Wohnung gegen eine Einzimmerwohnung an Kungsholmsstrand getauscht. Ich werde allen Kram verkaufen und mir neue Möbel zulegen. Ich hab auch dran gedacht, mir eine neue Arbeit zu suchen.«

»Wo denn?«

»Das weiß ich noch nicht. Ich hab schon hin und her überlegt.« Sie schwieg eine Weile. Dann fragte sie stockend: »Wie ist es denn bei der Polizei? Die haben doch sicher offene Stellen?«

»Das könnte ich mir vorstellen«, entgegnete Kollberg zerstreut. Dann fuhr er auf: »Was? Ist das dein Ernst?«

»Ja«, antwortete sie. »Das ist mein Ernst.«

Åsa Torell konzentrierte sich aufs Fahren. Sie riß die Augen auf und starrte hinaus in das Schneetreiben.

Als sie wieder in der Palandergatan ankamen, war Bodil eingeschlafen. Gun hatte sich in einen Sessel verzogen und las. Sie hatte Tränen in den Augen.

»Was ist denn los?« fragte Kollberg.

»Das verdammte Festessen«, jammerte sie. »Jetzt ist alles kalt und verdorben.«

»Ach wo. So wie du aussiehst und bei meinem Appetit kannst du mir eine tote Katze hinstellen und mich damit überglücklich machen. Immer her damit.«

»Und dann hat dieser erbärmliche Martin angerufen. Vor 'ner halben Stunde.«

»Okay«, sagte Kollberg und rieb sich die Hände. »Ich ruf mal kurz an. Ihr könnt inzwischen alles wieder auf den Tisch stellen.«

Er zog das Jackett aus, band den Schlips ab, ging ins Schlafzimmer und wählte.

»Ja, Beck.«

»Wer lacht denn da so laut?« fragte Kollberg mißtrauisch.

»Der lachende Polizist.«

»Wer?«

»Eine Schallplatte.«

»Ach natürlich, jetzt erkenne ich die Stimme. Ein uralter Musical-Hall-Schlager. Charles Penrose, nicht? Gab's schon vor dem ersten Weltkrieg.«

Im Hintergrund hörte man schallendes Gelächter.

»Das spielt jetzt überhaupt keine Rolle«, entgegnete Martin Beck lustlos. »Ich hab dich sprechen wollen, weil Melander mich vorhin angerufen hat.«

»Aha. Was wollte er denn?«

»Er sagte, daß es ihm endlich eingefallen ist, wo er den Namen Nils Erik Göransson schon mal gesehen hat.«

»Wo denn?«

»In den Protokollen über den ungeklärten Fall Teresa Camarão.«

Kollberg band sich die Schuhe auf. Er dachte nach. Dann feixte er: »Bestell ihm schöne Grüße von mir. Diesmal irrt er ausnahmsweise. Ich habe die ganze Schwarte durchgelesen, Wort für Wort. Und so dämlich, daß mir das nicht aufgefallen wäre, bin ich nun doch nicht!«

»Hast du die Unterlagen zu Hause?«

»Nein. Die liegen in Västberga. Aber ich bin sicher. Absolut sicher.«

»Okay. Ich glaub dir ja. Was hast du in Långholmen gemacht?«

»Ein paar Auskünfte eingeholt. Bißchen zu schwierig und umständlich, als daß ich's dir jetzt erzählen könnte. Aber wenn das stimmt, dann ...«

»Na?«

»... dann kannst du sämtliche Unterlagen über den Teresa-Mord mit aufs Klo nehmen und sie da nach und nach verbrauchen. Fröhliche Weihnachten!« Er legte den Hörer auf.

»Willst du wieder los?« fragte seine Frau mißtrauisch.

»Ja. Aber nicht vor Mittwoch. Wo ist der Schnaps?«

29

Melander war so leicht nicht aus der Ruhe zu bringen, aber am Morgen des 27. Dezember wirkte er so niedergeschlagen, daß sogar Gunvald Larsson nicht umhinkonnte, sich vorsichtig zu erkundigen: »Was ist denn los mit dir? Hast du die Mandel im Grießbrei nicht gefunden?«

»Damit haben wir aufgehört, als wir geheiratet haben«, brummte

Melander. »Vor genau zweiundzwanzig Jahren. Nein, es ist bloß so, daß ich mich für gewöhnlich nicht irre.«

»Irgendwann muß es ja zum erstenmal passieren«, sagte Rönn tröstend.

»Ja, aber ich versteh es trotzdem nicht.«

Martin Beck hatte angeklopft, aber ehe einer von ihnen reagieren konnte, stand er schon im Zimmer, groß und ernst und vor sich hin hustend.

»Was verstehst du nicht?«

»Das mit dem Göransson. Wie konnte ich mich da bloß irren.«

»Ich komme gerade aus Västberga«, sagte Martin Beck, »und ich hab was, was dich vielleicht trösten kann.«

»Was kann das schon sein!«

»In den Protokollen über den Teresa-Fall fehlt eine Seite. Blatt 1244, um es genau zu sagen.«

Um drei Uhr nachmittags stand Kollberg vor einer Autowerkstatt in Södertälje. An diesem Tag hatte er schon viel hinter sich gebracht. Unter anderem hatte er sich vergewissert, daß die drei Zeugen, die vor sechzehneinhalb Jahren beim Sportplatz Stadshagen ein Auto beobachtet hatten, das Fahrzeug von vorn oder schräg von vorn gesehen haben mußten. Außerdem hatte er eine Reihe von fotografischen Arbeiten überwacht und trug jetzt in seiner Brieftasche ein unterbelichtetes und leicht retuschiertes Werbefoto von einem Morris Minor, Modell 1950 bei sich. Von den drei Zeugen waren zwei inzwischen gestorben, der Polizeibeamte und der Autoschlosser. Aber der eigentliche Experte, der Werkmeister, war immer noch sehr rüstig. Und er arbeitete hier in Södertälje, nicht mehr als Werkmeister, sondern in gehobener Stellung, und saß in einem Büro mit gläsernen Wänden und telefonierte. Als das Gespräch zu Ende war, ging Kollberg zu ihm hinein, ohne anzuklopfen, ohnc sich auszuweisen oder auch nur seinen Namen zu nennen. Er legte nur das Bild auf den Schreibtisch und fragte: »Was für ein Auto ist das?«

»Ein Renault CV 4. Alter Schlitten.«

»Bist du sicher?«

»Ganz sicher. Ich irre mich bei so was nie.«

»Bombensicher?«

Der Mann warf einen zweiten schnellen Blick auf das Bild. »Das ist ein CV 4. Ein frühes Modell.«

»Danke«, entgegnete Kollberg und streckte die Hand nach der Fotografie aus.

Der Mann sah ihn verwirrt an. »Warte mal. Willst du mich reinlegen?« Er nahm das Bild hoch. Nach etwas mehr als fünfzehn Sekunden sagte er langsam: »Moment. Das ist kein Renault. Das ist ein Morris. Morris Minor Modell 50 oder 51. Und mit dem Bild stimmt irgendwas nicht.«

»Richtig«, sagte Kollberg. »Es ist leicht retuschiert, daß es aussieht, als ob es bei schlechter Beleuchtung und Regenwetter aufgenommen wurde, zum Beispiel in einer Sommernacht.«

Der Mann starrte ihn an. »Hören Sie mal, wer sind Sie eigentlich?« fragte er.

»Polizei«, erwiderte Kollberg.

»Hätt ich mir denken können, im Herbst war schon mal einer von euch hier, der ...«

Am gleichen Nachmittag, kurz vor halb sechs, hatte Martin Beck seine engsten Mitarbeiter zu einer Besprechung in der Fahndungszentrale um sich versammelt. Nordin und Månsson waren aus dem Urlaub zurückgekommen, und die Gruppe war sozusagen wieder vollzählig. Der einzige, der fehlte, war Hammar, der über Weihnachten und Neujahr verreist war. Nachdem in 24 Tagen intensiver Fahndung so gut wie nichts erreicht worden war, war nicht damit zu rechnen, daß sich in der Zeit zwischen den Festtagen etwas Entscheidendes ereignen würde. Erfahrungsgemäß sitzen in diesen Tagen die Jäger und die Gejagten zu Hause, langweilen sich und überlegen, wie das Geld wohl bis zum Monatsende reichen soll.

»Aha, da fehlte also eine Seite«, stellte Melander zufrieden fest. »Wer kann die denn herausgenommen haben?«

Martin Beck und Kollberg blickten sich kurz an.

»Ist einer von euch auf Haussuchungen spezialisiert?« fragte Martin Beck.

»Ich«, sagte Månsson lässig von seinem Platz am Fenster aus. »Suchen tu ich gern, wenn was da ist, dann finde ich das auch.«

»Gut«, ordnete Martin Beck an. »Du durchsuchst Åke Stenströms Wohnung in der Tjärhovsgatan.«

»Nach etwas Bestimmtem?«

»Nach einer Seite aus dem Untersuchungsbericht«, antwortete Kollberg, »sie muß die Seitenzahl 1244 haben, und es ist möglich, daß der Name Nils Erik Göransson im Text vorkommt.«

»Gleich morgen früh«, sagte Månsson. »Bei Tageslicht geht so was immer besser.«

»Ja, das reicht auch«, sagte Martin Beck.

»Die Schlüssel kriegst du dann morgen von mir«, fügte Kollberg hinzu.

Er hatte sie in der Tasche, wollte aber einige Beweise von Stenströms fotografischem Können beiseite schaffen, bevor Månsson mit seiner Arbeit begann.

Um zwei Uhr am nächsten Nachmittag klingelte das Telefon auf Martin Becks Schreibtisch.

»Hier Per.«

»Welcher Per?«

»Månsson.«

»Ach so, du bist es. Na?«

»Ich bin in Stenströms Wohnung. Hier ist das Stück Papier nicht.«

»Bist du sicher?«

»Sicher?« Månsson schien ernsthaft beleidigt zu sein. »Selbstverständlich bin ich sicher. Aber seid ihr denn sicher, ob er es war, der die Seite genommen hat?«

»Wir glauben es jedenfalls.«

»Na ja«, entgegnete Månsson, »dann muß ich wohl woanders weitersuchen.«

Martin Beck massierte seine Stirn mit den Fingerspitzen. »Woanders? Wo denn?« Aber da hatte Månsson schon aufgelegt.

»Die Registratur muß doch die Kopien davon haben«, warf Gunvald Larsson ein. »Oder die Staatsanwaltschaft.«

»Stimmt«, sagte Martin Beck. Er drückte auf einen Knopf an seinem Telefon und wählte eine Nummer im Hause.

Im Zimmer nebenan unterhielt sich Melander mit Kollberg.

»Ich hab deine Liste mal durchgesehen.«

»Na und? Ist dir was eingefallen?«

»Einiges. Aber ich weiß nicht, ob das überhaupt einen Zweck hat.«

»Das laß ruhig meine Sorge sein.«

»Verschiedene von den Männern sind Rückfalltäter. Zum Beispiel Karl Andersson, Vilhelm Rosberg und Bengt Wahlberg. Alle drei bekannte Einbrecher. ...zigmal bestraft. Jetzt sind sie zu alt, um noch arbeiten zu können.«

»Weiter.«

»Johan Gran war damals Hehler, ist es wohl immer noch. Das da mit Kellner ist reiner Bluff. Hat vor einem Jahr zum letztenmal gesessen. Und dieser Valter Eriksson, weißt du, wie der Witwer geworden ist?«

»Nein.«

»Hat seine Frau im Suff mit einem Küchenstuhl erschlagen. Wurde wegen Totschlags verurteilt und mußte fünf Jahre absitzen.«

»O verdammt.«

»Zwischen diesen Männern sind mehrere Schläger. Sowohl Ove Eriksson als auch Bengt Fredriksson sind wegen Körperverletzung bestraft worden. Fredriksson nicht weniger als sechsmal. Mindestens zweimal hätte die Anklage eigentlich auf versuchten Totschlag lauten müssen. Auch der Schrotthändler, Jan Carlsson, ist eine zwielichtige Figur. Er ist nie eingelocht worden, aber ein paarmal hat nicht viel gefehlt. An Björn Forsberg kann ich mich auch erinnern. Hat früher mal allerhand krumme Sachen gedreht und war in der zweiten Hälfte der vierziger Jahre recht gut in der Unterwelt bekannt. Aber dann hat er umgesattelt und Karriere gemacht. Hat 'ne reiche Frau geheiratet und ist ein angesehener Geschäftsmann geworden. Im Führungszeugnis steht nur noch eine alte Betrugssache von 1947. Hans Wennström hat auch ein prima Sündenregister, alles dabei, von kleinen Diebstählen bis zum Geldschrankknacken. Was gibt der denn jetzt als Beruf an?«

»Fischhändler, jetzt Rentner.«

»Vor fünfundzwanzig Jahren hat er ein paarmal auf dem Wochenmarkt in Sundbyberg gestanden. Ingvar Bengtsson nennt sich augenblicklich Journalist. Er gehörte zu den Pionieren, was Scheckfälschungen angeht. Zuhälter ist er auch gewesen. Bo Frostensson ist ein drittklassiger Schauspieler und überall als rauschgiftsüchtig bekannt.«

»Mit anständigen Männern ist dieses Weibsbild wohl nie ins Bett gegangen?« fragte Kollberg entrüstet.

»O doch. Du hast hier mehrere davon in deinem Verzeichnis. Zum Beispiel Rune Bengtsson, Lennart Lindgren, Kurt Olsson und Ragnar Viklund. Alle aus besten Kreisen, haben sich nie was zuschulden kommen lassen.«

Kollberg konnte sich gut an die Vernehmungsprotokolle erinnern. »Verheiratet waren sie auch, alle vier. Muß gar nicht leicht gewesen sein, ihren Frauen das zu erklären.«

»In dem Punkt waren unsere Leute sehr diskret. Und unter den

Jungen hier, die zwanzig oder noch jünger waren, ist damals keiner gewesen, der sich verdächtig gemacht hat. Von den sechs Jugendlichen, die da auf deiner Liste stehen, ist nur einer später straffällig geworden. Kenneth Karlsson wurde mehrmals erwischt. Jugendgefängnis und so. Aber das ist lange her, und es war auch nichts Schwerwiegendes dabei. Willst du, daß ich mich mal ernstlich mit der Vergangenheit von diesen Leuten beschäftige?«

»Ja, bitte. Du kannst ja die alten Männer aussortieren, zum Beispiel alle, die jetzt älter als sechzig sind. Ebenso die jüngsten, achtunddreißig und jünger ...«

»Das macht acht und sieben. Fünfzehn Mann. Bleiben noch vierzehn übrig. Die Gruppe wird kleiner.«

»Welche Gruppe?«

»Hm«, brummte Melander. »Alle diese Männer haben natürlich ein Alibi für den Teresa-Mord.«

»Das bezweifele ich auch gar nicht«, erwiderte Kollberg. »Mindestens für den Zeitpunkt, da die Leiche in Stadshagen abgeladen wurde.«

Die Suche nach der Kopie des Untersuchungsberichtes zum Teresa-Mord hatte am 28. Dezember begonnen, aber es wurde Silvester, und das Jahr 1968 begann, ehe sie zum Erfolg führte.

Erst am Morgen des 5. Januar, am Tag vor dem Dreikönigstag, lag ein verstaubter Aktendeckel auf Martin Becks Schreibtisch. Man brauchte nicht Detektiv zu sein, um zu erkennen, daß dieses Schriftstück aus einer der dunkelsten Ecken des Archivs gekommen und seit Jahren von keiner Menschenhand mehr berührt worden war.

Martin Beck blätterte schnell bis zur Seite 1244. Der Text war nicht lang. Kollberg beugte sich über seine Schulter und las.

Vernehmung des Verkäufers Nils Erik Göransson am 7. August 1951.

Zur Person sagt Göransson aus, daß er am 4. 10. 1929 geboren ist und in der finnischen Gemeinde getauft wurde. Eltern: Elektriker Algot Erik Göransson und Benita Göransson, geborene Rantanen. Er ist zur Zeit bei der Firma Allimport, Holländaregatan 10, als Verkäufer angestellt.

Göransson gibt zu, Teresa Camarão gekannt zu haben, da sie zeitweise, aber lange vor ihrem Tod, in den gleichen Kreisen verkehrte wie er selbst. Göransson gesteht ferner, zweimal intimen Verkehr (Beischlaf) mit Teresa Camarão gehabt zu haben. Das erste Mal in einer Wohnung in der Svartmangatan, hier in der Stadt, im Beisein mehrerer anderer Personen, von denen er sich nur noch an einen gewissen Karl Åke Birger Svensson-Rask erinnern kann. Das andere Mal in einem Kellerraum in Holländaregatan hier in der Stadt. Auch diesmal war Svensson-Rask dabei, und auch zwischen ihm und der Camarão kam es zum intimen Verkehr (Beischlaf). Göransson kann sich nicht mehr an die genauen Daten erinnern, meint aber, daß es Ende November oder Anfang Dezember des Vorjahres, also 1950, gewesen sein müsse.

Göransson sagt aus, daß er außer Svensson-Rask keine weiteren Personen aus dem Bekanntenkreis von Teresa Camarão kennt.

Vom 2. bis zum 13. Juni befand sich Göransson in Eksjö. Er war mit dem Personenwagen, polizeiliches Kennzeichen A 6310, dorthin gefahren, und zwar im Auftrag seiner Firma. Göransson ist Fahrer und Besitzer des Personenwagens A 6310 Marke Morris Minor, Modell 1949. Vorgelesen und genehmigt.

für die Richtigkeit
(Unterschrift)

Hinzugefügt werden kann, daß der oben genannte Karl Åke Birger Svensson-Rask der Mann ist, der vor der Polizei ausgesagt hat, daß Göransson intimen Verkehr (Beischlaf) mit der Camarão gehabt hat. Göranssons Angaben über seinen Aufenthalt in Eksjö werden durch die Angaben des dortigen Stadthotels bekräftigt. Nach Göranssons Aufenthalt am Abend des 10. Juni besonders befragt, gibt der Kellner des Hotels, Sverker Johansson, an, daß Göransson den ganzen Abend im Speisesaal des Hotels verbracht hat, bis dort geschlossen wurde. Göransson war angetrunken. Sverker Johanssons Aussage wird nicht bezweifelt, zumal sie durch die Angaben auf Göranssons Hotelrechnung bestätigt wird.

»Aha«, sagte Kollberg. »Das ist eindeutig. Soweit.«

»Was willst du nun machen?«

»Das, was Stenström nicht mehr geschafft hat. Nach Eksjö fahren.«

»Langsam sieht man klarer«, meinte Martin Beck.

»Ja«, bestätigte Kollberg. »Wo ist Månsson eigentlich?«

»Wird wohl in Hallstahammar sein und nach dem Papierfetzen suchen. Bei Stenströms Mutter.«

»Der läßt auch nicht locker«, entgegnete Kollberg. »Schade. Ich wollte mir sein Auto leihen. Bei meinem ist die Zündung nicht in Ordnung.«

Kollberg traf am Morgen des 8. Januar in Eksjö ein. Er war die Nacht durchgefahren, dreihundertfünfunddreißig Kilometer im Schneetreiben und auf vereisten Straßen, fühlte sich aber trotzdem nicht müde. Das Stadthotel lag am Marktplatz und war ein schönes altes Bauwerk, das gut in das weihnachtliche Postkartenidyll der hübschen schwedischen Kleinstadt hineinpaßte.

Der damalige Kellner, Sverker Johansson, war vor zehn Jahren gestorben, aber die Kopie von Nils Erik Göranssons Hotelrechnung war noch vorhanden. Es dauerte mehrere Stunden, bis sie in einem verstaubten Pappkarton auf dem Boden gefunden wurde.

Aus der Rechnung ging hervor, daß Göransson elf Nächte in dem Hotel gewohnt hatte. Er hatte jeden Abend im Speisesaal gegessen und getrunken und die Belege abgezeichnet. Diese Summen waren dann auf seine Rechnung gesetzt worden. Sie enthielt auch eine Reihe anderer Posten, zum Beispiel Ferngespräche. Die Nummern der Teilnehmer, mit denen Göransson gesprochen hatte, waren nicht mehr festzustellen.

Dagegen fiel Kollberg ein anderer Betrag auf. Am 7. Juni 1951 hatte das Hotel für den Gast 52 Kronen und 25 Öre an eine Autowerkstatt bezahlt. Zur Erläuterung stand da: »Abschleppen und Reparatur«!

»Gibt es diese Werkstatt noch?« erkundigte sich Kollberg bei dem Hotelbesitzer.

»Aber sicher, und sie hat seit fünfundzwanzig Jahren den gleichen Besitzer. Sie brauchen nur die Ausfallstraße nach Långanäs zu nehmen ...«

Wie sich herausstellte, gehörte die Werkstatt dem Mann schon seit siebenundzwanzig Jahren.

Er starrte Kollberg ungläubig an. »Vor sechzehn Jahren? Wie soll ich das jetzt noch wissen?«

»Führen Sie keine Bücher?«

»Erlauben Sie mal! Hier herrscht Ordnung und Sauberkeit.«

Er brauchte anderthalb Stunden, um das alte Kassenbuch zu finden. Aus der Hand wollte er es nicht geben, er blätterte selbst darin, bis er den genannten Tag gefunden hatte. »7. Juni«, sagte er, »da haben wir's ja. Beim Hotel abgeholt, stimmt genau. Der Gaszug war gerissen. Machte 52 Kronen und 25 Öre, alles zusammen. Mit Abschleppen und allem.«

Kollberg wartete.

»Abschleppen«, brummte der Mann. »So 'n Schafskopf. Warum hat er den Vergaser nicht festgeklemmt und ist selbst hergefahren?«

»Haben Sie die Nummer des Wagens?«

»Ja, A ... A ... irgendwas. Kann man nicht lesen. Hat einer mit seinem öligen Daumen mitten auf die Zahlen gefaßt. Aber ein Stockholmer war es jedenfalls.«

»Sie wissen nicht, was es für ein Auto war?«

»Doch. Ein Ford Vedette.«

»Kein Morris Minor?«

»Wenn hier Ford Vedette steht, dann war das auch ein Ford Vedette«, erwiderte der Werkstattbesitzer. »Morris Minor? Die beiden Wagen sind wohl kaum zu verwechseln.«

Es dauerte über eine halbe Stunde, bis der Mann sich bereden ließ, Kollberg das Kassenbuch mitzugeben. Als dieser sich endlich zum Gehen anschickte, sagte der Handwerker: »Dann wird mir auch klar, warum der so mit seinem Geld um sich geschmissen hat.«

»Warum denn?«

»Er war ja aus Stockholm.«

Als Kollberg in das Stadthotel in Eksjö zurückkam, war es Abend geworden. Er war hungrig, durchgefroren und müde. An eine sofortige Rückfahrt nach Stockholm war nicht zu denken, so nahm er sich ein Zimmer im Hotel, badete und bestellte sich ein gutes Abendessen. Während er darauf wartete, führte er zwei Ferngespräche. Zuerst mit Melander.

»Kannst du feststellen, wer von den Kerlen auf der Liste im Juni 1951 ein Auto hatte? Und welches Fabrikat?«

»Kleinigkeit. Morgen früh.«

»Und welche Farbe Göranssons Morris hatte?«

»Mach ich.«

Dann mit Martin Beck.

»Göransson war nicht mit seinem Morris in Eksjö. Er fuhr einen anderen Wagen.«

»Stenström hatte also recht.«

»Kannst du mal jemanden nachsehen lassen, wer der Eigentümer der Firma in der Holländaregatan war, für die Göransson arbeitete, und womit die gehandelt hat?«

»Sicher. Mach ich.«

»Ich werde morgen gegen Mittag zurück sein.«

Er ging zum Essen hinunter in den Speisesaal. Während er dort saß, fiel ihm plötzlich ein, daß er schon einmal vor genau sechzehn

Jahren in diesem Hotel gewohnt hatte. Er war damals der staatlichen Kriminalpolizei zugeteilt gewesen und hatte an einem Taximord gearbeitet, den sie dann innerhalb von drei oder vier Tagen aufgeklärt hatten. Wenn er damals schon gewußt hätte, was er an diesem Tag erfahren hatte, wäre ihm die Lösung des Teresa-Falls wahrscheinlich in zehn Minuten gelungen.

Rönn dachte an Olsson und an die Rechnung aus dem Restaurant, die er zwischen Göranssons alten Sachen in der Papiertüte gefunden hatte. Am Dienstagmorgen kam ihm eine Idee, und wie immer, wenn ihm etwas nicht ganz klar war, ging er zu Gunvald Larsson. Trotz des ruppigen Tons, der zwischen ihnen herrschte, waren Rönn und Gunvald Larsson Freunde, was kaum einem Außenstehenden bekannt war. Sie hatten die Weihnachtstage und den Silvesterabend zusammen verbracht, worüber sich die meisten Kollegen sicher gewundert hätten, wenn sie es gewußt hätten.

»Mir geht dieser Zettel nicht aus dem Kopf und diese Buchstaben B. F.«, begann Rönn. »Die Liste, mit der Kollberg und Melander sich amüsieren, enthält drei Namen mit diesen Anfangsbuchstaben. Bo Frostensson, Bengt Fredriksson und Björn Forsberg.«

»Na und?«

»Ich würde gern mal einen Blick auf die drei werfen. Vielleicht hat einer Ähnlichkeit mit Olsson.«

»Weißt du, wo die zu finden sind?«

»Melander wird das wissen.«

Melander wußte es. Nach zwanzig Minuten hatte er in Erfahrung gebracht, daß Forsberg zu Hause war und am Nachmittag in seinem Stadtbüro erwartet wurde. Zum Mittagessen war er mit einem Kunden im Hotel »Ambassadeur« verabredet. Frostensson befand sich zu Filmaufnahmen in einem Atelier in Råsunda, er hatte eine winzige Rolle in einem Film von Arne Mattsson.

»Und Fredriksson sitzt wahrscheinlich im Café ›Tian‹ bei einem Bier. Das tut er jedenfalls normalerweise um diese Tageszeit.«

»Ich komme mit«, verkündete Martin Beck etwas überraschend. »Wir nehmen Månssons Wagen. Ich hab ihm dafür einen von unseren gegeben.«

Bengt Fredriksson, Künstler und Saufkumpan, saß wie erwartet in der Kneipe in der Altstadt. Er war dick, hatte einen ungepflegten roten Bart und struppiges Haar. Außerdem war er schon angetrunken.

Der Aufnahmeleiter führte sie durch lange, winklige Gänge in eine

Ecke des großen Filmateliers in Solna. »Frostenssons Aufnahme beginnt in fünf Minuten«, sagte er. »Er hat nur einen einzigen Satz zu sprechen.«

Sie blieben neben der Tür stehen, aber in dem gleißenden Licht der Scheinwerfer konnten sie hinter einem Gewirr von Kabeln deutlich die aufgebaute Filmkulisse erkennen. Die Szene sollte offenbar in einem kleinen Laden spielen.

»Achtung!« rief der Regisseur. »Ruhe, Aufnahme, Kamera, stopp.«

Ein Mann mit weißem Kittel und einer Schlachtermütze auf dem Kopf trat ins Scheinwerferlicht und fragte: »Was darf es denn sein?«

Frostensson mußte diesen Satz fünfmal wiederholen. Er war ein magerer kleiner Glatzkopf, der herumstotterte und nervös mit Mund und Augenlidern zuckte.

Eine halbe Stunde später hielt Gunvald Larsson in der Nähe der Einfahrt, die zu Björn Forsbergs Villa in Stocksund hinaufführte. Martin Beck und Rönn duckten sich auf dem Rücksitz. Durch das offene Garagentor sah man einen schwarzen Mercedes 300 SL.

»Der muß zusehen, daß er wegkommt, wenn er seine Verabredung zum Mittagessen nicht verpassen will«, sagte Gunvald Larsson.

Sie mußten eine Viertelstunde warten, ehe die Tür des Hauses geöffnet wurde und ein Mann auf der Treppe erschien, zusammen mit einer blonden Frau, einem Hund und einem kleinen Mädchen, das sieben Jahre alt sein mochte. Er küßte die Frau auf die Wange, hob das Kind hoch, küßte es und setzte es wieder auf den Boden. Dann ging er mit schnellen Schritten zur Garage, stieg ins Auto und fuhr ab. Das kleine Mädchen warf ihm lachend eine Kußhand nach.

Björn Forsberg war groß und elegant. Mit dem kantig geschnittenen Gesicht und dem offenen Blick war er ausgesprochen gut aussehend. Er war braun gebrannt und sein Auftreten sicher und sportlich. Er hatte keinen Hut auf und trug einen weiten grauen Mantel. Das Haar war gewellt und nach hinten gekämmt. Seine achtundvierzig Jahre sah man ihm nicht an.

»Genau wie Olsson«, stieß Rönn aufgeregt hervor. »Der gleiche Körperbau und der weite Mantel.«

»Stimmt«, entgegnete Gunvald Larsson, »bloß mit dem Unterschied, daß Olsson seinen Mantel für 300 Kronen im Ausverkauf erstanden hat. Der Kerl da hat für seinen sicher 5 000 auf den Tisch geblättert. Aber dafür hatte Schwerin wohl keinen Blick.«

»Ich auch nicht, wenn ich ehrlich sein soll«, gestand Rönn.

»Aber ich«, entgegnete Gunvald Larsson. »Zum Glück gibt's noch

Menschen, die Sinn für Qualität haben. Sonst könnte man gleich Bordelle auf der Saville Row bauen.«

»Wo?« fragte Rönn verwundert.

Kollbergs Zeitplan wurde völlig über den Haufen geworfen. Er schlief länger, als er sich vorgenommen hatte, und dann war das Wetter noch schlechter als am Vortag. Um halb zwölf hatte er es erst bis zu einem Motel kurz hinter Linköping geschafft. Er trank eine Tasse Kaffee, aß ein Mandeltörtchen und rief in Stockholm an.

»Na?«

»Nur neun von den Leuten hatten im Sommer 51 ein Auto«, berichtete Melander. »Ingvar Bengtsson einen neuen Volkswagen, Rune Bengtsson einen Packard 49, Jan Carlsson einen DKW 38, Ove Eriksson einen alten Opel Kapitän, Vorkriegsmodell, Björn Forsberg einen Ford Vedette 49 und ...«

»Stopp. Hatte noch einer so einen Wagen?«

»Vedette? Nein.«

»Dann ist es klar.«

»Ursprünglich war Göranssons Morris hellgrün. Es ist natürlich möglich, daß er ihn umspritzen ließ.«

»Gut. Kannst du zu Martin durchstellen?«

»Nur einen Punkt noch. Göransson hat seinen Wagen im Sommer 51 verschrotten lassen. Er wurde dann am 15. August aus dem Kraftfahrzeugregister gestrichen, nur eine Woche nachdem Göransson bei der Polizei zur Vernehmung war.«

Kollberg warf noch eine Krone ein. Während es in der Leitung knackte, dachte er ungeduldig an die zweihundert Kilometer, die er noch vor sich hatte. Bei diesem Wetter würde die Fahrt noch einige Stunden dauern. Er hätte das Kassenbuch besser am Vorabend mit dem Nachtschnellzug nach Stockholm schicken sollen.

»Kommissar Beck.«

»Tag. Hast du rausgekriegt, womit die Firma ihr Geld verdient hat?«

»Mit dem Verkauf gestohlener Waren, möchte ich annehmen. Aber man hat ihnen nie was nachweisen können. Sie hatten ein paar Reisende, die in der Provinz Textilien und anderes Zeug verkauft haben.«

»Und wer war der Besitzer?«

»Björn Forsberg.«

Kollberg dachte einen Augenblick nach. »Sag Melander Bescheid, daß er sich ganz auf diesen Forsberg konzentrieren soll. Und bitte Hjelm, daß er oder ein anderer im Labor wartet, bis ich komme. Ich hab hier ein Beweisstück, das sofort untersucht werden muß.«

Um fünf war Kollberg noch immer nicht zurück. Melander betrat Martin Becks Arbeitszimmer mit der Pfeife in der einen und ein paar Bogen Papier in der anderen Hand. Er kam sofort zur Sache.

»Björn Forsberg heiratete am 17. Juni 51 eine Elsa Beatrice Hakånsson, einziges Kind von Magnus Hakånsson, Besitzer einer Baumaterialienfirma und schwerreich. Forsberg zog sich sofort von allen seinen früheren Geschäften zurück und gab die Firma in der Holländaregatan auf. Er studierte Volkswirtschaft und Wirtschaftswissenschaften und entwickelte sich zu einem tüchtigen Geschäftsmann. Als Hakånsson vor neun Jahren starb, erbte die Tochter sowohl das Vermögen als auch die Firma, in welcher Forsberg bereits Mitte der fünfziger Jahre zum Geschäftsführer aufgerückt war. Im Jahre 1959 kaufte er die Villa in Stocksund, die damals schon ihre halbe Million gekostet haben mag.«

Martin Beck schnaubte sich die Nase. »Wie lange hat er das Mädchen gekannt, bevor sie heirateten?«

»Die scheinen sich im März 51 in Åre getroffen zu haben«, antwortete Melander. »Björn Forsberg war ein begeisterter Skiläufer. Ist es übrigens immer noch. Seine Frau auch. Es scheint Liebe auf den ersten Blick gewesen zu sein. Sie trafen sich regelmäßig, bis sie heirateten, und er war gerngesehener Gast im Elternhaus des Mädchens. Er war damals zweiunddreißig und Elsa Hakånsson fünfundzwanzig Jahre alt.«

Melander nahm das nächste Blatt.

»Die Ehe gilt als glücklich. Sie haben drei Kinder, zwei Jungen im Alter von zwölf und dreizehn und ein Mädchen von sieben. Seinen Ford Vedette hat er gleich nach der Hochzeit verkauft und sich einen Lincoln angeschafft. Seitdem hat er die verschiedensten Wagen gefahren.« Melander brach ab und steckte seine Pfeife an.

»Ist das alles, was du rausgefunden hast?«

»Eins noch. Ich glaube, es ist wichtig. Björn Forsberg hatte sich freiwillig im Jahre 1940 für den finnischen Winterkrieg gemeldet. Er war damals einundzwanzig und fuhr sofort an die Front, nachdem er seinen Wehrdienst hier zu Hause abgeleistet hatte. Sein Vater war Wachtmeister beim Wendischen Artillerieregiment in Kristianstad. Als junger Mann schien Forsberg zu den schönsten Hoffnungen zu berechtigen; als er aus dem Krieg zurückkam, geriet er dann auf die schiefe Bahn.«

»Okay, das scheint er zu sein.«

»Sieht so aus«, bestätigte Melander.

»Wer ist noch hier?«

»Gunvald, Rönn, Nordin und Ek. Sollen wir uns mal sein Alibi ansehen?«

»Ja. Tut das«, sagte Martin Beck.

Kollberg traf nicht vor sieben Uhr in Stockholm ein. Er fuhr als erstes zum Labor hoch und gab das Journal ab.

»Wir haben geregelte Arbeitszeit«, sagte Hjelm ärgerlich. »Um fünf Uhr ist Feierabend.«

»Ich wäre dir schrecklich dankbar, wenn du ...«

»Ja, ja. Ruf nachher an. Willst du bloß die Autonummer haben?«

»Ja. Ich bin dann in der Kungsholmsgatan.«

Kollberg und Martin Beck hatten kaum die ersten Worte gewechselt, als das Gespräch kam.

»A sechs sieben null acht«, knurrte Hjelm.

»Ausgezeichnet.«

»Kleine Fische. Hättest du genausogut selbst erledigen können.«

Kollberg legte auf. Martin Beck sah ihn fragend an.

»Ja, es war Forsbergs Auto, mit dem Göransson in Eksjö war. Die Sache ist klar. Wie steht's mit Forsbergs Alibi?«

»Schwach. Im Juni 51 hatte er eine Junggesellenwohnung in der Holländaregatan, im gleichen Haus wie diese geheimnisvolle Firma. Beim Verhör sagte er aus, daß er am 10. abends in Norrtälje gewesen sei. Das stimmt offenbar. Irgend jemand hat ihn da um sieben getroffen. Dann nahm er, laut seinen Angaben, den letzten Zug nach Hause und kam nachts um halb zwölf in Stockholm an. Er war mit dem Zug gefahren, weil er sein Auto an seinen Verkäufer verliehen hatte, was dieser auch bestätigte.«

»Aber daß er und Göransson die Wagen getauscht haben, ist nicht rausgekommen, das hat er wohlweislich verschwiegen.«

»Ja«, fuhr Martin Beck fort. »Er hatte also Göranssons Morris zur Verfügung, und damit bekommt die Sache ein ganz anderes Gesicht. Mit dem Auto konnte er bequem in anderthalb Stunden in Stockholm sein. Die Wagen standen normalerweise auf dem Hinterhof in der Holländaregatan, der nicht einzusehen war. Dort lag auch ein Kühlraum, offiziell für die Sommeraufbewahrung von Pelzen. Das mag stimmen, bloß daß es sich mit größter Wahrscheinlichkeit um gestohlene Pelze gehandelt hat. Was meinst du, warum sie die Autos getauscht haben?«

»Das hat einen ganz einfachen Grund«, erklärte Kollberg. »Göransson war unterwegs, um die Waren zu verhökern. Und in Forsbergs Vedette ging dreimal soviel Zeug hinein wie in seinen Morris.« Eine halbe Minute schwieg er. Dann fuhr er fort: »Göransson hat wohl erst später die Zusammenhänge durchschaut und gemerkt, daß sein Auto ihm gefährlich werden konnte. Darum hat er es gleich nach der Vernehmung verschrotten lassen.«

»Was hat Forsberg denn über seine Bekanntschaft mit Teresa ausgesagt?« erkundigte sich Martin Beck.

»Daß er sie im Herbst 1950 in einem Tanzlokal kennengelernt hat und ein paarmal mit ihr ins Bett gegangen ist. Wie oft, wußte er nicht mehr. Dann traf er im Winter seine spätere Frau und verlor das Interesse an mannstollen Weibern.«

»Hat er das gesagt?«

»Ja. Beinahe wörtlich. Was meinst du, warum er sie umgebracht hat? Um das Opfer beiseite zu schaffen, wie Stenström in Wendels Buch an den Rand geschrieben hat?«

»Wahrscheinlich. Alle haben übereinstimmend ausgesagt, daß sie anhänglich wie eine Klette war. Ein Lustmord war es natürlich nicht.«

»Nein. Aber er wollte wohl, daß es so aussah. Und dann hatte er das unwahrscheinliche Glück, daß die Zeugen sich in dem Wagentyp irrten. Damit mußte ihm ein Stein von der Seele gefallen sein. Jetzt konnte er sich praktisch sicher fühlen. Göransson war der einzige schwache Punkt.«

»Aber Göransson und Forsberg waren Freunde«, warf Martin Beck ein.

»Und alles war längst vergessen, bis Stenström in dem Teresa-Fall zu schnüffeln begann und über die Bemerkung von Birgersson stolperte. Er stellte fest, daß Göransson der einzige von allen Verdächtigen war, der einen Morris Minor besessen hatte, und sogar in der richtigen Farbe. Er unterhielt sich aus eigenem Antrieb mit einer Anzahl von Leuten und fing an, Göransson zu beschatten. Er stellte fest, daß Göransson von irgendwoher Geld erhielt, und dieses Geld stammte wahrscheinlich von Teresa Camarãos Mörder. Göransson wurde immer nervöser ... Wissen wir inzwischen, wo er zwischen dem 8. Oktober und dem 13. November gewohnt hat?«

»Ja. Auf einem Boot auf dem Klarasee. Nordin hat den Platz heute morgen gefunden.«

Kollberg nickte. »Stenström hat damit gerechnet, daß Göransson ihn früher oder später zu dem Mörder führen würde, und daher überwachte er ihn Tag für Tag und wahrscheinlich ganz offen. Er hat ja auch recht behalten. Obwohl es ihm nichts mehr genützt hat. Wenn er diese Reise nach Småland früher gemacht hätte ...«

Kollberg beendete den Satz nicht.

Martin Beck rieb sich nachdenklich mit Daumen und Zeigefinger den Nasenrücken.

»Ja, das scheint zu stimmen, auch psychologisch. Bis zur Verjährung des Teresa-Mordes waren es nur noch neun Jahre. Und um nicht als Mörder entlarvt zu werden, kann auch ein einigermaßen normaler Mensch zu außergewöhnlichen Maßnahmen getrieben werden. Forsberg hatte außerdem besonders viel zu verlieren.«

»Wissen wir, was er am Abend des 13. November gemacht hat?«

»Ja. Er hat all die Menschen in dem Bus abgeschlachtet, einschließlich Stenström und Göransson, die unter den geschilderten Umständen für ihn zu einer Existenzbedrohung geworden waren. Das ist natürlich bis jetzt nur eine Annahme – wissen tun wir lediglich, daß er die Möglichkeit hatte, die Morde zu begehen, ohne sofort entdeckt zu werden.«

»Woher wissen wir das?«

»Gunvald ist es gelungen, Forsbergs deutsches Hausmädchen zu kidnappen. Sie hat jeden Montagabend frei. Aus ihrem Taschenkalender, den sie in der Handtasche bei sich hatte, geht hervor, daß sie die Nacht vom 13. zum 14. November bei ihrem Freund verbracht hat. Wir wissen außerdem, ebenfalls aus der gleichen Quelle, daß Frau Forsberg an dem Abend zu einem Damenessen eingeladen war. Demnach nehmen wir an, daß Forsberg selbst an diesem Abend zu Hause war, denn die Familie läßt ihre Kinder aus Prinzip nie allein.«

»Wo ist sie denn jetzt? Ich meine das Hausmädchen?«

»Hier. Wir halten sie über Nacht in Gewahrsam.«

»Was hältst du von seiner seelischen Verfassung?« fragte Kollberg.

»Wahrscheinlich sehr schlecht, kurz vor einem Kollaps.«

»Die Frage ist, ob wir genügend Material haben, um ihn festnehmen zu können.«

»Nicht wegen der Sache mit dem Bus«, entgegnete Martin Beck, »das könnte danebengehen. Aber wir können ihn festnehmen wegen Verdachts des Mordes an Teresa Camarão. Wir haben einen Hauptzeugen, der seine Aussage widerrufen hat, und eine Reihe neuer Beweise.«

»Wann?«

»Morgen vormittag.«

»Wo?«

»In seinem Büro. Sobald er da auftaucht. Nicht nötig, die Frau und die Kinder mit hineinzuziehen, vor allen Dingen, falls er Widerstand leisten sollte.«

»Wie gehen wir vor?«

»So behutsam wie möglich, keine Schießerei und keine eingeschlagenen Türen.«

Kollberg überlegte einen Moment, ehe er seine letzte Frage stellte. »Wer wird das übernehmen?«

»Melander und ich.«

30

Die blonde Frau, die in der Telefonzentrale hinter einem Marmortisch saß, legte die Nagelfeile zur Seite, als Martin Beck und Melander den Empfangsraum betraten.

Björn Forsbergs Büro lag im sechsten Stock eines Hauses in der Kungsgatan nahe dem Stureplan. Auch der vierte und fünfte Stock waren von der Firma bewohnt. Die Uhr war erst fünf nach neun, und sie wußten, daß Forsberg normalerweise nicht vor halb zehn zu erwarten war.

»Aber seine Sekretärin kommt gleich«, sagte das Mädchen am Schaltpult. »Nehmen Sie doch bitte Platz und warten Sie so lange.«

Weiter hinten im Raum, außerhalb des Blickwinkels von der Empfangsdame, standen einige Sessel um einen niedrigen Glastisch herum. Martin Beck und Melander zogen ihre Mäntel aus und ließen sich nieder. Die sechs Türen, die von diesem Raum aus in einzelne Zimmer führten, trugen keine Namensschilder. Eine davon stand einen Spalt offen.

Martin Beck erhob sich, blickte vorsichtig durch den Türspalt und verschwand in dem Zimmer. Melander nahm seine Pfeife und den Tabaksbeutel heraus, stopfte die Pfeife und zündete sie an. Martin Beck kam wieder zurück und setzte sich.

Schweigend warteten sie. Hin und wieder hörten sie die Stimme der Telefonistin und das Summen, wenn sie ein Gespräch durchstellte. Darüber hinaus hörte man nichts weiter als den gedämpften

Verkehrslärm. Martin Beck blätterte in einer Nummer der »Industria«, die schon über ein Jahr alt war, und Melander saß zurückgelehnt in seinem Sessel und hatte die Augen halb geschlossen.

Zwanzig Minuten nach neun wurde die Flurtür geöffnet, und eine Frau trat ein. Sie trug einen Pelz und lange Lederstiefel und eine große Handtasche über dem Arm. Sie nickte dem Mädchen am Schaltpult zu und ging mit schnellen Schritten auf die halbgeöffnete Tür zu. Streifte im Vorbeigehen die beiden Männer mit einem kurzen Blick und schlug die Tür mit einem kräftigen Schwung hinter sich zu.

Nach weiteren zwanzig Minuten erschien Forsberg.

Er war wie am Vortag gekleidet und bewegte sich schnell und sicher. Gerade wollte er den Mantel ausziehen, als er Martin Beck und Melander bemerkte. Eine Sekunde verharrte er regungslos. Dann hatte er sich wieder in der Gewalt, hängte den Mantel auf einen Bügel und ging auf sie zu.

Martin Beck und Melander standen gleichzeitig auf. Björn Forsberg hob fragend die Augenbrauen. Er öffnete den Mund, um etwas zu sagen, aber Martin Beck kam ihm zuvor, streckte ihm die Hand entgegen und sagte: »Kommissar Beck. Dies ist Erster Kriminalassistent Melander. Wir müssen mit Ihnen sprechen.«

Björn Forsberg schüttelte ihnen die Hand.

»Selbstverständlich. Bitte, treten Sie ein.«

Der Mann wirkte völlig ruhig und beinahe fröhlich, als er ihnen die Tür aufhielt. Er nickte seiner Sekretärin zu und sagte: »Guten Morgen, Fräulein Sköld. Wir sprechen uns gleich. Ich habe nur ein kurzes Gespräch mit den Herren hier.«

Er ging ihnen ins Zimmer voraus, das geräumig und hell und geschmackvoll eingerichtet war. Der Fußboden war mit einem graublauen Teppich ausgelegt; in der hinteren Zimmerecke stand ein großer, ordentlich aufgeräumter Schreibtisch. Zwei Telefonapparate, ein Diktiergerät und ein Cheftelefon standen auf einem kleinen Tisch neben dem schwarzen, ledernen Drehsessel. Auf dem breiten Fensterbrett standen vier Fotografien in Metallrahmen. Die Frau und die drei Kinder. An der Wand zwischen den Fenstern hing ein in Öl gemaltes Porträt, es stellte wahrscheinlich den Schwiegervater dar. Barschrank, Konferenztisch mit Wasserkanne und Gläsern auf einem Tablett, Sitzgruppe, Glasschrank mit Büchern und Porzellanfiguren und ein Safe, der diskret in die Wand eingelassen war.

All das erfaßte Martin Beck mit schnellem Blick, während er die

Tür hinter sich ins Schloß zog. Björn Forsberg ging mit festen Schritten auf seinen Schreibtisch zu.

Björn Forsberg stellte sich hinter den Schreibtisch, stützte sich mit der linken Hand auf die Tischplatte, lehnte sich vornüber, zog die rechte Schublade auf und steckte die Hand hinein. Als die Hand wieder sichtbar wurde, waren die Finger um den Kolben einer Pistole geschlossen.

Björn Forsberg stützte sich immer noch mit der linken Hand auf den Tisch, als er die Pistolenmündung in den Mund schob, die Lippen um den blauen, unangenehm blanken Stahl schloß und abdrückte. Dabei ließ er Martin Beck nicht aus den Augen. Sein Gesichtsausdruck war noch immer beinahe freundlich.

All das geschah so schnell, daß sich Martin Beck und Melander noch auf halbem Weg zwischen Tür und Schreibtisch befanden, als Björn Forsberg zusammenbrach.

Die Pistole war nicht gesichert gewesen, und sie hatten ein hartes Klicken gehört, als der Schlagbolzen gegen das Patronenlager schlug. Aber das Geschoß, das durch den Lauf rotieren, Björn Forsbergs Gaumen durchschlagen und den größten Teil seines Gehirns durch ein Loch in der hinteren Schädeldecke blasen sollte, blieb aus. Es steckte noch in seiner Messinghülse. Und die Patrone lag in Martin Becks rechter Hosentasche zusammen mit den fünf anderen, die sich in dem Magazin befunden hatten.

Martin Beck nahm eine Patrone heraus, rollte sie zwischen den Fingern und las den eingestanzten Text auf dem Kupfermantel rund um das Zündhütchen: METALLVERKEN 38 SPL. Die Patrone war also schwedisch, aber die Pistole amerikanisch, eine Smith and Wesson 38 Special, hergestellt in Springfield, Massachusetts.

Björn Forsbergs Gesicht war auf die blanke Schreibtischplatte gesunken. Er zitterte am ganzen Leib. Nach einigen Sekunden glitt er auf den Teppich und begann zu schreien.

»Es ist wohl das beste, wenn wir einen Krankenwagen bestellen«, sagte Melander.

Rönn saß wieder mit seinem Tonbandgerät in einem Einzelzimmer im Karolinska-Krankenhaus. Diesmal aber nicht in der Thoraxchirurgie, sondern in der psychiatrischen Abteilung, und an Stelle des wenig geschätzten Ullholm leistete Gunvald Larsson ihm Gesellschaft.

Der Arzt hatte sich stundenlang um Björn Forsberg bemüht und mit Beruhigungsspritzen und anderen Mitteln versucht, ihn wieder ins seelische Gleichgewicht zu bringen. Aber das einzige, was der Patient offenbar sagen konnte, war: »Warum habt ihr mich nicht sterben lassen?«

Er hatte diesen Satz immerzu wiederholt, und nun sagte er abermals: »Warum habt ihr mich nicht sterben lassen?«

»Ja, das kann man sich wirklich fragen«, murmelte Gunvald Larsson. Der Arzt warf ihm einen strengen Blick zu.

Eigentlich wäre ihre Anwesenheit nicht notwendig gewesen, aber die Ärzte hatten das Risiko eines plötzlichen Todes nicht ausgeschlossen. Man hatte darauf hingewiesen, daß Forsberg einen ganz ungewöhnlich schweren Schock erlitten habe, daß Herz und Nervensystem angegriffen seien, und die Diagnose dann mit der Bemerkung abgeschlossen, daß der Allgemeinzustand des Patienten nicht besorgniserregend sei. Es bestand lediglich die Gefahr eines Herzanfalls, der das Ende des Patienten bedeuten würde.

Rönn dachte über diesen Allgemeinzustand nach.

»Warum habt ihr mich nicht sterben lassen?« murmelte Forsberg.

»Warum haben Sie Teresa Camarão nicht leben lassen?« fragte Gunvald Larsson zurück.

»Weil das nicht möglich war. Ich mußte sie loswerden.«

»So«, fragte Rönn geduldig, »und warum mußten Sie das?«

»Es gab keine andere Möglichkeit. Sie hätte sonst mein Leben zerstört.«

»Das haben Sie jetzt auch allein fertiggebracht«, sagte Gunvald Larsson trocken.

Der Arzt starrte ihn böse an.

»Sie verstehen das nicht«, entgegnete Forsberg. »Ich hatte ihr gesagt, es sei alles zu Ende mit uns. Ich hatte ihr Geld gegeben, obwohl es mir damals selber nicht besonders ging. Und trotzdem ...«

»Was wollen Sie sagen?« fragte Rönn freundlich.

»Sie verfolgte mich. Als ich an dem Abend nach Hause kam, lag sie in meinem Bett. Nackt. Sie wußte, wo ich meine Reserveschlüssel versteckt hatte, und konnte daher in die Wohnung gelangen. Und meine Frau ... meine Verlobte wollte in einer Viertelstunde kommen. Es gab keinen anderen Weg ...«

»Und dann?«

»Trug ich sie runter ins Pelzlager.«

»Hatten Sie keine Angst, daß man sie dort finden würde?«

»Es gab nur zwei Schlüssel für den Raum. Einen hatte ich und den anderen Nisse Göransson. Und Nisse war verreist.«

»Wie lange haben Sie sie dort liegenlassen?« fragte Rönn.

»Fünf Tage. Ich wollte abwarten, bis es regnete.«

»Sie mögen den Regen ja«, fügte Gunvald Larsson hinzu.

»Verstehen Sie denn nicht? Sie war verrückt. In einer Minute konnte sie mein ganzes Leben zerstören. Alles, was ich aufgebaut hatte.«

Rönn nickte. Das schien diesmal gut zu gehen.

»Wo hatten Sie die Maschinenpistole her?« fragte Gunvald Larsson plötzlich.

»Ich hab sie aus dem Winterkrieg mitgebracht.« Forsberg lag einen Augenblick still. Dann sagte er stolz: »Drei Bolschewiken habe ich damit erledigt.«

»War es eine schwedische?« erkundigte sich Gunvald Larsson.

»Eine finnische, Suomi Modell 37.«

»Und wo ist die jetzt?«

»Wo niemand sie jemals finden wird.«

»Im Wasser?«

Forsberg nickte. Schien in Gedanken zu sein.

»Haben Sie Nils Erik Göransson gern gehabt?« fragte Rönn.

»Nisse war in Ordnung. Ein anständiger Junge. Ich war wie ein Vater zu ihm.«

»Und trotzdem haben Sie ihn umgebracht?«

»Er bedrohte meine Existenz. Meine Familie. Alles, wofür ich lebe. Alles, wofür ich gelebt habe. Er konnte nichts dafür. Aber ich habe es kurz und schmerzlos gemacht. Ich habe ihn nicht so gequält, wie Sie mich jetzt quälen.«

»Wußte Nisse, daß Sie es waren, der Teresa ermordet hat?«

Rönn bemühte sich, jede Frage in ruhigem und freundlichem Ton zu stellen.

»Das hat er sich ausrechnen können«, entgegnete Forsberg. »Nisse war nicht dumm. Und er war ein guter Kamerad. Ich gab ihm 10 000 Kronen und ein neues Auto, als ich heiratete. Dann haben wir uns für immer getrennt.«

»Für immer?«

»Ja. Ich hab nie wieder was von ihm gehört, bis zum Herbst letzten Jahres. Er rief mich an und sagte, daß jemand ihn verfolgen würde, Tag und Nacht. Er hatte Angst und brauchte Geld. Er kriegte das

Geld. Ich hab versucht, ihn zu überreden, doch ins Ausland zu gehen.«

»Aber das wollte er nicht?«

»Nein. Er war schon zu sehr heruntergekommen. Und hatte Angst um sein Leben. Er dachte, daß er sich damit nur verdächtig machen würde.«

»Und da haben Sie ihn umgebracht?«

»Ich mußte. Ich hatte keine andere Wahl. Sonst hätte er mein Leben zerstört. Die Zukunft meiner Kinder. Meine Firma. Alles. Er hätte das sicher nicht bewußt getan, aber er war schwach und unzuverlässig und hatte Angst. Ich wußte, daß er früher oder später zu mir kommen und Schutz suchen würde. Und mich damit ins Verderben stürzen würde. Oder die Polizei hätte ihn festgenommen und zum Sprechen gebracht. Er war rauschgiftsüchtig, schwach und unzuverlässig. Die Polizei hätte ihn gefoltert, bis er alles ausgesagt hätte, was er wußte.«

»Die Polizei foltert keinen«, erklärte Rönn geduldig.

Forsberg drehte zum erstenmal seinen Kopf zur Seite. Seine Handgelenke und die Waden waren mit Lederriemen festgebunden. Er sah Rönn an und fragte: »Wie nennen Sie denn das hier?«

Rönn schlug die Augen nieder.

»Wo sind Sie in den Bus eingestiegen?« mischte sich Gunvald Larsson wieder in das Gespräch.

»Auf der Klarabergsgatan, vor dem Warenhaus Ahléns.«

»Wie sind Sie dorthin gekommen?«

»Mit dem Auto. Ich hab vor meinem Büro geparkt, ich hab einen eigenen Parkplatz.«

»Woher wußten Sie, mit welchem Bus Göransson kommen würde?«

»Er hatte mich angerufen und seine Anweisungen von mir bekommen.«

»Mit anderen Worten, Sie haben ihm vorgeschrieben, was er machen sollte, damit Sie ihn ermorden konnten?« fragte Gunvald Larsson.

»Verstehen Sie denn nicht, daß ich keine andere Wahl hatte? Im übrigen habe ich es so human wie möglich gemacht, er hat nichts gemerkt und nichts gespürt.«

»Human? Wie sollen wir das verstehen?«

»Können Sie mich nicht in Frieden lassen?«

»Noch nicht. Erklären Sie das mit dem Bus erst noch.«

»Ja. Ja. Gehen Sie dann? Versprechen Sie mir das?«

Rönn warf Gunvald Larsson einen Blick zu und sagte: »Ja. Das tun wir.«

»Nisse rief mich Montag vormittag im Büro an. Er war verzweifelt und sagte, daß dieser Mann ihm folgte, wo immer er auch hinginge. Ich begriff, daß er nicht mehr lange durchhalten würde. Ich wußte, daß meine Frau und das Mädchen am Abend nicht zu Hause sein würden. Und das Wetter war geeignet. Die Kinder schlafen immer frühzeitig ein, da ...«

»Ja?«

»Ich sagte zu Nisse, daß ich mir seinen Verfolger gern mal selbst ansehen wollte. Daß er ihn nach Djurgården hinauslocken und dort abwarten sollte, bis so um zehn ein Doppeldeckbus käme, und dann sollte er mit diesem Bus bis zur Endstation mitfahren. Eine Viertelstunde, ehe er losfuhr, sollte er meine Direktnummer im Büro anrufen. Ich fuhr kurz nach neun zu Hause weg, stellte den Wagen auf dem Parkplatz ab, ging rauf ins Büro und wartete: Das Licht hab ich nicht angemacht. Wie verabredet, rief er an, und ich ging runter und wartete auf den Bus.«

»Hatten Sie sich den Platz vorher ausgesucht?«

»Ich bin am gleichen Tag die Strecke schon mal abgefahren. Das war eine gute Stelle. Ich glaubte nicht, daß irgendwer in der Nähe sein würde, vor allem wenn es so weiterregnete. Und ich rechnete damit, daß nur der eine oder andere Passagier bis zur Endstation mitfahren würde. Am liebsten wäre es mir gewesen, wenn nur Nisse und sein Verfolger und der Fahrer und vielleicht noch einer im Bus gesessen hätten.«

»Noch einer?« wiederholte Gunvald Larsson. »Wer sollte das denn sein?«

»Irgendeiner, damit es weniger verdächtig aussah.«

Rönn blickte zu Gunvald Larsson und schüttelte den Kopf. Dann wandte er sich wieder an den Mann im Krankenbett und fragte: »Was haben Sie dabei empfunden?«

»Es ist immer ein Entschluß, wenn man eine schwere Entscheidung treffen muß. Aber ich bin nun einmal so, wenn ich mich entschlossen habe, eine Sache auszuführen, dann ...« Er brach ab. »Hatten Sie nicht versprochen, mich allein zu lassen?« fragte er.

»Wir sind nun einmal so, daß wir uns nicht unbedingt an unsere Versprechungen halten«, erwiderte Gunvald Larsson.

Forsberg sah ihn an und sagte bitter: »Erst foltern und dann auch noch lügen.«

»Ich bin nicht der einzige Lügner hier«, gab Gunvald Larsson zurück. »Sie hatten doch schon vor Wochen geplant, Göransson und Kriminalassistent Stenström umzubringen? Stimmt's?«

»Ja.«

»Woher wußten Sie, daß Stenström Polizeibeamter war?«

»Ich hab ihn früher schon beobachtet, ohne daß Nisse was davon merkte.«

»Woher wußten Sie, daß er allein arbeitete?«

»Weil er nie abgelöst wurde. Ich ging davon aus, daß er auf eigene Faust unterwegs war. Um Karriere zu machen.«

Gunvald Larsson schwieg eine halbe Minute. »Hatten Sie Göransson gesagt, daß er keine Papiere bei sich tragen sollte?« fragte er dann.

»Ja. Das hab ich ihm schon befohlen, als er das erste Mal anrief.«

»Wie haben Sie gelernt, die Türen im Bus zu bedienen?«

»Ich habe zugesehen, wie die Fahrer das machen. Trotzdem wäre es beinahe schiefgegangen. Das war der falsche Bus.«

»Wo haben Sie in dem 47er Bus gesessen, oben oder unten?«

»Oben. Ich war ziemlich bald allein.«

»Und dann gingen Sie mit schußbereiter Maschinenpistole die Treppen runter?«

»Ja. Ich hab sie mit dem Körper verdeckt, so daß Nisse und die anderen, die im hinteren Teil saßen, sie nicht sehen sollten. Einer konnte aber trotzdem noch aufspringen. Man muß so was einkalkulieren.«

»Wenn Sie nun Ladehemmung gehabt hätten? Zu meiner Zeit hat sich bei den Dingern oft mal was verklemmt ...«

»Ich wußte, daß sie funktionieren würde. Ich kannte meine Waffe und hab sie sorgfältig gereinigt, bevor ich sie mit ins Büro genommen habe.«

»Wann haben Sie die Maschinenpistole mit ins Büro genommen?«

»Ungefähr eine Woche früher.«

»Hatten Sie keine Angst, daß jemand sie dort finden würde?«

»In der Firma rührt niemand meinen Schreibtisch an. Außerdem war sie eingeschlossen.«

»Wo hatten Sie die denn vorher?«

»In einem verschlossenen Koffer auf dem Boden. Zusammen mit anderen Trophäen.«

»Wie sind Sie von dem Platz weggekommen, als Sie diese neun Menschen erschossen hatten?«

»Ich bin dann die Norra Stationsgatan zu Fuß in östlicher Richtung entlanggegangen, habe beim Haga Terminal ein Taxi genommen, holte das Auto vom Büro und fuhr heim nach Stocksund!«

»Und unterwegs haben Sie die Maschinenpistole weggeworfen. Nur ruhig Blut, wir finden die doch.«

Forsberg antwortete nicht.

»Was haben Sie dabei empfunden?« fragte Rönn noch einmal schonend.

»Ich hab mich und meine Familie und mein Heim und meine Firma verteidigt. Haben Sie schon mal dagestanden mit der Waffe in der Hand und gewußt, daß Sie in fünfzehn Sekunden einen Schützengraben stürmen sollen, der voll von Feinden ist?«

»Nein«, gestand Rönn, »das hab ich noch nicht.«

»Dann können Sie auch nicht begreifen.« Forsberg begann zu schreien. »Dann dürfen Sie überhaupt nicht mitreden! Wie soll so ein Idiot wie Sie mich dann verstehen können?«

»Das geht zu weit«, rief der Arzt dazwischen. »Der Patient braucht Ruhe.«

Er drückte auf einen Klingelknopf. Mehrere Krankenpfleger traten ein. Forsberg brüllte immer noch. Sein Bett wurde aus dem Raum gerollt.

Rönn fing an, sein Tonbandgerät einzupacken.

»Ich hasse dieses Schwein«, sagte Gunvald Larsson plötzlich.

»Wie bitte?«

»Ich muß dir was sagen, was ich noch keinem Menschen erzählt habe. Beinahe alle, denen wir bei unserer täglichen Arbeit begegnen, tun mir leid. Das sind meistens arme Würstchen, die in irgendwas reingeschlittert sind. Oft ist es nicht ihre Schuld, daß sie nichts begreifen und alles schiefgeht. Das ist die Schuld solcher Subjekte wie dieses hier, die das Leben anderer zerstören. Selbstgefällige Schweine, die nur an ihr Geld, an ihre Häuser, ihre Familien und an ihren sogenannten guten Ruf denken. Die der Meinung sind, daß sie alle anderen kommandieren können, nur weil sie zufällig besser dran sind. Solche Menschen gibt es haufenweise, nur sind die meisten zu gescheit, als daß sie portugiesische Nutten erwürgen. Und deshalb kommen wir auch nie an sie ran. Wir sehen nur ihre Opfer. Dies hier ist ein Ausnahmefall.«

»Ja«, antwortete Rönn, »kann schon sein.«

Sie verließen das Zimmer. Vor einer Tür weiter hinten im Gang standen zwei Polizeibeamte in Uniform, breitbeinig und mit gekreuzten Armen.

»Da seid ihr ja mal wieder«, sagte Gunvald Larsson mürrisch. »Ach ja, dieses Krankenhaus liegt ja in Solna.«

»Nun haben Sie ihn zum Schluß doch noch erwischt«, strahlte Kvant.

»Ja«, fügte Kristiansson hinzu.

»Wir nicht«, erwiderte Gunvald Larsson. »Es war eigentlich Stenström selbst, der das geschafft hat.«

Einige Stunden später saßen Martin Beck und Kollberg beim Kaffee in einem der Räume in der Kungsholmsgatan.

»Im großen und ganzen hat Stenström den Teresa-Mord aufgeklärt«, sagte Martin Beck.

»Ja«, nickte Lennart Kollberg. »Aber er hat eine Riesendummheit gemacht. Bei so einer Sache allein zu arbeiten. Und nicht einmal ein einziges Stück Papier zu hinterlassen. Eigenartig, daß der Junge nie erwachsen wurde.«

Das Telefon klingelte. Martin Beck hob den Hörer ab.

»Hallo, hier Månsson.«

»Wo bist du denn?«

»Ich bin gerade draußen in Västberga. Hab das Blatt gefunden.«

»Wo?«

»Auf Stenströms Schreibtisch. Unter der Schreibtischunterlage.«

Martin Beck sagte nichts.

»Hattest du nicht gesagt, daß ihr hier schon mal alles durchsucht habt?« Månssons Stimme klang vorwurfsvoll.

»Ja.«

»Er hat mit Bleistift ein paar Anmerkungen darauf notiert. Oben in der rechten Ecke steht: *soll wieder in die Teresa-Mappe eingeheftet werden.* Und ganz unten auf der Seite hat er einen Namen geschrieben. *Björn Forsberg.* Und dahinter ein Fragezeichen. Sagt euch das was?«

Martin Beck antwortete nicht. Er blieb mit dem Hörer in der Hand sitzen. Dann begann er zu lachen.

»Schön!« sagte Kollberg und suchte in seiner Hosentasche. »Der lachende Polizist. Hier hast du dein Trinkgeld.«